타는 혀

타는 혀

초 판 1쇄 발행 | 2000년 9월 23일
개정판 1쇄 발행 | 2013년 12월 9일

지은이 이명원
발행인 이대식

책임편집 나은심
마케팅 임재홍 윤여민 **디자인** 모리스

주소 서울시 종로구 평창길 329(우편번호 110-848)
문의전화 02-394-1037(편집) 02-394-1047(마케팅)
팩스 02-394-1029
홈페이지 www.saeumbook.co.kr
전자우편 saeum98@hanmail.net
블로그 saeumbook.tistory.com

발행처 (주)새움출판사
출판등록 1998년 8월 28일(제10-1633호)

• 잘못된 책은 바꾸어 드립니다.
• 책값은 뒤표지에 있습니다.

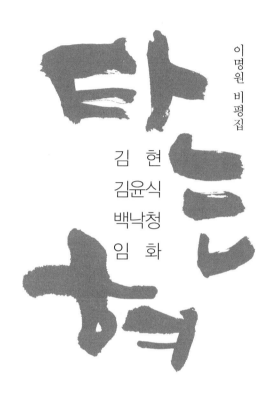

이명원 비평집

타는 혀

김 현
김윤식
백낙청
임 화

새움

비평의 통찰력이라는 것
—『타는 혀』 개정판에 부쳐

이 책의 초판이 발행된 것은 2000년이었다. 문명사적으로는 새로운 밀레니엄이 시작된다는 기대가 있었고, 개인적으로는 20대의 지적 편력을 매듭짓는다는 생각도 있었다. 그러나 결과적으로 이 책이 또 다른 편력의 시작을 의미했다는 것은 이후의 세계와 내 삶이 증명해왔다고 볼 수 있다.

이 책의 원고를 써내려가던 20대에 나는 문학비평을 은폐된 '고백의 복화술'로 간주하는 스스로를 자주 의식했다. 문체는 성마르고 건조하기보다는 강건하기를 바랐지만, 뜻대로 되지는 않았다. 이 책에서 언급되고 있는 김현, 김윤식, 백낙청, 임화 등으로부터 나는 많은 것을 사숙했고, 일종의 징후독법이랄지 또는 담론의 탈구축이랄지 하는 것을 시험해보기도 했다.

예민한 독자들은 감지했겠지만, 이 책을 써내려가면서 일종의 방법론적 모델로 삼은 것은 폴 드만의 맹목Blindness과 통찰Insight이라는 개념이었다. 나는 문학비평을 분석했다기보다는 담론의 심층에 깃들어 있는 어떤 정념의 맹목성이, 그것의 가열한 집중의 결과 고유한 통찰력을 발휘한다는 판단 아래, 이 비평가들의 담론을 비판적으로 분석하고자 했다.

또 다른 지적 자원이라면 프랑스의 사회학자 피에르 부르디외의 영향이 컸는데, 그로부터는 자본의 여러 형태들, 이를테면 경제자본, 문화자본, 사회관계자본, 상징자본 등의 중층적 개념을 통해, 1970년대 이래 그룹화되어 상징자본을 양분하고 있는 문학제도의 메커니즘을 해명하고 싶었다. 의욕의 충족 여부와 무관하게, 이러한 시도는 이후 제도로서의 근대문학에 대한 학계의 가열한 논의를 얼마간 촉진했다고 생각한다.

그 밖에도 나는 이른바 범정신분석학 계열에 드는 이론적 논의에서 '발성된 것'이 아니라 '은폐된 것'이 진실에 가깝다는 일종의 징후독법을 시도하는 일도 필요하다고 생각했다. 맥락 없이 김현이 "세상은 괴로운 곳"이라고 말하거나, "헛것" "황홀경" "위대한 망집" 등의 어사를 반복하는 김윤식의 수사학을 검토해나가다 보면, 이들 비평가들의 무의식에 깃들어져 있는 자아의 원풍경을 발견할 수 있다고 생각했다.

당시의 나는 얼마간 백낙청의 '근대적응'과 '근대극복'의 이중과제라는 개념에 매력을 느꼈었는데, 특히 나 자신이 국문학도였던지라 임화로부터 비롯된 이식문화론의 문제를, 다른 선배 비평가들이 그랬듯 내 식으로 해명해보자는 의욕 때문이었을 것이다. 물론 십수년의 세월이 흐른 현재의 나는 근대주의나 탈근대주의가 아닌 '비근대주의'에 기대를 걸고 있어서, 당시의 글을 보면 어색한 감이 없지 않다.

김현의 비극적 세계관이나 김윤식의 허무주의, 또는 백낙청의 의지주의나 임화의 낭만주의 모두는 미래를 현실 쪽으로 끌어당기려는 의지 아니면 과거를 현재 쪽으로 되당기려는 의지로 충만해 있고, 모든 좋은 비평이 그렇듯, 이들의 비평은 일종의 '먼 곳에의 그리움 fernweh' 또는 유토피아주의로 충만했고, 그것이 청춘을 편력하던 나에게는 한 매력적인 거울로 느껴졌다.

그러나 이 책을 읽었고 앞으로 읽게 될 독자들은 활자들의 그늘진 눈동자에서 무엇을 읽어내려 할 것인가. 시대의 기압골이 깊어져가는 지금 '타는 혀'로 말한다는 것은 무슨 의미를 띠게 될 것인가. 독자들과 함께 이 점에 대해 묵상하고 싶다.

내가 좋아하는 백석의 시와는 반대로, 그 사이에 나에게는 사랑하는 아내가 생겼고, 밤톨처럼 귀여운 아들도 응석을 부리고 있다. 이들에게 사랑을 고백하고 싶다.

2013. 12. 1. 동교동 작업실에서, 쓰다.

'타는 혀'로 말하기
—미완의 서문

'굳은 혀'는 언젠가는 부드럽게 풀리게 마련이다. 그러나 그 혀가 부드럽게 풀리기 위해서는 깊은 고뇌와 결단의 순간을 관통하여야 한다. 그때 비로소 '굳은 혀'는 염염한 빛의 촛불처럼 타오르기 시작할 것이다. 이 책의 제목을 '타는 혀'로 정한 것은 김현, 김윤식, 백낙청, 임화 등 이 책에서 논의되고 있는 비평가들이 문학과 삶의 자리에서 '타는 혀'의 날카로움과 뜨거움을 온몸으로 실천한 사람들이었던 데서 비롯된다. 바꿔 말해, 이들은 평온한 침묵을 통해 문학과 현실에 안주하지 않고, 현장의 모순에 적극적으로 개입하고 발언함으로써 자신의 문학과 삶 전체를 동시에 고양시켰다.

이렇게 말하고 보면, 독자들은 이 책에서 진행되고 있는 논의들이 이들의 비평적 업적에 대한 '경배와 찬양'으로 구성되어 있다고 오해할 수도 있을 것이다. 그러나 이 책을 끝까지 읽고 나면 독자들은 그러한 예상이 정면으로 부정되고 있다는 사실 앞에서 당황하게 될지도 모른다. 그것은 이 책이 이른바 '비판의 해석학'을 그 방법론적 토대로 하여 쓰여진 것이기 때문이다. 이 책에 실린 논문을 쓰는 과정 속에서 나의 의식을 가장 강렬하게 사로잡고 있었던 생각 중의 하나는 이들의 비평적 실천을 '문학사적 기념비'로 성급하게 규정해서는 안 된다는 사실이었다. 응결된 과거의 역사가 아닌 오늘날의 현실을 비추어 볼 수 있는 거울로서 접근하기를 희망했다는 이야기다. 그러나 이들의 비평적 실천을 '문학사적 기념비'로 규정하지 않기 위해서는, 무엇보다도 현실과 학문에 대한 비판적 인식을 견지해야 할 필요가 있다. 투철한 비판적 인식을 견지하기 위해서는 한편에서는 현장 학계의 관성화된 해석 경향과 싸워야 하며, 다른 한편에서는 현실 제도와 타협하고 싶어 하는 이기적 '욕망'을 학문적 '윤리'와 박치기시켜야 한다.

그것은 오늘날 현장 학계의 모순이 보다 넓은 지평에서의 한국적 현실의 모순과 긴밀하게 결속되어 있는 비관적인 현실에 대한 나 자신의 문제의식으로부터 비롯된다. 한국적 현실의 모순을 간명하게 요약하자면 이른바 '연고주의'로 귀착된다. 인맥과 학맥, 지역주의로 분화될 수 있는 이러한 연고주의와 함께 '장유유서'로 요약되는 권위에의 복종 경향이 그 어느 사회보다도 만연되어 있는 것이 한국 사회다. 근대적 문물과 제도적 장치로 표상되는 '기술의 근대성'이 상당 수준 성취되었으면서도, 정신의 독립성과 자유의지를 포함한 '해방의 근대성'은 체질화되지 않은 한국적 근대성의 분열증은 오늘날 우리 사회의 제반 분야에서 다양한 형태의 모순을 확대, 재생산하고 있다.

학계라고 해서 예외는 아니다. '진리가 너희를 자유롭게 하리라'는 오래된 경구와는 달리, 이제 학문 생산은 대학제도 속에서의 안정적인 입지를 획득하기 위한 지식 산업 종사자의 자격증 정도로 전락하고 있다. 더구나 특정 대학을 정점으로 하여 구성된 제도적인 권력의 수직적 네트워크는 학문 생산에 있어서도 독특한 해석적 금기를 양산하고 있다. 내부와 외부로부터 학계에 대한 비판적 논의들이 동시다발적으로 제기되고 있는 것은 이런 까닭이다. 이러한 현실 속에서 한 사람의 '독립적 지식인'이 된다는 것은 이중의 위험을 감수하는 것을 의미한다. 그는 우선적으로 자신의 학문 생산의 거점으로부터 배제되고 축출될 수 있다는 위기의식을 내면화하게 된다. 이와 함께 그것의 한 계기적 결과로서 그는 자신이 학문적 탐구 과정 속에서 발견한 특정한 이론적 내용물을 스스로 은폐하고자 하는 자기 검열과 항상적으로 대결해야만 한다.

독립적 지식인이 되는 과정 속에서 필연적으로 수반될 이 이중의 위험을 지혜롭게 극복하면서 주체적이며 창조적인 학문적 작업을 수행하기 위해서는 다음과 같은 태도가 필요하다고 프로이트는 자신의 저서에서 이렇게 밝힌 바 있다. "진실이란 관용적일 수 없으며, 타협과 제한을 인정할 수 없고, 과학적 연구는 그 자체로서의 모든 분야의 인간 활동을 그 대상으로 하고 있으며, 그의 영역을 침범하려고 하는 어떤 다른 힘에 대해서도 비타협적인 비판적 태도를 견지해야 하는 것이다."

프로이트의 이러한 주장은 당대의 현장 학계로부터 철저하게 배제되어야 할 운명에 처할 수밖에 없었던 자신의 삶과 학문의 현실로부터 발성된 육성의 언어이다. 그것은 존재하는 현실과 학문을 관성적으로 수용하고 그것에 안주하는 '굳은 혀'가 아닌, 이를 변화시키고 능동적으로 개혁하겠다는 열망으로부터 피력된 '타는 혀'로부터 발성된 진실의 언어이다.

대학원에 진학하여 본격적으로 문학 연구를 시작했던 나는 다음과 같은 두 가지 희망을 품고 있었다. 그 첫째는 문학 연구가 구체적인 내 삶의 행복에 기여할 수 있는 것이어야 한다는 것. 둘째, 그 행복이란 더없이 투명하고 추상적인 이념의 순수성에서 오기보다는, 변화하고 운동하는 실존적-역사적 주체로서의 나를 둘러싼 현실과의 적극적인 상호침투를 통해 가능해져야 한다는 것이었다. 이러한 두 가지 희망은 한편에서는 비평과 학문의 균형감각을, 다른 한편에서는 통념화된 문학 연구의 관행으로부터의 자유를 필연적으로 요구하게 되었다.

이러한 희망을 학문적으로 충족시키기 위해서 나는 다음과 같은 두 가지 생각을 하게 되었다. 세부전공으로는 비평사 및 비평이론을 선택하자는 것. 일단 세부전공을 선택했을 때, 그 연구의 주된 시기는 오늘날 현장비평과 긴밀하게 관련을 맺고 있는 시기로 선택할 것. 이러한 두 가지 생각이 나아간 곳이 임화로부터 시작하여 김현, 김윤식, 백낙청을 포함한 이른바 4·19 세대 비평가들에 대한 연구였다. 왜냐하면 이들 비평가들의 비평적 실천은 비평사적으로도 존재하는 현실 평단에서도 여전히 중요한 의미와 역할을 보여주고 있거니와, 그것은 한 사람의 연구자이자 비평가인 나 자신의 이후의 삶과 관련시켜 볼 때도, 유의미한 전사前史로써 검토해 볼 수 있으리라는 생각에서였다. 이러한 작업은 지금도 계속되고 있다.

물론 이러한 나의 희망이 생산적으로 충족될 수 있었던 것은 나 자신이 속해 있는 학과가 지니고 있는 개방적인 학문적 풍토와 함께 '주변인'으로서의 자의식이 상승작용을 한 결과로도 볼 수 있다. 학위논문의 대상으로 식민지 시대의 문학을 선택하는 것이 여전히 관행처럼 여겨지는 국문학의 풍토에도 불구하고, 내가 소속되어 있는 대학의 국문학 연구는 시기 선택에 있어 비교적 제한을 두지 않았다. 이와 함께, 나는 이른바 우리 학계와 비평계의 주류를 형성하고 있는 서울대 출신이 아니었기 때문에, 학계 특유의 해석학적 내압과 외압으로부터 상대적으로 자유로운 조건 속에서 연구를 진행할 수 있었다. 비유컨대, 나는 중심으로부터 '소외된 주변인'의 악조건을 '저항적 주변인'의 호조건으로 치환 창조적으로 활용할 수 있었던 것이다.

그럼에도 불구하고, 이 책에 수록된 논문을 써나가는 과정은 치열한 '논쟁적 대화'를 지속적으로 벌여나가는 과정이었던 것이 사실이다. 임화의 경우는 현재로부터 상당한 시간적 거리를 확보하고 있다는 점에서 별 문제가 안 되었지만, 다른 비평가들의 경우는 지금 현재까지도 학계와 문단에 여전한 영향력을 미치고 있거나 활동하고 있는 비평가라는 점에서, '논쟁적 대화'는 어쩌면 불가피한 일이었는지도 모른다. 특히 김윤식 교수의 비평에 대한 논문을 발표한 직후에 벌어졌던 일련의 상황들은 지금까지도 내 글쓰기를 검열하곤 하는 무의식적 상처로 작용하고 있는 것이 사실이다. 그럼에도 불구하고, 내가 이러한 연구를 지속하고자 하는 것은 앞에서 언급한 학문적 실천 과정에서의 '진실 추구'라는 문제 때문이다. 비평사를 포함한 역사 해석의 문제는 다양한 해석들의 지속적인 충돌 과정을 통해서 어렵게 합의에 이르게 되는 과정을 필연적으로 수반한다. 해석학적 충돌이 원천적으로 봉쇄된 상황에서의 역사 해석을 신뢰할 수 없음은 이런 까닭이다.

이 책에 수록된 논문들은 시기적으로는 1997년에서 1999년 2월 사이에, 제도적으로는 대개 석사과정에 쓰여진 것들이다. 이 논문들은 그 주제의 표면적인 다양성에도 불구하고, 임화의 물음으로부터 제기된 한국적 근대성의 모순을 지양하고자 했던 비평적 실천의 빛과 그림자를 비판적으로 탐색하고 있다. 그러나 그 탐색의 과정은 종결된 것이라기보다는 현재진행형의 현실을 구성하고 있다. 때문에 이 책에서 제기되고 있는 다양한 형식의 논의들은 현장 학계와 비평계에서 치열한 비판과 성찰의 과정을 통해 논쟁적 대화의 계기를 열 수 있을 '담론의 뇌관'을 상당 부분 내장하고 있다. 누구든 이 담론의 뇌관을 거침없이 건드려 준다면, 언제든지 성실하게 '논쟁적 대화'에 참여할 것임을 약속드린다.

사소한 사항에 속할지도 모르지만, 이 책은 기존의 학술서 출판 관행에 흔히 따르는 몇 가지 통념을 '위반'하고 있다는 점도 밝혀둔다. 우선적으로 언급할 수 있는 것은 기존의 연구서들이 흔히 애용하는 '한국 ××사 연구' 류의 제목을 표제로 삼지 않았다. 비슷비슷한 연구서의 제목들에 개인적으로 매력을 못 느낀 탓도 있지만, 이질적인 논문들을 모아놓고 하나의 일관된 체계를 가진 것처럼 꾸미는 '허장성세'를 되도록 피하고 싶었기 때문이다. 책의 표지 디자인 역시 쓸데없는 학문적 권위의 뉘앙스를 드러내지 않도록 편안한 '파격'을 주었다. 다음으로 들 수 있는 것은, 대개의 연구자들이 박사 학위 논문을 첫 연구서로 출간하는 학계의 통념과는 달리 석사 논문을 중심으로 엮어낸 책을 출간한다는 사실이다. 앞에서도 잠깐 피력한 바 있지만, 오늘날의 학계 풍토에서 학위 논문은 많은 경우 공인된 '자격증'의 형태로 존재한다. 특히 석사 학위 논문은 흔히 사회 진출을 위한 요식 행위로 전락한 감이 없지 않다. 공적으로는 이러한 현실의 모순에 대한 간접적인 항의로, 사적으로는 이후의 나 자신의 생산적인 학문 행위에 대한 다짐으로 이 책을 출간하게 되었다는 점도 밝혀둔다.

연대기적으로 볼 때 이 책은 나의 첫 저서이지만, 실존적으로는 '질풍노도'와 '풍찬노숙'으로 점철된 20대에 작별을 고하는 통과제의처럼 느껴진다. 이제야 만 서른이다. 이 책을 출간하면서 몇몇 분들에게 감사의 뜻을 전하고자 한다. 나의 부모님인 이진과 최재숙, 동생인 이광원은 내 문학의 발생론적 토대였다. 은사이신 권오만, 이동하, 한형구 교수는 항상 치열한 '논쟁적 대화'의 파트너이기를 거절하지 않았다. 깊이 고개 숙여 감사드런다. 아픈 내 사랑에게도 마음을 전한다. 특히 무모한 출판 제의를 기꺼이 수용해 준 새움출판사의 이대식 사장이 없었다면, 이 책은 세상의 빛을 보지 못했을 것이다.

다시 '타는 혀'로 돌아가자면, 그것은 자신의 삶을 뜨겁게 연소시키기를 마다하지 않았던 비평가들의 열정적인 정신의 태도를 암시한다. '타는 혀'가 자신의 삶까지를 불태울 때, 흔히 그의 삶은 환희와 통증이 비빔밥으로 범벅되는 놀라운 체험 속에 밀어 넣어진다. 그때 '오류 가능성'은 다른 형태의 '진리 가능성'이다. 가끔 막연하게 삶이 두려워지는 것은 이런 까닭이다. 그러나, 그때마다 나는 이렇게 읊조릴 것이다. '타는 혀'로 말하기!

2000. 9. 9. 이명원

김현 비평과 근대성의 모험

김윤식 비평에 나타난
'현해탄 콤플렉스' 비판

백낙청 초기 비평의 성과와 한계

카프 해산 직후 임화 비평에 나타난 '주체재건'의 양상에 대한 고찰

김현 비평과
근대성의 모험

김현

제1장
'김현'에 대하여

제1절 연구의 목적 및 범위

　김현 비평은 해방 이후 한국 문학비평의 수준을 가늠할 수 있는 시금석이다. 김현 비평은 비평의 장르적 정체성에 대한 뚜렷한 자의식을 보여주었다. 해방 이전의 우리 근대문학의 전개방식을 염두에 둘 경우, 문학비평은 비평장르 자체의 의미탐색보다는 현실세계와의 의미 연관에 상당한 관심을 기울였던 것으로 볼 수 있다.

　카프 진영의 비평가들이 이 점을 가장 선명하게 보여주고 있었거니와, 당시의 비평은 현실과의 직접적인 의미 연관으로서의 비평행위를 강조했다. 때문에 비평은 자연스럽게 '정론적'인 성격을 강하게 띨수 있었다. 이와 대척적인 자리에서 전개된 문학비평 역시 카프 비평을 대타적으로 인식한 자리에서 나온 것이었으므로, 문학비평의 내적 의미탐구보다는 대사회적인 이념의 선도성에 대해 주목하였다.[1]

---

1 이러한 관점에서의 비평사 기술은, 김윤식, 『한국근대문예비평사연구』(일지사, 1973)가 대표적이다.

해방 직후의 비평적 양상 역시 넓은 의미에서의 정론적 성격을 벗어나지는 못했던 것으로 판단된다. 어느 사학자의 말처럼 도둑처럼 해방이 주어졌을 때, 가장 큰 관심사는 민족국가의 수립이었다. 민족국가의 수립이라는 문제는 당시에 절체절명의 과제로 떠올랐다고 볼 수 있다. 이러한 과제 앞에서 비평장르에 대한 내재적인 인식은 거의 불가능했을 것으로 생각된다. 임화, 김남천, 이원조 등이 주축이 된 '조선문학가동맹'과 김동리, 조연현, 조지훈 등이 주축이 된 '조선청년문학가협회' 사이의 대립은 문학 내적인 관심보다는 민족국가의 구성원리로서의 이념에 대한 대립에서 나온 것이었다. 그런 점에서 이 대립은 공산주의 이데올로기와 자유민주주의 이데올로기 사이의 대립이 전제되어 있었던 것이다.[2]

민족국가의 지도원리로서의 이념에 대한 성찰은 당시의 비평을 압도적으로 규정했던 규정력이었다. 이러한 규정력은 한편으로는 불가피한 문제이기도 했던 것이 사실이지만, 다른 측면에서 비평장르 자체에 대한 자의식이 동반되지 않았다는 점에서 아쉬운 점이기도 하다.

이러한 아쉬움은 남과 북에 각각의 개별 국가가 수립되고, 이후 6·25 전쟁이 발발하면서 더욱 악화된 방향으로 나아갔던 것으로 보인다. 해방 직후의 문학계가 이념에 대한 무한 개방성의 조건 속에 있었던 것이라면, 전후의 비평계는 이념에 대한 객관적인 성찰이

---

2 김외곤, 「해방 직후의 민족문학론과 근대성」, 김윤식 외 19인 공저, 『한국 현대 비평가 연구』(강, 1996), p. 145.

전면적으로 폐쇄된 시기였다고 볼 수 있다. 전후 북한에서는 주체사관에 기반한 북한식 문예미학이 자리를 잡았고, 남한에서는 전후의 황폐한 시대적 분위기 속에서 서구의 실존주의 사조가 팽배하게 되었던 것이다.

6·25 전쟁이 우리 사회의 내적 필요성에서 기인한 것이 아니라, 냉전체제의 한 산물로서 국제적 역학관계 속에서 발생한 것인 만큼, 이에 대한 분석과 후유증의 치유는 이러한 국제정세에 대한 전반적인 조망이 가능할 때에라야 가능한 것이었다. 그러나 당시로서는 이러한 조망이 불가능했을 것으로 판단된다. 역사적 사건에 대한 객관적인 조망은 반성적인 시간의 경과를 요청하기 때문이다. 그러므로 1950년대를 풍미했던 실존주의에 대한 열렬한 관심은 현실 역사에 대한 정밀한 탐구에 기반한 것이 아니라, 전후 미국문화의 무차별적 수입에서 비롯된 한 현상으로 보아도 무방할 듯하다.[3]

해방과 전쟁의 혼란을 넘어 우리 사회가 조정국면에 들어선 것은 1960년대에 이르러서였다. 1960년대의 가장 앞자리에 놓인 역사적 사건은 4·19였다. 4·19의 역사적 의미에 대해서는 다양한 시각이 엇갈리는 것이겠지만,[4] 그럼에도 불구하고 60년대 초두의 이 사건이 이후 우리 사회에 미친 영향력과 그 중요성에 대해서는 모두가 동의

---

3 전기철, 「해방후 실존주의 문학의 수용양상과 한국문학비평의 모색」, 한국현대문학연구회 편, 『한국의 전후문학』(태학사, 1991)이 대표적인 논문이다.

4 4·19의 역사적 성격 및 그것의 문학적 의미에 대해서는 다음의 글들을 참고할 만하다. 성민엽, 「4·19의 문학적 의미」, 김병익, 김주연 편, 『해방 40년: 민족지성의 회고와 전망』(문학과지성사, 1985); 백낙청, 「4·19의 역사적 의의와 현재성」, 『창작과 비평』, 1990년 여름호; 염무웅, 「5·60년대 남한문학의 민족문학적 위치」, 『창작과 비평』, 1992년 겨울호.

하는 바이다.

1962년에 「나르시스 시론 – 시와 악의 문제」를 『자유문학』에 발표하면서 등단한 김현의 비평은 이 4·19 정신의 점진적인 심화와 확대의 과정으로도 파악할 수 있다. 뒤에서 자세히 논의되겠지만 김현은 4·19 혁명을 프랑스 대혁명과 등질적인 차원의 '계몽 혁명'으로 이해하고 있었던 것으로 판단된다. 따라서 당시의 김현에게는 한국 사회가 근대적 계몽의식이 불철저한 사회로 보였을 것이며, 그것의 한 반향으로 나타난 것이 개인주의의 강조에 있었다는 사실을 우리는 알고 있다.

이와 함께 김현은 비평의 장르적 특수성에 대한 탐구에도 주력했다.[5] 이러한 탐구를 통해서 김현은 자신의 고유한 문학적 이념을 개진하곤 했으며, 그러한 작업과 보조를 맞추어 왕성한 현장비평을 수행하기도 하였다. 김현의 이러한 비평적 작업은 『한국문학사』(1973)와 『한국문학의 위상』(1977) 등의 저작을 통해 강렬하게 부각되었거니와, 그것과 병행하여 소위 '4·19 세대'로서의 '세대 의식'을 강조함으로써, 전후 세대의 문학에 대한 강렬한 비판의식을 보여주기도 하였다. 이러한 과정 속에서 김현은 자신을 포함한 소위 4·19 세대의 문학에 역사적 정당성을 부여하기에 주저함이 없었으며, 이를 통해 그 이전 세대의 문학과의 대결의식을 보여주기도 하

---

5 다음에 인용하는 평론들에는 김현의 비평적 자의식이 얼마나 철저했는지 잘 드러나 있다.
　김현, 「비평고」, 『산문시대』, 1962년 겨울호.
　＿＿＿, 「한국비평의 가능성」, 『현대한국문학의 이론』(민음사, 1972).
　＿＿＿, 「비평방법의 반성」, 『문학사상』, 1973년 8월호.
　＿＿＿, 「비평의 방법」, 『문학과지성』, 1980년 봄호.

였는데, 이것은 어떤 측면에서 우리 근대문학에 대한 김현의 재평가 작업으로도 볼 수 있는 문제이다.

김현이 이러한 작업을 자신의 문학적 소명으로 생각하고 밀고 나갈 수 있었던 것은 일차적으로는 김현 자신의 문학적 재능의 특출함에서 비롯된 것이지만, 김현이 비평활동을 개시한 시점의 역사적 진전과정 역시 소홀히 취급될 수 있는 문제는 아니다. 60년대에 이르면, 해방과 전쟁이라는 충격적인 사건도 어느 정도는 반성적인 여유를 얻기 시작하는 단계이며, 4·19를 통해 가능해진 자발적인 변화의 가능성에 대한 확인은 '주체성'의 확립이라는 과제로 이후의 역사전개를 이끌고 가는 것이다. 주체성의 확립이라고 할 때, 그것은 한편으로 민족사의 주체적 재구성이라는 방향으로 이끌며, 다른 한편으로는 개인의식의 형성이라는 문학적 과제로 이끈다.

김현의 문학비평이 비평사적 중요성을 띨 수 있는 것은 이 '개인의식의 형성'이라는 과제를 그의 비평적 전생애에 걸쳐 일관되게 추구하였다는 사실에 있다. 당시 김현의 생각에는 한국문학의 풍토에서 가장 허약한 부분이 이 개인의식의 결핍이었는데, 이를 극복하는 작업의 하나가 그에게는 비평적 실천으로 보였던 것이다. 그러나 김현의 의식 속에서 파악된 개인주의가 서구라파적 의미의 계몽주의에 기반한 것이었고, 많은 부분 그 자신이 비판해 마지않았던 '새것 콤플렉스'에 침윤되어 있었다는 점은 매우 아쉬운 부분인 것도 사실이다.

그러나 역으로 김현 비평이 비평사적 중요성을 확보할 수 있는 것 역시 이러한 개인의식의 강조를 통한 근대적 세계로의 접근에 있었다는 점도 쉽게 그 의미를 부정할 수 없는 부분이다. 물론 우리는 여기서 김현이 생각한 '보편인으로서의 개인'이 르네상스 이후 서구에서 발생했으며, 프랑스 혁명을 계기로 확산되기 시작한 개념으로 한정적으로 이해되었다는 점도 지적해야 할 것이다. 따라서 김현이 강조했던 개인주의는 현저하게 서구적 시각에 침윤되어 있었으며, 다른 한편에선 서구 문화를 하나의 보편적 규정력으로 무비판적으로 인정하는 오류를 범하기도 하였다.

그러나 당시의 김현에게는 이러한 지적 옥시텐탈리즘occidentalism의 함정을 파악할 만한 거시적인 시야가 결핍되어 있었다. 때문에 비평적 출발선에 서 있었던 당시의 김현은 서구적 의미로서의 개인을 하나의 보편개념으로 규정, 이를 통해 한국적 현실을 비판하는 준거로 삼았으며, 프랑스 문학을 거울로 삼아 우리의 근대문학을 비판하는 모습을 보여주기도 하였던 것이다. 이것은 그 자신이 맹렬하게 비판해 마지않았던 '새것 콤플렉스'의 발로이지만, 그럼에도 불구하고 근대문학에 대한 김현의 비판 모두를 '새것 콤플렉스'의 발로로 규정할 수는 없는 일이다.

어쨌든 앞선 시대에 대한 비판적 조명은 자연스럽게 자신의 세대에 대한 역사적 의미부여라는 과제와 연결된다. 김현 비평을 한마디로 규정하는 것이 가능하다면, 그것은 '4·19 세대로서의 세대 의식의 문학적 형상화와 그 실천'이라고 말할 수 있을 것이다. 이러한 의미규정 속에는 김현 비평이 갖고 있는 근대적 개인에 대한 강한 집착과 미적 자율성 이론에 근거한 비평적 자의식, 그리고 합리주의에 대한 강한 애착 등이 김현 비평의 규정력이었다는 암시가 내포되어 있다.

문제는 김현 비평이 김현이라는 개별자의 차원에만 머문 것이 아니라 이후 후배 세대들에게 하나의 전범으로서의 역할을 하고 있으며, 김현의 비평관을 포함한 문학관이 현재의 문학지형에서 다양한 방식으로 분화, 확대되고 있다는 점에 있다. 특히 그 특유의 수사법은 소위 '김현체'라는 명명을 얻을 정도로 많은 비평가들에게 원용되고 있으며, 그의 실제비평은 텍스트 분석의 모범답안처럼 여겨지고 있는 실정인 것이다.

　그러므로 김현 비평은 김현의 죽음과 함께 종결된 하나의 역사적 사건이 아니라 현재진행형의 현실인 것이다. 그렇기 때문에 김현 비평에 대한 탐구는 종결된 과거 역사에 기념비를 세우는 작업이 아니라, 그것의 현재적 의미를 묻는 실천적 성격을 갖게 되는 것이다. 역사는 현재와 과거와의 대화라는 한 역사학자의 고전적인 명제는 그러므로 정당하다.

　본고의 일차적인 목적은 김현의 비평 의식을 밝혀보는 데 있다. 김현의 비평 의식을 밝힌다고 할 때, 그것은 김현의 문학관에 대한 탐구를 필요로 한다. 문학관에 대한 탐구는 한편으로는 비평가의 의식을 문제 삼는 것이며, 다른 한편으로는 그러한 의식을 가능케 한 개인과 사회와의 관련성을 문제 삼는 것이다. 비평 의식에 대한 탐구와 함께, 그렇다면, 그러한 의식이 현실의 문학장 속에서 어떠한 과정을 통해 관철되고 있는가 하는 점 역시 탐구하게 될 것이다. 바꿔 말하면, 김현의 비평적 실천행위를 문제 삼는 것이다. 비평 의식에 대한 탐구가 원론적인 성격을 띠는 것이라면, 비평적 실천행위에 대한 탐구는 실천의 궤적에 대한 탐구라고 볼 수 있다. 다시 비평 의식에 대한 탐구가 가치중립적인 의미를 띠는 것이라면, 비평적 실천행위에 대한 탐구는 실천적 행위에 대한 의미부여의 성격을 띠는 것이다. 따라서 본고는 이러한 이중의 과제를 수행하는 데 그 목적이 있다.

그러나 김현 비평의 영역은 한국문학과 프랑스 문학, 이론비평과 실제비평, 문학사와 현장비평, 외국문학의 전신자적 역할 등 비평 영역의 거의 전 부문에 걸쳐 있고, 시기적으로도 30여 년에 걸쳐 있다는 점에서, 본고에서는 『한국문학의 위상』이 출판된 1977년까지의 초기 비평으로 그 범위를 한정하기로 한다. 이렇게 범위를 한정한 데는 다음과 같은 문제의식이 개입되어 있다.

첫째, 이후에 전개될 김현의 비평적 실천의 궤적들이 초기 김현 비평에 고스란히 드러나 있기 때문이다.

둘째, 초기 김현 비평은 비평적 자기정립을 위해 이전 세대를 차별화하는 방법을 주로 사용했는데, 이러한 차별화의 논리를 통해 김현 비평의 고유성을 확인할 수 있기 때문이다.

셋째, 김현 비평에 대한 객관적인 고찰을 위해서는 어느 정도의 시간적 거리가 필요하기 때문이다. 그것은 김현 비평 자체에도 해당하는 일이겠지만, 김현과 동시대에 활동했던 비평가 및 작가들이 현재에도 왕성하게 활동하고 있다는 점에서, 역사적 의미부여를 하기에는 어려움이 있기 때문이다.

이와 함께, 본고에서는 김현의 비평 가운데서도, 특별한 경우를 제외하고는 한국문학에 관련된 부분으로 고찰의 범위를 한정하기로 한다. 김현 비평의 전체상을 파악하기 위해서는 프랑스 문학에 대한 철저한 검토도 함께 요청되는 것이겠지만, 그것은 필자의 역량을 넘어서는 일일 뿐만 아니라, 김현의 비평가로서의 정체성은 한국문학에 대한 평론들만으로도 충분히 검증될 수 있다고 판단되기 때문이다.

제2절 **연구사 검토**

김현은 타계하기 바로 직전 한 문학상의 수상소감을 통하여 자신이 생각하는 문학이란 뜨거운 상징을 보여주는 것이라고 진술한 바가 있다.[6] 이때 뜨거운 상징이란 문학적 실천이 정적인 것이 아니라 독자와의 소통을 통해 공감, 반발, 저항을 불러일으키는 동적인 것이어야 한다는 주장의 비유적인 표현으로 이해할 수 있다.

실제로 김현의 전반적인 비평세계를 고찰해보면, 김현의 이러한 진술이 다만 수사에 불과했던 것이 아니라는 사실을 우리는 발견하게 된다. 만 20세의 나이로 문단에 등장해서 1990년 타계할 때까지 그가 보여준 문학적 열정은 그 자체가 우리 비평계의 뜨거운 상징이었다고 생각된다. 그가 김윤식과 함께 써내려갔던 『한국문학사』(1973)의 문제의식이 아직까지도 현실적 유효성을 획득하고 있다거나, 『한국문학의 위상』(1977)에서 피력했던 문학관이 그 논리적 정합성과는 별도로 여전히 뜨거운 관심의 영역으로 머물러 있다는 사실은, 그의 비평적 실천행위가, 다만 그 자신의 비평가로서의 자기정립이라는 차원에 머문 것만이 아니라, 우리 문학의 가장 핵심적

---

6 김현, 『전체에 대한 통찰』(나남, 1990), p. 8.

인 문제들과 대결하고 공명하였다는 사실을 간접적으로 보여주는 예들이라고 할 수 있을 것이다.

때문에 김현의 때 이른 죽음은 많은 문학인과 독자들에게 하나의 충격적인 사실로 인식되었으며, 그러한 충격의 반향 때문인지 그의 사후 발표된 김현의 문학에 대한 추모의 글들은, 그 대부분이 실제 이상으로 김현의 업적을 과장하는 모습으로 나타나기도 했던 것이다.[7] 한 연구자의 지적처럼, 김현 사후에 발표된 대개의 비평적 담론들이, 몇몇 예외를 제외하고는 김현에 대한 객관적인 거리감 없이, 연구주체의 주관에 지나치게 지배되어 왔다는 사실을 부정하지는 못할 것 같다.[8] 그러나 시간이 흘러, 김현에 대한 추모의 열기가 걷히기 시작하자, 그의 문학세계에 대한 냉정하고 비판적인 연구가 나오기 시작했다.

지금까지의 김현 비평에 대한 연구는 대략 다음 네 가지 방향에서 전개되어 왔다고 볼 수 있을 것이다.

첫째, 김현 비평을 각론이 아닌 총론의 관점에서 개념화하는 작업을 들 수 있다. 이러한 연구에서는 김현 비평의 다양한 층위에 주목하기보다는, 그러한 다양성을 관통하여 일관되게 전개되고 있는 김현의 세계관 혹은 비평 의식을 문제 삼는다. 황지우,[9] 김인환,[10] 김

---

7 그의 사후 발간된 『김현문학전집』, 제16권(문학과지성사, 1993)에 실린 추모시와, 신문기사, 평론들을 모아놓은 자료집을 보면, 그것이 얼마나 대단한 것이었는가를 알 수 있다.
8 권성우, 「매혹과 비판 사이: 김현의 대중문화 비평에 대하여」, 김윤식 외 공저, 『한국 현대 비평가 연구』(강, 1996), p. 354.
9 황지우, 「바다로 나아가는 게: 김현과의, 김현에게로의 피크닉」, 『문예중앙』, 1987년 여름호.
10 김인환, 「글쓰기의 지형학」, 『문학과 사회』, 1988년 가을호.

윤식,[11] 김경복[12] 등의 평론이 그것이다.

황지우의 글은 본격적인 김현론이기보다는 에세이의 성격을 갖고 있다. 그러므로 김현의 문학적 세계관이 도드라지는 바로 그만큼 황지우의 주관적인 예단 역시 강렬하게 부각된다. 그럼에도 불구하고 황지우의 이 글은 김현 비평 정신의 가장 핵심적인 면모를 잘 지적하고 있다고 판단된다. 황지우에 의해 김현 비평은 '깊은 주관주의', 곧 실존주의로 명명된다.

깊은 주관주의란 한마디로 말하면 김현 비평이 텍스트를 주관화시킨다는 것을 빗댄 표현이다. 김현은 많은 경우 텍스트의 주어이며, 혹은 자신을 텍스트의 술어로 놓는다. 때문에 김현의 비평에서는 텍스트의 작가의 자아 못지 않게 평론가 김현의 자아가 강하게 부각된다. 이런 관점에서 김현의 비평은 작가와 비평가, 혹은 텍스트와 비평가 사이의 상호-주관적인 관계 속에서 진행된다. 때문에 김현의 비평에서 문제가 되는 것은 말한 내용의 참/거짓이 아니라 말하는 주체의 태도라는 것이 황지우의 판단이다. 말하는 주체의 반성적 태도에 의해 텍스트의 여러 겹의 의미가 서서히 드러난다. 이때, 텍스트 속에 만들어진 삶의 여러 겹, 이것이 '깊은 주관주의' 비평의 깊이라고 황지우는 주장한다. 따라서 그것은 실존주의적 성격을 띠고 있다. 그러한 깊은 주관주의와 함께 황지우는 김현의 비평이 프로이트의 어두운 정신분석을 세척하여 그의 밝은 정신분

11 김윤식, 「소설, 시, 비평의 관련 양상」, 『김윤식평론문학선』(문학사상사, 1991).
12 김경복, 「말에 대한 사랑과 창조적 비평」, 『오늘의 문예비평』, 1991년 여름호.

석을 창안하였던 바, 김현이 '행복의 시학'이라 한 방법론을 '몽상의 정신분석'이라고 명명한다.

그러나 깊은 주관주의라는 표현에서도 어느 정도 암시 받게 되는 것이겠지만, 김현 비평은 그 나름의 장점 못지않게 취약성을 동반하고 있다. 그것은 깊은 주관주의가 언제든지 인상주의 비평으로 떨어질 수 있다는 데서 나타난다.

김현의 인상주의는 작품이 마음에 안 들어 피상적으로 대강 읽을 때나, 자기 비평의 '자기됨을 밝혀보고 싶다거나, 자기 몽상이 어디로 향하는가를 밝혀보고 싶다'는 욕망에 겨워 텍스트의 전체적인 구조의 압력에서 벗어나 자기가 좋아하는 어느 한 부분만을 지나치게 편식할 때 불거져 나온다고 황지우는 비판한다. 그것은 작품 속에 실현되어 있는 의도의 움직임을 무시한 채 제멋대로, 자의적으로 나가는 비평의 폭행이라는 것인데, 다시 그것은 이미지들이 사용된 맥락에 대한 고려가 사라질 때 나타나는 김현 비평의 문제점이라는 지적을 하고 있다.

맥락의 비평의 불철저함에 대한 황지우의 비판과는 반대로, 김인환은 김현이 맥락의 독서를 체질적으로 타고난 비평가라고 주장한다. 그러한 김현의 태도는 추상개념이나 모호한 법칙, 자의적인 체계에 대한 경멸을 감추지 않는다고 주장한다. 김인환에 따르면 김현의 논리적인 것에 대한 경멸은 그것이 다만 논리적인 데에 머물러 있을 때이며, 그러한 논리를 넘어 삶에의 관심에 의해 인도되고, 모든 구체적인 사실, 모든 모순을 내포하는 전체적인 생활을 진지하게 영위해나갈 때 그것은 합리적인 세계관 속으로 수렴된다는 것이다.

그는 김현의 비평적 층위를 지형학이라는 개념으로 정리하면서, 그의 지형학에서 변치 않고 남아 있는 핵심적인 층위로 정신분석의 자유로운 활용을 들고 있다. 이와 함께 김현이 가장 고심한 인식의 층위로서 마르크스주의를 들고 있는데, 김현이 마르크스주의와의 화해에 도달하지 못한 이유는 한국자본주의의 미숙성에 기인한 것 이라고 주장한다. 그러나 김인환의 이와 같은 지적은 백낙청을 포함 한 민중진영의 평론가들의 현존 앞에서는 무력한 김현 옹호로 떨어 질 수밖에 없다는 사실을 주목할 필요가 있겠다.

80년대에 들어서면서 김현은 그의 지형학을 완성하겠다는 체계 에의 욕망에 집착하게 되며, 그것이 폭력에 대한 김현의 탐구였다 고 김인환은 주장한다. 그럼에도 불구하고 김현은 마르크스와의 만 남에서 실패하는데, 이때 김현에게 다가온 욕망은 마르크스 수용의 역사인 『프랑스 비평사』의 기술이었다는 것이다.

결론적으로 김인환은 김현의 비평을 '대화를 지향하는 글쓰기' 로 규정한다. 그것은 텍스트에 숨어 있는 결여를 채우고자 하는 욕 망과 자신의 결여를 글에 의해 메우고자 하는 욕망이 그의 글쓰기 를 받쳐주고 있다는 것의 다른 말이다. 김현의 글쓰기가 일종의 유 혹이고 간음이라는 김인환의 진술의 함의는 바로 이것 때문이었다.

황지우가 '깊은 주관주의'로, 김인환이 '맥락의 독서'로 김현 비평 을 규정하였다면, 김윤식은 '만남의 현상학'이라는 조어를 통해 김 현 비평의 전반적인 세계를 고찰한다. 만남의 현상학이란 무엇인가. 만일 비평을 정신과 정신과의 만남이라고 한다면, 그것이 바로 인간 과 인간의 만남이며, 다시 이것이 만남의 현상학이라는 조어의 함의라는 것이 김윤식의 생각이다. 이때 중요한 것은, 정신이라는 것이 인간 내면의 주체화라는 과정 속에서 형성된다는 것이다. 그것은 내성이라는 개념과 통하는 것일 터이다. 김윤식은 정신과 사상을 구분한 후에 김현이 정신 쪽으로 달려감으로써 자기 파탄에 부딪히지 않았고, 사상 쪽으로 달려감으로써 추상적 관념에 좌초하지 않았다고 진단한다.

이와 함께 김현의 비평은 문학과 정치 사이의 균형감각 속에서 전개되었다고 주장한다. 그것은 달리 말하면, 현실과 관념, 문학과 정치 사이의 대응관계를 기본축으로 하여 성립된 것으로, 관념론자 헤겔의 현상과 본질, 현실과 이상의 도식을 김현이 주의 깊게 탐구하였다는 것을 의미한다. 물론 이러한 관계에 대한 탐구는 김현의 이른바 4·19 세대 의식과 밀접한 관련을 맺고 있는 것이라고 볼 수 있다. 그가 이청준이나, 최인훈의 소설에 비평적 촉수를 드리운 것은 이러한 공통감각으로서의 세대 의식 때문이었다는 것이 김윤식 진술의 요체인 셈이다. 김윤식에 따르면 그러한 세대 의식에서 문제되는 것은 이른바 '의식의 성장'이라는 것이며, 그러한 의식의 동일성이 김현에게 있어 세대 의식으로 구현되고 있다는 것이다.

의식의 성장을 문제 삼는 것은, 관념형태에 대한 탐색의 다른 말이다. 당시의 김현에게 이청준이나, 최인훈의 소설이야말로 그러한 관념형태에 대한 치밀한 탐색을 보여주었다는 것, 그러한 탐색을 통하여 모든 관념형태는 조만간 이데올로기로 화하여 억압장치로 된다는 것, 때문에 부정의 부정을 통한 부정의 무한화 과정만이 있어야 한다는 것을 김현은 이 두 작가에게서 발견했다는 것이 김윤식의 주장이다. 김윤식은 이러한 김현의 사유방식이 소설에서 진실이 란 다만 '진실화 과정'에 불과하다는 김현 특유의 이론으로 드러났 다고 단정하고 있다. 한마디로 말하면, 김윤식에 의해 파악된 김현 비평은 일종의 의식비평이었던 셈이다.

『말들의 풍경』에 대한 서평으로 쓰여진 글에서 김경복은 김현의 비평이 의식비평의 일종이며, 더 정확히는 '현상학적 비평'이라고 규 정한다. 그렇다면 김경복이 말하는 의식비평이란 무엇인가. 그것은 한마디로 작품의 외형을 분석하는 것이 아니라 작품 속에 나타난 작가의 특이한 의식을 추적하면서, 이 의식이 모든 작가의 독특한 세계를 반영한다고 전제하고 그 작가의 특수한 의식세계, 의식의 질 을 찾아내어 작품평가에 결부시키는 태도라고 할 수 있다. 김현에 게 특징적인 것은 그러한 의식비평이 텍스트에 대한 의미 재구성을 중시하고 더 나아가 비평 자체를 하나의 문학작품화하는 창조적 비 평으로 나타난다는 데에 있다는 것이다.

김경복은 김현의 이러한 창조적 비평의 방법론으로써 그가 현상 학적 비평을 구사하고 있다고 주장한다. 현상학적 비평이란 작품과 독자의 상호교감을 중시하며, 그 교감 속에서 발생하는 이미지의 울림과 그 이미지의 울림을 기술하는 비평자의 창조성을 강조하고 있는 점에서 김현의 태도와 일치한다는 것이다. 그것은 김현의 실제 비평의 정밀성과 합하여 독특한 비평세계를 형성시키고 있다는 것 이 김경복의 주장이다.

그러나 김경복은 다른 한편에서 김현 비평의 두 가지 단점을 지 적하고 있기도 하다. 첫째, 김현 비평은 '말'의 울림에 주목한 만큼 문학적 아름다움의 발굴엔 일가를 이루었지만 비평의 주요기능으로서 작품을 선도하는 기능은 상대적으로 약화되어 있다는 것이다. 바꿔 말해 해석비평에 치우친 나머지 입법비평으로서의 기능을 너무 소홀히 하고 있다는 주장이다. 둘째는 주관주의에의 함몰 가능성이다. 즉 주관의 강화로 객관적 준거 체제보다는 문학의 신비화, 감동화에 경사돼 객관적 현실을 배제하기 쉽다는 점이 그것이다.

두 번째 연구경향은 김현의 시론, 소설론, 비평론 등 문학론(시학) 및 비평 의식에 대한 고찰을 들 수 있다. 첫째 경향에 해당하는 평론들이 김현의 비평에 대한 총론적인 글이었다면, 다음의 평론들 및 논문들에는 김현이 실제비평에 임하는 데 있어서 각각의 장르들을 어떤 관점에서 파악하고 또한 비평적 기준점으로 삼았는지가 잘 나타나 있다. 이숭원[13], 권보드래의 논문[14]이 김현의 시 인식 및 시 비평에 관한 것이라면, 송희복의 평론[15]은 김현의 소설론에 관한 것이다. 그의 비평론에 대해서는 권성우의 평론[16]이 비교적 성실하게 쓰여진 글이라고 할 수 있다.

이숭원은 김현의 비평 의식을 '혼란과 대립의 이원적 대립구도'라고 규정한다. 초기 김현 비평에 드러나는 이러한 이원적 대립구도는 세계를 대하는 김현의 의식을 계속 이원적인 대립의 형태로 몰고 갔다는 것이다. 정체와 갱신, 응고와 분열, 상투화와 긴장 및 지적 조

13 이숭원, 「김현의 시 비평에 대한 고찰」, 『선청어문』 제23집(서울대학교, 1995).
14 권보드래, 「1970년대 『문학과지성』 동인의 시론」, 한계전 외, 『한국 현대시론사 연구』(문학과지성사, 1998).
15 송희복, 「욕망의 뿌리와 폭력의 악순환」, 『오늘의 문예비평』, 1996년 가을호.
16 권성우, 「비평이란 무엇인가」, 『비평의 매혹』(문학과지성사, 1993).

작, 정신의 경직성과 유연함이라는 이원적 대립구도 속에서 김현은 전자를 지양하고 후자의 개념에 관심을 쏟았다는 것이다. 요컨대 구속, 억압, 응고, 정체, 상투화, 집단, 경직성 등은 김현이 싫어한 대상이고 자유, 꿈, 분열, 갱신, 긴장, 개인, 유연함 등은 좋아한 것들이라는 것이다. 이런 점 때문에, 김현은 분열을 통해서라도 자유에의 꿈과 정신의 변화를 표현한 김수영에게 매력을 느끼며, 상투형에 머물지 않고 새로운 긴장과 지적 조작의 시를 쓴 오규원, 정현종, 황동규에게 관심을 가졌다는 것이다.

이러한 특징과 함께 이숭원은 김현 비평의 관념적 경향을 지적한다. 그러한 이숭원의 지적은 김현이 관념의 차원에서 외국문학을 이해하고 그것을 통해 우리 문학을 바라보았다는 데에 이르러 강한 비판적 성격을 띠게 된다. 그러한 관념적 경향이 때로 세계를 해석하는 데 있어서 과감한 독단을 가능하게 하였다는 것이 이숭원의 판단이거니와, 이때 개개의 작품은 김현의 추상적 사고를 채워주는 자료에 불과했다는 비판이 이어진다.

이러한 비판에도 불구하고, 이숭원은 김현이 정교하고 치밀한 시 분석의 방법을 보여주었다고 고평한다. 그것은 가령 김현이 한 시행의 내면에 파고들어가 그 의미를 음미하고 그 내포적 의미가 전체작품의 구조와 연결되는 맥락을 찾는 것이나, 한 시인의 문학사적 위치를 몇 마디로 압축하여 열거하면서 그 계보 속에 대상시인을 위치시킨다거나, 언어 구사나 이미지 조성에 있어 지적인 조작을 보이는 시들에 대한 정밀한 시 분석을 가하고 있다는 평가에서 단적으로 드러난다.

그러한 장점에도 불구하고 김현이 한 편의 시를 시인의 정신의 자료 정도로 취급하여 오독한 것, 시적 화자와 시인을 동일시한 것, 이미지에 과도하게 집착하여 시의 메시지를 소홀히 한 것, 시를 현실과의 관계 속에서 이해하지 못하고 언어적 조형물로 한정적으로 이해한 것 등을 들어 김현 비평의 한계성을 적절히 논하고 있다.

권보드래는 『문학과지성』의 동인들의 시론 중에서 김현의 시론을 중심적으로 다루고 있다. 간단하게 정리하자면, 김현의 시론은 초기 발레리의 시론에 영향을 받은 절대와 형이상학의 탐구로부터 후기에 바슐라르적인 현상학적 시론으로 변화해갔다는 것이다.

발레리의 시론에 의하면, 시란 생의 불완전성으로부터, 꿈꾸는 세계와 현실 사이의 아득한 거리를 절감한 자의 시선으로부터 나오는 것이며 그런 의미에서 무, 부재의 상태에 대한 기술이다. 이것은 또한 「나르시스 시론」에서 김현이 갈파한 시론이기도 하다. 이때 김현에게 있어서 나르시스란 자기의식의 상징, 그와 더불어 생겨난 분열의 상징이라고 권보드래는 주장한다. 이러한 분열은 김현에게 존재와 언어의 분열이라는 인식을 심어주며, 그것은 다시 언어의 무력감에 대한 탐구로 이끄는데, 그러한 관심의 대상 시인으로 김춘수가 등장한다. 권보드래는 김춘수에의 탐구를 통해 김현에게 비로소 프랑스 상징주의와의 비교문학적 시야가 열렸다고 주장한다.

김현의 프랑스 상징주의에의 경도는 이후의 그의 비평에 몇 가지 흔적을 남겼다는 주장도 첨가된다. 그 흔적이란, 첫째, 전통적 서정주의에 대한 대타 의식 속에서 새로운 시를 찾게 만들었고, 둘째, 순수하고 이상적인 것, 애매모호하게 절대를 보여주는 것에의 도취를 통해 고정화, 실체화하려는 어떤 노력도 거부하게 만들었다는 것이다. 이러한 태도의 결과로 그는 감상성을 경계하는 한편 단순하고 명료하고 힘찬 시 역시 거부하는 토대를 만들게 됨에 따라 민중 문학에 대한 김현의 비판적 태도가 형성되었다는 것이다.

그러나 언어와 형이상학에 고정되었던 김현도 김수영 시와의 만남을 통해 '현실'과 '정직성' 쪽으로 움직이기 시작한다. 그러나 김현에게 있어서 가장 본질적인 만남은 정현종의 시와의 부딪침에서 가능했다는 것이 권보드래의 견해이다. 권보드래는 정현종의 시가 바슐라르의 문학적 태도와 상당히 닮아 있다고 주장하면서, 정현종과의 문학적 만남을 통해서 김현은 바슐라르의 현상학적 비평을 전개시킬 수 있었다고 주장한다. 이때 현상학적 접근 방법이란, 의식에서 일체의 외적 요소를 배제하여 순수한 주관을 경험하고, 아무런 선입견이나 편견 없이 작품을 대하는 태도를 의미한다.

송희복은 김현의 소설관을 '욕망의 뿌리'에 대한 천착과 '폭력의 악순환'에 대한 고찰이라는 두 가지 개념의 제시를 통해 분석한다. 그는 김현의 문학관이 사실의 실증이 아닌 부분과 부분 간의 관계 가치를 규명하는 데 있었다고 주장한다. 이러한 전제 속에서 그는 김현의 초기 소설관이 작가와 작중인물의 관계를 수직적 초월이 아닌 수평적 긴장관계로 정립하는 데 있었기 때문에 김현 역시 넓은 의미의 역사주의자였다고 말한다. 그러나 김현의 역사주의는 실천적이기보다 관조적이기에, 인간심리의 내적 구조를 적나라하게 벗겨냄으로써 그 정당성을 충족하는 딜타이류의 정신사적 경건주의를 연상시킨다는 것이다.

그는 김현의 초기 소설관이 욕망의 뿌리를 찾아내는 이른바 발생론적 구조주의와 근친성을 갖고 있다고 주장하면서, 그러한 의식의 생성을 4·19라는 역사적 동인과 연결시킨다. 즉 4·19와 뒤 이은 5·16이라는 역사적 경과가 김현에게 욕망의 뿌리가 구조화된 폭력과 어떻게 상호의존적인 관련을 맺고 있었는가라는 후기 소설관으로의 이행을 가능케 하였다는 것이다. 그런 점에서 김현의 후기 소설론은 문화적 금기와 구조화된 폭력의 관계를 규명하는 데 집중했다는 입론이 형성된다.

결론적으로 송희복은 김현의 소설관을 다음과 같이 정리하고 있다. 요컨대 소설이란 작가 즉 세계를 욕망하는 자에 의해 변형된 세계이다. 작가는 자기의 욕망이 만든 세계를 중시하며 따라서 그 세계는 작중인물 즉 세계를 욕망하는 사람들에 의해 더욱 생생해지고 활기를 띤다. 이 대목에서 작가의 욕망은 주인공들의 욕망으로 전이된다. 여기에 더해 김현은 독자의 욕망으로 논의를 진전시키고 있는데, 소설이란 이 세 개의 욕망들의 중첩된 현실이라는 것이 김현의 소설관이었다는 것이다.

권성우의 비평은 김현의 비평관을 '공감의 비평'이라는 차원에서 이해한 글이다. 그는 김현을 포함한 소위 4·19 세대 비평가들이 우리 비평의 근대화와 자생적 발전에 획기적인 역할을 수행했다고 주장하면서 문학사적인 의미부여를 하고 있다. 그 가운데서도 김현이야말로 그러한 4·19 세대의 비평적 궤적을 전형적으로 보여주었다는 것이 권성우의 판단이다. 그에 따르면 공감의 비평이란 다음 사항을 일컫는 말이다. 즉 비평은 논리조작이 아니라, 삶을 이해하고 반성하는 정신의 움직임이라는 것이다. 권성우는 이러한 공감의 비평이 이후 김현의 분석적 해체주의자로서의 면모와 적극적으로 연결된다고 주장한다.

그러한 주장과 함께 권성우가 강조하는 것은 김현이야말로 비평 장르 자체에 대한 민감한 자의식을 소유하고 있었으며, 이러한 김현의 비평은 '맥락의 비평'과의 관련하에서 적극적으로 의미부여되어야 한다는 것이다. 이와 함께 권성우는 김현의 비평을 70년대의 또 하나의 중요한 비평적 흐름과의 상호보완과 상호길항이라는 관점에서 이해할 것을 요청하고 있다.

앞의 두 가지 연구 경향이 김현 비평의 '내재적인 이해라는 관점'에 서 있는 것이라면, 다음에 언급할 세 번째 경향은 김현 비평을 '비판적으로 이해하려는 관점'에 서 있다. 김현 비평의 비판적인 독해가 서서히 진행 중이라는 사실은 김현 비평의 공과를 객관적으로 고찰할 만큼의 시간적 경과가 이루어졌다는 사실을 간접적으로 보여준다는 점에서, 이해와 비판 작업의 병행을 통해 김현 비평에 대한 연구의 균형감각을 확보할 수 있다는 점에서 바람직한 일로 여겨진다. 김현의 비평에 대한 비판적인 독해로서 대표적인 논문 및 평론들은 이동하,[17] 한형구,[18] 곽광수,[19] 반경환[20]의 것을 들 수 있다.

---

17 이동하, 「김현의 『한국문학의 위상』에 대한 한 고찰」, 『전농어문연구』, 제7집(서울시립대, 1995).
_____, 「1970년대 한국비평계의 리얼리즘 논쟁 연구」, 『인문과학』, 제2집(서울시립대인문과학연구소, 1995).
18 한형구, 「미적 이데올로기의 분석적 수사」, 『전농어문연구』, 제10집(서울시립대, 1998).
19 곽광수, 「외국문학 연구와 텍스트 읽기」, 『가스통 바슐라르』(민음사, 1995).
20 반경환, 「퇴폐주의를 어떻게 할 것인가-황지우, 김현, 정과리 비판」, 『한국문학 비평의 혁명』(국학자료원, 1997).

이동하는 「『한국문학의 위상』에 대한 한 고찰」을 통해 김현의 가장 대표적인 저작인 『한국문학의 위상』을 다음 세 가지 범주 속에서 비판하고 있다. 첫째는 '문학은 써먹는 것이 아니다'는 김현의 '무용성의 유용성' 이론에 관한 것이며, 둘째는, 1970년대 당시의 저항적 민중문학에 대해 그가 가하는 비판 속에 들어 있는 문제점이고, 셋째는 그 밖의 세부사항에서 드러나는 문제점이다.

첫째, 문학은 써먹는 것이 아니라는 김현의 무용성 이론에 대해 이동하는 여러 예증을 들어 그것이 다만 허위에 불과하다는 사실을 밝혀낸다. 이와 함께 김현이 '문학'이라는 단어에 아무런 한정을 가하지 않는 것은 그가 이해하는 '문학' 이외의 것은 문학이 아니라는 독단적인 인식이 개입되어 있는 것은 아닌가 하는 의문을 제기한다.

두 번째로 이동하는 김현의 비평에 나타나는 저항적 민중문학에 대한 비판의 논리를 문제 삼는다. 이동하는 김현이 서구 산업사회에서 배태된 아도르노의 이론을 한국문학에 적용, 비판의 논거로 삼고 있는 것이 과연 어느 정도의 타당성이 있는 것이냐고 비판한다. 긴급조치 9호 아래 놓여 있던 1970년대의 한국 상황 속에서, 김현이 아도르노의 이론을 비평적 준거틀로 삼은 것은 부적절한 것이었다는 비판도 가해진다. 이 밖에도 이동하는 순수-참여 문학에 대한 김현의 비판, 김현의 프로이트주의적 인간관, '문학만이 억압과 싸울 수 있다'는 문학중심주의의 허위성에 대한 비판도 곁들이고 있다.

「1970년대 한국비평계의 리얼리즘 논쟁 연구」는 김현과 염무웅의 리얼리즘 논쟁에 대한 비판적 연구인데, 여기서는 김현에 관한 이동하의 논의만을 간략하게 살펴보기로 한다. 이동하는 김현의 「한국

소설의 가능성」을 다음 세 가지 차원에서 비판하고 있다. 첫째, 이 평론에서 김현은 리얼리즘이라는 개념을 혼란스럽게 사용하였다. 둘째, 김현은 우리 문학에서 발자크식의 리얼리즘이 불가능한 반면, 로브-그리예식 리얼리즘이 가능하다고 보았는데, 이는 서양에서 나온 사조와 텍스트에의 강한 의존성에서 온 것이었다. 바꿔 말하면, 그것은 김현이 누누이 비판해 마지않았던 새것 콤플렉스의 발현이라는 것이다. 셋째로 김현은 순수파와 참여파에 대한 글에서 시종일관 순수파를 비판하고 있는데, 이는 순수파의 이론을 김현 자신이 받아들이지 못하는 데서 나온 것이기도 하지만, 순수파-참여파로 이분되는 선배세대를 공격함으로써 문단에서의 헤게모니를 관철시키기 위한 고도의 전략이었다는 것이다.

이동하의 김현 비판이 김현의 이론비평에 관한 것이었다면, 한형구는 김현의 실제비평(김지하의 시 「무화과」를 분석한 「속꽃 핀 열매의 꿈」)의 추이를 따라가면서, 김현 특유의 수사적 분석 방식의 장점과 그 한계점을 고찰하고 있다. 제목에서도 드러나는바, 한형구에게 김현 비평은 미적 이데올로기의 분석적 수사로 규정된다. 미적 자율성 이론에 근거하는 미적 이데올로기가 김현의 문학인식이며, 그것을 관철시키는 실천행위가 분석적 수사를 통해 가능해진다는 것이다.

한형구는 김현이 비평적 언술의 한계를 극복하기 위해 시적 언술을 자주 활용하였는데, 이는 그의 비평이 분석적이기보다는 수사적인 것임을 드러낸 것이라고 판단한다. 즉 논리적 체계를 최대한 갖추면서 논리로 해결되지 않는 부분에서는 슬쩍 시적 언어로 비약한다는 것이다. 이러한 측면에서 「속꽃 핀 열매의 꿈」에서 보여주는 김현의 치밀한 분석적 독법은, 매우 역설적이게도 분석에 의해서 시는 살아날 수 없지만, 비평 스스로를 구원할 수 있음을 보여주고 있다는 것이다.

김현 비평의 수사적 특질에 대한 고찰과 함께 한형구는 김현의 미학적 순수주의자 혹은 유미주의자로서의 태도를 문제 삼고 있다. 요약컨대 그것은 세계 자체를 구원하고 인식하는 데 그의 관심이 있는 것이 아니라, 문학 자체의 존립을 위해서 헌신한다는 자기 한계적, 혹은 방법론적 미학주의자의 태도가 김현에게서 뚜렷하다는 것을 이르는 말이리라. 곽광수가 문제 삼는 것은 김현의 전신자적 역할에 관한 것이다. 프랑스 문학의 한국적 변용에 힘썼고, 그 자신이 바슐라르의 문학관에 상당한 영향을 입었던 비평가 김현의 문학세계는 그렇다면, 얼마나 정밀한 이해의 토대에 서 있었을까. 그것이 곽광수의 문제의식인 것이다.

특히 '감싸기 이론'에 대한 김현의 이해와 수용이 일정한 오류를 내포하고 있었다는 곽광수의 논증은 외국문학 전공자 특유의 전문적인 안목이 돋보이는 부분이다. 그의 비판은 다음과 같다. 즉 객관화의 발전을 해명하는, 달리 말해 과학적 패러다임들 사이의 관계를 가리키는 '감싸기'가 어떻게 객관화와 가치 부여 작용 사이의 관계에 적용될 수 있는 것이냐는 것이다. 곽광수가 보기에 김현은 '감싸기' 개념을 모호한 상태로 두면서, 일반적으로 모호하게 쓰이게 된 '변증법적'이라는 표현으로 규정한 데에 그 한계가 있었다고 설명한다. 그렇다면, 김현의 감싸기 개념은 다만 전통의 수용과 변화에 관한 상식적인 이론의 멋부림에 불과한 것이 아니겠는가.

감싸기 개념에 대한 반증을 통해 곽광수는 김현의 텍스트의 도처에서 발견되는 오류들을 지적한다. 그것은 넓게 말해 비판적 태도의 결여로 볼 수 있는 것으로, 불확실한 프랑스어 지식의 미확인, 지레짐작에 의한 텍스트 이해, 비실증적인 독자적 판단 등이 뒤엉켜져 나타난 오류라는 강한 비판에 김현 비평이 직면하게 만든다.

김현 비평에 대한 가장 강렬한 비판은 반경환에 의해 이루어졌다. 「퇴폐주의를 어떻게 할 것인가」라는 평문에서 시도된 반경환의 비판은 크게 다음 두 가지로 나누어진다. 첫째는 김현의 비평이 양심의 가책이 없는 지식인의 지적 우월감의 소산이라는 것이다. 둘째로 김현의 서구문학에의 편향된 관심을 문제 삼고 있다. 김현의 서구문학이론의 무차별한 차용과 한국문학에의 적용은 '새것 콤플렉스'의 발로였다는 점에서 강렬한 비판의 표적이 된다. 반경환에 따르면 그것은 한마디로 지적 퇴폐주의의 소산이었다는 것이다.

반경환의 이러한 비판은 김현 비평의 문제점에 대해서는 핵심에 다다른 것임에도 불구하고, 그 증명 과정이 생략된 채 너무 손쉽게 결론에 이른 것이 아닌가 하는 점 역시 염두에 둘 필요가 있다고 생각된다.

다음으로 언급할 네 번째 연구경향은 김현 비평을 세대론과 관련하여 고찰하는 태도이다. 소위 4·19 세대로서의 역사적 규정력이 그의 비평정신과 실제비평에 가장 중요한 동인으로 작용하였을 것이라는 전제가 이런 경향의 기본 가정이다. 그러한 기본적인 가정 하에서 4·19 세대로서의 김현의 정신구조를 분석하거나,[21] 4·19 세

---

21 김윤식, 「어느 4·19 세대의 내면풍경 - 김현론」, 『김윤식선집』, 제3권(솔, 1996).

대의 언어의식을 분석하거나,[22] 그러한 세대 의식에 대한 자각을 통해 김현이 문단에서의 입지를 어떻게 확보하여 갔는가에 관한 분석이 나타난다.[23]

이러한 연구 속에서 우선적으로 문제가 되는 것은 4·19라는 역사적 사건이 어떻게 김현의 문학의식과 관련을 맺었으며, 그렇다면 그것이 그의 실제비평에서 어떠한 형태로 발현되었는가 하는 점에 있다. 그러나 그것에 대한 판단은 상이하다. 권성우와 김윤식이 소위 4·19 세대의 문학사적 의미를 부각시키면서, 역사적 사건과 문학의식의 효율적인 결합에 상찬을 아끼지 않았다면, 임우기와 같은 논자는 4·19 세대의 언어의식이 표준어 의식의 발현이기 때문에, 우리 문학의 전통적인 유산인 구어의 억압을 초래했고, 이러한 사실이 그들의 비평을 편향된 방향으로 이끌게 되었다고 강하게 비판하고 있는 것이다.

이상의 네 가지 연구 경향 이외에도 다양한 관점의 연구가 진행되고 있다. 가령 김현의 비평을 그의 유년기의 체험과 결부시켜 이해하는 정신분석적 연구나[24] 그의 데뷔작인 「나르시스 시론」에 나타난 '거울 이미지'의 분석을 통해 김현의 자아의식을 추출하거나[25] 김현의 대중문화 비평에 대한 인식을 검토하는 등[26] 김현 비평에 대한

---

22 임우기, 「매개의 문법에서 교감의 문법으로」, 『문예중앙』, 1993년 가을호.
23 권성우, 「60년대 비평문학의 세대론적 전략과 새로운 목소리」, 문학사와 비평연구회 편, 『60년대 문학연구』(예하, 1993).
24 정과리, 「김현 문학의 밑자리」, 『문학과 사회』, 1990년 가을호.
25 남진우, 「공허한 너무나 공허한」, 『문학동네』, 1995년 봄호.
26 권성우, 「김현의 대중문화 비평에 대하여」, 김윤식 외, 『한국 현대 비평가 연구』(강, 1996).

연구는 이제 막 개화하는 시점이라고 해도 과언이 아닌 것이다.

이상의 연구를 통해서 김현 비평의 성과와 한계에 대해서는 어느 정도 드러난 것이 사실이다. 그럼에도 불구하고, 다음과 같은 아쉬움이 존재하는 것 역시 부정하지는 못할 듯하다.

첫째, 연구대상과 연구주체 사이의 미분화 상태를 들 수 있다. 김현의 비평을 연구하는 데 있어 가장 어려운 점은, 연구자가 김현의 유려한 수사법에 압도된 나머지, 자신의 논리를 펼치는 가운데서도 김현의 조어법을 무반성적으로 수용하는 것을 흔히 볼 수 있다는 것이다. 가령 '분석적 해체주의'로 김현이 자신의 문학적 태도를 규정했다고 한다면, 연구자는 '분석적 해체주의'라는 어사와 그 내용을 문제 삼을 것이 아니라, 그러한 김현의 진술의 내적 의미에 대한 판단과 함께 기존의 문학사와의 연속성 속에서 작업을 해야될 것이다. 이러한 작업이 담보되지 않을 경우, 대개의 글들은 다만 김현의 진술에 대한 패러프레이즈에 불과하게 된다.

둘째, 대개의 연구자들이 김현과 직접적으로든 간접적으로든 관계를 맺고 있었던 사람들인지라, 비판을 가하는 데는 상당히 조심스러운 반면, 김현 비평의 우수성을 설명하는 대목에서는 정도 이상의 상찬을 아끼지 않는 모습이 나타난다. 그것은 고인에 대한 인간적인 추모의 정에서 나온 것이 사실이겠으나, 김현이 죽은 지도 어느 정도의 시간이 지났기 때문에 보다 냉정한 자세의 객관적인 연구태도를 가질 필요가 있겠다.

셋째, 김현 비평에 대한 보다 입체적인 조명이 필요하다는 점이다. 지금까지의 연구를 염두에 두면, 대개가 김현 비평에 대한 내재적 연구에 치우쳤다는 느낌이 든다. 그러나 비평이라는 장르 자체의 속성이 일종의 담론을 둘러싼 권력관계에서 발생하는 것이며, 또한 김현 자신이 그러한 문학장의 속성을 잘 이해하고 있었기 때문에, 연구에 있어서도 문학 자체의 내적 논리의 규명과 함께, 그러한 논리를 작동시키게 만들었던 문학 외적인 요인들까지 두루 검토할 필요가 있겠다.

넷째, 김현의 비평의 출발이 50년대 세대와의 길항관계 속에서 존재한 것이 사실이라면, 50년대 문학에 대한 예비적인 접근 역시 필요할 것이라고 생각된다. 그런데 대개의 연구들은 이러한 접근을 배제한 채 60년대 이후 김현 비평에만 분석의 초점을 맞추었기 때문에 문학사의 보다 거시적인 흐름 속에서의 관련 양상에 대해서는 대체로 무심했던 것으로 판단된다. 문학사의 맥락에 대한 보다 세심한 관심이 요청된다고 할 수 있을 것이다.

본고는 기왕의 연구업적을 충분히 고려하면서도, 위에 언급된 네 가지 문제의식을 최대한 염두에 두면서 논의를 진행시키도록 하겠다.

제3절 연구의 방법

문학사적 연구는 필연적으로 역사적 성격을 갖게 된다. 김현을 포함한 4·19 세대의 등장 자체가 전사前史로서 50년대 문학과의 연속성 속에서 출현했기 때문이다. 그것은 전체 역사로서의 한국사라는 지평과 계열 역사로서의 한국문학사라는 지평의 한 부분에 속한다. 이때 역사란 통시적인 차원에서의 전통과의 길항관계와 공시적인 차원에서의 개별화의 논리 모두를 포함하는 것이다. 통시적인 차원에서의 길항관계란, 김현이 어떻게 전 시대의 문학적 유산을 이어받으면서도 거부하려 했는가를 밝히려는 작업이다. 이에 반해 공시적인 차원에서의 개별화의 논리란, 소위 4·19 세대로서의 의식의 분화과정을 추적하는 작업을 의미한다. 단순화시켜 말한다면, 같은 4·19 세대임에도 불구하고 왜 김현을 포함한 일군의 비평가들은 '개인주의의 옹호'를 주장했고, 백낙청을 포함한 일군의 비평가들은 '민중적 전망'에 몸담았는가, 그러한 분화의 발생적 기원은 무엇인가 하는 물음이다. 이 지점에서 김현 특유의 세계전망이 드러날 수 있음은 물론이다.

우리는 4·19 세대로서의 김현의 자의식이 유독 강렬했음을 알고 있다. 그것은 전사로서의 50년대 세대에 대한 김현의 개별화personalization에의 의지였다고 볼 수 있을 것이다. 그렇다면, 본 연구는 김현의 고유한 개별화 작업을, 필자의 고유한 세계전망을 통해 이차적으로 개별화시키는 작업이라고 볼 수 있다. 때문에 모든 문학연구는 일종의 '이차적 개별화secondary personalization' 작업이라 볼 수 있다.[27] 그렇기 때문에 김현 비평 역시 이러한 개별화의 측면에서 이해해야 할 것이다. 이 말은 달리 말하면 김현이 활동하던 당대의 비평적 지형 속에서 김현 비평의 특수성을 적출해야 한다는 것을 의미한다.

---

[27] Erich Neumnn, The origins and history of conciousness, trans., R. F. C. Hull(Prinston: Prinston University Press, 1973), pp. 63-64.

또한 김현 비평의 특수성을 포착하기 위해서는 전기적 차원에서 김현 정신의 원형에 대한 탐구가 요청된다. 이때 우리에게 요청되는 작업은 기간의 정신분석비평의 성과를 효과적으로 활용할 필요가 있다는 점이다. 물론 한 비평가가 산출한 모든 문학적 성과들이 비평가 고유의 심리적 트라우마로 환원될 수는 없다. 역으로 한 비평가의 심리적 트라우마가 그의 비평에 어떠한 영향도 끼치지 않았다는 말은 난센스에 불과하다. 문제는 김현에 관한 한 그 자신이 문학적 생애의 평생에 걸쳐 이 정신분석 비평의 활용과 적용에 관심을 기울였다는 점에 있는데, 김현의 이러한 방법으로서의 정신분석비평은 역으로 김현 자신의 인식의 출발점을 증후적으로 환기시키는 역할을 하곤 했던 것이다. 때문에 우리는 본 연구의 주된 텍스트가 될 그의 평론뿐만 아니라, 그의 에세이, 습작기의 소설, 시 등 2차적 자료까지를 효과적으로 활용하는 예비적 고찰을 하게 될 것이라는 점을 먼저 밝혀둔다.

이러한 방법의 설정은, 김현 특유의 비평적 '심의경향critical turn of mind'[28]을 밝히는 데 있어 매우 소중한 시사점을 준다고 생각한다.

---

28 이 용어는 이브 본느프와(Yves Bonnefoy)가 「영국과 프랑스의 비평가들(Critics- English and French)」이라는 논문에서 사용한 것이다. 김윤식의 설명에 따르면, 모든 국민과 종족은 그 자신의 심의적(心意的) 경향 뿐만 아니라 비평적 심의경향을 갖는데, 전자의 단점이나 제한보다 후자의 단점 및 제한을 한층 더 많이 잊어먹는다는 것이다.
바꿔 말하면 비평적 심의경향은 무의식적으로 작동되는 것인 셈이다. 그것은 국민과 종족이라는 거시적인 단위뿐만 아니라, 개인이라는 미시적인 단위에서도 작동된다. 김현에게 있어서도 김현 특유의 비평적 심의경향이 존재하고 있음은 물론이다. 때문에 김현 비평의 원질을 밝히는 작업은, 김현의 특유한 비평적 심의경향을 밝히는 것의 다른 말인 셈이다 (비평적 심의경향에 대해서는, 김윤식, 『김윤식선집』, 제5권(솔, 1996), pp. 143-159를 참조할 것).

비평적 심의경향을 밝힌다는 것은, 정신분석의 용어로 치환하면, 그의 비평 속에 반복적으로 등장하는 평가에 있어서의 '반복충동'을 찾아낸다는 것을 의미한다. 비평적 심의경향이란 그것이 의식의 조작을 통해 등장하는 것이기는 하지만, 그러한 의식 조작의 가장 심층에는 무의식적인 반복충동이 존재하기 때문이다. 바꿔 말해 어떠한 진술이 반복적으로 제시되거나, 특정한 비평적 심의경향이 반복적으로 작동된다는 것은, 평자 자신의 위기의식의 발현이자 동시에 그것의 해소일 것이기 때문이다.[29]

물론 이러한 예비적 탐구는 궁극적으로 김현의 비평 의식에 대한 탐구를 지향한다. 그러나 비평 의식이란 용어는 때로 모호한 인상을 주기 쉽다. 때문에 필자는 비평 의식을 세계관과 미의식의 결합된 형태로 정의하고자 한다.

그러나 여기서 주의할 것은 '비평 의식=미의식+세계관'이라는 기계적 등식으로 성립되는 것이 아니라는 사실이다. 이때 비평 의식은 '미의식+세계관'의 결합에 독립변수로서 X가 개입한다. 그러니까 궁극적으로 '비평 의식=미의식+세계관+X'의 도식이 성립된다. 이때 X는 비평행위를 수행할 당시의 상황일 수도 있고, 비평가와 작가의 개인적 친분관계일 수도 있으며, 그 외의 문학장文學場의 역학관계일 수도 있다.

본고에서 미의식이라고 할 때, 그것은 미적 태도에 관한 의식과정

29 Dylan Evans, An Introductory Dictionary of Lacanian Psychoanalysis(London: Routedge, 1996), p. 164.

및 미적 가치에 대한 직접적 체험(미적 향수)을 의미한다. 이때 미적 태도란 다양한 의식과정을 규제하고, 미적 의미방향의 실현을 지향하는 것이라고 할 수 있겠다.[30] 미의식을 구성하는 심적 요소로서는 감각, 표상, 상상, 사고, 연합, 의지, 감정 등의 요소들을 들 수 있다. 요컨대 미의식이란 이들 요소의 복합체인 셈이다. 문제는 이러한 미의식이 존재한다는 사실 그 자체가 아니라, 그러한 미의식을 토대로 향수자가 미적 가치 판단(취미 판단)을 내린다는 사실에 있다. 그것은 앞에서 밝혔듯 미적 의미 방향의 실현이라는 과제로 이끈다. 때문에 김현의 비평에 나타난 미의식을 밝힌다는 것은 김현의 비평적 심의경향의 심층구조를 밝힌다는 의미가 된다.

그래도 문제는 남는데, 미의식이라고 하는 것이 다분히 심리적이며 주관적인 것이기 때문에 그것 자체가 하나의 미적 이데올로기로 언제든지 바뀔 수 있다는 사실이다.

때문에 한 개인의 과학적 사고의 총체로서 세계관 개념이 요청된다. 하나의 비평은 단순한 감상의 피력이 아니라, 정합적인 논리의 결합물이 되어야 하기 때문이다. 주의할 것은 우리가 여기서 말하는 세계관 개념이 골드만이나 마르크스류의 계급(계층)의식이 아니라는 사실이다. 따라서 다음과 같은 프로이트의 세계관 개념을 제시하는 것은 본 연구를 위해서 지극히 필요한 일일 것으로 판단된다. 프로이트에 의하면 세계관이란 하나의 지적知的 구성체로서 우리 존재의 모든 문제들을 고차원의 전제에 의해 통일적으로 해결해

---

30 편집부 편, 『미학사전』(논장, 1988), p. 309.

주는 것이며, 그럼으로써 어떤 물음도 대답되지 않은 채로 남아 있지 않게 하며, 우리의 관심을 끄는 모든 것이 그 안에서 자신의 특정한 위상을 차지하는 상태를 의미한다.[31] 김현을 예로 들자면, '세계는 고통스러운 곳'이라는 '고차원의 전제'가 그의 사유를 통일적으로 해결해주었다는 사실을 우리는 뒤에서 밝히게 될 것이다. 문제는 그러한 사유의 확인을 넘어 그것의 비평적 적용행위와 그 파장을 고찰하는 일일 것이다.

바로 이 부분에서 비평적 실천으로서 김현 비평의 의미탐색이 시작된다. 앞에서의 연구방법이 김현의 인식론을 문제 삼은 것이라면, 이 연구 방법은 그것의 현실적 역학관계를 규명할 것을 요구한다. 그것은 다음 두 가지 이유 때문이다. 앞에서 우리는 김현 비평의 연구가 종결된 과거 역사에 기념비를 세우는 작업이 아니라 그것의 현재적 의미를 묻는 것이라고 말했다. 이 말은 김현이라는 거울을 통해서 현재의 비평계를 비춰볼 수 있다는 것을 의미한다. 학문행위가 현실과 상호작용을 한다면, 그것은 가장 이상적인 경우라고 생각한다. 그것이 첫 번째 이유라면, 두 번째 이유는 비평 자체의 속성이라는 문제가 개입한다. 즉 비평이라는 것의 속성 자체가 인식론적 권력 투쟁이며, 이질적인 담론들의 투쟁을 통해 유지된다는 사실을 우리는 알고 있다.[32] 김현의 경우에 있어서도 이러한 양상이

---

31 지그문트 프로이트, 「세계관에 대하여」, 『새로운 정신분석 강의』, 임홍빈, 홍혜경 역(열린책들, 1996), pp. 225-226.

32 K. M. Newton, Twientieth-century Literary Theory(London: Macmillan Education, 1988), p. 16.

확연하게 드러난다. 데뷔 이후로부터 죽음에 이르기까지 그는 자신이 4·19 세대라는 사실을 표 나게 강조했는데,[33] 이러한 세대 의식에 대한 자의식은 그의 비평적 실천행위를 효과적으로 수행하게 한 버팀목이었다. 말하자면 이 '4·19 세대 의식'이야말로 문학장에서 김현의 비평적 실천을 부각시켰던 '구별기호'였던 것이다.

이러한 비평적 실천행위는 부르디외의 '장場' 이론을 통해 설명하면, 효과적으로 그것의 의미를 파악할 수 있다.[34] 부르디외는 '장' 개념으로 사회구조를 설명하고 있는데, 이때 장이란 입장들의 구조화된 공간이라고 정의할 수 있을 것이다. 장은 정치의 장, 학문의 장, 예술의 장 등으로 다원화되지만, 그 장들이 공유하는 일반적 법칙이 존재한다고 그는 주장한다. 즉 각각의 장은 고유한 투쟁목표와 이해관심을 가지고 있으며, 장의 특성에 부합하는 특수한 자본의 분배를 둘러싸고 행위자들이 상징투쟁을 벌인다는 것이다. 장의 특수자본을 갖고 있는 기득권자들은 자본의 계속적인 유지를 위해 '보존전략'을 벌이고, 새롭게 장에 진입하고자 하는 신참자들은 '전복전략(이단전략)'을 벌인다. 신참자들의 전복전략은 그들이 기득권자들과는 다른 '구별기호'를 가지고 있다는 사실을 환기시키면서,

---

33 "이 책의 교정을 보면서, 나는 두 가지의 기이한 체험을 하였다. 내 육체적 나이는 늙었지만, 내 정신의 나이는 언제나 1960년의 18세에 멈춰 있었다. 나는 거의 언제나 사일구 세대로서 사유하고 분석하고 해석한다. 내 나이는 1960년 이후 한 살도 더 먹지 않았다."(김현, 『김현문학전집』, 제7권, p. 13.)

34 본 연구에서 참고할 부르디외의 저서는 다음과 같다.
　『구별짓기: 문화와 취향의 사회사』, 최종철 역(새물결, 1995).
　『상징 폭력과 문화재생산』, 정일준 역(새물결, 1995).
　『혼돈을 일으키는 과학』, 문경자 역(솔, 1994).
　『자본주의와 아비투스』, 최종철 역(동문선, 1995).

기득권자를 공박한다.[35] 이상이 부르디외의 장 이론의 요약이거니
와, 이러한 방법적 준거를 통해 김현의 비평적 실천행위의 의미가 보
다 선명하게 드러나리라고 생각한다.

그렇다면, 본고에서 수행하고자 하는 방법론은 역사주의적 시각
과 문예미학적 시각, 또 김현의 의식 및 실천을 문제 삼는다는 점에
서 심리주의적 시각과 구조주의적 시각을 종합할 것을 요구한다. 역
사주의적 시각을 견지함으로써 우리는 김현 비평이 역사의 한 지점
에 자리 잡은 변동불가능한 객관물이라는 선입관을 배제할 수 있
고, 문예미학 및 심리주의적 시각을 통해 그의 비평 의식의 기원을
추적할 수 있으며, 구조주의적 시각을 통해 김현 비평의 문학장에서
의 역동성을 확인할 수 있을 것이다. 때문에 이러한 연구태도는 김
현 비평의 일면적인 이해를 넘어서려는 작은 시도라고 볼 수 있다.

---

35 이상의 내용은, 피에르 부르디외, 『구별짓기: 문화와 취향의 사회사』(새물결, 1995), pp. 396
－416을 요약한 것임.

제2장
김현 비평의 발생적 배경에 관한 검토

제1절 60년대 문학의 전사前史로서의 전후문학

　김현 비평의 진행과정을 정밀하게 고찰하기 위해서는 전사로서의 50년대 문학의 일반적인 경향성을 탐구할 필요가 있다. 그것은 김현 자신이 전前시대의 문학에 대한 강한 대타의식 속에서 자신의 비평적 실천행위를 정립시켜 나갔기 때문이다. 김현은 등단 초기 동인지 『산문시대』의 창간사에서 "태초와 같은 어둠 속에 우리는 서 있다"[36]라는 진술을 적고 있다. 이러한 김현의 진술은 50년대 문학에 대한 김현의 가치판단과 함께 60년대 세대의 문학적 사명감을 간접적으로 환기시키고 있는 것으로 보인다.

　그렇다면, 김현이 태초의 어둠으로 인식하고 있는 50년대 문학의 상황은 어떠하였을까. 50년대 문학의 전반적인 지형을 검토하기 위해서는 필연적으로 1950년에서 1953년까지의 한국전쟁이라는 역사적 사건에 대한 이해가 선행되어야 한다. 간단히 말하면 50년대 문

---

36 「『산문시대』 창간선언」, 문학사와 비평연구회, 『1960년대 문학연구』(예하, 1993), p. 209.

학의 규정력은 한국전쟁이었다.[37]

문학사적 관점에서 한국전쟁이 갖는 의미는 이후의 문학사의 전개를 이른바 분단문학사로 규정하게 만든다는 사실이다.[38] 해방 직후 우리 문학계가 이념의 무한 개방성이라는 조건 속에 있었다면, 전후의 문학사는 이념에 대한 객관적인 성찰이 불가능한 상황 속에 놓이게 되었다. 남과 북에 상이한 이념의 개별 국가가 수립되고, 국제적인 역학관계 속에서 그것이 한국전쟁이라는 역사적 사건으로 발생했을 때, 국제적으로는 냉전체제의 고착화를 국내적으로는 반공 이데올로기를 국시로 한 이승만 독재체제를 낳았다.

민족상잔의 비극으로서의 한국전쟁은 전후의 문학인들에게 깊은 허무주의를 심어준다. 전쟁의 원인에 대한 과학적인 진단은 당시의 국제정세에 대한 거시적인 이해의 틀이 있을 때에라야 가능한 것이었는데, 전후의 문학인들에게 그것은 거의 불가능한 것이었다. 이와 함께 하나의 사태를 이해하기 위해서는 필연적으로 시간의 경과를 필요로 한다는 점을 들 수 있다. 이러한 시간의 경과가 이루어질 수 없었던 50년대의 문학인들에게 전쟁은 한계체험으로서의 의미를 가진 것이었다. 한국전쟁이라는 역사적 사건을 객관화할 어떠한 과학적 사고틀도 발견할 수 없었던 당시의 문학인들에게 한계체험으로서의

---

37 50년대 문학에 대한 대개의 연구는 한국전쟁이라는 역사적 규정력에 대한 문학계의 반응을 중심으로 전개되고 있다. 그럼에도 불구하고 50년대 문학에 대한 연구가 아직 시작단계에 불과하다는 사실은 부정하지 못할 듯하다. 50년대 문학에 대한 대표적인 연구로는, 한국문학연구회 편, 『1950년대 남북한문학』(평민사, 1991); 문학사와 비평연구회 편, 『1950년대 문학연구』(예하, 1991)를 들 수 있다.
38 권영민, 『한국현대문학사』(민음사, 1993), p. 100.

상황인식은 어쩌면 자연스러운 것일 수도 있었다. 이와 함께 냉전적 사고방식의 확산은 이데올로기에 대한 대중들의 무의식적 혐오감과 상승작용하여 이데올로기에 대한 전면적인 거부를 낳았던 것이다.

이러한 역사적 정황 속에서 당시의 문학인들은 대략 다음 두 가지 방향으로 나아간 것으로 볼 수 있다.

첫 번째로 언급할 수 있는 것은 실존주의를 정점으로 한 구미의 모더니즘 사조의 적극적인 수용과 작품화에의 경향이다. 여기에는 다음 두 가지 사실이 개입되어 있다. 첫째, 사회주의 이데올로기와 자유민주주의 이데올로기의 현실적 충돌이라는 차원에서 일어난 것이 한국전쟁이었음은 분명하지만, 전쟁을 체험한 당사자들에게 그것은 이념 대결로서의 의미보다는 삶과 죽음에 대한 존재론적 성격을 갖는 것이었다는 사실을 들 수 있다. 바꿔 말하면, 당시의 문학인들에게 한국전쟁은 하나의 역사적 사건으로서의 의미보다는 삶과 죽음에 대한 근본적인 성찰을 요구하는 초역사적인 사건으로서 인식되었을 것이다. 둘째로, 전후 서구문화의 급격한 유입이라는 현실을 들 수 있다. 전쟁체험을 통해 더욱 강화된 반공 이데올로기의 강화는 반대급부로 자유민주주의 이념을 같이하는 구미 제국과의 동포의식을 강조하였다.[39] 전쟁 복구 과정에서의 경제 원조는 자연스럽게 구미를 중심으로 한 서구문화의 유입을 가속화시켰다. 전후 서구문화의 유입은 한국적 특수성보다는 인간의 보편성과 이념의 동질성을 문제 삼았다는 점에서 많은 문제점을 내포하

---

39 최유찬, 「1950년대 비평연구」, 한국문학연구회 편, 『1950년대 문학연구』(평민사, 1991), p. 13.

김현 비평과 근대성의 모험

고 있었다.[40]

소설과 비평의 영역에서 넓은 의미의 실존주의 사조가 지배적인 창작 원리로 관철되었다면, 시의 경우에는 실존주의보다 영국의 이미지즘과 주지주의, 엘리어트와 발레리의 시론을 포함한 넓은 의미의 모더니즘이 지배적이었다. 장용학과 손창섭으로 대표되는 실존주의 문학의 융성은 50년대 한국문학의 가장 특징적인 현상일 것이다. 범박하게 말해 실존주의 계열의 작품들이 강조하는 것은 생의 부조리성에 대한 강조와 존재에 대한 회의였다. 전후의 황폐한 현실로부터 파생된 것임에 분명한 이러한 창작경향은 그 밑에 삶에 대한 패배주의와 불안감을 짙게 깔고 있었음은 부정할 수 없는 사실이었다. 그것이 한국전쟁이라는 역사적 한계체험과 결부되어 있는 것은 아주 자연스러운 일이다. 때문에 전후문학에 나타난 실존주의적 경향과 이에 대한 비평적 논의는 엄밀하게 말해 사르트르, 카뮈류의 실존주의 철학과는 별다른 상관성을 갖지 못한 것이었다는 비판도 가능해진다.[41] 그러나 당시의 실존주의 문학이 서구적 실존주의 철학과 별다른 상관성이 없는 것이었다고 할지라도, 바로 이 사실 때문에 50년대 문학의 의의를 전면 부정할 수는 없다.

50년대의 실존주의 문학이 비록 서구 실존주의 철학과 별다른 관련성이 없이 전개되었다고 할지라도, 이러한 문학적 경향성을 추

---

40 이러한 관점에서 50년대 문학을 비판하고 있는 대표적인 논문으로는, 염무웅, 「5·60년대 남한문학의 민족문학적 위치」(『창작과 비평』, 1992년 겨울호)를 들 수 있다.
41 전기철, 「해방 후 실존주의 문학의 수용양상과 한국문학비평의 모색」, 한국현대문학연구회, 『한국의 전후문학』(태학사, 1991), p. 165.

타는 혀

동했던 정신적 상황은 서구의 실존주의 철학과 어떤 동질성을 내장하고 있었기 때문이다. 무엇보다도 전후의 한국적 실존주의는 두 차례의 세계대전을 겪은 인간들을 엄습한 전반적 불안과 격심한 동요로부터 발생한 서구의 실존주의와 유사한 정신적 상황으로부터 발생한 것이었다.[42] 이와 함께 이들의 문학적 실천은 이데올로기의 대립 속에서 파산을 맞이할 수밖에 없었던 당대 역사에 대한 문학적 응전방식으로 이해할 수도 있는 것이다.

전후소설이 실존주의의 수용을 통해서 당대적 현실에 반응하였다면, 전후시는 모더니즘의 압도적인 세례 속에서 전개되어 나간다. 전후라는 시대적 조건은 전통부정의 예술적 분위기를 고양시켰고, 서구 현대사상의 급속한 유입이라는 현실 속에서 새로운 미적 회로를 탐색하도록 유도하였다.[43] 그러나 조향, 박인환, 김경린, 이봉래, 김규동 등을 회원으로 한 '후반기' 동인 및 이들과 근접한 자리에서 활동한 김수영, 김종문, 송욱, 박태진, 고원, 전봉건 등 50년대의 모더니스트들은 30년대 김기림의 한계를 넘어서지 못했을 뿐만 아니라 어떤 측면에서 김기림의 문제의식으로부터 퇴행한 것이라는 비판도 받고 있다.[44]

하지만 전후 모더니즘 시의 가장 큰 문제는 이들이 표방하는 모더니즘이 추상적 관념성의 한계를 넘어서지 못하고 있었다는 사실

---

42 한수영, 「1950년대 한국소설 연구」, 한국문학연구회 편, 『1950년대 남북한문학』(평민사, 1991), p. 50.
43 한형구, 「1950년대의 한국시」, 문학사와 비평연구회, 『1950년대 문학연구』(예하, 1991), p. 90.
44 염무웅, 앞의 글, p. 57.

에 있을 것이다. 전후의 황폐한 현실과 민족분단의 상황 속에서 관념적 현실관으로서의 세계주의는 허위의식에 불과한 것이었다. 이러한 모더니즘 시의 문제성은 수입된 이념에 대한 객관적 성찰이 불가능했던, 무엇보다도 객관 현실에 대한 냉철한 파악이 불가능했던 50년대의 시대적 한계성을 간접적으로 환기시킨다. 그러나 다른 한편에서 전후문학은 전통에 대한 탐구의 자세를 보여주기도 했다. 서정주와 청록파로 대표되는 이러한 경향의 시인들은 모국어에 대한 재인식을 통하여 민족의 정체성을 확립하고자 했다. 외래 사조의 급격한 유입이라는 50년대적인 현실 속에서 전통적인 서정을 복원하고자 했던 이들 시인들의 작업이 일정한 문학사적 의미를 점유하고 있다는 사실을 부정하지는 못할 것이다. 그러나 문제는 이들 시인들이 천착했던 전통이 그 현대적인 세련성에도 불구하고 근본적으로 봉건주의시대 양반, 선비들의 음풍농월을 답습하고 있었다는 점에 있다. 바꿔 말하면 이들 시인들의 복고주의적인 미의식은 시민의식을 기반으로 한 현대적 세계에 대한 일정한 거리감을 필연적으로 수반하고 있었던 것이다. 세계주의의 허위의식에 젖어 있던 모더니즘 문학이 문제적인 것과 마찬가지로 토속적이고 복고적인 세계를 지향하는 이러한 태도도 현실에 대한 관심의 회피에서 비롯되었다는 점에서 문제적일 수 있는 것이다.

이상의 간략한 검토에서도 알 수 있듯 50년대 문학, 더 정확히 말해 전후문학은 외래사조에 대한 광범위한 개방성과 구래의 전통적이고 토속적인 세계에 대한 천착을 그 특징으로 하고 있다. '서구문학에의 종속성의 강화와 반역사주의적 복고주의의 팽창'[45] 으로 요약될 수 있을 이러한 상황은 50년대 문학의 가장 큰 한계가 무엇인지를 간접적으로 보여주고 있다. 그것은 다름 아닌 당대 현실에 대한 냉철하고 합리적인 인식의 부재에서 온 현상에 다름 아닌 것이다. 김현이 비평적 출발선에서 발견한 것 역시 바로 이것이었다.

제2절 김현의 비극적 세계관의 뿌리 – 퓨리탄적 세계 인식

김현의 비평적 전생애를 고려해 볼 때 두드러지는 요소 중의 하나로 '세계는 고통스러운 곳'이라는 비극적 세계관이 반복적으로 제시되고 있다는 사실을 들 수 있다. 물론 자연인 김현이 이러한 세계관을 견지하고 있었다고 한다면, 그것은 큰 문젯거리가 아닐지도 모른다. 그러나 문제는 이러한 세계관이 자연인 김현에게서 멈춘 것이 아니라 비평가로서의 김현의 비평적 활동에까지 관철되어 있다는 사실에 있을 것이다. 그의 데뷔작인 「나르시스 시론」(1962)은 물론이고, 김현의 초기 비평 의식이 비교적 선명히 드러난 「비평고」(1962)에서 강조되고 있는 것 역시 이러한 비극적 세계관이다.

모든 문학가(특히 우리가 말하려는 비평가)는 이런 동굴 속의 수인에 불과한 것이다(당신은 우리가 말한 비유를 플라톤이 사용한 것은 '이데 아계'를 설명하기 위해서였다고 말할 것이다. 그러나 우리는 그 비유를 그 이전에 한하여 생각한다). 문학이라는 벽면에 거짓같이 하나의 영상

---

45 위의 글, p. 56.

―작품이 나타나면 모두들 이것을 향해 '그러므로'의 이유를 전개시킨다. 비평이란 한마디로 말하면 동굴 속 수인의 '그러므로'의 무한한 순환이라고 말할 수 있다.[46]

위의 지문을 단순화시키자면 다음과 같이 정리할 수 있을 것이다. 비평가는 문학작품―텍스트를 통해서 현실을 해석한다. 그러나 문학작품―텍스트는 현실의 전체상을 결코 반영할 수 없다. 때문에 비평가가 아무리 문학작품―텍스트를 정밀하게 탐구한다고 할지라도, 그것을 통해 현실의 전체상을 포착할 수는 없는 것이다. 그럼에도 불구하고 비평가는 문학작품―텍스트에 대한 해석을 멈출 수가 없다. 왜냐하면 그것이 비평가의 운명이기 때문이다.

비평가를 동굴 속의 수인으로 대치시키고 있는 김현의 이러한 비관주의는 김현 특유의 비평적 자의식을 드러내주고 있다. 그것은 비평이란 텍스트의 정밀한 해석을 통해 세계상의 일단을 포착하는 것이라는 생각이다. 이때 김현에게 중요한 것은 동굴 밖의 외부세계, 즉 직접적인 현실에 대한 파악이 아니라 텍스트를 통해서 굴절된 현실의 파악이다. 이러한 김현의 인식은 그로 하여금 현실의 역사적인 상황에 직접적으로 개입하기보다는 텍스트의 해석을 통한 세계의 해석으로 나아가게 만든다. 바꿔 말하면, 비평가가 세계의 전체상을 결코 파악할 수 없는 동굴 속의 수인에 불과하다고 생각하는 김현의 비극적 세계관은 김현으로 하여금 문학의 자율성을 옹호하

---

46 김현, 『김현문학전집』, 제11권(문학과지성사, 1991), p. 284.

는 그 특유의 문학관을 이끌어내게 만드는 것이다.

때문에 김현에게 있어서 비극적 세계관은 자연인 김현의 세계에
대한 인식태도를 보여줄 뿐만 아니라, 비평가 김현의 비평 의식 및
판단의 준거로서 작용하고 있다고 보는 것이 타당할 듯하다. 다시
그렇기 때문에 김현의 비극적 세계관의 뿌리를 검토하는 작업은 그
의 비평적 실천의 토대를 밝히는 의미 있는 작업으로 볼 수 있는 것
이다. 그렇다면 김현의 이러한 비극적 세계관의 뿌리는 무엇이었을
까. 필자의 판단으로는 퓨리탄적 사고방식의 한 형태인 '금욕적 합
리주의'였다고 생각된다.

홍정선이 정리한 연보에 따르면[47] 김현의 부모는 독실한 기독교도
였다. 특히 김현의 외삼촌인 정경옥은 당시 명망 있는 신학자였다.
이처럼 독실한 기독교적 분위기에서 자란 김현이 기독교적 세계관
에 친숙했을 것이라는 사실은 의심의 여지가 없다. 그는 목포로 이
주하는 부모를 따라 1948년 7월 목포 북교 초등학교로 전학을 왔
다. 부친은 북교동 127번지 공설시장 앞에서 구세약국救世藥局을 열
어 양약 도매업에 종사하는 한편, 목포 중앙교회의 재정 담당 장로
로 재직하게 된다. 김현 역시 부모와 함께 교회에 열심히 다닌다. 홍
정선에 따르면 김현의 기독교에 대한 믿음이 흔들리기 시작한 것은
경복고 3학년 때인 17세 때부터였다고 한다. 보들레르, 지드, 카뮈
등의 불문학 작품을 읽고 난 직후였다는 것이다. 그러나 김현의 기

---

47 홍정선, 「연보: '뜨거운 상징'의 생애」, 『김현문학전집』, 제16권(문학과지성사, 1993)에 수록.
　앞으로의 김현의 연보를 중심으로 한 서술은 특별한 언급이 없는 한 홍정선의 정리를 중
　심으로 진행할 것이다.

독교 신자로서의 생활은 대학시절에도 계속된 것으로 보인다. 연보에 따르면 대학 입학 후에도 김현은 종로 3가에 있는 초동교회에 다녔던 것으로 되어 있다.

이러한 전기적 자료에서 우선 알 수 있는 것은 김현이 문학과의 만남을 통해, 또 4·19라는 역사적 체험과의 만남을 통해 그의 의식을 형성하기 전까지는 기독교 정신이 그에게 가장 압도적인 영향력을 행사하고 있었다는 사실일 것이다.[48] 김현에게 기독교가 끼친 영향력이 어느 정도였느냐 하면, 대학 졸업 후 신학대학에 진학할 결심을 할 정도로 큰 것이었다.[49] 그 영향은 물론 김현의 부모 세대 특히

---

[48] "나의 가정은 대를 이어오는 독실한 프로테스탄트이다. 나는 어머니의 뱃속에서부터 교회를 다녔고, 유아 세례와 정식 세례를 다 받았다. 국민학교를 다닐 때 나에게 가장 당혹스러웠던 것은 학생신상카드의 종교란에 불교라든지 유교라고 쓰는 급우들이 있었다는 사실이었다. 아니 세상에 하나님을 믿지 않고 다른 우상!을 섬기는 사람이 있다니. 그런 급우를 보는 날이면, 그날 밤에 반드시 모세를 기다리며 광야에서 금송아지를 만드는 독신자들의 무리가 꿈속에 나타나는 것이었다. 이성적으로 불교도 훌륭한 하나의 종교일 수 있다는 것을 이해하게 된 중학교나 고등학교 때에도, 가령 절 같은 곳엘 가면 이상한 감정적 거부반응이 생기는 것이었다. 거기에서 완전히 벗어나기 위해서는 대학교 때의 불교 강의를 기다려야 했다." (『김현문학전집』, 제1권, pp. 72~73.)

[49] 그의 사후 출판된 일기모음집인 『행복한 책읽기』의 1986년 10월 4일 자 일기에는 그가 다니던 중앙교회 목사인 이국선 씨의 죽음에 대한 김현의 심정이 피력되어 있다. 그는 이 일기에서 이국선 목사의 죽음을 "또 하나의 아버지의 죽음"으로 묘사하고 있으며, 그의 생전의 삶을 "청교도적 기독교"로 회상하고 있다. 이와 함께 김현이 성에 눈뜨기 시작했던 것과 동시에 죄의식이 싹텄고, 그것이 야뇨증과 세척강박증으로 발전했다는 병력도 자세히 소개되어 있다.
"이국선 목사의 죽음은 또 하나의 아버지의 죽음이다. 그 아버지는 청교도적 기독교라는 이름을 갖고 있다. 그는 52년 1월부터 63년 6월까지 11년 5개월을 목포 중앙교회에서 사목했다. 나는 어머님의 심부름으로 떡과 김치를 목사관에 가져가던 날 처음으로 그와 그의 식구들을 봤다. (……) 그 뒤로 나는 목사관을 제 집 드나들 듯 들락거렸다. 집에서 가까웠으며, 고전스러운 돌집이 마음에 들었기 때문이었다. 목사관의 이방인적인 청결함이 마음에 들었기 때문이었다. 목사관의 문은 언제나 열려 있었고, 거기에는 또한 나보다 어린 계집아이들도 있었다. 국민학교 5·6학년생이었던 나는 아마도 성을 알기 시작하였던 모양이고 그래서 이방인들에게 흥미를 느꼈던 모양이었다. 그 성은 신성성이란 다른 이름을 갖고 나타났던 것이다. 나는 그의 설교를 매주 공들여 노트하였으며, 그것은 상당한 분량에 이르렀다. 나는 지금도 그때 내가 쓰던 손바닥만 한 노트를 기억하고 있다. 그의 전언의 상

아버지와의 관련 속에서 심화되고 확대되는 경험이다. 그러나 아버지 세대에 대한 김현의 의식 및 무의식을 살펴보는 것이 고전적 프로이트학파의 오이디푸스 콤플렉스로 환원되는 것은 아니다. 우리는 아버지에 대한 김현의 의식 및 무의식의 일단을 살펴봄으로써 사회와 개인 속에서의 김현의 독특한 아비투스habitus 형성과정을 살펴볼 수 있는 것이다.[50] 왜냐하면 개인의 독특한 세계관 및 미적 취향이라는 것 또한 일련의 역사적 계기 속에서 축적되고 갱신되는 것이기 때문이다. 「아버님의 죽음에 대하여」(1979)라는 짧은 글은 김현의 아버지가 별세한 지 한 달 후에 쓰인 것인데, 이 글을 통해서 우리는 김현에게 기독교가 갖는 의미의 일단을 확인할 수 있을 것이다.

당수를 나는 이제 기억할 수 없지만, 타불라 라사를 설명하던 그의 목소리를 아직까지 간직하고 있다. 나라와 그 의를 먼저 구하라는 외침보다도, 나에게는 그 타불라 라사가 훨씬 더 무서웠다. 나는 틈만 나면 내 손과 얼굴을 씻었으며, 그것은 거의 병적으로 되어갔다. 성은 그렇게 자신의 모습을 바꿔 나에게 나타났다. 야뇨증이 시작된 것도 그때쯤이었다. 그리고 57년에 나는 서울로 올라왔으며, 그가 목포중앙교회를 떠난 뒤에도 인천으로 그를 찾아가 뵙곤 하였다. 인천에서 뵌 그는 도시산업선교를 하고 있었다. 나는 그때에야 그의 엄격성, 깨끗함이 청빈함, 정직함, 진지함의 다른 말이라는 것을 깨달았고, 그의 가난의 엄청난 도덕적 무게에 짓눌리곤 하였다. 나도 그와 같이 되리라. 그러나 그는 내가 대학을 마친 뒤 신학대학에 가보겠다는 내 생각을 내보였을 때, 그것을 극력 말렸다. 너 같이 편하게 자란 아이는 목사가 될 수 없다는 것이었다. 그는 계속해서 나에게 닿을 수 없는 곳에 있는 아버지이며 스승이었다." (『김현문학전집』, 제15권, pp. 46-47.)

50 "이 말은 아리스토텔레스의 'hexis'(토마스 아퀴나스에 의해 'habitus'로 번역됨) 개념에서 발전된 것으로, 원래는 '교육 같은 것에 의해 영향받을 수 있는 심리적 성향'을 가리키는 것이었으나, 부르디외는 사회구조(즉 장)와 개인의 행위(즉 실천) 사이의 인식론적 단절을 극복하는 매개적 메커니즘으로서 개념화한다. 즉 아비투스는 일정 방식의 행동과 인지(認知), 감지(感知)와 판단의 성향체계로서 개인의 역사 속에서 개인들에 의해 내면화(구조화)되고 육화(肉化)되며 또한 일상적 실천들을 구조화하는 양면적 메커니즘이라고 할 수 있다. 우리말로 굳이 번역하자면 '실천감각' 정도로 할 수 있으나 '습관'이나 '습성'과는 구별된다. 부르디외에 따르면, 습관은 반복적이며, 기계적이고, 자동적이며 (생산적이기보다는) 재생산적인데 반해서, 아비투스는 고도로 생성적이어서 스스로 변동을 겪으면서 조건화의 객관적 논리를 생산하는 경향이 있다. 아비투스는 역사에 의해 생산되는 창안(invention)의 원칙이면서 역사로부터(상대적으로) 벗어난다."(피에르 부르디외, 『구별짓기: 문화와 취향의 사회학』, 최종철 역(새물결, 1995), p. 11.)

(……) 내가 아버님 곁에서 생활한 것은 십오륙 년밖에 되지 않는다. 고등학교 때부터 나는 줄곧 아버님 곁에서 떠나 있었다. 나의 기억에 가장 깊숙이 박혀 있는 아버님은 두 개의 얼굴을 하고 있다. 하나는 잠들 무렵에 아담과 이브, 카인과 아벨, 에서와 야곱 등의 낯선 이름을 가진 사람들의 삶을 이야기하시거나, 드러누우셔서 내 배에 두 발을 대시고, 두 팔로 내 어깨를 잡으시고, 나를 공중으로 띄워주시고는 서울 보이니? 하고 물어 보시던 아버님이고, 또 하나는 축구공을 사달라고 조르다가 안 되어서 어머니 지갑에서 몰래 돈을 꺼내가지고 나가 그것을 산 뒤에 결국 들켜서 지독하게 매를 얻어맞은 나의 뇌리에 깊이 박힌 무서운 아버님이다. 아버님은 쾌활함, 자상함과 엄격함, 진지함을 같이 갖추신 분이었다. 아버님의 쾌활함은 본래의 낙천적인 성격에서 나오는 것이었고, 엄격함은 기독교에서 나오는 것이었으리라. 말하기를 즐기시고 남과 어울려 즐겨 노시는 것을 좋아한 것은 이 세상의 삶은 그것 자체로 즐겁고 행복해야 한다는 그분의 낙천주의 때문이었으나, 그분은 그 즐거움의 한계를 철저하게 지켰다. 아마도 오랜 기독교 생활에서 우러나왔을 그 절제가 나같이 자신을 잘 억제하지 못하고 자신의 감정에 자주 휩쓸리는 자에게는 실행하기 어려운, 그러나 존경할 수밖에 없는 아버님의 미덕으로 보인다.

아버님의 기독교는 광신자의 기독교가 아니었다. 아버님이 과연 천당이 있다고 믿고 돌아가셨는지 어쩐지 나는 확신할 수 없다. 아버님의 기독교는, 아마도 그분의 처남인 정경옥鄭景玉씨의 영향이었겠지만, 이 땅에 천국을 세워야 한다는 그런 기독교가 아니었나 한다. 가난한 농사꾼의 아들로 태어나, 공부를 하기 위해 일본으로 건너갔으나 결국

공부를 하지 못하고 장사를 하지 않을 수 없었던 그분에게, 이 삶 밖에 있는 천당이라는 것이 과연 그렇게 큰 의미를 띨 수 있었을까? 그분은 고통스러운 이 땅이 바로 천국이라고 생각하신 분이라고 나는 지금도 믿고 있다.[51]

위의 지문을 통해서 발견할 수 있는 사항은 다음 세 가지다. 첫째, 김현에게 비친 아버지는 자상함과 엄격함을 동시에 가진 분이었는데, 자상함이란 낙천적인 아버지의 성격에서 비롯된 것이며, 엄격함은 아버지의 기독교 사상에서 비롯된 것이다. 둘째, 아버지의 기독교 사상은 이 땅에 천국을 세워야 한다는 의미에서의 현실주의를 강조한 사상이었다. 셋째, 아버지의 기독교 사상이 김현의 의식 형성에 상당한 영향을 끼친 것은 사실이지만, 김현 자신은 그것에 완전히 함몰되지는 않았고, 아버지와는 다른 방향에서 자신의 사상적 모색을 해나갔다. 정리하면 김현의 사상 혹은 세계관이란 아버지의 기독교 사상에의 끈질긴 동화과정이자, 그것으로부터의 이탈 혹은 개별화 과정이라고 할 수 있다. 아버지의 기독교 사상에 대해 "고통스러운 이 땅이 바로 천국이라고 생각한 분이라고 나는 지금도 믿고 있다"고 표명한 김현의 고백은 아버지의 기독교 사상에 대한 김현의 인정인 동시에 김현 자신의 개별화의 논리였다.[52] 아버지

---

51 『김현문학전집』, 제14권(문학과지성사, 1993), pp. 368-369.
52 고통스러운 이 땅이 천국이어야 한다는 논리는 1930년대 『성서조선』을 중심으로 활동했던 김교신, 함석헌 등의 무교회주의와 일맥상통하는 발언이다. 김현의 이러한 독특한 기독교관은 김윤식과 함께 저술한 『한국문학사』(1973)의 제4장 6절에 자세히 드러나 있다고 생각된다. 비록 이 절이 김윤식에 의해 서술된 것이라고 할지라도, 김현 자신이 이러한 논

자신이 생각한 기독교 사상이 무엇인지 김현 자신도 정확히 알 수는 없었을 것이다. 그럼에도 불구하고 김현은 '지상천국의 사상'으로 아버지의 기독교 사상을 정리하고 있다. 이러한 논리화의 과정 혹은 대결의식이 김현의 독특한 문학관 혹은 세계관과 연결된다는 것은 뒤에서 다시 살펴보게 될 것이다.

여기서 우리는 잠시 김현의 아버지가 견지하고 있었던 기독교 사상이 어떤 것이었나를 살펴볼 필요가 있다. 우리는 앞에서 김현의 아버지가 독실한 기독교도였으며, 구세약국을 운영하는 한편 한 교회의 재정장로로 봉직하고 있었다는 사실을 확인한 바 있다. 쾌활한 성격과 함께 삶에 있어서는 엄격함을 견지했고, 항상 감정을 절제했던 분이었다는 게 아버지에 대한 김현의 기억이다. 이러한 김현의 아버지에게서 우리는 퓨리탄적 사고방식의 전형적인 예인 금욕적 합리주의를 발견하게 된다.

막스 베버에 의해 근대자본주의를 추동시켰던 정신으로 이해되었던 금욕적 합리주의는 캘빈의 독특한 신학적 교리인 예정설에 기반하고 있다. 이 교리에 따르면, 인간은 태고로부터 정해져 있는 운

리에 상당한 매력을 느끼고 있었을 것임에는 틀림없을 듯하다.

그러나 김현 자신이 이러한 기독교 사상에 정통했다고 판단하기는 힘들다. 왜냐하면 지상천국의 사상이란, 예수의 주기도문에 등장하는 "당신의 나라가 땅에서도 이루어지이다"라는 구절의 해석을 둘러싼 교리해석학적 문제이며, 그것은 다시 남미의 해방신학과 일정한 관련을 맺고 전개된 것이기 때문이다. 일본의 무교회주의자 우찌무라 간조(內村鑑三)의 기독교사상이란 일본의 사의식(士意識)과의 관련 아래 성립된 것이며, 그것이 김교신과 함석헌에 의해 한국적으로 변용된 것이기 때문이다. 따라서 기독교에 대한 김현의 사고는 다른 지면에서 보다 정밀하게 탐구되어야 할 것으로 보인다(우찌무라 간조의 기독교 사상에 대해서는, 우찌무라 간조, 『기독교 문답』, 최현 역(삼민사, 1985)을, 해방신학의 지상천국 사상에 대해서는, 죠지 V. 픽슬레이, 『하느님 나라』, 정호진 역(한국신학연구소, 1990)을 참조할 것).

명을 향해 고독한 길을 가야만 한다. 신이 아닌 그 누구도 인간을 구원할 수 없다. 설교자도 구원할 수 없다. 선택된 자만이 신의 말을 영적으로 이해할 수 있기 때문이다.[53] 그렇다면 내세의 구원을 알 수 없는 현세란 개인에게 어떤 의미를 갖고 있는가. 베버에 따르면, 현세란 오직 신의 영광만을 위해 존재한다. 선택된 기독인은 현세에서 최선을 다해 신의 계명을 수행하여 오로지 그의 영광을 증대시켜야 한다.[54] 현세의 삶이 신의 영광을 위해 존재한다는 이러한 사고는 직업소명설이라는 독특한 실천원리를 퓨리탄에게 부여한다. 직업소명설에 따르면 세속적 생활에서의 부의 추구는 도덕적으로 허용될 뿐만 아니라, 실제로 명령되는 바였다.[55]

김현의 아버지에게서 나타난 삶의 방식 역시 이러한 퓨리타니즘의 연장선상에서 이해할 수 있다. 구세약국을 운영하면서 착실하게 부를 축적하였지만, 결코 낭비나 유흥에 휩쓸리지 않았던 그의 풍모는 지상에서의 부의 축적은 신의 축복의 증표라는 퓨리탄적 신앙의 기초에서 나온 것이었다. 평소의 낙천적인 성격에도 불구하고 김현의 부친의 생활방식이 엄격하고 검소하였다는 것은 금욕적인 퓨리탄의 직업윤리에 비추어보자면 아주 자연스러운 것이었다. 왜냐하면 직업노동과 신앙으로부터 멀어지게 하는 생활의 충동적 향락

---

53 막스 베버, 『프로테스탄티즘의 윤리와 자본주의 정신』, 박종선 역(두리, 1987), p. 124.

54 "성도들의 목적은 구원이라는 초월적 목표를 지향하고 있었지만, 그들은 바로 그 때문에 현세의 생활이 지상에서 신의 영광을 증대시킨다는 관점에 지배되고 철저히 합리화되었다. '모든 것을 신의 영광을 증대시키기 위하여'라는 입장을 그들만큼 심각히 생각한 사람들은 일찍이 없었다."(위의 책, p. 125.)

55 위의 책, p. 231.

은 합리적 금욕의 적이었기 때문이다.[56]

부친에게서 김현은 다음 두 가지 정신적 유산을 상속 받았을 것으로 생각된다. 먼저 비관적 개인주의를 들 수 있다. 구원의 가능성은 오직 신만이 알고 있다는 예정설에 기반한 교리는 신자들 개인에게 비관적 개인주의를 심어주었을 것이라고 판단된다. 내세의 삶에 대한 가능성을 결코 예측해 볼 수 없다는 현실이 그것을 가능케한 것이다.[57] 이러한 비관적 개인주의와 함께 현세를 낭비하지 않고신의 영광을 위해 살아야 한다는 교리는 금욕적이며 합리적인 윤리의식을 강조하였다. 이러한 부친으로부터의 두 가지 영향은 김현의의식이 성장함에 따라 자주 대립적 관계에 놓이곤 했었을 것이다. 그러나 그 대립은 의식적이라기보다는 무의식적 대립이다. 『한국문학의 위상』(1977)에는 그러한 무의식적 대립이 잘 드러나 있다.

겨울밤에 가슴에 베개를 괴고, 해남 물고구마를 늘어붙도록 쪄가지고먹어대며, 이형식에게서 오유경에게로, 그리고 오필리아에서 파우스트로 정신없이 뛰어다닌다. 그러다가 아버지나 어머니에게 들켜 호된 꾸지람을 듣는다. 그 아무짝에도 쓸모없는 소설책을 읽어서는 무엇하려는 것이냐는 푸념이 어머니의 주된 공연 프로그램이었다. 판사나 검사

56 위의 책, p. 235.
57 이러한 비관적 개인주의를 강화시킨 요소로서 기독교 특유의 종말론적 역사관을 들 수도있을 것이다. 즉 이 세계의 역사란 결국 신의 선택에 의한 구원으로 종지부를 찍게 된다는기독교 특유의 직선론적이며 종말론적인 역사관은 이들 퓨리탄에게 현실에서의 소명의식을 갖게 하는 한편 무의식 깊은 곳으로부터 종말론적인 세계 전망, 즉 비극적 세계관을 갖게 하였을 것이다.

가 되지 않고 문학 나부랭이를 했다고 어머니는 돌아가시기 직전까지 나를 꾸짖었다. 그 문학을 나는 아직까지도 버리지 못하고, 거기에 매달려 있다. 아무짝에도 써먹지 못하는 것을 무엇하려고 하느냐? 그 질문은 아직까지도 나를 떠나지 않고 나를 괴롭힌다. 아무짝에도 써먹지 못한다! 중세기처럼 문학을 이해하는 것이 권력에 가까이 가는 길도 아니며, 몇몇의 날렵하고 재치 있는 수필가, 작가들이 비록 그들의 저술로 치부를 하였다는 소문이 있다고 하더라도, 문학을 해가지고 아무나 돈을 크게 벌 수 있는 것도 아니다. 그렇다고 식민지 치하의 몇몇 작가들처럼 모두들 지사志士로서 대접을 받는 것도 아니다. 그런데도 문학을 한다. 무엇 때문에? 누구를 위해서? 그리고 그것은 그것을 할 만한 가치를 그 자체 내에 갖고 있는가? 문학이란 아무짝에도 쓸모가 없다는 비난은 여러 가지의 문제를 제시한다.[58]

한 연구자의 지적처럼, 그의 유년 추억은 문학의 본질에 대한 물음과 맞닿아 있다.[59] 그러나 더욱 중요한 것은 그의 유년 추억을 통해 김현의 세계관의 형성과정을 발견할 수 있다는 점에 있을 것이다. 위의 지문에 이어서 김현은 그 특유의 '무용성의 유용성 이론'을 전개시키고 있다. 이때 김현의 미적 인식은 문학의 발생 및 향수 개념을 대상 자체를 위해서 관심적으로, 공감적으로 주목하고 관조할 것을 강조한다는 점에서 칸트의 미적 자율성 이론에 가까워 보인

58 『김현문학전집』, 제1권(문학과지성사, 1991), pp. 39-40.
59 정과리, 「김현문학의 밑자리」, 『문학과 사회』, 1990년 겨울호, p. 1378.

다.[60] 그러나 여기서 확인하고자 하는 것은 그러한 김현의 문학관의 세목이 아니다. 문제는 김현의 그러한 문학관을 발생시킨 기원에 대한 확인이다.

"판사나 검사가 되지 않고 문학 나부랭이를 했다고 어머니는 돌아가시기 직전까지 나를 꾸짖었다"는 김현의 진술에서 알 수 있듯, 문학에 관한 그의 부모와 김현의 대립은 매우 본질적인 것이었다. 바꿔 말해 그것은 세계관의 대립이라고 볼 수 있는 것이다. 위의 지문에서 일차적으로 확인하게 되는 것은 김현이나 그의 부모나 문학이 쓸모없는 것이라는 사실에 대해서는 모두 동의하고 있다는 사실일 것이다. 그의 부모는 그 쓸모없음을 비난하며 문학을 평가절하시키고 있고, 역으로 김현은 그 쓸모없음을 문학의 존재근거로 삼고 있음을 발견한다. 그렇다면 그러한 의식의 대립은 어떻게 가능해진 것일까.

우리는 앞에서 김현 부모의 기독교가 금욕적 합리주의에 기반한 것이었음을 논증한 바 있다. 그러한 논리 아래서는 직업노동과 신앙으로부터 멀어지게 하는 생활의 충동적 향락은 합리적 금욕의 적으로 규정되었다는 사실도 말한 바 있다. 신의 영광을 위한 재화의 보존과 축적, 그것만이 이들 퓨리탄적 세계를 이끌어가던 준거였던 것이다. 이러한 세계관은 다른 한편으로 종교적 가치가 없는 문화에 대한 엄숙하고 편협한 경멸을 내포하고 있었다. 퓨리탄적 사고에 지배되고 있는 김현의 부모에게는 문학이란 다만 충동적 향락에 불과한 것으

---

60 미적 태도에 있어서의 '무관심적(disinterest)'이며 공감적(sympathetic)인 관조(contemplation)의 의미에 대해서는, 제롬 스톨니쯔, 『미학과 비평철학』, 오병남 역(이론과 실천, 1991), pp. 38-48을 참조할 것.

로 보였을 확률이 높다.[61] 신이 개인에게 부여한 소명을 실천하기 위한 현세의 삶에서, 문학이란 다만 향락이나 사치와 같은 쓸모없는 것이라고 인식하고 있는 부모 세대로부터의 정신적 이탈은, 이전에 김현의 의식 속에 존재했던 완벽한 조화의 상태를 파괴시켜버린다.[62]

그러나 김현이 부모 세대의 정신적 유산과 완전하게 결별하지는 못하였을 것으로 보인다. 바꿔 말하면 부모 세대의 정신적 유산은 김현의 무의식 속에 깊이 각인되게 되는데, 그것의 독특한 형태로 나타난 것이 문학의 쓸모없음에 대한 인정이라 할 것이다. 그러나 김현은 문학의 쓸모없음에 대한 인정을 통해 오히려 자신의 독특한 문학관을 개진해나간다. 그는 문학이 쓸모없는 것이라는 사실을 인정함으로써 부모 세대가 견지하고 있었던 퓨리탄적 세계 인식을 어느 정도 수용하는 한편, 다른 한편에서는 그 쓸모없는 문학에 대한 독특한 개념정립을 통하여 자신만의 독특한 비평 의식을 만들어 나갈 수 있게 되는 것이다. 말하자면 퓨리탄적 세계 인식과 계몽적 합리주의 사이의 긴장과 갈등의 절충점에 김현 특유의 문학의 '무용성

---

61 "극장은 퓨리탄에게 배척되어 있었다. 또한 성애적이고 외설적인 것에는 관용을 베풀지 않고 엄격히 배척하며, 문학이나 예술의 급진적 견해는 존재할 수 없었다. 잡담, 사치, 허식의 관념은 예술적 소재로서의 사용이 완전히 배척되어 오직 온당한 유용성에 이바지하기 위해서만 준비되어 있었다."(막스 베버, 위의 책, p. 236.)

62 "세계의 양친(The World Parents)으로부터의 분리는 단순히 원초적인 동거(co-habitation)를 어렵게 할 뿐만 아니라, 우로보로스(uroboros)로 상징되는 완전한 우주적인 상태를 파괴하는 것이다."(Erich Neumann, op. cit. p. 120.)

김현에게 문학이 가지는 의미가 부모 세대의 퓨리탄적 세계 인식으로부터의 개별화에의 의지라는 위의 소론은 특히 그의 몇 안 되는 습작소설에 잘 나타나 있다. 「잃어버린 처용의 노래」(1962), 「인간서설」(1962), 「노숙」(1967) 등의 소설이 공히 나타내고 있는 바는 욕망과 이성 사이에서 찢겨버린 자아의 깊은 죄의식이다. 여기에 대해서는 보다 상세한 검토가 필요하겠으나, 퓨리탄적 세계로부터의 김현의 점진적인 정신적 이탈이 그의 무의식 속에 깊은 죄의식을 심어주었음에 틀림없다는 사실만은 밝혀둘 필요가 있겠다.

의 유용성'의 이론이 놓여 있는 것이다.[63] 그럼에도 불구하고 김현에게 '세계는 고통스러운 곳'이라는 퓨리탄적 비관주의는 무의식적 잔존물the residual로 남아 죽기까지 그의 무의식을 장악했던 것이다.[64]

제3절 4·19 혁명과 김현의 계몽적 합리주의

기독교적 사회, 역사 해석의 멍에를 떨쳐내며 나온 것이 유럽의 계몽정신이었다면,[65] 김현의 계몽정신과의 만남은 불문학과의 접촉

---

63 이인성은 김현의 문학세계를 '기독교적 원죄의식'과 관련하여 다음과 같이 진술하고 있다: "여러 글에서 느낄 수 있는 바지만, 기독교적 원죄는 김현 선생의 유년기에 형성된 심리적 틀의 근원이다. 만지지 말라, 만지고 싶다, 라는 금지와 그것을 범하려는 욕망 사이에 처한 인간의 행태는, 그래서 수평적으로는 개인적인 영역에서 초월적인 영역에 이르기까지, 선생의 자기반성과 보편적 삶의 탐구를 위한 가장 중요한 주제 중의 하나가 된다. 선생에게 문학은 그 금지와 욕망의 문제를 동시에 밀고 나가는 방법적 기제였다. 선생의 그 관능적 글쓰기는 그 자체가 이미 금지를 범하는 욕망의 발현이었지만, 그것을 공동체의 문화적 행위로 만들려 하였다는 점에서 신성의 개념을 수용하되 그 금지 체계를 재편하려는 노력이기도 했던 것이다. 거기서 선생의 시야는 기독교라는 특정 종교를 넘어 범인류적 삶의 양태로 확대된다."(이인성, 「죽음 앞에서 낙타 다리 씹기」, 『문학과 사회』, 1990년 겨울호, p. 1462.)

64 레이몬드 윌리암스에 따르면, 잔존물이란 과거의 특정 시점에 형성된 것이지만, 단지 과거의 유물로 남아 있지 않고, 현재의 문화적 활동 과정 속에서 효과적으로 기능하고 있는 무의식적 요소를 의미한다(Raymond Williams, 'Dominant, Residual, and Emergent', ed., K. M. Newton, The Twientieth-century Literary Criticism(London: Macmillan Education, 1988), p. 243).
김현이 '세계를 무의미한 곳'으로 인식한 것은 부모 세대의 퓨리탄적 세계 인식의 내면화에서 나타난 한 현상이며, 그것의 잔존물이다. 가령 김현은 1986년에 발간된 『두꺼운 삶과 얇은 삶』의 「책 뒤에」에 다음과 같은 말을 적고 있다: "어떠한 일이 있더라도 살아서 이 세계의 무의미와 싸워야 한다. 10대 후반에서부터 사실 그 정확한 뜻이 무엇인지도 모르고 되뇌이던 말의 뜻을 이제야 알겠다. 삶은 고뇌와 고통과 절망과…… 즐거움과 즐김과 쾌락이 어우러져 있는 시공복합체이다."(『김현문학전집』, 제14권, p. 406, 강조-인용자.) 이 세계를 무의미한 것으로 보는 김현의 인식은 퓨리탄적 세계 인식의 내면화를 통해서 이루어진 것이지만, 그러한 무의식을 반성적인 의식에 의해 조명하고 검토함으로써, 자신의 독특한 비평 세계를 일구어가고 있다는 점에서 김현 특유의 균형감각을 발견하게 된다.

65 송두율, 『계몽과 해방』(당대, 1996), p. 29.

을 통한 것이었다. 김현은 불문학이라는 새로운 정신적 젖줄을 통해 이전의 그의 삶을 규정했던 퓨리탄적 세계로부터 벗어나 자신만의 개별화된 세계관을 형성하게 된다. 제2절에서 우리는 김현이 경복고 3학년이던 17세 때부터 보들레르, 지드, 카뮈의 작품을 읽기 시작 하면서 기독교에 대한 신앙이 흔들리기 시작했다는 사실을 확인한 바 있다. 칸트의 적절한 비유처럼 계몽주의가 인간 스스로 묶여 있 던 미성년 상태로부터의 해방을 의미하는 것이라면,[66] 김현에게 있 어 계몽적 합리주의의 수혈은 퓨리탄적 세계 인식으로부터의 해방 을 의미하는 것이었다. 따라서 김현에게는 계몽주의 수혈의 한 매개 로서 작용했던 불문학과의 만남이 이후 그의 문학적 실천에 있어 압 도적인 규정력으로 작용하게 되는 것을 우리는 발견하게 된다.[67]

현재까지도 계몽주의에 관한 개념 규정에는 상당한 이견이 존재 하는 것은 사실이지만, 그럼에도 불구하고 한 사회의 삶을 수많은 개인들의 사고와 행동의 어떤 총합, 혹은 산물로 간주하며, 그때 개 인 각자는 자유롭고도 독립적인 시발점으로 구성된다는 사실에 대 해서는 대체로 동의하는 바이다.[68] 이와 함께 계몽주의가 환기시키 는 것은 보편타당한 이성에 의해 세계를 파악할 것을 요구하는 합

---

66 뤼시엥 골드만, 『계몽주의의 철학』, 이춘길 역(지양사, 1985), p. 15.

67 "여하튼 20세기 초기에 얻어진 유럽대륙의 불온한 공기를 나는 내 자신의 내부 속에 선험 적으로 존재하는 것으로 받아들이지 않을 수 없었고, 거기에 추호의 의심도 품지 않았다. 불안이라든가 절망 같은 것은 도처에 있었고, 특히 내 마음 속에 있었다. 그것은 선험적으 로 있었다. 나의 오랜 주저와 혼돈은 바로 이 점에 기반을 두고 있었다. 유럽 문학, 특히 내 가 도취되어 있었던 프랑스 문학을 나는 나의 정신의 선험적 상태로 받아들였고, 그 상태 속에서 모든 것은 피어나야 한다고 믿고 있었기 때문이다."(김현, 「한 외국문학도의 고백」, 『김현문학전집』, 제3권, pp. 15-16.)

68 뤼시엥 골드만, 앞의 책, p. 45.

리주의 정신이라고 할 수 있다. 호르크하이머와 아도르노가 계몽을 신화의 해체와 환상에 대한 지식의 대체라고 규정했을 때,[69] 그것은 이성의 무한한 진보에 대한 믿음에서 발원한 근대적 합리주의를 의미하는 것이었다. 이러한 이성에 기반한 합리주의가 종교적 신성에 의해 지배되던 중세의 종교적 세계관에 대한 반동적인 성격을 갖고 있음은 불문가지의 일이거니와, 김현은 퓨리탄적 세계관을 지탱하고 있던 금욕적 합리주의로부터 세속적(인간주의적) 합리주의로의 이행의 근거를 프랑스의 근대문학, 더 정확히는 그것을 가능케하였던 프랑스의 역사에서 찾고 있었던 것으로 보인다.

그러나 김현이 주지하고 있었듯이 서유럽을 중심으로 한 계몽주의 사조의 점진적인 진화과정은 그러한 이념을 담당할 시민계급의 전반적인 성숙이라는 계기 속에서 가능해진 것이었다. 또한 거기에는 영국의 대혁명과 프랑스 대혁명으로 상징되는 구체제와의 대결이라는 역사적 계기가 잠복되어 있었다. 이러한 역사적 계기와 시간의 축적 속에서 계몽주의는 시행착오를 거치면서 서서히 하나의 이념형으로 자리잡게 되었던 것이다. 그러나 한국의 경우는 많은 논자가 지적하듯 서구적 형태의 계몽 혁명이 존재하지 않았다. 뿐만 아니라, 후발제국주의 국가인 일본에 의한 식민화는 계몽주의의 의식적 토대를 그 뿌리로부터 제거시킨 것은 물론이거니와, 계몽을 다만 자연의 지배를 통한 기술적 합리성이라는 영역으로 축소시켜버렸던 것이다. 이러한 상황 속에서 성숙한 시민사회의 성립이라는 과

---

69 Max Horkheimer and Theodor W. Adorno, Dialectic of Enlightment, trans., John Cummimg(New York: Continumm, 1987), p. 3.

제는 요원한 것일 수밖에 없었다. 해방이 되었으나 곧 이어진 한국 전쟁은 시민사회를 향한 근대적 열망을 한순간에 꺾어버리는 계기가 되었다. 그것은 다른 한편으로 분단을 통해 상징적으로 나타나듯 냉전 이데올로기의 고착화를 의미하는 것이었다.

이러한 역사적 진행과정 속에서 김현은 1960년의 4·19를 체험하게 된다. 3·15 부정 선거에 대한 반발로 시작된 4·19 혁명은 전후 최초의 전국적인 데모였으며, 비록 그 주체가 학생과 지식인을 중심으로 벌어진 것이었음에도 불구하고, 민중의 저항에 의해 정권 교체가 이루어졌다는 점에서 그 역사적 의의는 무시할 수 없는 것이다. 만 18세의 김현은 이러한 역사적 상황 속에서 근대적 시민사회의 가능성을 타진하게 된다. 바꿔 말하면 서유럽의 문학과 역사에 대한 탐구로부터 하나의 이념형만으로 접할 수 있었던 계몽주의의 진전과정을 자국의 역사적 계기 속에서 확인할 수 있었던 것이다. 바로 이때부터 김현은 서구라파적 의미의 혁명과 4·19 혁명을 등질적인 관점으로 바라보게 되며, 이후 그의 계몽적 세계관의 근거로 삼게 된다.[70]

자기를 말할 수 있는, 비록 그것이 거짓일망정 '그러므로'를 외칠 수 있는 그런 자유를 말하고 있는 것이다. 자기라는 것이 '그러므로'의 주체로 등장하지 못하고, 타율적인 '-것이다'라는 단정적 어미에 의한 그

---

[70] "내 육체적 나이는 늙었지만, 내 정신의 나이는 언제나 1960년의 18세에 멈춰 있었다. 나는 거의 언제나 사일구 세대로서 사유하고 분석하고 해석한다. 내 나이는 1960년 이후 한 살도 더 먹지 않았다."(『김현문학전집』, 제7권, p. 13.)

러므로의 박탈 — 이러한 질식할 듯한 사회에서의 탈출, 의식이 제거된 인간에서의 탈출을 이 혁명은 우리에게 고해주었던 것이다. 그러므로 1789년 7월 14일 바스티유 감옥의 파괴는 이런 자아의 발견에 대한 자유라는 종을 향한 하나의 난타였던 것이다.[71]

김현의 계몽적 세계관에서 특징적인 것은 혁명을 통한 사회의 구조적 변화보다는 혁명이라는 계기를 통해 표면화된 개인의식의 확립에 더 큰 의미를 부여하고 있다는 사실이다. 프랑스 대혁명의 성과를 '자아의 발견'으로 명명하면서 개인으로서의 비평 의식을 강조하고 있는 위의 지문에서 그 사실을 단적으로 확인할 수 있다. 그러나 프랑스 혁명은 그것이 개인의식의 성장, 더 정확히는 이성적 기획을 통한 세계전망이라는 차원에서 출발한 것이 사실이라고 할지라도, 본질적으로는 프랑스 특유의 '혁명의 신화'에서 비롯된 것으로 보는 것이 더 타당할 듯하다. 즉 정치적 사회적 진보는 완만한 개혁에 의해서보다는 기존체제의 격렬한 전복에 의해 도래한다는 신념과 결합되어 있었던 것이다.[72] 또한 프랑스의 지도적인 사상가들에게 사유와 행동 간의 분리는 거의 용인될 수 없었다는 사실도 참조해 볼 필요가 있다.[73] 따라서 김현의 프랑스 혁명 및 4·19 혁명에 대한 이해는 투철한 역사의식에 기반한 것이라기보다는 현저하게 문

---

71 『김현문학전집』, 제11권, p. 284.
72 죠셉 N. 무디, 「프랑스 노동계급의 비기독교화」, 시드니 A. 버렐 편, 『서양근대사에서의 종교의 역할』, 임희완 역(민음사, 1992), p. 168.
73 뤼시엥 골드만, 앞의 책, p. 16.

화사적인 혹은 정신사적인 측면에 기운 것으로 보는 것이 옳을 듯하다.[74] 같은 4·19 세대임에도 불구하고 백낙청을 포함한 일군의 평론가들이 4·19 혁명을 실패한 혁명으로 규정하고 있는 것은 이러한 혁명에 대한 이해에 있어 나타나는 근본적인 이념의 차이에서 비롯된 것으로 판단된다. 즉 백낙청에 의해 4·19 혁명은 한국적 시민의식의 일차적인 완성도 못 되었다는 비판이 제기되고 있는 것이다.[75]

이러한 비판이 제기될 수 있는 것은, 김현의 주장처럼 4·19 혁명에 의해 '자아의 발견'으로 상징되는 개인의식이 싹튼 것이 사실이라고 할지라도, 4·19 혁명의 객관적 배경일 사회 경제적인 모순은 전혀 해결되지 않았다는 사실에 있다.[76] 이와 함께 바로 다음 해 일어난 5·16 쿠데타는 4·19로 상징되는 계몽적 합리성을 군사적 합리성으로 대치시키면서 '조국 근대화'라는 담론 아래 개인주의의 역방향으로 역사를 진전시켜 나갔던 것이다. 때문에 4·19 혁명을 계기로

---

74 "60년대는 사일구와 함께 시작되었다. 사일구가 성공한 혁명이건, 아직도 진행 중인 혁명이건, 사일구는 60년대 전반에 큰 영향을 끼쳤다. 60년대를 산 사람치고서, 외국에서 60년대를 보낸 사람이 아니고서는, 사일구의 영향을 받지 않은 사람은 거의 없었다. 사일구는 문화사적으로 두 모습을 갖고 있었다. 하나는 사일구의 성공적 측면에서 연유하는, 가능성의 세계와 현실의 세계는 하나일 수 있다는 긍정적인 얼굴이었고, 또 하나는 사일구의 부정적 측면에서 연유하는, 이상은 반드시 현실의 보복을 받는다는 부정적 얼굴이었다."(『김현문학전집』, 제7권, p. 239.)

75 백낙청, 「시민문학론」, 『민족문학과 세계문학 1』(창작과 비평사, 1978), p. 59.

76 "부패권력에 대한 저항에서 출발한 자연발생적인 학생데모가 이승만의 하야라는 예상외의 성과를 거두자, 학생, 지식인 및 일반 민중들은 그 성과에 크게 고무되어 다시 해방을 맞은 듯한 기쁨을 만끽하였다. 그러나 4·19 봉기는 이승만의 퇴진과 자유당의 몰락 외에는 아무것도 가져오지 못했다. 4·19 당시 시위 군중들에게 무차별 발포를 한 책임자나 배후 지휘자들은 아무런 처벌을 받지 않은 채 거리를 활보하는가 하면, 4·19 봉기의 객관적 배경인 사회경제적 모순은 전혀 해결되지 않았다. 다만 최고 권력자만 퇴진하고 폭압적인 지배기구만 일시적인 기능정지 상태에 놓였을 따름이었다."(한국역사연구회 편, 『한국사 강의』(한울아카데미, 1991), p. 383.)

김현 비평과 근대성의 모험

계몽주의적 합리주의가 꽃폈으며, 진정한 근대의식으로서의 개인주의가 성숙되었다는 김현의 주장은 다소간은 과대일반화의 오류를 범하고 있는 것이 아닌가 하는 생각이 든다.

김현의 혁명에 대한 이러한 관념적 편향은 그가 넓은 의미에서 개인의 자율성을 최우선적인 덕목으로 파악하고 있는 개인주의자였음을 간접적으로 보여준다. 이와 함께 그의 계몽주의적 세계관은, 엄밀한 의미에서 프랑스 혁명을 전후로 한 프랑스 계몽주의의 영향 속에서 성장한 것이라기보다는 칸트나 헤겔류의 독일 관념론의 영향 아래 놓여 있음을 간접적으로 보여준다. 바꿔 말하면, 김현의 역사주의는 동태적이라기보다는 정태적이며 관념적이다.[77] 헤겔의 『정신현상학』에서의 다음과 같은 기술은 초기 김현의 계몽적 합리주의와 정확히 대응한다.

그러나 동시에 순수한 통찰은 실제세계와 관계를 맺고 있으며, 마찬가지로 그것은 실제세계로부터 순수한 의식에로의 귀환이다. 우리는 실제세계에 뿌리박고 있는 불순한 의도와 통찰의 왜곡된 형식에 대항하여 의식의 활동이 어떻게 구성되어 있는가를 우선 파악해야 할 것이다.[78]

---

[77] 송희복은 김현의 이러한 역사주의를 '정신사적 경건주의'로 규정한다: "김현의 역사주의는 현세의 완성을 향한 단선적(單線的) 진보를 의미하는, 낙관적이며 결정주의적인 역사관과 유다르기 때문에 실천적이라기보다 관조적이다. 따라서 그것은 딜타이류의 '정신사'적 경건주의를 연상시킨다. 이를테면 "인간 심리의 내적 구조를 적나라하게 벗겨냄으로써 그 정당성을 충족한"다는 역사주의 말이다. 이럴 경우, 매우 섬세한 비판적 잣대의 눈금이 요청되겠거니와, 그가 헤겔주의적인 발전 논리의 모형을 인식하였겠지만 인식 그 자체로 만족할 수밖에 없었다는 한계가 예상되는 소지를 남길 수도 있었던 것 같다."(송희복, 「욕망의 뿌리와 폭력의 악순환」, 『오늘의 문예비평』, 1996년 가을호, p. 156.)
[78] 뤼시앵 골드만, 앞의 책, p. 18에서 재인용.

'실제세계로부터 순수한 의식으로의 귀환', 이것이 김현의 비평에 일관되게 유지되었던 이념형의 정체였다. '실제'와 '의식'으로 이분화된 이러한 세계를 매개하는 것은 언어이다. 의식 주체는 언어라는 매개를 통하여 실제를 파악한다. 더 정확히 말하면 의식 주체는 언어를 통하여 실제 상태의 모든 측면에 관한 판단과 진술을 명확히 수행한다.[79]

그렇다면 언어에 대한 엄밀한 자의식이 형성될 것은 아주 자연스러운 일이다.[80] 이러한 헤겔류의 합리주의는 의식 외부의 역사적 진전과정이나 정치경제학적 변동요인들을 고려하지 않는다는 점에서 일정한 문제점을 견지하고 있다. 그러나 여기서 문제 삼는 것은 그러한 문제가 아니다. 중요한 것은 김현이 헤겔류의 계몽적 합리주의의 강한 영향권 안에 있었으며, 이를 통해 그 특유의 문학의 자율성 이론이 태동할 수 있었다는 사실에 대한 확인일 것이다. 그의 첫 평론집이 『존재와 언어』라는 사실에서 표 나게 드러나거니와, 초기 김현의 비평을 추동했던 세계관의 배후에는 이러한 관념론이 잠재되어 있었던 것이다. 그가 비평적 생애 내내 4·19 세대 의식을 강조할 수 있었던 것도 이러한 세계관의 기반 하에서 가능한 것이었다.

---

79 위의 책, 같은 면.
80 김현이 자신의 세대를 순한글 세대로 규정하면서 '언어의식'을 세대적 변별점으로 삼은 것은 이러한 배경에서 나온 것이었다. 그것은 김현 고유의 세계관의 표출이었음과 동시에 문학장에서의 주체정립이라는 목적 수행을 위한 효과적인 구별기호이기도 했다.

제3장
김현의 문학관과 현실인식

우리는 앞장의 논의를 통해 김현 특유의 세계관이 어떠한 정신적, 상황적 토대로부터 형성되었는지를 보았다. 이 장에서는 그러한 세계관이 미의식과 결합하여 파생시킨 김현의 문학관을 검토하게 될 것이다. 김현의 문학관을 검토한다고 할 때, 그것은 바꿔 말하면 김현의 예술철학에 대한 고찰을 의미한다. 그러나 예술철학이라는 말에 대해서는 논의의 정밀함을 위해서 보다 세심한 관심이 요청된다. 예술철학이란 무엇인가라는 의문이 제기될 것이다. 우리가 사용하는 예술철학의 정의는 다음과 같다. 즉 증거와 추론을 통한 예술적 신념에 대한 비판적 검토가 그것이다.[81] 김현은 그의 비평을 전개시키는 과정 속에서 어떠한 예술적 신념을 논의의 기반으로 삼았는가, 또 그러한 신념은 어떤 내용을 포함하고 있으며, 예술작품 및 그것의 발생동인임에 분명할 현실을 어떻게 파악하게 만들었는가와 같은 물음이 가능해진다. 이러한 물음에 대해 해명한다는 것은 김현의 비평적 실천의 이데올로기적 구성물을 확인하는 작업과 동궤

---

81 제롬 스톨니쯔, 앞의 책, p. 11.

의 것인 셈이다.

제1절 취미론의 문학적 수용 – '무관심성'과 '즐거움'

우리는 앞에서 김현의 세계관의 토대를 금욕적 합리주의와 계몽적 합리주의라는 두 가지 개념을 통해 설명했다. 이러한 세계관을 근거로 김현은 그 특유의 미적 이데올로기를 형성하고 있는데, 그것은 넓게 보아 미적 자율성 이론으로 정리할 수 있을 것이다. 미적 자율성 이론이란 범박하게 말해 예술은 그 자체의 자율적 구조를 지니고 있으며, 예술적 체험이란 현실적 효용을 고려하지 않는, 즉 무관심적인disinterested[82] 태도에 의해 이루어진 행위라는 두 개의 근거를 충족시킬 때 가능하다.

김현은 『한국문학의 위상』(1977)의 1장인 「왜 문학은 되풀이 문제되는가」에서 문학성에 대한 논의를 진전시키고 있다. 이 논의에서 특징적인 것은 현재의 문학 개념의 기원을 1789년 이후의 서구사회의 변화에서 찾고 있다는 점이다. 즉 문학이 문학으로서의 자율성을 획득한 것은 귀족이라는 파트롱(후원자)으로부터 문인이 독립하게 되면서부터라는 것이다. 그것은 달리 말해 정치로부터의 문학의 분리에서 가능했다는 것이다.

문학이 그 독자성, 흔히 자율성autonomie이라고 표현되는, 그것 자체의

---

82 "이 개념이 의미하는 바는 대상에 대한 저변의(ulterior) 목적이라는 관심에서부터 이 대상을 바라보지 않는다는 것이다."(위의 책, p. 38.)

특성을 갖기 위해 애를 쓴 것은 그러므로 그것이 지배 계층의 이념을
선전하는 선전관의 역할에서 벗어나면서부터이다. 문학은 정치에서 벗
어나면서 그 독자성을 획득한다.[83]

이러한 정치와 문학 사이의 거리 조정은 비평가 김현의 평생에 걸
친 태도였거니와, 그것은 달리 말해 미학적 순수주의자의 태도로
볼 수 있다. 그러한 태도는 특히 "문학은 유용한 것이 아니기 때문에
인간을 억압하지 않는다"[84]는 부분에서 단적으로 드러난다. 문학의
무용성에 대한 김현의 주장은 결국 미학적 무관심성의 개념과 일치
하는 것이다. 이와 함께 김현은 "문학은 억압하지 않으므로, 그 원
초적 느낌의 단계는 감각적 쾌락을 동반한다. 그 쾌락은 반성을 통
해 인간의 총체적 파악에 이른다"[85]고 적고 있다. '무관심적 즐거움'
으로 정리될 수 있을 '감동'의 문제를 제기하고 있는 것이다. 이처럼
김현의 문학론은 그 다양한 수사학적 변형에도 불구하고, 궁극적으
로는 무관심성과 감각적 쾌락으로서의 즐거움이라는 두 가지 요소
로 구성되어 있다. 김현에게 이러한 미적 판단의 주관성은 문학에만
국한되는 것이 아니라, 모든 예술에 통용되는 일반원리였다. 가령
그가 「미술비평의 반성」이라는 글에서 "미술의 자율성은 존중되어
야 하며, 작품은 우선 즐김의 대상이어야 한다"[86]라고 했을 때, 그것

---

83 『김현문학전집』, 제1권, p. 43.
84 위의 책, p. 50.
85 위의 책, 같은 면.
86 『김현문학전집』, 제14권, p. 332.

은 이러한 일반이론의 연장선에서 행해진 발언이다.

김현의 이러한 예술철학 혹은 비평철학에 대해서는 한 연구자가 미학적 순수주의 혹은 유미주의로 규정한 바 있지만,[87] 보다 정확히 말한다면 18세기 영국의 취미론의 변용이라고 판단된다.[88] 샤프츠베리Shaftesbury를 포함한 일군의 미학자들에 의해 제기된 근대 미학이론으로서의 취미론은 고전주의의 지배적인 미학이었던 객관적 미이론에 대한 반동으로 등장한 주관적 미이론이었다. 곧 비례와 조화를 미의 원천으로 생각하던 귀족 중심의 미적 이데올로기에 대한 반동으로서 등장한 무관심성과 즐거움을 강조한 부르주아(시민) 계층의 미적 이데올로기였던 것이다. 17세기 말에 이르러 진작되기 시작한 이러한 주관적 미이론은 주로 과학의 발전과 병행된 경험주의의 철학적 대두와, 예술가에게서 나타나고 있는 낭만적 동향과 맥을 같이 하는 것이었다. 이와 함께 사회적으로는 개인주의적 사고

---

87 한형구, 「미적 이데올로기의 분석적 수사」, 『전농어문연구』, 제10집(서울시립대, 1998).

88 물론 프랑스의 계몽사상가들 역시 '무관심성'과 '즐거움'에 대한 논의를 피력한 것이 사실이다. 가령 몽테스키외는 『백과전서』의 「취미」 항목에서 미를 유용성과 선의 개념에서 분리시킴으로써 그가 미의 무관심성설의 선구자임을 보여준다. 그런가 하면 합리주의의 주창자였던 볼테르는 『철학사전』 속에서 미의 상대성을 강조하고, 또한 예술의 목적을 쾌락으로 규정하고 있다. 그러나 이러한 논의들이 정점에 이른 것은 역시 샤프츠베리에게서였다(편집부 편, 『미학사전』(논장, 1988), p. 73).
김현의 미적 인식이 샤프츠베리 미학의 변용이었다는 점은 물론 다음과 같은 차원에서 이해되어야 할 것이다. 김현의 전 저작물을 검토해보았을 때, 샤프츠베리에의 명시적 영향관계는 물론 드러나지 않는다. 그러나 문제는 김현이 의식했든 의식하지 않았든 그의 미학적 사고의 주요 이념들이 샤프츠베리의 미학과 유사성을 갖고 있다는 점일 것이다. 샤프츠베리의 취미론은 부르주아 계급의 등장과 함께 지배적인 미학적 이념으로 등장했고, 이후 계몽사상의 발전과정에 힘입어 칸트에 이르러 정점에 도달한 주관적 미이론이었다. 추측건대 김현으로서는 계몽사상에 대한 학습과정 속에서 간접적으로 샤프츠베리의 미학을 내면화했을 확률이 높다. 때문에 김현과 샤프츠베리에 관한 관계성의 천착은 영향관계가 아닌 '비동시성 속의 동시성' 내지는 '의식의 편재성'이라는 관점에서 조명되어야 할 것이다.

가 서서히 진행됨에 따라 나타난 취미의 변화와 깊은 관계가 있는 것이기도 하다.[89]

이러한 미의식에 대한 주도적인 논의를 펼친 사람은 샤프츠베리이며, 그의 미학사상에서 가장 중심적인 개념이 앞서 김현이 주장한 바 있는 '무관심성'과 '즐거움'이라는 것이었다. 특히 그는 17세기로부터 비평에 종종 등장하던 취미taste라는 말에 미를 파악 혹은 평가하는 능력이라는 의미를 부여했다.

이것 역시 샤프츠베리로부터 물려진 유산으로서, 그에게 있어서 취미는 도덕적 감관과 미의 감관의 역할을 동시에 수행하는 외적 감관에 대한 내적 감관이라는 의미로서의 '심안inward eye' 혹은 '내적 감각internal sensation'이었다. 이것은 예술작품−혹은 자연대상−이나 인간의 행위를 통해 구현되어 나타나고 있는 신의 조화를 파악하는 능력이다. 따라서 그것은 그에게 있어 일종의 직관의 능력을 뜻하기도 한다.[90]

'심안' 혹은 '내적 감각'이라는 말에서도 드러나듯 이러한 미적 태도는 직관을 강조하는 미학이었다고 볼 수 있다. 직관을 통한 예술 텍스트의 향수를 통해 샤프츠베리는 신의 조화를 파악할 수 있다고 말하고 있다. 김현에게 있어서 신의 조화를 파악하는 것은 작가의 의도를 파악하는 것으로 변용된다.[91] 그러니까 김현 비평에 대한

89 오병남, 『미학강의』(서울대 미학과, 1992), p. 35.
90 위의 책, p. 37.
91 김현은 1974년에 쓰여진 「비평은 심판인가 대화인가」라는 글에서 이러한 자신의 생각을

에피셋으로 효과적으로 활용되고 있는 '공감의 비평'이라는 어사는 이러한 샤프츠베리를 포함한 미학자들에 의해 정립된 취미론의 한 변형이었다고 볼 수 있는 것이다. 가령 김현의 실제비평 중 최고의 평문으로 꼽히는 「속꽃 핀 열매의 꿈」(1986)에서의 다음 진술을 보면, 그것이 샤프츠베리의 미학과 얼마나 밀접한 관련을 맺고 있는지를 알 수 있다.

내 마음 속의 무엇이 움직여 그 글로 내 마음을 무의식적으로 이끌리게 하는 것일까? 그것을 생각하다보면 때로 내 마음이 움직인 흔적들만 남아, 마치 달팽이가 기어간 흔적처럼 반짝거린다. 그 흔적들을 계속 좇아가면, 그것은 기이하게도 다시 내 마음을 움직인 작품으로 가 닿고, 그 길은 다시 그것을 쓴 사람의 마음의 움직임으로 다가간다. 내 마음의 움직임과 내 마음을 움직이게 한 글을 쓴 사람의 움직임은 한 시인이 '수정의 메아리'라고 부른 수면의 파문처럼 겹쳐 떨린다.[92]

김현이 "마음의 움직임"이라고 말하고 있는 것은 샤프츠베리의 용어를 빌리면 '내적 감각'이라고 할 수 있는 것이다. 이러한 내적 감각을 통해 김현은 대상 텍스트를 향수하며, 이 향수의 복잡한 단계를 거쳐 작품의 의미를 판별해내게 되는 것이다. 이러한 김현의 문

다시 한번 강조하고 있다. "비평가가 할 수 있는 것은 그(작가-인용자)의 탐구의 결과를 작품을 통해 재확인하고 수정하고 극복하는 것이다. 작가는 비평가의 촌평이 그가 쓴 작품의 어느 한 부분을 건드린 것이라는 것을 숙고하지 않으면 안 된다. 비평은 심판이 아니라 비평가와 작가의 열린 대화의 장소이다."(『김현문학전집』, 제13권, pp. 280-281.)
92 『김현문학전집』, 제7권, p. 57.

학관은 그의 계몽적 합리주의의 태도와 관련시켜 생각해 볼 때 좋은 시사점을 준다고 할 수 있다. 즉 계몽적 합리주의가 중세의 유신론적 세계관에 대한 안티테제로서 개인주의 및 합리주의를 강조한 것이었다면, 김현의 취미론에 입각한 문학관은 질서와 조화를 강조했던 귀족주의적 미의식에 대한 부르주아(시민) 계층의 미학적 안티테제였던 것이다.[93]

이러한 김현의 미의식, 더 정확히는 문학관의 진화과정에는 4·19 혁명 이후의 우리 사회의 변화라는 측면도 고려되어야 하겠지만, 김현 개인의 미적 이데올로기의 형성과정 역시 고려해야 될 것이다. 바꿔 말하면 4·19 혁명이 김현 세대에게 가져다준 '자유와 합리'라는 명분이 이러한 미적 이데올로기의 형성에 직, 간접적인 영향을 끼친 것이 사실이라 할지라도, 이러한 외부적 변화에 감응할 수 있었던 김현 개인의 이데올로기 형성 조건 역시 고려되어야 한다는 것을 의미한다. 곧 미적 성향의 개인적 형성조건을 고려해야 된다는 것이다. 김현에게 있어 이러한 미적 성향 혹은 이념을 가능하게 한 것은 현저하게 중산층으로서의 자기의식에 기반을 두고 있다.[94] 이러한 자기의식은 편안함에 대한 선호를 낳고[95] 그러한 선호는 미적

---

93 "글을 쓴다는 일이 지배 계층의 지배적 이데올로기와 엇갈릴지도 모르다는 의구심이 생겨난 것도, 글이라는 것이 무엇인가 하는 의심이 생겨난 것도, 다 18세기 이후의 일이다."(『김현문학전집』, 제1권, p. 42.)

94 "아파트에 살면서 나는 아파트가 하나의 거주공간이 아니라 사고양식이라는 것을 깨달았다. 그것은 중산층의 사고양식이었다. 아파트에 사는 사람들에게는, 술꾼들에게 술을 마시면 취하는 병이 있듯이 여러 가지의 병이 있다. 그 가장 큰 병은 새로운 더 큰 아파트로 이사하고 싶어 하는 병이다."(김현, 「두꺼운 삶과 얇은 삶」, 『김현문학전집』, 제14권, p. 361.)

95 「여유 있는 생존」(1965)에 드러난 김현의 언어는 중산층으로서의 자기의식이 그의 삶에 있어 피할 수 없는 하나의 규정력이었음을 보여준다. "나는 여유를 사랑한다. 세상은 여유를

무관심성이라는 이념으로 전환된다.

어렸을 때의 일이지만 선친이 화회를 열면 목재, 남농, 때로는 의제, 소
전까지도 참가하였다. (……) 선친이나 가형이 모은 것들은 거의 전부
가 전통적인 산수이다. 선친이 모은 그림 때문에 나는 오랫동안 그림이
란 동양화, 그중에서도 남화를 뜻하는 것이라고 생각하고 있었다. 내
유년 시절의 분위기 속에서는, 북화나 서양화가 끼어들 자리가 없었던
것이다. 비록 중학교에서 양수아 선생께 서양화를 배웠음에도 불구하
고 고등학교 때 서울에 처음 와서, 서양화와 북화를 만났을 때의 이화
감을 나는 잊을 수가 없다. 그것뿐만이 아니다. 중학교 때까지의 나의
의식 속에서 예술은 문학과 전통산수를 뜻하는 것이었다.
(……) 위에 적은 체험은, 예술의 행위가 어렸을 때 습득한 – 예술에 있
어서의 그 습득은 대개 문화적 분위기에 의한 습득이다 – 문화적 감수
성에 많이 의지하고 있으며, 그 감수성은 분위기가 바뀜에 따라 변할
수 있다는 것을 보여준다. 문화적 감수성, 조금 철학적인 용어를 쓰면
미적판단의 주관성은 예술 이해의 밑자리이다. 그 밑자리는 위의 체험
에 암시되어 있는 것이지만, 사람이 자라난 곳, 때, 그가 속한 계층, 그
가 받은 교육 등의 복합적 어울림이다.[96]

김현의 지적처럼 '미적 판단의 주관성'은 예술 이해의 밑자리이다. 위의 인용문을 통하여 우리는 김현에게 전통산수(남화)와 문학이 정신의 선험적인 상태로 예술로서 통용되고 있었다는 사실을 알 수 있다. 여기서 중요시되어야 할 것은 김현이 사실주의적 경향이 강한 북화보다는 남화를 더 선호했을 뿐만 아니라, 오직 남화만이 예술이라는 생각을 하고 있었다는 점에 있다. 전통산수, 즉 남화가 지향하고 있는 세계는 시각적이고 조형적인 효과를 통한 현실의 재현보다는 현저하게 정적인 분위기와 이념을 강조한 것이었다.[97] 그것은 송대宋代 화가 곽희郭熙의 "풍진 세상의 시끄러움과 한곳에 갇혀 산다는 것은 바로 인간의 본성이 언제나 싫어하는 것이다"[98]는 진술에서도 잘 드러난다. 인간의 본성과 이념에 대한 궁극적 탐구로 정리될 수 있을 이러한 전통산수의 세계는 리얼리티, 즉 예술과 현실과의 의미연관을 문제 삼는 서양화나 북화의 세계와는 전혀 다른 미적 성격을 갖는다. 이때 전통산수의 존재는 그것 자체가 인간의 본성과 이념의 표현인 것이기 때문에, 현실 속에서의 어떤 효용가치와도 관련 없이 예술 '그 자체'의 미적 순수성의 이데올로기를 형성한다.

김현은 위의 인용문에서 미적 판단의 주관성의 형성조건으로 "사람이 자라난 곳, 때, 그가 속한 계층, 그가 받은 교육 등의 복합적 어울림" 등을 들고 있다. 이러한 다양한 요소들을 한마디로 줄여 우리

97 벤자민 로울랜드, 『동서미술론』, 제5판, 최민 역(열화당, 1996), p. 105.
98 위의 책, 같은 면에서 재인용.

는 문화자본cultural capital이라는 용어로 개념화할 수도 있을 것이다.[99] 부르디외의 문화자본 개념에서 가장 중요한 것은 미적 이데올로기 역시 유기체의 지속적인 성향들의 형태로 존재한다는 사실일 것이 다. 달리 말해 한 개인의 미적 이데올로기란 주입inculcation과 동화 assimilation에 따른 육화의 과정이라는 사실을 의미한다. 김현의 예술 적 체험의 과정은 단순화하자면, 아버지와 가형의 예술에 대한 관 념의 영향 속에서 발생한 것이다. 그러한 관념의 주입과 동화 과정 은 이후 김현 문학관의 심층구조를 이루게 된다.

물론 이러한 문학관을 가능하게 한 데는 김현 자신의 중산층으 로서의 자기의식이라는 부분 역시 중요한 역할을 하고 있었음이 분 명하다. 이는 미적 성향 역시 과거와 현재의 물질적 조건에 영향받 는 것이라는 전제를 수용할 때 가능한 논리이다.[100] 예술작품에 대 한 어떠한 현실적 이해관계도 배제한 채, 그 자체의 자율성을 옹호 하는 미적 이데올로기는, 경제적 필요의 중단과 제거 그리고 절박 한 '필요로부터의' 객관적-주관적 '거리'를 요구하는 중산층의 미 적 의식구조와 정확히 일치한다.[101] 근대 문학의 출발을 프랑스 혁 명 이후의 서구사회의 변화로부터, 더 정확하게는 파트롱(후원자)과 작가의 결별로부터 찾고 있는 김현의 소론은 여기에서 그 정당성을 획득한다. 페터 호헨달Peter Hohendal의 지적처럼 18세기에 이르러서야

---

99 문화자본에 대한 위의 설명은, 피에르 부르디외, 『구별짓기: 문화와 취향의 사회학』, 최종 철 역(새물결, 1995), pp. 11-12를 참조한 것임.
100 위의 책, p. 99.
101 위의 책, 같은 면.

문학은 귀족들의 살롱에서 궁정사회를 합법화하는 형식으로 제공되는 대신, 중산층의 정치적 토론을 활성화하는 무대가 되었기 때문이다.[102]

바꿔 말하면 공공영역[103]의 투명한 공간에서 발언하고 판단할 수 있는 권리를 개인에게 부여하는 것은 더 이상 사회적 권력이나 특권 또는 전통 같은 것들이 아니라, 보편적인 이성의 합의에 바탕한 담론 가능한 이야기를 할 수 있는 능력이 된 것이다.[104] 그러므로 김현이 문학의 자율성을 옹호하게 되고, 나아가 계몽적 합리주의를 옹호하게 되는 것은 그가 자신의 비평의 효과적인 참고점point of reference으로 삼았던 서구 근대문학의 진전과정과 일치하게 되는 것을 우리는 발견하게 된다.[105] 이때 김현에게 서구의 근대문학은 한국

---

102 T. 이글턴, F. 제임슨, 『비평의 기능』, 유희석 역(제3문학사, 1991), p. 16.

103 "(공공영역이란) 공론에 따라 형성될 수 있는 사회생활의 영역으로, 공론 창출 능력을 지닌 시민들이 아무런 제약 없이 집회결사의 자유, 의사표현의 자유, 출판의 자유 등을 보장 받아 일반적인 관심사에 대해 협의할 수 있는 상호교류의 마당을 말한다. 이 개념은 이미 초기부터 시민사회 통치의 특성을 보여주며 계급사회의 모순을 포함하고 있다. 하버마스는 시민 공공영역의 계급성향을 암시하면서 공공영역의 참여조건을 제시하고 있는데, 그에 따르면 공공영역은 사유재산과 교육을 통해서 매개되어 시민계급이 공개장의 참여자로서 공중을 구성한다고 본다."(위의 책, p. 15.)

104 위의 책, p. 16.

105 이러한 경향성이 다만 김현에 한정되는 것이 아니라는 사실을 지적하는 것은 중요하다. 식민화와 해방, 그리고 전쟁이라는 혼란 속에서 '근대'를 체험할 수밖에 없었던 세대들에게 근대란 서구적인 것이며, 그것은 또한 그 자체로 선험적인 의미를 가진 것처럼 생각되었을 것이기 때문이다. 멀리는 이광수의 계몽주의로부터 해외문학파의 서구문학 추종까지, 80년대에 이르러서는 일본을 경유한 마르크시즘의 수용까지 이러한 현상은 역사 속에서 반복적으로 등장한다. 가령 김윤식의 다음과 같은 지적은 '근대' 혹은 '근대적인 것'에 대한 한국 지식인의 콤플렉스가 얼마나 내면적이며 본질적인 것인가를 보여주는 한 예로 볼 수 있을 것이다.
"그렇지만, 일본이란 것이 저에게는 어느새 문학과 사상을 검증하는 시금석 같은 것으로 되어 있다는 말은 이 자리에서 조금 해두고 싶습니다. 그것은 일본이란 것이 단순히 특정한 국가나 민족을 가리킴이 아니고 '근대', '근대적인 것', '근대화', '근대성' 등으로 불리는 것들에 직간접적으로 관련되어 있음을 가리킵니다. 그것은 윤리적인 것도 아니

근대문학의 전사前史로서의 의미를 가지게 된다. 중산층으로서의 자기의식이라는 '문화자본'과 한국 근대문학의 전사로서의 서구 근대문학이라는 두 가지 사실은, 김현에게 '무관심성'과 '즐거움'이라는 취미론의 미적 이데올로기로 수렴된다.

제2절 주정주의적 문학관—개성과 형태에의 열망

'무관심성'과 '즐거움'을 토대로 한 취미론은 19세기를 지나면서 낭만주 혹은 심미주의로 명명할 수 있을 주관적 미이론의 토대가 되었다. 이러한 주관적 미이론의 융성은 절대주의 국가에서 근대 시민사회로의 변화라는 정치적 변화와 맞물려 있는 현상이었다. 신고전주의의 조화와 비례에 근거한 형식주의적 미개념이 경험주의 철학과 개인주의의 대두에 따라 점진적인 해체의 과정을 걷게 되었던 것이다.

이러한 미적 변화 혹은 혁신의 과정은 김현 개인에게 있어서도 상당히 중요한 의미를 갖고 있었던 것으로 판단된다. 4·19를 정점으로 한 한국사의 전반적인 전개양상을 김현이 서구 계몽혁명의 연장선상에서 보았다는 사실을 우리는 앞에서 살펴본 바가 있다. "태초와 같은 어둠 속에 우리는 서 있다"는 현실인식과, "이 어두움이 신의 인간 창조와 동시에 제거된 것처럼 우리들 주변에서도 새로운 언

고, 논리 편에 속하며, 따라서 가치중립적인 것입니다."(김윤식, 「내게 있어 일본이란 무엇인가」, 『김윤식선집』, 제5권(솔, 1996), p. 464.)

어로 제거되어야"[106] 한다는 미래전망은 그러한 김현의 세계 인식에서 기원한 발언이었던 것이다. 김현에게 있어서 '새로운 언어'는 무엇이었을까. 그것은 진정한 개인의 언어, 곧 개성적 문학작품이었다.

개인성에 기반한 이러한 문학이념은 김현 문학관의 핵심으로 자리잡고 있는데, 필자는 이러한 문학관을 주정주의적 이론emotionalist theory으로 명명하고자 한다.[107] 매튜 아놀드의 '감상비평appreciative criticism'과 월터 페이터의 '심미비평aesthetic criticism'에서 정점에 이른 주정주의 이론은 전자가 예술작품으로서의 대상을 있는 그대로 봄으로써 작품의 아름다운 점을 순수하게 음미하고 찬양할 것을, 후자는 대상을 그 자체로 보기 위해서 우선 보는 사람 자신의 인상을 통찰하여야 한다는 전제 아래서 이 인상과 효과에 대해 연구를 집중할 것을 강조했다.[108] 아나톨 프랑스 역시 예술작품에 대해 이야기하는 것은 그 자신에 대해서 이야기하는 것에 불과하며, 가장 존경할 만한 비평이란 어떠한 목적성도 배제한 채 다만 자신의 완전한 영혼을 향해 모험을 행하는 것이라고 주장하며 주정주의적 이론을 펼친 바 있다.[109] 이러한 비평태도는 모든 체계적 이론과 가치기준을 거부하고 오로지 직접관조에 의한 비평가의 경험과 인상을 강

---

106 「『산문시대』 창간선언」, 문학사와 비평연구회 편, 『1950년대 문학연구』(예하, 1993), p. 209에서 재인용.

107 주정주의 이론이라고 할 때, 그것은 예술현상 및 그 감상과 가치를 분석함에 있어서, 예술가의 개별적인 감정의 경험을 가장 중요한 요소로 간주하는 태도를 의미한다(제롬 스톨니쯔, 앞의 책, p. 183).

108 편집부 편, 『미학사전』(논장, 1988), p. 282.

109 Vernon Hall, Jr., A Short History of Literary Criticism(New York University Press: New York, 1963), p. 122.

조한다는 점에서 넓은 의미에서 주정주의적 이론이라 할 수 있다.

비평사적 견지에서 볼 때, 이러한 주정주의적 문학관은 김환태에 의해 개진된 바 있다. 「문예비평가의 태도에 대하여」(1934)와 「예술의 순수성-천재와 개성, 목적의식과 순수성」(1934)에 개진된 김환태의 문학관(비평관)은 아놀드와 월터 페이터의 강한 영향 속에 놓여 있는 것이다. "문예비평이란 문예작품의 예술적 의의와 심미적審美的 효과를 획득하기 위해 '대상對象을 실제로 있는 그대로 보려'는 인간정신의 노력"이며, 문예비평가란 "순수히 작품 그것에서 얻은 인상과 감동을 충실히 표출"[110]해야 한다는 것이 김환태의 비평관이었다. 김환태의 이러한 비평관이 카프 비평에 대한 안티테제로서의 역할을 했다는 사실은 분명하다. 이러한 김환태의 비평관은 카프 비평의 지도성 즉 세계관과 창작방법의 직접적인 주입과는 거리가 먼 것이었으므로 주로 작품론에서 그 성과를 보았다. 카프 해산 이후 주조이념의 모색이라는 역사적 전환기 속에서 김환태 비평이 유독 그 빛을 발할 수 있었던 이유가 여기에 있다.[111]

그러므로, 예술의 생산에 있어서 가장 근본적이요, 중요한 것은 사회적 설명이 불가능한 이 예술가의 천재와 개성이다. 이곳에 마르크스주의자들이 당黨의 지령으로 위대한 예술품을 출산시키지 못한 이유가

---

110 김환태, 「문예비평가의 태도에 대하여」, 『평론선집』, 제1권(삼성출판사, 1978), p. 165.
111 김윤식, 『한국 현대문학 비평사』(서울대 출판부, 1982), p. 188; 김환태의 인상주의 비평에 대해서는, 김윤식, 「인상주의비평-김환태론」, 『김윤식선집』, 제3권(솔, 1996)을 참조할 것.

있으며, 물질적 기초에서만 예술을 이해하려는 사회과학의 실패한 이유가 있다.[112]

위의 지문을 통해서 우리는 김환태가 추구하는 문학관의 핵심이 개성의 표출에 있으며, 정치성의 배제를 통한 문학의 자율성에 대한 옹호에서 그 이론이 종결되고 있다는 사실을 알 수 있다. 이러한 김환태의 소론은 60년대 후반 이후의 순수-참여 논쟁의 과정 속에서 순수문학론으로 변용되어 다시 나타나게 된다. 문학에서 정치성이 배제될 때 남는 것은 예술작품에 대한 비평가의 인상이며, 감동하려는 정신이 될 것이다. 논리를 넘어선 감상 주체의 감각을 중시한다는 점에서, 또한 감상행위의 정서적 효과를 최대한 부각시킨다는 점에서 김환태의 인상비평은 필자가 앞에서 지적한 주정주의적 이론의 전형적인 예로 볼 수 있다.[113]

비평사적 관점에서 볼 때, 김현의 문학관은 김환태의 이러한 문학관에서 그리 멀지 않은 곳에 위치해 있었다고 판단된다.

---

112 김환태, 「예술의 순수성」, 위의 책, p. 168.

113 김환태를 '미학적 칸트주의자', '비평적 아놀드주의자'의 입장에서 검토하고 있는 한형구의 소론도 참고할 만하다: "그는 예술의 사회적 성격 자체를 부인하는 입장은 아니었으나, 예술의 일차적인 목적성과 기능성은 감동의 차원에 있다고 하여, 감동을 통한 비평의 지도성 내세우기를 원천적으로 봉쇄하고자 했던 곳에 그의 비평관의 특징이 있었던 셈이다. 그의 심미주의적 미학관으로 말미암아 낳아진 태도의 요체는 결국 예술의 자율성, 비평에 대한 창작의 우위성 인정 태도 등으로서 나타나게 되었던 바, 이점에서 그는 미학적 칸트주의자, 비평적 아놀드주의자의 입장에서 한 치도 벗어난 것이 아니었다." (한형구, 「일제말기 세대의 미의식에 관한 연구」(서울대 대학원 박사학위 논문, 1992), p. 69.)

개성과 형태에의 열망은 거기에서 생겨난 것이다. 자기의 서명을 지우고라도 그 자기를 드러나게 하라, 자신의 생각을 완벽하게 표현하라는, 18세기 이후에 되풀이된 충고는, 수사학적인 전범에 의해서 작업한 그 이전의 작가들에게는 꽤 충격적으로 들렸을 충고이다. 개성을 존중한다는 것은 획일적인 인간이 허위라는 것을 밝히겠다는 의지의 표현이며, 완벽한 형태를 찾는다는 것은 상투적인 표현을 거부한다는 생각이다. 문학이 그 독자성, 흔히 자율성이라는 말로 표현되는, 그것 자체의 특성을 갖기 위해 애를 쓴 것은 그러므로 그것이 지배적 이데올로기와 동떨어지면서, 다시 말해 지배 계층의 이념을 선전하는 선전관의 역할에서 벗어나면서부터이다. 문학은 정치에서 벗어나면서 그 독자성을 획득한다.[114]

개성과 형태에의 열망이 가장 극단적인 형태로 발현된 것은 19세기의 '예술지상주의'에서였다. 넓은 의미에서 심미주의로 규정할 수 있을 이들 예술지상주의적 경향의 공통 특질은, 예술의 도덕적이며 교화적인 기능은 부차적인 것이며, 예술작품이 지니는 독특한 예술의 가치와 별개의 것이라는 사실에 대한 인정이었다.[115] 예술과 사회의 연관관계를 희석화시키고 그 대신 개인이라는 기본단위로 그 균형점을 옮길 때, 강조되는 것은 개성이며 이러한 개성을 보증하는 것은 한 작가의 독특한 상상력이었다. 따라서 김현이 "글 쓰는 사람은 개성을, 상상력을 그들의 중요한 탐구대상으로 설정하고, 그것을

---

114 『김현문학전집』, 제1권, pp. 42-43.
115 최주연, 「월터 페이터의 '예술로서의 삶'」, 『천마논총』, 제9집(영남대, 1998), p. 6.

대담하게 노출시킨다"[116]고 말할 때, 우리는 김현의 심미주의적 편향을 읽을 수 있게 된다. 그러나 문제는 이 상상력이라는 원질이 김현의 선언적인 명제처럼 시원스럽게 해명되지 않는다는 사실에 있다. 따라서 한 작가의 개성적인 세계를 탐구하겠다는 김현의 의지가 "획일적인 인간이란 허위"라는 상식적인 수준에서 전개되고 있는 것은 자연스러운 귀결이라 할 것이다. 뒤에서 더 자세히 밝히겠지만, 김현은 이러한 상상력 연구의 곤란을 이미지 분석이라는 차원으로 축소시켜 이해함으로써 극복하고자 하였다.[117]

이미지의 분석에 있어 김현이 중시한 것은 시인의 언어이다. 언어와 사물간의 관계에 대한 김현의 관심은 『상상력과 인간』(1973)과 『시인을 찾아서』(1975)를 포함한 초기의 평론집에 집중적으로 드러나 있다. 이들 평론집에서 강조되고 있는 것은 사물-언어 관계에 대한 김현의 생각이 사물을 파악하기 위한 언어 즉 도구적 언어관에 있기보다는, 사물(현실)에 대한 언어의 우위성에 있다는 사실이다. 「김춘수와 시적 변용」(1970)에서 김현은 "부재 속에서 언어들은 떠오르기를 기다리고 있"다고 말하면서, "우리들은 그 사물을 선택하는 것이 아니라, 그 사물을 지시하는 언어를 선택하는 것이다. 항

---

116 김현, 앞의 책, p. 42.

117 김현 비평의 이미지에의 편향은 이숭원에 의해 다음과 같이 비판받은 바 있다: "김현 시 비평이 지닌 결정적인 한계는 이미지에 대한 편향이다. 그는 스스로 이것을 변하지 않는 자기 모습의 하나로 제시하기도 했다. 그러나 이미지에 집착함으로써 삶의 현장과 거리를 두게 된다는 것은 작은 문제가 아니다. 그는 이미지 집착이 갖는 한계를 극복하기 위하여 문학사에 관심을 갖기도 했다. 그래서 『한국문학사』를 쓰고 『한국문학의 위상』을 썼다. 그러나 문학사는 책 속에서 세계를 서술하는 또 하나의 관념의 도식일뿐 살아 있는 삶의 현장은 아니다. 그는 문학의 역사조차 하나의 이미지로 받아들였는지 모른다." (이숭원, 「김현의 시 비평에 대한 고찰」, 『선청어문』, 제23집(서울대학교, 1995), p. 846.)

상 사실보다도 언어가 앞장서서 따라나온다"[118]며 언어의 존재 우위성에 대해 갈파하고 있다. 그러나 사실에 앞서는 언어라는 개념은 현실 역사라는 상황적 맥락을 거세하고 언어라는 자족성 안에 침전됨으로써 현저하게 보수적 성격으로 떨어질 위험성 역시 존재하고 있었음이 사실이다. 이러한 언어에 대한 김현의 자의식은 그가 작가의 개성을 그의 언어의식 및 표현에서 찾고 있었다는 것의 단적인 예증이 되기도 한다. 따라서 김현에게 있어서 진정한 개성이란 언어의식의 심화라는 항목과 일치하는 것이었다.[119]

김현은 개성에 대한 강조와 함께 그것에 걸맞는 문학적 형태에 대한 관심도 강조했다. 이러한 형태에 대한 강조는 내용과 형식에 관련된 오래된 논란을 상기시킨다. 위의 인용문에서 김현은 형태에 대한 열망이 "상투적인 표현을 거부한 것"이라고 말하고 있다. 이러한 상투성에 대한 거부는 김현의 평생에 걸친 신념이었거니와, 이러한 김현의 주장은 예술작품을 형식과 내용의 불가분의 유기적 통일체로 이해한 데서 나온 것이었다.

오늘날까지도 우리는 문학작품에 대해 그것의 내용은 좋은데 형식이

---

118 『김현문학전집』, 제3권, p. 181.
119 개성을 언어의식과 등치시키는 김현의 이러한 사유구조는, 그가 자기세대를 옹호하면서 전세대를 공박하는 논쟁의 장에서 보다 활발하게 개진되었다. 김현의 전세대인 50년대 세대야말로 이러한 언어의식에 대한 부재 속에서 문학적 활동을 출발하였을 뿐만 아니라, 식민지 시대와 미군정, 그리고 이어진 6·25라는 역사적 격변 속에서 언어의 분열을 겪은 세대라는 것이 김현의 생각이었다. 이러한 불완전한 언어관은 그들로 하여금 개성적인 문학작품의 생산을 어렵게 하였으며, 이러한 문제점이 김현을 포함한 60년대 세대에 이르러 극복되었다는 것이 그 자신의 생각이었다(자세한 내용은 제4장을 참조할 것).

나쁘다든가 형식은 좋은데 내용이 나쁘다 식의 말을 자주 듣는다. 그것이 더 발전하면 어떻게 쓰느냐가 중요한가, 무엇을 쓰느냐가 중요한가 하는 해괴한 문제로 탈바꿈한다. 문학은 말을 다루는 것이기 때문에 어떻게 쓰느냐야말로 문학의 생명이라고 한편에서 말하면, 문학은 인간의 진실을 드러내야 하기 때문에 형식보다는 내용이 훨씬 중요하다고 반박한다. 리히터라는 독일작가의 치통을 더욱 심하게 만든 바 있는 그 문제야말로 그러나 가짜 문제이다. 내용은 형식과, 형식은 내용과 분리될 수 없는 것이기 때문이다. 문학작품이란 내용+형식이 아니라, 내용형식이다. 문학은 그럴듯한 내용에다가 그럴듯한 형식의 옷을 입히는 것이 아니라, 침전된 내용이라는 형식을 갖고 있을 따름이다.[120]

"침전된 내용이라는 형식"이라는 수사적인 표현을 통해 김현이 강조하고 있는 것은 궁극적으로 모든 표현은 양식화를 통해서 그 정당성을 확보하게 된다는 생각이었다. 양식화 혹은 문학적 스타일이라는 덕목을 김현이 표 나게 강조하고 있음은 이에서 비롯된다. 『한국문학의 위상』의 제6장인 「한국문학은 어떻게 전개되어 왔는가」와 『현대 한국문학의 이론』(1972)에 수록되어 있는 「한국문학의 양식화에 대한 고찰」(1967)은 언어와 그것의 표현스타일을 양식화라는 개념 속에서 탐구한 글이다. 그는 양식화를 유동하고 있고 질서를 갖지 않고 혼란되어 있는 것에 질서를 부여하고 통일시키는 능

120 『김현문학전집』, 제1권, p. 49.

력으로 규정한다.[121] 이에 반해 고정화란 질서화를 반드시 요구하지 않는 것으로, 질서 이전에 그대로 응고되는 것을 의미한다고 밝히고 있다. 그러므로 양식화란 곧 질서에 대한 욕구라고 할 수 있다. 이러한 양식화 개념에 대한 고찰을 통해 김현은 한국인의 본래적 사고 양식을 규정하고 있는데, 그것은 개인의식의 소멸과 사고의 미분화라는 항목으로 정리된다.[122]

그런데 김현의 이러한 양식화에 대한 개념규정이나, 내용-형식에 관한 논의는 실제에 있어서는 예술작품의 미적 가치나 존재의미에 대한 규정이 아니라, 김현 자신이 바라보는 현실 문단에 대한 하나의 비판적 가설로 제기되었다는 사실을 우리는 발견하게 된다. 위의 인용문에서 우선적으로 발견할 수 있는 사실은 김현 자신이 내용과 형식에 관련된 복잡한 논의를 거쳐 그 의미내용을 밝히지 않고 다만 당위적인, 그러므로 선언적인 명제를 제출함으로써 가볍게 그 곤란을 넘어서고 있다는 것이다. 실제로 위의 글에 이어지는 내용들에는 60년대 후반으로부터 70년대 초반에 이르기까지 문단을 뜨겁게 달궜던 순수-참여 논쟁에 대한 김현의 비판이 이어지고 있는 것이다.

문학을 위한 문학은 문학의 주체자를, 인간을 위한 문학은 문학의 자족성을 각각 사상하고 있다. 그 두 이론은 그러나 순수, 참여 논쟁이라는 한국문학의 해묵은 가짜 문제의 이론적 전거를 이룬다. (……) 한

---

121 『김현문학전집』, 제2권, p. 13.
122 위의 책, p. 20.

파에서 달빛을 노래하면 다른 파에서는 굶주림을 노래하고, 한 파에서 내면을 노래하면 다른 파에서는 사회를 주장한다. 미리 결정된 주제와 주장이 있으니 세계와 인간을 이해하려는 어려운 노력이 필요시 될 리가 없다.[123]

앞에서 살펴본 대로, 김현의 기본적인 문학관은 정치 배제의 순수문학론에 기울어 있었으며,[124] 그것은 미적 자율성 이론으로 정리될 수 있었다. 위의 인용문에서 강조될 부분은 순수-참여 논쟁이 '가짜 논쟁'이라는 김현 특유의 과격한 개념 규정이다. 이러한 과격한 개념 규정은 순수파와 참여파를 '달빛'과 '굶주림'이라는 메타포를 통해 그 의미를 희석시키고 단순화시킴으로써, 이 두 문학적 견해의 대립을 본질주의화시키는 데서 가장 확실하게 드러난다. 이러한 김현의 비판적 태도는 그 자신의 용어로 표현하자면 문학적 고

---

123 『김현문학전집』, 제1권, p. 51.
124 김병익의 다음과 같은 진술은 김현의 문학적 태도가 김현 자신의 반복적인 부정에도 불구하고 순수문학론에 있었음을 환기시킨다.
"이미 대학시절에 『산문시대』를, 대학원 시절에는 『사계』를 만들어 동인지 운동의 중심에서 활약하고 있었던 그는 68년에 제기된 참여-순수 논쟁에서 이른바 순수문학론을 옹호하고 있었고 참여론을 주창하는 '창비'에 맞서 문학적 자율성을 견지할 새로운 동인지가 있어야 한다는 생각을 강하게 가지고 있었다."(김병익, 「김현과 '문지'」, 『문학과 사회』, 1990년 겨울호, p. 1422.)
물론 우리는 김현의 문학적 태도를 성급하게 순수문학자의 태도와 등치시켜서는 안 될 것이다. 비평행위의 진전과정 속에서 김현의 문학론은 심화되고 확대되는 경향을 보이고 있기 때문이다. 순수-참여 논쟁이 진행되는 와중에 쓰여진 김현의 「세대교체론의 진정한 의미」(『세대』, 1969. 3)를 토대로 김현의 문학적 태도를 참여문학론의 일부로 수용하려는 시각도 존재하는 것이 사실이기 때문이다(김현의 문학론을 참여문학이라는 시각에서 파악한 연구로는, 고명철, 「1960년대 순수, 참여문학 논쟁 연구」(성균관대 대학원 석사학위 논문, 1998), pp. 76-81을 참조할 것).

정화의 가장 대표적인 예로 볼 수 있다.[125]

문학적 형식-내용의 문제에 대한 김현의 견해가 이처럼 상식적이며 당위적인 수준의 것이었다면, 김현에게 있어 예술의 존재가치는 어디에서 찾을 수 있는 것이었을까. 한마디로 말하면 그것은 예술가 및 비평가의 성실성이라는 덕목이었다.

나는 재미있게 글을 쓰겠다는 작가들보다 성실하게 글을 쓰겠다는 작가들에게 더욱 이끌린다. (……) 자, 그러면 당신이 말하는 성실성이란 무엇인가? 간략하게 말한다면 그것은 자기가 본 세계의 진실에 "성실한 품성"(신기철, 『우리말 큰사전』)이다. 어떤 형태를 갖추어 진실이 우리의 앞에 널려져 있는 것은 물론 아니다. 어떤 진실이든 그것은 자기가 본 진실이다. 극단적으로 말하자면 진실은 주체자의 의식이 진실이라고 파악한 것만이 진실이다.[126]

예술가의 성실성이란 문제는 어떠한 주정주의적 이론에 있어서도 기본적으로 중요한 것이다. 일단 예술이 정서의 기록이라고 생각되면 예술가가 작품에 구현한 것을 진정으로 느껴야 한다는 요구가

---

125 이동하는 김현의 이러한 진술을 다음과 같이 해석하고 있다.
"여기서 내가 끌어낼 수 있는 결론은, 김현이 여러 차례에 걸쳐 실상을 왜곡해가면서까지 순수파와 참여파 모두를 비난하며 순수-참여 논쟁 자체와 의의와 수준을 평가절하한 데에는, 고도의 전략적 의도가 함축되어 있다는 것이다. 즉 이러한 작업을 통해 순수파와 참여파 모두를 극단주의자로 본 결과 그는 쉽사리 자기와 그 동료를 '유리한 공격적 위치'에 놓을 수 있었다는 것이다."(이동하, 앞의 글, p. 56.)
126 『김현문학전집』, 제1권, pp. 66-67.

나온다.[127] 김현의 문학적 태도 역시 이러한 논리의 연장 선상에 있음을 우리는 앞에서 확인한 바 있다. 위의 인용문에서 우리가 알 수 있는 사실은 이러한 성실성이라는 덕목이 진실이라는 덕목과 무매개적으로 연결되고 있다는 사실일 것이다. 이러한 예술가의 성실성에 대한 강조는 김현이 문학과 예술을 이해하는 데 있어 '정서적 감염력'의 유무를 중시하고 있었다는 것을 의미한다. 이러한 정서적 감염력의 밀도가 높을 때, 그것은 감동이라는 정서적 효과를 유발하며, 그러한 감동의 울림이 큰 문학작품이야말로 김현이 생각하는 가장 의미 있는 문학작품이었던 것이다.

예술가의 성실성을 가장 우선적인 덕목으로 삼는다는 것은 '작품은 곧 삶이다'는 명제에 대한 긍정으로 볼 수 있다. "글쓰기 자체가 사는 것 자체라는 나의 신념"[128]이라는 김현의 진술에서 그 사실을 알 수 있다. 이러한 김현의 문학관 혹은 예술이해는 키에르케고어의 '심미적 인간aesthetic man'의 개념과 일치한다.[129] 키에르케고어의 심미적 인간이라는 개념은 현실세계란 다만 시인의 내적세계의 자

---

127 제롬 스톨니쯔, 『미학과 비평철학』(이론과 실천, 1991), p. 201.
128 이 문장이 들어 있는 문단을 인용하면 다음과 같다: "나와 가장 격렬하게 싸운 사람들과의 논쟁에서도 드러난 것이지만, 어떻게 사느냐 하는 문제야말로 나에게 가장 큰 문제였다. 그리고 그 사는 문제를 표현하는 데 있어서, 나는 어떤 것만이 올바르게 사는 것이라는 것을 주장하는 사람의 허위성을 드러내는 데 힘을 쓴 것이다. 글쓰기 자체가 사는 것 자체라는 나의 신념도 거기에서 생겨난다."(『김현문학전집』, 제1권, p. 69.)
129 "모든 인간은 그들이 욕망하는 진실 속에서 시적으로 살아야 한다고 말하자. 만일 누군가 시가 무엇이냐고 묻는다면, 시란 세계에 대한 승리를 보편적으로 형상화한 것이라고 대답해야 하리라. 불완전한 현실 세계에 대한 부정을 통해서, 시는 보다 고차원적인 현실을 열어놓으며, 불완전한 것을 완전한 것으로 확장시키며 변모시킨다. 또한 이를 통해 모든 사물에 드리워져 있는 깊은 슬픔을 부드럽게 하고 약화시킨다."(Dennis Rassmussen, Poetry and Truth(Hague: Mouton, 1974), p. 45에서 재인용.)

료에 불과할 뿐이며, 현실이란 시인의 시적 창조에 도움이 될 때에만 그 한정적인 가치를 갖는다는 내용의 미학적 주관주의다.[130] 이러한 미학적 주관주의는 현실세계에 대한 객관적 의미 탐구에 주력하기보다는 작가(예술가)의 내적세계를 중시한다는 점에서, 비극적 세계관의 발생구조와 근친성을 갖고 있다. 외적세계의 진실과 다른 층위에서 발생하는 작가적 진실이란 현실 속에서 보편적인 진실로 통용되기는 어려운 까닭이다. 김현이 고통하지 않는 작품을 불성실한 작품으로 규정하는 논리는 그래서 가능해진다.

자신의 자율성에만 갇혀 있거나, 사회적 사실만이 되려고 노력하는 예술작품이란, 예술작품이 자신에 충실하면서 동시에 사회적 사실이 되어야 한다는 그 예술의 애매모호성을 이해하지 못하고 그것을 해체시켜 쉽게 해답을 찾아낸, 다시 말해 고통하지 않는 작품이라 하지 않을 수 없다. 고통하지 않은 작품이란, 감히 말하거니와 성실하지 못하다.[131]

그러나 작가의 성실성을 문학적 가치평가의 척도로 할 때 거기에 문제점이 없는 것은 아니다. 우선적으로 제기될 수 있는 문제는 작가가 성실했는지 그렇지 않았는지를 비평가가 어떻게 알 수 있는가 하는 문제이다. 작품으로부터 작가의 예술적 심리상태에 대한 증거를 우리는 정확하게 판별해낼 수 없다. 작가의 심리적 상태에 대

130 Ibid., p. 46.
131 『김현문학전집』, 제1권, p. 74.

한 전기적 자료가 완전하지 못한 상태에서, 작품으로부터 예술가의 정신상태를 추론하는 것은 때로 심각한 오류를 범할 수 있다.[132] 다음으로 문제가 되는 것은 작가가 성실했다고 할지라도 작품이 미적 향수자에게 성실한 것으로 보이지 않을 수도 있다는 점에 있다. 예술가 자신은 정서를 진지하고 강력하게 느낀다고 할지라도 작품은 이 정서의 전달에 실패할 수 있다는 말이다. 스톨니쯔의 지적처럼 예술가가 매체를 조직하는 힘이 부족할 수도 있고 그의 기교가 부적절할 수도 있으며, 작품의 구조가 조직화되지 않거나 알기 힘든 경우도 있을 수 있다.[133]

물론 김현 자신 역시 이러한 난점을 모르고 있지는 않았을 것이다. 그러나 이러한 난점이 그의 문학관을 스스로 부정하게 만들 정도로 치명적이지는 않았을 것으로 판단된다. 따라서 김현은 이러한 방법상의 난점을 그 특유의 '공감의 비평'으로 밀고 나가기를 주저하지 않았다. 이때 강조되는 것이 감동이라는 간략한 말로 요약되는 심리적 반응이다.

---

132 이숭원은 김현의 이러한 오류를 다음과 같이 잘 지적하고 있다: "타의 추종을 불허하는 김현의 시 분석도 문제가 없는 것은 아니다. 그는 초기에 프로이트 정신분석학에 기울어져 시인의 상상세계를 분석하는 경향을 보였는데, 그 결과 가끔 엉뚱한 해석을 하기도 하였다. 김춘수의 시를 분석하면서 '冬菊'과 '상수리나무'를 각각 양갈보, 농부를 암시하는 것으로 본다던가, 김춘수 산문에 나오는 '성냥곽만 한 게'를 여성 성기의 표상으로 보는 것 등이 그 예이다. 이러한 정신분석비평 방법은 후기의 글에도 그 잔영을 드러내고 있다. 어떤 경우 그는 작품의 해석을 통하여 시인의 삶을 재구성하기도 했는데, 시의 화자를 시인 자신과 동일시함으로써 잘못된 추측을 하기도 했다. 가령 김명인의 시를 읽으면서 그의 아버지가 육이오 전후 총을 맞아 죽은 것으로 해석하고 아버지의 죽음과 아버지의 이장에 대한 설명까지 한 것은 명백한 오류이다. 이것은 마치 고은의 초기 시에 나오는 누이를 실제 인물로 알고 분석했다가 누이가 없다는 고은의 말을 듣고 충격을 받은 것과 흡사한 사례가 될 것이다."(이숭원, 위의 글, p. 845.)
133 제롬 스톨니쯔, 앞의 책, p. 203.

한 편의 아름다운 시는 그것을 향유하는 자에게 그것을 향유하지 못하는 자에 대한 부끄러움을, 한 편의 침통한 시는 그것을 읽는 자에게 인간을 억압하고 불행하게 만드는 것에 대한 자각을 불러일으킨다. 소위 감동이라는 말로 우리가 간략하게 요약하고 있는 심리적 반응이다. 감동이나 혼의 울림은 한 인간이 대상을 자기의 온몸으로 직관적으로 파악하는 행위이다. 인간은 문학을 통해, 그것에서 얻은 감동을 통해, 자기와 다른 형태의 인간의 기쁨과 슬픔과 고통을 확인하고 그것이 자기의 것일 수도 있다는 것을 느낀다. 문학은 억압하지 않으므로, 그 원초적 느낌의 단계는 감각적 쾌락을 동반한다. 그 쾌락은 반성을 통해 인간의 총체적 파악에 이른다.[134]

감상자의 정서를 최우선적으로 고려하는 주정주의적 문학관은 '정서적 동일시'라는 기제를 통해 예술작품을 향수하고 그것에 반응하기를 요구하는 미학적 태도이다. '감동'과 '쾌락'이라는 정서적인 동일시를 통해 감상자는 독특한 미적 체험에 이를 수가 있는 것이다. 이때 하나의 비평이란 이러한 미적 체험에 관한 보고서이자 또 하나의 창작행위로서의 의미를 가질 수 있다. 따라서 이러한 미적 태도를 자신의 문학관으로 효과적으로 활용하기 위해서는 무엇보다도 섬세한 감각적 정서가 요구되는 것이다. 하지만 이러한 감각적 정서가 김현의 주장처럼 곧바로 인간의 총체적인 반성이라는 덕목과 연결되는 것은 부적절하다. 김현 자신도 어째서 원초적 감각

---

134 『김현문학전집』, 제1권, p. 50.

이 합리적이며 이성적인 반성과 무매개적으로 연결될 수 있는지에 관해서는 설명하지 않고 있다. 이러한 태도가 극단화될 경우 비평은 다만 해석자의 주관적 의지를 강조하는 차원으로 떨어질 위험성도 존재하고 있음은 부인할 수 없는 사실이다. 작품 자체의 내적 의미가 아니라 감상자 곧 비평가의 '자기됨의 근거'를 밝히는 자료로 텍스트가 이용될 수도 있다는 말이다.[135] 김지하의 시 '무화과'에 대한 해석비평인 「속꽃 핀 열매의 꿈」이 범한 오류란 여기에서 연유한 것이다.[136]

이러한 오류는 김현의 미적 판단기준이 자기-반성적self-reflective 이기를 그치고 자기-지시적self-referential일 경우에 발생한다. 미적 판단기준이 자기 지시적이라는 것은 작품 해석상의 상대적인 맥락을 고려하지 않고, 자의적인 판단기준을 토대로 작품을 해석할 때 나타나는 현상이다. 작품 해석상의 보편타당한 평가기준criterion보다

---

135 "작품 속의 여러 의미 중에서 어떤 의미를 붙잡아내는가 하는 것은 대개 비평가의 개성과 관련되어 있다. 그러나 비평가에게도 체계를 벗어나고 싶다는 욕망이 생겨날 때가 있다. 자기의 자기됨의 근거를 밝혀내고 싶다든가, 자기 몽상이 어디를 향하는가를 밝혀보고 싶다는 욕망이, 작품을 체계적으로 설명해야 한다는 당위성을 누를 때가 바로 그때이다. 그때 비평가는 그가 비평하고자 하는 텍스트의 어느 한 구절, 혹은 어느 한 부분에 지나치게 깊숙이 빠져들어, 그 텍스트의 전체인 구조를 잃어버리기, 아니 잊어버리기 일쑤이다. 그러나 그 일탈에는, 자기의 몽상 속에 빠진다는 즐거움이 있다. 그 즐거움 속에서, 비평가는 텍스트와 싸우는 것이 아니라, 부유하는 말들과 싸운다."(『김현문학전집』, 제5권, p. 13.)

136 한형구, 「미적 이데올로기의 분석적 수사」, 『전농어문연구』, 제10집(서울시립대, 1988)에서 이 점을 자세히 분석했다. 기이한 것은 이 평문에 대한 가치평가가 아주 상반된 결과를 노정하고 있다는 사실이다. 한형구와 이승원이 「속꽃 핀 열매의 꿈」을 과잉분석적 열정에서 나온 오독의 한 예로 바라보고 있다면, 김인환, 정과리를 포함한 대부분의 연구자들은 이 평문이 김현의 평문 가운데 가장 훌륭한 것이었다고 극찬한다. 이러한 연구자들 사이의 평가의 상이함에 대한 연구도 다른 자리에서 보다 상세하게 분석될 필요가 있다는 점만은 여기에서 밝혀두기로 하겠다.

는 직관과 감성에 의존하는 김현 비평의 위험성이 여기에 있다고 할 것이다. 그러나 김현은 대개 이러한 위험성을 '해석학적 순환the hermeneutic circle'이라고 표현할 만한 방법론에 의해 극복해나갔다. 해석(이해)이란 차별적인 관점들 사이의 긴장과정이며, 이러한 관점들의 계속적인 순환과정이라는 것이 해석학의 기본 전제라면, 김현은 이를 작가와 감상자, 텍스트와 해석자라는 관계 속에서 효과적으로 활용해나갔던 것으로 볼 수 있다.[137] 김현은 해석학적인 방법론에 의거한 텍스트 해독을 통해 작품 해석의 타당성을 높이는 한편, 자신의 내면정서를 글 전면에 부각시킴으로써, 독자로 하여금 그의 평문을 읽어나가면서 정서적 동일시를 일으키게 하였다. 이러한 비평적 전략을 통해 김현은 그의 평문의 독특한 개성을 창조하는 한편, 때때로 발생할지 모르는 논리적 불명료성을 은폐하기도 했던 것이다. 바로 이것이 김현 비평의 가장 중요한 구성원리 중의 하나이자 그의 주정주의적 문학관의 두드러진 특징이기도 했던 것이다.

제3절 욕망의 승화로서의 문화주의-'문학은 꿈이다'

『한국문학의 위상』의 「책 끝에」에는 다음과 같은 문장이 적혀 있다. "이 글의 기본적 발상은 문학은 억압을 하지 않되 억압에 대해 생각하게 만든다는 것이다. 거기에서 문학을 다른 문화적 장치와

---

137 John W. Tate, 'The hermeneutic Circle Vs. The Enlightment', Telos, No. 110(New York: Telos Press, 1998), p. 14.

맞설 수 있는 것으로 생각하는 나의 되풀이된 주장이 생겨난다."[138]
문학의 비억압 가설 혹은 승화이론이라고 할 수 있을 이러한 태도
는 김현의 문학관의 가장 핵심적인 부분이었다고 판단된다. 이는 비
단 문학의 영역에 그치는 것이 아니라, 김현의 삶과 세계에 대한 전
망 그 자체로 여겨질 정도의 중요성을 띠는 것이어서, 김현 비평을
논하는 거의 모든 연구자들은 이러한 김현 발언의 중요성을 문제
삼곤 했다. 성민엽은 김현의 이러한 진술을 '문학은 꿈이다'는 명제
로 이해하면서, "그 꿈은 억압하지 않는 꿈이며 억압하는 모든 것에
대해 반성할 수 있는 꿈이며 억압 없는 세상을 향하는 꿈"[139]이라며
김현의 유토피아 지향성을 지적했다. 그러나 이러한 성민엽의 진술
은 김현의 문학세계에 대한 지나친 존중에서 나온 김현 문장의 패
러프레이즈에 불과하다. 김현의 이러한 문학관에 대해서는 이동하
의 선행 연구가 있었지만,[140] 더불어 철학자 김진석의 다음과 같은
지적은 귀 기울일 만한 것으로 생각된다.

> 문학은, 그것이 스스로는 전혀 억압하지 않는다고 하면서 모든 억압에
> 대해 일종의 메타 담론의 역할을 자처하고 나설 때, 다른 감옥으로 이
> 끈다. 아마도 더 순환적인 감옥으로.
> 바로 그 순환적인 '문학만이'의 그 순수함 및 그것과 결합된 억압성을

---

138 『김현문학전집』, 제1권, pp. 189-190.
139 성민엽, 「김현 혹은 열린 문학적 지성」, 『문학과 사회』, 1990년 겨울호, p. 1398.
140 이동하, 「김현의 『한국문학의 위상』에 대한 한 고찰」, 『전농어문연구』, 제7집(서울시립대, 1995).

지우기 위해, 자신이 낸 순수한 소리의 너무 순수하게 거친 규정을 지우기 위해, 깨끗하기만 한 것은 아닌 문학의 풍경 안에서 그것을 스스로 지우기 위해, 그 텍스트는 그렇게 가고 있었던 것이다.[141]

'문학만이'의 순수성, 그러니까 모든 문화적 행위들이 억압의 동인으로 기능하고 있음에도 불구하고, 오직 문학만이 면죄부를 받을 수 있는 근거는 어디에서 찾을 수 있겠는가 하는 것이 김진석 주장의 요체인 셈이다. 바꿔 말하면 김현의 문학이해는, 그 비억압성의 권위를 문학 외부의 문화적 장치 속에서 그 근거를 찾아 검증하지 않고, 자기-지시적self-referential인 순환논리 속에서 완결적으로 용해시키려 하고 있다는 것이다. 그렇다면 왜 이러한 현상이 김현의 문학론 속에서 반복적으로 제시될 수 있었을까. 김진석은 이 지점에서 더 이상의 논의를 진전시키지 못하고 있다. 따라서 우리는 김현 비평의 원점으로 다시 돌아가서 이 문제를 논의할 필요가 있다.

1) 김현 비평의 원점 - 「비평고」에 나타난 미의식과 이념

1962년 『자유문학』에 「나르시스 시론」을 발표하면서 문단에 등장한 김현은 김승옥, 최하림 등과 함께 소설 동인지 『산문시대』를 발간한다. 『산문시대』의 창간사는 "태초와 같은 어둠 속에 우리는 서 있다"는 문장으로 시작된다.[142] 이러한 창간선언에서의 진술은 김

---

141 김진석, 「더 느린, 더 빠른, 문학」, 『문학과 사회』, 1993년 봄호, p. 94.
142 「『산문시대』 창간선언」, 문학사와 비평연구회 편, 『1950년대 문학연구』(예하, 1993), p. 209.

현을 포함한 산문시대 동인들이, 당시의 문학적 정황을 어떻게 인식하고 있었는지를 단적으로 드러낸다. 이제 막 문단에 진입했고, 또한 그들의 생물학적 연령이 어렸음에도 기인하는 것이겠지만, 어쨌든 당시의 그들에게는 본받아야 할 문단의 선배도 문학적 전통도 존재하지 않는 것으로 여겨졌던 듯하다. 김현이 김승옥의 소설을 논하는 자리에서 "테제가, 전통이 없다면 그들 스스로가 테제가 되어야 한다"[143]고 한 말은 이러한 상황인식에서 나온 것이었다.[144]

「비평고」는 1962년 가을에서 그 다음해 가을까지 『산문시대』에 연재된 김현의 초기 비평으로, 크게 다음 두 부분으로 구성되어 있다. 자신의 비평관을 피력하는 부분이 그 하나이고, 프랑스 문학을 중심으로 간략하게 비평사를 기술해놓은 부분이 다른 하나이다. 여기에서는 전자의 문제만을 간략하게 살펴보도록 하겠다.

> 모두들 창백한 눈초리로 지금 자기 앞에 생존 조건처럼 홀립해 있는 벽면을 바라본다. 거기에는 외계의 태양이 비쳐주는 숱한 영상들이 자기의 육체를 통해 개시된다. 나무며, 숲, 그리고 강, 하늘은 모두 이 벽면에 차디차게 반사될 뿐이다. 이것이 플라톤이 그의 유명한 『이상국』에서 그린 동굴에 갇힌 수인들의 설화이다.

---

143 『김현문학전집』, 제2권, p. 260.
144 물론 이러한 김현의 진술이 당시의 문학상황에 대한 객관적인 진술이었다고는 말하기 힘들다. 그보다는 이제 막 문단에 진입한 젊은 세대들의 선배 세대들에 대한 극복의지를 드러낸 표현으로 보는 것이 타당할 듯하다. 문단이라는 새로운 장에서 신참자들이 자신들의 안정적인 입지를 구축하기 위해서는, 기성의 선배들과 자신들은 다르다는 식의 차별화 전략이 필요했을 것이다. 뒤에서 밝히겠지만, 이들은 '4·19 정신'으로 상징되는 구별 기호의 효과적인 운용을 통해 전세대와는 다른 차별성을 획득한다.

이들은 모두 동굴의 입구에서 흘러들어오는 일군의 수인囚人들인 것이다. 이들은 외계의 화려한 태양을 등지고, 꼼짝 못하게 결박당한 일군의 수인들인 것이다. 이들은 외계의 화려한 광경도 따가운 태양도 볼 수가 없다. 외계의 사물들-그것들을 볼 수 없다.[145]

우리의 일상적 존재란 한낱 감옥과 같은 것이며, 감각을 통해 우리에게 보여지는 주변세계란 환영에 불과하다는 것이 플라톤의 '동굴의 비유'가 제시하는 메시지다.[146] 때문에 수인의 삶으로 비유되고 있는 일상적 삶이란 다만 하나의 신기루에 불과한 것이 된다. 이러한 신기루를 넘어선 곳, 그러니까 동굴 밖의 이념의 세계가 플라톤이 말했던 에이도스eidos 혹은 이데아idea라고 할 수 있다. 이러한 플라톤의 비유는 현실과 이데, 본질과 현상 사이에는 형언할 수 없는 간극이 존재한다는 것과 이러한 간극을 넘어 이데아에 도달하기 위해서는 오직 '순수사유'만이 가능하다는 것을 간접적으로 제시해준다.[147]

김현이 플라톤의 동굴의 비유를 패러디하여 자신의 비평론을 개진하고 있다는 점에서 우리는 다음 세 가지의 사실을 유추할 수 있을 것이다.

첫째, 우리는 위의 인용문을 통하여 당시 김현이 생각하고 있던 세계상世界像에 대해 추측할 수 있다. 우리는 본 논문의 제2장 2절에

145 『김현문학전집』, 제11권, p. 283.
146 H. J. 슈퇴릭히, 『세계철학사』, 상권(분도출판사, 1976), p. 208.
147 위의 책, p. 208.

서 김현의 비극적 세계관의 뿌리가 퓨리탄적 세계 인식에서 파생된 것이라는 사실을 지적한 바 있다. 이러한 세계관에 따르면, 세속적 삶이란 구원에 이르기 위한 계속적인 시험의 도정이라는 사실도 지적했다. 바꿔 말하면, 현세에서의 삶이란 플라톤의 말을 빌자면 덧없는 환영에 불과하지만, 그렇다고 해서 그러한 현실을 벗어날 수도 없다는 데 현실의 비극성이 존재한다. 그러므로 김현의 퓨리탄적 세계관과 플라톤의 동굴의 비유는 의미론적 유사성을 유지하고 있다.

둘째, 우리는 위의 인용문을 통해 김현의 이성주의자로서의 면모를 확인할 수 있다. 동굴 속의 수인은 동굴 밖의 세계idea를 직접적으로 바라볼 수 없는 대신, 자신의 내면적인 사유 속에서 그것을 유추해낼 수 있다. 이러한 사유의 집중과 반복이 상기시키는 것은, 일상적 현실을 관념의 지속적인 내면화를 통해 극복할 수 있다는 이성 중심의 주체론이다. 이는 근대적 의미에서의 이성중심주의를 상기시킨다.[148] 이러한 이성중심주의는 김현에게 세계는 언어를 통해 합리적으로 이해되고 규정될 수 있다는 계몽적 합리주의와 연결된다.

셋째, 뒤에서 보다 정밀하게 논의될 것이지만, 위의 인용문은 계몽주의의 진행과 더불어 나타난 미의식의 변화, 즉 미적 자의식을 상기시킨다. 칸트와 헤겔의 관념론이 제시했던 바, '의식'과 '실제'로

---

148 내면성을 근대적 이성중심주의와 관련시켜 논의한 가라타니 고진의 주장을 참고할 필요가 있다: "바꾸어 말하면 주위의 외적인 것에 무관심한 '내적인간'(inner man)에 의해 처음으로 풍경이 발견되고 있는 것이다. 풍경은 오히려 '바깥'을 보지 않는 자에 의해 발견된 것이다."(가라타니 고진, 『일본근대문학의 기원』, 박유하 역(민음사, 1996), p. 36.)

이원화된 세계 속에서, 순수한 통찰은 실제세계로부터 순수한 의식으로의 귀환을 통해 가능해진다는 논리가 그것이다. "비평이란 한마디로 말하면 동굴 속 수인의 '그러므로'의 무한한 순환이라고 말할 수 있다"[149]는 김현의 진술이 그것을 증명한다.

김현은 위의 인용문에 이어서 프랑스 혁명 이후의 근대문학을 개인의식의 성장과 관련하여 논의를 진행시킨다. 외부세계의 배제라는 위험을 무릅쓰고서라도 관념을 의식 속에서 조작할 수 있는 것이 근대적 의미의 자아라는 주장이 제기된다. 이는 '억눌린 자아의 발견'이라는 김현의 근대에 대한 인식론을 드러낸 것이기도 하다.

자기를 말할 수 있는, 비록 그것이 거짓일망정 '그러므로'를 외칠 수 있는 그런 자유를 말하고 있는 것이다. 자기라는 것이 '그러므로'의 주체로 등장하지 못하고, 타율적인 '-것이다'라는 단정적 어미에 의한 그러므로의 박탈-이러한 질식할 듯한 사회에서의 탈출, 의식이 제거된 인간에서의 탈출을 이 혁명은 우리에게 고해주었던 것이다.[150]

관념의 조작을 통한 자아의 발견으로 명명할 수 있을, 위와 같은 김현의 근대관은 이후 전개될 그의 주관주의적 인상비평의 밑그림을 보여주는 듯하다. 김현은 위의 인용문을 통해 프랑스 혁명 이후의 프랑스의 계몽주의의 진전과정을 4·19 혁명 이후의 한국적 상황과 등치시키려는 시도를 보여준다. 김현으로서는 이 4·19 혁명을 통

---

149 『김현문학전집』, 제11권, p. 284.
150 위의 책, p. 285.

해 비로소 한국에 근대적 자아, 근대적 자유의 개념이 성립된 것이라고 생각했기 때문이다. 김현의 이러한 문학관 및 역사관은 그로하여금 소위 4·19 세대를 역사상 가장 진보적인 세대로 규정하는데에까지 나아가게 한다.[151]

이성이야말로 우연성을 제거하고 보편적 진리를 전취하는 수단이며, 진보에 대한 보증이라고 생각하는 김현의 이러한 생각은 계몽주의의 논리와 정확히 일치한다.[152]

칸트로 대표되는 이러한 계몽주의적 사고가 또한 강조한 것은 계몽적 이성의 무조건적인 권위와 함께 이성의 자율성에 대한 신념이었다. 김현 역시 이러한 계몽적 이성의 우위에 대한 철저한 신념을 가지고 있었던 것으로 판단된다. 그러나 문제는 이러한 계몽적 이성의 자율성과 무목적의 목적성이라는 순수성의 철학이 어떻게 그 객관적인 근거를 확보할 수 있느냐 하는 데에 있다. 한마디로 말한다면 계몽주의에 기반한 이러한 계몽적 이성이야말로 무조건적인 권위의 산물일 수 있는 것이다.

"비록 거짓일망정 '그러므로'를 외칠 수 있는 자유"라고 했을 때, 김현이 강조한 것 역시 이러한 계몽적 이성의 권위에 대한 절대적 신뢰, 즉 의식의 '자기 충족성'에 대한 신뢰였던 것이다.[153]

---

151 "이 변모와 거의 동시에 소위 '4·19' 세대의 등장이 이루어진다. 이 세대는 우리가 아는 한 가장 진보적인 세대이다."(『김현문학전집』, 제2권, p. 104.)
152 John W. Tate, op. cit., p. 9.
153 라캉은 이러한 자율적 이성관에 기반한 '자기 충족성' 혹은 '자기 지시성'이라는 것은 불가능하며, 다만 타자의 시선에 대한 부정과 회피에서 비롯되는 것으로 규정해 이를 비판한다(Jacques Lacan, The Fundamental Concepts of Psycho-analysis, trans., Alan Sheridan(New York: W. W. Norton & Company, 1977), p. 74).

이러한 김현의 계몽적 이성에 대한 태도는 그의 예술론과 직결되는 문제이기도 하다. 앞에서 우리는 "문학은 억압을 하지 않되 억압에 대해서 생각하게 만든다"는 김현의 소론을 문제 삼은 바 있다. 바꿔 말해, 그렇다면 문학만이 억압하지 않는다는 것의 정당성을 보증해주는 것은 무엇인가라는 물음도 제출할 수 있을 것이다. 여기서 우리는 한 가지 단서를 발견한다. 그것은 계몽주의자로서의 김현의 이성(계몽적 합리주의)에 대한 무조건적인 신뢰가 문학에 대한 무조건적인 신뢰와 동일한 형태로 전개되고 있다는 위의 지적에 기인한다.[154] 즉 김현은 계몽적 이성에 대한 무조건적인 신뢰를 문학에 대한 무조건적인 신뢰로 투사시키는 과정을 통해, 현실 역사에서의 패배를 보상하려고 한 것이다.[155] 그러므로 계몽주의자로서의

---

154 김현의 '감싸기' 개념에 대한 황현산의 분석은 이러한 우리의 결론과 일치한다: "목적으로서의 감싸기, 이것은 김현에게 '인식의 단절'이 하나의 전략임을 말한다. 두 가지 전략, 문학의 유용성을 그 미적 특성의 결과 내지는 일부로 삼으려는 전략이며, 서구적 합리주의에 바탕한 근대화 이념과의 관계 아래서 우리의 특수한 경험에 부여할 수 있는 가치의 문제와 관련된 전략이다."(황현산, 「르네의 바다」, 『문학과 사회』, 1990년 겨울호, p. 1413.)

155 우리는 김현의 계몽주의가 사회적 실천을 통해 외화되지 않았다는 점도 지적할 수 있을 것이다. 백낙청, 염무웅 등을 포함한 계몽주의자들이 민주화 운동을 포함한 사회적 실천에 몸담았던 것과는 달리, 김현의 계몽주의는 현저하게 문화주의자로서의 태도를 보여주고 있는 것이다. 문학과지성사의 공동설립을 통한 활동 역시 이러한 문화적 계몽주의자로서의 김현의 모습을 확인시켜주는 것은 사실이지만, 이러한 태도는 김현 자신이 그토록 예찬했던 혁명 정신과는 다소간 거리를 둔 것이라고 하지 않을 수 없다. 김현은 70년대의 비평을 검토한 어느 글에서 다음과 같이 이야기한 적이 있다: "그 문제(작품의 실천이 현실의 개조에 기여할 수 있느냐, 없느냐-인용자)를 작업의 핵심적 문제로 인식한 작가들에게 공통된 것은 세계와 나 사이에는 깊은 단절이 있으며 세계는 고통스러운 곳이라는 인식이었다. 어느 누구도 70년대의 한국 현실을 행복한 현실이라고 생각하지 않았다."(『김현문학전집』, 제4권, p. 344.)

이러한 김현의 진술에서 우리는 다시 한번 김현의 역사관이 동태적인 것이라기보다는 개인의 자유와 의식을 중시하는 정태적 관념론이며, 때문에 현저하게 실존적인 차원에 머물러 있었다는 사실을 발견하게 된다. 이러한 삶에 대한 비극적이며, 실존적인 인식은 김현으로 하여금 현실의 적극적 개조보다는 텍스트에 대한 분석적 열정으로 향하게 한 것으로 보인다. 그것은 바꿔 말하자면, 역사에의 절망을 분석적 열정(자기의식)을 통해

김현의 투철한 신념과 문학주의자로서의 김현의 변치 않는 성실성은 동일한 형태를 유지하고 있다. 신념과 성실성이란 말에서도 암시되듯, 그것은 논리적인 차원이 아니라 욕망의 차원에 속하는 것이었다. 또한 그것은 문학과 삶에 대한 김현의 몽상이기도 했다. 충족되지 못하는 욕망은 몽상을 움직이는 힘이고, 모든 몽상은 욕망의 완성이자 만족스럽지 못한 현실에 대한 보정補整이라는 프로이트의 전언을 따르자면 말이다.[156]

2) 욕망이론으로서의 소설론 – 유토피아와 현실

우리는 때때로 동일한 사람에게서 결코 어울릴 것 같지 않은 대립적인 성향이 어떠한 모순도 없이 공존하고 있는 것을 발견하게 될 때가 있다. 김현에게 있어서도 이것은 예외가 아니다. 김현은 평생에 걸쳐 이성적인 사회에 대한 꿈을 버리지 않았던 계몽주의자였지만,[157] 그와 동시에 이성에 의해 조명되고 설명되기 힘든 욕망의 존재론을 밝히기를 꺼려하지 않았다. 아니 꺼려하지 않았다기보다는, 욕망이야말로 현실을 움직이게 하고 개조시키려는 이성적 의지의 보완물이라고 생각했다. 때문에 문학과 사회를 바라보는 그의 입장 속에서 욕망이 상당히 중요한 위치를 점유하고 있다는 사실을 우리는 발견하게 된다. 문학은 억압하지 않으며, 억압에 대해 생각하게

극복하겠다는 김현의 비평 의식을 단적으로 보여주는 한 예일 것이다.

156 지그문트 프로이트, 『창조적인 작가와 몽상』, 정장진 역(열린책들, 1996), pp. 86-87.

157 그것이 어느 정도냐 하면, 그의 마지막 연구서였던 『시칠리아의 암소』의 「책머리에」에 "우리는 아직 계몽주의의 연장선에 서 있다"고 쓸 정도로 철저한 것이었다(김현, 『시칠리아의 암소』(문학과지성사, 1990), p. vii).

만든다는 그 특유의 문학론에서도 알 수 있듯, 이러한 욕망에 대한 김현의 탐구는 그의 문학론을 고찰하는 데 있어 결코 쉽게 지나쳐서는 안 되는 문제인 것이다. 실제로 김현은 실제비평에 임하는 자리에 있어 정신분석비평으로 규정할 수 있을 심리주의적 경향을 강하게 노출시켰다.

그는 프로이트의 고전적 정신분석은 물론, 융의 분석심리학, 바슐라르의 실존적 정신분석, 르네 지라르 및 라캉의 욕망이론, 프랑크푸르트 학파의 사회학적 정신분석이론 등 거의 모든 영역의 범심리학적 이론을 섭렵했다. 그러나 황지우의 적절한 지적처럼, 그의 문학관과 실제비평에 있어 가장 강렬한 영향을 끼친 것은 프로이트의 고전적 정신분석이론이었다.[158] 1980년에 쓰여진 「비평의 방법」이라는 글에는 '문학은 꿈이다'는 프로이트의 명제를 문학의 존재론으로 규정하는 김현의 생각이 나타나 있다.

문학은 그 어느 예술보다도 비체제적이다. 나는 그것을 문학은 꿈이다는 명제로 표현한 바 있다. 문학이 있다는 것만으로도 사회는 꿈을 꿀 수가 있다. 문학이 다만 실천의 도구일 때 사회는 꿈을 꿀 자리를 잃어버린다. 꿈이 없을 때 사회개조는 있을 수가 없다.[159]

'문학은 꿈이다'는 김현의 진술은 프로이트적 문학인식의 가장

---

158 황지우, 「바다로 나아가는 게 - 김현과의, 김현에로의 피크닉」, 『문예중앙』, 1987년 여름호, p. 200.
159 『김현문학전집』, 제4권, p. 346.

대표적인 예로 볼 수 있다. 프로이트에 따르면, 현실에서 억압된 욕망은 변형되어 꿈이나 백일몽으로 표출되는데, 문학이란 것 역시 이러한 변형된 욕망의 표현으로 볼 수 있다는 것이다. 또한 현재의 강한 체험은 대부분 작가에게 어린 시절의 기억에 포함되어 있는 이전의 기억을 다시 일깨우는데, 이렇게 환기된 어린 시절의 기억에서 풀려나온 욕망은 마침내 문학창조 속에서 그 충족을 얻게 된다는 것이다. 때문에 우리는 문학작품을 통해 작가의 신변에 일어난 최근의 계기를 이루는 요소들만이 아니라 옛 기억의 요소도 알아낼 수 있다는 것이다. 결론적으로 문학창조는 백일몽과 마찬가지로 그 옛날 어린 시절의 유희의 연장이면서 동시에 대체물이라는 결론이 된다.[160]

김현의 '새것 콤플렉스'라는 어사 역시 어찌 보면, 이러한 프로이트주의의 발로이겠거니와, 김현은 실제 비평에 임하는 데 있어서도 이러한 프로이트주의적 문학관을 효과적으로 활용하였던 것으로 볼 수 있다. 이러한 현상은 작가론을 쓸 때 특히 강조되었는데, 한 명의 시인이나 작가의 작품 속에서 한 작가의 통일된 콤플렉스를 찾아내, 그것을 통해 작가의 심리적 무의식을 밝혀내고, 이를 통해 다시 작품에 대한 의미를 부여하는 식의 방법을 김현은 즐겨 사용했다. 이를테면 최인훈의 「회색인」에 대한 평문인 「책읽기의 괴로움」(1984)에서는 작중인물 독고준의 책읽기가 "책읽기와 여자 사랑하기, 그리고 살아가기를 하나로 만들려는 노력"을 의미하는 것이

---

160 지그문트 프로이트, 앞의 책, p. 93.

며, 그것은 또한 최인훈 자신의 문학의식이기도 하다고 분석한다.[161] 그런가 하면 김원일론인 「이야기의 뿌리, 소설의 뿌리」에서는 김원일의 모든 텍스트들은 부재하는 아버지 때문에 생긴 장남 콤플렉스(가짜 아버지가 되기 싫다는 욕망)의 심리적 변형체들이라는 결론을 맺고 있다.[162] 이러한 예들은 김현의 거의 모든 비평에 산재되어 있으므로 일일이 열거한다는 사실 자체가 무의미할 수 있다. 때문에 우리가 문제 삼아야 될 것은 김현의 이러한 방법론 자체가 아니라 이러한 방법의 원용이 의미하는바, 김현의 문학의식이 어떠하였는가 하는 점에 있다. 방법이 곧 내용이란 말도 있듯이, 김현의 방법론으로서의 정신분석비평은 김현의 문학관은 물론 세계에 대한 그 자신의 인식까지도 보여줄 수 있을 것이기 때문이다.

「소설은 왜 읽는가」(1985)라는 글은 김현의 프로이트주의적인 문학관이 아주 잘 드러난 글이다. 이 글은 이야기(소설)의 뿌리가 쾌락원칙에 기반한 욕망에 있다고 규정한다. 그러나 현실 속에서 욕망은 현실원칙이 정해 놓은 금기를 위반할 수 없다. 따라서 소설은 쾌락원칙을 감추고, 현실원칙을 감수하면서, 사실은 변형된 모습으로 쾌락원칙을 드러내려고 하기 때문에 이야기(소설)는 죽음 곧 금기와 만나게 된다고 주장한다.[163] 이러한 위험성을 벗어나기 위해 작가는 소설적 소재를 변형하는데, 때문에 작품이란 작가의 욕망에 따라 변형된 세계라는 김현의 주장이 가능해진다.

---

161 『김현문학전집』, 제5권, p. 230.
162 『김현문학전집』, 제7권, p. 326.
163 위의 책, p. 218.

그것이 어떤 이야기이든, 객관적으로 있는 그대로 사건을 재현할 수는 없다. 사건은 어떤 형태로든지 해석되어야 변형되어 전달될 수 있다. 해석 없는 전달은 있을 수 없다. 바로 여기에서 나는 다시 욕망이라는 개념과 만난다. 사물을 해석하는 힘의 뿌리가 욕망이다. 현실원칙 때문에 적절하게 규제된 욕망이, 마음의 저 깊은 곳에 자리잡고 있다가 사건들을 이야기할 때, 슬그머니 작용하여, 객관적 사실을 자기 욕망에 맞게 변형시킨다. 객관적 사실이, 자기의 욕망을 크게 충격하지 않을 때, 그 변형은 그리 크지 않다. 그러나 객관적 사실, 다시 말해 자아밖에 있는 사실이 자아 속에 있는 욕망을 크게 충격할 때, 그 변형은 갑작스럽고 전체적인 것이 된다. 그 세계는 세계를 욕망하는 자의 변형된 세계이다. 이야기는 그 변형된 욕망이 말이 되어 나타난 형태다. 소설의 세계는 그런 의미에서 작가의 욕망에 따라 변형된 세계이다.

김현은 그러고 나서 소설은 세 종류의 욕망으로 구성되어 있다고 진술한다. 세계를 변형시키려는 소설가의 욕망, 소설가의 욕망에 따라, 혹은 그 욕망에 반대하여 자신의 욕망을 드러내는 작중인물의 욕망, 소설을 읽는 독자의 욕망이 그것이다.[164] 김현은 이러한 욕망의 중첩된 상황이 소설을 생산하고 또 소비할 수 있는 존재론적 조건이라고 주장한다. 쾌락원칙과 현실원칙으로 이분화된 세계에서 소설은 쾌락원칙의 적절한 변형을 통해 현실원칙의 문제성에 대해서 질문한다. 이러한 문제인식은 "일상성 속에 매몰된 의식에 그 반

---

164 위의 책, p. 221.

성과도 같은 채찍질"[165] 즉 자기반성을 통해 세계의 의미에 대한 궁극적인 탐구를 가능케 한다는 것이 김현의 소론이다. 김현에게 있어 욕망은 해석적 행위로 귀착된다. 바꿔 말해 욕망은 곧 주체자의 세계 해석 행위이다.[166]

> 베낌은 베낌을 낳고, 그 베낌은 또 새로운 베낌을 낳는다. 해석은 해석을 낳고, 그 해석은 또 새로운 해석을 낳는다. 베낌-해석은, 말 하나로도 그 사람의 이데올로기를 표현한다는 말이 옳다면, 해석자의 이데올로기의 표현이다.[167]

욕망을 해석적 행위로 치환시키고 있는 김현의 이러한 태도에서 우리는 분석주의자로서의 김현의 민감한 자의식을 발견하게 된다. 이러한 김현의 자기의식은 「비평의 유형학을 위하여」(1985)에서 자신을 '분석적 해체주의자'로 규정하는 근거가 된다. 그는 당시의 비평을 문화적 초월주의, 민중적 전망주의, 분석적 해체주의로 세분한다. 문화적 초월주의란 문학이 현실세계를 초월하는 가치를 갖고 있다라고 믿는 세계관을 뜻하며, 민중적 전망주의란, 문학이란 민중

---

165 위의 책, p. 222.
166 김현의 이러한 욕망 이해는 프로이트의 문학론과는 다소 이질적인 주장으로 판단된다. 왜냐하면, 프로이트에게 있어서 문학 혹은 꿈은 '욕망의 완성'으로서의 의미를 지니고 있었는데 비해 김현에게 있어서의 문학은 완성이라기보다는 하나의 과정 혹은 계기로서의 의미를 강하게 띠고 있는 것이다. 프로이트가 문학을 어린아이의 놀이와 연결시켜 사유하고 있는 것은 억압 없는 쾌락의 완전한 충족을 의미하는 것이었지만, 김현은 그러한 욕망을 이성적 사유에 의해 분석적으로 이해하는 데서 더욱 큰 가치를 찾고 있는 것이다.
167 『김현문학전집』, 제5권, p. 216.

에 의한 세계 개조의 실천적 자리이며 도구라고 믿는 세계관을 뜻하고, 분석적 해체주의란 문학이 우리가 익히 아는 경험적 현실의 구조 뒤에 숨어 있는, 안 보이는 현실의 구조를 밝히는 자리라고 믿는 세계관을 뜻한다.[168] 안 보이는 현실의 구조를 밝힌다는 것은 현실을 보다 분명히 밝혀보겠다는 분석적 태도의 다른 말이 아니다. 이러한 사실에서 알 수 있는 것은 김현이 문학을 꿈이라고 규정했을 때, 그 꿈은 유토피아에 대한 하나의 열망의 형태로 제기된 것이 아니라, 그것을 불가능하게 하는 현실을 보다 정확하게 직시하고 싶다는 욕망에서 나온 것이라는 점이다.[169] 바꿔 말해 김현의 꿈이 의

---

168 『김현문학전집』, 제7권, pp. 233-234.

169 우리는 바로 이 부분에서 김현의 이러한 진술이 상당히 자기모순적인 상황을 연출시키고 있다는 점을 지적해야만 할 것이다. 각주 166번의 인용문이 의미하는 것은 결국 '객관적인 사실'은 존재하지 않으며, 단지 무한한 해석들이 있을 따름이라는 것, 어떠한 해석도 다만 여러 해석 중 하나에 불과하다는 점을 김현이 의식하고 발언한 진술로 볼 수 있다. 이러한 김현의 진술은 뱅상 데꽁브가 『동일자와 타자』에서 지적한 프랑스의 소설가 클로소프스키의 역설을 상기시킨다. 클로소프스키의 역설이란 다음과 같다. 하나의 텍스트에 대한 '진정한 설명'이란 존재하지 않으며 단지 무한한 해석들만이 존재할 뿐이다. 즉 김현의 위의 인용문은 이러한 클로소프스키의 역설, 즉 텍스트에는 어떠한 '진리'도 존재하지 않으며 단지 모방과 패러디만 있을 것이라는 진술의 변용인 셈이다.

그렇다면 이러한 가치의 상대주의-김현은 이를 해석자의 이데올로기라 주장하고 있지만, 김현이 옹호하고 있는 논리는 소위 해체주의로 명명할 수 있을 사항이다-를 통해 안 보이는 현실의 객관적 구조를 밝힌다는 것은, 김현의 표현을 빌면 '불가능에의 꿈'에 불과한 것이다. 객관적 진리가 존재하지 않는다는 가정을 수용하게 된다면, 이때 글쓰기는 롤랑 바르트 식의 즐거운 유희로 변질된다. 때문에 주체의 주관적 이데올로기의 극대화 행위인 텍스트의 해석을 통해 객관 현실의 복잡한 구조를 선명하게 드러낼 수 있다는 김현의 이러한 인식상의 모순은, 그의 많은 평론들에서 수많은 논리의 충돌과 모순, 이율배반을 이끌어내곤 하는 것이다. 필자가 생각하기에 이러한 김현의 진술은 그가 서구의 해체주의를 다만 텍스트 분석의 '방법론'으로만 수용하였지, 그것이 주체와 세계에 대한 하나의 인식론(세계관)이었다는 사실을 이해하지 못했거나, 그것을 김현 자신이 선명하게 이해하였음에도 불구하고 근대주의자로서의 그 자신의 세계관을 철회할 수는 없었기 때문에, 분석의 방법(기법)으로만 원용하고 그것의 내용적 측면은 배제해버린 데서 나온 결과라고 판단된다(클로소프스키의 역설에 대한 데꽁브의 분석은, 뱅상 데꽁브, 『동일자와 타자』, 박성창 역(인간사랑, 1990), p. 221을 참조할 것).

미하는 것은 직접적인 사회개조로서의 유토피아주의가 아니라 현실에 대한 분석적 인식이다.[170]

이때 문제가 되는 것은 '욕망' '쾌락원칙' '현실원칙'에 의해 작동되는 정신분석적 방법이 과연 동적인 역사해석에 얼마만 한 정합성을 부여할 수 있는가 하는 사실이 될 것이다. 정신분석 자체가 역사성을 초월한 일종의 과학적 법칙성을 강조한다는 점에서 자기충족적이며 환원론적인 이론이라는 사실을 고려한다면,[171] 이를 통해 현실분석 혹은 역사분석을 해내고 싶다는 김현의 비평적 욕망은 상당히 모순적인 결과를 미리부터 내포하고 있었던 것일 수도 있다. 원형에 대한 탐구로 귀착되는 정신분석이론을 통해 현실과 싸울 수

---

170 『분석과 해석』의 「책 머리에」에 있는 다음과 같은 김현의 진술을 고려해 볼 필요가 있다: "이 비평집에서는 또한 초기의 비평에 나타났던 역사적 관점이 되살아난 듯한 느낌이 들 정도로 그것에 대한 관심이 비교적 깊게 나타나 있는데, 그것은 초기에 내가 그때까지의 문학을 역사적으로 이해할 필요성에 부딪혔던 것과 마찬가지로, 80년대의 문학적 분출을 이해할 필요성에 부딪쳤기 때문에 나타난 현상이다. 초기의 역사주의가 새로운 세계의 만듦이라는 당위와 연결되어 있다면, 이번의 역사주의는 억압적 세계의 파괴라는 당위와 연결되어 있다. 억압적 세계의 기본적 욕망에 대한 분석, 해석은 그래서 생겨난 현상이다"(김현, 위의 책, p. 13.) 위의 진술은 다음과 같이 분석될 수 있을 것이다. 김현의 초기 비평이 현저하게 계몽적이며 이성적인 세계에 대한 탐구에 시종했고, 그 결과 개인주의에 대한 탐구로 나아간 것이었다면, 후기의 비평은 그러한 계몽적인 시선을 넘어 사회의 전체적인 맥락을 고려하는 구조적 인식으로 이끌렸다. 그러나 김현의 이러한 시선의 확장에도 불구하고 그가 거기에서 발견한 것은 실천적인 의미에서의 억압적 세계의 파괴라기보다는, 그러한 세계를 가능케 하는 동인으로서의 '욕망'이었다. 그러나 욕망이라고 하는 것은 동적인 역사성의 영향을 어느 정도 받는 것이기는 하나, 그 속성 자체가 본질적인 것이며, 환원적인 것으로 비역사적인 성격을 다분히 띠는 것이기 때문에, 김현에게 그것은 그 특유의 실존적 존재론을 분석하는 차원으로 수렴될 수밖에 없었다. 따라서 이러한 김현의 진술은 분석주의자로서의 김현의 모습을 다시 한번 강조하는 것 이상의 의미를 가질 수 없을 듯하다.

171 한형구는 이러한 문제점을 다음과 같은 언급을 통해 간접적으로 비판하고 있다: "비트겐슈타인의 관점을 여기서 상기하자면, 비트겐슈타인은 프로이트 이론이 매우 흥미롭기는 하지만, 검증되기 어려운 난점을 지니고, 따라서 비판적 합리주의의 관점에서 해로운 영향을 끼칠 수 있다고 보았다."(한형구, 앞의 글, p. 165.)

있다는 김현의 진술은 그래서 가능해진다.

원형에 대한 꿈을 상실할 때 삶은 한 비평가의 표현을 빌면 짐승스럽
고 더럽고 치사한 어떤 것이 된다. 책 속의 원형들은 이 세계에 무엇이
결핍되어 있으며, 우리는 왜 불행한가 하는 것을 반성케 하는 표지들
이다. 그 원형들이 어둠 속에서 밝게 빛나고 있으면, 그 원형들을 생활
할 수 없다 하더라도, 삶은 최소한의 초월성을 간직할 수 있다. 그것을
도피주의라 할 수 없다. 도피란 거짓 화해의 세계로 숨어버리는 것을
뜻하지만, 삶의 원형들을 지금의 삶 속에서 계속 찾아보려 하는 것은
도피가 아니라 싸움이다. 그 싸움을 통해 짐승스럽고 더러운 것들은
조금씩 극복된다. 그런 의미에서 책읽기는 결핍의 충족이며, 행복에의
약속이다.[172]

그러나 앞에서도 지적했듯 김현이 이해한 정신분석이론은 싸움
의 도구가 아니라 분석의 도구였을 뿐이다. 어떤 측면에서 김현의 정
신분석비평은 김현이 분석의 대상으로 설정했던 작가와 작품보다는
김현 그 자신의 정신적 편향을 더 잘 보여주었던 것으로 볼 수 있다.
왜냐하면 김현 그 자신의 말대로 해석이라는 화살은 해석자 그 자
신에게로 돌아와, 해석자의 이데올로기적 구성물을 정확히 요격하
기 때문이다. 가령 정현종론으로 쓰여진 「술취한 거지의 시학」에서
의 다음 진술은 김현 그 자신의 세계관을 뚜렷하게 보여줄 뿐이다.

---

172 『김현문학전집』, 제5권, pp. 232-233.

그는 이 세계가 고통스럽고 절망적인 세계이며, 이 세계에서의 삶은 죽음으로 끝이 난다는 것을 믿는다는 점에서 비관적 현실주의자이지만, 이 세계 내에서 이 세계의 무의미성과 싸울 수 있다고 믿는다는 점에서는 낙관적 현실주의자이다. 그의 현실주의는 개인의 자유 위에 기초해 있다는 점에서 개인주의적이며, 자기의 세계관을 억압적으로 내세우지 않는다는 점에서 자유주의적이다.[173]

이러한 분석태도는 이청준의 세계관을 분석한 글인 「떠남과 되돌아옴」에서도 동일하게 반복되고 있다. "이청준의 세계관은 1) 이곳에서의 삶은 고통스럽다; 2) 다른 곳으로 가고 싶다; 3) 그가 가는 다른 곳은 고통스러운 이곳이다라는 핵심적 단위로 요약될 수 있다"[174]는 지적 등이 그러하다. 어쩌면 김현 비평의 최대의 장점이라고도 할 수 있을 이러한 비평 대상과 비평가의 혼연일치는, 비평가 자신의 주관적 현실을 객관화려는 욕망의 산물로 이해할 수 있다. 물론 작가 역시 이 세계가 고통스럽다고 인식할 수는 있다. 그러나 그 고통스러움의 근거가 "삶은 죽음으로 끝난다"는 사실에 대한 확인에서 오는 것에 불과한 것이라면, 그것은 결코 정현종 개인의 문제로 귀착되는 것이 아니라 어떤 보편성을 갖는 것이라고 보아도 무방하다. 때문에 그러한 추상적이며 보편적인 세계관을 한 작가의 전반적인 작품세계를 작동시키는 규정력으로 파악하고, 이를 통해 작품해석의 밑거름으로 삼는 것은, 평자 개인의 결핍의 충족을 위해

---

173 『김현문학전집』, 제7권, p. 18.
174 위의 책, p. 149.

서는 의미 있는 일이겠으나, 그것이 작가 자신의 문학적 욕망을 해명하는 데는 치명적인 오류를 남길 수도 있는 것이다.

여기에서 우리는 김현에게 있어 정신분석이론이 갖는 의미를 생각해 볼 수도 있을 것이다. 우리는 김현이 정신분석이론을 분석을 위한 방법론으로 이용했다는 점을 알고 있다. 그러나 여기서 밝혀야 할 것은 그것이 다만 방법에 그친 것이 아니라 하나의 인식틀로서 김현에게 인식되었다는 사실이다.[175] 프로이트주의가 갖고 있는 인간과 삶에 대한 비극적 인식을 수용하기에 김현의 정신적 토양은 너무나 적당한 환경 속에 있었던 것이다.[176] '오이디푸스 콤플렉스'를

---

175 『한국문학의 위상』에 있는 다음 진술들은 프로이트주의의 김현에의 영향이 얼마나 강력하면서도 끈질기게 그의 문학과 세계에 대한 인식에 작용했었는지를 우리에게 알려준다. "인간은 성장 과정에서 여러 가지 형태의 정신적인 외상(外傷)을 입는다. 그것이 성적 억압에 의한 것인지, 권력에의 의지에 의한 것인지, 아니면 어머니의 편안한 뱃속에서 나왔다는 사실 그 자체에서 연유한 것인지는 알 수 없지만, 어쨌든 유년기에, 대부분 5·6·7세 때에, 어떤 형태로든지 정신적인 외상을 입는 것이 사실이다. 그 외상은 그것을 받은 한 인간의 세계 인식을 오히려 규정하여, 그의 인간성을 이룬다. (⋯⋯) 한 작가의 개인적 체험을 규제하는 것은 유년기의 정신적 외상이며, 그것은 그의 인식론적 방해물과 싸우는 과정에서 그것의 영향을 받으면서, 그것의 영향에서 벗어나려고 하면서, 작가의 세계관이라고 부르는 것이 생겨난다."(『김현문학전집』, 제1권, p. 67.)
이동하는 위에 인용한 대목을 김현의 프로이트주의의 침윤을 가장 전형적으로 보여준 것이라고 규정한 후, 이를 프로이트주의에 너무 안이하게 의지함으로써 객관적 설득력을 상실한 한 가지 예로 규정해 김현을 비판하고 있다."(이동하, 앞의 글, p. 57.)
176 다소 인용문이 길겠지만, 프로이트주의의 비극적 세계관을 강조한다는 차원에서 프로이트 자신의 삶에 대한 견해를 인용해보기로 하자.
"우리가 알고 있듯이, 인생의 목적을 결정하는 것은 쾌락원칙의 프로그램이다. 이 원칙은 처음부터 인간의 정신 작용을 지배한다. 이 원칙의 유효성은 의심할 여지가 없지만, 그 프로그램은 소우주만이 아니라 대우주도 포함하는 전 세계와의 적대관계에 있다. 이 프로그램이 완수될 가능성은 전혀 없다. 우주의 모든 규칙이 그것과는 반대로 움직이기 때문이다. 인간을 행복하게 하려는 의도는 천지창조의 계획에 포함되어 있지 않다고 말하고 싶을 정도이다. 엄격한 의미의 행복은 극도로 억제되었던 욕구가(되도록 갑자기) 충족되는 것에서 오고, 이런 일은 그 성격상 어쩌다 일어나는 일시적 현상으로만 가능하다. 쾌락원칙이 간절히 바라는 상황도 오래 지속되다 보면 대조(對照)에서만 강렬한 즐거움을 얻을 수 있고, 상태에서는 거의 즐거움을 얻지 못하도록 되어 있다. 따라서 우리가 행복해질 가능성은 우리 자신의 그런 심리 구조 때문에 이미 제한되어 있는 셈이다.

핵심개념으로 하고 있는 고전적 프로이트주의는, 가족삼각형(아버지
-어머니-나)을 변경 불가능한 정신의 원형으로 상정한 후, 이를 가
족을 넘어선 상위의 사회적 체계들에도 동일한 형태로 작동되는 하
나의 '초월적 강령'으로 이식시킴으로써, 한 개인의 능동적인 욕망
의 생산과정 혹은 상황타개 의지를 그 뿌리로부터 부정하게 만들었
던 비극적 상상력이었던 것이다.[177] 한 개인의 주체적 의지는 그러한
의지를 강박하고 조율하는 전체로서의 '금기체계'에 의해 제한될 수
밖에 없다는 프로이트주의의 인식론은 김현의 퓨리탄적 세계관과
상동성의 관계를 갖고 있었다. 때문에 김현이 "진정한 영상의 실체

게다가 불행을 경험하기는 훨씬 쉽다. 다음의 세 방향에서 오는 고통이 우리를 위협하고
있기 때문이다. 첫째는 우리 자신의 육체-이것은 결국 썩어 없어질 운명이고, 그나마도
고통과 불안이 경고신호를 보내지 않으면 살아갈 수 없다. 둘째는 외부세계-이것은 압
도적이고 무자비한 파괴력으로 우리를 덮칠 수 있다. 셋째는 타인들과의 관계-우리에게
가장 고통스러운 것은 타인들과의 관계에서 오는 고통일 것이다. 우리는 이 고통을 불필
요한 사족으로 생각하는 경향이 있지만, 사실은 다른 고통 못지 않게 숙명적으로 오는
고통이다."(지그문트 프로이트, 『문명 속의 불만』, 김석희 역(열린책들, 1997), pp. 257-
258.)

177 프로이트주의의 이러한 구조화된 비극적 세계관은, 들뢰즈, 가타리와 같은 정신분석학
자들에 의해서 맹렬하게 비판받은 바 있다. 그들은 프로이트의 '오이디푸스 콤플렉스'를
기존의 금기체계를 유지시키는 초월적 담론으로 규정한다. 이러한 담론 속에서 욕망은
다만 '결여' 혹은 '결핍'의 대체물로 규정되는바, 베르그송주의자들이 이들이 강조하는
것은 '생산하는 욕망'으로서의 주체의 자기 갱신과정인 것이다. 이러한 이들의 사유체계
는 정신분석학을 본질주의적이며 환원론적으로 파악하려는 것에 대항해 비결정주의의
동적인 움직임을 강조하는 '유목민의 정신'을 강조하는 바이기도 하다. 생산하는 욕망에
대한 이들의 진술은 프로이트주의의 '결여의 철학'에 대한 분명한 반론을 보여준다.
"욕망이 생산한다고 하면, 그것은 현실적인 것을 생산한다. 욕망은 현실에서만 그리고 현
실을 가지고서만 생산한다. 욕망은 부분적 대상들, 흐름들과 신체들을 움직이게 하고 생
산의 단위들로서 작동하는 수동적 종합들의 전체이다. 현실적인 것은 욕망에서 생긴다.
그것은 무의식의 자동적 생산인 욕망의 수동적 종합들의 결과이다. 욕망은 아무 것도
결여하고 있지 않다. 그것은 그 대상을 결여하고 있지 않다. 욕망에 결여되고 있는 것은
오히려 주체이다. 혹은 욕망은 고정된 주체를 결여하고 있다. 고정된 주체는 억압을 통해
서만 있다."(질 들뢰즈, 펠릭스 가타리, 『앙띠 오이디푸스』, 최명관 역(민음사, 1994), pp.
48-49.)

를 찾기 위해 수인은 그 거대한 침묵 앞에서 절망적인 몸부림을 한다. 이 몸부림의 자취-그것이 비평인 것이다"[178]고 한 말의 함의를 우리는 이해할 수 있게 된다.

그러나 김현의 정신분석적 사유 역시 그 자신의 인식의 진전과 함께 서서히 진화해갔다고 보는 것이 합당할 듯하다. 김현의 초기 비평에서 알 수 있는바, 정신분석이론은 개별 시인 및 작가의 무의식의 뿌리를 검토하는 데 그 대부분이 원용되고 있다. 이를 통해 김현은 한 작가의 핵심적인 콤플렉스를 작품을 통해 분석하며, 그러한 분석을 통하여 그것이 그의 상상적 가공물인 문학작품 속에서 어떠한 이미지와 구조로 변용되어 나타나고 있는가를 밝혀내고 있는 것이다. 『상상력과 인간』(1973)과 『시인을 찾아서』(1975)에 집중적으로 나타나고 있는 이러한 태도는, 이후에 다시 논의되겠지만, 현저하게 프랑스의 상징주의 및 초현실주의 이론과의 연관 속에서 진행되고 있다. 이때 강조되는 것은 상징주의의 발생 이후 서구의 낭만주의자를 사로잡았던 '저주받은 시인'이라는 주제였다고 볼 수 있다. 보들레르, 말라르메, 발레리로 이어지는 이러한 계보의 시인들은 젊은 김현에게 우리의 문학과 현실을 이해하는 하나의 거울로서 존재한다. 이 거울을 통해서 김현은 시인 작가의 콤플렉스가 개인의 자율성을 인정하지 못했던 사회에 대한 반항에서 형성된 것이며, 이러한 반항의 내면적 형상화가 한 편의 문학작품이었다는 전

---

178 『김현문학전집』, 제4권, p. 344.

제 아래서 그의 분석의 초점을 맞추게 된다.[179] 때문에 김현은 초기 비평 속에서 현저하게 개인의 욕망에 대한 분석에 초점을 맞춘다.

방법론적 개인주의자로서의 김현의 이러한 태도는 물론 그의 평생에 걸쳐 나타난 일관된 면모임에 틀림없다. 그러나 개인성은 의식의 진전과 함께 보다 넓은 전체로서의 사회구조와 맞부딪치게 된다. 김현 자신의 술회에 따르면 이러한 인식적 변모가 가능해진 것은 1968년 이후였다.

인간과 인간의 진정한 만남은 어떻게 가능한 것인가라는 주제는 인간에 대한 학문, 특히 프로이트, 역사학, 현대사회학과 구조언어학과의 만남을 통해, 인간의 전체적인 모습을 어떻게 이해할 수 있을 것인가라는 문제로 점차로 뒤바뀐다. 그 질문은 어떻게 해서 그러한 상상적 저작물이 가능했을까라는 질문과 밀접하게 관련되어 있다. 64년에서 67년에 이르는 사이, 나는 시인의 삶에 대한 태도와 그것을 표현한 언어를 약간은 형식주의적인 관점에서 관찰하였다. 그러나 68년 이후부터의 글에는 사회와의 관계란 것이 상당히 중요시되고, 이미지보다는 원초적인 투기, 삶에 대한 태도가 더욱 탐구의 대상이 된다.[180]

1968년이 김현에게 내적 변화의 동인을 주었다면, 그것은 60년대 후반을 달구었던 참여-순수 문학 논쟁과 70년대의 리얼리즘 논쟁

179 『상상력과 인간』에 수록되어 있는 「광태 연구」는 초기 김현의 이러한 태도를 가장 집약적으로 보여주는 평문이다.
180 『김현문학전집』, 제3권, p. 10.

이 그 한 계기를 이루었을 것이라고 추측해 볼 수 있을 것이다. 위의 인용문이 쓰여진 것이 1973년이니까 이것은 68년 당시의 김현의 생각이라기보다는 73년이라는 현재적 입장에서 소급 적용해 본 진술로 보는 것이 타당할 것이다. 어쨌든 이러한 김현의 정신적 변화는『한국문학의 위상』(1977)에 오면 보다 분명해지고,『문학과 유토피아』(1980)에 오면 보다 근본적인 변화의 모습을 보이게 되는 것이다.『한국문학의 위상』에서 김현의 진술이 보여주는 것은 많은 부분 아도르노와 골드만을 포함한 프랑크푸르트 학파로부터의 영향관계이다.

세계관이나 진실 내용을 명확하게 표현해야 할 이데올로기나 주의주장이라고 생각할 때 소위 혁명적 예술이라고 불리는 가짜 급진 예술이 생겨난다. 아도르노에 의하면, 예술작품에서 사회적인 것은 명백한 태도 표명이 아니라, 명백한 태도 표명을 예술이 허락하지 않는다는 사실 그 자체이다. 명백한 태도 표명은 예술을 현실에서 소외시켜, 예술을 애매성 없는 극단적인 개념으로 만들어버린다.
그런데 예술이 싸워야 하는 것은 바로 그 개념화된 진실, 의혹이 허락되지 않는 이데올로기인 것이다. (……) 진짜 급진 예술이라는 것이 가능할 수 있다면, 그것은 그것 자신이 모든 억압에서 벗어난 사회의 지표 그것이 되지 않으면 안 된다.[181]

아도르노의 부정의 미학을 기술하고 있는 위의 인용문을 통해

181 『김현문학전집』, 제1권, p. 69.

서 우리는 김현의 심미적 자율성에 대한 옹호를 다시 한번 확인할
수 있다. 이때 김현이 강조하고 있는 것은 예술의 '애매성'이라는 문
제인데, 이 애매성의 존재야말로 예술을 예술답게 하는 요소라고
진술하고 있다. '진짜'[182] 급진 예술이란 사회의 모든 억압에서 벗어
난 사회의 지표여야 한다는 김현의 주장은, 칸트의 심미적 자율성
개념을 상기시킨다. 그것은 다시 문학은 억압하지 않는다는 비억압
가설로 발전하는 것인데, 이러한 김현의 진술은 작가의 세계관이란
유년시절의 콤플렉스의 반영이라고 보는 자신의 소론과 결정적인
괴리를 갖게 된다. 억압의 산물이 억압하지 않는다는 이러한 모순
은, 아도르노의 '부정의 변증법'[183]이 갖고 있는 자체 모순-자율적

---

182 김현의 평문을 보면, 유달리 '진짜', '가짜' 등의 관형어가 자주 등장하는 것을 목격할 수
있다. 참여-순수 문학 논쟁은 가짜 논쟁이라는 표현으로부터, '가짜' 욕망과 '진짜' 욕망
을 나누어 논의를 이끌어가는가 하면, 가짜 이데올로기 등의 표현도 종종 등장한다. 물
론 이러한 김현의 조어법이 김현 그 자신의 순한글 세대로서의 자의식에 기반한 것이었
다면 뭐라고 할 말은 없겠다. 하지만 이러한 특이한 형태의 관형어를 통해 김현은 그 자
신의 문학적 이념은 진짜이며, 나머지는 가짜라는 식의 인상을 무의식적으로 심어주었
을 때가 많았다. 언어의 계속적인 반복은 주술적 효과를 일으키기도 한다는 사실을 우
리는 알고 있다. 때문에 김현의 이러한 조어법은 단순히 수사에 그치는 것이 아니라, 어
떤 전략적 의도가 숨어 있을 수도 있다는 가정도 가능해진다. 설혹 그렇지 않다고 하더
라도 이런 문제는 다음과 같이 생각해 볼 수 있을 것이다. 하나의 논쟁을 진짜 논쟁과 가
짜 논쟁으로 판단하는 기준은 무엇인가? 어떤 욕망은 가짜 욕망이고, 어떤 욕망은 진짜
욕망으로 규정지을 때, 그것은 무엇을 의미하는가? 욕망은 진짜와 가짜라는 논리적 판
단으로 규정되기에는 너무나 복잡한 것이다. 헤겔이 주장했던 인정에의 욕망, 지라르의
모방 욕망, 프로이트의 리비도의 욕망, 라캉의 타자의 욕망, 들뢰즈의 생산하는 욕망에서
도 볼 수 있듯, 욕망이라는 어사는 어떤 관형어와 결합하느냐에 따라 그 의미가 현저하
게 차이가 난다. 언어에 대한 극도로 섬세한 자의식을 갖고 있었다고 생각되는 김현 자신
이 이러한 문제에 대해 심각하게 생각하지 않았다는 것은 자못 기이한 일이다.
183 김주연은 아도르노의 '부정의 변증법을 다음과 같이 설명하고 있다: "그(아도르노-인용
자)는 모든 대상이 개념화 속에서 자기 해체되는 것이 아니라, 대상 그 자체가 자율적 생
성을 거듭함으로써 존재에 대한 비존재의 내부적 싸움을 벌인다고 역설한다. 모든 존재
는 무엇이라고 규정될 수 없는 어떤 것인데, 바로 이러한 설명이 동시에 존재에 대한 규정
이 된다. 비규정 성적 규정을 통해 존재는 자신을 파괴하고 거듭 세워나가게 되는 바, 이
것이 이른바 '부정의 부정'이며 이러한 기능을 통해 모든 존재가 생성된다는 것이다. 말

인 예술작품이 그 개인적인 질서를 주관적으로 최대한 발휘함으로써 '보다 높은 객관성'을 갖는다는 논리와 일치하게 되는 것이다.[184] 아도르노의 이러한 부정의 미학은 예술이란 근본적으로 사회와 대립적인 입장에 있다는 것을 전제로 하고 있다. 이때 예술과 사회의 관계는 '사회 속에 들어 있는 예술의 내재성'이 아니라 '작품 속에 들어 있는 사회의 내재성'으로 정리될 수 있는데,[185] 이러한 입장에 설 경우 가장 개인적인 문학작품이 가장 사회적이라는 결론이 나올 수 있다. 아도르노 자신이 발레리의 순수시론을 후기 산업사회의, 전체적 정치체제에 의해 조종되는 대중문화에 대한 하나의 안티테제로 고평하고 있듯이,[186] 위의 김현의 진술은 결국 순수와 참여라는 이원대립 속에서, 그 자신의 반복적인 부정과는 달리 순수문학을 옹호한 것이었다고 볼 수 있다.

그러나 여기에서 지적하고 싶은 것은 김현의 순수문학론의 진의가 아니다. 중요한 것은 아도르노와 마르쿠제를 포함한 프랑크푸르트 학파에 대한 탐구를 통해 김현의 문학관이 초기의 '몰아적沒我的' 개인주의로부터 '관계적' 개인주의로 이동하고 있다는 사실에 대한 확인인 것이다. 따라서 초기의 김현이 작중인물 혹은 작가의 개인적 욕망을 밝히는 데 그의 비평적 분석의 초점을 맞추었다면, 후기

하자면 싸움을 통해 형성되는 것이다. 따라서 아도르노 변증법의 진테제, 즉 합은 정과 반의 끊임없는 불일치로 나타나게 된다.'(김주연 편역, 『아도르노의 문학이론』, 제3판(민음사, 1992), p. 167.)

184 차봉희, 『비판미학』(문학과지성사, 1990), p. 136.

185 위의 책, p. 139.

186 테오도르 아도르노, 「대리인으로서의 예술가」, 『아도르노의 문학이론』, 김주연 역(민음사, 1985), p. 42.

로 갈수록 문명사적 구성원리로서의 욕망체계 자체를 문제 삼고 있는 것을 우리는 확인하게 된다. 초기 김현의 욕망에 대한 이해가 쾌락원칙과 현실원칙으로 명확하게 대립되는 차원에서 생성된 것이라면, 후기의 욕망 이해는 이러한 이분법을 넘어 문화인류학적 의미로 확대된다. 만년의 그의 대표적인 평론이라 할 수 있을 「폭력과 왜곡」(1985)은 욕망에 대한 김현의 이해가 '결여의 충족'이라는 초기의 관심으로부터 '폭력의 성화'라는 파괴성에 대한 성찰로, 개인의 사랑에 기반한 에로스의 욕망으로부터 질서의 재생산 기재에 의거한 타나토스의 욕망으로 이행해갔음을 극명하게 보여준다.[187] 「창세가」, 「천지왕본풀이」, 「도솔가」, 『장길산』 등을 분석 텍스트로 한 이 평문은 그 자신이 관심을 기울였던 르네 지라르의 희생양 이론을 토대로 작품을 분석하고 있다. 그는 작품의 분석에 들어가기 전에 자신의 가설을 다음과 같이 세운다.

내 보조-대답의 근본적인 도식은, 언제 어디서나 악인은 선인을 이기고 있으므로, 악인의 폭력을 완화시키기 위해, 사람들은 선인이 지배

---

187 후기의 김현은 미셸 푸코 연구서인 『시칠리아의 암소』를 통해 문학의 자율성 개념에서, 제도로서의 문학이해로 관심을 전환한다. 『르네 지라르, 혹은 폭력의 구조』를 통해서는 결여의 충족으로서의 욕망이라는 초기의 욕망론에서 모든 질서는 폭력에 의해 유지되며, 그러한 폭력은 욕망으로부터 비롯된다는 르네 지라르의 가설을 분석하면서 자신의 욕망론을 수정하게 된다.
지라르에 대한 후기 김현의 경도는 5·18을 포함한 억압적 역사진행과정에 대한 충격에서 온 것으로 보는 견해도 합당할 듯 싶다. 현실 역사의 고통스러운 진전과정을 실천을 통해 외화시킬 수 없었던 지식인의 고통의 표백으로 볼 수도 있다는 말이다. 그가 '실천적 이론'과 '이론적 실천'이라는 알튀세르의 용어를 통해 자신의 문학세계를 개진했던 사실도 어찌 보면 이러한 현실 역사의 진행과정이 하나의 계기였을 수도 있다.

김현 비평과 근대성의 모험

하는 초월세계를 꿈꾼다; 신화에서 소설로 내려오면서, 악인의 폭력적 승리는 초월 욕망에 의해 약화되어 묘사되는 경향이 있다라는 것이다. 악인의 승리를 나는 나쁜 폭력이라고 부르고, 초월 욕망에 의한 폭력의 약화를 나는 종교-문화적 왜곡이라고 부르겠다.[188]

우리는 먼저 김현의 이러한 가설의 논리적 구조를 분석할 필요가 있다. 김현의 위의 가설은 선인과 악인, 초월세계와 고통스러운 현실이라는 이원론적 대립구조를 형성하고 있다. 또한 거기에는 폭력이 개입되어 있다. 고통스러운 현실에는 나쁜 폭력이 규정력으로 존재하며, 초월세계에 이르기 위해서는 약화된 폭력인 종교-문화적 왜곡이 존재한다. 문제는 김현 도식의 대전제라고 할 수 있을 "언제 어디서나 악인은 선인을 이기고 있"다는 규정이 과연 어떤 근거에서 도출될 수 있는 것인지 글의 어디에도 나타나 있지 않다는 것이다. 때문에 김현의 이러한 대전제는 일종의 선험적 공리a priori axiom인 셈이다. 바꿔 말하면 증명 불가능한 상태에 놓여 있다. 언제 어디서나 악인이 선인을 이긴다는 김현의 전제는, 우리가 앞에서 언급했던 세상은 고통스러운 곳이라는 김현의 비극적 세계관과 관련시켜 생각할 때에 그 의미가 분명해진다. 김현의 초월세계를 신이 지배하는 천국으로, 현실세계를 신의 뜻을 알 길 없이 묵묵하게 자기 성실성을 유지해야만 하는 현실로 옮겨놓고 생각해 볼 수도 있을 것이다. 그것은 다시 유토피아와 고통스러운 현실이라는 차원으로 전이

---

188 『김현문학전집』, 제7권, p. 197.

된다. 그러므로 이 글이 문제 삼고 있는 것은 유토피아와 현실의 문제라고 할 수 있다. 「천지왕 개벽신화」에 대한 김현의 분석은 "누구나 동경하는 것은 저승세계의 공평성이지만, 실제 살고 있는 곳은 이승세계의 폭력 속에서"라는 것으로 요약된다.[189] 바꿔 말하면 누구나 유토피아를 동경하지만, 우리는 현실세계의 폭력 속에서 살 수밖에 없다는 것이다. 그렇다면, 유토피아는 왜 현실 안에서 현실화될 수 없는 것인가. 바꿔 말해 왜 전면적 질서는 오지 않는가.

그것은 질서가 폭력에 의해 수립되기 때문이다. 그 질서는 사랑과 양보에 의한 질서가 아니라 폭력과 억압에 의한 질서이다. 폭력과 억압이 있으면 피해자가 있게 마련이고 피해자가 있으면 원한이 있게 마련이다. 원한은 그 질서도 파괴하고 싶다는 새 욕망을 낳고, 그 욕망은 새 무질서를 낳는다. 그 악순환에 대한 자각은, 이 세계의 질서는 일시적이며, 영원한 질서는 저 세상에 있다는 믿음을 만든다. 그것이 믿음인 것은, 그것이 사실에 바탕한 것이 아니라 바람에 바탕하고 있기 때문이며, 그런 믿음을 만드는 것은, 그래야 이 폭력적 세계에서 살아갈 수 있기 때문이다. 죽지 않으려면, 그 믿음을 자체 생산하지 않을 수 없다. 그 자체 생산한 믿음을, 우리는 오늘날 종교라고 부르기도 하고 철학이라고 부르기도 한다. 종교는 나쁜 폭력의 억압적 힘에 대한 본능적 저항이다. 그러나 폭력적 저항이 아니라 폭력을 줄이는 양보적 저항이다. 현실적으로 양보적 저항이 이기는 경우는 거의 없다. 그런데도 있는 것

---

189 위의 책, p. 200.

처럼 믿는다는 점에서, 종교는 폭력의 왜곡이다.[190]

　모든 문명은 쾌락원칙의 억압으로부터 비롯되며, 그것은 또한 죄의식에 기반한 것이라는 것이 프로이트의 가설이거니와, 지라르의 희생양 이론 역시 프로이트 이론의 한 변형태라고 볼 수 있다. 이러한 지라르의 이론을 분석의 도구로 원용한 김현은 이 세계의 질서를 '악순환'이라고 규정하며, 이러한 악순환을 벗어날 수 있을 영원한 질서는 저 세상에 바탕을 두고 있다고 진술하고 있다. 그러나 인간은 고통스러운 이 땅에서 벗어날 수 없기 때문에 나쁜 폭력에 대한 본능적 저항의 형태로 종교를 만들어낸다는 것이다. 종교는 폭력의 왜곡이라는 진단에서 알 수 있듯, 폭력적 세계에서 벗어나는 것은 살아서는 불가능한 일이라는 것이 김현의 진술이다. 이러한 김현의 진술은 초기 계몽주의자로서의 김현의 면모와는 상당한 차이를 갖는 것임이 분명하다. 투명한 이성을 통한 세계 개조를 신념처럼 여기고 있던 김현에게 이 세계가 이성으로도 어쩔 수 없는 거대한 폭력의 집적물로 변하고 있는 것을 우리는 목도하게 된 것이다. 이러한 김현의 사상적 변모는 이성에 의한 완벽한 시민사회의 구현이라는 계몽주의가 시간의 집적 속에서 어떠한 변모를 감행하게 되었는지를 우리에게 보여준다. 그것은 또한 이 땅 위에 천국을 세우겠다는 의지가 현실의 두터운 장애물 앞에서 서서히 풍화해가고 있는 그의 정신적 풍경을 우리에게 보여준다.

190　위의 책, pp. 200-201.

하지만 이러한 김현의 분석이 다만 문화인류학적인 관점으로의 급선회라고 볼 수만은 없을 것 같다. 왜냐하면 김현은 「창세가」에 대한 분석을 이어가는 도중에 다음과 같은 진술을 적어놓고 있기 때문이다.

대응문화가 공식문화와 같은 방식으로 폭력적일 때, 그것을 대응문화라고 할 수 있을까! 그것 역시 공식문화의 한 변형이 아닐까? 그런 의문을 가능케 하는 것은 6세기 초의 사문법경沙門法慶이 만든 살인집단의 이념이 미륵하생 사상이었다는 한 연구자의 지적이다. 태평스러운 세상을 만들기 위해 사람을 죽이는 사람들! 그 세상의 지배이념이나 대항이념의 폭력성은 같은 유형의 폭력성이다. 타기해야 할 것은 공식문화의 지배이념 뿐만이 아니라, 같은 방식으로 거기에 대응하는 대응이념의 폭력성이다.[191]

이러한 김현의 진술은 당시의 문단에서 강력한 세력으로 떠오르고 있었던 민중문학에 대한 간접적인 항의를 담고 있다. 1987년의 노동자 대투쟁 이후 급성장한 민중문학계열은 이후 민족문학의 주체로서 노동자 계급을 상정했으며, 이러한 과정 속에서 기존의 『창작과 비평』계열의 민족문학을 소시민문학으로 격하 비판하였고, 『문학과지성』계열의 문학을 지식인 문학으로 비판하면서 급진화된 노동해방문학론을 제출하기에 이르렀다.[192] 이러한 와중에서 김현

---

191 위의 책, p. 206.
192 김명인의 「지식인 문학의 위기와 새로운 민족문학의 구상」(1987)은 그 대표적인 평문이다.

을 포함한 '문지' 계열의 비평가들은 자신의 문학론을 보다 정교하게 가다듬어 논쟁에 참여하게 되는데, 이는 물론 김현을 포함한 구세대 비평가들보다는 정과리와 성민엽 등의 소장 비평가들에 의해 이루어진 것이다.[193] 그러나 김현 자신은 언제나 이러한 논쟁에 휩쓸리는 것을 거부하였고, 그 대신 실제비평을 통하여 간접적으로 자신의 문학관을 옹호하면서 간접적인 비판을 전개했던 것이다.

위의 인용문에서 우리는 그러한 비판의 방법이 순수-참여 문학론을 비판하는 논리와 동일한 형태로 전개되고 있다는 사실을 알 수 있다. 결국 모든 폭력은 동일한 것이기 때문에 공식문화이건 대응문화이건 그것은 타기해야 될 문제라는 것이 김현 자신의 주장의 요체인 셈이다. 문제는 이러한 두 극단의 중간에 자신을 위치시켰을 때, 그러한 중간항의 논리를 객관화할 만한 근거를 그 자신도 찾고 있지 못하다는 사실에 있다. 구조화된 현실 속에서 개인의 동적인 의지는 희석된다. 이러한 구조적 사유의 딜레마를 벗어나는 길이 김현에게는 보다 정교하게 문학작품의 의미를 분석해야 한다는 열정으로 이끌었는지도 모른다.

김현은 황석영의 『장길산』의 분석을 통하여 신화에서 소설에 이르는 길은 집단화에서 개인화에 이르는 길이라고 주장한다. 이러한 논의를 토대로 김현의 질서와 폭력, 욕망으로 이어지는 논리는 다음과 같은 의미심장한 결론을 맺고 있다.

---

193 80년대의 민족문학 논쟁에 관해서는, 한기, 「민족문학」, 월간중앙 편집부 편, 『80년대 한국사회 대논쟁집』(중앙일보사, 1990)을 참조할 것.

파괴 충동을 제어하기 위해, 그것의 위험성을 제일 민감하게 느끼는 자들은 제의-종교-문화에 도피한다. 아니 그것으로 그 충동을 감싼다. 나쁜 폭력은 전면적이지 않고 부분적이며, 항구적이 아니라 일시적이다. 그것에서 벗어나려면 나쁜 폭력이 없는 초월세계로 들어가면 된다. 그 초월세계는 어디에 있는가? 이 지상에서 그런 초월세계를 만들려고 하는 네 마음 속에 있다. (……) 그렇다면 나쁜 폭력을 낳는 욕망이 바로 초월세계를 낳는 욕망이 아닌가. 나는 그렇다라고 대답하고 싶다. 남의 것을 빼앗아 자기 것으로 만들고 싶다는 욕망이, 무서워라, 그 욕망이 바로 초월세계를 낳는 욕망이다. 황석영 식으로 말하자면, 가장 천한 것들이 가장 강하게 욕망한다. (……) 욕망이 있는 한, 이야기는 어디서나 살아남는다.[194]

결핍에의 보상과 소망충족이 소설의 발생적 기원이라는 것이 「이야기는 왜 읽는가」에서 김현이 개진한 소설론이었다. 거기에 더불어 김현은 소설을 포함한 문화의 근원이 폭력으로부터의 도피, 더 적절하게는 파괴적 본능의 승화에 있음을 밝히고 있다. 문화는 이러한 파괴적 욕망을 승화시켜 현실세계의 폭력성을 순화시키는 역할을 하게 된다. 그러나 문제는 현실세계의 폭력을 유지시키는 동인 역시 욕망이라는 점이다. 때문에 욕망은 생산하는 것이기도 하고 파괴하는 것이기도 하다는 양가적 의미를 갖게 된다. 욕망이 초월세계를 만들며 동시에 나쁜 세계를 만들기도 한다는 것, 달리 말해

---

194 『김현문학전집』, 제7권, pp. 210-211.

욕망이 만들어낸 관념체계가 유토피아라면, 또한 그것이 현실세계로서의 디스토피아이기도 하다는 곤혹스러움에 직면하게 되는 것이다. 때문에 김현은 초월세계(유토피아)는 어디에 있느냐고 묻고 있다. 그렇다면 그의 초월세계는 어디에 있는가? 김현이 생각하는 유토피아는 바로 '마음' 속에 있다. 그러니까 유토피아도 현실도 주체자의 '마음' 속에 있다는 것이다.

이러한 김현의 진술에서 우리는 김현의 주체에 대한 끈질긴 자기확신을 다시 한번 확인할 수 있다. 우리는 「비평고」에 대한 고찰을 통해 김현의 이원론적 세계관을 검토했었다. 동굴 밖에는 진정한 영상이 있고, 동굴 안에는 수인이 있다. 동굴 안의 수인은 결코 동굴 밖의 진정한 영상의 실체를 알 수가 없었다. 동굴의 수인은 '그러므로'의 논리를 펼치며, 내면에 집중한다. 동굴 밖의 진정한 영상은 위의 식으로 말한다면 초월세계이다. 초월세계를 결코 알 수 없을 때, 김현이 나아간 곳은 동굴 속 현실이 아니라 자신의 '내면'에 대한 탐구였다. 그러니까 주체자의 마음을 강조함으로써 고통스러운 현실을 이겨내려 했던 것이다. 때문에 우리는 김현의 후기 소설론을 통해 김현이 다시 최초의 출발점으로 회귀했다는 사실을 확인하게 된다.

이 세계는 고통스러운 곳이지만, 그렇다고 해서 이 세계 너머의 유토피아로 나아갈 수는 없다. 때문에 고통스러운 현실을 극복하는 길은 곧 자기와 싸우는 일이다. 그 싸움을 문학을 통해 할 수 있다는 것이 김현의 평생의 신념이었다. 이러한 김현의 문학관은 '초월성이 내재한 현실(문학)'이라는 개념으로도 규정할 수 있을 것이다. 이때 문학은 그 자체가 현실이자 신비로운 '절대'가 된다. 김현에게 신비로운 절대에의 모든 추구는 문학으로 환원된다. 절대인 문학은 김현의 의식 속에서 결코 억압하지 않은 꿈이며 욕망이라고 할 수 있겠다. 그러므로 현실이 고통스러우면 고통스러울수록 김현의 문학에의 열정은 더욱 심화된다. 왜냐하면 고통스러운 현실은 폭력세계인 때문이다. 이 폭력세계로부터 필사적으로 도주하는 방법은 죽지 않는 한 문학에 매달리는 방법밖에는 없게 된다. 김현의 말처럼 욕망이 있는 한 문학은 어디서나 살아남기 때문이다.

제4절 김현 시론의 원형―암시의 미학

우리는 다시 시선을 거두어 김현 문학의 원점으로 돌아가야 한다. 한 개인의 문학적 출발점이란 꼭 그런 것은 아니지만, 많은 경우 종착점과 맞닿아 있다는 경험적 진리를 소홀히 할 수 없기 때문이다. 그렇다면 김현의 문학적 출발점엔 무엇이 있었을까. 거기엔 한 편의 시가 있었다. 비평가로서 김현을 냉정하게 평가하자면 그는 소설비평보다는 아무래도 시비평의 분야에서 득의의 역량을 보여주었던 것으로 판단된다. 언어에 대한 민감한 자의식을 꾸준히 강조했으며, 개인으로서의 주체성을 충전시키는 데 혼신의 열정을 기울였던 생전의 그의 모습을 상기해 볼 때, 김현에게 시라는 장르야말로 개인과 언어라는 두 구성 요소의 결합을 가장 집약적으로 보여주는 것이었다고 판단된다. 김현의 공식적인 문학활동 역시 「나르시스 시론」(1962)을 통해 이루어지고 있거니와, 이때 한 편의 시는 김현의 문학과 현실, 자아와 세계를 매개하는 역할을 하고 있었다고 보는 것이 타당할 듯하다.

이와 함께 김현의 초기 시론에는 김현의 인식론적 사유구조의 원형이 잘 드러나 있다. 이원론적 세계 인식 혹은 대립적 세계 인식이라고 명명할 수 있을 이러한 사유구조는 개인사의 진행과정 속에서의 다양한 변형에도 불구하고 김현에게 끈질긴 형태로 유지되고 있었던 것이다. 따라서 본절에서는 김현의 시론과 이러한 이원론적 사유구조의 관계성에 주로 천착하고자 한다. 그런데 이러한 이원론적 사유구조는 넓게는 서구형이상학 전체, 문예사적으로 좁히자면 프랑스의 상징주의에서 가장 날카로운 형태로 부각된 바 있다. 때문에 김현의 시론은 프랑스 상징주의 문학론과의 관련 속에서 이해할 때, 그 의미가 보다 분명해지리라고 생각된다.

1) 프랑스 상징주의와 이원론적 세계 인식

김현의 시론을 고찰하기에 앞서 우리는 프랑스 상징주의에 대한 예비적 고찰을 할 필요가 있다. 그것은 김현 자신이 프랑스 상징주의로부터 상당한 영향을 받았다는 일차적인 사실에도 기인하는 것이지만,[195] 프랑스 상징주의가 근대문학 초기의 자유시 운동과 이미 일정한 관련을 맺고 있었다는 사실 때문에도 그렇다. 말하자면 문학사적 맥락 속에서 김현에게 미친 상징주의의 영향을 바라볼 수도 있지 않겠는가 하는 생각 때문이다.

---

195 김현은 초기 평문인 「여성주의의 승리」(1969)를 통해, 신문학 초기의 프랑스 상징주의의 수용사에 대한 비판적 견해를 제출한 바 있다. 우리는 이 평문을 통해 역으로 김현의 상징주의에의 경도를 확인하게 된다.

프랑스 상징주의가 한국 근대문학사에 등장한 것은 대략 1916년경으로 보는 것이 타당할 듯 싶다. 상징주의에 대한 최초의 소개는 백대진의 「이십세기초 구주제자대문학가를 추억함」(『신세계』, 제4-5호, 1916. 5)이라는 글에서 이루어졌다. 그러나 백대진의 소개가 상징주의 이해의 핵심에 도달한 것으로 보기는 힘들다. 이 글은 서구 상징주의 시인들의 이름을 짤막하게 들고 그들에 대한 짤막한 소개를 하는 데 그치고 있다. 소개한 시인들도 보들레르, 말라르메, 랭보 등 이른바 거장들이 아닌 후기 상징파 시인들이었으며, 상징주의를 데카당적 절망이나 염세厭世의 예술로 보지 않고, 상징주의의 낙천적인 특징을 강조한 것이 특징적이다.[196]

1910년대의 상징주의의 소개가 풍문에 의거한 피상적인 소개였다면 우리 문학계에 상징주의가 본격적으로 소개되기 시작한 것은 1920년대에 와서였다. 1920년대에 상징주의가 우리 문단에 활발하게 소개된 이유를 김용직은 다음 세 가지 이유를 들어 설명하고 있다.[197]

첫째, 당시의 문단 현실 속에서 상징주의 시와 시론이 가장 매력적인 것으로 생각되었기 때문이다. 최초의 상징주의 소개자인 백대진은 상징주의를 생동적이며 충동적인 것으로 파악했는데, 이는 당시의 문학인의 시선으로 볼 때 매우 신선하고 매력적인 것으로 보였을 것이다.

---

196 한계전, 『한국현대시론연구』(일지사, 1983), p. 14.
197 이하의 내용은, 김용직, 『한국근대시사』, 제2판, 상권(학연사, 1991), pp. 486-491을 요약한 것임.

둘째, 당시 일본 문학계의 상징주의 문학 수용상의 적극적인 분위기도 영향을 끼쳤을 것이다. 상징주의 문학론을 우리 문단에 소개했던 김억과 황석우가 당시에 일본 유학 중이었고, 때문에 이들은 누구보다 먼저 상징주의에 대한 일본 문단의 열광적인 분위기를 체감할 수 있었을 것이다. 또한 당시의 우리 문단이란 압도적으로 일본 문단의 동향에 민감했을 것이므로 일본을 통한 프랑스 상징주의의 수용이 더욱 가속되었을 것이라는 게 김용직의 주장이다.

마지막으로 우리 시단과 시인의 의식성향의 문제를 들 수 있다. 당시 해외시의 수입과 수용을 담당했던 중개자들은 대개 그 나이가 10대 후반에서 20대 초반에 걸쳐 있었다. 이는 이들이 젊은이 특유의 민감한 감수성을 가지고 있었다는 추측을 가능케 한다. 그런 그들에게 보들레르의 그로테스크한 이미지와 베를렌, 랭보의 낭만적인 이미지들은 상당한 정서적 충격과 호감을 주었을 것이다. 이러한 여러 요인들과 함께 진정한 의미에서의 근대시의 건설이라는 당면 목적 또한 상징주의 수입을 가속화하는 하나의 계기가 되었을 것으로 판단된다.

김억과 황석우에 의해서 본격화된 상징주의의 수입은 그러나 프랑스 상징주의의 본래적 의미와는 다소 변질된 차원에서 수입되고 이해되었다고 생각된다. 김억의 많은 번역시가 상징주의의 대가라고 할 수 있을 보들레르보다는 베를렌의 세기말 주의를 표현한 시를 번역하는 데 그쳤던 점이나, 현실세계를 넘어선 곳을 동경했으나 현실적으로 그것에 이를 수 없다는 좌절감에서 비롯된 우수에 차고 몽롱한 시를 상징주의 계열의 시로 이해한 사실은 이러한 한계를 보여주는 예일 것이다.[198] 또한 황석우가 서구 근대시의 출발을 상징주의 시에서 시작된 것으로 이해하여 '근대시는 상징주의 시'라는 도식에 무반성적으로 안주한 것 역시 문학사적 한계로 남는 부분이다. 그럼에도 불구하고 상징주의에 대한 당시 문단의 관심은 근대적 자유시의 이념과 형식을 탐구해가는 데 있어서 결코 적지 않은 영향을 끼쳤던 것으로 평가할 수 있을 것이다. 상징주의 시를 통해 시의 리듬에 대한 자의식을 갖게 되었다거나 상징주의 시론의 소개를 필두로 근대 자유시론이 형성되기 시작했다는 사실은 상징주의의 수용이 우리 문학사에 긍정적인 기여를 했다고 볼 수 있는 근거가 된다.[199]

위에서의 간략한 요약에서도 알 수 있듯, 프랑스 상징주의의 한국에의 소개는 어떤 측면에서 계몽의 진전과정과 일치하는 면을 갖고있다. 말하자면 근대적 의식 및 미의식의 진전과정 속에서 상징주의가 그 한 역할을 담당할 수 있었던 것이다. 뒤에서 살피겠지만, 김현의 상징주의에의 경도라는 문제 역시 근대문학 초기의 이러한 정신사적 배경과 상당히 유사한 문제의식에서 출발하고 있다는 사실을 우리는 발견하게 된다. 미리 말하자면, 김현의 근대적 의미로서의 개인주의의 강조와 계몽적 합리주의에의 경도는, 대응 미학으로서 상징주의 이론을 내장하고 있었던 것이다. 이러한 문학사적 유사성은

---

198 김은전, 「프랑스 상징주의 수용과 문제점」, 『한국현대시사의 쟁점』(시와 시학사, 1991), p. 178.

199 한계전, 앞의 책, pp. 20-40에서 상징주의 문학론이 우리 시에 끼친 영향을 논의하고 있다.

물론 객관적인 역사적 진행상황 속에서 얼마나 타당성을 보장받을 수 있는가 하는 문제와는 별도로, 김현 자신의 의식 속에서 형성된 주관적 현실-세계 인식 및 현실인식의 정도를 간접적으로 유추할 수 있게 하는 단서가 되리라고 보아도 무방하다고 생각된다.

그렇다면 우리는 여기서 프랑스의 상징주의가 어떠한 이념과 미학으로 구성되어 있는지를 잠시 살펴볼 필요가 있다. 대부분의 연구자들은 프랑스 상징주의가 보들레르로부터 기원한다는 사실에 동의하고 있거니와, 김현과 관련하여 우리는 보들레르의 이원적 인식론을 먼저 살펴볼 필요가 있다. 프랑스의 비평가인 마르셀 레몽은 보들레르의 찬란한 위력은 무엇보다도 그의 예외적일 만큼 복합적인 '인간적 혼'과 낭만주의의 절규 중에서도 가장 낭만적인 절규에 사람들이 귀를 기울이게 만들 수 있었다는 사실로 증명될 수 있다고 말한다.[200] 이러한 사실은 보들레르의 심미주의적 미학이 고전주의적 미이론에 대한 반동적 성격[201]을 갖는 것은 물론, '저주받은

---

200 마르셀 레몽, 『프랑스 현대시사』, 김화영 역(문학과지성사, 1983), p. 19.
201 그러나 엄밀히 말해 상징주의가 고전주의에 대한 절대적 반동이었다고는 말하기 힘들다는 점만은 밝혀둔다. 상징주의 계열의 시인들은 고전주의를 뒷받침해주던 질서와 조화의 초월적 이념을 그의 시 속에 내면화시키기를 원했다. 김현이 자주 인용하곤 했던 사르트르의 '개새끼의 삶'과도 같은 일상 속에서, 조화와 질서의 근본원리를 성찰하기를 원했던 것이다. 때문에 질서와 조화는 개새끼의 삶과도 같은 일상적 현실 속에서 추구해야 된다는 것을 상징주의자는 한순간도 잊어본 적이 없다. 차라리 일상과 초월 사이의 괴리 속에서, 상징주의자들은 그들의 시적 출구를 찾을 수 있었던 것이다. '행복한 육체와 불행한 정신'이라는 낭만주의적 모토를 이들이 수용할 수 있었던 것은, 과거의 삶의 질서를 조율하던 고전주의적 귀족주의도, 현재를 규정했던 부르주아적 경박함도 그들이 수용할 수 없었던 정황에서 비롯된다. 김현에 의해 '찢긴 존재'라고 명명된 바 있는 이러한 태도는, 한편으로는 이들의 시 세계가 이 두 세계의 모든 특징을 거부하면서도 동시에 받아들일 수밖에 없었다는 이율배반을 보여준다. 이러한 이율배반은 물론 그들의 의식을 강박적으로 조절하였던 서구적 이원론으로부터 비롯되는 것이겠거니와, 김현은 이후 이러한 서구적 이원론이 체질화될 수 없었던 한국적 현실을 타기해야 될 대상으로 규

시인' 특유의 고압적인 정신의 긴장을 표현하고 있음을 의미하는 것이다. 그러나 무엇보다도 보들레르를 현대시사에서 문제적 시인으로 규정할 수 있는 이유를 그는 다음과 같이 정리하고 있다.

가장 드높은 것과 가장 낮은 것, 무의식의 욕구들과 고등한 열망들 사이에 어떤 관계가 있다는 점은 사람들이 오랫동안 한번도 생각하지 못했던 사실이지만 그것을 마음 깊이 느낀다는 것, 요컨대 심리적 삶의 통일성을 의식한다는 것이야말로 보들레르의 시가 계시해준 가장 중요한 사항들 중의 하나이다.[202]

위의 인용문은 궁극적으로 보들레르의 세계관 및 미의식이 이원론적 세계 인식에 기반하고 있다는 사실을 보여준다. 결코 양립할 수 없을 것으로 생각되는 두 극점의 요소들이 사실은 어떤 끈으로 연결되어 있다고 생각하는 이러한 보들레르의 생각은 세계에 대한 보들레르의 인식의 표현이자 미학적 사고의 표현인 것이다. 이는 절대적인 것과 가변적인 것, 영혼과 육체가 어느 한쪽이 없이는 다른 한쪽도 있을 수 없으며, 함께 있음으로써만이 각각의 존재의미를 획득한다는 관계론적 사유로 볼 수도 있다.[203] 그러나 가변적인 것을

_____

정, 맹렬하게 비판하는 태도를 보여주게 된다.
202 마르셀 레몽, 앞의 책, 같은 면.
203 이성복은 이러한 보들레르의 세계관과 미의식을 다음과 같이 정리하고 있다. "그러므로 시인은 이 두 요소 가운데 어느 한쪽만을 치켜세우려는 극단주의자를 경계한다. 우선 그는 영원하고 절대적인 아름다움만을 추구하는 이상주의자들의 허구성을 드러낸다. 그들이 추구하는 '절대적 이상'은 어리석음에 불과할 뿐이다. 마치 육체의 옷을 입지 않은 영혼이 존재할 수 없듯이, 영원하고 절대적인 아름다움은 언제나 순간적이며 상대적인

통해 절대에 이르겠다는 보들레르의 야심은, 가변적인 것과 절대적인 것 사이에 놓인 간극 앞에서 끔찍스러운 양가성의 절망을 얻게한다. '삶의 끔찍함, 삶의 황홀함'이라는 이 양가성의 세계에서 보들레르는 '영원한 불만족의 선고'를 받은 것이며, 이로부터 벗어나기위해 '미지의 세계 저 깊숙이로' 떠나기를 원하는 것이다.[204]

이러한 세계에 대한 이원론적 인식[205]은 물론 플라톤의 '동굴의우화'에서 보듯 서구의 전통적인 이원론과 동일한 구조를 형성하고있다. 본질계와 현상계로 이분되는 세계에서 현실은 어두운 심연이다. 그 어두운 심연 속에 시인이 놓여 있다고 한다면, 시인에게 남은 일은 절망적인 몸부림일 것이며, 또한 그것은 저주받은 삶일 것이다. 그러나 저주받은 시인은 죽음에 이르기까지 형벌처럼 가변적인 현실 안에서 몸부림쳐야 하며 본질에 대해 질문해야 한다. 현실은 고통스럽지만 때때로 고통스러운 현실 속에서 시인은 본질을 발

모습을 띠고 나타나는 것이다.

그러나 한편 순간적이고 상대적인 요소-시인은 이를 달리 '현대성'이라고 부르고 있다-만을 추구하는 것 또한 어리석은 일이 아닐 수 없다. 현대성이 고전적인 미의 이상에 다다르기 위해서는 그 속에 숨겨져 있는 신비로운 아름다움을 찾아내야 한다. 진정한 예술가는 구체적인 현실생활에서 '서사적인 것'을 끌어낸다. 그는 순간적인 것으로부터 영원한 것을 찾아내고, 역사적인 것으로부터 시적인 것을 발견해내며, 조악한 현실에서 '영원한 아름다움'과 '놀랄 만한 조화'를 이끌어낸다. 그리하여 그는 고전적인 미의 이상에도견줄 수 있는 자기 시대의 아름다움을 창조하는 것이다."(이성복, 「보들레르에서의 대립적 세계의 갈등과 화해」, 김붕구 외, 『상징주의 문학론』(민음사, 1982), pp. 325-326.)

204 마르셀 레몽, 앞의 책, p. 20.

205 물론 보들레르를 이원론자로 규정하는 것에 대해 반론이 없는 것은 아니다. 유평근은 기간의 보들레르 연구에 대한 검토를 통해, 보들레르를 이원론자로 단정하는 것은 문제가있다고 지적한다. 그는 보들레르가 일원론자이자 동시에 이원론자였다는 모호한 결론을내리면서, 그중 어느 하나를 강조하기보다는 그중 어느 하나에서 다른 하나로 옮겨가는극적인 변모과정을 추적하는 것이 시인의 드라마를 이해하는 데 보다 적확한 접근방식이라고 주장한다(유평근, 「보들레르 연구」, 김붕구 외 공저, 앞의 책, pp. 255-256).

견한다. 정신의 고압적인 전력 속에서 파악된 가시적 현실은 때로 비가시적인 본질을 보여주곤 하는 것이다. 이때 한편의 시의 사명은 그 비가시적인 세계를 향해 창문을 여는 것이며 자아가 그 한계를 벗어나 무한에까지 확장될 수 있도록 하는 일이다.[206] 보들레르가 「상응」에서 적어놓았듯이 이제 고통스러운 현실은 "하나의 사원"이 되며, 시는 비가시적인 세계의 본질을 보여줄 "상징의 숲을 가로질러" 가야 하는 것이다. 그것을 가능케 하는 것이 상상력이며, 이러한 상상력은 고도의 정신적 조작을 통해 압축적인 상징과 이미지로 한편의 시를 조소해내게 되는 것이다. 신비주의적 사유에 빚지고 있기도 한 이러한 보들레르의 미적 인식은 신비적 진리가 항용 그러하듯 그의 시어에 미적 미묘성을 부여한다. 미적 미묘성 혹은 상징적 요소의 극대화를 통한 언어의 암시력을 통해 보들레르는 피안으로부터 희미하게 새어나오는 진리의 빛을 발견하게 되는 것이다.

보들레르의 시적 계승자인 말라르메는 '절대에의 추구'를 그의 문학적 야망으로 간직했다. 자신의 내부로부터 명철한 의식을 가지고 손으로 집어 파악할 수 없는 어떤 대상을 이끌어낸다는 것은 그가 '불행 때문에 분열된 생존 속에 이끌려들 수밖에 없는 운명으로부터', 이 세계의 저속함과 불완전으로부터, '우연'이라는 것으로부터 헤어나기를 꿈꾸었으며 어떤 절대를 창조하기를 꿈꾸었다는 것을 의미한다.[207] 절대를 향한 꿈은 말라르메로 하여금 시적 언어와 일상적 언어를 구별하도록 한다. 말라르메에게 시의 언어는 의사소통

206 마르셀 레몽, 앞의 책, p. 25.
207 위의 책, p. 35.

을 가능케 하는 '직접적 언어'가 아니라, 영혼의 가장 깊은 밑까지를 흔들어놓는 '근본적인 언어'이다. 바꿔 말하면 언어는 존재다.

그것은 하나의 존재이다. 우리에게 영향을 행사하는 것은 그 존재가 지닌 의미라기보다는 그 존재에 의해 마치 어떤 향기와도 같이 스며나오는 형태, 색채 울림, 은밀한 친화력이라 하겠다. "내가 한 송이 꽃!이라고 말한다. 그러면 내 목소리가 어떤 테두리를 긋는 망각의 저 밖으로, 음악처럼 모든 꽃다발 속에 부재하는 꽃, 꽃의 달콤한 관념 그 자체가 된다." (……) 요컨대 언어에다가 그것의 충분한 '효율성'을 부여하려고 노력한다는 것이다. 이 경우 발음된 말은 그 말의 주위를 진공상태로 만들고, 감각세계에서 온 일체의 비전을 제거하며, 그리하여-쇼펜하우어가 말하는 음악처럼-천지창조의 첫째 날같이 순수하고 외롭고 성스러울 만큼 무용한 관념 그 자체를 환기시킬 수 있는 위력을 보유하게 된다.[208]

언어를 통해 '절대에의 추구'가 가능해진다는 말라르메의 사유는 그의 언어를 마술적 암시력으로 가득차게 한다. 보들레르의 시적 언어가 가변적인 현대성 속에서 신화적인 초월을 꿈꾸고 있었던 것과 마찬가지로 말라르메의 몽상은 언어를 종교화해 이를 통해 신화적 생명력을 얻고자 하는 것이다. 언어로부터 일상적인 의사소통의 기능을 완전히 배제한 채 '근본적인 언어'를 추구하다 보면, 한 편의

---

208 위의 책, p. 36.

시가 지독스런 난해성을 갖게 되는 것은 자연스러운 일이다. 언어가 지시하지 않고 암시하기만 한다는 것은 이미 그 자체가 언어의 여백성을 강조한다는 것을 의미한다.[209] 사르트르에 의해 '언어를 통해 언어를 말살한다'는 평가를 받기도 했던,[210] 이러한 말라르메의 시인식은 현실과의 연관에서 보자면 깊은 허무주의의 표현이다. 이상, 비존재, 정신, 무, 자기혐오 등이 복잡하게 착종된 말라르메의 이러한 시인식에 대해서 사르트르가 '깊은 참여'라고 고평했던 것은 그러니 어찌보면 다소 기이한 일이다.[211]

보들레르와 말라르메의 상징주의는 발레리에게 와서 극점에 이

---

209 마르셀 레몽은 말라르메가 암시의 효과를 얻기 위하여, 거품, 별 연기 등의 사상(事象)이나 물체, 천체계를 상징하는 모든 이미지들을 불연속적인 운동성 속에서 활용했다고 분석한다. 바꿔 말해 각각의 이미지들은 항상 간접적으로 스며들고 더 이상 발전하는 법 없이 언제나 서로 간에 은밀히 결부되는가 하면 돌연 날개가 달린 듯 날아오르고 스쳐지나가면서 어떤 색채나 섬광 같은 것을 발하는가 하면 또 장미빛 구름 속으로 사라져버리는 식으로 말이다. 이때 한 편의 시란 무엇을 의미하려는 필요성보다는 시의 존재 자체를 확인해주고 삶을 변형시키려는 필요성을 내포하는 것이다. 이러한 언어 사용은 말라르메의 시가 이미지의 조직성을 자연스럽게 강조하던 영감에 의존한 시라기보다는 철저하게 이성적 조명을 가한, 그러므로 정신적인 시라는 사실을 간접적으로 보여주는 것이라 할 수 있겠다(위의 책, pp. 36-37).

210 정명환, 『문학을 찾아서』(민음사, 1992), p. 118.

211 정명환은 다음과 같이 사르트르의 '깊은 참여'에 대해 설명하고 있다: "만일 그들(말라르메, 플로베르-인용자)이 글쓰기를 사회적 실천과 통합시킨다는 '찬양할 만한' 행위로 나섰다면 허무는 형성되지 않았을 것이며 따라서 깊은 참여도 이루어지지 않았을 것이다. 한데 이렇게 사회적, 정치적 참여를 가장 철저하게 등짐으로써 가능한 허무를 깊은 참여의 원리로 설정하고 나면, 그 허무를 바탕으로 구성된 비현실(상상적인 것)이 모두 현실적 윤리적 요청의 피안에서 미학적으로 독립하고 그것에 높은 가치가 부여될 수 있다는 것은 당연한 결론이다."(정명환, 위의 책, p. 122.)
정명환은 논의를 이어가면서 사르트르가 이처럼 말라르메를 깊은 참여의 관점에서 이해할 수 있었던 것은 "미가 현실의 지각을 통해서가 아니라 현실을 무화하는 상상력을 통해서만 가능하다는 사르트르의 오래된 생각"에서 기인한 것이었다고 밝히고 있다. 그런데 이러한 사르트르의 생각은 앞에서 우리가 검토한 바 있었던 아도르노의 부정의 미학과 상당 부분 일치하는 것이며 동시에 김현이 참여문학과 순수문학을 부정하면서, 자신의 독특한 문학관을 피력하는 부분에서 강조했던 논리와도 일치하게 되는 것이다.

른다. 발레리의 시인식을 가장 명료하게 표현한다면 절대에의 추구이자 순수정신의 열망으로 정리할 수 있을 것이다. 발레리에게 있어인간정신의 고유한 목표는 자아 속에서 순수한 정신이 아닌 일체의것을 구별하는 것이다. 순수정신만이 본질이며, 그 외의 것은 다만하나의 신기루에 불과한 것으로 인식해 배제하고자 하는 이러한 인식은 어떤 의미에서 데카르트의 코기토를 상기시키는 것이기도 하다. 확고한 자아는 정신 혹은 이성의 투명성으로부터 오며, 한 편의시는 이러한 순수정신을 통해 확보된다고 한다면, 끊임없이 세계로부터 방출되는 감각적 자극과 혼란들은 타기되어야 할 그 무엇이될 것이다. 때문에 발레리는 대상이 지닌 가장 개별적이고 특수한것에 대한 의식을 극단에까지 밀고 나가기를 원한다.[212] 그러나 문제는 의식과 자아라는 것이 현실 속에 존재하는 외부의 자극에 항상적으로 노출되어 있으며, 발레리가 의미하는 절대정신의 '순수점'에이르는 것은 찰나와 같은 순간 속에서만 가능하다는 점이다. 그 자신이 아무리 순수정신을 관철시키겠다고 해도 그의 정신을 흔드는정념과 욕망들은 그러한 것들을 근본적으로 불가능하게 하는 방해물로 존재한다. 의식의 밑바닥에 심연처럼 무의식이 꿈틀거리고 있듯이 말이다. 때문에 발레리의 시에서 상반된 두 가지 태도가 드러난다는 점은 어쩌면 자연스러운 일이다.

두 가지의 서로 상반된 상태가 그를 충동한다. 단순하고 안정성이 있

---

212 마르셀 레몽, 앞의 책, p. 197.

고 비시간적인 한 상태가 있는가 하면 다양하고 변화무쌍하고 시간지속적인 사상事象들의 상태가 정신을 포위하고 있다. 스스로 저 자체의 주인이라 믿고 있는 분명한 사고의 밑바닥에는 무의식과 우연이 도사리고 있듯이, 삶에 대하여 초연하고자 하는 의지 밑바닥에는 살겠다는 의지와 필연성이 도사리고 있다.[213]

바로 이 부분에서 발레리 시의 딜레마가 생성된다. 가장 순수한 의식에 의해 조작되는 인식의 시는 정신과 사물, 의식과 무의식, 합리와 불합리의 접촉점에서만 생성될 수 있다는 것이 바로 그것이다.[214] 이러한 정신의 완벽성에의 추구는 그러나 그렇게 기적처럼 형성된 시를 압박하고 의식화한다. 말라르메와 마찬가지로 발레리 역시 시의 언어로부터 지시성을 탈각시킨다. 시 그 자체의 순수언어를 통해 순수정신을 향해 나아갈 때 시어는 상징의 숲을 가로지를 수밖에 없다. 그러나 그 상징의 숲은 이미 의식의 통제를 넘어선 어떤 것이며, 외계의 사물을 환기시키는 것이다. 이러한 딜레마가 그의 시를 초서정적인 어떤 것과 서정적인 어떤 것 사이에서 흔들리게 만든다. 이러한 딜레마로부터 발레리의 "존재하지 않는 것만큼 아름다운 것은 없다"라는 지옥스런 역설이 파생된다.[215] 때문에 발레리에게 한 편의 시는 '부재의 현존'을 확인시키는 과정이며, 질료 없는 시를 만들려는 불가능성에의 꿈이다. 이러한 시인식을 급진화시키면 침묵하는 것이야말로 삶

---

213 위의 책, p. 199.
214 위의 책, p. 215.
215 위의 책, 같은 면.

의 무의미에 대한 가장 큰 반항이라는 역설이 성립된다.

보들레르와 말라르메, 그리고 발레리에게서 확인할 수 있는 이러한 시인식은 범박하게 말해 허무주의적 존재론으로 규정할 수 있다. 이때 자아와 세계를 매개하는 것은 언어이며, '언어는 그 자체로 존재'이다. 현실에는 부재하는 어떤 절대, 초월에 대한 확인은 이처럼 언어로부터 온다. 세계의 모든 외적인 사물들을 언어를 통해 수렴시키고, 이 언어를 통해 자아를 넘어선 초월적인 절대와 연결시킬 수 있다는 이러한 사고는 역설에 의해서만 성립되는 논리인 것이다. 역설에 의존하는 언어가 명료성을 띨 수는 없는 법이다. 언어는 절대를 '환기'시키지 '지시'하지 않는다. 이로부터 이들 상징파 시인들의 시를 '암시의 미학'으로 규정할 수 있는 근거가 성립된다.

따라서 자아의식을 강조하는 '암시의 미학'은, 역설적으로 이를 통해 세계와 주체 모두를 지워버리며, 그 빈 공간에 언어만을 덩그러니 놓아버리게 되는 것이다. '절대'는 '절멸'을 통해 완성된다는 이러한 시인식은, 서구 형이상학의 끈질긴 전통인 이원론적 세계 인식과 맞닿아 있다. 세속적 현실은 절대로서의 초월세계의 가상에 불과하지만, 주체는 여기서 벗어날 수가 없다. 때문에 이 세계의 삶은 주체에게 고통스러운 형벌이다. 그 형벌을 극복하는 것은 언어를 통해 절대의 그림자를 볼 수 있을 때만 가능하다는 논리-그것은 결국 플라톤의 '동굴의 우화'의 한 변형태였던 것이다.

2) 상징주의와 그 파장 - 정신의 리버럴리즘의 강화

김현의 등단작 「나르시스 시론」(1962)은 김현의 비평 행위의 출발점이자, 이후 전개될 김현 비평의 특징을 고스란히 간직하고 있는 중요한 평론이다. 이 평론을 통해 김현은 그 특유의 이원론적 세계 인식을 보여주며, 그것의 문학적 극복을 '암시의 미학'으로 명명할 수 있을 태도로 밀고 나갈 것을 요청한다. "아무런 소리도 없이 자기의 고독을 응시하며 우물가에 앉아 있는 나르시스의 황홀한 자태는 우리에게 많은 것을 아르켜준다"고 김현은 첫 문장에 적고 있다.[216] 나르시스 신화의 해석을 통해 김현이 이른 곳은 이 평론의 부제에서도 알 수 있듯 '시와 악'의 문제였다. 왜 시와 악이 연결될 수 있는 것인가. 그것은 시가 시인의 욕망으로부터 출발하고 있기 때문이다. 이때 김현에게 욕망은 '악'이라는 인식을 우리는 발견하게 된다.[217] 이 부분에서 김현은 나르시스 신화에 대한 자신의 독특한 해석을 출발시키고 있다.

김현의 해석에 따르면, 나르시스가 우물 속에서 발견한 것은 고대의 신화가 상기시켜 주듯 아름다운 자신의 얼굴이 아니라 고뇌에 찬 자신의 얼굴이었다.[218] 이때 고뇌에 찬 얼굴은 이상을 동경했던 나르시스와는 다른 나르시스, 그러니까 찢긴 의식을 간직할 수밖에 없는 현실적 나르시스를 의미한다. 우물에 자신의 얼굴을 비춰보기 전의 모습이 상상적 세계로서 조화와 질서로 가득찬 세계였다면, 그 이

---

216 『김현문학전집』, 제12권, p. 11.
217 욕망을 악이라고 보고 있는 김현의 인식은, 후기의 문학론에서 더욱 강화된다. 「폭력과 왜곡」(1985)에 대한 앞 절에서의 논의를 참고할 것.
218 김현은 나르시스의 고뇌가 이제는 죽고 없는 나르시스의 사랑했던 여인에 대한 기억으로부터 왔다고 주장한다: "물 속에 비친 순수한 형태의 자기 얼굴에서 나르시스는 사랑하였던 여인, 그러나 이제는 죽고 없는 여인의 슬픈 두 눈을 본다."(『김현문학전집』, 제12권, p. 14.)

후의 세계는 분열과 고통으로 가득찬 세계라는 것, 그것이 현실 속에서의 나르시스의 모습이라 는 것을 김현은 이야기하고 있는 것이다.

> 이전의 나르시스-명랑하고 언제나 하늘만을 동경하던 그의 얼굴(즉 우물에 자기의 얼굴을 비춰보기 전의 그 상상적 얼굴)과 이제 그의 눈 앞에 나타난 우수에 차고 고뇌에 차서 떨고 있는 얼굴(현실 앞에 비추어진 즉 내부의 이름 모르는 욕망의 형상화된 얼굴)이 나르시스의 눈 앞에 아롱대는 것이다. 그러나 나르시스는 이 상상적 얼굴을 동경하면서도 그가 택하는 것은 언제나 고뇌에 차 있는 현실의 얼굴이다.[219]

'상상적 얼굴'과 '현실의 얼굴' 사이의 이 괴리를 견딜 수 없어 나르시스가 우물에 빠져 죽었다는 것이 김현 해석의 요체인 셈이다. 그렇다면 나르시스에게 이러한 현실의 얼굴이 의미하는 것은 무엇이었을까. 그것은 욕망을 나타내주는 얼굴이었으며, 악에의 욕구를 의미하는 것이었다. 바로 이 지점에서 김현은 창세기의 아담과 이브의 신화를 인용하고 있다. 아담과 이브는 뱀을 만나기 전까지는 삶의 갈증을 느끼지 못했다. 그러나 뱀을 만나고 그들은 신과 같이 완전해지기를 꿈꾼다. 아담과 이브는 선악과를 먹는다. 완전에의 욕구가 그들에게 갈증을 일으켰기 때문이다. 그러나 선악과를 먹었을 때 그들이 느낀 것은 '악의 감정'이었고, 현실과 이상의 분열에 대한 인식이었다.

---

219 위의 책, pp. 14-15.

그들이 선악과를 먹었을 때 그들이 안 감정은 '악'의 감정이었다. 이것은 그들이 현실을, 얼굴을 보았기 때문이다. 신과 같이 완전하기를 희구하였고 또 그렇게 믿고 있었던 그들이(즉 상상의 얼굴만 보아온) 이제는 그들이 신이 아니며 하나의 동물에 불과하다는 것을(즉 현실의 얼굴을 보았을 때) 알았기 때문이다. 이때 그들은 수치심을 느낀다. 상상의 얼굴과 현실의 얼굴이 얼마나 틀리는가를 그들은 알고 그 사이의 커다란 구멍 때문에 수치를 느낀 것이다. 그리고 그 '간극'을 알기 시작했다는 것, 의식의 분열이 시작되었다는 것-그것이 악인 셈이다.[220]

남진우의 적절한 해석처럼 김현의 나르시스 해석의 독창성은 나르시스의 비극을 자기애에 기인한 것으로 보기보다는 분열된 존재, 이원론적 찢김 속에서 고통받고 있는 전형으로 김현이 그리고 있다는 점에 있을 것이다.[221] 남진우는 이러한 김현의 나르시스 해석이 5·60년대 우리 지식사회를 풍미했던 실존주의의 체취를 강렬하게 띠고 있는 것으로 해석하는데, 물론 이러한 설명이 일정한 타당성을 띤다는 사실을 부인할 수는 없지만, 김현에게 보다 본질적이었던 것은 보들레르와 말라르메, 그리고 발레리로 이어지는 상징주의의 이원론적 세계 인식의 영향이었다는 점만은 언급해야 할 것이다. 바로 앞에서도 살펴보았듯이 상징주의자들은 세계가 고통스러운 현실과 조화로운 초월세계로 이원화되어 있다고 보았으며, 이 세계의 간극을 해결하기 위해 '초월성이 내재된 현실'로서의 시쓰기를 감행

---

220 위의 책, p. 15.
221 남진우, 「공허한, 너무도 공허한」, 『문학동네』, 1995년 봄호, p. 42.

할 것을 요구했다. 이 두 세계의 간극을 한 편의 시를 통해서 극복하고자 했던 그들의 시적 인식은 가장 저속한 현실로부터 초월성을 추출해야 된다는 사명감을 불어넣었으며, 그것의 문학적 형태로 나온 것이 일련의 상징주의 시였음을 앞에서 밝힌 바 있다. 이때 강조되는 것이 인식으로서의 시-고도의 지적 조작을 통한 압축적 형식으로서의 상징-였으며, 그러한 시를 가능케 한 것은 주체의 자기의식 혹은 강렬한 자아의식이었다. 김현이 나르시스 해석의 끝에서 보들레르를 언급하고 있는 것은 그런 사정 때문이다.

> 악은 언제나 존재자에게 죽음을 보여준다. 보들레르는 결국 알고 있었던 것이다: 생이란 영원히 불만족스러운 것이다. 생은 영원히 잡을 수 없는 것이다. 다만 순간순간 죽음을 향하여 그 죽음을 나타내주고 있는 악의 정도에 따라 생이, 존재가 시인에게 개시된다는 것을. 그러기에 보들레르는 신을 향하여 자기 존재를 던진다는 것은 영원히 감지할 수 없는 존재에의 물음을 중지한다는 것이며 악을 통하여 감지할 수 있는 존재에의 물음을 그쳐버린다는 것을 알고 있었던 것이다.[222]

김현의 나르시스 해석에서 또한 우리가 발견할 수 있는 것은 김현에게 내면화된 기독교적 사유의 흔적이다. 나르시스의 자기의식을 창세기의 아담과 이브의 신화적 상상력과 연관시켜 파악하고 있는 것은 김현의 기독교적 비관주의의 한 표현이다. 그러한 비관주의는

---

222 『김현문학전집』, 제12권, p. 19.

그러나 상징주의에 대한 이해를 통해 일정한 극복의지를 보여준다. 상징주의 자체가 계몽주의의 진전에 따른 개인의식의 발전과정과 일정한 연관을 맺고 있으며, 비례와 조화를 덕목으로 한 고전주의에 대한 안티테제로서 등장한 것이었던만큼, 상징주의적 세계관의 수혈을 통해 김현은 근대주의자로서의 자기의식을 서서히 확보해나갈 수 있었던 것이다.[223] 때문에 위의 인용문에서도 알 수 있듯 김현은 영원히 불만족스러운 생에 대하여, 존재에 대하여 물음을 그치지 않을 것을 요구한다. 그것이 궁극적으로 의미하는 것은 자아의 투명성에 대한 김현의 욕망이며, 자기의식의 확보를 요청하는 근대주의자로서의 외침이다. 의식의 투명성에 대한 김현의 신념은 말라르메가 진정한 시는 침묵이라는 결론에 도달했던 것과 마찬가지로, 진정한 시인은 시를 쓰지 않는 시인이라는 결론으로 그의 시론을 이끈다.

---

223 김윤식은 김현의 프랑스 상징주의와의 만남이 근대성의 체계화에는 이르지 못했다는 점을 지적하면서, 그것은 존재의 갈증이라는 김현의 시적 욕망에서 기인한 것이라고 지적하고 있다: "헤겔의 미학체계에서 보자면, 말라르메나 보들레르 등 이른바 근대성은 낭만주의적 삶의 방식에 다름 아니다. 외부세계와 내면세계가 아름다운 둥근 원으로 알맞게 균형을 취한 세계, 신이 지상에서 더불어 인간과 같이 있는 세계가 낭만주의적 세계와 대응되는 고전적 세계이다. (⋯⋯) 그 희랍적 고전주의 세계를 지나자, 세계는 내부와 외부로 갈라져 서로 낯설어지기 시작한다. 그 내부에의 가장 깊은 헤맴의 큰 줄기에 말라르메의 '무', 보들레르의 '심연'이 포함되며, 마침내 나르키소스에 이어지는 것이었다. 그러나 이 내면에에로 치닫는 근대성으로서의 큰 흐름을 체계화하는 일이라든가 그런 안목을 기르기엔 김현의 열정은 견디지 못했을 것이다. (⋯⋯) 동굴 속의 수인, 벽에 비친 환상이 아니라 참모습인 이데를 찾는 일과 그것의 불가능성, 내면에에의 은밀하고 깊은 여행, 마침내 부재라든가 존재의 심연을 엿보고자 하는 욕망이 그에게는 모든 가능성이었다."(김윤식, 「소설, 시, 비평의 관련 양상 - 김현론」, 『김윤식 평론문학선』(문학사상사, 1991), pp. 46-47.)

말라르메가 말하듯이 확실히 진정한 시는 자기 교접을 가지게 된 자의 환희이다. 실재와 비실재의 교접을 완전히 달성한 자는 진정한 시-백지를 내놓게 된다. 이는 그가 자살하지 않고 존재에 도달하기 때문이다. 정녕 진정한 시인은 시를 쓰지 않는 시인이다.[224]

그러나 '자기교접'-실재와 비실재의 완전한 일치가 일어난다는 것은 관념 속에서는 가능할지언정 현실 속에서는 불가능한 일이다. 나와 세계 사이에는 커다란 간극이 있으며, 이 세계 속에서 주체로서의 '나'는 분열된 존재이다. 그러니까 진정으로 의미 있는 시는 이 분열에 대한 인식을 보여주는 시인 셈인데, 그것은 언어를 통해 매개되는 것이다. 오직 언어의 매개를 통해서 '나'는 분열된 세계와 맞설 수 있다. 이것이 김현의 초기 비평집 『존재와 언어』(1964)를 통해 반복적으로 제시되고 있는 김현의 시론인데, 이것은 상징주의의 압도적인 영향 밑에서 형성된 것이라 해도 과언이 아니다. 김현의 초기 비평은 이러한 상징주의의 문학관과 언어관에 의해 우리의 문학을 진단하고 반성하는 단계에 있었다. 말하자면 전사前史로서의 프랑스 상징주의 문학을 통해 김현은 당시의 한국문학을 분석, 평가하였던 것인데, 그러한 평가의 결론의 대부분이 한국시의 문제점을 지적하는 것으로 끝나고 말았다는 점은 김현 비평의 한계로 남는 부분이다.[225]

---

224 김현, 앞의 책, p. 21.
225 이숭원은 이러한 김현의 비평태도를 서구적 관념에의 맹목적 침윤에서 비롯된 것으로 설명한다: "개개의 사물에 대한 정확한 의미파악보다는 자신의 관념적 사고체계에 의해

이러한 김현의 태도를 가장 잘 보여주는 글은 1967년에 쓰여진 「시와 암시」라는 평문이다. 이 평문은 "한국시가 당면하고 있는 혼돈과 혼란에서 벗어나기 위해(……) 한국시가 가져야 할 어떤 틀"[226]을 찾기 위해 쓰였다. 김현은 김춘수, 전봉건, 김구용, 김종삼, 신동집, 박희진 등의 시인을 '언어파'로 규정한 후 이들의 시가 갖고 있는 미덕과 한계를 '암시의 미학'이라는 기준을 통해 다음과 같이 분석하고 있다.

이 암시의 미학은 이원론적 구조를 갖고 있다. 이 미학의 근저에는 플라톤의 동굴의 비유에서 보여지는 것처럼 실재계와 현상계의 이원론이 숨어 있다. 이 암시의 미학이 가장 바라는 것은 주술적 언어를 통해 실재에 도달한다는 것이다. 이러한 노력 때문에 그것을 항상 좌절시키는 육체와 이데아 자체인 무無, 심연 등에 대한 탐구가 나타난다. 그러나 한국에서는 문제가 이처럼 단순하지 않다. 이원론의 전통은 우리에게는 없었던 듯이 생각된다. 가령 음양의 이원론은 매우 평면적이고 상호대립적인 것이다. 그러나 서구의 이원론은 수직적인 것이고 상호침투 혹은 상호종속의 관계에 있다. 바로 이 점 때문에 우리의 시에서는

의미를 부여하는 것이다. 여기서 독단적이고 과감한 평가적 발언이 파생된다. 20대에 쓴 글에서 그는 향가와 고려가요에 대해 과감하게 가치를 판정하며, 주요한과 한용운의 시에 대해서도 그 나름대로 가치를 부여하고 있다. '최초의'라든가 '가장 우수한' 등의 평가적 어사를 여러 곳에 거침없이 사용한다. 절망의 의미도 모른 채 절망이라는 말에 맹목적인 감동을 느꼈던 것처럼, 우리 문학의 역사적 맥락에 대한 치밀한 조망도 없는 차원에서 우리 문학에 대한 평가적 발언을 서슴지 않았던 것이다. 이 용기는 세계를 관념적으로 이해한 데서 나온 것이다. 개개의 작품은 자신의 추상적 사고를 채워주는 자료에 불과했던 것이다."(이숭원, 앞의 글, p. 840.)

226 『김현문학전집』, 제3권, p. 53.

깊이의 리얼리즘이라고 서구의 비평가들이 부르는 것이 성립되지 않는다. 평면적인 대립에서는 확산이 있을 뿐이지 깊이는 없기 때문이다. (……) 적어도 암시의 미학이 한국에서 그 타당한 기둥이 되기 위해서는 수직적 이원론의 전면적인 팽대가 이루어져야만 한다. 수직적 이원론의 전면적 확산이 불가능하다면 이 언어파의 시들은 어쩌면 영영 이해되지 않을지 모른다.[227]

보들레르, 말라르메를 포함한 프랑스 상징주의를 '암시의 미학'으로 설정한 후 김현은 이를 기준으로 당시의 소위 '언어파 시인'들에 대한 가치평가를 하고 있다. 우리는 위의 인용문에서 김현의 사유가 선명한 이분법을 통해 전개되고 있다는 사실을 발견하게 된다. 우선 서구의 이원론은 수직적 이원론이며, 동양의 이원론 즉 음양이론은 평면적이라는 것이 그것이다. 수직적 이원론에서는 깊이의 리얼리즘이라고 할 수 있을 초월적 면모가 나타나지만, 수평적 이원론에서는 확산만 있지 깊이가 없다. 수평적 이원론에 기반한 한국시는 따라서 깊이가 없는 시를 양산할 수밖에 없기 때문에 필요한 것은 서구의 수직적 이원론의 전면적인 확산이 필요하다는 것이 당시 김현의 생각이었다.

그러나 김현의 이러한 주장은 다음 세 가지 요건을 충족시켜야 합리적인 것으로 인정할 수 있다. 1)서구의 이원론은 수직적이며, 동양의 이원론은 평면적이라는 단정의 근거는 무엇인가. 2)서구의

---

227 위의 책, p. 61.

이원론이 상호침투, 상호종속의 관계에 있는 데 비해 동양의 이원론이 상호대립의 관계에 있다면 어떤 점에서 그러한가. 3) 가령 그러한 차이가 실제로 존재한다는 점을 인정했다고 했을 때, 그렇다면 그 차이가 서구의 이원론을 동양의 이원론보다 우월한 것으로 규정짓게 하는 근거는 무엇인가.

문제는 김현이 이러한 문제에 대해 납득할 만한 논리적 해명 없이 위의 견해를 관철시키고 있다는 점에 있다. 김현의 이러한 사유구조는 어찌보면 그 자신이 그토록 비판해 마지않았던 '새것 콤플렉스'[228]의 반영이며, 옥시덴탈리즘적 사고의 전형적인 예에 속하는 것

---

228 김현은 김윤식과의 공저인 『한국문학사』(1973)에서 가장 타기해야 될 문화적 병폐로 새 것 콤플렉스를 들고 있다. 그런데 문제는 이러한 선언적 명제와는 반대로 김현이 이러한 병폐에서 벗어나지 못하고 있다는 사실에 있을 것이다. 물론 이러한 김현의 사고구조는 프랑스 문학이 그에게 미친 영향과 이를 통한 그의 문학관의 형성과정에서 그 한 원인을 찾을 수 있을지 모른다. 이와 함께 김현 자신의 세계관을 규정지었던 기독교적 사유 역시 영향을 끼쳤을 것으로 생각된다. 서구적 인식론의 가장 전형적인 형태인 기독교적 사유를 통해 김현은 서구적 이념형을 내면화했을 확률이 높고, 이러한 와중에 접한 프랑스 문학을 통해 계몽사상을 고취하였을 것이다. 그러한 이념의 점진적인 내면화 과정은 당대의 한국적 현실을 개선되어야 할 상황으로 바라보게 하였을 것이다. 문제는 김현이 한국적 현실을 타기해야 될 현실로만 보았지, 한국적 현실의 특수성에 대해 보다 깊은 반성적 의식을 진전시키지 않았다는 점에 있을 것이다. 이러한 문제점이 발생할 수 있었던 것은 그가 한국의 사회, 역사적 상황에 대한 입체적인 통찰을 뒤로 한 채, 서구적 관념을 성급하게 현실화하려 했던 데서 온 것이라고 생각된다.

「나르시스 시론」이 보여주는 관념성에의 편향 역시 그런 점에서 이해할 수 있을 것이다. 보들레르, 말라르메를 포함한 상징주의자들의 언어는 도구적인 언어이기 전에 하나의 존재이다. 바꿔 말해 이들의 언어는 그들 고유의 '진리', '리얼리티', '질서'를 표현하는 것이며, 그러한 질서는 필연적으로 그들이 생각하는 세계상의 반영인 것이다. 물론 당시의 한국 시인들이 이러한 언어관과는 현저하게 이질적인 언어관을 가지고 있었다는 김현의 지적은 정확한 것이다. 그러나 이러한 현저한 이질성은 한국 시인들이 공유했던 '진리', '리얼리티', '질서'의 표현이지, 그 이하도 그 이상도 아닌 것이다. 이처럼 이질적인 '차이'에서 기반한 시적 현실을 서구의 상징주의자들을 기준으로 비판하고 또 시세계의 개선을 요구한다는 것은 김현 자신이 그토록 타기하고자 애썼던 '오리엔탈리즘'에 상당 부분 침윤되어 있었다는 한 근거가 된다. 김현의 이러한 오리엔탈리즘적 사유구조에 대해서는 반경환과 이숭원, 이동하가 격렬한 비판을 가한 바 있지만, 여기서는 영화평론가 이효인의 다음과 같은 진술을 인용해보기로 한다.

이다. 즉 유럽의 문화를 특권적인 규범으로 삼고 그 외부를 배제나 일탈, 열등이나 저급으로 보아 문화적 민족적으로 규정하고자 하는 문화에 의한 헤게모니가 무의식적으로 작동되고 있었던 것이다.[229] 김현의 이러한 태도는 「여성주의의 승리」(1969)라는 평문에 오면, 한국의 근대 자유시를 "모든 사태를 여성 특유의 탄식으로 바꿔버리는 한국적 패배주의"로 규정 타파해야 할 대상으로 평가하는가 하면,[230] 「시와 톨스토이 주의」(1969)에서는 "단순하고 명료하고 힘찬 시"에 대한 부정의 태도를 드러내기도 한다.[231]

"일본의 추리작가 에도가와 란포는 에드가 앨런 포우를 추앙한 나머지 자신의 이름조차 이렇게 바꾼 인물이다. 나는 김현이 왜 자기 이름을 프랑스의 누구를 본떠 바꾸지 않았는지 의아스럽다. 물론 김현이 한국문학에 대해 누구보다 깊은 애정을 가진 사람이었다는 것에 결코 반대할 의사는 없다. 하지만 그가 문화를 바라보는 사고의 틀과 그것이 외화된 글은 '그다지' 한국적인 것이 아니다. 나는 일부 문화계 인사를 모조리 그들의 모국으로 보냈으면 한다. 이런 맥락에서 김현의 묘비도 프랑스로 옮길 것을 제안한다. 그럴 때 우리는 김현에 대해 가장 존경하는 태도로 그를 객관화할 수 있을 것이고 그의 재능과 문학적 열정 그리고 충실했던 삶에 대해 머리를 숙일 수 있을 것이다."(이효인, 『영화여 침을 뱉어라』(영화언어, 1995), pp. 23-24.)

229 강상중, 『오리엔탈리즘을 넘어서』, 이경덕, 임성모 역(이산, 1997), p. 138.

230 『김현문학전집』, 제3권, p. 119.

231 신동엽의 『금강』에 대한 김현의 평은 자못 혹독한 바 있다: "반항의 제스처는 명료한 것이 특징이기 때문에 비순응주의자들을 상투적인 명료성으로 몰고 갈 위험이 있기 때문이다. 소박한 도덕주의로 모두를 끌고 간다는 것, 그것은 모두를 안일주의에 빠지게 할 것이다. 그리고 그러한 실례로서 우리는 신동엽의 『금강』을 들 수 있다. 아무런 심각한 고찰도 하지 않은 채 동학란과 3·1 운동과 4·19를 무책임하게 연결시켜 민중의 무의식적 생명력을 찬양하고 있는 그의 『금강』은 그 민중의 의미에 대한 성찰의 결여 때문에 안일한 민중의 승리로 끝난다."(김현, 위의 책, p. 128.)
이러한 김현의 비평적 가치평가는 그가 생각하는 문학의 실천 개념이 객관 역사에의 투철한 인식보다는 현저하게 주체의 의식과 언어에 집중하고 있다는 것을 보여준다. 물론 김현 자신은 역사에 대한 구조적 인식을 시인에게 주문하고 있지만, 정작 그가 나아간 길은 상징주의의 이원론적 세계관으로 정리되는 관념적 역사였다. 이원론적 세계 속에서 시인은 일종의 분열을 경험할 수밖에 없다는 것이며, 그러한 분열의 표현인 언어는 따라서 명료하게 현실을 지시하지 않으며 암시할 뿐이라는 생각을 갖고 있던 김현에게, 명료한 전망과 이념을 요청했던 참여문학이나 민중문학이 문학적 톨스토이주의처럼 보였던 것은 어쩌면 자연스러운 일이라 할 것이다.

때문에 당시의 김현에게 김춘수의 시가 하나의 미적 전범으로 보였던 것은 어쩌면 필연에 가까운 것이었다. 「존재의 탐구로서의 언어」(1964)라는 제목이 암시하듯 상징주의에 거의 맹목적으로 친화력을 갖고 있던 김현에게 김춘수라는 존재는 한국시에서 희귀할 정도로 존재와 언어에 대한 치열한 탐구를 보여주는 시인으로 비춰졌을 것이다. 김현은 김춘수의 매력을 "굳어 응고하기를 거부하고 유동하고 있다"[232]는 점에서 찾고 있는데, 이러한 유동성 혹은 비고정성에 대한 선호야말로 후일까지 김현의 비평적 심의기준으로 작동되곤 했던 것이다. 그는 김춘수에게서 프랑스 상징주의에서 그 열매를 맺은 바 있는 언어와 존재와의 관계성에 대한 천착을 발견한다. 당시의 김현에게 있어 김춘수는 말라르메 시학의 한국적 현현으로 보였던 것이다.[233] 김춘수의 「꽃」에 대한 김현의 다음 해석을 인용해 보기로 하자.

이 시는 나와 그와 이름의 세 개의 지주로 되어 있다. 내 앞에 그는 현존한다. 그것은 그저 있다. 그런데도 나는 언어로 그것을 부재로부터 이끌어내어, 나를 통해 의미를, 나의 의식을 통해, 그에게 맞는 이름을 주었다. 그리하여 그는 '꽃'이 되었다. 창조된 언어이다. 그 언어는 주술

---

232 위의 책, p. 176.
233 "그때 나는 말라르메에 미쳐 있을 때였기 때문에 그의 「꽃」 연작은 특히 깊은 감명을 주었다. 그의 "이름도 없는 것"이 그 당시의 나에게는 말라르메의 대문자로 표기되는 한 권의 책처럼 이해되었다. 시인은 표현될 수 없는 것을 표현해야 하는 숙명을 지니고 있다. 그러므로 그의 패배나 좌절은 필연적인 것이다. 그의 탐구는 불모성 위에 기초하고 있지만, 그 불모성은 미(美)라는 이름을 갖는다."(김현, 「김춘수를 찾아서」, 위의 책, pp. 383
-384.)

적인 힘으로 그것을 부재로부터 이끌어내어 '무엇'이 된다. (……) 내 앞에 현존하는 그것은 나와 관련 없이 현존하고 있었다. 그런데 나는 그것에 언어를 주었고 그것은 잊혀지지 않는 의미가 되어 나에게 온다. 그리하여 '나의 꽃'이 된다. 인간 조건의 초극이다. 그러면 답할 수 있을 것이다. 시의 언어는 생존의 아픔을 보상할 힘을 가지고 있다고, 그것은 사물과의 교감으로 인한 절대에의 비상을 뜻하기 때문이다.[234]

김현에게 있어서 김춘수의 언어는 부정으로서의 언어, 즉 "표현할 수 없는 것을 표현하려는 언어"이다.[235] 이때 중요한 것은 말라르메에게 언어가 그러했듯이 부재하는 것을 현존시키는 언어라는 개념이다. 한 송이의 꽃은 꽃이라고 부를 때(즉 언어를 통해 명명할 때) 꽃이 된다는 언어의 주술성은 언어가 곧 존재라는 말라르메 시학의 핵심이며, 절대에의 꿈을 드러낸다. 꽃의 본질에 도달하는 방법은 다만 시인의 언어에 의해 가능하지만, 그 언어는 그 자체가 꽃을 지시하는 것이 아니라 꽃을 환기시킬 수밖에 없다는 역설이 여기서 파생된다. 그 역설과 맞부딪치는 것은 시인의 의식이며, 이러한 의식의 지적 조작을 통해 절대에의 추구가 이루어질 수 있다는 것이다. 언어는 의미하는 것이 아니라 명명하는 것이라는 말라르메의 시학에 김춘수의 「꽃」이 근접해 보였음을 김현은 확인하게 되었던 것이다.

그러나 김윤식의 지적처럼 김춘수의 「꽃」은 매우 건강하고 범속

---

234 위의 책, pp. 183-184.
235 위의 책, p. 182.

한 것이었다.[236] 김춘수가 말라르메의 정신적 치열성과 다른 세계로 곧 나아갔음은 이를 의미한다. 『타령조』에서 『처용단장』에 이르는 과정 속에서 김춘수는 자신의 시를 무의미시라 규정지었던 것인데, 그것은 의식을 통해 대상을 무화시키는 과정이 아닌 비대상의 시학이었던 것이다. 김춘수의 시에서 김현이 멀어진 것은 그의 시에 상징주의자들이 보여주었던 치열한 자기의식이 보이지 않았다는 점에 있다.[237] 「나르시스 시론」에서 보았듯 김현에게 진정한 시는 의식의 치열성을 보여주는 것이었거니와, 이후의 김춘수의 시는 김현의 기대와는 반대 방향으로 나아갔던 것이다.

그러나 김현의 이러한 시인식은 그 자신의 술회에 따르면, 68년을 기점으로 서서히 진화해간다. 그 전까지의 시적 관심이 상징주의 문학론에 의거하여 "시에서 시 아닌 것을 철저히 배제하고 시의 정수만으로 시를 만들 수 없는가"라는 데 있었다면,[238] 이 시기로부터 김현의 시인식은 시의 새로움과 정직성이라는 문제로 향하게 된다.

「김수영을 찾아서」(1974)는 김수영의 시를 이해하기 위한 김현의 내적 고투를 정직하게 보여주고 있다. 말라르메와 발레리를 통해 시

---

236 김윤식, 앞의 글, p. 49.
237 위의 글, p. 53.
238 1965년에 쓰여진 「현대시와 존재의 깊이」라는 글을 보면 초기의 김현은 시와 산문의 차별성을 자각하고 있었으며, 그것이 상징주의의 영향 속에서 날카로워진 것임을 확인하게 된다. "모든 현명한 시 평가들이 말하고 있듯이 시를 산문으로 표현한다는 것은 필연코 그 시에 대한 하나의 배반이 되고 말 것이다. 시는 행위를 언어 속에 이끌어들이고 그 속에서 녹이고 용해시키는 반면에 산문은 행위가 언어를 학대하고 이끌고 다니기 때문이다. 그런데도 항상 우리들은 다시 시작한다. 발레리가 노래한 "끝없이 다시 시작하는 바다, 바다"처럼 우리는 시를 산문으로 표현하려 한다. 그렇게 하여 우리는 행위의 껍질인 언어 속에 응결되어 있는 행위를 우리 것으로 하는 것이다."(김현, 앞의 책, p. 217.)

를 배웠던 김현에게 쥘 쉬페르비엘의 연극성과 현대성에 도취해 있던 김수영은 전혀 다른 차원의 존재로 생각되었었다. 김수영과 월평을 통해 날카롭게 대립하기도 했던 김현은 68년을 기점으로 김수영의 시세계를 이해하기 시작했다고 적고 있다. 그가 김수영을 이해할 수 있었던 것은 김수영이 비평적 기준으로 삼았던 시의 새로움과 시인의 정직성이라는 항목의 진정성을 김수영의 시에서 확인할 수 있었기 때문이다. 이때 새로움과 정직성의 덕목이 자기반성이라는 차원과 연결된다는 점은 중요하다.

가)새로움의 시학의 요체는 낡은 것이 상투적인 것이라는 데 있다. 상투적인 것은 반성을 하지 못하게 만들고 나태와 타성으로 시인을 몰고 간다. 그 상투적인 것은 어휘에서부터 생활 태도, 제도와 기구, 그리고 도덕에까지 이른다. 그의 시의 도처에서 우리는 낡지 않고, 시대의 첨단에 있으려는 그의 목소리를 듣는다.
(……) 새로움의 시학에서 가장 중요한 것은 시인의 성실성, 정직성이다. 세계의 허위를 보고 눈감지 않으려는 치열한 정신만이 새로울 수 있다.[239]

나)그의 강렬한 공격이나 칭찬은 그가 그 자신을 반성한 후에 행해지는 것이기 때문에 충격적이다. 그는 그 누구보다도 충격적인 월평을 쓰고 간 시인이다. 그는 자신의 시에 대해서도 그런 반성을 자주 행한다.

---

239 위의 책, pp. 396-397.

시를 발표하고 난 후에 그 시를 만일 자기가 시집을 낸다면 거기에 끼워넣을 것인가 아닌가, 말하자면 자신의 시로 인정할 것인가 아닌가를 그는 매번 반성한다.[240]

김현에게 '새로움의 시학'이 상투성에 대한 반발에서 온다는 사실을 위의 인용문은 보여준다. 그러나 이러한 상투성에 대한 반발은 이미 김현의 초기 시론 속에서도 강조되었던 부분이다. 일련의 상징주의 문학론에서 강조했던 것이 이러한 자동화된 언어, 즉 상투화된 언어와 표현의 타기에 있었다는 점을 상기할 필요가 있다. 때문에 이러한 변화는 김현 자신이 술회하듯 그처럼 근본적인 것은 아니다. 그럼에도 불구하고 이러한 인식의 변화는 김현으로 하여금, 다양한 계열의 실험시를 옹호하게 만들고 그것의 문학적 가치에 대해 분석하게 만든다. 후일 이성복과 유하의 시에 대한 김현의 평가에서 볼 수 있듯, 그러한 김현의 시인식은 그로 하여금 시를 절대에의 추구 혹은 존재에의 추구라는 관점에서 보다 넓고 관대한 관점으로 이해할 수 있게 하는 근거가 된다. 또한 이러한 새로움에 대한 인식은 이미 존재하는 흐름을 평가하는 비평적 작업에서, 이제는 새로운 흐름을 주도적으로 만들어나가는 작업으로 김현의 비평작업이 이행하고 있음을 보여주는 한 예로 볼 수 있다.[241]

시인의 정직성이란 항목에서 김현이 강조하고 있는 것은 철저한 자기반성이라는 덕목이다. 자기반성이란 의식을 문제 삼지 않고는

---

240 위의 책, p. 397.
241 권보드래, 앞의 글, p. 366.

설명될 수 없는 개념이다. 「나르시스 시론」에서 김현이 강조한 것이 세계와 자아 사이에서 찢긴 의식이었다면, 그러한 자기반성이라는 덕목 역시 이러한 자아와 세계의 거리를 인식하는 자기의식의 한 표현인 것이다. 존재하는 현실을 맹목적으로 수용하지 않고, 그 거리를 자각적으로 의식한 상태에서 자기를 객관화시키겠다는 의지가 자기반성이라는 말의 함의인 것이다. 그러나 이러한 자기반성이라는 덕목은 김현에게 있어 많은 경우 민중문학론에 대한 비판의 근거로 활용되는 것을 우리는 자주 확인하게 된다. 자기반성 없는 세계의 개조란 허위에 불과하다는 김현의 논법이 등장하곤 하는 것이다. 때문에 김현의 자기반성이라는 덕목은 역사에 대한 구조적 인식으로 향하지 않고, 현실에 대한 분석적 열정으로 치환된다.

1974년에 쓰여진 김수영론인 「자유와 꿈」에서 김현이 강조하고 있는 것은 김수영의 불온시에 관한 시론이다. "모든 문화는 불온하다. 그것은 두말할 것도 없이 문화의 본질이 꿈을 추구하는 것이고 불가능을 추구하는 것이기 때문이다"[242]라는 김수영의 시론은 김현에 의해 예술의 비타협적, 반도식적 성격을 강조하는 문학의 자율성 옹호라는 측면에서 이해된다.

그의 예술적 전언은 폭로주의적인 입장에 서 있는 민중주의자들이나, 낯선 이미지의 마주침이라는 기교를 원래의 초현실주의적 정신과 관련 없이 사용하는 기교주의자들의 비판의 대상이 되고 있다. 예술은

---

242 김수영, 「실험적인 문학과 정치적 자유」, 『김수영 전집』, 제2권(민음사, 1981), p. 159.

그러나 폭로도 아니며 기교도 아니다. 그것은 그 두 가지를 초월한 어떤 것이다. 성실하고 정직한 인간은 언제나 불가능한 것을 가능한 것으로 만들기 위해 싸운다. 인간의 모든 예술적 노력도 그런 싸움의 기록이다.[243]

민중주의자=폭로주의자, 실험주의자=교주의자로 환원시켜, 두 파를 비판하는 김현의 도식이 다시금 등장한다. 그러나 중요한 것은 이러한 비판의 도식이 아니라, 김현이 김수영으로부터 발견한 정직성과 성실성의 덕목이 결국 문학의 초월성 혹은 자율성에 대한 신념으로 회귀하고 있다는 사실이다. 하지만 앞에서도 지적했듯,[244] 성실성과 정직성이 곧 바로 문학의 자율성을 보장해주는 것은 아니다. 하지만 김수영과의 대결을 통해 얻게 된 김현의 이러한 인식의 변화가 그로 하여금 '존재와 언어'라는 상징주의의 협소한 차원을 넘어 '상황과의 갈등'이라는 측면에 대해 생각하게 만든 것만은 분명하다. 그러나 김현은 『창작과 비평』 계열의 비평가들이 유신 이후 한국사회의 경직된 구조를 문학을 통해 실천적으로 극복하기를 원했던 것과는 달리, 현실의 경직화와 폭력 앞에서 문학의 경직화와 언어의 폭력으로 맞서는 것은 또 다른 모순을 선택하는 것에 불과하다고 생각했다.[245] 이러한 김현의 태도가 순수문학주의자로서의

---

243 『김현문학전집』, 제4권, p. 21.
244 예술가의 성실성과 문학의 자율성에 대한 문제는 본 논문의 제3장 2절을 참조할 것.
245 홍정선, 「70년대 비평의 정신과 80년대 비평의 전개 양상」, 『역사적 삶과 비평』(문학과지성사, 1986), p. 28.

그의 모습을 상기시키는 것은 분명한 일이다.

어쨌든 이러한 김현의 시적 인식의 변화는 초기 김현 비평의 심의 경향이었던 상징주의의 강한 영향권으로부터의 점진적인 변화를 가능케 한다. 이로부터 김현의 바슐라르에 대한 압도적인 경도가 이루어진다. 물론 우리는 여기서 바슐라르의 문학이론이 김현 문학에 끼친 영향을 살펴볼 수도 있겠지만,[246] 필자가 생각하기에 그 영향은 비평의 내용적 측면보다는 '텍스트 읽기'의 태도라는 측면에서 더 많은 영향을 끼쳤다고 생각한다. 「인간의 고향을 찾아서」(1975)에서 그 자신이 고백한 바 있듯, 김현에게 바슐라르는 자유로운 책읽기의 한 전범으로서의 의미를 갖고 있었다.[247] 김현의 유고 일기집의 제목이 『행복한 책읽기』였거니와, 후기의 김현 비평은 많은 경우 텍스트를 읽어가면서 새로운 텍스트를 산출시키는 행위라고 말할 수 있을 창조적 비평을 선보이곤 했다. 김현의 비평문이 한 편의 문학작품으로 손색없는 읽기의 즐거움을 주었다면 그것은 이러한 비평적 태도에서 기인한다고 보아도 틀리지 않을 것이다. 따라서 정명환의 다

---

246 바슐라르가 김현에게 미친 영향에 관해서는, 황현산, 「르네의 바다」, 『문학과 사회』, 1990년 겨울호: 곽광수, 「외국문학 연구와 텍스트 읽기」, 『가스통 바슐라르』(민음사, 1995)에서 긍정적인 측면과 부정적인 측면이 논의되었다.

247 "그(바슐라르-인용자)가 어떤 저자를 인용할 때 그는 그의 사상적 체계를 이해하기 위해서 그를 인용하는 것이 아니라 언제나 그의 생각을 자유롭게 전개시키기 위해, 그가 인용하고 있는 저자들의 연구가들이 본다면 엉터리로 그들을 인용하고 있다는 비난을 받을 정도로, 마구 끌어들이는 것이다. (……) 그렇다면 남의 책을 '피상적으로' 다시 말해서 '잘못' 읽는다는 것은 그것을 쓴 저자 속에 갇히지 않겠다는 독창적인 사고의 표현이 아닐까? 독창적인 것이란 남의 책을 잘못 읽고, 거기에서 그의 사고의 추진력을 발견해내는 것을 말하는 것이 아닌가? 그것을 바슐라르는 그의 기본 주제 중의 하나로 선택하고 있다. (……) 잘못 읽는다는 것은 다른 원칙에 의해서 그것을 읽는다는 뜻이다. 그것은 오히려 새로운 것을 구축케 하는 독법이다."(김현, 「인간의 고향을 찾아서」, 『김현문학전집』, 제13권, pp. 99-101.)

음과 같은 바슐라르의 책읽기에 대한 분석은 많은 부분 김현에게도 해당되는 공통점을 잘 지적하고 있는 것으로 판단된다.

이 '몽상의 몽상가'에게 있어서는, 시적 기호들은 휴식과 어린 시절과 세계의 행복을 다시 찾게 해주는 갖가지 환상들이 빛처럼 솟아나는 지점이다. 바슐라르는 텍스트를 시작부터 끝까지 '면밀한 읽기'의 대상으로 삼는 일이 거의 없다. 한 편의 시조차 전체적 구조와 관련시켜 읽지 않는다. 단 한마디의 말이 그를 우주적 몽상의 길로 접어들게 하기에 충분하다. "나는 한 줄의 시구에서 '누이'라는 말을 만나면 머나먼 연금술의 소리를 듣는다." 또한 산문에 관해서 말하자면, "나는 마치 책이 종국적인 대상인양 객관적으로 읽을 줄 모르는 독자"이며, "그런 이야기책에서 하도 엄청난 생성을 보기 때문에 나는 휴식을 취한다. 어떤 한 페이지를 내 것으로 삼아 그것을 몽상할 수 있는 심리적 풍경 속에 머무르면서." 텍스트에 충실하지 않은 이러한 일탈적인 읽기, 그러나 상상의 지평선을 넓히고 화사한 다른 것들을 생각하고 또 경우에 따라서는 다른 텍스트를 산출하기도 하는 희한한 계기가 되는 이 읽기는 또한 롤랑 바르트를 유혹하기도 하는 것이다.[248]

상징주의로부터 바슐라르에로의 경도가 이루어지는 시기에 김현이 가장 큰 관심을 기울였던 시인은 정현종이었다. 「바람의 현상학」(1971)에서 김현은 정현종의 시가 상투적인 표현법을 벗어나 자기 특

---

248 정명환, 「읽기에 관한 한 비이론적 고찰」, 『문학을 찾아서』(민음사, 1994), p. 370.

유의 시적 표현방법을 획득했다고 고평한다. 김현은 정현종의 물질적 상상력에 대해 커다란 의미 부여를 하고 있는데, 그것은 정현종의 시가 의식과 사물(물질) 사이의 간극을 시적으로 형상화하고 있다는 점에 기인한다.[249] 이때 문제가 되는 것은 정현종이 의식을 통해 사물을 장악하지 않는 것은 물론 사물에 의식을 완전히 기탁하지도 않는다는 점에 있다. 김현에 따르면 정현종은 사물(물질)의 무한함을 통하여 인간의 유한함을 본다는 것인데,[250] 이러한 정현종의 독특한 시학은 그가 언어의 상투적인 사용을 최대한으로 배제시키는 것에서 가능해진다는 것이다. 단적으로 말하면 정현종의 시어는 시니피에와 시니피앙의 거리를 최대한도로 넓히면서, 그 거리와 간극을 통해 현실에 대한 방법적 비판을 수행하게 된다는 것이다.

김현은 1978년에 쓰여진 「변증법적 상상력」에서 정현종의 시세계를 '변증법적 상상력'으로 명명한다. 다시 말해 정현종의 상상력 속에서 무거운 것은 무거운 것으로, 가벼운 것은 가벼운 것으로 존재하는 것이 아니라(즉 대립적으로 존재하는 것이 아니라), 무거운 가벼움, 가벼운 무거움으로 존재한다는 것이다(즉 이질적인 두 극단이 상호침투한 채로 존재한다는 것이다). 가령 "별들은 연기를 뿜고 / 달은 폭음을 내며 날아요 / 그야 내가 미쳤죠 / 아주 우주적인 공포예요"(「심야통화 3」)라는 시를 인용하면서, 정현종이 뛰어난 시인인 것은 그 악몽(불행)을 행복을 가능케 하는 전제 조건으로 이해한 데에 있

---

249 김현, 「바람의 현상학」, 『김현문학전집』, 제3권, p. 281.
250 위의 책, p. 287.

다고 평가한다.[251] 김현이 정현종의 시에서 읽어내고 있는 것은 행복과 불행을 정현종이 정확한 이미지로 잡아낸다는 점에 있다. 김현은 이러한 정현종의 시작 행위의 우수성을 그의 정밀한 현실인식에서 파생된 것으로 생각하고 있는데, 정밀한 인식을 통해 가장 효과적인 이미지를 응결시킬 수 있다는 이러한 생각은 의식과 언어의 중요성을 강조했던 상징주의 미학의 영향이 김현에게 상당히 지속적으로 작용했다는 것을 의미한다. 얼핏 경쾌한 시세계를 보여주는 듯한 정현종에게서 비극적 세계 인식을 적출해내는 것은 이러한 김현의 무의식적 편향에서 오는 것이기도 하다.

시인의 현실인식은 그러나 운명론적인 현실인식이 아니라, 고통은 고통으로 인식해야 한다는 비극적 현실인식이다. 나는 한국인이니까 당연히 한국을 사랑해야 하는 것이 아니라, 고통으로 꽃피어나려면 그 고통의 땅을 사랑하지 않을 수 없기 때문에 나는 한국을 사랑하는 것이다.[252]

이상의 내용에서 알 수 있는 것은 김현에게 상징주의가 단지 하나의 유파적 개념으로 이해된 것이 아니라는 사실이다. 김현에게 상징주의는 문학과 현실을 바라보는 세계관으로 내면화되었다. 상징주의 특유의 이원론적 세계관은 김현에게 비극적 세계 인식을 심어주었는데, 이러한 비극적 세계 인식은 현실의 고통스러운 역사진행

---

251 위의 책, p. 68.
252 위의 책, p. 69.

251 위의 책, p. 68.
252 위의 책, p. 69.

251 위의 책, p. 68.
252 위의 책, p. 69.

과정과 겹쳐지면서 김현의 문학중심주의를 더욱 강화시켰던 것이다. 그것은 또한 김현의 언어관에 상당히 중요한 영향을 끼쳤다. 즉언어는 현실을 지시하지 않고 암시할 뿐이라는 상징주의적 언어인식을 통해 김현의 시론이 형성되었는바, 이러한 인식을 통해 김현은 시어의 상투성에 대한 강렬한 비판 작업을 수행할 수 있었던 것이다. 그러나 문제는 시어의 상투성에 대한 반발이 언어의 지시성에기반한 사회적 실천을 폄하하는 근거로 작용하기도 했다는 점에 있다. 이때 시인의 정직성과 성실성은 사회의 구조적 인식을 향하는것이 아니라 개인의 내면으로 수렴될 뿐이다. 그렇다면 김현의 자유의 추구나 이성적 사회로의 꿈은 단독자로서의 개인주의에 함몰될위험성에 언제나 직면해 있었다는 말이 된다. 그러므로 혁명, 역사, 계몽, 근대라는 시니피앙 속에는 이처럼 정신의 리버럴리즘이라는시니피에가 잠복되어 있었던 것이다.

제4장

주체정립의 계기로서의 비평적 실천

우리는 지금까지의 논의를 통해서 김현의 세계관 및 문학론의 세부사항에 대한 정밀한 검토작업을 수행했다. 이를 한마디로 줄이면 김현의 비평 의식에 대한 논의로 정리될 수 있을 것이다. 그러나 한 사람의 비평가가 비평적 주체로 정립되기 위해서는 이러한 비평 의식을 타자와의 대결을 통해서 검증하는 과정이 필연적으로 요청된다. 그것은 비단 비평이라는 개별 부분에만 해당되는 사항이 아니라 그것을 포함하고 있는 역사 전체에도 해당되는 사항이다. 즉 특정한 개인 혹은 특정한 세계관이 역사 속에서 일정한 의미를 가지려면, 그것은 전대의 역사적 사실에 대한 '부정성' 혹은 '차이'로서 존재해야만 하는 것이다. "투쟁이 있는 한 역사는 존재한다"[253]는 말도 있거니와, 한 개인이 역사 속에서 행동한다는 것은 있는 그대로 존재하지 않으려는 노력인 것이다.[254] 때문에 역사적 행동자는 그가 행동하는 만큼 존재하며 끊임없이 달라지는 만큼 행동한다는 명제

---

253 피에르 부르디외, 『혼돈을 일으키는 과학』, 문경자 역(솔, 1994), p. 84.
254 벵상 데꽁브, 『동일자와 타자』, 박성창 역(인간사랑, 1990), p. 52.

가 성립하게 되는 것이다.[255]

　때문에 우리가 김현의 비평적 실천행위를 탐구한다는 것은 김현의 개별화에의 의지 혹은 전세대와의 '차이의 논리'를 규명할 것을 요구한다. 물론 김현의 이러한 역사적 행위자로서의 의미는 김현의 문학관을 검토하는 과정 속에서 부분적으로는 이루어졌다고 생각된다. 그러나 비평가로서의 김현의 주체정립이라는 차원에서 생각해 본다면, 그것이 현저하게 명시적으로 드러난 것은 50년대의 문학과의 대결과정을 통해 나났다고 생각된다. 하지만 김현의 비평적 주체정립을 다만 50년대 문학과의 대결과정으로 축소시켜 이해하게 될 때, 그것은 다만 세대론적 인정투쟁으로 환원될 확률이 높다. 실제로 김현은 그 자신의 문학적 실천행위를 우리 근대문학 전체의 주체적 재구성이라는 차원에서 전개한 바 있다. 김윤식과 『한국문학사』(1973)를 기술한 것은 김현의 실천 개념이 다만 자기 세대의 세대론적 인정 투쟁을 넘어, 우리 근대문학 전체를 문제 삼는 것이었다는 사실을 보여준다.

　물론 우리는 김현의 비평적 실천을 '예외적 개인'이라는 개념을 토대로 김현에게 집중시킴으로써 고찰할 수도 있을 것이다. 그러나 김현의 실천을 문학사 더 나아가 역사라는 보다 거시적인 개념 속에서 이해하기 위해서는 김현이 속해 있던 시대의 어떤 특수성을 문제 삼는 태도가 필요하리라고 판단된다. 단독자로서의 개인이 아니라 김현을 포함한 보다 넓은 지평 속에서의 김현을 문제 삼음으로

---

255 위의 책, 같은 면.

써 김현 혹은 김현 비평의 '개별성'을 추출할 수 있다는 말이다. 실제로 김현의 비평적 실천은 김현 개인에 한정되는 것이 아니라 동시대의 다른 비평가들과의 정신적 교감 속에서 작동된 것이라고 보는 편이 보다 합당해 보인다. 『산문시대』 및 『문학과지성』을 통해 그가 동시대의 비평가와 그의 비평적 문제의식을 환기시켰다는 사실과 김윤식과 함께 써내려간 『한국문학사』를 통해 임화의 '이식문학론'을 극복하기를 시도했다는 것은 김현의 문제의식이 다만 김현에게만 해당된 것이 아니라 김현이 살던 시대의 어떤 공통감각에서 기반했다는 것을 의미하는 부분이다.

따라서 본장에서는 김현의 비평적 실천을 보다 입체적으로 고찰하기 위해 김현과 문제의식을 공유했던 동시대 비평가들의 논의를 먼저 검토한 후에, 김현의 비평적 실천행위를 고찰하게 될 것이다. 논의의 효율성을 위해 우리는 『한국문학사』의 공저자인 김윤식의 이식문학론에 대한 논의를 먼저 검토하게 되는데, 이는 김현의 '새 것 콤플렉스' 비판과도 겹치는 사항이라는 점에서 또한 김현의 근대문학에 대한 주체적 재구성이라는 문제의식의 성과와 한계를 김윤식을 통해 간접적으로 엿볼 수 있다는 점에서 의미를 갖는다. 이러한 논의가 우리 근대문학 전체를 문제 삼는 것이었다면, 『문학과지성』 동인인 김병익, 김치수, 김주연의 평론에 대한 고찰은 '세대 의식'을 문제 삼는 것이라고 할 수 있다. 우리는 『현대 한국문학의 이론』(1972)에 실려 있는 이들의 비평을 검토하게 될 것이다. 이러한 검토를 통해서 우리는 김현이 속한 소위 4·19 세대의 문제의식의 일단을 추출할 수 있게 된다. 이러한 일련의 예비적 고찰을 끝낸 후 우리는 세대 의식을 드러낸 김현의 초기 평론을 비판적으로 검토하게 될 것이다. 현실 문단에서의 비평가로서의 김현의 주체정립은 전세 대와의 차별화를 통해 달성된 것이었는데, 이것을 가장 첨예하게 드러낸 것이 김현의 초기 비평이다. 따라서 이러한 김현 비평에 대한 고찰은 이후 전개될 김현의 문학적 실천의 밑그림과 한계를 동시에 보여주는 것이라고 볼 수 있다. 우리가 서론에서 김현 비평에 대한 우리의 연구가 문학사적 기념비를 세우려는 것이 아니라, 김현 비평의 현재적 의미를 묻는다고 했을 때, 그것은 이러한 문제의식에서 기인한 것이었다.

제1절 문학사의 주체적 재구성에의 열망과 좌절
─「한국문학사」(1973)의 문제의식

1) 타자他者의 설정─자기정립으로서의 대결의식

'동일자는 타자에 의해서 영향받는다는 점에서만 동일자이다'[256]는 명제가 성립된다면 김윤식에게 임화야말로 가장 강력한 타자로서 존재했다. 그에게 임화는 극복의 대상이었다. 그는 일단 임화의 시세계를 문제 삼는데, 그에게 있어 임화의 시적 변모과정은 서구 문학에의 경도과정에 다름 아닌 것으로 파악된다. 초기 시에 나타나는 다다이즘에의 경도도 당시 식민지 지식인들의 근대적 서구문 명에 대한 무반성적인 탐닉에 불과한 것이다. 더욱 엄밀하게 말하자

---

256 위의 책, p. 183.

면, 그것은 일본을 통해 왜곡된 서구, 즉 일본화한 서구에 대한 경도였다. 그런데 김윤식이 보기에 이것은 임화 한 개인에 해당되는 것이 아니라, 당시의 식민지 지식인의 일반적 사고구조라는 데에 그 문제의 심각성이 놓여 있었던 것이다.

임화의 두 번째 시적 전향 내지 편력은 시집 『현해탄』으로 묶어볼 수 있다. 이 시집은 한국 시사 및 식민지 시인들의 정신 구조와 그 편향을 살피는 데 매우 상징적이라 할 수 있다. 이 진술은 특히 정지용과 편석촌을 포함하는 것이다. 시집 『현해탄』 속에서 「해상에서」, 「해협의 로맨티시즘」, 「밤 갑판 위」, 「너는 아직 어리고」, 「지도」, 「현해탄」 등 비교적 밀도 있는 작품이 모두 바다, 갑판 그리고 바다의 이미지가 현해탄, 그 부관 연락선으로 채워져 있음에 주목할 수 있다. 이 현상은 이미지즘 내지 감각적 언어로, 임화와 같이 「조선지광」지에 「갈매기」(1928. 9)라는 탁월한 시를 써서 등장한 정지용의 중기 시에 「해협」, 「갑판」 등 현해탄 연락선과 바다의 이미지를 부각시킨 시풍과 그 체질상 동질적인 것으로 볼 수 있어, 여기에 편석촌까지 포함하면 1930년대 한국시 정신사 해명에 이 현해탄 콤플렉스를 외면하기 어려울 것으로 생각된다. 그것은 당시 한국적 시인의 서구편향과 그것의 일본을 통한 왜곡을 포함하면서 이 양자의 한계와 독소적 요소를 판별할 능력을 스스로 잃고 있었음을 증거하는 것이라 해도 되리라.[257]

---

257 김윤식, 「임화 연구」, 『한국근대문예비평사연구』(일지사, 1973), pp. 558-559.

결국 이러한 진단은 임화를 포함한 당시 식민지 지식인들이 역사의식 및 민족의식을 자각하지 못한 상태에서 무비판적인 서구추종에 머물렀고, 그것이 다시 식민주의적 사고의 심화와 내면화에 일조하게 되었다는 것을 강하게 비판하는 것에 다름 아니다.[258] 물론 이러한 김윤식의 비판은 70년대 당시 국문학계의 전반적인 시선변경 — 우리 문학을 외국문학과의 관련에서만 접근하는 타율성론으로부터 내재적 발전으로 보는 시각의 변모라는 상황에서 나온 것임은 물론이다.[259] 김윤식의 임화 비판이 유독 강렬한 데는 이러한 문학 외적 상황 변화 역시 한 요인으로 작용하고 있는 것으로 보아도 좋을 것이다.

그러나 김윤식이 정작 문제를 삼았던 것은 임화의 시에 나타나는 서구 편향성의 문제라기보다는, 임화의 문학사론에 나타난 이른바 '이식문학사'라는 명제였다. 카프 해산 이후 이른바 전형기로 규정되는 시기에, 사회주의 리얼리즘과의 대결을 통해서 '주체재건'(지도비

---

258 김현 역시 김윤식과 동일한 문제의식을 갖고 있었다는 것은 한국문학사의 제1장인 「방법론 비판」에서의 다음 주장을 보면 알 수 있다.
　"어떻게 해서 개화기 이후의 문인들이 아무런 저항감 없이 서구라파적 문물 제도를 받아들일 수 있었을까 하는 문제는 쉬운 문제가 아니다. (……) 쉽게 접근한다면 서구라파 근대정신에 대한 한국 문인들의 경사는 그것이 한국의 민족주의와 정면으로 충돌하지 않고 일본을 통해 들어왔다는 사실에서 연유하는지도 모른다. 일본이 재빨리 근대화된 것은 서구라파의 문물을 재빨리 받아들였기 때문이다. 그 일본을 이기기 위해서는 구라파의 문물제도를 재빨리 수입하지 않으면 안 된다. 그래서 열병 같은 유학열이 번지고 서구라파적인 모든 것이 맹목적으로 추종된다. 그러한 결과로서 정신, 근대화 등의 멋있는 말들이 수입되고, 서구라파의 문학 장르들이 그대로 이식되지만 그것으로 표현할 수 있는 한계는, 신채호 등의 몇몇 사가들의 야유에도 불구하고 인식되지 않는다. 임화의 근대 조선 문학의 정의는 그러한 입장에서 관찰되지 않으면 안 된다."(김현, 「방법론 비판」, 『김현문학전집』, 제1권, p. 24.)
259 최원식, 「한국문학의 근대성에 대해 다시 생각한다」, 『생산적인 대화를 위하여』(창작과 비평사, 1997), p. 16.

평, 문학사, 문예학의 건설)을 꿈꾸었던 임화는, 객관상황의 악화(사상 범 보호관찰법(1936), 중일전쟁(1938), 국가총동원령(1938) 등의 일련 의 상황)라는 현실 앞에서 문학사 연구에 열중하게 된다. 그의 문학 사 연구는, ①「조선신문학사론서설」(『조선중앙일보』, 1935. 10. 9.-11. 13.) ②「개설 조선신문학사」(1939. 3) ③「신문학사의 방법-조선문학 연구의 일 문제」(『동아일보』, 1940. 1. 3.-1. 20.) 등이 있는데, 김윤식에 게 문제가 되었던 것은 ③에서의 임화의 진술이었다. ③에서 임화 는 신문학사의 방법적 고려 사항으로 대상, 토대, 환경, 전통, 양식, 정신 등 모두 6항목에 걸쳐 신문학사의 구성요건을 제시하고 있다. 그는 '대상' 항목에서 "신문학사의 대상은 물론 조선의 근대문학이 며 근대정신을 내용으로 하고, 서구문학을 형식으로 한 조선의 문 학이다"[260]라고 주장한다. 그러한 임화의 진술은 '환경' 항목에 가면 근대문학이 곧 서구문학이라는 이식문학론으로 전개된다.

신문학이 서구적인 문학 '장르'(구체적으로는 자유시와 현대소설)를 채 용하면서 형성되고, 문학사의 모든 시대가 외국문학의 자극과 영향과 모방으로 일관되었다 하여 과언이 아닐만큼 신문학사란 이식문화의 역사다. 그런만치 신문학의 생성과 발전의 각 시대를 통하여 받은 제외 국문학의 연구는 어느 나라의 문학사상의 연구보다도 중요성을 띠는 것으로, 그 길의 치밀한 연구는 곧 신문학의 태반의 내용을 밝히게 된 다.[261]

---

260 임화, 「신문학사의 방법」, 『문학의 논리』(서음출판사, 1989), p. 480.
261 위의 책, p. 485.

임화의 이러한 지적은 우리의 근대문학이 서구문학, 즉 명치-대정기 일본 문학의 이식사라는 것을 의미한다고 김윤식은 보았다. 이때 그에게는 세 가지 의문이 떠올랐다. 첫째, 임화의 방법론을 용인할 경우, 한국 신문학사 기술은 일본 명치-대정기 문학사의 복사 내지는 한 체험 뒤진 추체험에 지나지 않게 된다. 둘째, 방법론으로 토대를 설정한 것은 임화 자신이 도저히 파악할 수 있는 문제가 아니었으므로, 그것은 문학 쪽에서 방법론이 관련 학문보다 터무니없이 앞서간 경우에 해당한다. 셋째, 임화는 근대정신의 개념 및 장르의 법칙성, 전통양식과 서구의 문학양식과의 관련성을 파악할 능력이 없었다는 점이 그것이다.[262] 그런데 문제는 당시의 김윤식 역시 이러한 임화의 한계를 결코 극복할 수 없었다는 사실에 있다. 어쩌면 바로 이 사실이야말로 김윤식으로 하여금 임화를 비평적 자기정립의 한 계기로 만든 사실 중의 하나일 것이다.

(……) 그가 제시한 방법론 모색은 정작 그를 숙청한 북쪽의 과학원 발간 문학통사에서 얼마나 극복되었는지 의문이며, 백철, 조연현 등의 문학사도 이 방법론을 완전히 극복한 것이라고 보기는 약간 어려운 측면이 내포되어 있는 것 같다. 만일 이러한 나의 지적이 타당한 것이라면 임화의 방법론은 마땅히 하나의 강요 사항이라 해야 한다.[263]

이때 우리는 임화적 방법론의 극복이 "하나의 강요사항"이라고

262 김윤식, 앞의 책, p. 574.
263 위의 책, p. 543.

인식하고 있는 김윤식의 내면을 엿보게 된다. 그것은 바꿔 말하면 임화의 문학사를 극복하고 싶다는 의식에서 나온 반동형성인 것이다. 왜 극복해야 하는가. 그것은 북한의 과학원도, 백철, 조연현과 같은 선배 비평가들도 결코 극복하지 못했던 아포리아로 김윤식에게 보였기 때문이 아니었을까. 임화적 의식을 '현해탄 콤플렉스'로 타자화시킴으로써, 김윤식은 자신을 비평적 주체로 정립시킬 수 있는 가능성을 찾을 수 있었던 것이다. 그러나 엄밀한 의미에서의 주체정립은 타자와의 현격한 '차이'에의 인식과 개별화individuation에의 의지에 의해 강화된다.[264] 따라서 김윤식이 김현과 공저한 『한국문학사』의 제1장 2절에서 「한국문학의 인식과 방법」을 썼던 것은 자연스러운 일이었다. 그것은 임화를 염두에 둔 김윤식의 개별화(차별화)에의 의지였으며, 주체정립의 계기이기도 했다.

2) 당위로서의 방법론 - 「한국문학의 인식과 방법」의 두 층위

문제는 개별화의 과정으로 제출된 「한국문학의 인식과 방법」에서 우리가 만나게 되는 것이 두 개의 이질적인 텍스트라는 사실이다. 김윤식이 "모든 역사는 현재의 역사(크로체)라고 했을 때, (……) 이 진술의 직접적 의미관련은 **현재의 상황**과 이를 극복해야 하는 **당위로서의 실천적 요구이다(강조 - 인용자)**"[265]라고 말하고 있는 데서 그것을 알 수 있다. 그가 현재의 역사라고 할 때, 그것은 임화적 의미에서의 문학사적 인식이 극복되지 않고 있는 상황을 염두에 둔

---

264 Erich Neumann, op. cit., p. 122.
265 김윤식, 김현, 『한국문학사』(민음사, 1973), p. 22.

189
김현 비평과 근대성의 모험

것이다. 이때 임화적 의미에서의 문학사적 인식은 현시적 텍스트 manifeste이며, '당위로서의 실천적 요구'에서 만들어질 텍스트는 잠재적 텍스트latent가 될 것이다.[266]

때문에 우리는 여기서 당시 김윤식의 의식 속에 존재했던 현실인식(현시적 텍스트)과 당위로서의 요구(잠재적 텍스트)가 어떠하였는가를 살펴볼 필요가 있다. 그것은 달리 말해 현실로부터 당위로의 이행이 과연 어떤 합리화의 과정을 통해 이루어진 것이며, 이때 합리화의 근거로 내세운 명제가 과연 타당한 입론 속에서 도출된 것이었는가를 확인하는 과정일 것이다.

우선적으로 확인할 수 있는 것은, 당시 김윤식의 의식 속에는 우리 역사에 대한 절망감이 존재하고 있었다는 사실일 것이다. 그는 그러한 절망감을 문학사 기술 방법론으로 극복하고자 하였는데, "우리가 구태여 방법론 비판을 서장으로 내세운 이유는 우리 자신이

---

266 '현시적' 텍스트와 '잠재적' 텍스트라는 개념은 데리다가 『산종(Dissemination)』에서 제기한 텍스트에 대한 해석방법이다. 데리다에 따르면, 하나의 저작 속에는 상호 이질적인 두 개의 텍스트가 공존하고 있다. 이때 현시적 텍스트는 전통적인 해석에 의해 포착될 수 있는 의미에서 현시적인 텍스트이며, 잠재적 텍스트는 전통적인 해석을 부정하고 위반하려는 의미에서 잠재적 텍스트이다. 그러므로 현시적 텍스트는 현실 속에 존재하는 기본적 통념을 수용하는 텍스트이며, 잠재적인 텍스트는 그러한 통념의 극복과 지향을 의미하는 텍스트인 것이다. 데리다의 생각에 모든 텍스트는 이러한 이질적인 두 개의 텍스트를 갖고 있는데, 거기서 강조되어야 할 것은 잠재적 텍스트를 향해서 현시적 텍스트가 나아가기 위해서는 '위반'의 행위가 필요하다는 사실이다. 문제는 이러한 위반의 행위에는 언제나 합리화의 과정이 수반된다는 점이다.
임화의 문학사적 인식을 '현시적 텍스트'라고 하고, 김윤식이 제기한 문학사적 인식을 '잠재적 텍스트'라고 규정할 수 있다면, 「한국문학의 인식과 방법」이라는, 임화적 의식에서 김윤식적 의식으로의 이행에는 필연적으로, '위반'을 위한 합리화의 과정이 수반된다는 것을 알 수 있다. 뒤에서 다시 말하겠지만, '위반'을 위한 김윤식의 합리화의 과정에는, 1)한국문학은 개별문학이다, 2)한국문학은 문학이면서 동시에 철학이다는 명제가 필요했던 것이다('현시적 텍스트'와 '잠재적 텍스트'에 대한 데리다의 진술은, 벵상 데꽁브, 앞의 책, pp. 180-189를 참조할 것).

확고부동한 신념을 한국 역사 전체를 향해 지니고 있지 못하다는 점에 있을 것이다"[267]라는 진술에서 그것을 확인하게 된다. 그의 절망감의 근거를 한마디로 말하면, 그것은 우리 문화의 주변성이라고 할 수 있다. 그러고 나서 그는 우리 문화의 주변 문화적 특성을 다음 세 가지로 들고 있다. 첫째, 문화를 이루는 각 요소의 연결이 느슨하다는 것, 둘째, 문화수용에서 드러나는 엘리트와 민중의 편차가 극심하다는 것, 셋째, 그것은 주변성 자체가 지닌 일반적 모순이라는 것이 그것이다. 그가 생각하기에 우리 역사의 진행은 파행적인 것이었고, 문화유산의 부재는 공허한 것이었다.

분단국가로서의 엄청난 시련이 있고, 단 한 권의 사상사 내지 지성사도 쓰이지 않고 있는 마당에서 작가들은 창조적 현실성을 획득하지 못하고 유산 부재의 공허함에 놓여 있다. 그 반동의 하나로서 서구작품을 읽지만 첨예한 기법 수입 외에는 하등의 성과를 얻지 못한다. 불쑥 걸작이 나올 수도 없으며, 문학작품의 수준은 언제나 문화적 수준과 병행한다는 사실 앞에 절망함이 차라리 정직한 편이다. 그 어떠한 방법도 미래에 시숙하는 것이어야 한다. 그러한 한 방법으로 우리는 한국문학사가 개별문학으로 뚜렷이 부각되어 체계화되어야 할 것으로 생각한다.[268]

문제는 김윤식의 이러한 발언의 진정성에 있지 않다. 1970년대 초

---

267 김윤식, 김현, 앞의 책, p. 22.
268 위의 책, p. 23.

반 당시 한국의 역사적, 문화적 상황이 김윤식의 생각만큼 척박한 것이 사실이었다는 점을 인정한다고 할지라도, 문제가 되는 것은 이러한 절망감을 가중시킨 것이 서구라파라고 하는 타자의 존재 때문이었다는 사실에 있다. 서구라파적 관점에서 볼 때, 우리 문화의 주변성과 역사의 파행성이 절망적으로 보이는 것은 아주 자연스럽다. 이러한 절망감이 식민지 시대 임화를 포함한 지식인들로 하여금 '현해탄 콤플렉스'에 빠져들게 하였던 동인이기도 한 것이다. 그러나 김윤식은 임화처럼 맹목적인 서구추종으로 나아갈 수 없다. 그가 격렬하게 임화의 현해탄 콤플렉스를 비판했던 만큼, 그는 임화의 역방향으로 나아간다. 그는 "한국문학사의 기준이 한국사의 총체 속에 있다는 사실의 소박한 인식"[269]을 요구한다. 바꿔 말하면 한국사의 특수성, 한국문학의 후진성을 서구라파적 보편성을 염두에 두지 않고 객관적으로 바라보자는 것이다.[270] 왜냐하면 주체 민족의 행복에 감성적으로 작용하지 않는 문화파악력은 역사의 추진력이 될 수 없기 때문이다.[271] 이때 작동되는 것이 향보편성의 역방향에 대한 강조로서의 '한국문학은 개별문학'이라는 명제이다.[272] 한국문학을 개

---

[269] 위의 책, 같은 면.
[270] 김현 역시 동일한 주장을 하고 있다.
"한국문화의 주변성은 어떻게 극복할 것인가라는 문제가 그것이다. 그 문제의 해결에는 우선 감정적 정직성이 무엇보다도 선행되어야 한다. 전해종의 탁월한 지적 그대로 한국사의 아름답지 못한 점을 감정적으로 비하시켜서 거기서 도피하려 해서도 안 되며, 평범한 것을 굉장한 것으로 확대해서도 안 된다."(김현, 위의 책, p. 26.)
[271] 위의 책, p. 23.
[272] 김현은 김윤식의 이러한 지적을 "한국문학은 서구문학의 단순한 모방자가 되어서는 안 된다"는 말로 정리하고 있다.
"한국문학은 서구문학의 단순한 모방자가 되어서는 안 된다. 한국문학은 서구문학과 함께 세계문학을 이루는 한 요소가 되어야 한다. 문학에 있어서의 영향을 주종관계로서만

별문학으로 보아야 한다는 주장은, 동양문화권의 단일한 기원을 해체시키고, 그 자리에 민족적 심층정서에 기반한 개별문학사를 건설하자는 내용임은 물론이다.[273] 그것의 구체적인 방법으로 김윤식이 제기한 것은 첫째, 박은식, 신채호 중심의 민족사학을 존중하자는 것, 둘째, 향보편성의 역방향에 섰던 작품, 이를테면 염상섭의 『삼대』, 김남천의 『대하』, 이기영의 『고향』 등의 문제성을 고려하자는 것이다. 그러기 위해서 우선적으로 확보되어야 하는 것은 '동양사 논의'로부터의 단절,[274] 역사의 총체로서 한국사에의 집중이라는 태도이다.[275] 그러나 김윤식의 이러한 주장은 민족주의적 관점에서 볼

파악할 때, 소위 복고주의자들의 입장만을 단단히 해줄 따름이다."(위의 책, p. 18.)

273 위의 책, p. 25.

274 일본의 동양사 논의는 제국대학 사학과 제1회 졸업생인 시라토니에 의해 그 기초가 다져졌다. 그것은 타자로서의 서구에 대한 대응의 필요성에서 일본을 핵자로 하는 동양사라는 심상역사(imaginative history)가 생겨난 것을 의미한다. 이때 이데올로기로서의 동양사가 청일전쟁 이후 본격적으로 형성되기 시작했다는 것을 지적하는 것은 의미 있는 일이다. 그것은 일본의 대만통치, '중국'이라는 중심을 '지나'라는 주변문화로 재위치시키는 행위, 한반도 침략과 식민지화라는 일련의 계기 속에서 출현한 것이다. 이러한 이데올로기 작업을 통해 지정문화적인 질서의 공통의식이 형성되어, 분산된 지역의 나라들이 아시아 속에서 자신의 정체성을 발견하게 된다. 가장 큰 딜레마는 이 아시아 각국들이 동양으로서의 정체성을 일본의 제국주의적 침략에 의해 형성시켜갔다는 사실에 있다. 때문에 당시의 김윤식에게는 동양사 논의로부터의 탈주가 불가피했던 것으로 보인다(일본의 동양사 논의에 대해서는, 강상중, 앞의 책, pp. 121-133을 참조할 것).

275 그러나 이러한 주장은 최원식의 지적처럼 "서구주의에 전면적인 반동으로 나타난 흑인 지식인들의 네그리뛰드(negritude) 운동적 성격"을 경계한 상태에서 이뤄져야 한다. "검은 것은 아름답고 하얀 것은 추악하다"는 네그리뛰드의 지배적 담론은 "하얀 것은 아름답고 검은 것은 부끄럽다"는 제국주의적 담론과 거리가 그다지 먼 것이 아니라는 최원식의 주장은 귀 기울일 만하다(내재적 발전론에 대한 최원식의 이상의 비판은, 최원식, 앞의 책, pp. 16-27을 참조할 것).

실제로 네그리뛰드 운동에 대한 비판은 피식민지의 지식인들에 의해서도 제기된 바 있다. "'네그리뛰드'라는 용어는 마르티니크 섬 출신의 작가 세제르가 1939년에 쓴 『귀향수첩』에서 처음으로 사용한 신조어이다. 이 책에서 그는 네그리뛰드를 다음과 같이 정의하고 있다. "네그리뛰드는 내 자신이 흑인이라는 사실을 소박하게 인정하자는 것이며, 더 나아가서는 흑인의 운명, 흑인의 역사 그리고 흑인의 문화까지도 수용하는 것이다." 세제르 이후로 이 용어는 프랑스에 거주하면서 프랑스의 대 아프리카 식민정책에 대해 공공연

때 소중한 의미를 갖는다는 점을 인정한다고 할지라도, 현실에 대한 냉정한 직시라기보다는 당위로서의 현실이라는 사실을 부정할 수는 없다. 향보편성의 역방향에 섰던 민족사에 대한 인식만으로는 결코 우리 문화의 전체상을 포착할 수는 없을 것이다. 그도 그것을 의식했는지 다음과 같은 지적을 하고 있는 것이다.

한국문학을 개별문학으로 인식해야 한다는 이 가설을 보다 분명히 하기 위해서는 중국 근대문학사 및 일본 근대문학사의 전개과정을 분명하게 인식할 필요가 있고, 그것이 얼마나 상이한가를 본질적 차원에서 살펴야 할 것이다.[276]

그런데 문제는 김윤식의 이러한 주장은 임화가 「신문학사의 방법」에서 제기한 이식문학론을 살짝 뒤집어놓은 것에 불과하다는

한 저항을 천명하던(주로 아프리카 출신의 지식인) 흑인 작가연합이 주도하던 글쓰기 노선을 지칭하게 된다. 세네갈 출신의 작가 셍고르가 이 운동의 핵심적인 인물 중의 하나이다. 그러나 네그리뛰드에 대한 부정적인 평가도 만만치 않다. 남아프리카의 소설가인 움파렐라는 네그리뛰드를 "인종주의, 자기부정, 열등 콤플렉스"에서 벗어나지 못한 운동이라고 비판하고, 나이지리아의 소잉카는 "호랑이는 자신의 호랑이성을 뽐내지 않는다"는 유명한 말로 그것을 비아냥거리기도 한다."(이상의 내용은, 빌 에쉬크로포트 외 3인 공저, 『포스트 콜로니얼 문학이론』, 이석호 옮김(민음사, 1996), p. 4.)
물론 서구식민지였던 아프리카의 문학은 그들의 고유어를 상실하고 제국의 언어로 그들의 문학을 해야 한다는 어려움이 있고, 이와 동시에 인종적인 편견이라는 또 다른 억압에 직면해 있다는 점에서 우리의 상황과는 다소 차이가 있다고 해야 할 것이다. 그러나 김윤식의 개별문학사 수립의 당위적 요청의 무의식적 심층에는 본문에서도 살폈듯이, 보편문화(서구라파로 상징되는)에 대한 문화적 콤플렉스가 놓여 있었다는 사실은 지적되어야 할 것이다. 콤플렉스가 강하면 강할수록 개별화의 욕망도 강해졌던 것은 아닐 것인가.
276 김윤식, 김현, 앞의 책, p. 25.

사실에 있다.[277] 임화가 신문학의 연구를 위해서 영향과 모방의 요소를 추출하기 위해, 외국문학의 연구가 중요성을 띠는 것이라고 했다면, 김윤식은 한국문학의 개별문학으로서의 의미를 밝혀내기 위해서 외국문학의 연구가 중요하다고 주장하고 있는 셈이다. 임화의 문학사론을 뒤집으면, 김윤식의 문학사론이 추출된다. 문제는 임화에게서 극복하지 못했던 것이, 김윤식에게 역시 그대로 나타나고 있다는 사실에 있다. 왜냐하면, 임화에게도 김윤식에게도 그러한 주장은 '존재하는 현실'이 아니라 '극복되어야 할 당위'로 제출된 것이기 때문이다.[278]

김윤식이 다음으로 제기하고 있는 것은 '한국문학은 문학이면서 동시에 철학이다'라는 주장이다. 철학은 존재하는 현실의 개념화이므로 현실의 복잡성을 포착하지 못하지만, 문학은 철학의 특장인 현실의 개념화는 물론 문학 고유의 형상화 능력을 통해 더 생생하

---

277 각주 261에서의 임화의 주장과 비교해보면 그 사실을 쉽게 알 수 있다.
278 김윤식과 마찬가지로 김현 역시 존재하는 현실의 문학사가 아닌 당위로서의 문학사를 재구성하고자 하였다. 앞에서도 밝혔듯 김현의 『한국문학사』의 제1장 1절인 「시대구분론」은 그러한 김현의 열망과 좌절을 전형적으로 보여준다. 여기서 주목해야 될 것은 김현이 '이식문학사의 극복'이라는 과제를 성취하기 위한 방법적 전략으로 수사학적 '책략'을 자주 사용하곤 했다는 것이다. 홍기돈의 다음과 같은 분석을 참고할 필요가 있다: "그렇다면 제1장 「방법론 비판」 중 김현이 기술한 제1절에서 남는 내용은 '한국문학은 주변문학을 벗어나야 한다'는 감정에 기반한 주장뿐이다. 이후에도 줄곧 적용되는 문제인데, 김현이 그러한 주장을 할 때는 그의 전략적인 면모를 조심해야 한다. '한국문학사'의 불연속 지점을 은폐해야 하는 대목에서 김현은 대체로 감정을 자극하는 방식을 채택하기 때문이다. '한국문학은 주변문학을 벗어나야 한다'는 주장의 시발은 임화가 파악한 신문학의 대상이다. 『신문학사』를 저술하는 임화의 논의가 '문학'의 개념이 변했다는 사실, 전통적 문학관과의 차이에서 시작하고 있음에도 불구하고 이러한 지점은 사장된다. 그럼으로써 '이식'이란 표현에 대한 반감을 증폭시키고 우리의 역사전반으로 문제를 소급해 들어간다."(홍기돈, 「발생론적 구조주의의 '한국문학사' 적용 비판」, 『연구논집』, 제17집(중앙대 대학원, 1997), pp. 58-59.)

게 현실을 드러낼 수 있다는 것이다. 그러나 엄밀한 의미에서 이러한 김윤식의 진술은 방법론이라기보다는 상식적인 수준의 주장에 불과하다. 사실 이러한 명제보다 김윤식에게 중요했던 것은 임화의 「신문학사」를 포함한 그간 간행된 문학사에 대한 전면적인 비판이었다. 임화에 대한 비판은 앞에서와 같다. 백철의 『조선신문학사조사』는 사조라는 꼭두와의 싸움이라는 이유로 비판된다. 박영희의 『현대 한국문학사』는 문단사라는 의미에서 비판된다. 조연현의 『한국현대문학사』는 문학사를 발표기관의 우열에 따라 판단했다는 이유로 비판된다.[279]

물론 김윤식의 이러한 주장은 그 자체로 정당할 뿐만 아니라, 그간의 문학사 기술상의 한계를 적절하게 제시했다는 점을 우리는 인정해야 할 것이다. 그러나 문제는 「한국문학의 인식과 방법」에 관한 한 김윤식은 임화의 「신문학사의 방법」을 극복할 수 없었다는 점이다.

그렇다면 이제 우리는 「한국문학의 인식과 방법」에 놓여 있던 두 개의 텍스트를 발견하게 된 셈이다. '이식문학사'가 현재의 상황으로서의 '현시적 텍스트'였다면, '개별문학사'는 당위로서의 실천적 요구에 기반한 '잠재적 텍스트'였던 것이다. 때문에 김윤식의 개별화에의 의지, 곧 비평가로서의 주체정립에의 의지는 다만 당위에 머무를 수밖에 없었다.[280]

---

279 김현은 『한국문학의 위상』 제6장인 「한국문학은 어떻게 전개되어 왔는가」에서 김윤식과 동일한 비판을 가하고 있다.

280 김현이 「방법론 비판」에서 제기한 문제 역시 그 문제의식과 논점은 김윤식과 동일한 것이었다. 김현의 주장은 다음의 세 가지였다. 첫째, 문학사는 실체가 아니라 형태다. 둘째, 한국문학은 주변문학을 벗어나야 한다. 셋째, 한국문학사의 시대구분은 그러한 인식 밑

제2절 소위 4·19 세대의 개별화에의 의지
   ―『문학과지성』 동인의 세대론적 담론

1) 60년대 문학의 차별성 논쟁: 김현과 서기원

위에서 우리는 김윤식의 문학사 논의를 검토하였거니와, 이는 60년대 이후 우리 문학계를 추동했던 내재적 발전론에 근거한 문학사론이었다고 볼 수 있다. 김현 역시 김윤식과 동일한 문제의식에서 한국 근대문학을 이해하기에 힘썼고 또 이러한 인식을 토대로 문학적 실천을 지속할 수 있었다는 사실을 우리는 간접적으로 확인한 셈이다. 김현과 김윤식의 이러한 문학사 재구성 작업은 우리가 본장의 서

에서 행해져야 한다. 물론 이러한 김현의 당위로서의 문학사 건설에의 욕망에 김윤식과 마찬가지로 임화의 이식문학론이 놓여 있음은 자연스러운 일이었다. 그러나 김현 역시 임화의 이식문학론에 대한 당위적인 비판을 가할 뿐이지 이에 대한 선명한 극복논리를 보여주지 못하고 있다. 이러한 사실은 김현 역시 임화의 이식문학론을 타자화함으로써 그 자신을 비평적 주체로 정립시키고자 노력했으나, 결국 김윤식과 동일한 문제에 부딪칠 수밖에 없었다는 사실을 보여준다. 그러나 김현의 「방법론 비판」에는 김현만의 특징이라 할 요소도 드러나는데 "한국문학은 그 나름의 신성한 것을 찾아내야 한다"라는 진술이 그것이다. "한국문학은 그 나름의 신성한 것을 찾아내야 한다. 모든 문화는 그 문화를 지탱시켜주는 성스러운 것을 갖고 있다. 러시아를 지탱시키고 있는 것은 도스토옙스키가 분명히 묘사해준 대로 속죄양 의식이며, 일본을 지탱하고 있는 것은 천황 의식이다. 그 신성한 것을 드러내고 지키기 위해서 그것과 관련된 사람들은 의식적, 무의식적으로 참여한다. (……) 그러나 지금 당대의 한국에서 우리가 찾아낼 수 있는 신성한 것은 무엇일까? 그것을 찾아낼 수 없다면 역사에 대한 모든 응답도 췌사가 될 뿐이다. 새로운 이념으로 모든 것을 묶을 수 없을 때 그 앞의 어떤 것을 어떻게 비판할 수 있을 것인가. 한국문학의 주변성은 위에 열거한 모든 것들이 오랜 시간 동안 행해진 후에야 극복될 수 있는 것이다. 그것은 간단하게 몇 마디 말로써 될 수 있는 것이 아니다."(김현, 앞의 책, p. 30.) 그렇다면 김현에게 있어서 신성한 것은 무엇이었을까. 필자의 판단으로는 그것은 근대적 의미로서의 '개인주의'였다고 생각된다. 김현의 평생에 걸친 문학적 명제가 이 개인 의식의 확립에 있었다는 것은 앞에서도 누누이 밝힌 바 있거니와, 그가 가장 가치 있는 문학적 실천으로 본 '새로운 이념' 역시 개인주의였다고 판단된다. 때문에 김현은 개인을 넘어선 공동체 의식을 강조한 민중문학 및 민족문학과 죽음에 이르기까지 대립할 수밖에 없었던 것이다.

김현 비평과 근대성의 모험

론에서도 밝혔듯이 기존의 문학사 해석에 대한 '부정성' 혹은 '차이'를 강화시키는 행위를 통해 주체로서의 자기동일성을 확보하려는 시도의 하나로 볼 수 있다.

때문에 그들의 문학사 해석이 일정한 한계를 노정하고 있었다는 점을 우리가 십분 인정한다고 할지라도, 다른 한편으로는 이러한 작업을 통해 비평가로서의 자기의식이 보다 정교해지고 치밀해질 수 있었다는 사실도 인정해야 할 것이다. 다시 김현에게 한정시켜 이야기하자면, 그는 한편으로는 문학사의 재구성 작업을 통해, 다른 한편으로는 세대 의식의 강화를 통해 비평가로서의 자기의식을 정립시킬 수 있었다. 개별 역사로서의 문학사에 대한 탐구가 보다 거시적인 방향성과 관련을 갖는 것이라면, 세대 의식을 통한 문학적 차별화의 논리는 김현에게 있어 보다 현실적이며 직접적인 의미를 갖는 것이었다고 판단된다. 세대라는 개념 자체가 역사라는 거시적인 단위보다는 더욱 분화된 개념이며, 이러한 개념의 계속적인 분화가 '개인'으로 수렴될 때, 이로부터 자아 정체성이 형성된다는 사실을 고려한다면, 김현의 세대 의식에 대한 강조는 보다 철저하고 의식적인 것이었을 것이다.

실제로 김현은 후기에 이르기까지 4·19 세대로서의 자부심을 표현하는 데에 인색하지 않았는데,[281] 이러한 사실로 볼 때 김현에게

---

281 생전의 마지막 평론집인 『분석과 해석』에서의 다음 진술은 4·19 세대로서의 김현의 자기의식이 지속적으로 작동되었다는 사실을 보여준다.
"이 책의 교정을 보면서 나는 두 가지의 기이한 체험을 하였다. 내 육체적 나이는 늙었지만, 내 정신의 나이는 언제나 1960년의 18세에 멈춰져 있었다. 나는 거의 언제나 사일구 세대로서 사유하고 분석하고 해석한다."(『김현문학전집』, 제7권, p. 13.)

있어 세대 의식이 그의 문학적 실천을 지속시키는 의미 있는 동인이 었음을 우리는 짐작할 수 있다. 그러나 김현의 이러한 세대 의식은 단지 김현 개인에게서 멈춘 것이 아니라,『산문시대』및『문학과지성』의 동인들인 김병익, 김주연, 김치수를 포함한 동시대의 비평가 및 작가들에게 압도적인 영향을 끼쳤다는 데 그 문제성이 있다.

이와 함께 4·19 세대로서의 이들의 자기의식이 강화됨에 따라 50년대 세대와의 갈등, 아니 보다 정밀하게 말해 50년대 문학과의 차별화의 의지도 강화되었다는 점을 우리는 지적해야만 할 것이다. 그러니까 비평가로서의 주체정립이라는 계기는 50년대 문학 혹은 50년대 비평가들과의 차별성을 부각시킴으로써 이루어질 수 있는 것이다. 때문에 김현을 포함한 소위 '문지' 계열의 비평가들은 60년대 후반을 기점으로 세대론적 자기의식을 노골적으로 드러내기 시작한다. 이러한 와중에서 소위 세대논쟁이라 할 수 있을 논쟁이 일어났거니와 김주연이『68문학』에 발표한「새 시대 문학의 성립」(1968)을 사이에 두고 벌어진 서기원과 김현의 논쟁이 그것이다.

김주연의 이 평문은 60년대 문학의 새로운 목소리를 효과적으로 전달한 대표적인 평문으로 여겨지거니와,[282] 이 글을 통해 김주연은 60년대 세대의 문학사적 의미를 부각시키면서 50년대 문학을 적극적으로 비판하고 있다.[283] 서기원과 김현의 논쟁은 서기원이 이 글을 읽고「전후문학의 옹호」(1969)라는 비판적 평문을『아시아』5월호에

---

282 권성우,「60년대 비평문학의 세대론적 전략과 새로운 목소리」, 문학사와 비평연구회 편,『1960년대 문학연구』(예하, 1993), p. 19.
283 김주연의 비평에 대한 자세한 내용은, 권성우, 위의 글을 참조할 것.

쓴 것에 대해 김현이 『서울신문』(1969년 5월 9일 자)에 「분화 안 된 사고의 흔적」이라는 반박문을 게재함으로써 본격적으로 시작된다.

서기원이 「전후문학의 옹호」에서 김주연을 비판한 것은 다음 두 가지로 정리될 수 있다. 첫째, 김주연은 50년대 세대와의 차별성을 통해 60년대 문학의 차별성을 부각시켰는데, 서기원의 생각에는 전후문학과 60년대의 문학은 결코 단절관계가 아니라 발전적 관계에 있다는 점이다. 둘째 60년대 세대의 개인의식의 강조는 전체로서의 역사의식의 결여에서 나온 것이 아니냐는 비판이 그것이다.

김현은 「분화 안 된 사고의 흔적」을 통하여 서기원의 이러한 비판을 공박한다. 첫 번째 문제에 대해서 김현은 60년대 문학이 전후문학의 계승, 발전이라는 사실을 원칙적으로는 찬성한다고 말하면서, 그럼에도 불구하고 50년대 세대의 언어관은 '의식-사물' 관계에 대한 몰이해, 즉 언어에 대한 미분화된 사고에 기인하고 있다고 비판하고 있다.

만일 그가 언어라는 말로 표현하고자 하는 것이, 최근의 기호학자들의 주장 그대로, 의식과 사물이 관계를 맺는 기호체계라면, 그의 진술은 명확하다. 그렇지만 그는 언어라는 말을 의식 내부에 존재하는 선험적인 어떤 것으로 파악한다. 그가 빈번히 사용하고 있는 문학적 언어라는 것이 그것을 입증한다. 그는 언어를 의식 내부에 담긴 광석 덩어리로 파악하여, 그것을 닦아 고도화할 수 있다고 믿고 있는 것이다. (……) 이 소박한 언어에 대한 미분화된 사고가 새로운 세대의 문학에 대한 비난과 밀접하게 연관되어 있기 때문이다.[284]

김현이 서기원의 언어의식을 문제 삼고 있는 것은 곧 50년대 문학의 취약성을 취약한 한글문체에서 찾고 있기 때문이다. 따라서 서기원에 대한 김현의 비판은 뒤에서 보다 자세히 분석될 것이지만, 순한글 세대로서의 4·19 세대의 자신감을 피력한 것이다. 김현을 포함한 소위 4·19 세대 비평가들이 50년대 문학을 비판하는 데 가장 큰 준거로 삼은 것이 이 언어문제였다. 즉 50년대 세대는 일본어로 사유하고 한국어로 글을 쓴 세대이기 때문에 언어의 혼란을 보여주며, 이는 곧 세계 인식의 혼란까지도 가중시킨다는 것이 김현을 포함한 이들 비평가들의 비판의 주된 내용이었다. 서기원이 김현의 이러한 비판에 대해서 별다른 이의를 표명하지 못한 것은 서기원에게 이러한 문제를 정교하게 해명할 수 있는 논리가 부재했기 때문이라는 사실도 여기서 우리는 지적할 수 있을 것이다.

김현은 다음으로 4·19 세대의 역사의식을 공박한 서기원의 비판에 대해, 다음과 같이 반론을 제시한다.

이 비난은 현실, 역사, 참여 등의 몇몇 귀찮은, 그렇지만 최근에 와서는 많이 정리된 몇몇 단어의 뜻을 다시 생각하지 않을 수 없게 만든다. 그가 생각하는 현실, 참여, 역사 의식은 그의 세대론보다 더 비논리적이다. 한편으로는 작품을 통한 참여만을 참여로 보겠다고 주장하는가 하면, 한편으론 정치에 대한 무관심을 현실에 대한 무관심이라는 말로 바꿔 읽을 정도로 현실=정치라는 급진적인 생각을 표명하기도 한다. 이런

---

284 김현, 「분화 안 된 사고의 흔적」, 『김현문학전집』, 제15권, p. 270.

상반된 태도의 공존은 그가 세대론에서 내보인 사고의 미분화 상태를 다시 한번 확인하게 해준다.[285]

그러나 김현의 이러한 반론은 엄밀하게 말하자면 서기원의 비판에 대한 타당한 답변으로 보이지 않는다. 60년대 작가들의 작품들은 실제로 현저하게 개인적인 차원에 머물러 있었고, 개인의 자기 정체성에 대한 탐구에 몰입하고 있었던 것이 사실이다. 김주연이 60년대 문학의 특질로 제시한 '소시민 의식'이라는 것에서도 개인의 자기의식이라는 것이 키워드였기 때문이다.[286] 따라서 50년대 세대인 서기원의 이러한 비판은 어떤 의미에서 정당한 것이었다고 할 수 있다. 실제로 김주연과 김현이 강조한 소시민 의식이라는 것은 어떤 차원에서 보면, 전체로서의 역사를 배제하고 현저하게 개인의 자의식을 강조한 것으로 보일 수도 있는 것이었다. 같은 4·19 세대라고 할 수 있을 백낙청이 60년대 문학의 소시민 의식의 한계를 간접적으로 비판하면서, 시민의식을 강조한 것도 이러한 맥락에서 이해 가능한 것이다.[287] 실제로 김현을 포함한 '문지' 계열의 비평가들은 서

---

285 위의 글, pp. 270-271.
286 "새로운 문학이란 사물에 대한 인식의 눈뜸이다. 일체의 공상과 선험, 편견 그리고 근본적으로는 사실의 종합으로서만 압박을 주는 역사, 수사학으로서의 신, 정신의 허위가 가득 담긴 허세나 가장 거부되어야 할 동양의 체념과 감상에서 감연히 벗어나 하나의 나뭇잎, 겨울방의 한기, 만남의 기쁨에 모두 제 무게를 재어 주고 똑같은 논리의 순환으로 전쟁과 삶, 질병과 죽음, 모순과 허무의 추상 감각에도 정당한 제 무게를 달아주어야 한다. 사물에 대한 보편인식이란 바로 개성의 여부를 말한다. 개성의 창조-아름다운 개성의 창조다. 아름다운 것은 위대한 것이다."(김주연, 「새 시대 문학의 성립」, 『김주연 평론문학선』(문학사상사, 1992), p. 48.)
287 백낙청은 서구 계몽주의의 발달과정 속에서의 시민개념을 역사적으로 고찰한 후, 60년대 당시의 문학인들이 소시민 의식을 지향하고 있다는 점을 일단 인정하면서도, 그것

구의 계몽주의를 역사적 혁명이라는 차원에서보다는 의식혁명—개인의 자아의식의 형성이라는 차원으로 축소해석한 측면이 강한 것이다.[288]

때문에 서기원이 '소시민 의식'을 집중적으로 비판한 것은 자연스러운 일이었다.

우리나라처럼 넓은 의미에서 정치의 조건이 현실을 지배하는 정신적 사회적 풍토에서는 정치를 현실로 바꿔 읽어도 모순은커녕 도리어 인식에의 첩경일 수 있는 것이다.

작가는 현실상황이 어느 만큼 중압을 주고 있건 간에 오히려 그 때문에 한층 넓고 깊을 수가 있는 언어의 공급원을 상실해서는 안 되며 또 상실하지 않으려는 날카로운 자각의 과정이 바로 작품활동이 아니겠는가.

이 문학적 테제로 주장해야 할 당위는 아니라고 비판한다. 소시민 의식이 순전히 개인적인 자아에의 집념이나 그에 따른 무절제한 관념유희에 있다면, 그것은 지양되어야 할 문제이면 문제이지 미덕이라고 할 수는 없다는 것이다. 바꿔 말해 백낙청에게 있어 소시민 의식은 시민의식의 전단계로서 지양되어야 할 의식인 셈이다(자세한 내용은, 「시민문학론」, 『민족문학과 세계문학 1』(창작과 비평사, 1978)을 참조할 것).

288 정과리는 60년대의 소시민 의식의 부정적인 양상으로 다음 세 가지의 특징을 들고 있다. 첫째, 우선 우리의 소시민 의식이란 자신의 내적, 외적 정립에 실패한 자들의 도피처였다는 것이다. 둘째, 이러한 소시민 의식이 발생한 것은 근대 이후 외세의 압력에 눌려 성장하지 못한, 그래서 실현되지 못한 우리 민족의 자기동일성으로, 서구 지향적 가공체제에 적당히 안주하는 것을 의미한다. 셋째, 유교적 봉건체제의 잔존을 의미한다. 넷째, 그러한 결과로 유교적 이념과 개인주의적 윤리가 교묘히 접목된 생활방식이 파생된다는 것이다. 결론적으로 정과리는 이러한 소시민 의식의 극복이 60년대 이후로부터 '자기 세계'를 추구하려는 작가들의 작업에 의해 가능해졌다고 주장한다. 이러한 정과리의 주장은 매우 예리한 지적이기는 하지만, 그것이 김현을 포함한 전대의 평론가의 견해의 세련된 변용이란 차원에서 한계를 갖는 것 또한 사실이다. 가령 4·19 세대의 문학적 의미에 대한 정과리의 고평이 가장 전형적인 예에 속할 것이다(이상의 내용은, 정과리, 「자기 정립의 노력과 그 전망」, 『문학, 존재의 변증법』(문학과지성사, 1985)을 참조할 것).

(……) 정체 불명의 '문학적 자아' 속에 자신과 타인, 사회, 정치를 통틀어 가두어 놓음으로써 현실의 의미를 가장 문학적으로 상징 내지는 표현할 수가 있다고 여긴다면 그건 일종의 객기이다.[289]

이러한 서기원의 비판에 대해 김현은 「오히려 그의 문학작품을」[290]이라는 글을 통해 재반박을 하게 되는데, 이때 김현이 문제 삼고 있는 것은 문학을 통한 참여라는 개념의 문제성이다. 이러한 문제의식은 "정치적 현실에 반항하는 것이 문학의 임무인가, 그것에 적극적으로 참여하는 것이 문학의 임무인가"[291]라는 의문을 김현에게 일으키는데, 결론을 명시적으로 제시하고 있지 않고 있지만, 문학을 통한 참여는 곧 문학작품의 자율성의 옹호에서 온다는 생각을 당시의 그는 갖고 있었다고 판단된다. 김현이 글의 끝에서 "나로서는 그의 문학작품이 더욱 중요하게 생각된다. 그는 작가이기 때문이다"[292]라고 말하고 있는 데서 이 사실을 짐작할 수 있다. 이러한 작품 우위성의 사상, 이데올로기보다는 작품의 예술적 구조를 중시하는 김현의 사유는 김현에게 있어 지극히 본질적인 성향이었다고 볼 수 있다. 물론 이러한 김현의 작품중심의 사유구조는 그의 문학론에 대한 고찰을 통해서 이미 살펴본 바 있다. 김현은 순수-참여 논쟁에 대한 평가의 부분에서도 아도르노의 문학관을 빌려 문학적

---

289 서기원, 「대변인들이 준 약간의 실망」, 『서울신문』, 1969. 5. 17. p. 5.
290 『서울신문』, 1965. 5. 29.
291 김현, 「오히려 그의 문학작품을」, 『김현문학전집』, 제15권, p. 272.
292 위의 글, p. 274.

자율성을 보장할 수 있는 언어탐구로 논쟁을 수렴시켰다는 사실을 기억할 필요가 있다.

그러나 이러한 김현의 논쟁의 자세는 정직하게 말해 논쟁의 기본적인 룰을 지키지 못한 것이었다고 볼 수 있다. 왜냐하면 서기원이 김현에게 제기한 문제는 문학의 현실참여라는 문제였지, 문학을 버리고 현실로 달려가라는 의미에서의 '문학=정치'라는 차원의 것이 아니었기 때문이다. 말하자면 김현은 서기원의 참여문학론을 문학이 아닌 정치적 실천의 차원으로 살짝 전이시킴으로써 논점을 흐려놓고, 그 대신 기존의 자신의 입장을 간접적으로 제시함으로써 의미 있는 논쟁으로 발전할 수 있었을 문제들을 피해갔던 것이다. 이러한 김현의 논쟁 태도는 70년대 초반에 벌어진 염무웅과의 논쟁에서도 반복적으로 나타나거니와,[293] 서기원이 이후의 반박문에서 김현의 논쟁 태도를 논점을 알고 있으면서도 "일부러 형식논리를 가지고 궁지로 몰려는 의도는 아닌가"[294]라고 반문하고 있는 것은 이 때문이라 할 수 있다.

결론적으로 서기원과 김현의 세대 논쟁은 그들의 문학관을 동어반복적으로 제시하는 데서 멈췄을 뿐 별다른 진전이 없이 끝난 것으로 볼 수 있다. 그럼에도 불구하고 이러한 논쟁의 의미를 과소평가할 수는 없다고 판단된다. 왜냐하면 이러한 논쟁이 벌어졌다는 것은 김현을 포함한 60년대 세대들이 문학계에서 자신의 목소리를

---

293 이동하, 「1970년대 한국 비평계의 리얼리즘 논쟁 연구」, 『인문과학』, 제2집(서울시립대, 1995)에서 자세히 논의되었다.
294 서기원, 「맛이나 알고 술 권해라」, 『서울신문』, 1969. 6. 7, p. 5.

낼 만큼의 역량을 쌓아갔다는 것을 의미하거니와, 이후 이러한 세대 의식은 『현대한국문학의 이론』(1972)을 통해 집단적으로 개진되면서 그 논리가 더욱 정교해졌기 때문이다. 무엇보다도 김현을 포함한 소위 '문지' 계열의 비평가들은 최인훈, 김승옥, 이청준, 박태순 등의 동세대 작가들의 작품을 통해 그들의 문학관을 실천적으로 확인할 수 있었고 이러한 과정을 통해서 비평가로서의 자기정립을 이룰 수 있었던 것이다.

이와 함께 논쟁이 별다른 논리적 진전 없이 평행선을 달렸음에도 이러한 결과가 나올 수 있었던 데에는 60년대 비평가들이 소위 에꼴화를 통한 집단적 움직임을 보인 반면, 서기원, 이호철 등을 포함한 50년대 세대들은 그에 걸맞는 집단적인 대응을 하지 않았고, 이 시기가 지나면 50년대 작가들의 활동도 뜸해져 그들의 논리를 현실화할 계기가 더 이상 존재하지 않게 되었기 때문이다. 이러한 문제의식은 같은 60년대 세대라고 할 수 있을 백낙청과 염무웅에게서 보다 창조적으로 분화하는 양상을 보이게 되는 것을 이후의 문학사가 증명해주고 있는 것이다.

2) 세대 의식의 집단적 개진－『현대한국문학의 이론』(1972)

김병익, 김주연, 김치수, 김현 등을 포함한 소위 '문지' 계열의 비평가들은 그 지향점이 얼마간 상이함에도 불구하고 세대 의식이라는 측면에서는 동일한 세계관을 공유하고 있었다. 여기에서는 『현대한국문학의 이론』(1972)에 게재된, 김현을 제외한 각각의 비평가들의 평문을 통해 70년대 초반 당시 이들이 공유하고 있었던 세대 의식 및 문학관을 간략히 검토하도록 하겠다. 분석의 텍스트는 ①김치수, 「한국소설의 과제」 ②김주연, 「60년대 소설가 별견」 ③김병익, 「상황과 작가의식」으로 한정한다.

패배주의의 극복―김치수의 경우

김치수의 「한국소설의 과제」는 말 그대로 60년대의 문학이 나아가야 할 방향성을 제시하려는 목적에서 쓰여진 평문이다. 김치수는 이 글의 서론에서 "50년대의 문학에서 60년대의 문학으로 넘어오는 과정은 어떤 의미에서 한국소설의 분수령이라고 말할 수 있다"[295]며 60년대 세대의 문학사적 의미를 적극적으로 평가하고 있다. 그는 이러한 입론을 증명하기 위해 1910년대의 이광수의 소설부터 1960년대의 소설들까지를 개관하고 있는데, 분석의 기준이 개인주의에 있다는 점은 선명하게 드러나는 바이다. 그런데 김치수의 이러한 입론은 60년대 세대의 문학사적 의미를 너무 부각시키려 한 나머지 그 전대의 한국문학사 전체를 평가절하하는 오류를 범하고 있다.

그러나 그 후의 한국문학은 어느 면에서 춘원의 범주를 크게 못 벗어나고 그 안에서 변화하여 왔다. 그것은 작가가 한 개인으로서 능력의 한계를 벗어나지 못하고 항상 사회나 현실에 대한 전체적인 파악 내지는 개조를 내세우며 개인은 존재하지 않고 전체만이 문제가 되는 인습을 낳았던 것이다. 게다가 서구의 문학사조를 계속적으로 수입함으로

---

295 김치수, 「한국소설의 과제」, 김병익 외 3인 공저, 『현대한국문학의 이론』, 제2판, 민음사 (1982), p. 149.

써 하나의 문학사조도 우리의 전통으로 창조하지 못하였던 것이다. 이러한 인습 자체를 비난할 수만은 없겠지만 그것은 1950년대에 이르기까지 계속되어 왔다.[296]

물론 김치수는 몇몇 예외를 인정하고 있기는 하다. 이상의 경우는 이미 1930년대에 문학을 자아의 인식 수단으로 보았다는 점에서 긍정적으로 평가된다. 염상섭의 경우는 그의 소설이 인류니 휴머니즘이니 하는 거창한 개념을 통하지 않고서도 현실을 전체적으로 파악했다는 점에서 긍정된다. 김치수가 특이하게도 긍정하고 있는 또한 명의 작가는 손창섭인데, 이는 그가 손창섭의 허무주의를 자아에의 관심에서 기인한 것으로 파악하고 있기 때문에 가능해지는 것이다.

그럼에도 불구하고 김치수의 위의 인용문이 우리 문학사에 대한 도식적이고 폭력적인 관점에서 나온 명백히 잘못된 주장이라는 사실은 거듭 강조되어도 지나치지 않다. 비록 김치수의 지적처럼 우리 문학사가 인류니 휴머니즘이니 하는 거시적인 차원에 집중했다는 것이 사실이라고 일단 인정하더라도 그렇다. 그렇다면 문학은 이러한 거시적인 차원을 철저히 배제한 상태에서 전개되어야 하는가. 루카치의 소설론이 보여주듯 역사에 대한 총체적 인식을 보여주는 것 역시 소설의 한 경향성일 수 있는 것이다. 그러나 사실을 보면 김치수가 주장하듯 우리의 소설이 거시적인 차원에만 집중한 것은 아니다. 우리

---

296 위의 글, pp. 149-150.

문학의 진행과정을 리얼리즘 문학과 모더니즘 문학의 대립구조로 파악하는 시각이 일반화되어 있거니와,[297] 이른바 모더니즘의 계열에 설 수 있는 작품들은 김치수가 강조하는 개인주의를 표방한 것들이었다. 예를 들어 이러한 계열에 서지 않았던 김유정과 김동리의 작품들은 그럼 타기해야 마땅할 작품에 해당되는 것일까.

김치수의 이러한 폭력적인 논리가 거침없이 제기될 수 있었다는 사실은 소위 4·19 세대들이 자신들의 문학사적 책무를 객관적으로 판단하기 이전에 관념적으로 예단하여 조급하게 과잉 의미 부여를 했다는 추측을 가능케 한다. 한국 근대문학을 서구문학의 모방에 불과한 것으로, 그렇지 않으면 인습의 거대한 역사로 파악하는 이러한 김치수의 태도에서 우리는 김현이 비판해 마지않았던 새것 콤플렉스의 전형을 본다. 김치수의 이러한 문학사 인식이 가능했던 것은 김치수의 문학인식이 서구라파적 관점, 더 정확히는 프랑스 문학에 대한 관심을 통해 형성되었고(그것도 현저하게 개인주의적인 작품들을 통해), 이를 통해 문학을 관념화시킨 데서 파생된 것이라고 추측할 수 있다. 관념화한 문학관을 가지고 그것을 한국의 현실 문학사

---

297 다음과 같은 주장을 참고해도 좋을 것이다: "1920–30년대 우리 소설사의 중심축은 그 뚜렷한 이념성의 선도 아래 우람하게 뻗어 있는 경향소설과 염상섭, 채만식 등의 소설이었다. 『고향』이 대표하는 경향소설과 염상섭, 채만식 등의 소설은 구체적 형상화를 통해 당대 현실의 총체성을 담아내고자 했고, 이같은 의도를 상당한 수준에서 성취하였다는 점에서 다같이 리얼리즘의 범주에 든다. 다만 세계관의 차이와 이에서 비롯하는 방법론의 서로 다름에 의해 구별될 뿐이다. 이처럼 경향소설과 염상섭, 채만식의 소설을 리얼리즘이라는 범주로 함께 묶을 때, 이 시기 소설사는 그 반대편에 있는 이상, 박태원 등의 모더니즘 소설과는 대립구도로 파악된다. 그러므로 1920–30년대 소설사를, 표방하는 이념에 따라 프로소설과 민족주의 소설의 대립구도로 파악하는 종래의 시각은 폐기되어야 한다. 표피적 해석에 불과한 것이기 때문이다."(김윤식, 정호웅, 『한국소설사』(예하, 1993), p. 163.)

에 대입시켰을 때, 김치수는 거기에서 한국적 현실 전체를 인습으로 파악하는 오류를 범하게 되는 것이다.[298] 만일 우리 문학에서 거시적인 이념을 강조하는 것이 하나의 인습으로 굳어져 왔다면, 그것은 김치수가 그토록 바랐던 한국문학의 전통일 수도 있다.

그러나 이러한 오류를 범하고 있는 김치수가 4·19 세대답지 않게 50년대 소설가인 손창섭의 소설을 고평하고 있는 것은 다소 기이한 일이다. 말하자면 김치수는 50년대 소설을 60년대 소설과의 단절이라는 관점에서 보지 않고 연속성의 관점에서 파악하고 있다.

그러나 손창섭에게서 더욱 주목할 만한 사실은 주인공들의 자조적인 태도이다. 그것은 어떻게 보면 인간의 불행과 부조리에 대한 사회고발적인 것이기도 하지만, 자세히 보면 자아에 대한 관심 때문에 자조적인 것이다. 개인의 힘으로는 그 당시 사회의 부조리를 어쩔 수 없이 받아들일 수밖에 없었던 모순, 그 모순을 의식하게 되면 될수록 자신의 무기력함과 왜소함을 인식하게 된다.

(……) 따라서 그가 현실을 전체적으로 파악하려 하지 않고 전인적인 어떤 것에 도달하지 않았던 것은 의식의 논리적인 명증성이라기보는 자신의 기억의 아픔이 너무 컸기 때문이다.[299]

---

298 이러한 문제점을 갖고 있었던 그가 『소설사회학을 위하여』(문학과 사회, 1979)라는 저서를 출발점으로 문학과 사회의 상호관련성에 대한 탐구로 나아갔다는 사실을 보면 김치수의 개인주의의 옹호가 어떤 측면에서는 다분히 방법적인 것이었다고 해석할 수도 있을 것 같다. 물론 김치수 자신의 내적 필요성, 세계 인식의 변화가 소설 사회학으로 그의 문학적 관심을 이동시켰다는 것 역시 부정할 수 없는 사실이다.
299 김치수, 앞의 글, p. 151.

김치수의 적절한 분석처럼 손창섭의 소설은 60년대 소설과 근친성의 관계를 갖고 있다. 물론 전후소설의 실존주의가 당대 현실에서 '개인의 삶'에 함몰되는 경향을 사상적으로 뒷받침하는 거점으로 대개 작용했던 것은 사실이다.[300] 그러나 이러한 현상은 60년대 작가인 김승옥에게도 부분적으로 나타나는 사실이며, 바로 이 사실이 50년대 소설과 60년대 소설을 단절의 관점이 아니라 계승의 관점에서 파악할 수 있게 하는 문제인 것이다. 때문에 손창섭의 소설에서 '자아에 대한 관심'을 발견해내는 김치수의 시선은 김현의 50년대 문학에 대한 태도에 비하면 보다 개방적인 태도인 것이다. 그러나 문제는 손창섭이 상황의 부단한 간섭 속에서 패배하고 찌들어진 자아의 발견에 도달했다는 사실이다. 전후의 고통스런 현실에 압도된 자아는 따라서 60년대 소설과 같은 '의식의 논리적 명증성'을 보여주지 못한다. 이러한 내적 의식의 강조야말로 소위 4·19 세대 비평가들의 자기 정체성이었거니와, 김치수 역시 이러한 태도를 강조하고 있는 것이다. 김치수가 50년대 작가들이 의식의 논리적 명증성을 갖지 못했다고 주장하는 근거는 사회학적인 것이다. 즉 전후세대들이 전쟁의 체험을 통해서 사회와의 관련 속에서 가치관을 성숙시키지 못하고 혼란을 겪은 데 비해 4·19 세대는 4·19 혁명의 경험을 통해 긍정적인 가치관을 획득할 수 있었다는 것이다.

그러나 바로 이 부분에서 김치수는 매우 조심스러운 진단을 하고 있다. 즉 "사실상 문학상에 있어서 이러한 문제가 얼마나 큰 역할을

---

300 김동환, 「한국 전후소설에 나타난 현실의 추상화 방법 연구」, 한국현대문학연구회 편, 『한국의 전후문학』(태학사, 1991), p. 207.

할 수 있는지에 관해서는 사회심리학적인 검토 없이는 보다 확실하게 말할 수 없다"[301]는 것이다. 이 말은 사회적 사건이 즉각적으로 문학에 영향을 끼치는 것은 아니라는 김치수의 생각에서 도출된 것이다. 그렇다면, 60년대 소설의 새로운 특징에 대해서 논하는 것은 매우 조심스러운 작업인 셈이다. 이러한 사회적 성격을 분석하지 못할 때, 그것은 김치수가 우려했던 의식의 명증성을 상실할 수도 있겠으니 말이다.

어쨌든 김치수는 김승옥과 이청준, 그리고 박태순 등 동세대 작가의 작품을 분석한 후에 다음과 같이 이들 세대의 공통분모를 추출해내고 있다.

그들은 흔히 볼 수 있는 인물들로서 자아를 돌아볼 줄 알고 역사나 현실 앞에서 자아의 무력함을 인식하고 있는 괴로운 자기성찰의 인물들이다. 그들이 이루고 있는 세계는 지적 감수성으로 파악된 오늘의 풍속도를 표상하고 있다. 이들 작가들은 한결같이 패배한 개인을 그리고 있다. 그것은 바로 개인이란 역사라든가 현실이라든가 하는 거대한 힘에 의해 패배당할 수밖에 없다는 현대의 풍속인 것이다. 그것은 거대한 힘 앞에서 왜소한 개인을 인식하지 않고는 불가능하다. 그러나 바로 그러한 인식으로 끝나지 않고 인식의 과정을 통해 고뇌와 내적 투쟁을 보여주고 있다는 데 그들의 존재 이유가 있는 것이다. 사실상 문학이란 옛날부터 인간의 비극을 주제로 해왔다. 패배한 개인이란 이런 문학의 비극

---

301 김치수, 앞의 글, p. 153.

성에 근거를 두고 있는 것이지만, 우리 문학에서 이처럼 한 시대에 많은 작가들의 관심이 방법을 달리하면서 개인으로 돌아온 예는 없다. 이것은 60년대 문학의 특성이며 50년대 이전의 문학과의 차이점이다.[302]

결국 김승옥은 '패배한 개인'이라는 개념을 60년대 소설의 특징으로 거명하고 있다. 그러나 이러한 특징은 모순되게도 50년대의 소설을 비판하는 과정에서 김현이 자주 애용했던 문제점이기도 했다. 『문학과지성』의 창간사에서 이들 동인이 패배주의와 샤머니즘의 척결을 문제로 삼았다는 사실을 주목할 필요가 있다.[303] 이러한 사실은 결국 '문지' 동인이 그토록 타기해 마지않았던 50년대 문학의 문제점을 60년대 세대 역시 간직하고 있었다는 말이 되며, 그들이 주장했던 60년대 문학의 차별성이라는 것도 50년대 문학과의 연속성이라는 관점에서 파악해야 된다는 것을 스스로 자인한 셈이 되는 것이다.

트리비얼리즘의 옹호-김주연의 경우

김주연의 「60년대 소설가 별견」 역시 김치수의 글과 마찬가지로 50년대 문학과 60년대 문학의 차별성을 강조하기 위해서 쓰였다. 글의 첫 문장에 "허위의 타파를 외치다가 자기에 대한 정당한 인식을

---

302 위의 글, p. 157.
303 "이 시대의 병폐는 무엇인가? 무엇이 이 시대를 사는 한국인의 의식을 참담하게 만들고 있는가? 우리는 그것이 패배주의와 샤머니즘에서 연유하는 정신적 복합체라고 생각한다. 심리적 패배주의는 한국 현실의 후진성과 분단된 한국 현실의 기이성 때문에 얻어진 허무주의의 한 측면이다. 그것은 문화, 사회, 정치 전반에 걸쳐서 한국인을 억누르고 있다."(김현, 「『문학과 사회』 창간호를 내면서」, 『김현문학전집』, 제16권, p. 49.)

못하고 허세에 빠져버린 50년대의 문학"[304]이라는 말이 적혀 있는 것에서 알 수 있듯, 이 글은 「새 시대 문학의 성립」과 동일한 문제의 식에서 쓰여진 것이다. 「새 시대 문학의 성립」이라는 글을 두고서 기원과 김현 사이에 몇 차례의 논쟁이 있었다는 사실은 앞에서 밝혔거니와, 서기원이 문제 삼았던 것은 이들 60년대 세대들에게 역사의 식이 결핍되어 있다는 사실이었다. 김주연은 이러한 서기원의 비판에 대해 이 글을 통해 다시 한번 자신의 입장을 밝히고 있는 셈인데, 자신의 세대는 역사의식이라는 거창한 허세보다는 트리비얼리즘, 그러니까 사소한 것에서 사소하지 않은 의미를 발견하는 '자기 세계'를 갖고 있으며, 바로 이러한 사실이 50년대 세대와의 차별화의 근거가 된다고 주장하고 있는 것이다.

물론 김주연은 이러한 입론의 타당성을 60년대의 대표작가라고 할 수 있을 김승옥에게서 찾고 있다. 이러한 관점에 설 때 「생명연습」은 '자기 세계' 때문에 남과 불화를 겪을 수밖에 없는 현실의 갈등을 보여주며, 김승옥 소설에서 반복적으로 등장하는 섹스에서의 취재는 인간 개성의 문을 열어주는 가장 편리한 수단이라고 옹호된다. 그렇다면 김주연이 의미하는 트리비얼리즘이란 무엇을 의미하는지 잠시 살펴볼 필요가 있다.

「생명연습」에서 또 하나 관심을 끄는 것은 '사소한 것의 사소하지 않음'에 대한 발견이다. 이 작품의 조그만 안타고니스트로 되어 있는 만화

---

304 김주연, 「60년대 소설가 별견」, 김병익 외 4인 공저, 앞의 책, p. 271.

가 오 선생은 자기의 온몸과 일생을 걸고 자기 세계를 꾸려가고 있는 다른 인물에 비해 퍽 확고하게 이미 자기 세계가 서 있는 평범한 시민으로 보이지만 만화의 초를 뜨는 선을 긋는 데서-그대로 긋느냐 자로 긋느냐로- 윤리의 위기를 느낀다. 그것은 독자에 대한 기만이 아닌가 하는 것을 느끼는 것이다. 이러한 태도는 윤리와 도덕이 분간되지 않고 쓰여온 한국 전통사회의 인습에서 한 발자국 벗어나고 있음을 보여준다.[305]

위에서 우리는 김주연이 윤리와 도덕이라는 개념을 분화해서 사용하고 있다는 점을 주목할 필요가 있다. 이러한 김주연의 개념분리는 기존의 소설 속의 인물들이 도덕적 관점에서 자기반성 없이 상황에 이끌리고 있었다면, 김승옥에 이르러 아주 사소한 일상의 한 국면 속에서도 윤리의 문제를 자각하기 시작했으며, 이것이야말로 60년대 소설의 어떤 고유한 특성이라고 주장하고 있는 것이다. 윤리와 도덕을 구분하는 것은 힘드나, 윤리라고 할 때 그것은 인간을 억압하는 강제적 규범이나 행동강령이 아니라, 인간이 자신에게 일치해 있으며 타인을 속이지도 않는 자아의 엄격성과 관련된다는 점은 쉽게 추측할 수 있다.[306] 이러한 자아의 엄격성이란 자각적인 것이며 동시에 이성적인 반성의 소산이다. 따라서 김주연의 이러한 진술은 자아의 주체성도 없는 상태에서 역사의식을 강조했던 50년대 문학은 일종의 허세의 포즈가 아니었느냐는 강한 반론의 성격을

---

305 위의 글, p. 272.
306 송은영, 「김승옥 소설 연구」(연세대 석사논문, 1998), p. 13.

띠는 진술로 볼 수 있다. 그것은 곧 '자기 세계'와 연결되는데, 김주연의 평론이 60년대 문학에 대한 정당한 진단을 했다면, 그것은 바로 그가 동세대의 작가에게서 이러한 '자기 세계' 혹은 자아 정체성에 대한 탐구를 발견하게 되었다는 데서 비롯된다. 우리는 여기서 김주연이 강조하고 있는 김승옥의 '자기 세계'가 외부와의 대결과정속에서 파생된 것이라는 사실을 지적해야만 할 것이다. 이러한 대결과정, 타자성과의 대립 속에서 자기동일성을 확보할 때야말로 그것이 진정한 주체로서의 의미를 갖게 되는 것은 분명하다.

따라서 김주연의 이러한 지적은 패배주의적 인간관에 대한 고찰에서 자기 세대의 가능성을 찾는 김치수의 견해나, 언어미학에서 근대적 문학으로의 이행근거를 찾고 있는 김현의 견해에 비하자면, 월등 논리적이며 설득력이 있는 견해로 판단된다. 그러나 이러한 자기 세계의 강조가 다른 관점에서 살펴보면 타인에 대한 무관심으로 비칠 수도 있다는 점은 중요하다. '자기 세계'가 타인과의 대립적 세계 인식에서 출발했다고 할지라도 보다 바람직한 의미에서의 근대적 자기 세계란 타인의 존재 역시 하나의 열려 있는 가능성으로 수용할 수 있는 관대한 시선을 필요로 할 것이다. 또한 자기 세계의 계속적인 강조는 보다 거시적인 차원으로 전이시키면, 그것은 결국 근대의 가장 발전된 형태로서 제국주의적 시각과 그리 다를 바가 없다.[307] 그것이 개인적인 차원에서 형성된다면 이기주의라는 말이 성

---

307 "서구 식민지배에 대항한다고 자기를 본질주의화시키면서 결국 서구의 이데올로기적 헤게모니를 공고화시켰듯이, 식민지하의 한국은 민족국가로서 자신의 아이덴티티 형성에 일본의 존재를 필수적인 요소로 편입시키면서 '대립하면서 닮는' 전형적인 편입과정을

립될 것이다.

대학원생과 '나'에게 그것이 슬픈 현실이 되기에는 이미 그들과 그 죽음과의 사이에는 굳은 벽이 놓여 있다. 죽음 자체가 사소한 것이 아니라 타인에게 그것이 사소하게 느껴질 뿐인데 중요한 것은 소설에서 현실이라고 불리워지는 것은 사소하지 않은 죽음이 아니라 그것을 사소한 것으로 느끼는 한 개인의 의식 쪽에 자리잡고 있다는 것이다.[308]

「서울, 1964년 겨울」에 관한 김주연의 위의 진술을 통해 우리는 당시의 김주연 역시 김현과 마찬가지로 계몽적 시선을 간직하고 있었다는 분석을 할 수 있겠다. 한국사회가 샤머니즘과 도덕으로 버무려진 사회라는 것은 전근대의 주술에서 아직 풀려나오지 못했다는 것을 의미하며, 그것의 극복은 이성이라는 투명한 빛을 쏘일 때만이 가능하다는 것이 김주연의 당시 생각이었다. 이러한 김주연의 견해는 그러나 다만 김주연 자신의 한계가 아니라 시대적인 한계로 남는 부분이었다고 판단된다.

근대적 합리화의 보다 완만한 계기를 갖지 못하고, 군사적 합리성에 의해 기능적으로 변질되었던 당대 한국적 합리주의의 현실을 참

밟게 되었다. 이제 일본은 한국의 '남이면서 남이 아닌' 파트너로서 부러움과 증오의 복합적 감정을 일으키어, 한국인의 심사를 어지럽히게 된 덕이다. 이 어지러움은 한국의 근대적 상상력 전반에 걸쳐 맴돌고 있다. 치터치의 표현을 빌리자면, 우리의 근대적 상상력은 식민화된 채 아직 자유를 얻지 못하고 있다."(장석만, 「한국 근대성을 위한 몇 가지 검토」, 『현대사상』(민음사, 1997년 여름호), pp. 138-139.)
308 김주연, 앞의 글, p. 275.

고해 볼 필요가 있다는 말이다. 4·19 혁명의 계기라는 것 역시 의식적이라기보다는 자연발생적인 성격이 강했고, 4·19 직후의 현실이라는 것 또한 1950년대와 그다지 다를 바 없는 상황이었다는 점에서,[309] 이들 4·19 세대가 하나의 문학적 신념으로서 이성적 사회에 대한 열망을 키워나갔다는 것을 우리는 이해할 수 있다. 그러니까 「서울, 1964년 겨울」이 보여주는 자기 세계의 의미란 이러한 시대적 한계성과 관련을 맺고 있다는 말이 된다. 때문에 이때 김주연이 주장하는 자기 세계의 의미는 그와 의식을 공유했던 다른 비평가들과 함께 그가 생각한 관념으로서의 '자기 세계'일 수도 있었던 것이다.

이러한 문제의 환기는 이들의 근대적 의식이 현실적이라기보다는 일층 관념적인 것이었다는 내용을 포함하고 있다. 바꿔 말해 60년대 세대들이 50년대 세대의 문제점으로 지적하고 있는 관념에의 편향은 그들이 옹호해 마지않았던 최인훈과 이청준의 소설에서도 드러나고 있는 것이다. 이러한 문제의 해결을 위해 김주연은 이청준의 「병신과 머저리」에 대한 복잡한 분석을 시도한다. 형은 전쟁이라는 실체를 경험했다는 점에서 그의 고통은 현실적인 것이며, 그 형을 통해 고통을 느끼는 동생은 형과 같은 현실적 고통이 존재하지 않

---

309 "4·19의 주장과 이념이 추진되거나 사회 속에 스며든 것은 60년대 중반 이후 혁명의 좌절을 거리를 두고 바라볼 수 있게 된 4·19 세대들이 사회의 각 층에서 활동하면서였고, 그 결과는 매우 오랜 기간에 걸쳐 나타났다. 따라서 어려운 경제상황, 권위적이고 독재적인 정치체제, 이데올로기적 편향의 심화는 4·19와 5·16 이후에도 그대로 남아 있었고, 사람들의 일상의 삶은 크게 변한 것이 없었다. 산업화에 따른 거대한 변화가 서서히 사람들의 삶에 침투하기 시작한 것도 62년 1월 13일 발표된 제1차 경제개발 계획이 효과를 나타내기 시작한 60년대 중반 이후였다. 즉 60년대 초반의 한국사회는 50년대와 비교해서 아직 큰 차이점을 드러내지 못하고 있던 시기였다."(송은영, 앞의 논문, p. 12.)

는 데 아파한다는 점에서 머저리라는 것이 이청준의 「병신과 머저리」가 보여주는 세계이다. 50년대 세대의 상징적 인물일 형의 아픔이 대상이 있는 아픔인 데 반해, 동생의 아픔은 대상 없는 아픔이다. 때문에 형의 아픔은 동생의 아픔에 비해 보다 현실적인 것이며 반대로 동생의 아픔은 형의 아픔에 비하자면 관념적인 것으로 보일 수 있다. 서기원이 김현과의 논쟁에서 '역사의식의 부재'를 문제 삼았던 것은 이러한 대상 없는 아픔을 60년대 세대가 엄살을 떨며 과장하고 있는 것은 아닌가라는 의혹에서 나온 것이었다.[310]

서기원이 대상 있는 아픔 곧 역사에 대한 절망감에서 비롯된 아픔의 의미를 강조했다면, 이때 김주연이 강조한 것은 '세계에의 눈뜸'이라 말할 수 있는 인식의 아픔이었다. 인식의 아픔이란 새로운 자아의 탄생을 의미한다는 김주연류의 세계관과 광폭한 역사진행 속에서 배태된 아픔이 일층 현실적이라는 서기원류의 세계관의 충돌을 우리는 바로 이 지점에서 발견하게 되는 것이다. 그러나 냉정하게 생각해 볼 때, 이 두 세대의 아픔은 그 나름의 어떤 진정성을 갖고 있는 것이라고 볼 수도 있다. 개인을 압도해왔던 광폭한 역사에 휩쓸려갔던 50년대 세대가 현실을 실존적 차원에서 분석하려한 것은 그 나름의 필연성을 동반한 것이며,[311] 이러한 전세대의 문

---

310 "소시민이란 단위의 인식과 성찰을 통해서 도무지 무슨 영문인지 알 수 없는 현실에서의 입구를 찾겠다는 항변도 이해 못할 바는 아니다. 그러나 현실은 알기 어려울수록 안이하게 거부될 수도 수용될 수도 없다. 가령 이 시대에 쓴 작품은 절로 현실에 참여하고 있는 셈이 된다는 따위의 현실 수용태도란 실상 자기도피와 종이 한 장의 차이밖에 안 된다." (서기원, 「대변인들이 준 약간의 실망」, 『서울신문』, 1969. 5. 17, p. 5.)

311 본 논문의 제2장 1절인 「60년대 문학의 전사前史로서의 전후문학」을 참조할 것.

학적 편향을 패배주의로 규정, 이것의 극복을 '자아'라는 심층적 차원에서 극복하고자 했던 것 역시 하나의 대립적 의식으로서 그 가치를 전면부정하지는 못할 듯하다.

그럼에도 불구하고 사회로부터 그 시선을 현저하게 개인으로 집중시키는 것에 대한 외부의 비판을 김주연은 극복해야만 했는데, 이때 김주연에게 떠오른 이념이 소시민 의식이었으며 트리비얼리즘이었던 것이다. 트리비얼리즘의 강조를 통해 동생의 환부 없는 아픔은 긍정된다.

> 동생의 아픔은 말하자면 대상 없는 아픔이다. 형의 아픔이 확실하고, 그러므로 누구나 주어지면 가질 수밖에 없는 상투적인 것이라면 동생의 그것은 다만 그림이 잘 안 그려지는 것에 대한 초조와 불안이다. 그러나 이 설명은 충분하지 못하다. 동생의 아픔에 원인이 있다면 그것은 지극히 사소한 것이다. 우연히 목격한 형의 소설이 빨리빨리 쓰여지지 않는다거나, 그림이 잘 그려지지 않아 쭈그리고 앉아 있는 그에게 (……) 상투적인 야유나 던지는 형에 대한 야속함 같은 것이 그 본래의 사소한 의미를 떨어버리고 동생의 아픔에 크게 작용한다. 분명히 말해둘 것은 동생의 아픔에 형의 경험은 그 어두운 제 무게로 연락되는 것이 아니라 그것을 받아들이는 형의 태도—관념의 조작—로서 이어진다는 것이다. 형과 동생의 대립은 여기에 관념과 경험의 대립이라는 관계를 인습과 개성의 대립이라는 차원으로 바꾸어놓는다. (……) 형은 '연극기'를 가지고 연기를 통해 감정을 채웠지만 동생은 '모든 것이 자신의 안으로 돌아가는 것 뿐'이며 그것은 결국 혜인의 말대로 '자신의 힘

으로 밖에 치료될 수 없는 것'이다.[312]

말하자면 동생은 형의 사소한 야유에 대해 분명한 아픔을 가졌다는 것인데 반해 형은 그러한 동생의 아픔과는 달리 다만 관념에 의해 동생의 아픔을 추측한다는 것이다. 이러한 김주연의 분석이 형과 동생의 관계를 '전도'시킨 데서 온 것이라는 사실은 쉽게 알 수 있다. 이러한 전도과정에는 동생의 내적 현실이야말로 형의 눈에는 사소하게 보이지만, 사실에 있어서는 보다 현실적인 것이라는 '내성'에 대한 김주연의 편향이 존재하고 있다. 모든 것은 안으로 돌아가야 한다는, 그러니까 의식을 통해 수렴되어야 한다는 김주연의 이념은 그렇다면 어떻게 증명될 수 있을 것인가. 안으로 들어간 의식이 외부로 향하지 않고 정지하게 된다면, 그것은 자폐적 세계이다. 자폐적 세계와 개인주의의 아슬아슬한 경계에 당시의 김주연은 서 있었고 그것을 트리비얼리즘이라는 테제를 통해 극복하려 하였다. 그러나 지금의 시점에서 볼 때, 김주연의 트리비얼리즘과 개인주의가 50년대 문학에 대한 60년대 문학의 가능성-대안적 방향성의 지표로 작용할 수 있었다는 점에 대해 우리는 당대의 제한된 역사적 지평만을 탓해서는 안될 것이라는 점만은 밝혀둘 필요가 있겠다.

상황에 대한 적극적인 이해-김병익의 경우

김병익의 「상황과 작가의식」은 '문지' 동인의 평문으로서는 독특

---

312 김주연, 앞의 글, pp. 282-283.

환 관점을 보여준다. 언어와 현실이라는 기준으로 '문지' 계열의 비평가를 구분한다면(물론 이러한 구분은 상대적인 것이지만), 김병익은 유독 현실 쪽에 더욱 근접해 있다. 이러한 사실은 김병익이 문학이 아닌 정치학을 전공했으며, 해직기자 출신이기 때문에 현실에 대한 보다 폭넓은 시야를 확보할 수 있었을 것이라는 추측을 가능케 한다. 그러나 이것은 어디까지나 심정적 추측에 불과할 뿐이므로, 더 이상의 논의는 하지 않겠다.

어쨌든 김병익의 「상황과 작가의식」에서 두드러지게 드러나는 것 또한 이러한 현실과 문학의 의미 연관 문제이다. 김치수와 김현, 그리고 김주연이 현실을 한 개인의 의식 속에서 마술적으로 연소시키는 방향으로 나아갔다면, 김병익은 현실의 억압적인 상황을 이청준과 박태순을 통해서 확인하며, 이를 통해 자신의 문학론을 전개시키고 있는 것이다. 그는 이 평문의 첫 문단에서 작가는 글을 왜 쓰는가 하는 의문을 다음과 같이 제기한다.

작가는 무엇을 쓰는가, 그는 왜 쓰는가, 그는 어떻게 쓰는가—하는 질문에 대한 대답은 아마 작가의 수만큼 많을 것이다. 그러나 수없이 제기되어 토의되었고 자문되어진 이 원초적이고 고전적인 질문의 응답자들이 갖는 일반적인 태도는 '쓴다'는 일은 쓰는 사람의 결단에서 비롯된 어떤 것이며 어떤 점으로든 '행위 이유'를 갖고 있고 더구나 그 '결단의 행위이유'가 용납되고 있다는 전제를 시인하고 있다.[313]

---

313 김병익, 「상황과 작가의식」, 김병익 외 공저, 앞의 책, p. 298.

글쓰기의 동인을 문제 삼는다는 점에서 김병익의 이러한 물음은 매우 자각적인 것이었다고 생각된다. 글은 왜 쓰는가에 대한 김병익의 이러한 물음은 글쓰기 자체를 문제 삼지 않고, 글은 어떻게 써야 하는가 혹은 글의 의미내용은 무엇인가라는 물음에 직면해 있던 당시의 '문지' 계열의 비평가들에 비하면 한 걸음 앞선 인식이라 할 것이다. 김현이 「소설은 왜 쓰는가」라는 평문을 발표한 것이 1985년이었으니, 김병익의 이러한 물음의 의미를 우리는 과소평가할 수 없다. 위의 인용문에서 우리는 "쓴다는 일은 쓰는 사람의 결단"이라는 말을 발견하게 되거니와, 이때 '결단'이라는 용어가 '자아'라든가 '개인'이라는 용어에 비해 보다 실천적이며, 현실적인 개념이라는 사실을 우리는 발견하게 된다.

그도 그럴 것이 우리는 김병익의 접근방식이 '자아'에서 출발하는 것이 아니라 '상황'에서 출발하고 있다는 사실을 발견하게 되는 것이다. 말하자면 김병익은 주체의 투명한 자기의식을 통해 세계로 침투해 들어가는 것을 고찰하는 것이 아니라, 상황의 자극에 반응하여 그것을 의식을 통해 재정립하는 주체의 자기의식을 강조하고 있다는 것이다. 때문에 김병익은 '글은 왜 쓰는가'라고 질문하지 않고, 글을 쓰지 '못하게 하는 상황은 무엇인가'라는 질문을 독자에게 던진다.

왜 쓰지 못하는가-하는 부정적인 질문이 재주 없는 문학청년이나 상상력을 상실한 무력한 노작가에 의해 제기되었다면 그것은 추악한 개인적 고백으로 떨어지고 말 것이다. (……) 두 작가(박태순과 이청준-

인용자)가 공통으로 지니고 있는 처절한 고통은 어디서 오는가. 예민한 지성인이면 우리 이 시대의 사회 속에서 어쩔 수 없이 봉착하게 되는 일반적 현상으로서의 '정상적이 아닌 조건' 때문일까.[314]

위의 인용문을 통해 우리는 김병익이 당시의 역사적 진행과정에 대해 깊은 관심을 갖고 있었다는 사실을 확인하게 된다. '정상적이 아닌 조건'이라고 했을 때, 김병익이 제기한 문제는 정치-경제적인 모순이었다. 군사적 합리성에 의해 진행되는 개발근대화가 70년대 초반에 이르면, 어느 정도 가시적인 성과를 보였으나 경제적 불평등은 더욱 심화되었고 정치적 자유는 더욱 제한되게 되었다. 이 시기에 민주주의와 합리주의라는 두 개의 지주가 김병익의 의식을 장악했거니와 김병익에게 이러한 정치적 경제-경제적 현실은 그의 이상과 대치되는 것이며, 그것의 문학적 형태로 나타난 것이 이청준과 박태순의 소설이었다고 당시의 김병익은 생각하고 있었던 것이다.

그럼에도 불구하고 김병익은 상황에 압도된 문학보다는 상황에 반성적으로 작용하는 문학을 할 것을 권유한다. 그가 "박태순이 현실적인 삶의 비참함에 압도됨으로써 글을 쓰는 작업의 한계에 대한 신음을 냈다면 이청준은 내적 삶을 비참하게 만드는 '소문의 벽'에 짓눌리는 참담한 비명을 듣게 된다"고 했을 때, 이는 이청준의 내적 삶의 비참함에 대한 긍정이었다고 볼 수 있다. 그렇기 때문에 김병

---

314 위의 글, p. 300.

익의 이 평문은 이청준의 「소문의 벽」(1971)에 대해 집중적인 조명을 가하게 된다.

「소문의 벽」은 '전짓불의 공포'와 '진술공포증'이라는 두 개의 모티프를 극의 핵심 갈등과 결합시켜 이데올로기와 작가의식의 문제를 효과적으로 표출해낸 이청준의 수작이다. 이 소설의 주인공인 '박준'이 진술공포증을 느끼는 이유는 6·25 당시 아군과 적군의 정체를 알 수 없는 상황 속에서, 그러니까 상대를 전혀 알아볼 수 없는 상황 속에서 전짓불 아래서 목숨을 걸고 자기진술을 해야 했던 유년시절의 트라우마 때문이다. 박준이 쓴 소설에는 다음과 같이 전짓불의 공포가 형상화되어 있다.

그날 밤 저는 어머니와 함께 단둘이서 집을 지키고 있었습니다. 밤중쯤 되자 느닷없이 밖에서 쿵쿵거리는 소리에 놀라 잠을 깨고 말았어요. 눈을 뜨자마자 백지 창문이 덜컹거리면서 눈부신 손전등 불빛이 가득히 방안으로 쏟아져 들어왔어요. 눈을 뜰 수도 없을 만큼 강한 불빛이었지요. 불빛 뒤에서는 사람의 모습도 보이지 않은 채 카랑카랑한 목소리만 울려오는 것이었어요.[315]

상대를 알 수 없는 상황에서 자기진술을 해야 된다는 것, 상황에 압도되어 주체로서의 자기의식을 포기해야 된다는 것―그것이 바로 전짓불의 공포인 셈이다. 이청준은 이러한 전짓불의 공포를 그의 글

---

315 이청준, 「소문의 벽」, 『황홀한 실종』(나남, 1984), p. 225.

김현 비평과 근대성의 모험

쓰기에 대한 자의식으로 치환시켜 제시한다. 말하자면 작가는 독자의 전짓불 앞에서 쉴 새 없이 자기진술을 하는 존재에 불과하다는 것이다. 이러한 글쓰기에 대한 민감한 자의식이 이청준의 미덕이겠거니와, 문제는 이청준 자신의 진술이 아니라 이것을 해석하고 있는 김병익의 진술일 것이다. 김병익은 이청준의 전짓불 모티프를 '상황과 작가의 자유'라는 측면에서 분석해나간다. 전짓불이란 자유로워야 할 작가의 생명력을 봉쇄하는 억압적인 세력이며, 문학행위는 이러한 상황에 대한 '언어적 참여'라는 것이 그것이다.[316] '언어적 참여'라는 표현에서도 느끼겠거니와 김병익의 비평은 문학을 억압적 세계의 해체라는 차원과 긴밀하게 관련시킨다.

그러나 여기서 중시되어야 할 것은 김병익의 '언어적 참여'라는 어사와 김현의 '언어적 참여'라는 어사의 내용이 전혀 다른 의미망을 갖는다는 사실이다. 김현의 '언어관'이 상징주의의 언어관 및 사르트르의 언어관─시의 언어와 산문의 언어는 전혀 다른 차원에 있다는─의 압도적인 영향 속에서 형성된 것으로 절대에의 추구를 보여주었다면, 김병익의 언어는 현저하게 언어의 지시성에 기반하고 있는 것이다. 때문에 김현이 참여 혹은 실천을 내세웠을 때, 그것은

---

316 "작가가 상황으로부터 얼마나 해방될 수 있으며 절대적인 자유를 향유할 수 있는가에 대해서는 누구나 회의하고 있다. 사회적으로나 시대적으로 정신과 사상은 간단히 그리고 의식적으로나 무의식적으로 구속되고 스스로 참여한다. 그러나 언어적 참여가 가능한 한, 작가가 현실에 대해 느끼는 저항은 자기가 처한 상황을 왜 어떻게 무엇으로 표현하느냐는 문제에 집중하게 된다. 현실이 모순으로, 갈등으로 파악될 때 그리고 그 모순과 갈등을 충분히 파악할 시야와 그것이 언어로 조형되고 표현될 자유를 가질 때 순수한 작가적 고민을 갖게 되고 작가가 '왜 쓰는가' 하는 질문을 제기할 때가 그런 상황에 대응된다."(김병익, 앞의 글, p. 307.)

정교한 언어의식을 문제 삼는 것이었지, 현실과의 직접적인 의미 관련을 문제 삼는 것이 아니었다.[317] 다시 그렇기 때문에 김병익의 위의 주장은 '문지' 계열의 비평가들 중에서는 상당히 개방적이며 전향적인 것이었다고 할 수 있다.

이제 '글은 왜 못 쓰는가' 하는 당초의 질문이 박태순 특히 이청준에게는 글에 대한 더욱 강한 집착을 의미하고 있음을 밝힐 수 있게 되었다. 그 자각 증세 자체가 상황에 대한 보다 적극적인 이해이며 자신의 결단에 대한 새로운 확인이다. '정직한 작가'이기 때문에 감당해야 할 억압의 고통에 어떻게 맞설 것인가.[318]

이러한 김병익의 태도는 이후 그로 하여금 마르크스주의에 대한 조심스러운 탐색을 행하게 하며, 문학적 실천과 작가의식의 양립이라는 두 가지 문제틀을 지속적으로 밀고 나가는 열린 지성의 자세를 가지게 한다. 김주연이 "사소한 것은 아름다운 것이다"[319]라는 주장을 발전시켜 이후 기독교적 초월주의로 나아간 것과는 전혀 다른 양상을 보여주었던 것이다.

---

317 서기원과의 논쟁에서 김현이 강조한 것 역시 언어문제였다. 말라르메 식의 '근본적인' 언어가 존재의 본질에 도달하는 언어라는 김현의 이러한 언어 이데올로기는, 김현이 논쟁의 자리에 임하면 언제나 등장했던 단골 메뉴였다. 때문에 김현의 언어 이데올로기의 지평 속에서 언어를 통한 사회참여라는 개념은 받아들일 수 없는 것이었다. 언어 그 자체의 미적 특질 및 표현의 정확성에 대한 김현의 강조는, 그로 하여금 시어의 정밀성에 대한 탐구로 나아가게 했다.

318 김병익, 앞의 글, pp. 308-309.

319 김주연, 「새 시대 문학의 성립」, 『김주연 평론문학선』(문학사상사, 1992), p. 48.

지금까지 살펴본 것처럼 『문학과지성』 동인들은 세대담론을 개진하는 상황 속에서도 의식의 서로 다른 편차를 보여주었다. 김치수가 개인의 자아의식을 강조하면서도 60년대 소설이 50년대 소설의 '패배한 개인'이라는 테마를 계승하고 있다는 인식에 도달한 것이나, 김주연이 트리비얼리즘의 강조를 통해 사소한 것 속에 숨어 있는 '자기 세계'의 의미를 환기시킨 것이나, 김병익이 언어와 상황과의 관계를 통해 자아로부터 보다 넓은 사회적 시야의 확보를 요청한 것은, 이들 동인이 그 외적인 에꼴화에도 불구하고 서로 다른 지향점을 갖고 있었다는 사실을 확인케 한다. 때문에 60년대 세대의 문학적 의미를 누구보다 열정적으로 옹호했던 것은 단연 김현이었고, 김현의 이러한 주장들은 그 주장이 선정적이고 과격했던 만큼 문제적이었던 것으로 판단된다. 바로 이 사실은 김현이 50년대 세대를 의식적으로 타자화하여 문학적 주체로서의 자기 정립을 시도했다는 것의 다른 말로도 이해할 수 있는 것이다. 때문에 우리는 다음 절에서 초기 김현 비평에 나타난 세대 담론의 정합성을 문제 삼게 될 것이다.

제3절 문학적 실천으로서의 김현의 세대 담론

우리는 김현의 문학적 실천 행위를 보다 객관적으로 검토하기 위해, 김윤식의 문학사 이해 및 『문학과 사회』 동인의 세대담론을 비판적으로 점검해보았다. 이러한 검토를 통해서 우리가 알 수 있었던 사실은 이들의 문학적 실천 행위가 60년대 중반 이후 70년대 초반까지의 한국사회의 어떤 역사적 기후와 내통한 상황 속에서 전개된 것이었다는 점이다. 경제발전과 독재체제의 공고화로 상징되듯 70년대 자체가 모순을 내포한 시대였던 것과 마찬가지로 4·19 세대 비평가들 역시 역사에의 유혹과 그것으로부터의 도피라는 이중성을 드러내고 있다. 물론 우리가 이러한 이중성을 당대의 역사적 제약성에서 기인하는 것으로만 이해하는 것은 역사적 행동자의 주체성에 대한 평가절하일 것이다.

왜냐하면 김현과 김윤식의 이식문학사의 극복이라는 과제와 소위 4·19 세대 비평가들의 세대론적 담론이란 역사를 거슬러 자신의 주체적 욕망을 현실화시키려는 욕망에서 나온 것이기 때문이다. 그 모든 욕망들이 거꾸로 흘러 김현에게 집중되는 것은 어쩌면 자연스러운 일이다. 그런 점에서 우리가 김현의 비평세계 전체를 섣불리 상찬할 수 없는 것은 물론이겠거니와, 당대의 문학 및 문학사에 대한 검토 작업에서 보여준 그의 치열한 정신의 밀도만은 인정하지 않을 수 없을 듯하다.

그러나 김현의 치열한 정신의 밀도가 곧바로 그의 문학의 우수성을 보장해주는 것은 아니며, 또한 논리적 정합성을 보장해주는 것도 아니다. 위대한 삶이 항상 위대한 문학을 탄생시키는 것은 아니며, 사소한 것이 마냥 아름답기만 한 것은 아니듯이 말이다. 김현이 그토록 상찬해 마지않았던 아도르노의 '부정의 변증법'이 상기시키듯 모든 의미는 새로운 의미화를 기다린다. 따라서 김현의 문학론은 새로운 시각에 의해 냉정하게 조명될 때 김현 당대가 아닌 우리가 살고 있는 당대에 살아 있는 의미를 갖게 되는 것이다. 아니 어쩌면 모든 학문 연구는 이러한 진실 추구의 과정이며, 그것은 또한 진실을 향한 지속적인 비판적 태도를 요구하기도 하는 것이다.[320] 따라서 우리는 김현의 세대 담론에 대한 비판적 독해를 시도하게 될 것이다. 이것은 김현 비평의 이데올로기적 구성물을 객관화 하는 작업이자, 그것의 현재적 의미를 묻는다는 점에서 어쩔 수 없이 실천적인 성격을 갖게 된다.

1) 50년대 문학의 타자화를 통한 경계구획

비평가로서의 온전한 주체정립을 위해서 김현은 50년대 문학과 대결하지 않을 수 없었다. 60년대 중반에서 70년대 초반까지, 김현의 비평적 실천의 전개양상을 살펴보면, 그것은 전세대의 문학과의 대결을 통한 자기 세대 의식(4·19 세대 의식)의 정립으로 요약될 수 있다.[321] 70년대 초반에 쓰여진 「비평은 심판인가 대화인가」라는 글

---

320 "진실이란 관용적일 수 없으며 타협이나 제한을 인정할 수 없고, 과학적 연구는 그 자체로서의 모든 분야의 인간활동을 그 대상으로 하고 있으며, 그의 영역을 침범하려는 어떤 다른 힘에 대해서도 비타협적인 비판적 태도를 견지해야 하는 것이다."(지그문트 프로이트, 『새로운 정신분석 강의』, 임홍빈, 홍혜경 역(열린책들, 1996), pp. 228-229.)

321 권성우는 「60년대 비평문학의 세대론적 전략과 새로운 목소리」라는 논문을 통해 김현, 김주연, 백낙청 등 이른바 4·19 세대의 문학론을 세대론적 관점에서 날카롭게 조명한 바 있다. 이 논문에서 권성우는 김현의 「한국 비평의 가능성」이라는 평문에 대해 조명을 가했는데, 그의 논문은 본 논문의 전반적인 문제의식과 관련하여 살펴보았을 때도 적지 않은 의미를 지닌 글이라고 판단된다. 권성우는 김현의 위의 글이 4·19 세대의 고유한 비평사적 책무를 효과적으로 부각시키기 위해 전대의 잘못된 비평적 편향을 적극적으로 해체시키고 전복시켰다는 점에서는 주목되는 글이지만, 새로운 세대의 고유한 특수성에 대해 논리적 접근보다는 수사적인 언어에 기대고 있다는 점, 전대 비평에 대한 비판이 다분히 냉전적 이데올로기에 물들어 있다는 점 등에서는 일정한 한계를 지니고 있었다고 지적한다. 즉 김현이 이어령, 유종호 등을 비롯한 전세대의 비평가들을 비판적으로 검토한 것은 자신들 세대의 등장을 새롭게 부각시킴으로써 문학사적 인정투쟁을 개시하겠다는 의도의 표현이었다는 것이 권성우 주장의 요체인 셈이다(이상의 내용은, 권성우, 「60년대 비평문학의 세대론적 전략과 새로운 목소리」, 문학사와 비평연구회 편, 『1960년

을 통해, 김현은 자신의 비평적 실천의 궤적을 구체적으로 고백하면서, 자신의 비평 행위의 중심에 '세대 의식'이 강하게 자리 잡고 있었음을 밝힌 바 있다.

넓게는 시대 의식, 좁게는 세대 의식이라고 부를 수 있는 것에 비평가 또한 갇혀 있는 것이다. 글을 쓰기 직전에 체험한 4·19와 5·16은 50년대의 작가들의 의식을 해방과 동란이 차지하고 있듯이 나의 의식 깊숙이 박혀 있었다.

(……) 자기 세대의 문제를 가지지 못한 세대는 세대라는 이름에 합당하지가 않다. 그렇다면, 그 세대 의식을 전통의 단절이라는 측면에서 관찰하여야 할 것인가, 계승이라는 측면에서 이해하여야 할 것인가 하는 문제가 생긴다. 그 책(『사회와 윤리』-인용자)을 되풀이하여 읽으며 확인한 것은 한 세대는 전세대와 단절되었다고 주장함으로써 더욱 선명히 전세대를 계승할 수 있다는 것이다.[322]

위의 진술을 통해서 우리는 다음 세 가지 사실을 확인할 수 있다. 첫째, 김현의 비평적 출발점에는 4·19와 5·16로 상징되는 역사 전개에 대한 뚜렷한 자의식이 존재했다. 둘째, 그러한 자의식이 그로 하여금, '세대 의식'의 정립이라는 과제로 나아가게 했다. 셋째, 그러한 세대 의식은 당시의 김현에게 다분히 방법적인 것이었으며, 그 결과 얻어진 것이 비평가로서의 자기의식이었다.

대 문학연구』(예하, 1993)를 참조할 것).
322 『김현문학전집』, 제13권, pp. 281-282.

그렇다면, 이제 우리에게 부여된 과제는 이 세 가지 문제에 대한 김현의 실천 행위를 고찰해보고, 그것의 의미를 진단하는 일일 것이다. 그런데, 첫 번째 문제에 대한 논의는 이미 「비평고」에 대한 고찰을 통해서 그 해답이 어느 정도 나왔다고 생각된다.[323] 따라서 이 장에서는 나머지 두 문제에 대해서만 검토하는 것이 작업의 효율적인 진행을 위해서 유익할 듯하다.

필자의 판단에 의하면 위의 두 문제에 대한 해답은 '50년대 문학 소고小考'라는 부제를 달고 있는 「테러리즘의 문학」에 가장 잘 드러나 있다. 이 글을 통해서 김현은 50년대 문학의 성과와 한계(물론, 그는 한계의 측면에 분석의 초점을 맞추고 있는 것이지만)를 밝히고, 동시에 4·19 세대의 문학사적 의미를 강렬하게 부각시키고 있다. 글의 첫머리에서 김현은 50년대 세대의 '이념과 표현의 괴리현상'을 뚜렷하게 제시하려는 데 이 평론의 목적이 있다고 밝히고 있다. 50년대 문학의 한계로 그가 밝히고 있는 사항은 다음 두 가지로 압축된다. 첫째, 언어의 급변으로 인한 사고와 표현의 괴리현상. 둘째, 감정의 극대화 현상 및 남북분단으로 인한 사고의 폐쇄성. 이러한 문제점을 극복하기 위해서는 새로운 이념형의 모색이 필요한데 그것을 4·19 세대가 할 수 있다는 것이 김현 주장의 요체인 셈이다. 따라서 필자는 이러한 김현의 진술을 따라가면서, 거기에 논평을 가하는 식으로 논의를 진행시키겠다.

---

323 자세한 내용은, 본 논문의 제3장 3절의 '(1) 김현 비평의 원점-「비평고」에 나타난 미의식과 이념'을 참조할 것.

사고와 표현의 괴리현상 비판

20세를 전후해서 해방과 전쟁을 맞이했다는 것은 50년대의 문학
인들이 세계와 현실을 보는 세계전망의 확고한 기반 위에서 사태를
이해하지 못했으리라는 것을 추측케 한다. 위의 진술은 두 가지 면
으로 이해되어야 한다. 하나는 언어의 급변으로 인한 의식조정의 곤
란이다. 한국어 말살정책에 의해 일본어를 국어로 알고 성장한 세
대는 급작스러운 해방 때문에 문장어文章語를 잃어버린다. 그래서
한글로 개개인의 사고와 감정을 표현해야 한다는 어려움에 부딪힌
다. 사물에 대해 반응하고, 그것을 이해하고 비판하는 작업은 일본
어로 행해지는데, 그것을 작품화할 때는 일본어 아닌 한글로 행해
야 한다는 어려움, 그것은 사고와 표현의 괴리현상을 낳는다.[324]

김현은 위의 주장을 뒷받침하기 위해, 이어령, 성찬경, 전봉건 등
의 진술을 예시하고 있다. 이러한 주장과 예시를 통해 김현은 이들
50년대 세대의 문학을 국적불명의 언어로 쓰여진 문학으로 단정하
기에 이른다. 그 주장의 요체는 그들이 일본어로 사고하고 한국어
로 글을 썼다는 것인데, 그러한 사고와 표현 사이의 괴리현상은 개
화기의 비극과 맞먹는 현상이라는 것이다.[325]

김현의 이러한 주장은 일면 타당한 사실처럼 생각될 수 있다. 그
러나 냉정하게 생각해보면, 이러한 진술 뒤에는 심각한 오류가 잠복
되어 있다는 사실을 발견하게 된다. 가장 심각한 오류는 김현의 언

---

324 『김현문학전집』, 제2권, p. 241.
325 위의 책, p. 241.

어관이 지극히 도식적이고 정태적인 것이라는 사실에 있다.

위에서의 김현의 진술을 보다 쉬운 말로 바꾸면 다음과 같을 것이다. "50년대 문학인들은 한국어 말살정책이 극에 달했던 대략 30년대 말에 언어습득을 했을 것이다. 그러니까 그들의 사유의 틀은 일본어의 압도적인 영향 밑에서 형성된 것이다. 그러던 그들이 해방이 되자 한글을 써야 된다는 상황에 부딪혔다. 그러니 일본어와 한글 사이에서 그들의 의식은 얼마나 혼란스럽게 분열되었을 것인가. 따라서 그런 그들이 써낸 작품이란 이런 혼란의 반영이 아니고 무엇이냐." 대략 이것이 당시 김현의 생각이었다.

1)그러나 이러한 김현의 생각은 사회언어학의 성과를 검토해보면 얼마나 도식적이고 편의주의적인 발상에서 나온 것인가를 쉽게 알 수 있다. 우선 언어습득에 대한 문제를 살펴보자. 김현은 위에서 '문장어'를 기준으로 이들의 언어상황을 검토하고 있는데, 언어습득의 초기에 실제로 나타나는 현상은, 논리적인 문장어보다는 생활의 언어, 즉 감성적인 구어가 더욱 큰 영향력을 갖고 있다는 사실일 것이다.[326] 물론 일제 말기의 몇 년 동안 한국어 말살정책이 극에 달해 있었다고 할지라도, 제도권 밖의 생활세계에서는 여전히 구어로서의 한국어가 지배적인 영향력을 떨치고 있었을 것이다. 때문에 이들 50년대의 문학인들 중 일부는 철저하게 일본어로 사유한 것이

---

326 "우리가 언어의 가장 간단한 성능으로서 인정했던 것은 언어수단이 체험의 물결 속에서 일정한 단면들을 확보하여 기억 속에 보존하기 위한 효과적인 보조수단으로서, 순수하게 감성적인 인상에 첨가된다는 것이다."(L. 바이스게르버, 『모국어와 정신형성』, 허발 역 (문예출판사, 1993), p. 151.)

비록 사실이라고 할지라도, 대개의 문학인들은 여전히 생활세계의 언어인 한국어로 사유하고 있었다고 보는 것이 더욱 타당하다. 만일 김현의 이러한 언어관을 극단적으로 밀고 나간다면, 우리 고전문학의 유산은 모두 이러한 언어의 분열증을 보여주는 것에 불과하게 된다. 그러나 김현이 그토록 존중해 마지않았던 향가의 경우만 생각해보아도,[327] 김현의 이러한 언어관이 오류임을 알 수 있다. 즉 향가에는 차자借字가 들어 있는데, 당시의 공식어인 한문을 사용하던 사람들이, 김현의 생각처럼 한문으로 사고했다면, 구태여 한국어의 발음과 동일한 차자를 왜 사용했겠는가.

2) 이와 함께, 김현의 언어관에 내재하고 있는 가장 심각한 오류는, 그가 언어의 역사성을 몰각하고 있다는 사실에 있다. 한마디로 말하면 김현은 "언어습득이란 전생애에 걸쳐 이루지는 것"[328]이라는 사실을 이해하지 못했거나 의도적으로 배제하고 있다. 바이스게르버의 다음과 같은 주장을 살펴보기로 하자.

어린아이가 자기 자신의 언어를 형성하는 실마리가 언제나 되풀이해서 모국어를 받아들임으로써 풀리는데, 이것은 어린아이가 더 이상 혼자서 자기경험을 토대로 그의 세계상을 형성하는 것이 아니라, 모국어에 나타나 있는, 다른 사람들과 이전의 사람들의 경험들에 정통하게

---

327 향가에 대한 김현의 애정은 각별해서, 우리 문학의 전통에 대해 강조할 때면, 어김없이 이 향가에 대한 논의가 등장한다. 향가에 대한 초기 김현의 관심은, 김현, 「한국문학의 양식화에 대한 고찰」, 『김현문학전집』, 제2권에 잘 드러나 있다.
328 L. 바이스게르버, 앞의 책, p. 166.

된다는 것을 의미하는 것이다. 그리고 한 민족의 언어 속에는 수천 년에 걸치는 수많은 사람들의 경험들의 결과, 사유에 있어서 감성적이고 정신적인, 세계를 지배하기 위해서 필수적인, 혹은 유용한 것으로서 판명되었던 모든 것이 갈무리되어 있는 것을 우리가 보았던 거와 같이, 우리는 어린 아이의 언어습득 또한 이러한 모국어라는 정신세계 속으로 들어가서, 성장하는 것으로 평가해야만 한다.[329]

위의 논지를 한마디로 줄인다면, 한 민족의 언어에는 수천 년에 걸쳐 축적된 역사의 흔적이 배어 있다는 것이 된다. 그러니까 언어의 습득이란 이러한 역사적 기억을 개인이 내면화시키는 과정이라고 볼 수 있을 것이다. 때문에 일제 말기 몇 년 간의 공식언어로서 일본어의 영향력이 아무리 막강한 것이었다고 할지라도, 수천 년에 걸쳐 축적된 한국어의 영향력에 비하자면, 그 정도는 아주 미미했을 것으로 생각된다. 그런데, 문제는 김현이 이러한 우리의 추측과는 달리 일제 말기의 수년, 아니 김현의 의도를 고려하여, 40여 년에 걸친 일본어의 지배가 결정적인 영향력을 가지고 있었다는 식으로 주장하고 있다는 점에 있다. 한 민족의 언어 침식이 그렇게 쉽사리 이루어지는 것이 아니라는 점은 다음 사실이 증명한다. 기원전 54년 로마인들은 영국을 침략하기 시작하여 47년에는 갈리아 지방에까지 이르게 되고 거기에서 약 450년가량 머무르게 된다. 그럼에도 불구하고 이들 나라의 대부분의 사람들은 로마어를 사용하지

---

329 위의 책, p. 156.

않았고, 일부 상층계급만이 로마어와 자국어를 병용했다.[330]

그렇다면, 김현은 언어침식이 그렇게 쉽게 이루어지는 것은 아니라는 이 사실을 모르고 있었던 것일까. 결코 그렇지는 않을 것이다. 다만, 당시의 김현으로서는, 이러한 언어관에 대한 진술을 토대로, 소위 '한글 세대'로서의 자기 세대의 차별성을 부각시키고, 이를 통해, 효과적으로 문단 내에서의 입지를 강화시키기 위해, 그처럼 단순하면서도 명료한 진술을 펼칠 수 있었던 것이다. 한마디로 그것은 김현의 비평적 전략이었다. 문학비평의 속성 자체가 인식론적 권력 투쟁이며, 논쟁을 통해 유지된다는 사실에 입각해보자면[331] 어쩌면 그것은 자연스러운 일일 수도 있겠다.

3) 위의 두 가지 사실에 비하자면 부수적인 것이라고도 할 수 있지만, 반드시 지적하지 않으면 안 되는 것은, 김현 자신도 그 성과의 일부를 인정했듯, 50년대 세대 역시 이러한 언어의 문제에 상당한 관심을 기울이고 있었다는 사실이다. 어찌 보면, 모국어로서의 한국어에 대한 가능성과 한계성에 대한 해방 이후 최초의 고민은 유종호와 같은 50년대 세대 비평가에 의해 이루어졌다고 할 수 있다.

구체적으로, 유종호의 첫 평론집인 『비순수의 선언』(1962)에 실려 있는 세 편의 평론-「언어의 유곡」, 「산문정신고」, 「토착어의 인간상」은 모국어로서의 한국어에 대한 50년대 세대의 고민과 갈등을 잘 드러내주고 있다. 문제는 당시의 김현이, 유종호의 이러한 언어 탐

---

330 루이 장 칼베, 「식민주의와 언어」, 이병혁 편저, 『언어사회학 서설』(까치, 1993), p. 133.
331 K. M. Newton, Twentieth-century Literary Theory(London: Macmillan Education, 1988), p. 16.

구를, "역사 혹은 현실이란 부차적인 것"[332]이라는 인식에서 나온 것으로 이해하고 있었다는 점에 있다. 김동리나 서정주의 작품과 같은 전통지향적 언어에 대한 탐구는, 현실로서의 역사에 대한 관심의 결여에서 나온 것에 불과하다는 것이 김현 주장의 요체인 셈이다.

그러나 유종호의 토착어에 대한 관심은, 6·25를 통해 극명하게 드러난 근대성의 파산에 직면해, 그것의 내적 의미를 반성하려는 의식에서 나온 것이었다.[333] 때문에 그것은 역사 혹은 현실은 부차적이란 인식에서 나온 것이 아니라, 6·25를 통해 나타난 역사 혹은 현실을 더욱 정확히 인식하고 싶다는 의식에서 나온 것이다. 한마디로 그것은 60년대라는 당대적 현실로 나아가기 위한 전사前史로서의 민족문학의 성과에 대한 검토 작업이었던 것이다.

이상의 세 가지 이유를 토대로 판단해 볼 때, 언어의 급변으로 인한 사고와 표현의 괴리현상을 50년대 세대 문학인들의 결정적인 한계라고 지적한, 김현의 위의 진술은 상당히 과장된 주장이라고 하지 않을 수 없다.

감정의 극대화 현상 및 사고의 폐쇄적 개방성 비판

20세를 전후해서 해방과 전쟁을 맞이했다는 사실은 또한 감정의 극대화 현상을 유발케 한다. 논리적으로 사태를 파악할 수 없을 때에는, 감정적인 제스처만이 극대화되지 않을 수 없다. 그 현상은 구체적인 사실에 대한 냉철한 인식, 판단보다도, 추상적인 당위에 대

---

332 『김현문학전집』, 제2권, p. 101.
333 김윤식, 「1950년대 한국문예비평의 세 가지 양상」, 『한국근대문예비평사연구』, p. 367.

한 무조건의 찬탄을 낳는다. 위의 진술은 증명될 수 없는 논리에 대한 찬탄이라는 진술이다. 왜 해방이 되었는지, 왜 전쟁이 일어났는지, 그리고 그것이 한국과 자아에게 어떤 의미를 갖는지에 대한 냉철한 성찰, 반성보다는 그러한 것을 추상적이고 보편적인 개념으로 파악하려는 논리적 야만주의가 팽대하게 되었다는 것이다.

(……) 이러한 요소 외에 50년대 문학인들은 과거와는 다른 문화사적 측면과 부딪친다. 그것은 한국의 폐쇄적 개방성이다. 폐쇄적 개방성이란 상호 배반적인 용어를 쓴 것은 남북 분단으로 인한 사고의 일방 통행을 강요하는 폐쇄성과, 금지된 사상 영역 외의 것은 무차별 수입되는 개방성을 동시에 표현하기 위해서다.[334]

'논리적 야만주의'라는 표현에서 느낄 수 있듯, 50년대 문학에 대한 김현의 비판은 아주 강렬하다. 김현의 비판이 아니더라도, 50년대 문학의 한계에 대해서는 대개의 연구자들이 동의하는 바이다. 전후문학에 나타난 실존주의와 휴머니즘이 사르트르의 이론을 중심으로 논의되었으면서도, 사르트르의 앙가주망으로의 방향이 아니라 미국식 모더니즘의 세례를 받았다는 식의 주장이 그것이다.[335] 이와 함께 이들 50년대 작가들의 작품들이 상당 부분 패배감과 허무의식, 무기력과 무의지의 속성을 벗어나지 못하고 있다는 점도 지

---

334 『김현문학전집』, 제2권, pp. 242-243.
335 전기철, 「해방후 실존주의 문학의 수용양상과 한국문학비평의 모색」, 한국현대문학연구회 편, 『한국의 전후문학』(태학사, 1991), p. 165.

적할 수 있을 것이다.[336]

그렇다고는 하지만, 위의 김현의 지적처럼, 50년대 작가들의 문학을 '감정적인 제스처만이 극대화된 것'으로 몰아부치는 것은, 아무래도, 감정적인 진술처럼 보이는 것이다. 그것은 역사적 지평의 한계에 대한 김현의 인식이 너무 단순했던 데서 나온 것이거나, 혹은 이러한 역사적 한계성을 알고 있으면서도, 자기 세대의 책무를 효과적으로 부각시키기 위해서, 정도 이상의 과장을 한 것처럼 생각되는 것이다.

비록 50년대의 문학이, 앞에서 우리가 제기했던 한계성을 고스란히 갖고 있는 것이라고 할지라도, 다른 한편에서 생각해보면, 50년대 문학이야말로, 세계사적 보편성의 근거 위에서 전개되었다고도 할 수 있다. 파괴와 살육의 비인도적인 행위가 공적으로 승인된 6·25 전쟁이 제2차 세계대전의 한 부분으로 전개된 것이라고 했을 때, 선우휘의 전쟁문학이나 손창섭, 장용학 등의 실존문학은 서구의 전후문학과 등질적인 성격을 갖는 것이었다.[337] 때문에 이들 50년대 문학의 시대적 한계성을 인정한다고 할지라도, 그것을 현실에 대한 치열한 인식이 없는 '추상적인 당위에 대한 무조건의 찬탄'이라거나, '논리적 야만주의'로 규정할 수는 없는 것이다. 이들 50년대 작가들이 고통스러워했던 것은 추상적인 당위 때문이 아니라, 구체적인 현실 때문이었다. 따라서 김현의 위의 주장은 비판의 내용이 전도된 것이다.

---

336 권영민, 『한국현대문학사』(민음사, 1993), p. 171.
337 김윤식, 『한국 현대문학 비평사』(서울대 출판부, 1982), p. 280.

이와 함께, 위의 글에는 과대 일반화의 전형적인 오류가 나타나 있다. 그것은 위의 인용문의 첫째 줄—"20세를 전후로 해서 해방을 맞이했다는 사실은 또한 감정의 극대화 현상을 유발케 한다"—때문에 그러하다. 위에서의 김현의 비판은, 첫째 줄에 나타난 이러한 가정을 추론의 근거로 삼고 있는데, 도대체 20세 전후로 해방과 전쟁을 맞이했다는 것이, 감정의 극대화 현상과 어떠한 관련을 맺을 수 있는지에 관한 논리적 매개는 존재하지 않는다는 사실—이것이야말로 김현의 논리를 무화시키는 중요한 문제점이라고 할 수 있다. 물론 심정적으로는 이해할 수 있겠다. 혈기왕성한 20세 전후에 그런 엄청난 역사적 격변을 겪었다. 그러니 어찌 감정적으로 고양되지 않겠는가. 그런데 문제는 그것이 다만 심정적인 것이라는 사실이다.

더 큰 문제는, 50년대 세대를 비판하고 있는 위의 문장을, 60년대 세대 작가에게 적용했을 경우에도 동일한 비판이 나올 수 있다는 점에 있다. 그가 그토록 옹호하고 있는 이른바 4·19 세대는 20세를 전후하여 4·19 혁명과 5·16 군사 쿠데타를 경험했다. 그렇다면 그들 역시 50년대 작가들처럼 그 사태를 논리적으로 이해하지 못했을 것이고, 감정의 극대화 현상을 경험했을 것이다. 다시 그렇다면, 그것은 김현의 지적처럼 '논리적 야만주의'임에 틀림이 없을 것이다.

그런데 김현은 자신의 세대만은 그렇지 않았다고 주장한다. 같은 20대에 그토록 엄청난 역사적 사건 앞에 노출되었는데, 50년대 작가들은 논리적 야만주의에 빠졌고, 자신의 세대는 그렇지 않았다고 한다면, 그것은 논리상으로 볼 때, 명백한 오류임에 분명하다. 그렇다면, 이러한 오류는 왜 발생한 것일까. 그것은 그가 논리적 추론의 근거로 내세운 문장이 참, 거짓을 구분할 수 있는 명제의 구성 요건을 갖추지 못했기 때문이다. 20세에 역사적 격변을 겪었다는 것과 감정의 극대화를 유발한다는 문장 사이에는 어떠한 논리적 '필연성'도 존재하지 않는다. 물론 이 말에는 어느 정도의 심정적인 '개연성'이 존재하는 것은 사실이다. 어느 정도의 개연성이 있는 것을 가지고 필연성이 존재한다고 주장하는 것은 과대 일반화의 오류를 범하는 것에 불과하다. 따라서 김현의 위의 진술은 과대 일반화의 전형적인 예라 할 수 있을 것이다. 때문에 논리적으로 사태를 파악하지 못하고 있는 것은 김현 자신이다.

다음으로 사고의 폐쇄적 개방성이란 문제를 살펴보자. "남북분단으로 인한 사고의 일방통행을 강요하는 폐쇄성"이라는 점을 들어 김현은 50년대 문학인들을 비판하고 있다. 물론 김현의 이러한 주장은 전적으로 타당한 지적이다. 전후의 한국 현실이 반공 이데올로기의 강화에 의해 유지되는 상황이었다는 사실은 상식에 속하는 것이기 때문이다. 그런데 문제는, 이러한 상황이 다만 50년대 세대의 문학인들에게만 국한된 문제가 아니었다는 사실에 있다. 오히려 이러한 사고의 폐쇄성은 60년대 들어 더욱 강화되었다고 할 수 있다. 5·16 군사 쿠데타로 정권을 장악한 당시 군부의 혁명공약의 가장 앞머리에 "반공정책의 공고화"라는 어구가 있었다는 사실은 이를 확연하게 보여준다. 뿐만 아니라, 이후의 역사는 '사고의 폐쇄성'을 더욱 강화시키는 방향으로 진행되었던 것이다.

쿠데타 세력들이 군부 내 반대파들을 제압하고, 4·19 이후 활발하게 등장하였던 혁신세력, 학생들을 검거, 투옥함과 동시에 국가재건비상조치법, 반공법, 노동자의 단체활동에 대한 임시조치법 등 민중운동에 대한 탄압법을 제정하여 변혁세력을 제압하고 기존의 반공정책을 강화할 의도를 분명히 하자, 미국은 이들에 두터운 신뢰를 보였다.[338]

때문에 '사고의 폐쇄성'이라는 문제를 들어 50년대 세대의 문학관을 비판하는 것은 가능하나, 바로 그 문제가 소위 4·19 세대들에게도 공통적인 것이며, 오히려 더욱 심각한 문제라는 사실을 인식하지 못하는 김현의 태도는 상당히 기이하게 느껴지는 것이다. 김현의 위의 글이 발표된 시점이 1971년이고 바로 그 해에, 박정희 군사정권이 국가안보 비상사태를 선포하면서 유신체제를 준비하고 있었다는 역사적 사실을 상기해보면, 당시 김현의 사유가 얼마나 주관적인 것이었으며, 또한 지배 이데올로기에 침윤되어 있었는지를 역설적으로 발견하게 되는 것이다. 그렇기 때문에 사고의 폐쇄성을 들어 50년대 세대를 비판하고, 4·19 세대의 역사적 책임을 강조하는, 김현의 위의 진술은, 전혀 근거 없는 비판이라고 말할 수는 없겠지만, 상당 부분 자기모순적인 비판이었음은 분명히 지적해야 할 것이다.

그러한 사고의 폐쇄성이라는 문제와 짝패를 이루는 진술 - "금지된 사상 영역 외의 것은 무차별 수입되는 개방성" - 은 이른바 '새것 콤플렉스'에 대한 비판으로 볼 수 있다. 물론 이때 김현의 진술은 어느 정도 타당한 것으로 볼 수 있다. 60년대 중반을 기점으로 사학계

를 중심으로, 주체적 민족 사학에 대한 연구가 있었고, 이것의 파급 효과로 문학의 근대성의 기점을 영, 정조 시대로 소급 적용하려는 시도가 행해지기도 했던 것이다.

그럼에도 불구하고 한 가지 의문은 남는데, 과연 김현 자신은 이러한 새것 콤플렉스를 극복했는가 하는 문제이다. 이에 대해서는 보다 정밀한 별도의 논의가 수행되어야겠지만, 긍정적인 평가를 내리기는 어려울 것으로 보인다.[339] 이러한 여러 사실을 고려해 볼 때, 위에서의 김현의 비판 역시 자기 세대에 대한 반성적 의식 없이 전세대를 공박한 전형적인 비평적 전략의 일종이었음을 확인하게 된다. 결론적으로, 김현은 이상의 비판을 통해 50년대의 문학을 다음과 같이 규정하고 있다.

사실상으로 고은처럼 과격하고 대담한 표현을 얻고 있지 못하지만 50년대의 모든 문학적 이론의 뒤에는 자신이 책임질 수 없는 역사에 대한 한탄이 숨어 있다. 어느 경우에는 그것이 긍정적으로, 또 어느 경우

---

339 김현의 '새것 콤플렉스'에 대한 가장 격렬한 비판은 반경환에 의해 이루어졌다. 비록 그의 주장이 치밀한 논리가 동반되지 않은 하나의 가설적 주장이라고 할지라도, 그의 비판이 지니고 있는 문제의식은 여전히 유효한 것으로 보인다.
  "김현의 비평은 비록 섬세한 감수성과 박학다식을 자랑하지만, 단편적인 사유의 짜깁기에 불과하지, 다양성과 통일성을 자랑하는 체계적인 비평의 총체는 될 수 없다. 그는 한 번도 자기 자신의 비평 방법론과 그 가설을 제시해 본 적도 없고, 타인의 말과 타인의 사유에서 벗어나려고 노력해보았던 흔적조차도 없다. 그의 비평은 모든 문학이론을 수용하고 그에 못지 않게 압도적인 비평문을 쓸 수 있는 장점을 갖고 있긴 하지만, 자기 자신의 장점을 힘에의 의지, 혹은 집중의 힘으로 집약시킬 수도 없었다. (……) 그의 비평의 최대의 장점은 재기발랄한 경박함이고, 철학의 빈곤 아닌 철학의 부재에 있다고 해도 과언이 아니다. 지적 경쟁자가 없는 열악한 제3세계의 풍토병이 그를 우쭐하게 만들어버리고, 때 이르게 죽어가게 했는지도 모른다."(반경환, 『한국문학비평의 혁명』(국학자료원, 1997), pp. 313-314.)

에는 그것이 부정적으로 나타날 뿐, 책임질 수 없는 역사에 대한 자각은 편재해 있다. 자신이 책임질 수 없다는 자각은 자기와 사회와의 관련을 회의하게 만들고, 미래의 역사에 대한 희망을 상실하게 한다. 그때 생겨나는 것은 추상적 논리와 거기에서 파생되는, 확인되고 검증될 수 없다는 점에서, 논리의 테러리즘이다.[340]

"역사에 대한 자각"이라는 표현이 돋보이거니와, 이는 4·19 세대에 대한 김현의 세대론적 애정에서 나온 말로 판단된다. 50년대 세대에게는 이러한 역사에 대한 자각이 존재하지 않았다는 것이 김현 진술의 요체인 것이다. 자각적이지 않은 역사인식에서 나오는 것이 현실에 대한 환멸이며, 그것이 증명될 수 없고 논리화되지 못하는 '논리의 테러리즘'으로 발전한다는 주장이다. 50년대 문학이야말로 이러한 논리의 테러리즘을 선명하게 보여주었다는 것이 김현의 생각인데, 우리가 앞에서 살펴보았듯, 김현의 이러한 주장은 논리의 곡예를 통해 도출된 것이다.

50년대 세대의 문학을 비판하는 두 개의 논거가 불합리하다는 것은 앞에서 살펴본 바 있다. 그렇다면, 바로 이 사실이야말로 김현이 말하는 논리의 테러리즘이 아닐 것인가. 다시 그렇다면, 김현은 왜 이러한 논리의 파탄을 감수하면서까지, 50년대 문학에 대해 전면적인 비판을 가했던 것일까. 그것은 바로 50년대 세대를 타자화시킴으로써, 이를 통해 자신의 세대를, 보다 정확하게는 자신을, 문학

---

340 『김현문학전집』, 제2권, p. 256.

사적 주체로 정립시키기 위한 의도는 아니었을까. 왜냐하면, 타자화를 통한 경계구획-바로 이것이 주체정립의 메커니즘을 작동시키는 방법이기 때문이다.[341] 결론적으로, 김현은 50년대 세대와 자신의 세대 사이의 경계를 구획함으로써, 연속성보다는 단절을 강조함으로써, 보다 효과적인 세대론적 입지를 다질 수 있었던 것이다.

2) 동세대 작가의 옹호를 통한 자기동일성의 강화

50년대 세대와의 차별성을 강조하는 글을 썼던 김현은, 다른 한편에서 동세대에 대한 적극적인 옹호의 평론을 60년대 중반에서 70년대 초반에 이르는 시기 동안 집중적으로 발표한다. 『현대한국문학의 이론』(1972), 『사회와 윤리』(1974) 등에 실려 있는 대부분의 평론들은 이러한 김현의 전략적 사고 밑에서 생성된 것이라고 해도 과언이 아니다.

때문에, 이 시기 김현의 대부분의 평론들은 50년대 세대의 타자화를 통해 소위 '4·19 세대'의 자기동일성을 확보하려는 담론적 실천으로 규정할 수 있을 듯하다. 그런데 문제는 김현의 이러한 실천이 앞에서 살펴보았듯 상당히 주관적인 가정 아래에서 진행된 것이었다는 사실에 있다. 한마디로 말하면, 당시 김현의 비평적 실천은 4·19 세대의 상대적인 중요성을 절대적인 중요성으로 과장한 측면이 없지 않다. 상대적인 담론에 불과한 것을 보편적이고 절대적인 담론으로 관철시키는 이러한 사고구조-그것은 이데올로기다.[342]

---

341 이진경, 『주체생산의 역사이론을 위하여』(문화과학사, 1996), p. 154.
342 벵상 데꽁브, 앞의 책, p. 170.

그러나, 여기에서 살펴보고자 하는 것은 그러한 이데올로기의 발생근거를 알아보려는 데 있지 않다. 다만 김현의 이러한 비평적 이데올로기가 동세대 작가를 옹호하기 위해 어떤 방식으로 작동되는가를 밝히고 싶은 것이다.[343]

세대 구분 타당성 문제−55년대 세대와 65년대 세대

1966년에 쓰여진 「미지인의 초상 1」은 김승옥과 홍성원의 문학에 대한 고찰을 통해 전세대의 문학과 '4·19 세대'의 문학 사이의 차별성을 부각시키고 있는 글이다. 이러한 자기 세대에 대한 관심은, 「구원의 문학과 개인주의」라는 또 다른 평론에 보다 심화된 형태로 드러나 있다. 「구원의 문학과 개인주의」는 김승옥에 대한 작품론이라 할 수 있는데, 이상의 사실을 고려해 볼 때, 초기 김현이 김승옥에 대해 상당한 관심을 보여주고 있었다는 사실을 확인하게 된다.

그도 그럴 것이, 김승옥의 문학이야말로 "1960년대 신세대 문학활동의 첫 장면에 해당하는 것"[344]인 동시에, 이들 세대의 새로운 문학적 감수성을 대표적으로 보여주는 것이었기 때문이다. 철저하게

---

343 이러한 방법론은, 이정우의 '담론학'에서 시사받은 바 크다는 사실을 밝혀야겠다. 우선 적으로 이정우의 '담론학'은 푸코의 사유의 흔적이 상당히 짙게 배어 있는 방법론이라는 것도 지적해야 될 것이다. 그럼에도 불구하고, 이정우의 '담론학'이 갖고 있는 중요성은 푸코의 산발적인 담론 개념을 체계적인 이론으로 직조하고, 또 그것을 학문적 실천에 적용시켜 그 타당성을 검증하고 있다는 점에서, 또 푸코 이론의 기계적인 적용에 목적을 두는 것이 아니라, 그것의 한국적 변용, 혹은 여과에 힘쓰고 있다는 점에서, 주체적인 문화수용의 한 태도를 보여주는 것이라고 생각된다. 사유의 이차적 개별화(secondary personalization)에 의해서만 문화의 주체적 수용은 가능해지는 것이기 때문이다(담론학에 대한 자세한 내용은, 이정우, 『가로 지르기: 문화적 모순과 반담론(민음사, 1997)을 참고할 것).
344 권영민, 앞의 책, p. 204.

도시적인 감수성을 통해 세상을 바라보고, 또한 도시인의 과도하게 긴장된 신경을 통해 외부 인상에 반응하는 김승옥 소설의 인간상은 당시에 상당히 새로운 것으로 여겨졌다.[345] 이를 유종호는 '감수성의 혁명'이라는 말로 규정했거니와, 유종호의 이러한 규정은 김승옥 문학의 핵심에 다다른 표현이라 여겨진다. 이런 사정 때문에 김승옥의 문학에 대한 김현의 탐구는 더욱 절실한 과제였다고 볼 수 있다. 그러한 탐구의 세부는 다음 장에서 상세히 논할 것이지만, 어쨌든, 김승옥 문학이 김현 비평의 전개에 있어 하나의 바로미터의 역할을 했다는 점은 부정할 수 없을 듯하다. 따라서 김승옥을 매개로 김현의 세대론이 전개된다는 것은 자연스러운 일이다.

그런데, 문제가 되는 것은 이때 김현의 세대 구분의 기준이 무엇인가 하는 점이다. 이 두 편의 글을 통해 김현은 '55년대 세대', '65년대 세대'라는 표현을 쓰고 있는데, 그것은 앞에서의 '50년대 세대', '60년대 세대'라는 것과는 또 다른 차원의 구분이라는 점에서 관심을 요한다. 그렇다면, 그러한 구분의 기준이 무엇이었는지를 살펴보자.

(……) 그럼에도 불구하고 나에게는 55년대의 작가들과 65년대의 작가들을 가르는 게 상당히 편리한 것처럼 생각된다. 이것은 장용학에서부터 김동립에 이르는 작가들의 면모를 결정지어준 사실이 55년도에 많이 일어났고, 김승옥과 홍성원을 일반에게 인식시킨 사건이 65년에 있

345 유종호, 「감수성의 혁명」, 『비순수의 선언』, 유종호전집 제1권(민음사, 1995), p. 428.

었기 때문이다. 장용학의 「요한시집」이, 현대문학상을 탄 손창섭의 「혈서」가, 최상규의 「포인트」가, 오상원의 「유예」가, 서기원의 「암사지도」가, 박경리의 「계산計算」이 그리고 이호철의 「소묘」가 55년대에 발표되었다는 사실만으로도 55년대를 중요한 기준점으로 삼는 데 별 이의가 없으리라고 생각된다.

(……) 김승옥이 65년에 동인문학상을 수상함으로써 새로운 평론가들의 웅성거림과 함께 55년대 작가들에 속하지 않는 새로운 연대의 작가들이 있다는 것이 밝혀진 것은 재론의 여지가 없을 것이다(강조-인용자).[346]

위에서 김현이 밝히고 있는 세대 구분의 기준은 한 작가가 얼마나 중요한 작품을 어느 해에 산출했는가 하는 데에 있다. 우선적으로 문제 삼아야 할 것은 김승옥이 동인문학상을 수상했다는 사실이 65년대 작가라는 세대 구분의 기준으로 성립될 수 있는 것인가 하는 점을 것이다. 장용학의 「요한시집」이 55년도에 나왔으므로, 그를 55년대 세대라고 규정하는 것이 얼마나 타당한지 필자로서는 전혀 알 수 없는 일이다. 이러한 김현의 세대 인식은 문학사가 한 천재에 의해 갱신되고 단절되는 것이라는 인식에서 나온 것처럼도 생각된다. 그런데 반드시 그런 것도 아닌 것이, 1960년에 발표된 해방 후 한국 현대문학사에 있어 기념비적 작품일 것임에 분명한 『광장』의 작가 최인훈을 김현이 배제하고 있다는 사실에 있다(그뿐만이 아니

---

346 『김현문학전집』, 제2권, pp. 258-259.

다. 단지 두 사람의 작가를 가지고 세대 운운하는 것은 얼핏 보아도 상당히 과장된 진술이 아닌가). 만일 김현의 세대 인식(문학사 인식)이 사건으로서의 문학작품 - 한 세대를 구분 지을 정도의 의미를 갖고 있는 작품이라면 그것은 사건이다 - 을 중요시하고 있는 것이었다면, 최인훈은 60년대 세대라고 규정했어야 했다. 김현 자신도, 그 점이 다소 껄끄러웠던지 '그럼에도 불구하고'라는 수사를 사용하면서, 결론에 가서는 대뜸 '별 이의가 없을 것이라고 생각된다'고 말하고 있는 것이다. 그런데, 별 이의가 없을 수는 없다는 데 문제의 심각성이 있다. 세대 구분의 기준 자체가 이처럼 자의적인 것인데, 어떻게 이의가 없을 수가 있겠는가.

이와 함께 김현의 세대 구분상의 문제점은, 그의 세대 인식 나아가 문학사에 대한 인식이 다분히 진화론적 관점에 의거하고 있다는 사실에 있다.[347] 3장에서 이미 살펴보았듯, 그의 기본적인 세대론적 관점은 뒷세대는 앞세대를 창조적으로 극복해야 한다, 혹은 할 수 있다는 관점에 서 있는데, 만일 이러한 진화론적이고 선조적인 이데올로기를 한 작가에게 적용했을 경우, 그 결과는 어떻게 나타날까. 그가 65년 세대의 기준점으로 정한 김승옥을 예로 들어보자. 그는 65년에 「서울, 1964년 겨울」로 제10회 동인문학상을 수상했다. 오랜 침묵 뒤에 발표한 작품이 「서울의 달빛 0장」인데, 이것이 1977년 제1회 이상문학상을 수상했다. 만일 김현의 진화론적 문학관을 수용한다면, 분명히 「서울의 달빛 0장」이 「서울, 1964년 겨울」보다 좋은

---

347 문학사의 진화론적 이해의 문제점에 대해서는, 김주연, 「문학사와 문학비평」, 『김주연평론문학선』(문학사상사, 1992)에서 집중적으로 다루어지고 있다.

작품이어야한다. 그런데 과연 그런가. 「서울, 1964년 겨울」이 많은 평자와 독자들의 뜨거운 관심 속에 여전히 놓여 있는 반면, 「서울의 달빛 0장」은 별다른 논의도 없이 관심권에서 멀어졌다.

그러니까 위에서 전개된 김현의 세대 인식은 상당한 오류를 범하고 있다고 말해야만 할 것이다. 사건으로서의 문학 개념에서 보건, 진화로서의 문학 개념에서 보건 그것은 예외가 될 수 없다. 따라서, 세대 구분의 내적 필연성 없이 전개된 위의 진술은 명백히 잘못된 인식에서 나온 것인 셈이다. 그런데 이처럼 명백히 잘못된 인식에서 나온 세대 구분을 가지고, '별 이의가 없을 것이다', '재론의 여지가 없을 것이다'라고 말하는 것은, 김현의 뜻을 십분 존중해서 말한다고 해도 일종의 말장난에 불과하다. 그러나, 냉정히 생각해보면, 그것은 하나의 수사적 방책일 수도 있겠다.[348]

그렇다면, 당시의 김현이 이 사실을 모르고 있었던 것일까. 결코 그렇지 않다. 그렇다면, 김현은 왜 이토록 자의적인 분류법을 독자들에게 제시하고 있는 것인가. 다음 인용문을 보면 그 진의를 알 수 있다.

질서나 테제 혹은 전통이 없다면, 작가로서는 자기 자신이 그것이 되지 않으면 안 된다는 그 자각은 55년대의 작가들에게서는 참 찾기 어려운 것에 속한다. 적어도 그 한 가지 사실만으로도 나는 55년대 작가들과 65년대 작가들을 구별할 필요가 있다고 생각한다. 적어도 그들은

---

348 한형구는 「미적 이데올로기의 분석적 수사」에서 이 점을 자세히 논했다.

자기 자신 역시 정체되어 있다는 것을 알고 거기서 벗어나려고 애쓰고 있기 때문이다. 이 사실은 아무리 강조해도 지나치지 않을 것이다.[349]

위의 인용문을 요약하면 이렇다. 60년대 당시의 우리 문학계에는 질서, 테제, 전통과 같은 것이 없었다. 그런데 65년대 작가들, 그 중에서도 김승옥은 이의 극복을 위해 노력하고 있다. 김승옥의 이러한 작업에 대한 고찰을 통해, 김현은 자기 세대의 정체성을 확인하고 싶었던 것이다. 게다가 이러한 작업은 비평적 주체로서의 자기동일성을 강화시키는 방법이기도 했던 것이다. 이 사실은 아무리 강조해도 지나치지 않다. 그러니 세대 구분 기준의 자의성을 들어 위의 평론을 비판하는 것은 그다지 생산적인 것이 아닌 셈이다. 그렇다면, 더욱 중요한 문제는 김승옥의 작품 속에서 김현이 무엇을 읽어냈는가 하는 점을 고찰하는 일일 것이다. 김승옥에게서 김현이 읽어낸 것-그게 바로 김현이 생각하는 새로운 질서, 전통, 테제일 것이다.

개인주의의 옹호-김현이 읽은 「서울, 1964년 겨울」의 테제

김현의 주장대로 라면, 「서울, 1964년 겨울」(이하 「서울」로 표기함)이야말로 새로운 세대의 문학적 테제가 가장 잘 드러난 작품일 것이다. 실제로 우리가 텍스트로 삼은 김현의 세 편의 글 속에서 가장 관심을 기울이고 있는 작품이 「서울」이기도 하다. 특히 「구원의 문

---

349 『김현문학전집』, 제2권, p. 261.

학과 개인주의」의 제2절인 「존재와 소유」는 「서울」에 대한 작품론인데, 추상적인 세대 담론보다는 작품 자체에 대한 분석에 치중하고 있다는 점에서, 김현의 읽기 방식을 문제 삼을 경우, 가장 효과적인 분석의 텍스트라고 생각된다. 김현 비평의 가장 큰 특징이 논리적인 이론의 제시에 있기보다는, 실제비평에서 출발하여 실제비평으로 돌아오는 것에 있다는 점은 자주 지적된 바 있다.[350]

「서울」은 '안'이라는 대학원생, 서른 대여섯 살의 사내, 그리고 서술자인 '나'가 어느 날 밤 우연히 만나 하루 동안 겪게 되는 이야기를 다루고 있는 소설이다. 이 소설에는 특별한 외적 갈등이 존재하지 않는다. 이 소설을 유지시키는 서사적 동력은 필자의 생각으로는 이 세 사람의 '대화'에 있다고 생각하는데, 그 대화라는 것이 논리적이고 심각한 것인가 하면, 그런 것은 아니다. 다만 등장인물들의 내적 감정의 표출을 위해서 다소 산만하게 전개되는 것이다. 바로 이 사실이 이 소설의 전체적인 인상을 오히려 강렬하게 만드는 힘이기도 하다. 이 소설에는 작중인물들에게 자신의 삶을 반성하게 하는 사건이 등장하는데, 그것은 '사내'의 자살이다. 사랑하던 아내가 죽자 사내는 아내의 시신을 병원에 팔았고, 이 돈을 '나'와 '안'과 함께 다 쓴 후에 자살을 하게 된다.

「서울」의 줄거리는 대략 이와 같거니와, 김현은 인물을 중심으로 이 작품을 분석하고 있다. 우리는 김현의 분석을 통해 그가 무엇을 읽어냈으며, 무엇을 억압했는지를 확인할 수 있을 것이다.[351]

---

350 이광호, 앞의 글, p. 58.
351 권택영은 이러한 분석방법을, 제라르 쥬네트의 용어를 빌어 '담론비평'으로 설명하고 있다.

김현이 「존재와 소유」에서 애정을 기울여 분석하고 있는 인물은 '사내'와 '안'이라고 할 수 있다. 그렇다면, 김현은 이들에게서 무엇을 읽었는가. 김현은 '사내'에게서 다음 두 가지의 교훈을 얻었다고 주장한다. 인간으로 정립되기 위해서는 반성-파탄-재조정의 악순환을 계속하지 않으면 안 된다는 사실이 그 한 교훈이다. 그러나 이것은 어느 정도 상식적인 교훈이다. 따라서 김현이 '사내'를 통하여 발견한 진정한 교훈은 다음과 같은 진술에 있을 것이다.

그리고 사내를 통해 얻어낼 수 있는 또 하나의 교훈은 이 사내가 "타인과 같이 존재"하지 않고 "타인 속에 존재"하고 있었다는 사실에서 오는 그것이다. 그는 타인과 같이 굳건히 서서 세계를 바라보지 않고 아내라는 타인의 속에 응결하고 축소되어 그 속에서 기생하고 있다. 자기자신을 최소한도로 줄이고 줄여서 그는 그것을 아내라는 두툼한 타인속에 밀어붙임으로써 세계나 혹은 생존의 무의미를 안 보려 하고 있다. 이것은 이 사내가 극심하게 빨리 파탄하지 않을 수 없었던 가장 큰이유이다.[352]

필자의 판단으로는, 김현이 사내에게서 읽어낼 수 있었던 진정한 교훈은 다음과 같이 정리될 수 있을 듯하다. 첫째, 사내는 진정한 개

간단히 정리하면, 작품을 저자의 고안물로 보고, 그가 어떤 서술전략을 사용해 독자를 움직이는가를 보는 비평인 셈이다. 그것은 앞에서 우리가 제시했던 이정우의 '담론학'의 방법과 상당히 유사해 보인다(권택영의 담론비평에 대한 논의와 실제비평은, 권택영, 『소설을 어떻게 읽을 것인가』(동서문학사, 1991), pp. 311-331을 참조할 것).
352 『김현문학전집』, 제2권, p. 396.

인으로서의 주체성을 갖지 못했다. 둘째, 세계는 무의미한 곳인데, 사내는 그러한 세계의 무의미성을 주체로서 인식하지 못했다. 첫 번째의 진술은 김현의 '주체'에 대한 투철한 자의식을 보여주는 것으로 생각된다. 두 번째의 진술은 김현의 세계상이 비극적인 색채로 물들어 있다는 사실을 보여준다.

그러나, 소설 속에 전개된 사내의 모습은 다른 관점에서도 충분히 해석 가능하다. 그토록 사랑하는 아내가 전날 밤 죽었고, 그 고통 때문에 정신적인 충격을 받은 사내가 아내의 시신을 대학병원에 팔고 돈을 받았다. 그런데, 시간이 흐르자 그런 자신이 혐오스러워졌고, 그것을 견디지 못한 나머지 자살했다. 그렇다면, 이러한 사내의 모습은 어느 정도의 과장은 있겠지만, 자연스러운 모습일 수도 있지 않은가. 아내가 죽었다고 모든 남편이 죽는 것은 아니지만, 대부분의 남편들이 죽을 듯한 고통을 느끼는 것은 자연스러운 일이 아닌가. 또 이러한 정신적 공황상태는 일시적으로 누구에게나 찾아올 수 있지 않겠는가. 대략 이런 의문들이 떠오를 수 있다.

그러므로 이런 사내에게 개인의식, 혹은 '주체성'이 없다고 비판하는 김현의 해석은 다소 무리가 있는 해석이라 볼 수 있다. 여기서 김현은 공감의 시선이 아닌 비판의 시선으로 사내를 바라보고 있다. 두 번째 진술 역시 문제가 없는 것은 아니다. 사내가 "생존의 무의미를 안 보려 하고 있다"라는 진술은 김현의 무의식이 비관주의에 닿아 있다는 사실을 드러낸다. 그러나 모든 사람이 삶을 무의미한 것으로 생각하는 것은 아니다. 때문에 이러한 김현의 분석은 김현의 세계상을 드러내준 한 예로 볼 수 있다.

그런데, 사내를 분석하고 있는 김현의 논리는 「비평고」에서 전개되고 있는 논리와 동일한 것이라는 사실을 알 수 있다. 삶이란 주체로서의 자기동일성을 확립하기 위한 기나긴 여정이라는 것과 이 세계는 고통스러운 곳이라는 인식이 그것이다. 때문에 '사내'에 대한 김현의 분석은, 당시 김현이 견지하고 있었던 '근대적 자아' 개념에 대한 집착을 무의식적으로 보여준 예로 생각된다.

하지만, 이 글에서 김현이 가장 관심을 가졌던 인물은 대학원생 '안'이었다. 소설 속에서 대학원생 안은 상당히 냉소적인 인물로 그려지고 있다. 사내를 혼자 두면 그가 자살할 것을 알고 있었으면서도, '안'은 모른 척해버린다. 상식적인 차원에서 보면 안은 철저한 비관주의자인 셈이다. 이와 함께 타인에 대한 배려가 전혀 없는 인물처럼도 보인다. 그렇다면, 이런 성격의 소유자인 안을 김현이 높이 평가하고 있는 것은 무엇 때문일까.

'안'의 태도는 의식적으로 명료하고 오류 없는 말을 사용하고 싶다라는 그것이다. 전혀 오류가 없고 검증이 가능한 말이나 어휘만 사용할 수 있다면 그것만은 그의 것이 되리라. 대상이란 항상 개인과 개인의 편차 속에서 굴절되어버리기 때문이다.[353]

그것은 '안'이 상당한 이성의 소유자라는 사실에 기인한다. "오류 없는 말을 사용하고 싶다"라는 말은 안의 이성주의자로서의 면모와

---

353 위의 책, p. 398.

분석주의자로서의 면모를 동시에 보여준다. 이성주의자 혹은 분석주의자로서의 '안'의 모습을 김현이 높이 평가한 것은, 그 자신이 이러한 이성주의자이며 분석주의자이길 원했기 때문이다. 문제는 앞에서도 지적했듯, 이러한 이성중심주의 혹은 분석주의가 타자(객체)를 배제함으로써 유지된다는 사실에 있다. 타자인 '사내'를 배제시킴으로써 주체인 '안'의 삶은 유지되고 있는 것이다. 다음의 인용문은 그것을 단적으로 보여준다.

> 결국 타인과 공동으로 소유한다는 것은 아무 것도 소유하지 않는다는 것과 마찬가지이다(이것은 나만의 소유인가라는 끊임없는 반성). 자기만이 어떤 것을 소유하기 위해서는 타인이 소유하지 않은 것을 소유하지 않으면 안 된다.[354]

이상의 지문에서 확인할 수 있는 것은 김현의 자기동일성에의 완강한 집착이다. 이러한 완강한 집착은 '전부'가 아니면 '전무'라는 완강한 이분법적 세계 인식에서 나온 것이다. 또한 이러한 완강한 이분법은 초기 김현 비평의 특색을 전형적으로 드러내는 사유구조라고 할 수 있다. 주체와 객체, 동일자와 타자로 대별되는 이 완강한 이분법의 세계에서, 주체와 타자와의 대화는 존재하지 않는다. 주체의 이데올로기적 관념화에 의한 타자의 전유만이 존재할 뿐이다. 거기에서 김현의 비관주의가 발생한다. 김현의 세대론도 따지고 보면,

---

354 위의 책, p. 399.

이런 완강한 이분법적 세계 인식에서 나온 것이라고 볼 수 있다.

과거의 것은 나쁜 것, 새로운 것은 좋은 것이라는 '새것 콤플렉스'의 구조 역시 지극히 도식적인 것이 아니었던가. 동굴 속에 갇힌 수인이라는 이미지가 그려내고 있는 자기 것에의 완강한 집착은 초기 김현 비평의 핵심적인 사고 모델이 무엇이었나를 단적으로 드러내는 것이었다. 「서울」을 읽고 있는 김현의 방식도 예외는 아니다. 그는 '안'의 분석주의 혹은 이성주의자로서의 면모만 강조했지, '사내'의 생활세계의 현실에 대해서는 외면하고 있다. 이러한 사실은 초기 김현 비평이 지극히 관념적인 성격을 띠고 있었다는 것을 의미한다.

다시 「서울」로 돌아와서 생각해보면, 김현은 「서울」에 대한 분석을 통해 근대적 주체, 혹은 합리적 개인의식을 발견하고 있지만, 대개의 많은 평자들은 김현의 해석과는 다른 방향에서 논의를 전개시키고 있다는 점을 발견하게 된다. 김승옥의 소설에 높은 가치부여를 했던 유종호조차도 김승옥 소설의 언어감각은 높이 사고 있지만, 그것이 윤리의식이나 사회의식과 결합되지 못하고 있다는 점을 들어 간접적으로 비판하고 있는 것이다.[355] 어떻게 보면 「서울」에 나타난 인물들의 의식은 환멸의 낭만주의라고도 볼 수 있는 것이다.[356] 이러한 환멸의 낭만주의는 김현이 그토록 비판해 마지않았던 50년대 문학과의 연장선상에 있는 것이라고 볼 수 있다.

김현의 「서울」 읽기는 따라서 전략적인 것이었다고 볼 수 있다. 쉽게 말하면, 읽고 싶은 것만 읽었다는 이야기가 된다. '나'와 '사내', 그

---

355 유종호, 앞의 책, p. 430.
356 한상규, 「환멸의 낭만주의」, 문학사와 비평연구회 편, 앞의 책, p. 68.

리고 '안'에게 나타나는 삶에 대한 환멸과 무기력증을 그는 보지 않고, '안'의 무섭도록 철저한 개인주의만 본다. 그들의 패배주의는 보지 못하고, 자신의 비극적 세계관만을 반복적으로 제시할 뿐이다.

결론적으로 김현이 제시하고자 한 테제는 이러한 개인주의였다. 문제는 이러한 개인주의가 타자와의 관계성을 고려하지 않고 있다는 점에서, 이데올로기의 일종이었다는 사실에 있다. 이러한 이데올로기를 통해서 김현은 동세대 작가들을 옹호했으며, 비평가로서의 자기동일성을 확보할 수 있었던 것이다.

김현 비평은 그의 죽음과 함께 종결된 것일까. 결코 그렇지 않다. 그것은 다음 두 가지 차원의 설명을 필요로 한다. 첫째, 김현 비평은 '예외적 개인'이라는 관점에서 볼 때 종결된 것이라고 볼 수도 있지만, 김현 비평이 내장하고 있던 문제의식 및 테제는 여전히 미완의 과제로 남아 있으며, 지금까지도 현실적 유효성을 의심받지 않고 있다. 둘째, 김현 비평을 하나의 종결된 역사적 사실로 규정하기 위해서는 김현 비평과 상호작용을 일으켰을 것임에 분명한 당대의 역사적 상황과 그러한 상황 속에서 활동했던 역사적 행동자의 실천 행위 역시 종결되어야 한다.

쉽게 말해 김현과 문제의식을 공유하였거나 대결하였던 작가 및 비평가들의 비평적 실천행위가 여전히 지속되고 있는 마당에, 이러한 관계망을 배제시키고 유독 김현의 비평적 실천행위를 차별적인 어떤 것으로 규정하고 그 의미를 제한하는 태도는 합당한 것으로 여겨지지 않는다. 하나의 역사적 사실은 그것과 공시적이자 통시적인 관계를 맺고 있는 또 다른 역사적 사실들과의 관계 속에서 그 위상을 가늠할 수 있을 것이기 때문이다. 때문에 김현 비평에 대한 본고에서의 가치부여는 다가올 미래의 역사진행에 따라 언제든지 수정되거나 보충될 수 있다는 점만은 미리 밝혀둘 필요가 있겠다.

제1절 '기술의 근대성'에서 '해방의 근대성'으로의 지향

우리는 앞에서의 논의를 통하여 김현 비평의 발생적 배경과 그것의 현실 문학장에서의 역학관계를 규명한 바 있다. 그러나 비평 의식과 그 실천이라는 두 개의 범주에 대한 각각의 분석을 끝낸 지금 우리는 다음과 같은 의문에 직면하게 될지도 모른다. 즉 어째서 문학의 쓸모없음, 곧 자율성을 그토록 강조해 마지않았던 김현이 현실의 문학장 속에서는 그토록 투철하게 전후 세대의 문학을 비판하면서 자기 세대의 문학을 옹호할 수 있었느냐 하는 것이다. 바꿔 말해 '무관심성'과 '공감적 태도'를 문학론의 원질로 상정하였던 그가 현실 문학장에서는 소위 4·19 세대를 옹호하면서 어떤 측면에서는 문단 헤게모니 쟁탈전으로 비칠 수도 있을 비평적 실천을 수행할 수 있었는가 하는 점이다.

그 해답은 명료하게 주어진다. 비평의 속성 자체가 일종의 공공영역에서의 담론의 대결 과정을 이미 상정하고 있으며,[357] 그것은 필연적으로 대립적인 담론과의 상호작용 속에서 추상화 혹은 논리화할 운명을 안고 있기 때문이다. 그렇다면 이때 중요한 것은 불변적인 문학론의 원질보다는 역사적 계기 속에서 성숙하고 변모되는 담론의

---

357 T. 이글턴, F. 제임슨, 앞의 책, pp. 119-145에서 이 점이 자세히 논의되고 있다.

자기운동 방식이다. 이러한 담론의 자기운동 방식은 물론 그것과 대립자의 위치에 서 있는 또 다른 담론을 타자화함으로써 자신을 주체화한다. 주체와 타자의 변증법, 주인과 노예의 변증법으로 정리될 수 있을 이러한 담론의 생산, 유통, 소비 방식은 예술을 세속적 이해관계와 초연한 독립적이며 자율적인 어떤 것으로 보는 관점을 넘어 그것을 가능케 하거나 불가능케 하는 제도성의 성찰로 이끈다. 바꿔 말해 김현의 비평 담론이 어떤 진정성을 내포하고 있다면, 그것은 비평 담론의 논리적 완결성 때문만이 아니라, 그러한 담론을 현실 문학장에서 효과적으로 기능하게 만드는 제도성 역시 상당한 중요성을 갖고 있다는 사실을 의미한다. 이것은 문학 혹은 예술을 무사무욕한 담론적 실천으로 제도화시켜왔던 부르주아 미학의 통념에 대한 거부를 의미하는 것이기도 하다. 이정우에 의해 '담론학'으로 명명되기도 한 이러한 방법론의 골자는 하나의 담론이 근본적으로 현실을 어떻게 담론화하고 있는가, 그 담론을 눈에 보이지 않게 지배하고 있는 근본적인 규칙성은 무엇인가라는 것에 대한 탐구로 이끈다.[358]

　김현의 비평 담론이 문학사적 의미를 가질 수 있다면 그것은 김현 비평이 사유화私有化된 담론적 실천을 넘어, 우리 역사의 뿌리 깊은 문제의식과 맞닿아 있었기 때문일 것이다. 김현의 세대론적 실천 행위 및 문학사 재구성에의 열망이라는 현상적 사실 역시 어찌 보면 보다 넓은 의미에서의 한국사에 대한 주체적 재구성에의 열망과

---

358 이정우, 앞의 책, p. 45.

관련을 맺고 있었다는 사실을 지적하는 것은 따라서 의미 있는 일이다.

그것은 한국적 근대성을 어떻게 이해할 수 있을 것이냐는 문제로 집약된다. 따라서 김윤식과의 공저인 『한국문학사』(1973)에서의 치열한 문제 제기는 김현 비평의 문학사적 의의를 평가하는 데 바로미터의 역할을 하고 있다고 볼 수 있다. 그것은 한국적 근대를 일본에 의해 수행된 '이식된 근대성'으로 이해할 것이냐, 아니면 조선 후기로부터 자생적으로 발달하기 시작한 자본주의의 점진적인 진화과정에 기인한 '자생적 근대성'으로 이해할 것인가 하는 어려운 문제를 우리에게 제기한다. 김현과 김윤식의 이러한 문제의식은 아직까지도 쉽게 그 해답을 찾을 수 없는 아포리아로 존재하고 있거니와, 1960년대 중반을 기점으로 활발해진 김현의 비평적 실천 행위들은 이러한 문제의식과의 치열한 대결과정이었다고 볼 수 있다. 따라서 김현 비평의 문학사적 의의를 규정할 수 있다면, 그것은 김현의 비평에 드리워진 해석비평의 현란한 광휘 때문이 아니라, 이러한 역사적 문제의식의 치열성 때문에 가능해지는 것이다.

그러나 김현 비평이 역사적 문제의식에 대한 치열성을 내장하고 있었던 것이 사실이라고 할지라도 그것이 곧바로 그의 비평적 실천 행위 전체를 상찬하게 만드는 것은 아니다. 문제 제기의 치열함이 곧 문학적 실천의 정합성으로 연결되는 것은 아니기 때문이다.[359]

---

359 본 논문의 제4장 제1절 「문학사의 주체적 재구성에의 열망과 좌절」; 홍기돈, 앞의 글을 참조할 것.

『한국문학사』(1973)의 공저자였던 김윤식의 다음과 같은 진술은 이들 세대가 공히 직면할 수밖에 없었던 근대성에 대한 자기 분석의 곤란을 고스란히 보여준다.

그렇지만, 일본이란 것이 저에게는 어느새 문학과 사상을 검증하는 시금석 같은 것으로 되어 있었다는 말은 이 자리에서 조금 해두고 싶습니다. 혹자는 코웃음을 칠지 모르겠으나 저에게는 이것이 사실입니다. 그것은 일본이란 것이 단순한 특정한 국가나 민족을 가리킴이 아니고 '근대', '근대적인 것', '근대화', '근대성' 등으로 불리는 것들에 직간접적으로 관련되어 있음을 가리킵니다. 그것은 윤리적인 것도 아니고, 논리 편에 속하며, 따라서 가치중립적인 것입니다. 근대란 무엇인가. 그것은 제도적 장치의 일종이 아닐까요. 저를 지금까지 괴롭히고 있는 것은 1940년에 임화가 한국신문학사의 방법론을 모색하는 자리에서 실토한 명제입니다. (……) 이 명제와 싸우는 일은 명치, 대정기 문학을 검증하는 일이겠지요. 그렇지만 앞에서도 밝혔듯 저는 그럴 능력이 없습니다. 아마도 위의 명제는 유능하고 야심찬 젊은 세대의 도전을 기다려야 할 것입니다.[360]

위의 인용문에서 우리는 다음 두 가지 사실을 확인할 수 있다. 첫째, 김윤식에게 일본은 보편성으로서의 근대를 의미하며, 이때 근대란 가치중립적인 제도적 장치에 불과하다는 것이다. 둘째, 김윤식

---

360 김윤식, 「내게 있어 일본이란 무엇인가」, 『김윤식선집』, 제5권(솔, 1996), p. 464.

은 비평적 사유를 펼침에 있어 항상 임화를 염두에 두고 있었다는 사실이다.

그러나 문제는 김윤식이 생각하는 것처럼 일본에 의해 파악된 근대가 전혀 가치중립적인 것이 아니었다는 사실에 있다. 일본적 근대성의 특징은 이른바 '이데올로기적 쇄국'과 '기술적-테크놀로지적 개국'으로 정리될 수 있다.[361] 이와 함께 정신사를 다루는 문학에서의 근대의 수용은 물질적 측면에서의 검토만으로는 결코 충분히 규명될 수 없다. 근대를 수용하는 방식에 있어 일본과 한국이 물질적이고 제도적인 측면에서 유사하다는 주장은 가능하겠지만, 그것에 대한 정신적 태도는 결코 일본과 같을 수 없다.[362] 때문에 김윤식

---

361 마루야마 마사오, 「원형, 고층, 집유저음」, 『일본문화의 숨은 형』, 김진만 역(소화, 1996), p. 78.

362 마루야마 마사오는 일본의 근대화가 서구의 물질문명만을 취한 것이라고 주장한다. 때문에 이때 서구는 곧 물질문명이라는 등식이 성립되었다. 바꿔 말하면 國體의 강화에 도움을 주는 요소는 서구에서 가져오되, 그에 반하는 '나쁜' 이데올로기나 제도는 배제한다는 선택적 기준이 메이지 이후 근대 일본의 일관된 특징이었다(마루야마 마사오, 위의 책, p. 78).
한 예로 베버에 의해 자본주의의 정신적 동력으로 조명된 바 있는 기독교의 수용태도를 살펴보면, 그것이 얼마나 우리와 다른 것인지를 알 수 있다. 가라타니 고진은 우치무라 간조의 예를 들어 기독교의 일본적 수용을 설명하고 있는데, 그 분석이 흥미롭다. 즉 그에 따르면, 일본에서의 기독교 수용은 대개가 에도 막부 가신들의 자제들에 의한 것이었다. 메이지 유신과 함께 권력의 중심부에서 밀려난 그들은 속세에서 더 이상 좋은 지위를 얻을 수 있는 희망이 적었기 때문에 기독교적 세계로 정신적 망명을 떠났다는 것이다. 즉 기독교가 파고들어간 것은 이들 몰락 무사 계급의 무력감과 한스런 의식상태였다. 바꿔 말하면, 현실적으로는 평민과 다르지 않은 위치에 있었으나, 그 의식은 평민일 수 없었던 정신의 상태가 기독교의 수용을 가능케 한 것이다. 더 이상 무사일 수 없는 무사들에게는 어떤 형식의 '자존심의 근거'가 필요했다는 것이었겠거니와 그것이 기독교였음은 물론이다.
때문에 가라타니 고진의 생각에 따르면 니코베 이나조의 「무사도」를 포함한 여러 작품들 속에서 무사도와 기독교가 직결되는 것은 우연이 아닌데, 왜냐하면 이때 몰락 무사들은 기독교라는 사실에 의해 '무사'의 영역을 확보했기 때문이다. 또한 이것이 우찌무라 간조를 포함한 기독교도들이 일본의 제국주의적 전쟁에 맹렬히 뛰어든 이유이기도 하다. 가라타니 고진은 바로 이 사실이 일본에서 기독교가 대중화될 수 없었던 이유라

의 이러한 태도는 전형적인 '현해탄 콤플렉스'라고 할 수 있다. 그러나 우리는 김윤식의 이러한 태도를 현해탄 콤플렉스의 한 양상으로 여겨 이를 비판하는 데에서만 멈춰서는 안 된다. 왜냐하면 김윤식의 이러한 문학사적 인식은 김윤식이라는 '예외적 개인'에게만 특별히 나타난 것이 아니라 보다 넓은 범주인 지식계 일반에 나타나고 있는 현상이었기 때문이다.

김윤식이 근대성을 제도적 장치, 그러니까 기술적-테크놀로지적 관점에서 이해하고 있다면, 김현은 이와는 역방향에서 이해하고 있었다고 판단된다. 앞에서의 논의를 통하여 김현의 근대성에 대한 성찰이 프랑스 혁명 이후의 계몽주의의 진전과정을 4·19 이후의 한국의 역사적 현실과 등질적으로 연관시키는 데서 출발하고 있었다는

고 주장한다. 가라타니 고진의 이와 같은 주장은 우리의 기독교 수용태도와 얼마나 다른 것인가. 이러한 정신사적 차이를 간과할 때, 문학연구가 단순한 영향관계로 축소될 수 있음은 당연한 일이다(일본의 기독교 수용에 대한 이상의 내용은, 가라타니 고진, 앞의 책, pp. 114-116을 참조할 것).

이와는 달리 이토 세이는 보다 본질적인 차원에서의 일본적 민족성을 문제 삼고 있다. 그에 따르면 일본에서 기독교가 대중화되지 못했던 이유는 일본의 전통적인 사유방식과 기독교적 사유방식의 차이에서 온 것이다: "그것(기독교가 대중화되지 못한 것-인용자)은 우리 일본의 일반 지식계급은 불가능한 사랑이라는 것을 믿지 않기 때문이다. 불가능한 것을 목표로 노력하고, 실제로 도달할 수 없는 것을 느끼며 기도하고, 완성할 수 없는 것을 소원하는 허무맹랑함 때문에 우리들 눈에는 기독교도들이 위선자처럼 보이는 것이다. 우리들에게는 불가능한 것에서 물러나서 거리를 지킨다는 겸양이나 헤아림은 있다. 그러나 타인을 자기와 동일시하는 그런 있을 수 없는 것에서는 허위를 보는 것이다. 우리들은 타인에 대한 연민, 동정, 조심, 주저하는 마음을 갖지만, 그러한 진실한 사랑을 품는 것은 불가능한 것이 우리들의 죄 많은 본성이며, 그 본성을 가진 그대로의 우리들을 구제하는 것은 부처인 것이다. (……) 그것은 '황홀한 것'이며 '그리워하는 것', '사모하는 것'이다. 그러나 사랑은 아니다. 성이라는 가장 자기중심적인 일에서도 타인에 대한 사랑에 순화하려고 하는 심적 노력의 순환이 없는 것이다."(이토세이, 『근대 일본인의 발상 형식』, 고재석 역(소화, 1996), pp. 126-127.) 때문에 정신사적 탐구가 뒷받침되지 않은 상태에서의 문학연구, 즉 김윤식의 주장처럼 근대문학을 가치중립적인 제도적 장치로만 이해할 경우에는 한국문학의 개별문학으로서의 정체성이 밝혀지지 않는다.

점을 상기할 필요가 있다. 이때 김현이 소위 4·19 세대의 문학적 테제로 제시한 것이 개인주의라거나 그것이 자유, 평등, 박애라는 계몽사상의 영향권에 상당 정도 침윤되어 있는 개념이라는 사실은 거듭 강조될 필요가 있다. 때문에 김현의 근대성에 대한 성찰은 김윤식처럼 제도로서의 근대성이 아니라 현저하게 정신사적인 이념과 관련된 것이었다. 김현이 「한국문학의 양식화에 대한 고찰」(1967), 「한국문학의 가능성」(1970) 등의 평문에서 '문화의 고고학적 태도'라고 명명하고 있는 문학연구 방법론이 이러한 이념형의 성찰과 밀접하게 관련된다는 사실을 주목할 필요가 있다.

한 시대의 문화, 한 사회의 문화를 그 지배 계층의 이념과 결부시켜 이해하려는 태도를 나는 문화의 고고학적 태도라고 불러왔는데, 골드만은 그러한 태도를 '발생론적 구조주의의 방법'이라는 현학적인 어휘로 명명하고 있다. (……) 이 방법은 한국 문학사에도 그대로 적용될 수 있다.[363]

골드만의 발생론적 구조주의를 '문화의 고고학'이라는 어휘로 살짝 비틀어 개념을 사유화시키는 김현의 독특한 비평적 전략을 우리는 위에서 볼 수 있거니와,[364] 여기서 문제 삼고자 하는 것은 김현의

---

363 김현, 「한국문학의 가능성」, 『김현문학전집』, 제2권, p. 52.
364 김현의 이러한 비평적 전략에 대해 반경환은 다음과 같이 혹독한 비판을 가한 바 있다: "김현이 『한국문학의 위상』에서 단 5매 정도의 분량의 글을 통해 자신이 '감싸기 이론'을 정립했다는 식으로 주장했다는 것은 정말 심각한 문제라고 생각합니다. 이건 있을 수가 없는 일입니다. 만일 김현이 감싸기 이론을 독창적으로 정립시키려 했다면, 가설과 실제

이념형에 대한 강조이다. 한 사회의 문화를 지배 계층의 이데올로기와의 관계성 속에서 천착한다는 김현의 방법론은 물론 많은 문제점을 갖고 있는 것도 사실이다. 문화를 지배 이데올로기의 변용 혹은 영향 속에서 성립하는 것이라고 판단하게 된다면, 그것과 대립적 위치에 서 있는 문화 텍스트들이 관심권에서 멀어질 것은 자연스러운 일이다. 이러한 김현의 이념형에 대한 이해는 다른 관점에서 볼 때, 그가 평생에 걸쳐 문학 자체의 자율성을 옹호하였다는 사실과 함께 70년대 이후 소위 '창비' 그룹에 의해 주도된 '민족문학론'과 대결할 수밖에 없었던 정신적 토대를 은연중에 드러내주는 것이라고도 볼 수 있겠다.

이와 함께 우리가 위의 인용문에서 발견할 수 있는 또 하나의 사실은 골드만의 발생론적 구조주의를 한국의 문학적 현실에 등질적으로 대입하고 있다는 사실일 것이다. 과연 골드만의 발생론적 구조주의의 문학연구 방법이 한국문학의 전개양상을 효율적으로 분석할 수 있는 방법이냐라는 문제는 차치하고라도,[365] 이러한 태도는

작품과의 정밀한 검토를 통해서, 즉 충분한 '우회로'를 통해서 이루어졌어야 합니다. 또 한 가지는 김현의 『프랑스 비평사: 근현대편』에 대한 문제입니다. 비평가의 입장에서 그 책은 상당히 당혹스런 창피함을 느끼게 합니다. 비평의 '사적 개관'이 없다는 사실을 김 현 자신도 인정했습니다. 비평의 '사적 개관'조차 없는 것을 '비평사'라고 내놓을 수 있는 용기는 어디에서 나오는 것인지 이해할 수가 없습니다. 바슐라르, 골드만, 롤랑 바르트 등 몇 명을 제멋대로 베껴놓고, 그것을 『프랑스 비평사』라고 말하는 것 자체가 우리 학문 의 후진성을 보여주는 것이라고 저는 생각합니다."(반경환, 이명원 대담, 「퇴폐주의 비판: 한국 문학 비평의 틀을 다시 짜자」, 『시대대학원신문』, 1998. 6. 21, p. 8.)

365 홍기돈은 발생론적 구조주의의 『한국문학사』에의 적용을 다음과 같이 비판하고 있다: "필자가 이 글을 통해서 주장하고자 한 것은 단 하나다. 우리 문학사의 불연속적인 면을 인정해야 한다는 것이다. 이를 위해 서구사회의 문학작품에 분석이 용이한 발생론적 구 조주의가 우리에겐 맞지 않음을 증명하고자 했다. 서구인들에겐 결정적 단절이 없는 온 전한 '발전'의 사회사가 존재하지만, 식민지를 경험한 우리에게는 재래에 존재했던 가치

서구라파적 보편성에 대한 콤플렉스를 극복해야 한다는 그 자신의 논리와 정면으로 배치되는 것으로 볼 수 있다.[366]

이때 주목할 것은 김현의 사유방식이 한국적 특수성에 대한 성찰에 집중하기보다는 보편 체계로서의 근대성에 집중한다는 사실이다. 서구라파적 근대성, 더 정확하게는 프랑스 혁명 이후의 서구 계몽주의의 진전과정은 한국적 현실을 비추고 교정하는 거울로서의 역할을 하고 있다. 김현의 표현을 빌자면, 김현 비평을 지속시키고 추동시켰던 가장 핵심적인 이념형은 이처럼 보편체계로서의 서구라파적 근대성이라는 개념이었다. 구체적 현실의 고도의 추상화를 통해 달성되는 이와 같은 본질주의적 담론은 이후 김현의 비평적 실천행위를 지속시키는 하나의 동력으로 작용한다.[367]

를 사장하면서 따라야 할 표준이 눈 앞에 있었던 것이다. 이것은 선택의 상황이 아니라 민족 생존의 문제였다. 그렇기 때문에 그에 대한 책임은 식민지 이전의 조선 사회에 물어야만 한다."(홍기돈, 앞의 글, p. 67.)

물론 홍기돈의 이러한 주장은 다음과 같은 몇 가지 난점을 해결해야 보다 타당한 입론으로 구성될 수 있을 듯하다. 첫째, 서구의 모델을 하나의 연속적인 '발전' 모델로 볼 수 있는 근거는 무엇인가; 둘째, 식민지적 현실이 근대성의 수용에 상당한 난관을 준 것이 사실일지라도, 과연 그것이 '재래의 가치를 사장하면서' 이루어진 것으로만 단정할 수 있을까; 셋째, 홍기돈의 이러한 논의는 서구의 전형적인 오리엔탈리즘적 논리 구조인 '아시아적 정체성'의 개념과 얼마나 다른가 하는 등의 문제가 그것이다. 필자의 생각을 여기서 잠시 밝히자면, 한국적 근대는 '단절'도 '연속'도 아닌 '단속'이라는 개념으로 고찰되어야 한다고 생각된다. 보다 상세한 논의는 다른 지면을 기약하기로 한다.

366 김현의 이러한 자기모순은 「한국문학의 양식화에 대한 고찰」(1967)에서 전형적으로 드러난다. 보들레르, 프랑소와 비용 등의 프랑스 시인과 임춘, 김삿갓 등의 한국 시인을 비교한 후 김현은 한국문화를, 1)개인의식의 소멸, 2)사고의 미분화로 규정한 후 강렬하게 비판하고 있는 것이다. 문제는 이러한 비판의 논리적 정합성의 문제가 아니라, 서구라파적 이념형을 정전화하는 그의 무의식이다. 이러한 김현의 무의식은 후기로 갈수록 더욱 강화되는 것처럼 보이는데, 이는 초기에 그가 견지하고 있었던 한국적 현실에 대한 신념에 가까운 치열한 정신의 밀도가 시간의 축적에 따라 점차 옅어져가고 있었다는 사실을 보여주는 한 예로 판단된다.

367 이광호는 김현 비평의 특징이 '근원지향성'에 있음을 날카롭게 지적한다: "김현 비평의 근원지향성은 그의 비평의 현란한 깊이를 보증하는 특장이면서 동시에 그의 비평틀의

여기서 우리는 김윤식과 김현에 의해 파악된 '근대성'의 함의가 상당히 이질적인 방향을 노정하고 있다는 사실을 발견하게 된다. 김윤식이 근대성을 가치중립적인 제도적 장치(기술적-테크놀로지적 발전)라는 차원에서 이해하는 반면, 김현은 그와는 역방향에서 자유와 평등과 이성의 자기운동 방식과 같은 계몽적 이념의 관점에서 파악하고 있는 것이다. 그러나 이처럼 상이한 관점에서의 근대성 담론은 사실상에 있어서 상호보족적인 역할을 하고 있는 것으로 볼 수 있다. 왜냐하면 근대성 담론은 근대성의 쌍생아인 '기술의 근대성modernity of technology'과 '해방의 근대성modernity of liberation'이라는 두 층위의 속성이 개입된 상태에서 발생한 것이기 때문이다.[368]

그렇다면, 김윤식과 김현의 '근대성' 담론은 상호보족적인 성격을 갖고 있는 근대의 두 층위의 속성 중 어느 하나만을 취해, 그것을 극단적으로 밀고 나간 데서 나타난 현상이라고 볼 수 있다.[369] 여기

영역을 제한하는 것이었다. 그러므로 광주로 상징되는 80년대 억압의 뿌리에는 인간의 광포한 욕망이 있다는 그의 성찰은 역사적 현실의 은폐된 구조를 드러내는 작업이면서, 동시에 역사적 해석의 문제를 욕망의 문제로 환원하는 것이다."(이광호, 「비평의 전략」, 『욕망의 시학』(문학과지성사, 1993), p. 61.)

368 고명철, 앞의 글, p. 21.

369 '기술의 근대성'과 '해방의 근대성'이라는 용어는 월러스틴이 제기한 것이다. 그에 따르면 기술의 근대성이란 끝없는 기술적 진보 및 지속적인 혁신이라는 가정으로 이루어진 근대성의 개념틀이다. 김윤식의 예를 들자면, 제도적 장치로서의 가치중립성을 의미하는 것이라고 볼 수 있겠다. 이에 반해 해방의 근대성은 기술의 근대성이 기술적 진보를 염두에 둔 전진적인 성격을 갖는데 비해 전투적(자기만족적)인 것이며, 물질적이라기보다는 이데올로기적인 것을 의미한다. 바꿔 말해 해방의 근대성이란 반중세적인 것(being antimedieval)으로, 악과 무지의 세력에 대한 인간 자유의 운명적 승리를 전취하는 수단이며, 해방과 실질적 민주주의를 추구하는 것을 그 이념틀로 상정한 것이었다. 따라서 근대성에 대한 다양한 담론들은 이 두 담론의 상호작용 과정 속에서 파생된 것이라고 월러스틴은 주장한다. 김현이 생각했던 근대성이 '해방의 근대성'에 속한다는 사실은 이로써 명백해졌다고 볼 수 있다(근대성의 두 함의에 대한 자세한 설명은, 이매뉴얼 월러스틴, 『자유주의 이후』, 강문구 역(당대, 1996), pp. 177-202를 참조할 것).

서 우리는 다음과 같은 의미심장한 결론에 도달한다. 즉 김윤식과 김현의 이후 작업이 결국은 그들이 타기해 마지않았던 모종의 서구 콤플렉스에 손쉽게 풍화될 수 있었던 이유는 그들의 의식과 무의식을 강박적으로 강제했던 이러한 근대성에의 강렬한 열망에서 비롯된 것이라는 사실이다. 문제는 이러한 강렬한 열망이 한국적 근대성의 특수성을 손쉽게 예단하는 방식을 통해 가능해졌다는 것이다. 김윤식이 근대를 다만 기술적-테크놀로지적인 '기술의 근대성'이라는 차원에서 이해한 후 이를 근거로 한국의 문화사를 이식문화사로 규정하게 된 것과, 김현이 서구적 계몽혁명을 근대성의 단일한 형식으로 이해하여 한국적 정신사를 폄하 혹은 왜곡하는 과정을 통해 '해방의 근대성'을 밀고 나가려 했던 것은 가족 유사성의 관계에 있는 것이다.

그러나 중요한 것은 이러한 근대성에 대한 상이한 이해와 그것으로부터 비롯된 실천 방식이 어쩌면 한국적 현실의 가장 핵심적인 부분을 건드린 것인지도 모른다는 사실에 있다. '기술의 근대성'의 급진화된 양상이 박정희의 근대화 담론과 내통하였다는 것과 소위 4·19 세대의 서구라파적 이념에의 탐닉이 오늘날의 근대 자유민주주의의 이념적 바탕이 되었다는 사실은 거듭 강조되어야 할 것이다. 그것은 한국적 근대성의 두 얼굴이다. 이러한 문제의식이 현재에 이르러서도 풀리지 않는 난관으로 존재하고 있거니와, 김현 비평이 문학사적 의의를 띨 수 있는 것은 이러한 해방의 근대성을 투철하게 견지하면서 우리의 문화적 현실을 변혁시키려 했다는 점에 있을 것이다. 전후 세대의 문학에 대한 김현의 격렬한 비판은 숱한 모순과 논리적 오류를 내포하고 있었던 것이 사실임에도 불구하고, 그러한 비판 속에 내재된 문제의식의 치열성과 고민의 밀도만은 결코 소홀히 할 수 없는 부분이다.

이러한 김현의 '해방의 근대성'에 대한 열망은 백낙청과 염무웅을 포함한 소위 '창비' 그룹에 의해 비판받게 되는 것이지만, 이러한 담론의 분화 현상 자체가 이미 한국적 현실의 '복잡성'과 '교활함'을 내발적인 담론의 구성에 의해 분석할 수 있게 되었다는 것의 또 다른 증표가 되는 것이며, 그것은 70년대의 리얼리즘 논쟁을 관통하면서 80년대의 한국사회구성체 논쟁이라는 더욱 분화된 분석적 담론을 생산하는 데에까지 직, 간접적인 영향을 끼치게 되는 것이다.

때문에 김현 비평의 문학사적 의의를 논해야 한다면, 우리는 60년대 중반으로부터 70년대 후반까지의 김현의 '해방의 근대성'에의 열망을 문제 삼을 수밖에 없게 되겠거니와, 이후 김현이 펼쳐보인 해석비평의 능란함과 화려함은 김현 비평의 특질을 해명하는 자리에서는 일정한 의미를 점유하겠지만, 문학사적 의의라는 측면에서는 그 중요성이 다소 떨어지는 것이 사실일 것이다.

그러나 김현의 '해방의 근대성'에의 열망이 치열하고 또 밀도 높게 전개된 것이라고 할지라도, 그것이 한국적 현실의 구체성을 보다 포괄적으로 분석하기보다는, 이광호의 표현처럼 '근원지향성' 혹은 '본질주의적 경향'을 띠었다는 점에서, 김현 비평에 내재하고 있는 '관념지향성'의 성과와 한계에 대해서는 다른 자리에서 보다 정밀하게 비판적으로 검토되어야 할 것으로 보인다. 이것은 물론 김현 개인에게만 해당되는 고유한 문제라기보다는 소위 4·19 세대라는 단위 집단 전체의 문제이기도 했다. 모든 개별자는 역사의 하중으로부터 결코 자유로울 수 없기 때문이다.[370]

제2절 해석비평의 정교화와 비평적 자의식의 강화

김현 비평은 후대의 비평가들에게 상당한 파장을 일으켰다고 판단된다. 그것은 크게 다음 두 가지 사항으로 정리될 수 있겠다. 첫째, 김현 비평은 무엇보다도 문학작품의 분석과 해석에 있어서 정교한 분석 정신을 강조했다. 한마디로 말해 해석비평의 정교화에 힘썼다. 문학비평의 역할이 예술 텍스트에 대한 분석을 기초로 시대정신을 추출하는 데 있는 것이냐 혹은 예술 텍스트 자체의 미학적 구조와 감동의 근원을 밝히는 데 있는 것이냐 하는 점은 아직도 논란이 분분한 문제이다. 그것은 '지도비평'과 '해석비평'이라는 어사에서 단적으로 드러나거니와, 우리의 비평사는 정론성을 강조한 '지도비평'과 작품의 해석적 차원에 집중한 '해석비평'의 팽팽한 대결과정 속에서 전개되어 왔던 것으로 판단된다. 김현 비평의 특징은 무엇보다도 해석비평의 정교화에 있거니와, 이때 강조되는 것은 예술작품의 고

---

370 같은 4·19 세대이면서도 보다 구체적인 한국적 현실(분단체제)에 천착했던 소위 '창작과 비평' 그룹에 대한 논의는 여기서 생략하기로 한다. 왜냐하면 이들 그룹에 대한 보다 포괄적이면서도 정밀한 논의를 펼치기에는 무엇보다도 본고의 지면이 제한되어 있기 때문이다. 이와 함께 본고의 논의가 김현 비평을 중심으로 진행되는 것이기 때문에 아무래도 김현을 제외한 다양한 비평가들의 비평적 실천행위들이 김현이라는 대립항을 중심으로 배열될 수밖에 없으리라는 판단이 들었기 때문이다. 이럴 경우 여타 비평가들의 비평적 실천행위가 다만 김현 비평의 '변주' 정도로 여겨질 가능성 또한 배제할 수 없기 때문에 그것은 이후 독립된 작업을 통해 규명하고자 한다는 점만은 미리 밝혀둔다.

유한 미적 구조를 추출해내는 분석의 날카로움이었다.

둘째, 김현 비평은 비평가로서의 자기의식에 매우 철저한 양상을 보여주었다. 문학비평 및 비평가의 존재 양상에 김현이 철저했다는 것은 그가 문학비평을 자각적으로 인식하고 있었다는 것을 의미한다. 이때 특이한 것은 김현이 비평을 자각적으로 인식하는 과정을 통해 나아간 방향이 비평의 절대화가 아니었다는 점이다. 후기에 이르러 김현은 비평의 지도성을 거부하는 태도를 보여주었는 바, 이때 강조되는 것이 대상 '텍스트의 주체화'였다고 볼 수 있다. 비평에 대한 자각적인 인식은 텍스트의 주체화 과정과 일치한다. 텍스트를 비평 주체의 의지에 따라 변용시키는 것이 아니라 비평 주체가 텍스트 속으로 용해되는 과정을 통해서 텍스트의 독특한 미적 가치 및 구조를 밝혀내고, 다른 한편으로는 비평가의 자기의식을 드러내는 것이 김현 비평의 특장이었다. 여기에서 파생되는 것이 '공감의 비평'이라고 그 자신이 규정한 대화의 정신이었다. '비평은 심판이 아니라 비평가와 작가의 열린 대화의 장소'[371]라는 김현의 진술에서 그것을 단적으로 알 수 있다.

이러한 김현의 비평태도는 후대의 비평가들에게 상당한 영향을 미쳤던 것으로 판단된다. 다음의 지문에서 그 영향력이 얼마나 막대한 것이었나를 우리는 확인할 수 있다.

그는 이제 문학 일반과 문학비평을 명쾌하게 구분하면서 시인이나 소

---

371 김현, 「비평은 심판인가 대화인가」, 『김현문학전집』, 제13권, p. 281.

설가가 아닌 비평가로서의 자신의 정체성을 확립한 것이다. "어떤 예술보다도 뜨겁게 인간의 문제를 되돌아보게" 하는 문학을 되돌아보는 것이 바로 김현이 생각한 '비평'의 고유한 기능이었다. 그것은 이름을 붙이자면 "두 제곱된 반성적 사유의 공간"이라고 할 수 있겠다. 김현이야말로 특유의 깊고 넓은 치열한 반성적 사유를 이 땅의 비평문학에 본격적으로 끌어온 최초의 비평가가 아닐까 한다.[372]

'최초의 비평가'라는 과장된 수사를 기꺼이 사용하고 있을 정도로 김현 비평이 끼친 영향은 상당히 광범위하고도 강렬한 양상을 나타내고 있었다는 사실을 우리는 위에서 알 수 있다. 그러나 냉정하게 생각해 볼 때, 과연 김현의 비평에 이르러서야 처음으로 우리 비평이 철저한 반성적 사유에 이르렀는가 하는 문제는 재고될 여지가 있다. 그렇다면 김현 이전의 비평가들의 숱한 반성과 실천의 궤적들은 다만 포즈에 불과했던 것인가.

어쨌든 김현 비평이 후대의 비평가들에게 끼친 압도적인 영향을 위의 인용문은 보여주거니와, 그렇다면 어떠한 요소들이 그러한 영향의 원천이 되었는가를 살펴볼 필요가 있다.

우선적으로 이야기할 수 있는 것은 김현 비평이 적어도 시 비평에 있어서 하나의 전형적인 분석틀을 제공했다는 점이다. 그것은 다시 문체적 측면과 방법론적인 측면으로 나누어 설명할 수 있을 것이다. 문체적인 측면에서 이야기하자면, 우선적으로 강조되어야

---

372 권성우, 「비평이란 무엇인가」, 『비평의 매혹』(문학과지성사, 1993), p. 76.

할 것이 김현이 서술의 주체로서 '나'라는 1인칭 대명사를 강조하여 사용하고 있다는 점일 것이다. '나'라고 하는 명시적인 시니피앙을 통해 비평적 주체로서의 자기의식을 강조하였거니와, 사태의 진전을 이 1인칭 '나'에 수렴시키는 전략을 통해서 김현은 한 편의 비평문에 강렬한 주관적 인상을 심어놓았다.[373] 가령 기형도론인 「영원히 닫힌 빈방의 체험」(1989)의 도입부는 김현 비평의 특징을 전형적으로 드러낸다.

어느 날 저녁, 지친 눈으로 들여다본 석간신문의 한 귀퉁이에서, 거짓말처럼 아니 환각처럼 읽은 짧은 일단 기사는, 「제망매가」의 슬픈 어조와는 다른 냉랭한 어조로, 한 시인의 죽음을 알게 해주었다. 이럴 수가 있나, 아니, 이건 거짓이거나 환각이라는 게 내 첫 반응이었다. 나는 그 시인과 개인적인 관계를 맺은 적이 없다. 우리의 관계는 언제나 공적이었지만, 나는 공적으로 만나는 사람 좋은 그의 내부에 공격적인 허무감, 허무적 공격성이 숨겨져 있음을 그의 시를 통해 예감하고 있었다.[374]

위의 인용문에서 알 수 있듯, 김현의 비평은 비평 주체 '나'의 주

---

373 황지우의 다음과 같은 지적은 김현의 수사 전략을 매우 효과적으로 설명하고 있다: "나는 내 자신이 불행이고 결핍이다라고 쓰는 데서 볼 수 있듯이, 텍스트에 꼭 끼어들거나 간섭하는 자신의 내적 체험이 두드러진다. 아마도 그러한 내적 체험의 개입 내지 간섭이 그의 비평을, 텍스트 속에 이미 이야기된 것을 다시 이야기하는 것으로 그치는 주석과 구별되게 하는 것이며, 텍스트 속에 이야기된 것 밑에 숨어 있는 '거대하고 불가사의한 화젯거리'를 꼭 집어내는, 어찌 보면 텍스트를 작가보다 더 잘 알고 있는 것 같은, '해석의 비평'으로 이끄는 힘인 것이다."(황지우, 앞의 글, pp. 190-191.)
374 『김현문학전집』, 제6권, p. 308.

관적 인상으로부터 분석을 시작한다. '나'의 내면에 텍스트가 불러
일으킨 반응이 분석의 출발점이라는 이야기다. '이럴 수가 있나, 아
니 이건 거짓이거나 환각이라는 게 내 첫 반응이었다'라는 진술에
서 보이듯, 김현은 평문의 도입부에서 자신이 아무런 분석적 사심
없이 텍스트에 접근해가고 있다는 사실을 고백한다.[375] 문제는 이러
한 고백적인 어조가 고백하는 비평가와 그 고백을 듣는 독자 사이
를 수평적으로 연결시켜 어떤 편안함을 야기한다는 데 있을 것이
다. 다시 말하면 비평가의 비평적 어조가 일반 독자의 어조와 수평
적 관계를 갖게 됨에 따라, 독자는 비평가의 진술에 대해 심리적 '저
항'을 느끼지 않고 그것을 자연스럽게 수용하게 된다는 것이다.

　김현은 거기에서 멈추지 않고 자신의 고백을 텍스트의 가장 내밀

---

[375] 물론 김현의 이러한 진술은 방법적인 것이라는 사실도 지적해야만 할 것이다. 그것은 그
의 사후 출판된 『행복한 책읽기』를 참고해보면 알 수 있다. 1989년 6월 6일의 일기를 보
면 김현이 한 편의 평론을 쓰기 위해서 때때로 시인들과 혹은 시인 주변의 사람들과 상
당히 깊은 이야기를 나누었던 것을 알 수 있다. 말하자면 김현은 이러한 사전 '취재과정'
을 통해서 한 시인의 시가 가지고 있는 가장 깊숙한 비밀까지도 분석할 수 있었던 것이
다. 다소 긴 느낌이 있긴 하지만 논의의 정밀함을 위해 전문을 인용하기로 한다.
"어제 저녁에는 기형도의 누이와 그의 선배, 친구들과 술을 마셨다. 과음이었는지, 아침
에 일어나는 게 힘들었다. 그런데도 빚을 갚았다는 느낌이 들어 마음은 편하다. 새로 안
사실들: 그의 고향은 연평도이다. 황해도 해주에서 월남한 모양이다. 아버지는 일제 시대
에 전문학교를 나온 지식인이어서 집에는 책들이 많았다 한다. 어머니는 일종의 후처로
서 아버지와 사이가 그렇게 좋았던 것 같지는 않다. 중앙고등학교 출신. 공부는 잘한 편.
누이와의 사이가 좋았던 모양 시를 쓰면, 밤 열두 시에도 친구 집에 전화를 걸어 그것을
읽어준 모양. 정리벽이 있다. 하나도 안 버리고, 모든 것을 보관하고 정리한다. 과장이 없
다고 할 수는 없으나, 그의 시는 비교적 사실에 충실하다. 석유냄새 나는 누이는 신문 배
달을 하는 누이라는 뜻. 신문에서 나는 석유 냄새, 다시 말해 잉크 냄새. 대중 가요를 위
한 기사가 두 편 있다. 심수봉에게 갔던 기사인 모양. 우리들 앞에서는 명곡들만 불렀는
데 친구들과는 그렇지 않았다. 시를 발표한 뒤에는 자기 시에 대해 언급한 비평가들에게
전화를 하는 꼼꼼함도 보여준 모양이다. "죽기 일주일 전에 몸살을 앓았는데 그것이 신
호였던 모양이에요"(박해현). 그러나 어떻든 한 젊은 시인은 죽었고 우리는 살아 남아 그
를 이야기한다. 죽음만이 어떤 사람에 대해 아무런 말을 해도 괜찮게 만들어준다. 죽음
은 모든 것을 허용한다."(『김현문학전집』, 제15권, p. 204.)

한 부분에 대한 통찰로 전이시킨다. 가령 시인과 자신은 한 번도 개인적인 관계를 맺지 않았지만, 그는 시인의 시를 통해 '공격적인 허무감, 허무적 공격성'을 예감하고 있었다는 식의 표현이 그것이다. 예감을 통해 한 시인의 문학적 경향성은 자연스럽게 노출되고, 자신의 비평은 이러한 예감을 현실화시키는 것에 불과하다는 인상을 독자에게 심어주는 것이다. 이러한 서술전략을 통해 김현은 자신의 비평을 인공적인 분석전략에 기반한 것이 아니라 자연스럽게 구성된 어떤 것으로 독자들이 느끼도록 하였다.

그러므로 1인칭 '나'에 의해 표백되는 정서적 구성물들은 그것이 '고백의 형식'을 취한다는 점에서, 평문의 논리적 정합성을 독자들로 하여금 판별하게 만들지 않고, 비평가와의 정서적 동일시를 가능하게 만든다.[376] 일단 독자와 비평가 사이에 정서적 동일시가 이루어진다면, 논리적 오류가 특별하게 두드러지지 않는 이상 김현의 평

---

[376] 김현은 기형도의 시를 '그로테스크 리얼리즘'이라는 범주로 개념화한 바 있다: "그 의미 있는 미학에 나는 그로테스크 리얼리즘이라는 이름을 붙여주고 싶다. (……) 그의 시가 그로테스크한 것은, 그런 괴이한 이미지들 속에, 뒤에, 아니 밑에, 타인들과의 소통이 불가능해져, 자신 속에서 암종처럼 자라나는 죽음을 바라보는 개별자, 갇힌 개별자의 비극적 모습이 마치 무덤 속의 시체처럼-그로테스크라는 말은 원래 무덤을 뜻하는 그로타에서 연유한 말이다-뚜렷하게 드러난 데에 있다."(『김현문학전집』, 제6권, pp. 314-315.) 그러나 엄밀히 말해 '그로테스크 리얼리즘'이라는 개념은 김현 자신이 만들어낸 조어가 아니다. 라블레의 작품에 대한 바흐친의 조어로서 '그로테스크 리얼리즘'이라는 용어가 이미 사용되고 있었다. 이때 '그로테스크 리얼리즘'이란 육체의 괴기스러운 혼란을 통해 현실세계의 혼란성을 묘파해내는 문학적 방법 내지 경향을 의미하는 것으로, '사회주의적 리얼리즘'에 대한 대립적 개념으로 바흐친이 상정한 용어였던 것이다. 문제는 김현 자신이 바흐친의 그것과 자신의 용어와의 차별성을 밝히지 않은 채 성급하게 그 용어를 사용하고 있다는 점에 있을 것이다. 그러나 여기서 필자가 중요하게 생각하는 것은 김현의 주관적인 용어 사용의 오류 그 자체가 아니라, 소위 '고백'이라는 형식을 통해 그러한 오류가 손쉽게 은폐될 수 있었다는 점이다. 이때 김현의 고백체는 논리적 오류를 은폐시키는 전략으로 기능한다.(바흐친의 '그로테스크 리얼리즘'에 대해서는, 김욱동, 『대화적 상상력』(문학과지성사, 1988), pp. 261-268을 참조할 것).

문은 그것을 읽는 독자 자신의 고백록이 된다.[377]

비평가 개인의 사적 담론을 공공적 성격을 띤 공적 담론과 독특하게 융합시키고 화해시키는 김현의 비평적 전략은 후대의 비평가들에게 상당한 영향을 끼쳤다고 볼 수 있다. 이와 함께 김현은 고유한 비평 문체의 확립이라는 측면에서도 적지 않은 영향을 끼쳤다고 볼 수 있다. 소위 '김현체'로 명명할 수 있을 그의 수사법에 대해서는 이승원의 다음과 같은 지적을 참고하는 것이 효과적일 것이다.

그의 이원적 대립의 의식은 문체까지도 이원적 대립의 어조를 구사하게 했는데, 예를 들어 "그들의 시는 되어가고 있는 시이지, 이미 되어 있는 시가 아니다"라든가, "삶의 전체성이란 모든 것을 향한 움직임 속에서 구현되는 것이지, 자신 속에 삶을 끼워맞출 때 얻어지는 것은 아니다" 같은 문장이 그것이다. 이 문장의 내용 역시 정신의 상투화를 거

---

377 '고백'을 주체 확립의 변증법과 동력학(dynamism)이라는 관점에서 분석하고 있는 가라타니 고진의 논의를 참고할 필요가 있다. 가라타니 고진은 "왜 항상 패배자만 고백하고 지배자는 고백하지 않는가. 그것은 고백이 왜곡된 또 하나의 권력의지이기 때문"이라고 주장한다. 바꿔 말해 이때 고백은 참회가 아니라 고백이라는 나약한 몸짓 속에서 '주체'로서 존재할 것, 즉 지배할 것을 목적으로 하고 있다고 가라타니 고진은 주장한다. 만일 이러한 가라타니 고진의 논의를 수용할 경우, 김현 비평에 등장하는 고백체는 자신의 비평적 가설을 관철시키기 위한 방법적 전략으로 이해할 수 있을 듯하다. '고백'이라는 형태의 수사 전략을 통해 김현은 자신의 내면을 독자들에게 남김 없이 보여주고 있다는 사실을 은연중 강조함으로써 이를 통해 오히려 자신의 비평적 논제를 독자들에게 강제했다고 볼 수 있는 것이다. 이러한 고백을 접한 독자는 따라서 김현 비평의 진정성을 의심하지 않고 동화될 수 있는 심리적 기반 아래 놓이게 되는 것이다. 저자와 독자와의 객관적 공모가 '고백'이라는 제도 속에는 존재하고 있었던 것이다. 물론 이 사실을 김현이 의식하였느냐 아니냐는 별개의 문제라는 점만은 밝혀둘 필요성이 있겠다('고백'에 관한 가라타니 고진의 논의는, 가라타니 고진, 앞의 책, pp. 103-129를, '고백'의 철학적 성격에 대해서는, 폴 리쾨르, 『악의 상징』, 양명수 역(문학과지성사, 1994), pp. 17-36을 참조할 것).

부하고 역동적 변화를 애호하는 김현의 의식을 그대로 드러내고 있거니와, 그 문체 자체가 하나를 부정하고 하나를 긍정하는 이원적 대립의 형식을 취하고 있는 것이다. 이러한 문체는 특히 80년대 이후의 김현의 글에서 상당히 빈번하게 사용된다. 김현이 후진들에게 영향을 끼친 것이 한 두 가지가 아니지만, 이러한 문체의 틀 역시 그의 후진들에게 영향을 주었다. 문체에 있어서건 의식에 있어서건 김현의 세례를 가장 많이 받은 것으로 보이는 정과리 역시 "김현 비평이 사일구 세대의 비평의 이룸에 가담하는 것이지, 사일구가 김현 비평을 결정하는 것이 아니다"라고 쓰고 있고, 김현에 대해 격렬한 비판을 감행한 반경환도 이러한 문장을 그의 글에서 아주 많이 구사하고 있다.[378]

물론 김현의 이러한 비평적 태도는 후대의 비평가들에게 상당히 긍정적인 영향을 끼친 것도 사실이지만, 반면에 부정적인 영향도 끼쳤다. 그것은 한 편의 시를 분석하는 데 있어 그것의 전체적인 양상을 집중적으로 분석하기보다는, 통일적인 이미지를 짜깁기 혹은 몽타주화 하는 방법을 그가 애용하는 데서 두드러지게 나타난다. 이때 강조되는 것은 한 편의 시가 갖고 있는 미적 구조와 그것의 의미라기보다는 특정한 이미지의 유사성과 동질성에 대한 그의 선호이다.

김현의 이러한 선호는 그것이 극단화될 때, 시와 시인의 분리-비분리 문제라는 복잡한 문제를 사상하게 만들며, 그 결과 시적 화자와 시인의 기계적 동일시라는 오류를 범하게 만드는 것이다. 이러한

---

378 이숭원, 앞의 글, pp. 837-838.

오류가 발생하게 된 것은 그가 한 편의 시를 한 시인의 중핵적인 콤플렉스의 승화라고 생각한 데서 발생한 것이다. 그가 평생에 걸쳐 창조적으로 원용하기에 힘썼던 정신분석비평의 문제성이 여기서 드러난다 할 것이다.

이와는 다른 측면에서 김현이 후배 비평가들에게 끼친 영향으로 언급할 수 있는 것으로 소위 '세대론적 담론의 활성화'라는 측면을 거론할 수 있을 것이다. 김현 자신이 등단 초기에 소위 4·19 세대로서의 자기의식의 강화를 통해 전후 세대와의 차별성을 강조하곤 했다는 사실은 앞에서 이미 논의한 바가 있다. 그런데 문제는 이러한 김현의 문학장에서의 주체정립 의지를 후배 비평가들이 그대로 답습하는 경우가 종종 나타난다는 사실이다. 문학사의 흐름을 10년 단위로 잘게 나누고 이를 통해 자기 세대의 문학적 입지를 구축하고자 하는 시도는 그것이 어떤 내적 필연성에서 기인한 것이라면 문제될 것이 없다. 또한 지나간 시대의 우리 역사가 어떤 측면에서 이러한 세대 단위 정립의 정당성을 간접적으로 보증했다는 것 역시 무시할 수 없는 사실이다.

그러나 문제는 이들 후배 비평가들의 세대 의식의 정립이 내발적인 자기 정체성의 확립을 통해 이루어지기보다는, 대개가 소위 4·19 세대의 문학사적 가치에 대한 과잉 의미부여를 통해서 이루어지고 있다는 점에 있다. 4·19 세대에 대한 과잉 의미부여를 통해서 세대 담론의 내적 타당성을 손쉽게 정립한 후, 이를 통해 자기 세대의 정당성을 확보하고자 하는 이러한 비평적 전략은, 때때로 문학적

세대 개념 자체를 무의미하게 만들 수도 있다.[379]

이와는 다른 차원에서 김현 비평이 소위 비평의 문화론적 지평을 넓혔다는 점도 강조할 필요가 있다.[380] 김현은 뛰어난 문학비평가이기 이전에 명민한 에세이스트였다고 볼 수 있는데, 에세이스트로서의 김현의 면모가 가장 잘 부각될 수 있었던 것은 다양한 예술 장르에 대한 그의 글쓰기에서였다. 그는 미술, 만화, 연극, 영화 등의 장르의 구별 없이 다양한 인상기들을 남겼다. 물론 이러한 김현의 글들이 모두 우수한 것은 아니며, 각각의 장르에 대한 내적 이해에 기반한 것이라기보다는, 어디까지나 문학적인 입장에서 접근한 아마추어리즘적인 글이었다는 점은 밝힐 필요가 있겠다. 그럼에도 불구하고 김현의 이러한 글쓰기는 당시로서는 통념화되어 있었을 것임에 분명한 문학 장르의 특권화와 하위 장르에 대한 평가절하를 거부하고 있었다는 점에서 이후에 보다 본격적인 분석을 통해 그것의 함의를 밝혀내야 할 것으로 보인다.

---

379 김주연의 다음과 같은 진술은 후배 세대들의 4·19 세대에 대한 과잉 의미부여에 대해, 4·19 세대인 그 자신의 솔직한 심정을 피력하고 있다는 점에서 주목된다: "내 정신의 나이는 언제나 1960년의 18세에 멈추어 있다." 그게 김현 씨의 심정만은 아닌 것 같아요. 어떤 의미에서 일반적인 이야기가 아닌가 싶습니다. 특히 문학, 예술하는 사람들의 생각은 다 비슷하지 않을까 싶어요. 그런데 우연히도 1960년 4·19가 나던 해에 대학교 1학년이어서 그게 시대 구분의 한 단위 내지는 시발점처럼 자꾸만 거론되고 또 나름대로 상징적인 의미가 있는 듯이 얘기되곤 하는데, 이것은 생물학적인 인간의 변화 과정과 사회적 내지는 사회학적으로 살펴볼 수 있는 또 다른 측면, 이런 것들이 다 복합되어서 그런 의식을 조성하고 있는 것이 아닌가 생각합니다. (……) 그렇기 때문에 문학에서 갖는 세대론의 의미라고 할까요, 이것이 어떤 의미에서는 사실 이상으로 강조되는 측면이 있지 않나 합니다."(박철화, 이광호, 황지우, 김주연 좌담, 「세대론의 지평」, 『오늘의 시』, 제6호, p. 17. 강조-인용자.)

380 이러한 관점에서 쓰여진 대표적인 논문으로는, 권성우, 「매혹과 비판 사이: 김현의 대중문화 비평에 대하여」, 김윤식 외 19인 공저, 『한국 현대 비평가 연구』(강, 1996)을 들 수 있다.

다음으로 언급할 수 있는 것은 김현이 누구보다도 언어에 대한 깊이 있는 자의식을 확보한 비평가였다는 사실이다. '순한글 세대'로서의 세대 의식을 강조한 것이 김현이었으며, 특별한 경우를 제외하면 그의 평문을 순한글로 사용했다는 점에서 알 수 있듯, 그것은 민족어에 대한 김현의 민감한 자의식에서 발원한 것이었다.[381] 이 밖에도 김현 비평이 후대의 비평가들에게 끼친 다양한 영향이 존재할 것이지만, 여기서는 더 이상의 논의를 생략하기로 한다.[382]

결론적으로 김현 비평은 문학비평의 정론성보다는 개별작품의 분석과 해석에 집중하였다는 사실을 지적해야만 할 것이다. 이와 함께 이러한 김현의 비평적 태도 속에는 변치 않는 속성이 개입되어 있었으니, 그것을 우리는 근대성에 대한 지속적인 탐구와 실천으로 정리할 수 있을 것이다. 합리주의와 분석주의로 무장된 김현 비평의 단단함이 그것이다.

이러한 태도의 견지를 통해 김현이 궁극적으로 추구하고자 했던 것은 불합리와 모순이 사라진 이성적인 사회였을 것이다. 그러나 그

---

381 그럼에도 불구하고 김현의 언어관이 생활세계의 '구어'라기보다는 '문어'에 한정된 관심이었다는 임우기의 비판은 적절한 지적이라고 판단된다(김현의 언어관에 대한 비판은, 임우기, 「매개의 문법에서 교감의 문법으로」, 『문예중앙』, 1993년 가을호를 참조할 것).

382 다만 한 가지 언급되어야 할 사실은 보편체계로서의 김현의 계몽주의 옹호와 민족주의적 열정에 기반한 '민족어의 옹호'라는 이질적인 두 개의 관점이 어떻게 조화될 수 있었는가 하는 문제이다. 순한글 세대로서의 자부심은 달리 말해 민족주의적 동질성에 근거한 이념이라고 할 수 있다. 최근의 '영어공용어 논쟁'에서도 알 수 있듯, 민족어에 대한 강조는 민족주의를 그 내포적 전제로 깔고 있는 것이라고 볼 수 있다. 때문에 김현의 언어관과 세계관의 상관성에 대한 보다 심화된 탐구가 이후 수행되어야 한다고 필자는 생각한다(영어공용어 논쟁을 민족주의와 세계시민주의의 갈등이라는 시각에서 분석한 것으로, 고종석, 「우리는 모두 그리스인이다」, 『인물과 사상』, 제8권(개마고원, 1998)을 참조할 것).

김현 비평과 근대성의 모험

것이 '미완의 기획'일 수밖에 없었다는 점에서 역사는 우리에게 무거운 의무감을 부여하고 있다.

제6장

결론: 완성으로서의 일원론 혹은 문학적 초월

본고는 김현의 비평 의식 및 비평적 실천행위를 고찰하고자 하는 의도에서 쓰여졌다. 김현의 비평 의식을 밝힌다고 할 때, 그것은 김현의 문학관에 대한 탐구를 필요로 한다. 문학관에 대한 탐구는 한편으로는 비평가의 의식을 문제 삼는 것이며, 다른 한편으로는 그러한 의식을 가능케 한 개인과 사회와의 관련성을 문제 삼는 것이다. 비평 의식에 대한 탐구와 함께, 그렇다면, 그러한 의식이 현실의 문학장 속에서 어떠한 과정을 통해 관철되고 있는가 하는 점 또한 우리는 고찰했다. 비평 의식에 대한 탐구가 원론적인 성격을 띠는 것이라면, 비평적 실천행위에 대한 탐구는 실천적 의미를 띠는 것이었다. 다시 비평 의식에 대한 탐구가 상대적으로 가치중립적인 작업에 속하는 것이라면, 비평적 실천행위에 대한 탐구는 실천적 성격을 띠는 것이었다. 그러나 무엇보다도 우리의 이러한 작업은 김현 비평에 대한 문학사적 기념비를 세우려는 것이 아니라 그것의 현재적 의미를 묻는 데에 더 큰 의미를 부여했다는 점을 밝힐 필요가 있다.

김현의 비평 의식을 보다 정밀하게 파악하기 위해서 우리는 먼저 김현 비평의 발생적 배경을 탐구하기로 했다. 김현의 본격적인 비평

작업이 시작된 것은 50년대 문학이라는 전사前史가 있었기에 가능한 것이었다. 어떤 역사적 사건도 그것을 배태한 규정력을 전대에서 찾을 수 있기 때문이다. 해방 이후 6·25 전쟁이라는 혼란 속에서 전개된 전후문학은 다음 두 가지 특징을 가지고 있었다.

첫째, 전후문학은 실존주의를 정점으로 하는 구미 모더니즘의 적극적인 수용과 그것의 작품화 경향으로 정리될 수 있다. 그것은 전쟁이라는 한계체험을 경험한 문학인들의 실존주의 수용이 세계 대전 이후의 서구 문학인들의 위기의식과 동질적 차원에서 전개되었다는 것을 의미한다.

둘째, 서구문화의 급격한 유입이라는 현상을 들 수 있다. 전쟁체험을 통해 가능해진 반공 이데올로기의 강화는 반대급부로 자유민주주의 이념을 같이하는 구미 제국과의 동류의식을 강조하였다. 이와 함께 전쟁 복구 과정에서의 경제원조는 자연스럽게 구미를 중심으로 한 서구문화의 유입을 가속화시켰다. 그러나 이러한 이념의 유입은 한국적 특수성보다는 인간의 보편성과 이념의 동질성을 문제 삼았다는 점에서 일정한 한계를 노정하고 있었다. 60년대 문학의 이념 지향성 역시 이러한 뿌리를 갖고 있었던 것이다.

이러한 역사적 배경과 함께 우리는 김현의 비극적 세계관의 배경을 탐구하기도 했다. 김현에게 '세계는 고통스러운 곳이다'라는 비극적 세계 인식은 매우 철저한 것이었는데, 그것이 그가 살던 시대의 비극성에만 기원한 것은 아닐 것이었기 때문이다. 이때 우리가 밝혀낸 것은 그러한 비극적 세계관의 뿌리가 그의 가계에 있었다는 점이다. 독실한 기독교도였던 김현은 그의 부모에게서 퓨리탄적 생활방식 및 세계관을 내면화하게 된다. 퓨리탄적 세계 인식이란 범박하게 말해 인간은 태고로부터 정해져 있는 길을 가야만 하며, 구원의 가능성은 오직 신만이 알고 있다는, 그러므로 주체의 입장에서는 막막하게 현실을 견뎌야 한다는 내용의 비극적 세계관이었던 것이다. 현세의 삶이 오직 신의 영광을 위해 존재한다면, 현세의 삶의 의미는 자기-성실성의 확인에 있을 뿐이다. 김현의 문학적 실천이 지속적이고 또 치열할 수 있었던 것은 바로 이 사실에 기인한다.

그러나 퓨리탄적 생활방식을 규정하는 금욕적 합리주의는 인간의 자유의지에 하나의 억압으로 작용한다. 김현의 이러한 갈증은 4·19를 통한 서구 계몽주의 사상과 프랑스 문학을 통한 합리주의의 발견을 통해 해소된다. 계몽주의에 기반한 합리주의야말로 인간의 이성과 세계 갱신에의 의지를 통해 퓨리탄적 비관주의를 극복하려는 인식론적 단절이었다. 따라서 김현이 이러한 계몽적 합리주의에 매력을 느꼈고 그것을 향해 온몸으로 달려갔음은 퍽 자연스러운 일로 여겨진다. 거기에 4·19 혁명이라는 역사적인 계기를 통해 김현은 잠깐이나마 자신의 의지에 의해 세계를 변화시킬 수 있다는, 다시 말해 꿈이 현실화되는 장면을 목격하게 된 것이 아니겠는가. 그러나 김현의 계몽적 합리주의는 동태적인 것이라기보다는 내면적이며 정태적인 것이었다. 실재세계로부터의 순수한 의식으로의 귀환-이것이 젊은 비평가 김현이 달려간 지점이다. 때문에 이때 문제가 되는 것은 언어이며, 언어에 대한 자의식이다. 자아와 현실 사이를 매개하는 것은 언어이기 때문이다.

이러한 배경 속에서 김현의 문학관이 성숙하기 시작한다. 그렇게 성숙한 김현의 문학관은 우선적으로 샤프츠베리의 취미론과 만나게 된다. 취미론이란 무엇인가. 그것은 무관심성과 즐거움을 강조한 계몽주의적 미학이었다. 계몽주의 이전의 미학이 비례와 조화를 중시한 유신론적 세계관에 기반한 고전주의였다면, 이러한 고전주의에 대한 안티테제가 말하자면 취미론이었다. 미적 무관심성을 강조하게 될 때, 그것은 필연적으로 예술의 자율성을 옹호하게 된다. 미적 경험 혹은 미적 대상의 향수로서 즐거움을 강조하게 될 때, 그것이 서구의 경험주의 철학에서 배태된 개인의식의 강조와 연결된다는 것을 우리는 잘 알고 있다. 개인의식을 문학적 테제로 설정했던 김현이 샤프츠베리에게서 기원하여 칸트에게서 정점에 다다른 취미론에 경도된 것은 거의 필연에 가까운 일이 아니었을까. 왜냐하면 취미론의 발생 배경 자체가 근대 부르주아 계층의 약진과 함께 하는 것이며, 김현에게 지속적으로 작용했던 문화자본 역시 중산층으로서의 자기의식에 기반한 것이었으므로.

취미론은 19세기를 지나면서 낭만주의 혹은 심미주의로 명명될 수 있을 주관적 미이론의 토대가 된다. 주관적 미이론 그것은 달리 말해 주정주의적 예술관이라 볼 수 있을 것이다. 예술작품을 순수하게 음미하고 찬양할 것을 강조한 이러한 이론은 서구의 월터 페이터, 매튜 아놀드 그리고 아나톨 프랑스에 의해 그 정점에 이르렀다. 한국에서는 김환태와 김문집이 인상비평이라는 개념을 통해 이러한 태도를 보여주었거니와, 김현 역시 김환태와 유사한 형태의 비평관을 피력하곤 했던 것이다. 주정주의적 문학관에서 볼 때, 예술의 도덕적이며 교화적인 기능은 예술의 가치에 있어서 부차적인 것이다. 중요한 것은 개성이며, 한 작가의 개성을 보증하는 것은 상상력이다. 김현이 비평적 실천에 임함에 있어 항시 강조한 것이 개성과 상상력이며, 문학의 교화적, 도덕적 기능을 강조한 참여문학 혹은 민중문학과 죽는 순간까지 대립적인 입장에 있었다는 점에서, 또 김현이 내용과 형식의 유기적인 결합을 강조했다는 점에서 우리는 그가 주정주의적 문학관을 견지하고 있었다는 사실을 자연스럽게 알게 된다.

또한 이러한 주정주의적 예술론이 강조한 것은 예술과 삶의 일원론적 실천이었다. 예술과 삶의 일원론적 관점에 서면 예술가의 성실성과 정직성이라는 덕목이 강조되지 않을 수 없다. 김현 자신이 "글쓰기 자체가 사는 것 자체라는 나의 신념"이라고 표현한 바 있거니와, 이때 강조되는 것은 고통스러운 현실보다는 예술가의 내적세계inner world이다. 키에르케고어의 '심미적 인간aesthetic man'의 개념-현실세계란 다만 시인의 내적세계의 자료에 불과할 뿐이며, 현실이란 시인의 시적 창조에 도움이 될 때에만 그 한정적인 가치를 갖는다는 미학적 주관주의가 주정주의적 미학의 핵심인 것이다. 김현의 '공감의 비평'이라는 특유의 개념 역시 이러한 미학적 주관주의-감상자의 정서를 최우선으로 고려하면서, 정서적 동일시에 의해 '감동'과 '쾌락'을 향수하겠다는 비평태도에서 배태된 것이다.

그러나 문제는 이러한 미학적 주관주의가 극단화될 경우 비평은 다만 해석자의 주관적 의지를 강조하는 차원으로 떨어질 위험성 또한 존재한다는 것을 부정할 수 없다는 데 있다. 이러한 태도가 극단화될 경우 작품 자체의 내적 의미가 아니라 비평가의 '자기됨의 근거'를 밝히려는 자료로 작품이 전락할 수도 있다. 김현이 「속꽃 핀 열매의 꿈」에서 범한 오류 역시 어느 정도는 이러한 미학적 태도에서 기인하고 있다는 점은 지적해야만 할 것이다. 그것은 곧 작품의 판단기준이 자기-반성적self-reflective이기를 그치고 자기-지시적self-referential일 경우에 나타난다. 작품 해석상의 보편 타당한 평가기준criterion보다는 직관과 감성에 의존하는 김현 비평의 위험성이 여기 있다 할 것이다.

그러나 김현은 '해석학적 순환'이라고 할 만한 방법론을 통해 대개는 이 위험성을 잘 극복해나갔다고 생각된다. 즉 김현은 해석학적인 방법론을 통해 작품해석의 타당성을 높이는 한편, 자신의 내면 정서를 글 전면에 부각시킴으로써, 독자로 하여금 그의 평문을 읽어나가면서 정서적 동일시를 일으키게 하였다. 이러한 비평적 전략을 통해 김현은 그의 평문의 독특한 개성을 창조하는 한편, 때때로 발생할지 모르는 논리적 불명료성을 은폐하기도 했던 것이다. 바로 이것이 김현 비평의 가장 중요한 구성원리 중의 하나이자 그의 주정주의적 문학관의 두드러진 특징이기도 했다. 그럼에도 불구하고 풀리지 않는 의문은 왜 김현이 "문학은 억압하지 않고 억압에 대해서 생각하게 만든다"는 진술을 반복적으로 제시하였느냐에 있다. 이때 문학이란 억압 없는 세상을 향한 꿈이라는 것인데, '문학만이'의 순수성의 근거를 어디서 찾을 수 있는가 하는 점이 많은 연구자들의 의문이었다. 그것은 어떤 측면에서 유토피아주의와도 관련되며, 다른 측면에서 미적 자율성 이론과도 관련된다. 그런가 하면, 그것은 김현의 근대의식과도 관련되는 것인데, 이러한 발언의 진정성을 알기 위해 우리는 김현의 「비평고」를 분석해야만 했다.

「비평고」란 무엇인가. 비평가란 동굴 속의 수인이라는 플라톤의 '동굴의 비유'의 패러디였다. 플라톤의 동굴의 비유가 제시하는 메시지는 우리의 일상적 존재는 한낱 감옥과 같은 것이며, 감각을 통해 우리에게 보여지는 주변세계란 환영에 불과하다는 내용을 담고 있다. 동굴 밖의 이념의 세계는 에이도스eidos 혹은 이데아idea인데 동굴 속의 수인은 결코 그것을 볼 수 없다는 것이다. 그러나 동굴 속의 수인은 자신의 사유를 결코 멈출 수 없다. 동굴에 비친 그림자를 통해 동굴 밖의 세계를 유추해야 한다는 것이다. 그것은 결국 현실과 이데아, 본질과 현상 사이에는 형언할 수 없는 간극이 존재한다는 것과 이러한 간극을 넘어서기 위해서는 오직 '순수사유'만이 가능하다는 것을 간접적으로 제시해준다.

이것은 서구의 이성중심주의의 기원임은 물론 계몽적 사유와도 연결된다. 그러나 문제는 이러한 순수사유의 존재근거는 어디에서 찾을 수 있느냐는 데에 있다. 데카르트를 끌어들여 말한다면 데카르트의 '코기토'는 무엇으로 증명될 수 있는가. 여기서 우리는 한 가지 단서를 발견한다. 계몽주의자로서 김현은 이성에 대해 무조건적인 신뢰를 보냈다. 즉 이성의 자율성을 무조건적으로 옹호했다. 이러한 이성의 자율성에 대한 무조건적인 옹호는 그의 문학의 자율성에 대한 무조건적인 옹호의 태도와 일치한다.

오직 문학만이 억압하지 않는다는 논리는 이성만이 세계를 투명하게 파악할 수 있다는 논리와 내접해 있다. 자기정당화를 위한 순환 논법이 그의 계몽주의에도 문학관에도 동일한 형태로 존재하고 있는 것이다. 다시 말해 김현에게는 계몽적 이성에 대한 무조건적인 신뢰가 문학에 대한 무조건적인 신뢰와 동일한 형태로 전개되고 있다는 것이다. 때문에 김현이 문학을 꿈이라 하고 문학중심주의자로 남을 수 있었던 것은, 그가 계몽적 이성에 대한 무조건적인 신뢰를 문학에 대한 무조건적인 신뢰로 투사시키는 과정을 통해, 현실 역사에서의 패배를 보상하려고 한 것으로 볼 수 있다. 왜냐하면 그가 그토록 신뢰했던 계몽적 이성은 5·16 군사 쿠데타라는 역사적 계기 속에서 관념의 상태로만 남을 수 있었기 때문이다.

그러나 김현에게 문학이 꿈이라는 명제가 성립할 수 있었던 또 다른 이유는 그것이 억압된 욕망을 해소할 수 있는 공간이었기 때문이다. 그는 특히 일련의 소설론을 통해 프로이트주의자로서의 자신의 면모를 확인시켜주기도 했다. 「소설은 왜 읽는가」라는 글에서 그가 밝힌 것은 소설이 쾌락원칙에 기반한 욕망을 충족시켜주기 때문에 읽게 된다는 사실이었다. 바꿔 말해 책읽기는 욕망의 충족이며, 행복의 완성인 셈이다. 그러나 이러한 책읽기가 비평가 김현에게 다만 욕망의 충족이라는 일반적 개념으로 다가온 것은 아니다. 그는 책읽기가 주체자의 세계행위라고 말하면서 욕망을 해석적 행위로 치환시키고 있는데 이로부터 우리는 분석주의자로서의 김현의 면모를 발견하기도 한다. 책읽기를 통해 안 보이는 현실을 분석할 수 있다는 김현의 이러한 분석주의는 '문학은 꿈이다'라는 그의 명제와 관련시켜 볼 때 좋은 시사점을 제공한다. 즉 김현이 '문학은 꿈이다'라고 했을 때, 그것은 유토피아에 대한 열망의 형태로 제기된 것이 아니라, 그것을 불가능하게 하는 현실을 보다 정확하게 직시하고 싶다는 욕망에서 나온 것이라는 사실이다. 바꿔 말해 김현의 꿈이 의미하는 것은 직접적인 사회개조로서의 유토피아가 아니라 현실에 대한 분석적 인식이었다.

그러나 그가 방법론으로 원용하고 있는 정신분석이론 자체가 역사성을 초월한 일종의 과학적 법칙성을 강조한다는 점에서 자기충족적이며 환원론적인 이론이라는 점에서, 이를 통해 현실 분석 혹은 역사 분석을 해내겠다는 김현의 욕망은 상당히 모순된 결과를 내포하게 된다. 그가 문학적 원형의 탐구에 집착하게 되는 후기 비평의 면모가 그 사실을 증명한다. 그러나 우리는 여기서 김현에게 정신분석이론이 다만 하나의 방법론에 그친 것이 아니라 일종의 인식틀로 기능했다는 사실을 밝혀야만 할 것이다. 왜냐하면 프로이트주의가 갖고 있는 인간과 삶에 대한 비극적 태도를 수용하기에 김현의 정신적 토양은 너무나 적당한 환경 속에 있었을 것이기 때문이다. 간단히 말해 한 개인의 주체적 의지는 그러한 의지를 강박하고 조율하는 '금기체계'에 의해 제한될 수밖에 없다는 프로이트주의의 인식론은 김현의 퓨리탄적 세계 인식과 상동성의 관계를 갖고 있었기 때문이다. 이러한 세계관의 진행과정이 김현의 비극적 세계관을 더욱 강화시켰거니와, 프랑스 상징주의와 아도르노의 미학 역시 이러한 세계관 및 김현의 문학관에 상당한 영향을 끼쳤다고 볼 수 있다.

초기의 김현이 욕망을 충족해야 될 것으로 보았다면, 후기의 김현은 욕망이 폭력의 기원이라고 생각하게 된다. 「폭력과 왜곡」에서의 염세주의적 인식이 그 대표적인 경우라고 할 수 있다. 때문에 유토피아에의 욕망은 동시에 파괴적인 폭력을 일으킨다는 입론이 도출된다. 그렇다면 유토피아는 어디에 있는가. 김현은 '마음' 속에 있다고 주장한다. 이 세계는 고통스럽지만 그렇다고 이 세계 너머의 유토피아에는 도달할 수 없다. 때문에 고통스러운 현실을 극복하는 길은 자기와 싸우는 일이다. 그 싸움을 문학을 통해서 할 수 있다는 것이 김현의 평생의 신념이었다. 이때 김현의 문학관은 '초월성이 내재된 현실'이라는 개념으로 설명될 수 있다. 문학이야말로 초월성이 내재된 현실로 김현은 보았다. 때문에 현실이 고통스러우면 고통스러울수록 문학에의 열정은 더욱 심화된다. 왜냐하면 고통스러운 현실은 폭력세계인 때문이다. 이 폭력세계로부터 도피하는 방법은 죽지 않는 한 문학에 매달리는 방법밖에는 없게 된다. 김현의 말처럼 욕망이 있는 한 문학은 어디서나 살아남기 때문이다.

김현의 문학관을 이해하는 데 있어서 빼놓아서 안 될 것은 프랑스 상징주의와 김현 비평의 관계이다. 한 개인의 출발점이란 많은 경우 종착점과 맞닿아 있다는 경험적 진리를 소홀히 할 수 없기 때문이다. 김현의 첫 평론집인 『존재와 언어』가 프랑스 상징주의 시인들에 대한 탐구로 집중되어 있다는 사실은 예사 문제가 아니다. 상징주의란 무엇인가. 그것은 이원론적 세계 인식을 의미한다. 현상과 본질, 실재와 비실재, 차안과 피안으로 이 세계는 나뉘어져 있다. 그러나 시인은 가끔 그의 시를 통해 절대를 추구할 수 있거니와, 왜냐하면 그러한 절대를 언어가 중계하기 때문이다. 이때 언어는 존재가 된다.

보들레르와 발레리, 그리고 말라르메에게서 그 열매를 맺은 프랑스 상징주의는 김현에게 문학과 현실을 인식하는 하나의 거울로서 기능했다. 그가 김춘수에게로 나아갔던 것 역시 이것으로 설명된다. 김춘수는 언어가 지시하는 것이 아니라 명명(암시)하는 것이라는 사실을 알고 있었던 것이다. 언어가 지시하지 않고 암시하기만 할 때 거기서 피어나는 꽃이 '암시의 시학'이다. 김현이 현실과의 뚜렷한 의미연관을 보여주는 시를 선호하지 않은 것은 이에서 비롯된다. 이미지 및 리듬에의 집착, 상투성에의 혐오라는 김현의 고정관념은 이러한 상징주의의 영향관계를 빼놓고는 설명될 수 없는 것이다. 그는 언어를 통해서 실재와 비실재가 교접될 수 있다고 믿었다. 말하자면 언어를 통해서 의식과 사물, 고통스러운 현실과 초월세계가 결합될 수 있다. 이러한 상징주의의 세례는 김현에게 언어에 대한 민감한 자의식을 심어주며 문학에의 순사를 가능케 한다. '언어는 존재다'는 명제만큼 김현에게 중요한 것은 없었다. 그가 비평적 실천에 임하면서도 잊지 않은 명제가 이것이었다.

그러나 이러한 문학관도 문학장에서의 실천행위를 통해서 이루어져야 비평가로서 자기정립을 할 수 있다. 비평적 주체가 된다는 것은 타자와의 현격한 '차이' 및 부정성에 의해 가능해진다. 타자를 배제한 동일자는 성립되지 않기 때문이다. 우리는 때문에 김현에게 존재했던 문학적 타자가 무엇인지를 알아야 했다. 비평가 김현의 출발점에는 전후문학이 있었다. 김현은 전후문학을 타자화하는 과정을 통해 비평적 주체로서의 자기의식을 정립할 수 있었다. 그러니까 전후문학과의 대결과정은 그 자체가 김현 비평의 출발점이자 주체정립의 계기였던 것이다. 김현이 주체정립의 '구별기호'로 제시한 것이 '4·19 세대'로서의 자기의식이었다. 4·19 세대야말로 역사상 가장 진보적인 세대라고 김현은 생각했는데, 그것은 이념으로서의 자유, 평등, 박애를 현실 속에서 확인할 수 있었기 때문이다. 이러한 세대적 자의식은 김현에게 유달리 자각적인 것이었다.

그러나 우리는 60년대 후반에서 70년대 초반까지 이르는 과정의 김현의 주체 정립 과정이 다만 김현 한 개인의 특출함에서 비롯된 것은 아니라는 사실을 지적한 바 있다. 전후 복구와 군사정권에 의해 추진된 경제개발계획의 성공적인 진행은 60년대 후반에 이르면 어느 정도의 가시적인 성과를 거두게 되고, 이러한 경제 발전에서 파생된 자신감은 민족사의 주체적 재구성이라는 과제로 나아가게 만든다. 여기에 4·19 및 5·16이라는 역사적 사건이 시간의 경과에 따라 어느 정도 반성적 거리를 갖게 되면서 이러한 제요소들이 결합되어 사학계를 중심으로 내재적 발전론이 제기되는 것이다. 문학사적 관점에서 볼 때 이 시기에 등장하는 것이 '이식문학사 극복'이라는 과제였거니와 김현과 김윤식은 『한국문학사』(1973)를 통해 적극적으로 이러한 성과를 체계화시키게 된다. 이러한 작업은 물론 이들 세대들이 전세대의 문학사인식과의 차별화를 통해 문학사적 주체로 등장하는 과정으로 이해할 수 있다.

우리는 김윤식의 문학사론을 통해 이들의 실천이 내포하고 있던 성과와 한계를 동시에 짚어볼 수 있었다. 그 성과는 한마디로 말해 이들에게 전세대의 문학사론을 창조적으로 전복시키겠다는, 달리 말해 그들 고유의 차별성을 확보하겠다는 주체적 의지가 생성되었다는 것이며, 그 한계란 이들의 욕망이 강렬했던 만큼 그것은 당위로서의 문학사 건설, 그러니까 의식적 강박으로서의 콤플렉스에 젖

어 있었다는 말이 된다. 한마디로 말해 그들의 서구라파 문명으로
부터의 이탈과 주체적 재구성이라는 문학적 열망은 그들의 비평작
업이 진행됨에 따라 오히려 서구라파적 문명에 흡수되는 역설을 파
생시켰던 것이다. 따라서 그들에게 서구라파 문명(그들이 보편문화라
고 주장하는)은 유혹이자 동시에 공포였다. 그것은 문학사의 주체적
재구성이라는 열망과 그 좌절의 극점을 전형적으로 보여주는 하나
의 드라마였던 것이다.

　문학사의 주체적 재구성에 비하자면 세대 의식은 한층 분화된 개
념이라고 할 수 있다. 우리는 여기서 김현을 포함한 소위 '문학과지
성' 동인의 세대담론을 분석한 바 있다. 이들이 세대론을 제창했다
는 것은 당대의 현실 속에서 자기 세대의 주체성을 확보하고 싶다
는 것에 다름 아니다. 주체정립이란 타자와의 경계구획을 통해 이루
어진다는 사실을 용인한다면, 소위 4·19 세대의 차별화 논리는 어
떤 점에서 우리의 문학장이보다 역동적인 상황 속에 처해 있게 되
었다는 점을 의미한다. 따라서 이들에게는 전후문학이 하나의 극복
대상으로 떠올랐다. 그러나 전후문학과 60년대 문학은 동일한 것은
아니지만 유사한 정신적 토양에서 배태된 문학이었다. 전후문학과
60년대 문학은 이란성 쌍생아의 관계와도 흡사했던 셈이다.

　이러한 사정 때문에 60년대 세대의 전후 세대와의 대립은 많은
논리적 모순을 내포하고 있었다. 60년대 세대가 언어의식 및 자아의
식의 정밀화를 통해 획득된 개인주의를 하나의 테제로 밀고 나갔다
면, 서기원을 포함한 전후 세대들은 60년대 세대들의 역사의식의 부
재를 공박했다. 물론 60년대 세대, 한정해서 말해『문학과지성』동

인들이 모두 동일한 문학관을 가진 것은 아니었다. 김치수가 60년대 문학의 전형적인 특징으로 '패배한 개인'이라는 개념을 제시하면서 50년대 세대와의 연속성을 긍정한 것이나, 김주연이 '사소한 것의 사소하지 않음'이라는 내용의 트리비얼리즘이라는 개념을 통해 그들 세대의 문학적 차별성을 강조한 것이나, 김병익이 상황과 작가의식을 문제 삼았던 것은 이러한 세대 내부의 의식의 차별성을 보여주는 전형적인 예일 것이다. 그럼에도 불구하고 이들은 근대적 의미의 '개인의식' 혹은 '자기 세계'를 핵심적인 문학적 테제로 밀고 나가기를 주저하지 않았는데, 그것이 가장 날카로운 형태로 드러난 것은 김현에게서였다.

따라서 우리는 김현의 세대론을 김현의 비평가로서의 주체정립이라는 차원에서 분석해야만 했다. 김현의 주체정립 과정은 다음 두 단계로 요약된다. 첫째, 김현은 50년대 문학의 타자화, 경계구획을 통해 주체로서 자기의식을 확보할 수 있었다. 둘째, 김현은 이러한 작업을 밀고 나가면서 동세대의 작가를 옹호했는데, 이것은 비평가로서 자기동일성을 확보하기 위한 작업의 하나였다. 물론 이러한 과정을 통해서 김현의 비평가로서의 자기정립이 이루어졌거니와, 그렇다고 해서 김현의 담론에 문제점이 없는 것은 아니었다.

김현은 50년대 세대를 비판하는 가장 큰 근거로 그들의 미분화된 언어의식을 들었다. 한마디로 말해 50년대 세대는 일본어로 사유하고 한글로 글을 써야 했기 때문에 언어의 극심한 분열을 보여준다는 것이 그것이다. 사고와 표현의 괴리현상이야말로 전후 세대(50년대 세대) 문학이 내포한 치명적인 한계라는 것이다. 그러나 김현의 이러한 주장은 언어의 역사성을 몰각한 다분히 정태적인 언어관에서 비롯된 오해라고 판단된다. 언어습득이란 평생에 걸쳐 이루어진다는 사실을 김현이 모르고 있었을까. 그렇지는 않을 것이다. 다만 김현은 '순한글 세대'로서의 자기 세대의 차별성을 부각시키고, 이를 통해 효과적으로 문단 내에서의 입지를 강화시키기 위해 그처럼 단순하고 명료한 논의를 펼칠 수 있었다. 이와 함께 한국어의 가능성과 한계성에 대한 섬세한 자의식은 60년대 세대만의 전유물이 아니었다는 사실도 들 수 있다. 50년대 세대인 비평가 유종호의 섬세한 언어의식이 가장 큰 반증이 된다.

다음으로 김현은 50년대 세대가 20세를 전후하여 전쟁을 겪었기 때문에 논리적으로 사태를 파악할 수 없었고, 이 때문에 감정적 제스처만이 극대화될 수밖에 없었다고 하면서 50년대 세대를 공박한다. 그러나 이러한 김현의 주장은 자기 세대 역시 동일한 상황 속에 처해 있었다는 사실을 고려하지 않은 편견이다. 왜냐하면 그를 포함한 60년대 세대 역시 4·19와 5·16을 20세 전후에 겪었기 때문에 김현의 논리대로 하자면, 그들 역시 감정의 극대화 현상을 겪었어야 하기 때문이다. 김현의 '폐쇄적 개방성'에 대해서도 같은 문제를 제기할 수 있다. 김현은 50년대 세대가 금지된 사조 이외의 것은 무차별적으로 수입하는 '새것 콤플렉스'에 빠져 있었다고 비판하고 있는데, 김현이 비판하던 당시야말로 이러한 상황이 더욱 강화되었던 것이다.

동세대 작가에 대한 김현의 옹호에서도 문제는 발견된다. 그는 세대 의식의 정립이라는 문학적 열망이 너무 강했던 나머지 65년 세대와 55년 세대라는 특이한 세대 구분을 감행한다. 이러한 세대 구분상의 기준이란 65년에 들어 전세대와는 차별성을 갖고 있는 신세대들의 문학적 활동이 두드러졌다는 것인데 이러한 세대 구분은 앞세대는 뒷세대에 의해 극복되어야 한다는 의식에서 나온 자의적인 구분이었다는 비판을 피하기 어려워 보인다.

그러나 김현이 진정으로 강조하고자 했던 것은 자신이 속한 세대의 문학적 테제였다. 테제가, 전통이 없으면 스스로 만들어야 한다는 이러한 김현의 진술은 그의 세대 의식이 매우 자각적인 것이었으며 전략적이었다는 사실을 드러내준다. 그렇다면 김현이 강조하고자 했던 테제는 무엇이었을까. 그것은 개인주의의 옹호였다. 「서울, 1964년 겨울」에서의 대학원생 '안'이라는 인물이 김현에게는 그 전형을 보여주는 것으로 생각되었다. 그것은 '안'의 투철한 자기의식과 분석적 사고가 김현에게는 가장 이상적인 이성주의자의 면모로 비춰졌기 때문이다. 그러나 문제는 '안'의 이성중심주의가 타자의 절대적인 배제에 의해 성립된 것이라는 사실에 있다. 타자의 절대적인 배제에 의해 유지되는 '안'의 이성주의자로서의 태도는 자아 혹은 자기동일성에 대한 완고한 집착의 산물로도 볼 수 있는 것이다. 문제는 이처럼 타자성을 고려하지 않고 전개되는 개인주의는 이데올로기의 일종이라는 사실에 있다. 물론 이러한 이데올로기는 '안'의 것이자 김현 자신의 것이기도 했다. 김현은 이러한 이데올로기의 옹호를 통해 동세대 작가들을 옹호했으며, 비평가로서의 자기동일성을 확보할 수 있었던 것이다.

그렇다면 김현 비평의 현재적 의의를 어떻게 규정할 수 있을까.

필자로서는 김현 비평이 해방의 근대성modernity of liberation에 대한 강렬한 열망에서 배태된 것이라고 분석했다. 근대성의 두 속성인 기술의 근대성과 해방의 근대성은, 한편에서는 근대를 기술적 테크놀로지적 관점에서 이해한 것이며, 다른 한편에서는 근대 시민사회의 자유에의 열망이 강화되는 과정으로 이해한 것이었다. 김현은 이중 후자의 속성을 극단으로 밀고 나간 경우라고 볼 수 있다. 이러한 김현의 비평적 태도가 때때로 서구라파적 보편성을 정전화하는 오류를 범하기도 했다는 점은 한계로 남는 부분이다.

이와 함께 김현 비평은 후대의 비평가들에게 상당한 영향을 끼치기도 하였다. 독특한 수사적 전략을 통해 비평적 주체와 텍스트를 혼융시켰다거나 '고백체'라는 비평적 서술기법을 통해 글의 설득력을 높인 것이 그한 예이다. 이와는 다른 차원에서 그의 세대론적 담론이 이후 후배 비평가들에게 주체정립의 효과적인 기제로 활용되었다는 점이나, 문화의 하위장르에 대한 열린 정신을 보여주었다는 사실도 주목되어야 할 부분이다.

이상의 검토를 통해 결론적으로 확인할 수 있는 것은 김현이 죽음에 이르기까지 한 사람의 비평가로서 그 치열성을 유지할 수 있었던 비밀의 열쇠는 그의 '이원론적 세계관'에 있었다는 점이다. 그에게 심층 무의식으로 작용했던 퓨리탄적 세계관이 '신의 선택 – 인간의 성실성'이라는 구조에 있었다면, 그에게 하나의 의식적 강박으로 작용했던 계몽적 합리주의는 '투철한 이성(자아) – 마술적이며 혼란스런 감정'이라는 대립구도를 유지하고 있다. 그런가 하면 김현에게 효과적인 분석적 기제로 활용되었던 정신분석학은 '엄격한 초자아-유동적인 욕망'으로 구조화되며, 그의 시인식에 있어 절대적인 영향을 끼쳤던 상징주의는 '고통스런 현실-신비로운 절대'로 구조화된다. 물론 이러한 이원론적 세계에는 심연처럼 깊은 비관주의가 자라나고 있다. 김현은 이 심연 위에 '언어'로서 다리를 놓고자 하였다. 말하자면 김현에게 있어서 '언어'는 다만 의사소통의 도구에 불과한 것이 아니라 자신의 전존재를 투신하여 장악해야 하는 하나의 아포리아로 제기되었던 것이다.

물론 우리는 김현의 언어의식을 통해서도 이러한 이원론적 구조를 발견한다. '사고-표현'이라는 대립항을 김현은 평생에 걸쳐 극복하고자 하였다. 그가 정력적으로 50년대 세대의 언어의식을 문제 삼은 것 역시 이러한 김현의 인식론에서 발원한 것이다. 그러나 '사고와 표현의 괴리'라는 문제는 다만 세대적 변별성의 문제가 아니다. 김현 그 자신도 인식하고 있듯, 랑그와 빠롤의 일치는 결코 극복될 수 없는, 영원히 어긋나기만을 반복하는 것을 그 본질로 삼고 있다. 따라서 김현의 '한글 세대'로서의 자부심이라는 것 또한 이러한 언어 자체의 한계 속에서 조명되어야 한다. 바꿔 말해 김현이 그토록 자부해 마지않았던 '한글 세대' 혹은 '4·19 세대' 역시 이러한 난관을 극복할 수는 없었다.

물론 우리가 이야기하고자 하는 것은 이원론자로서의 김현의 한계가 아니다. 그보다는 그의 비평 행위의 치열성이 이러한 원초적인 분열과 괴리를 극복하고자 하는 의지를 통해 다양한 양태로 그 파장을 일으켰다는 점에 있다. 우리는 본 논문의 제2장에서, 김현이 아버지의 기독교를 이 땅에서 천국을 세우려는 의미에서의 기독교로 이해했다는 사실을 분석한 바 있다. 바로 이 사소한 사실이 김현 비평을 자가발전시켰던 동력이었다고 말할 수는 없을까. 지상천국의 사상이란 '초월성이 내재한 현실' 개념, 곧 일원론적 세계관이었던 것이다. 김현이 문학을 꿈이라고 규정하고 현실과 맞서 문학의 자율성을 옹호할 수 있었던 것은 그가 문학을 통해 이러한 일원론적 세계를 만날 수 있었다고 생각했기 때문이다.

그가 일원론적 세계를 잠시나마 현실 속에서 만날 수 있었던 것은 4·19 혁명에서였다. 김현은 4·19 혁명을 통해서 '사고'로서의 자유와 '표현'으로서의 자유가 하나로 일치되는 것을 목격했다. 이원론자인 김현에게 이러한 역사적 체험은 퍽이나 충격적인 것이었을 것이다. 그러나 그것도 잠시, 뒤이은 5·16 혁명은 이 일원론적 세계를 다시 이원론적 세계로 되돌려놓고 말았다. 때문에 그는 문학을 통해, 아니 비평행위를 통해 이를 극복하려 노력하였다. 그러나 성숙이라는 개념은 고통스러운 현실을 숙연하게 인정하게 되는 것을 의미한다.

때문에 '문학은 곧 삶이다'라는 김현의 신념은 매우 정직한 것이었다. 그가 작가의 정직성과 성실성을 문학적 평가의 한 기준으로 삼은 것은 여기에서 연유한다. 그는 현실에서의 패배를 문학과 삶을 일치시킴으로써 극복하고자 하였다. 그러나 그는 시인도 아니었고 소설가도 아니었으며 다만 비평가에 불과했다. 그러면서도 그는 시인이기를 원했고 소설가이기를 원했으며 비평가이기를 거부했다.

만일 그가 문학사적으로 정당한 평가를 받아야 한다면, 삶과 문학의 일원론적 이해를 통한 비평적 실천–비평예술가로서의 의미에

방점을 찍어야 할 것이다. 그의 선배로는 물론 식민지 시대의 비평가 김환태와 김문집이 있었다. 이러한 문학사적 계보에 대한 철저한 탐구가 본 논문에서 이루어지지 않았다는 사실은 그것이 비평사적 과제로 남는다는 것을 의미한다. 이와 함께 프랑스 문학 전신자로서의 김현의 역할에 대한 연구도 요청된다. 다음으로 김현의 문학사 연구 및 문학사론에 대한 보다 정밀한 연구가 행해질 필요가 있다. 무엇보다도 필요한 것은 김현 비평의 담론 운용 방식에 대한 연구이다. 김현은 논쟁적인 평문을 쓰는 과정 속에서도 메타포를 자주 활용하였다. 이러한 활용을 통해 때로는 논점을 흐리기도 했고, 논쟁 상대자로 하여금 이해하기도 전에 그 함의를 느끼게 만들기도 했던 것이다. 김현 비평의 특질은 이러한 문제들에 대한 보다 심화된 탐구가 있은 후에야 보다 명료해질 것이다.

결론적으로 김현은 완성으로서의 일원론을 꿈꾸었고 문학적 초월을 통해서 그것이 가능했다고 믿은 듯하다. 그러나 그것은 김현 자신의 지적처럼 무모한 꿈이었다. 그는 바슐라르처럼 몽상하듯 시를 읽었다는 점에서 창조적 몽상가였다. 그러나 세상은 고통스러운 곳이었다. 그의 일원론은 죽음을 통해 완성되었지만, 그의 문학은 결코 초월의 대상이 아니니 말이다.

김윤식 비평에 나타난
'현해탄 콤플렉스' 비판

김윤식

이 글은 김윤식 비평에 나타난 비평적 사고의 추이를 '현해탄 콤
플렉스'[1]라는 개념을 중심으로 고찰하고자 하는 의도에서 쓰여진
다. 때문에 이 글은 김윤식 비평의 전 영역을 포괄하는 본격적인 비
평가론이기보다는, '현해탄 콤플렉스'라는 사고 모델을 표본 추출하
여 분석한 후, 다시 그것을 김윤식의 전반적인 비평적 실천 행위와
결부시켜, 그의 비평적 사고의 일단을 드러내는 데 그 목적이 있다.[2]

---

1 '현해탄 콤플렉스'라는 용어가 김윤식의 비평에서 최초로 언급된 것은 『한국근대문예비평
사연구』(1973)에 부록으로 실린 「임화 연구」에서였다. 그것은 한국 근대문학이 명치-대정기
일본 문학의 이식이라는 임화의 주장에 대한 김윤식의 비판적 가치 부여이기도 했으며, 보
다 포괄적인 의미에서의 서구 편향성인 '향보편 콤플렉스'와 대응되는 의미의 개념이다(현해
탄 콤플렉스에 대해서는, 김윤식, 「임화 연구」, 『한국근대문예비평사연구』(일지사, 1973), p. 593;
김윤식, 김현, 『한국문학사』(민음사, 1973), pp. 171-172를, '향보편 콤플렉스'에 대해서는 위
의 책, p. 15를 참고할 것).
2 김윤식 비평의 전반적인 양상에 대한 비평적 조명은 아직까지는 활발하게 이루어지고 있지
않다. 거기에는 다음 세 가지의 이유가 개입되어 있다고 생각된다. 우선 먼저 생각할 수 있
는 것은 그의 비평적 작업량의 방대함이다. 『김윤식선집』 제6권(솔, 1996)의 서지에 따르면,
기간 발간된 단독저서 및 편저서가 100여 권에 달하고 있다. 이와 함께, 그의 비평적 관심이
한국 근대문학의 전 영역에 포괄되어 있고, 최근까지도 현장비평에 있어서 왕성한 활동을
지속하고 있다는 점에서, 그의 비평 세계에 대한 접근이 연구자들로 하여금 상당한 심적 부
담감을 수반하게 한다는 점도 지적할 수 있을 것이다. 또한, 그의 비평 작업에서 종종 드러
나는 논리의 상호충돌 및 자기모순 또한 그의 비평에 대한 체계적인 접근을 막는 한 요인이
라고 말할 수 있다. 때문에 연구자들은 김윤식 비평에 있어서의 '근대 지향성'에 분석의 초
점을 맞춘다거나(류철균, 「문학 비평의 근대성과 유토피아」, 『문학과 사회』(1989, 여름)), 비평적

'현해탄 콤플렉스'라고 할 때, 그것이 비평적 개념틀로서 가지는 함의는 다양한 차원에서 논의될 수 있다. 그것은 일차적으로, 근대화는 서구화라는 진술이 갖고 있는 사태의 복잡성을 상기시킨다. 물질적 차원에서 근대의 제도적 장치를 서구로부터 수용하여 발전시킨 것이 명치 유신 이래 일본적 상황이라면, 그러한 일본의 피식민지국이라는 상황 속에서 근대화를 진행시켜야 했던 것이 당시 조선의 상황이었다. 때문에 조선에 있어서의 근대란 일본화한 근대였으며, 조선의 근대문학은 명치-대정기 일본 문학의 이식이라는 임화의 주장이 장벽처럼 우리 문학의 앞자리에 놓여 있다. 임화가 「신문학사의 방법」(1940)에서 제기한 이러한 '이식문학론'은 70년대 이래 학계에서 꾸준히 축적되어 온 '내재적 발전론'에 의해 극복이 시도되고 있으나, 그러한 발언의 문제의식은 여전히 해결되지 않은 채로 남아 있다.

김윤식에 있어서 문제가 되는 것은, 그의 비평적 작업의 출발점에 '이식문학론의 극복과 지양'이라는 명확한 태도가 드러나고 있었다는 점이다. 그의 「임화 연구」(1973)에 나타난 선명한 비판적 어조도 그렇거니와, 그러한 문제의식은 『임화연구』(문학사상사, 1973)에까지 지속되었다. 『한국문학사』(민음사, 1973)의 1장 2절인 「韓國文學의 認識과 方法」에서 문제 삼은 것 역시 임화의 '이식문학론'이었다고 한다면, '현해탄 콤플렉스'라는 어사는 김윤식 비평의 가장 핵심

자의식을 점검하거나(권성우, 「비평이란 무엇인가」, 『비평의 시대』 1집(문학과지성사, 1991)), 대략적인 작업의 현황을 밝히고 있는 데 머물러 있는 실정이다(권영민, 「김윤식 교수와 한국현대문학비평」, 김윤식 외 19인 공저, 『한국 현대 비평가 연구』(강, 1996)).

김윤식 비평에 나타난 '현해탄 콤플렉스' 비판

적인 사고 모델이었다고 규정할 수 있는 것이다.

이러한 인식이 일본 문학의 내적 의미에 대한 탐구 및 한일문학의 관련 양상에 대한 고찰로 이끈 것은 자연스러운 일이다.『한일문학의 관련 양상』(1974)을 시발점으로 하는 한일문학에 대한 비교문학적 탐구는, 식민지 세대 특유의 일본어에의 친화성이라는 강점을 문학연구와 결합시킨 좋은 예라고 할 수 있다. 그런데 문제는 이와 같은 일본 문학의 내적 탐구 과정 속에서 김윤식의 비평적 의식에 상당한 변화가 나타나고 있다는 점에 있다. 그것은 그가 「임화 연구」에서 맹렬하게 비판하였던 '이식문학론'을 명시적으로 인정하는 양상으로 나타나기도 했는 바,[3]『한국근대소설사 연구』(1986)에 오면, 우리 문학의 근대성을 일본 문학을 정전canon으로 한 영향관계에서 파악하고 있는 것이 눈에 띈다. 바꿔 말하면, 젊은 시절에 그토록 맹렬하게 비판했던 '현해탄 콤플렉스'에 그 자신이 빠져버리고 마는 자가당착의 상황이 연출되었던 것이다. 그런데 문제적인 것은, 그러한 자가당착이, 일본의 비평가인 가라타니 고진柄谷行人의 『일본근대문학의 기원』(1980)의 기계적인 표절이라는 행위에 의해 나타나게 되었다는 사실에 있다. 비평적 주체의 자기정립이라는

---

3 "임화가 민첩히 지적한 대로 우리 근대문학사란 근대의 속성 그대로 이식, 모방의 그것이었다."(김윤식, 「근대와 그 초극」,『김윤식선집』제1권(솔, 1996), p. 55.) "나는 우리의 근대사 및 근대문학사는 계급문학에서 비롯된다고 생각했고 지금도 이 생각에는 큰 변화가 없다. (……) 곧 우리 근대문학 자체 그러니까 계급문학 자체가 자생적인 것이 아니고 이식문학이라는 사실에 모든 논의가 돌아가게 된다. 이 점에서 최초로 우리 근대문학사를 썼던 임화는 옳았다고 생각한다. 우리의 근대가 제도적인 측면에서 이식되었다는 사실, 가령 행정, 법률, 군사, 철도, 우편, 교육제도 등등 거의 모든 제도가 일본을 통해 들어왔고, 문학이라는 것도 하나의 제도적인 것으로 도입되었던 만큼, 그것을 논의하는 기본항이 이식문화(학)론임은 새삼 말할 것도 없다."(「우리 비평의 근대적 성격」,『김윤식선집』제3권(솔, 1996), p. 94.)

내적 욕구가 이식문학론, 즉 일본 문학적인 것의 타자화에 의해 성립된 것이라면, 위의 상황은 타자에 대한 주체의 동화라고 규정지을 수 있을 상황이다. 때문에 '현해탄 콤플렉스'를 문제 삼는다고 할 때, 우리는 김윤식의 비평에서 두 개의 전혀 이질적인 비평적 인식을 발견하게 되는 것이다.

때문에 이 글은 이러한 상이한 인식태도를 일관된 관점에서 조명할 필요성을 논의의 출발점으로 삼는다. 그러나, 현해탄 콤플렉스의 저항과 그것의 수락이라는 전혀 이질적인 상황을 설명하기 위해서는, 그것을 봉합할 수 있는 내적 계기가 필요하다. 그러한 내적 계기는 김윤식 개인의 비평 및 의식을 문제 삼는 한편, 김윤식의 의식을 형성시키는 외적 계기였던 역사적 상황까지 정밀하게 고려해야 한다. 이와는 다른 측면에서 김윤식에 의해 이해되고 수용되었던 일본 근대문학과 일본인 자신이 생각했던 일본 근대문학과의 유사성과 차별성에 대한 고찰을 통해, 김윤식 비평이 갖는 의미의 중요성을 점검하게 될 것이다.

작업의 효과적인 진행을 위하여, 우리는 검토 대상 텍스트를 다음 4개의 자료로 한정하기로 한다. 1)「임화 연구」(『한국근대문예비평사 연구』에 수록) 2)「韓國文學의 認識과 方法」(『한국문학사』에 수록) 3)『한국근대소설사 연구』2장, 4장 4)「내게 있어 일본이란 무엇인가」(『김윤식선집』제5권에 수록)가 그것이다.

1)과 2)는 임화의 식민주의적 사고-'현해탄 콤플렉스'를 김윤식이 어떻게 극복하고자 했는가가 자세히 나타나 있으며, 3)에는 그러한 식민주의적 사고에 김윤식 자신이 침윤된 모습이 잘 드러나 있다.

1), 2)와 3) 사이에 나타나는 이질적인 의식의 단절양상을 우리는 4) 를 통해서 해명하게 될 것이다.

타자(他者)의 설정: 자기 정립으로서의 대결 의식

제1절 타자로서의 임화와 '현해탄 콤플렉스'—「임화 연구」의 발생 근거

'동일자는 타자에 의해서 영향받는다는 점에서만 동일자이다'[4] 라는 명제가 성립된다면, 김윤식에게 있어 임화야말로 가장 강렬한 타자로서 존재했다. 그에게 임화는 극복의 대상이었다. 그는 일단 임화의 시세계를 문제 삼는데, 그에게 있어서 임화의 시적 변모과정 은 서구문학에의 경도과정에 다름 아닌 것으로 파악된다. 초기 시 에 나타나는 다다이즘에의 경도도 시집 『현해탄』(1939)에 나타나는 일본 근대문학에 대한 경도도 당시 식민지 지식인들의 근대적 서구 문명에 대한 무반성적인 탐닉에 불과한 것이다. 더욱 엄밀하게 말하 자면, 그것은 일본을 통해 왜곡된 서구, 즉 일본화한 서구에 대한 경 도였다. 그런데 김윤식이 보기에 이것은 임화 한 개인에 해당되는 것이 아니라, 당시 식민지 지식인의 일반적인 사고 구조라는 데에

---

4 벵상데 꽁브, 박성창 옮김, 『동일자와 타자』(인간사랑, 1990), p. 183.

그 문제의 심각성이 놓여 있었던 것이다.

林和의 두 번째 詩的 轉向 내지 편력은 詩集『玄海灘』으로 묶어볼 수 있다. 이 詩集은 韓國 詩史 및 植民地詩人들의 精神 構造와 그 偏向을 살피는 데 매우 象徵的이라 할 수 있다. 이 진술은 특히 鄭芝溶과 片石村을 포함하는 것이다. 詩集『玄海灘』속에서「해상에서」,「海峽의 로맨티시즘」,「밤 甲板 위」,「너는 아직 어리고」,「地圖」,「玄海灘」등 비교적 밀도 있는 작품이 모두 바다, 甲板 그리고 바다의 이미지가 玄海灘, 그 釜關 연락선으로 채워져 있음에 주목할 수 있다. 이 현상은 이미지즘 내지 감각적 언어로, 林和와 같이「朝鮮之光」紙에「갈매기」(1928. 9)라는 탁월한 시를 써서 등장한 鄭芝溶의 중기시에「海峽」,「甲板」등 玄海灘 연락선과 바다의 이미지를 부각시킨 시풍과 그 체질상 同質的인 것으로 볼 수 있어, 여기에 片石村까지 포함하면 1930년대 韓國詩 精神史 해명에 이 '玄海灘 complex'를 외면하기 어려울 것으로 생각된다. 그것은 당시 韓國的 詩人의 西歐偏向과 그것이 일본을 통한 歪曲을 포함하면서 이 兩者의 한계와 毒素的 要素를 판별할 능력을 스스로 잃고 있었음을 증거하는 것이라 해도 되리라.[5]

결국 이러한 진단은 임화를 포함한 당시 식민지 지식인들이, 역사의식 및 민족의식을 자각하지 못한 상태에서 무비판적인 서구추종에 머물렀고, 그것이 다시 식민주의적 사고의 심화와 내면화에 일

5 김윤식,「임화 연구」,『한국근대문예비평사연구』(일지사, 1973), pp. 558-559.

조하게 되었다는 것을 강하게 비판한 것에 다름 아니다. 물론 이러한 김윤식의 비판은 70년대 당시 국문학계의 전반적인 시선변경 - 우리 문학을 외국문학과의 관련 아래에서만 접근하는 타율성론으로부터 내재적 발전으로 보는 시각으로의 변모라는 상황변화에서 나온 것임은 물론이다.[6] 김윤식의 임화 비판이 유독 강렬한 데는 이러한 문학 외적 상황변화 역시 한 요인으로 작용하고 있었다고 보아도 좋을 것이다.

그러나 김윤식이 정작 문제 삼았던 것은 임화의 시에 나타나는 서구편향성의 문제라기보다는, 그의 문학사론에 나타난 이른바 '이식문학사'라는 곤혹스런 명제였다. 카프 해산 이후 이른바 전형기로 규정되는 시기에, 사회주의 리얼리즘론과의 대결을 통해서 '주체 재건(지도비평, 문학사, 문예학)'을 꿈꾸었던 임화는, 객관상황의 악화(사상범 보호관찰법(1936), 중일전쟁(1938), 국가총동원령(1939) 등의 일련의 상황)라는 현실 앞에서 문학사 연구에 열중하게 된다. 그의 문학사 연구는, 1)「조선 신문학사론 서설」(『조선중앙일보』, 1935. 10. 9.-11. 13.) 2)「개설 조선 신문학사(1939) 3)「신문학사의 방법 - 조선문학 연구의 1문제」(『동아일보』, 1940. 1. 3.-1. 20.) 등이 있는데, 김윤식에게 문제가 되었던 것은 3)에서의 임화의 진술이었다. 3)에서 임화는 신문학사의 방법적 고려항목으로 대상, 토대, 환경, 전통, 양식, 전통 등 모두 6항목에 걸쳐 신문학사의 구성조건을 제시하고 있다. 그는

---

6 최원식, 「한국문학의 근대성을 다시 생각한다」, 『생산적인 대화를 위하여』(창작과비평사, 1997), p. 16.

대상 항목에서 "新文學史의 대상은 물론 朝鮮의 근대문학이며 근대정신을 내용으로 하고, 西歐文學을 형식으로 한 朝鮮의 文學이다"[7]라고 주장한다. 그러한 임화의 진술은 환경 항목에 가면 근대문학이 곧 서구문학이라는 이식문학론으로 전개된다.

신문학이 서구적인 문학 '장르'(구체적으로는 自由詩와 現代小說)를 채용하면서 형성되고, 문학사의 모든 시대가 외국문학의 刺戟과 영향과 모방으로 일관되었다 하여 過言이 아닐 만큼 신문학사란 移植文化의 역사다. 그런 만치 신문학의 생성과 발전의 각 시대를 통하여 받은 諸外國文學의 연구는 어느 나라의 문학사상의 연구보다도 중요성을 띠는 것으로, 그 길의 緻密한 연구는 곧 신문학의 殆半의 내용을 밝히게 된다.[8]

임화의 이런 지적은 우리의 근대문학이 서구문학, 즉 명치-대정기 일본 문학의 이식사라는 것을 의미한다고 김윤식은 보았다. 이때 그에게는 세 가지 의문이 떠올랐다. 첫째, 임화의 방법론을 용인할 경우, 한국 신문학사 기술은 일본 명치-대정기 문학사의 복사 내지는 한 체험 뒤진 추체험에 지나지 않게 된다. 둘째, 방법론으로 토대를 설정한 것은 임화 자신이 도저히 파악할 수 있는 문제가 아니었으므로, 그것은 문학 쪽에서 방법론이 관련 학문보다 터무니없

---

7 임화, 「新文學史의 方法」, 『문학의 논리』(서음출판사, 1989), p. 480.
8 위의 책, p. 485.

이 앞서간 경우에 해당된다. 셋째, 임화는 근대정신의 개념 및 장르의 법칙성, 전통양식과 서구의 문학양식과의 관련성을 파악할 능력이 없었다는 점이 그것이다.[9] 그런데 문제는 당시의 김윤식 역시 임화의 이러한 한계를 결코 극복할 수 없었다는 사실에 있다. 어쩌면 바로 이 사실이야말로 김윤식으로 하여금 임화를 비평적 자기정립의 한 계기로 보게 만든 사실 중의 하나일 것이다.

(……) 그가 제시한 방법론 모색은 정작 그를 숙청한 북쪽의 과학원 발간 문학통사에서 얼마나 극복되었는지 의문이며, 백철, 조연현 등의 문학사도 이 방법론을 완전히 극복한 것이라고 보기는 약간 어려운 측면이 내포되어 있는 것 같다. 만일 이러한 나의 지적이 타당한 것이라면 임화의 방법론은 마땅히 하나의 강요 사항이라 해야 한다.[10]

이때 우리는 임화적 방법론의 극복이 "하나의 강요 사항"이라고 인식하고 있는 김윤식의 내면을 엿보게 된다. 그것은 바꿔 말하면, 임화의 문학사를 극복하고 싶다는 의식에서 나온 반동형성이다. 왜 극복해야 하는가. 그것은 북한의 과학원도, 백철, 조연현과 같은 선배 비평가들도 결코 극복하지 못했던 아포리아로 김윤식에게 보였기 때문이 아니었을까. 바꿔 말하면, 당시의 김윤식에게 임화라든가 '현해탄 콤플렉스'라든가 하는 사항은 김윤식 자신의 비평적 자

---

9 김윤식, 앞의 책, p. 574.
10 위의 책, p. 543.

기정립을 위한 유익한 타자가 아니었을까. 임화적 의식을 '현해탄 콤플렉스'로 타자화시킴으로써, 김윤식은 자신을 비평적 주체로 정립할 수 있는 가능성을 찾을 수 있었던 것이다. 그러나 엄밀한 의미에서의 주체정립은 타자와의 현격한 '차이'에의 인식과 개성화 individuation에의 의지에 의해 강화된다.[11] 따라서 김윤식이 김현과 공저한 『한국문학사』의 1장 2절에서 「韓國文學의 認識과 方法」을 썼던 것은 자연스러운 일이었다. 그것은 임화를 염두에 둔 김윤식의 개성화(차별화)에의 의지였으며, 주체정립의 계기이기도 했다.

제2절 당위로서의 방법론-「韓國文學의 認識과 方法」의 두 층위

문제는 개성화의 과정으로 제출된 「韓國文學의 認識과 方法」에서 우리가 만나게 되는 것이 두 개의 이질적인 텍스트라는 사실이다. 김윤식이 "모든 역사는 현재의 역사(크로체)라고 했을 때, (……) 이 진술의 직접적 의미관련은 **현재의 상황과 이를 극복해야 하는 당위로서의 실천적 요구이다.**(강조-인용자)"[12]라고 말하고 있는 데서 그것을 알 수 있다. 그가 현재의 역사라고 할 때, 그것은 임화적 의미에서의 문학사적 인식이 극복되지 않고 있는 상황을 염두에 두고 있다. 이때, 임화적 의식에서 나온 현실로서의 문학사적 인식은 현시적 텍스트manifeste이며, '당위로서의 실천적 요구'에서 만들어질

---

11 Erich Neumann, The origins and history of consciousness, trans., R. F. C Hull(Prinston: Prinston U. P., 1973), p. 122.
12 김윤식, 김현, 『한국문학사』(민음사, 1973), p. 22.

텍스트는 잠재적 텍스트latent가 될 것이다.[13]

때문에 우리는 여기서 당시 김윤식의 의식 속에 존재했던 현실인식(현시적 텍스트)과 당위로서의 요구(잠재적 텍스트)가 어떠하였는가를 살펴볼 필요가 있다. 그것은 달리 말해 현실로부터 당위로의 이행이 과연 어떤 합리화의 과정을 통해서 이루어진 것이며, 이때 합리화의 근거로 내세운 명제가 얼마나 타당한 입론 속에서 도출되었는가를 확인하는 과정일 것이다.

우선적으로 확인할 수 있는 것은, 당시 김윤식의 의식 속에는 우리의 역사에 대한 절망감이 존재하고 있었다는 사실이다. 그는 그러한 절망감을 문학사 기술 방법론으로 극복하고자 하였는데, "우리가 구태여 방법론 비판을 서장으로 내세운 이유는 우리 자신이 확고부동한 신념을 한국 역사 전체를 향해 지니고 있지 못하다는 점

---

13 '현시적(manifeste) 텍스트'와 '잠재적(latent) 텍스트'라는 개념은 데리다가 『산종(Dissemination)』에서 제기한 텍스트에 대한 해석방법이다. 데리다에 따르면, 하나의 저작 속에는 상호 이질적인 두 개의 텍스트가 공존하고 있다. 이때, 현시적 텍스트는 전통적인 해석에 의해 포착될 수 있는 의미에서 현시적인 텍스트이며, 잠재적 텍스트는 전통적인 해석을 부정하고 위반하려는 의미에서 잠재적 텍스트이다. 그러므로 현시적 텍스트는 현실 속에 존재하는 기본적인 통념을 수용하는 텍스트이며, 잠재적인 텍스트는 그러한 통념의 극복과 지향을 의미하는 텍스트인 것이다. 데리다의 생각에 모든 텍스트는 이렇게 이질적인 두 개의 텍스트를 갖고 있다고 생각되는데, 거기서 강조되어야 할 것은 잠재적 텍스트를 향해서 현시적 텍스트가 나아가기 위해서는 '위반'의 행위가 필요하다는 것이다. 문제는 이러한 위반의 행위에는 언제나 합리화의 과정이 수반된다는 사실이다. 임화의 문학사적 인식을 '현시적 텍스트'라고 하고, 김윤식이 제기한 문학사적 인식을 '잠재적 텍스트'라고 규정할 수 있다면, 「韓國文學의 認識과 方法」이라는, 임화적 의식에서 김윤식적 의식으로의 이행에는 필연적으로, 임화의 방법적 가정을 '위반'하기 위한 합리화의 과정이 수반된다는 것을 알 수 있다. 뒤에서 다시 말하겠지만, '위반'을 위한 합리화의 과정에는 1) 한국문학은 개별문학이다. 2)한국문학은 문학이면서 동시에 철학이다. 라는 명제가 필요했던 것이다('현시적 텍스트'와 '잠재적 텍스트'에 대한 데리다의 진술은, 뱅상 데꽁브(박성창 옮김), 앞의 책, pp. 180-189를 참조할 것).

김윤식 비평에 나타난 '현해탄 콤플렉스' 비판

에 있는 것이다"[14]라는 진술에서 그것을 확인하게 된다. 그의 절망감의 근거를 한마디로 말하면, 그것은 우리 문화의 주변성이라고 할수 있다. 그러고 나서 그는 우리 문화의 주변 문학적 특성을 다음세 가지로 들고 있다. 1)문화를 이루는 각각의 요소의 연결이 느슨하다는 것, 2)문화 수용에서 드러나는 엘리트와 민중의 편차가 극심하다는 것, 3)그것은 주변성 자체가 지닌 일반적 모순이라는 것이 그것이다. 그가 생각하기에 우리 역사의 진행은 파행적인 것이었고, 문화 유산의 부재는 공허한 것이었다.

분단국가로서의 엄청난 시련이 있고, 단 한 권의 사상사 내지 지성사도 쓰이지 않고 있는 마당에서 작가들은 창조적 현장성을 획득하지 못하고 유산 부재의 공허감에 놓여 있다. 그 반동의 하나로서 서구작품을 읽지만 첨예한 기법 수업 외에는 하등의 성과를 얻지 못한다. 불쑥 걸작이 나올 수도 없으며, 문학작품의 수준은 언제나 문화적 수준과 병행한다는 사실 앞에 절망함이 차라리 정직한 편이다. 이러한 현재적 상황을 충격하는 방법은 여러 측면에서 고찰될 수 있다. 그 어떠한 방법도 미래에 시숙하는 것이어야 한다. 그러한 한 방법으로 우리는 한국문학사가 개별문학으로 뚜렷이 부각되어 체계화되어야 할 것으로 생각한다.[15]

---

14 김윤식, 김현, 앞의 책, p. 22.
15 김윤식, 김현, 위의 책, p. 23.

문제는 김윤식의 이러한 발언의 진정성에 있지 않다. 1970년대 당시 한국의 역사적, 문화적 상황이 김윤식이 생각한 만큼 척박한 것이 사실이었다는 점을 인정한다고 할지라도, 문제가 되는 것은 이러한 절망감을 가중시킨 것이 서구라파라고 하는 타자의 존재 때문이었다는 사실에 있다. 서구라파적 관점에서 볼 때, 우리 문화의 주변성과 역사의 파행성이 절망적으로 보이는 것은 아주 자연스럽다. 이러한 절망감이 식민지 시대의 임화를 포함한 지식인들로 하여금 '현해탄 콤플렉스'에 빠져들게 하였던 동인이기도 한 것이다. 그러나 김윤식은 임화처럼 맹목적인 서구추종에로 나아갈 수가 없다. 그가 격렬하게 임화의 현해탄 콤플렉스를 비판했던 만큼, 그는 임화의 역방향으로 나아간다. 그는 "한국문학사의 기준이 한국사의 총체 속에 있다는 사실의 소박한 인식"[16]을 요구한다. 바꿔 말하면, 한국사의 특수성, 한국문학의 후진성을 서구라파적 보편성을 염두에 두지 않고 냉정하게 바라보자는 것이다. 왜냐하면 주체민족의 행복에 감성적으로 작용하지 않는 문화 파악력은 역사의 추진력이 될 수 없기 때문이다.[17] 이때 작동되는 것이 향보편성向普遍性의 역방향逆方向에 대한 강조로서의 '한국문학은 개별문학이다'라는 명제이다. 한국문학을 개별문학으로 보아야 한다는 주장은, 동양문화권의 단일한 기원을 해체시키고, 그 자리에 민족적 심층정서에 기반한 개별문학사를 건설하자는 내용임은 물론이다.[18] 그것의 구체적인 방법론

---

16 위의 책, 같은 면.
17 위의 책, 같은 면.
18 위의 책, p. 25.

으로 김윤식이 제기하는 것은 1)박은식, 신채호 중심의 민족사학을 존중하자는 것 2)향보편성의 역방향에 섰던 작품, 이를테면 염상섭의 『삼대』, 김남천의 『대하』, 이기영의 『고향』 등의 문제성을 고려하자는 것이다. 그러기 위해서 우선적으로 척결되어야 할 것은 동양사 논의[19]로부터 단절, 역사의 총체로서 한국사에의 집중이라는 태도이다.[20]

---

19 일본의 동양사 논의는 제국대학 사학과 1회 졸업생인 시라토니에 의해 그 기초가 다져졌다. 그것은 타자로서의 서구에 대한 대응의 필요성에서 일본을 핵자로 하는 동양사라는 심상역사(imaginative history)가 생겨난 것을 의미한다. 이때, 이데올로기로서의 동양사가 청일전쟁 이후 본격적으로 형성되기 시작했다는 것을 지적하는 것은 의미 있는 일이다. 그것은 일본의 대만통치, '중국'이라는 중심을 '지나'라는 주변문화로 재위치시키는 행위, 한반도 침략과 식민지화라는 일련의 역사적 계기 속에서 출현한 것이다. 이러한 이데올로기 작업을 통해 지정문화적인 질서의 공통의식이 형성되어 분산된 지역의 나라들이 아시아 속에서 자신의 정체성을 발견하게 된다. 가장 큰 딜레마는 이 아시아 각국들이 동양으로서의 정체성을 일본의 제국주의적 침략에 의해 형성시켜 나갔다는 사실에 있다. 때문에 당시의 김윤식에게는 동양사 논의로부터의 탈주가 불가피했던 것으로 보인다(일본의 동양사 논의에 대해서는, 강상중, 이경덕 옮김, 『오리엔탈리즘을 넘어서』(이산, 1997), pp. 121-133을 참조할 것).

20 그러나 이러한 급진적인 주장은 최원식의 지적처럼 "서구주의에 전면적인 반동으로 나타난 흑인 지식인들의 네그리뛰드(negritude) 운동적 성격"을 경계한 상황에서 이뤄져야 한다. "검은 것은 아름답고 하얀 것은 추악하다"는 네그리뛰의 지배적 담론은 "하얀 것은 아름답고 검은 것은 부끄럽다"는 제국주의적 담론과 거리가 그다지 먼 것이 아니라는 최원식의 주장은 귀 기울일 만하다(내재적 발전론에 대한 최원식의 이상의 비판은, 최원식, 앞의 책, pp. 16-27을 참조할 것). 실제로 네그리뛰드 운동에 대한 비판은 피식민지였던 지식인들에 의해서도 제기되고 있는 것이 사실이다.
"'네그리뛰드'라는 용어는 마르티니크 섬 출신의 작가 세자르가 1939년에 쓴 『귀향수첩』에서 처음으로 사용한 신조어이다. 이 책에서 그는 네그리뛰드를 다음과 같이 정의하고 있다. "네그리뛰드는 내 자신이 흑인이라는 사실을 소박하게 인정하는 것이며, 더 나아가서는 흑인의 운명, 흑인의 역사, 그리고 흑인의 문화까지도 수용하는 것이다." 세자르 이후로 이 용어는 프랑스에 거주하면서 프랑스의 대 아프리카 식민정책에 대해 공공연한 저항을 천명하면(주로 아프리카 출신의 지식인) 흑인작가연합이 주도하던 글쓰기 노선을 지칭하게 된다. 세네갈 출신의 작가 셍고르가 이 운동의 핵심적인 인물 중의 하나이다.
그러나 네그리뛰드에 대한 부정적인 평가도 만만치 않다. 남아프리카의 소설가인 음파렐라는 네그리뛰드를 "인종주의, 자기부정, 열등 콤플렉스"에서 벗어나지 못한 운동이라고 비판하고, 나이지리아의 소잉카는 "호랑이는 자신의 호랑이성을 뽐내지 않는다"는 유명한 말로 그것을 비냥거리기도 한다(이상의 내용은, 빌 애쉬크로포트 외 3인 공저(이석호 옮

그러나 김윤식이 제기하고 있는 이러한 주장은, 민족적 관점에서 볼 때 소중한 의미를 갖는다는 점을 인정한다고 할지라도, 현실에 대한 냉정한 직시라기보다는 당위로서의 현실이라는 사실을 부정할 수는 없다. 향보편성의 역방향에 섰던 작품과 향보편성의 역방향에 섰던 민족사에 대한 인식만으로는 결코 우리 문화의 전체상을 포착할 수 없을 것이다. 그도 그것을 의식했는지 다음과 같은 지적을 하고 있는 것이다.

한국문학을 개별문학으로 인식해야 된다는 이 가설을 보다 분명히 하기 위해서는 중국 근대문학사 및 일본 근대문학사의 전개과정을 분명하게 인식할 필요가 있고, 그것이 얼마나 상이한가를 본질적 차원에서 살펴야 할 것이다.[21]

그런데, 문제는 김윤식의 이러한 주장은 임화가 「新文學史의 方法」에서 제기한 이식문학론을 살짝 뒤집어놓은 것에 불과하다는 사실이다.[22] 임화가 신문학의 연구를 위해서 영향과 모방의 요소를

김), 『포스트 콜로니얼 문학이론』(민음사, 1996), p. 4)."
물론 서구 식민지였던 아프리카의 문학은 그들의 고유어를 상실하고 제국의 언어로 그들의 문학을 해야 한다는 어려움이 있고, 이와 동시에 인종적인 편견이라는 또 다른 유형의 억압에 직면해 있다는 점에서 우리의 상황과는 다소 차이가 있다고 해야 할 것이다. 그러나 김윤식의 개별문학사 수립에의 당위적 요청이라는 무의식적 심층에는 본문에서도 살폈듯이, 보편문화(서구라파로 상징되는)에 대한 문화적 콤플렉스가 놓여 있었다는 사실은 지적되어야 할 것이다. 콤플렉스가 강하면 강할수록 개별화의 욕망도 강해졌던 것은 아닐 것인가.

21 김윤식, 김현, 앞의 책, p. 25.
22 각주 8번에서의 임화의 주장과 비교해보면, 그 사실을 쉽게 알 수 있다.

김윤식 비평에 나타난 '현해탄 콤플렉스' 비판

추출하기 위해, 외국문학의 연구가 문학사상 중요성을 띠는 것이라고 했다면, 김윤식은 한국문학의 개별적 의미를 밝혀내기 위해서 외국문학의 연구가 중요하다고 주장하고 있는 셈이다. 임화의 문학사론을 뒤집으면, 김윤식의 문학사론이 추출된다. 문제는 임화에게서 나타났던 문제점(현실적으로 그러한 제 외국문학의 한국문학에의 영향관계를 실증적으로 극복하지 못했다는 것)이, 김윤식에게 역시 그대로 나타나고 있다는 사실에 있다. 왜냐하면, 임화에게도 김윤식에게도 그러한 주장은 '존재하는 현실'이 아니라 '극복되어야 하는 당위'로 제출된 것이기 때문이다.

김윤식이 다음으로 제기하고 있는 것은 '한국문학은 문학이면서 동시에 철학이다'라는 주장이다. 철학은 존재하는 현실의 개념화이므로 현실의 복잡성을 포착하지 못하지만 문학은 철학의 특징인 현실의 개념화는 물론 문학 고유의 형상화 능력을 통해 더 생생하게 현실을 드러낼 수 있다는 것이다. 그러나 엄밀한 의미에서 이것은 방법론도 아니고 김윤식만의 고유한 인식도 아닌 아주 상식적인 수준의 주장에 불과하다. 사실 이러한 명제보다 김윤식에게 중요했던 것은 임화의 「신문학사」를 포함한 그간 간행된 문학사에 대한 전면적인 비판이었다. 임화에 대한 비판은 앞에서와 같다. 백철의 『조선 신문학 사조사』는 사조와의 꼭두각시 싸움이라는 이유로 비판된다. 박영희의 『현대 한국 문학사』 역시 문단사라는 의미에서 비판된다. 조연현의 『한국 현대 문학사』는 문학사를 발표 기관의 우열에 따라 판단했다는 이유로 비판된다.

물론 김윤식의 이러한 주장은 그 자체로 정당할 뿐만 아니라, 그간의 문학사 기술상의 한계를 적절하게 제시했다는 점을 우리는 인정해야 할 것이다. 그러나 문제는 「韓國文學의 認識과 方法」에서 제기된 김윤식의 주장들이 다만 당위에 머물러 있다는 사실에 있다. 임화의 신문학사가 강요사항이었던 것과 마찬가지 의미에서, 김윤식에게는 개별문학사에의 인식이라는 테제가 여전히 강요사항이었던 것이다. 때문에 「韓國文學의 認識과 方法」에 관한 한 김윤식은 임화의 「新文學史의 方法」을 결코 극복할 수 없었다.

그렇다면, 우리는 이제 「韓國文學의 認識과 方法」에 놓여 있던 두 개의 텍스트를 발견하게 된 셈이다. '이식문학사'가 현재의 상황으로서의 '현시적 텍스트'였다면, '개별문학사'는 당위로서의 실천적 요구에 기반한 '잠재적 텍스트'였던 것이다. 때문에 김윤식의 개성화에의 의지, 곧 비평가로서의 주체정립에의 의지는 다만 당위에 머무를 수밖에 없었던 것이다.

제1절 타자에의 동화 —「근대소설사 연구」의 문제점

우리는 앞에서 김윤식이 주체정립의 한 계기로 임화를 타자로 설정했으며, '현해탄 콤플렉스'에 대한 격렬한 비판을 통해, 개별문학사 건설이라는 당위로서의 현실을 향해 나아갈 것이라는 주장의 함의를 고찰해보았다. 그러나 김윤식의 개성화에의 의지는 다만 당위에 머무를 수밖에 없었다는 결론을 내리고야 말았다. 이러한 진술은 타당한 논거 없이 다만 심증에 머무를 경우, 상당한 문제를 일으킬 것임에 틀림없다.

그러나 문제는 위의 결론이 다만 심증에 불과한 것이 아니라는 사실에 있다. 그것은 김윤식의 『한국근대소설사 연구』의 제2장 「문학적 풍경의 발견」과 제4장 「고백체 소설의 기원」을 통해 밝혀질 것이다. 연보에 따르면, 「문학적 풍경의 발견」은 『예술과 비평』(1985년 3월)에 발표되었으며, 「고백체 소설의 기원」은 『현대문학』(1985년 10-11월)에 발표된 글이다.

'한국 근대 문학의 기호학적 접근'이라는 부제를 달고 있는 「문학적 풍경의 발견」은 그것이 기호학적 접근이라기보다는 한일 문학의 비교문학적 접근이라고 말하는 게 더욱 타당해 보인다. 가령 주요 한과 김동인이 동경이라는 안경 없이는 아무것도 보지 못했다고 하는 주장,[23] 이인직의 『혈의 누』가 명치기의 일본의 정치소설의 영향 속에서 쓰인 것이라는 주장,[24] 염상섭의 「표본실의 청개구리」가 일본문장을 향한 진정한 언문일치라는 주장[25] 등이 그것이다. 「고백체 소설의 기원」에서는 염상섭의 초기 삼부작인 「표본실의 청개구리」, 「암야」, 「제야」가 일본의 소설가 아리시마 다케오의 「출생의 고뇌」의 영향 아래 쓰인 것이라고 주장된다.

김윤식의 이러한 논리에 따르면 우리의 근대문학은 결국 명치-대정기 일본 문학의 압도적인 영향 아래 나타난 것이라는 임화의 명제로부터 자유로울 수 없다. 그러나 더욱 문제적인 것은, 김윤식 자신이 「韓國文學의 認識과 方法」에서 방법론으로 제기했던 주장을, 그 스스로 부정하는 결과를 가져오게 되었다는 사실에 있다. 한국문학을 개별문학으로 인식하기 위해서는, 일본 근대문학의 정밀한 탐구를 통해서 그것과 우리 문학이 얼마나 상이한가를 본질적으로 살펴야 한다고 김윤식이 주장했던 바를 우리는 앞에서 살펴본 바 있다. 그렇다면, 김윤식이 이 두 편의 글에서 설득력 있게 제시하고 있는 내용과 그것은 정면으로 대치되는 것이 아닌가. 다시 그렇다면, 김윤식이 내내 주장해왔던 이식문학론이나 현해탄 콤플

---

23 김윤식, 『한국근대소설사 연구』(을유문화사, 1986), p. 52.
24 김윤식, 위의 책, p. 71.
25 위의 책, p. 83.

325
김윤식 비평에 나타난 '현해탄 콤플렉스' 비판

렉스를 그 스스로 강화시킨 것이 아니겠는가.

하지만 정말로 뼈아프게 제기해야 될 문제는 김윤식의 이러한 자가당착이 일본 문학에의 무반성적인 탐닉에서 비롯되었다는 사실에 있다. 『한국근대소설사 연구』의 제2장과 4장만을 염두에 두고 말한다면, 그가 탐닉한 것은 일본의 문학비평가 가라타니 고진柄谷行人이었고, 그의 저서인 『일본근대문학의 기원』(1980)이었다. 한마디로 말하면, 김윤식의 위의 글은 가라타니 고진의 상기 저서의 압도적인 영향력 아래 쓰인 것이다. 그것을 김윤식의 표현을 빌려 말하자면, 그는 가라타니 고진이라는 안경 없이는 어떤 글도 쓸 수 없었던 것이다.[26]

한마디로 말하면, 「풍경의 발견」과 「고백체 소설의 형식과 기원」은 가라타니 고진의 『일본근대문학의 기원』의 표절 혹은 번안이라는 주장에서 자유롭지 못하다. 때문에 이 두 편의 글을 분석하는 것은 별다른 의미가 없다. 물론 한일문학의 관련 양상에 관한 실증적 검토까지 무의미해지는 것은 아닐 테지만 말이다.

가령 「문학적 풍경의 발견」에서 김윤식이 자신의 주장인 것처럼 슬며시 적어놓은 문장은 장장 4페이지에 걸쳐서 가라타니 고진의 글을 표절한 것이다. 아니 단적으로 말해서, 「풍경의 발견」과 「고백체의 발견」은 그 분석 대상만 한국문학이지 그 논리와 표현은 거의

---

26 김윤식은 「풍경의 발견」 2절에서 창조파를 이렇게 비판하고 있다: "그들은 문명 개화라는 안경보다는 동경이라는 곳이 풍기고 있는 그림에서 한 발자국도 벗어나지 못한다. 동경이란 안경 없이 그들은 아무것도 볼 수 없었다(위의 책, p. 52)." 그러나 정작 동경이라는 안경 없이 근대문학을 볼 수 없었던 것은 김윤식 그 자신이었다.

완벽한 표절인 것이다. 그중 일부를 인용해보기로 한다.

a)반 텐 베르크의 견해에 기대면, 서양에서 처음으로 풍경이 풍경으로 그려진 것은 레오나르도 다빈치의 '모나리자'이다. 거기에는 풍경으로 부터 소외당한 최초의 인간과, 인간적인 것에서 소외당한 최초의 풍경 이 있다. 그 풍경이 인간적인 것에서 독립되어 독자적 세계, 이른바 풍 경화의 세계를 성취한 것, 그것이 근대성이고, 풍경에서 독립된 인간이 인물화의 세계를 이룩한 것, 그것이 근대성이다. 그러기에 '모나리자'라 는 인물의 미소가 무엇을 표현하고 있는가를 물어서는 안 된다. 거기에 는 이른바 '내면성'의 표현을 보아서는 안 된다. 사실은 그 정반대이다. '모나리자'에는 개념으로서의 얼굴이 아니라 맨 얼굴이 비로소 나타나 는 것이다. 따라서 그 맨 얼굴은 '의미하는 것(시니피에)'으로서 존재한 것과 동시이자 동일한 것이다.[27]

b)판 덴 베르크의 생각에 따르면 서구에서 최초로 풍경이 풍경으로서 그려진 것은 레오나르도 다빈치의 「모나리자」부터이며 그곳에는 풍경 으로부터 소외된 최초의 인간과 인간적인 것으로부터 소외된 최초의 풍경이 존재한다. 그렇지만 모나리자라는 인물의 미소는 무엇을 표현 하고 있는가라고 물어서는 안 된다. 거기에 '내면성'의 표현을 보아서는 안 된다. 아마 사태는 그 역일 것이다. 「모나리자」에는 개념으로서의 얼 굴이 아니라 맨 얼굴이 처음으로 표현되었다. 그렇기 때문에 그 맨 얼

27 위의 책, pp. 53~54.

김윤식 비평에 나타난 '현해탄 콤플렉스' 비판

굴은 '의미하는 것'으로서 내면적인 무엇인가를 지시하지 않고는 못 배기는 것이다. '내면'이 거기에 표현된 것이 아니라 갑자기 노출된 맨 얼굴이 '내면'을 의미하기 시작한 것이다. 그리고 그와 같은 전도는 풍경이 형상으로부터 해방되고 '순수한 풍경'으로서 존재하기 시작한 것과 동시에 일어난 일이며 사실상 같은 것이다.[28]

a)는 김윤식의 「문학적 풍경의 발견」에서 인용한 것이며, b)는 박유하가 번역한 가라타니 고진의 『일본근대문학의 기원』에서 인용한 것이다. 위에서도 알 수 있듯 a)와 b)는 번역어의 표기 차이를 빼면 전혀 그 차이가 존재하지 않는다.

표절도 표절이지만, 문제는 김윤식이 가라타니 고진이 의미하는 '풍경의 발견'이라는 어사의 의미를 전혀 이해하지 못하고 기계적으로 적용하고 있다는 사실에 있다. 김윤식은 풍경의 발견이 내면의 발견이며 그것이 곧 근대소설의 시작이 된다는 식의 이해를 하고 있었다.[29] 그것은 바꿔 말하면, 김윤식에게 풍경의 발견이 의미 있는 것은 근대소설의 소설 구성적 특질이라는 차원의 것이었다.

그러나 문제는 가라타니 고진이 '풍경의 발견'이라고 했을 때, 그것은 문학사적인 의미도 있는 것이겠지만, 그 내적 의미에 있어서는 역사적 감각을 갖고 있는 것이었다. 그것은 가라타니 고진이 한국어판 서문에 다음과 같이 적어놓고 있는 데서도 알 수 있다.

---

28 가라타니 고진(박유하 옮김), 『일본근대문학의 기원』(민음사, 1997),
29 김윤식, 앞의 책, p. 86,

나는 메이지 문학 연구가는 전혀 아니었다. 내가 생각하고 있었던 일은 오히려 동시대의 일이었다. 이때 내가 생각하고 있던 것은 오히려 동시대의 지적知的 상황이었고, 메이지 20년대(1887-1896)로 거슬러 올라가 그에 대해 생각하려 한 것이었다고 말해 두고 싶다. (……) 메이지 20년대의 근대문학은 자유 민권 투쟁을 계속하는 대신 그것을 경멸하고 투쟁을 내면적 과격성으로 전환시킴으로써 사실상 당시의 정치 체제를 긍정한 것이었다. 1970년대에 그것이 다른 문맥에서 반복되고 있었다. 내가 '기원'으로 거슬러 올라가 비판하려 했던 것은 그러한 '문학', 그러한 '내면', 그러한 '근대'였다.[30]

위의 지문에서 알 수 있는 것은 『일본근대문학의 기원』이 당대 일본의 역사적 문맥에서 출발하고 있다는 사실이다. 60년대 후반 야스다 대강당의 학생 시위를 끝으로 학생운동이 막을 내리자, 일본에는 전면적인 탈정치화 현상이 나타나게 된다. 그것이 문학에서는 종래의 내성소설과 세태소설적인 경향으로 나아가는 현상을 초래했다. '정치적 환멸감'과 '내면성' 사이에는 밀접한 연관성이 존재한다고 가라타니 고진은 생각했던 것이다. 그런데 가라타니 고진의 생각에는 이러한 현상이 메이지 20년대에도 동일하게 반복되고 있었다고 느껴졌던 것이다. 현실에 대한 환멸감에 기인한 탈정치화 현상은, 간접적으로 현체제를 긍정하게 한다. 그것은 메이지 20년대에 일어났던 자유민권투쟁의 좌절에 기인한 내면성의 확대와 마찬가

---

30 가라타니 고진, 위의 책, pp. 8-9.

김윤식 비평에 나타난 '현해탄 콤플렉스' 비판

지의 의미를 가지는 것이다. 그러한 현상이 이후 일본의 천황제 파시즘의 강화에 간접적으로 기여했다는 사실도 기억할 필요가 있다. 이러한 역사적 문맥을 알지 못했던 김윤식이 '풍경의 발견'이나 '고백체의 형식'을 다만 제도적 장치로 이해했던 것은 자연스러운 일이었다. 그것이 제도적 장치일 때, 그것은 김윤식의 의식 속에서 다만 가치중립적인 의미를 갖는 것이리라. 가치 개념이 사상된 곳에 남는 것은 다만 기계적인 표절에 불과한 것이었다. 그것은 김윤식 자신이 그토록 비판해 마지않았던 '현해탄 콤플렉스'에 자신이 침몰하게 되었음을 의미한다.

제2절 김윤식 비평에 나타난 '현해탄 콤플렉스'의 정신 구조

앞에서 우리는 김윤식 비평에 나타나는 전혀 이질적인 두 개의 인식태도를 발견하였다. 임화의 이식문학사를 부정하였던 투철한 지성적 태도와 일본 문학이론의 반지성적인 표절을 감행했던 마비된 정신이 그것이다. 이 둘 사이의 간극을 해결하기 위해서는 좀 더 섬세한 고찰이 필요하다. 때문에 여기서 우리는 「내게 있어 일본이란 무엇인가」(『김윤식선집』 5권)이라는 에세이를 고찰할 필요가 있다. 내면 고백의 일종인 이 에세이에는 그의 비평문이 보여주고 있는 논리의 상호모순과 간극을 해결할 수 있는 해답이 들어 있기 때문이다.

드디어 제가 만 8세 때 국민학교에 들어갔지요. 누님들 뒤를 따라 삼십

릿길을 산 넘고 내를 건너, 숨 가쁘게 다녔습니다. 물론 거기에는 일본어만이 사용되고 있었습니다. 1943년 무렵이니까, 일본제국의 마지막 시기에 해당되었던 만큼 식민지의 교육정책은 바야흐로 신체제에 돌입한 형편이었지요. 가장 군국주의적인 교육의 소용돌이 속에 제 유년기가 던져졌던 것이 아니겠습니까. 신국神國 일본을 위한 교육은 저에게는 논리가 아니라 생리적 감각의 수준이었지요.[31]

누구에게나 유년시절은 행복할 권리가 있고, 또 그래야만 한다. 때문에 위의 지문에서 우리가 문제 삼아야 하는 것은 군국주의 파시즘 아래에서도 행복하였다는 김윤식의 의식이 아니라, 그러한 행복감의 지층에 숨어 있는 무의식으로서의 이데올로기이다. 우리는 먼저 일본어만이 사용되고 있었다는 진술을 주의해 볼 수 있다. 제국주의적 억압의 특징 중의 가장 중요한 역할이 언어에 대한 통제라는 사실은 잘 알려져 있다. 이때 언어란 권력의 계층구조를 영속시키는 매개일 뿐만 아니라, '진리', '질서', '리얼리티'라는 개념을 구축하는 중개자이다.[32] 언어에 의한 제국주의적 억압을 통해 언어 사용자는 왜곡된 세계상을 내면화시킨다. 김윤식에 관한 한 그것이 일본을 중심으로 한 종속적인 세계상이었음은 물론이다.

이와 함께 문제가 되는 것은 의식의 형성기에 받게 되는 교육의 이데올로기적 효과이다. 알튀세르에 따르면 학교는 이데올로기의

---

31 김윤식, 「내게 있어 일본이란 무엇인가」, 『김윤식선집』 제5권(솔, 1996), p. 464.
32 빌 애쉬크로포트 외 3인 공저(이석호 옮김), 앞의 책, p. 21.

재생산을 담당하는 이데올로기적 국가장치이다.[33] 군국주의 일본이 직접적인 폭력에 의해 식민지 체제를 유지시키고 있는 것이라면, 이데올로기적 국가 장치인 학교 교육을 통해 제국주의적 이데올로기가 재생산된다. 때문에 김윤식에게는 생리적 감각에서 행복을 주었던 유년시절에 일본적 사고의 내면화가 필연적으로 초래되었을 것이다. 의식 형성기의 일본적 사고는 그의 무의식 아주 깊은 곳에 남겨져 있었던 것이다. 일제의 식민주의는 김윤식에게 무의식적 잔존물residual[34]이었던 것이다. 그에게 생리적인 감각이었다는 것은 무의식적 감각이었다는 표현의 다른 말이다.

그런데 문제는 그가 일본적 사고를 비판적으로 극복하기도 전에 도둑처럼 해방이 왔다는 사실에 있다. 해방이 도둑처럼 왔다는 함석헌의 말은 민족적 차원에서도 그렇지만, 김윤식 개인의 차원에 한정해도 역시 타당한 말이라고 할 수 있다. 일제 강점기가 끝나자 미군정에 의해 미국식 민주주의 세례를 받았고, 대한민국 단독정부 아래서 국가관을 배웠으며, 전쟁을 겪고 분단을 겪게 되었다. 그는

---

33 이데올로기적 국가장치란 억압적 국가장치와의 차이 속에 존재한다. 억압적 국가장치가 직접적인 폭력을 통해 억압적인 현실을 유지시키는 것이라면, 이데올로기적 국가장치는 폭력적인 현실을 이데올로기의 재생산에 의해 유지시킨다. 알튀세르가 이데올로기적 국가장치로 들고 있는 것은 종교, 교육, 가족, 법률, 정치 등인데, 이러한 장치를 통해 폭력적인 국가는 국가의 존립기반에 관한 이데올로기를 재생산하게 되는 것이다. 그것은 상상적인 형태로 이루어지는 폭력이자 억압이다(루이 알튀세르(김동수 역), 『아미엥에서의 주장』, pp. 89-90).

34 "무의식적 잔존물은 과거에 효과적으로 형성되었고 현재에도 여전히 문화적 과정 속에서 활동하고 있다. 그러므로, 특정한 경험들, 의미들, 그리고 가치들이 현재의 지배적인 문화의 관점에서는 충분히 밝혀지지 않았음에도 불구하고, 그것들은 이전의 사회와 문화제도, 혹은 형성물의 토대 속에서 살아남아 현재에도 여전히 실천적 의미를 가지고 있다(Ramond Williams,'Dominant, Risidual, and Emergent,' ed., K. M. Newton, Twentieth-century Literary Criticism(London: Macmillan Education, 1988), pp. 243-244)."

식민지 시대, 미군정과 대한민국, 분단이라는 역사적 진행이 그에게 인격분열증을 가져다 주었다고 말하고 있다.[35] 정주할 인식의 거처가 존재하지 않았다는 사실이야말로 김윤식 비평의 기원이라고 말할 수 있다.

그렇다면, 의식의 차원에서 김윤식에게 일본은 무엇이었는가를 우리는 물을 수 있다. 그에게 일본은 문학과 사상을 점검하는 시금석이었다.

그렇지만, 일본이란 것이 저에게는 어느새 문학과 사상을 검증하는 시금석 같은 것으로 되어 있다는 말은 이 자리에서 조금 해두고 싶습니다. 혹자는 코웃음을 칠지 모르겠으나 저에게는 이것이 사실입니다. 그것은 일본이란 것이 단순히 특정한 국가나 민족을 가리킴이 아니고 '근대', '근대적인 것', '근대화', '근대성' 등으로 불리는 것들에 직간접적으로 관련되어 있음을 가리킵니다. 그것은 윤리적인 것도 아니고, 논리 편에 속하며, 따라서 가치중립적인 것입니다. 근대란 무엇인가. 그것은 제도적 장치의 일종이 아닐까요. 저를 지금까지 괴롭히고 있는 것은 1940년에 임화가 한국신문학사의 방법론을 모색하는 자리에서 실토한 명제입니다. (……) 이 명제와 싸우는 일은 명치, 대정기 문학을 검증하는 일이겠지요. 그렇지만 앞에서도 밝혔듯 저는 그럴 능력이 없습니다. 아마도 위의 명제는 유능하고 야심찬 젊은 세대의 도전을 기다려야 할 것입니다.[36]

---

35 김윤식, 앞의 책, p. 466.
36 김윤식, 위의 책, p. 470.

위의 인용문에서 우리는 다음 두 가지 사실을 확인할 수 있다. 첫째, 김윤식에게 일본은 보편성으로서의 근대를 의미하며, 이때 근대란 가치중립적인 제도적 장치에 불과하다는 것이다. 둘째, 김윤식은 비평적 사유를 펼침에 있어 항상 임화를 염두에 두고 있었다는 사실이다.

그러나 문제는 김윤식이 생각하는 것처럼 일본에 의해 파악된 근대가 전혀 가치중립적인 것이 아니었다는 사실에 있다. 일본적 근대성의 특징은 이른바 '이데올로기적 쇄국'과 '기술적-테크놀로지적 개국'이라고 정리될 수 있다.[37] 이와 함께 정신사를 다루는 문학에서의 근대의 수용은 물질적 차원에서의 검토만으로는 결코 설명될 수 없다. 근대를 수용하는 방식에 있어 일본과 한국이 물질적이고 제도적인 측면에서 유사하다는 주장은 가능하겠지만, 그것에 대한 정신적 태도는 결코 일본과 같을 수 없다.[38] 때문에 이러한 김윤식의

---

37 마루야마 마사오(김진만 옮김), 「원형, 고층, 집유저음」, 『일본문화의 숨은 형』(소화, 1996), p. 78.
38 마루야마 마사오는 일본의 근대화가 서구의 물질문명만을 취한 것이라고 주장한다. 때문에 이때 서구는 곧 물질문명이라는 등식이 성립되었다. 바꿔 말하면, '國體'의 강화에 도움을 주는 서양에서 가져오되, 그에 반하는 '나쁜' 이데올로기나 제도는 배제한다는 선택적 기준이 메이지 이후 근대 일본의 일관된 특징이었다(마루야마 마사오, 위의 책, p. 78).
한 예로 베버에 의해 자본주의의 정신적 동력으로 조명된 바 있는 기독교의 수용태도를 살펴보면, 그것이 얼마나 우리와 다른 것인지를 알 수 있다. 가라타니 고진은 우치무라 간조의 예를 들어 기독교의 일본적 수용을 설명하고 있는데, 그 분석이 흥미롭다. 즉 그에 따르면, 일본에서의 기독교의 수용은 대개가 에도 막부 가신들의 자제들에 의한 것이었다. 메이지 유신과 함께 권력의 중심부에서 밀려난 그들은 속세에서 더 이상 좋은 지위를 얻을 수 있는 희망이 적었기 때문에 기독교적 세계로 정신적 망명을 떠났다는 것이다. 즉 기독교가 파고 들어간 것은 이들 몰락 무사 계급의 무력감과 한스런 의식상태였다. 바꿔 말하면, 현실적으로는 평민과 다르지 않은 위치에 있었으나, 그 의식은 평민일 수 없었던 정신상태가 기독교의 수용을 가능케 한 것이었다. 더 이상 무사일 수 없는 무사들에게는 어떤 형식의 '자존심의 근거'가 필요했다는 것이고, 그것이 기독교였음

인식태도는 전형적인 '현해탄 콤플렉스'에 해당한다고 보아도 좋을 것이다.

다음으로 지적할 수 있는 것은, 그가 결국은 임화와의 대결에서 패배한 것을 자인하였다는 사실이다. 그것은 달리 말하면, 현해탄 콤플렉스에 김윤식이 굴복하였다는 것을 의미한다. 임화라는 타자와의 대결을 통해서, 비평적 주체의 자기정립을 시도하였던 김윤식

은 물론이다. 때문에 가라타니 고진의 생각에 따르면, 니코베 이나조의 「무사도」를 포함한 여러 작품 속에서 무사도가 기독교와 직결되는 것은 우연이 아닌데, 왜냐하면 이때 몰락 무사들은 기독교도라는 사실에 의해 '무사'의 영역을 확보했기 때문이다. 또한 이것이 우찌무라 간조를 포함한 기독교도들이 일본의 제국주의적 전쟁에 맹렬하게 뛰어든 심층적인 이유이기도 하다. 가라타니 고진은 바로 이 사실이 일본에서 기독교가 대중화될 수 없었던 이유라고 주장하기도 한다. 가라타니 고진의 이와 같은 주장은 우리의 기독교 수용태도와 얼마나 다른 것인가. 이러한 정신사적 차이를 간과할 때, 문학연구가 단순한 영향관계로 축소될 수 있음은 당연한 일이다(일본의 기독교 수용에 대한 이상의 내용은, 가라타니 고진(박유하 옮김), 앞의 책, pp. 114-116을 참조할 것).
이와는 달리 이토 세이는 보다 본질적인 차원에서의 일본적 민족성을 문제 삼고 있다. 그에 따르면, 일본에서 기독교가 대중화되지 못했던 이유는 일본의 전통적인 사유방식과 기독교적 사유방식의 차이에서 온 것이다.
"그것(기독교가 대중화되지 못한 것-인용자)은 우리 일본의 일반 지식계급은 불가능한 사랑이라는 것을 믿지 않기 때문이다. 불가능한 것을 목표로 노력하고, 실제로 도달할 수 없는 것을 느끼며 기도하고, 완성할 수 없는 것을 소원하는 허무맹랑함 때문에 우리들 눈에는 기독교인들이 위선자처럼 보이는 것이다. 우리들에게는 불가능한 것에서 물러나서 거리를 지킨다는 겸양이나 헤아림은 있다. 그러나 타인을 자기와 동일시하는 그런 있을 수 없는 것에서는 허위를 보는 것이다. 우리들은 타인에 대한 연민, 동정, 조심, 주저하는 마음을 갖지만, 그러나 진실한 사랑을 품는 것은 불가능한 것이 우리들의 죄 많은 본성이며, 그 본성을 가진 그대로의 우리들을 구제하는 것은 부처인 것이다. (……) 그것은 '황홀한 것'이며 '그리워하는 것', '사모하는 것'이다. 그러나 사랑은 아니다. 성이라는 가장 자기중심적인 일에서 도타인에 대한 사랑으로 순화하려고 하는 심적 노력의 순환이 없는 것이다.(이토 세이(고재석 옮김), 『근대일본인의 발상형식』(소화, 1996), pp. 126-127)." 때문에 정신사적 탐구가 뒷받침되지 않은 상태에서의 문학연구, 즉 김윤식의 주장처럼 근대문학을 가치중립적인 제도적 장치로만 이해할 경우에는 한국문학의 개별문학으로서의 정체성이 밝혀지지 않는다. 다시 그렇기 때문에 김윤식이 『한국근대소설사 연구』에서 공을 들여서 해야만 했던 작업은, 우리 근대소설과 일본의 근대소설간의 서사적 장치의 유사성에 대한 탐구가 아니라 정신사적인 차별성에 대한 정밀한 분석작업이었다. 가령 함석헌과 우찌무라 간조의 기독교 수용태도는 얼마나 비슷하면서도 다른 것인가.

이 임화의 문학사 방법론을 극복하지 못했다는 사실은, 역으로 그가 얼마든지 타자에게 동화될 수 있는 상태에 놓여졌다는 것을 의미한다. 그는 임화와 대립하면서 동시에 임화를 닮아버렸다. 그는 일본적인 것과 의식차원에서 대립하면서 무의식 차원에서는 동화되었다. 그것은 대립하면서 닮는 식민화 과정과 구조적인 상동관계를 이룬다.[39] 그렇게 본다면 김윤식의 비평 정신은 식민주의적 사고의 자장 아래 여전히 놓여 있다고 볼 수 있다.

---

39 "서구 지배에 대항한다고 자기를 본질주의화시키면서 결국 서구의 이데올로기적 헤게모니를 공고화시켰듯이, 식민지하의 한국은 민족국가로서 자신의 아이덴티티 형성에 일본의 존재를 필수적인 요소로 편입시키면서 '대립하면서 닮는' 전형적인 편입과정을 밟게 되었다. 이제 일본은 한국의 '남이면서 남이 아닌' 파트너로서 부러움과 증오의 복합적 감정을 일으키며, 한국인의 심사를 어지럽히게 된 것이다. 이 어지러움은 한국의 근대적 상상력 전반에 걸쳐 맴돌고 있다. 차터치의 표현을 빌리자면, 우리의 근대적 상상력은 식민화된 채 아직 자유를 얻지 못하고 있다(장석만, 「한국 근대성을 위한 몇 가지 검토」, 『현대사상』(민음사, 1997년 여름호), pp. 138-139)." 장석만의 위의 진술은 김윤식의 정신구조와 정확히 일치한다.

제4장
맺음말

지금까지 우리는 김윤식의 비평에 나타난 '현해탄 콤플렉스'의 전개 양상에 대해 살펴보았다. 김윤식에게 있어 '현해탄 콤플렉스'의 극복은 그의 비평적 작업에 있어 핵심적인 위치를 차지하는 것이었다. 따라서 김윤식에게는 임화와 그의 이식문학론을 철저하게 비판했어야 했다. 「임화 연구」는 김윤식의 이러한 욕망이 가장 선명하게 드러난 글이라고 할 수 있다. 이때 임화라든가 현해탄 콤플렉스라든가 하는 요소는 김윤식 자신의 비평적 자기정립을 위한 의미 있는 타자로 기능했다. 그러나 비평적 주체정립은 타자와의 현격한 차이와 개성화를 확보할 수 있을 때 가능해지는 것이다.

때문에 당시의 김윤식에게는 임화의 이식문학사의 극복이 하나의 강요사항처럼 느껴졌던 것이다. 「韓國文學의 認識과 方法」은 이러한 요구에서 제출된 글이다. 이 글에서 김윤식은 '현재의 상황'에서 '극복해야 할 당위로서의 실천적 요구'로 이행할 방법론적 근거를 마련하고자 한다. 그것이 임화에 대한 대타의식의 발로였음은 물론이다. 그는 여기서 '한국문학은 개별문학이다'라는 테제를 내세운다. 그 진술의 함의는 향보편성에 대한 반동형성으로서의 향보편성의 역방향에 대한 강조로 나타난다. 이와 함께 문학은 또한 철학이다라는 상식적인 명제를 제기하기도 한다. 그러나 문제는 이러한 방법론이 다만 당위에 머물고 있다는 점이며, 그것의 구체적인 실천이 외국문학에 대한 비교문학적 고찰을 통해 이루어질 수 있다고 그가 믿고 있었다는 사실에 있다. 그렇다면, 그것은 임화의 진술을 다만 형식적으로 전도시킨 것에 불과한 것이다. 그러니까 김윤식의 주체정립의 의지는 다만 당위에 머무르고 있었다는 말이 된다.

그런데 그토록 맹렬하게 이식문학사의 극복을 외치던 그가 『한국 근대 소설사』에 오면, 일본 문학에 대한 완전한 탐닉에 머무르고 있음을 발견하게 된다. 이때 일본 문학과 우리 문학간의 비교문학적 탐구가 일본의 작품을 정전canon으로 보는 식민주의적 시각이 노골적으로 드러나고 있다는 사실에 주목할 필요가 있다. 이와 함께 일본의 문학평론가 가라타니 고진의 『일본근대문학의 기원』을 그가 무반성적으로 표절하고 있음도 발견된다.

그렇다면, 김윤식의 비평은 현해탄 콤플렉스의 극복이라는 한 양상과 그것의 수락이라는 상이한 두 세계가 공존하고 있다는 말이 된다. 그러므로 이 두 이질적인 세계를 총체적으로 이해하기 위해서는 김윤식의 비평에 나타난 정신구조를 해명할 필요성이 생긴다. 이때 우리가 알게 되는 것은 사고구조가 의식적인 차원에서는 일본적인 것에의 저항을 보여주고 있으나, 무의식적인 차원에서는 일본적인 것에의 탐닉을 드러내는 분열적 양상을 드러내고 있다는 사실이다. 그것은 '대립하면서 닮게' 되는 식민주의적 사고의 기본 틀과 구조적으로 대응한다. 때문에 김윤식은 임화의 '현해탄 콤플

렉스'가 극복될 수 없었던 것과 같은 의미에서, 그 역시 그것을 극복
할 수는 없었다.

김윤식은 올해로 학자-비평가로서 활동한 지 40여 년에 가까운
세월에 이르렀다. 40여 년의 시간이 짧게 느껴질 정도로 그는 왕성
한 비평적 작업을 수행했거니와, 현존하는 비평가로서는 드물게 다
른 비평가의 평생의 작업량에 해당되는 총 6권의 『김윤식선집』을
발간하기도 하였다. 그런데 문제는 그가 행한 비평적 작업에 대한
가치평가는 그의 작업량에 비하면 미미하기 그지없다는 사실이다.
그에 대한 비평론이 나온다고 할지라도 그것이 대개 맹목적인 찬사
에 가까운 글이거나, 선배 비평가에 대한 과도한 예의에서 나온 글
이라는 사실을 염두에 두면 착잡해지기까지 한다.

그러나 학문은 진실 추구에의 과정이며, 그것은 또한 진실을 향
한 비판적 태도를 견지할 것을 요구하는 것이다.[40] 때문에 그가 아
무리 높은 업적을 쌓았다 하더라도, 또 그의 학문적 영향력이 아무

---

40 "진실이란 관용적일 수 없으며 타협과 제한을 인정할 수 없고, 과학적 연구는 그 자체로서
의 모든 분야의 인간활동을 그 대상으로 하고 있으며, 그의 영역을 침범하려고 하는 어떤
다른 힘에 대해서도 비타협적인 비판적 태도를 견지해야 하는 것이다(지그문트 프로이트
(임홍빈, 홍혜경 옮김), 『새로운 정신분석 강의』(열린책들, 1996), pp. 228-229)."
프로이트의 이와 같은 진술은 이 글을 끝까지 쓰는 데 일종의 버팀목의 역할을 했다. 학문
의 초입에 있는 사람이, 또한 비평계의 말석에 있는 사람이 우리 근대문학 연구의 중추적
역할을 하고 있는 선배 학자를, 또 평단의 가장 중심적인 역할을 하고 있고 현재에도 지침
없이 현장비평을 수행하고 있는 선배 비평가를 비판할 때, 상당한 심리적 부담감이 동반
되는 것임에 틀림없다. 또한 우리 사회처럼, 두드러지게 '장유유서'의 관행이 철저하게 준
수되고 있는 곳에서, 이러한 작업은 자칫 '치기' 혹은 '객기'의 산물로 오해될 수 있는 것이
현실적 상황이기 때문이다. 하지만 이러한 작업이 우리 학계 및 비평계에 건전한 지성의
통풍이 될 수 있는 단 1%의 가능성이라도 존재한다면, 혹 그러한 가능성이 절망적일 정도
로 존재하지 않는다고 했을지라도, 누군가는 묵묵히 이 일을 해나갔을 것으로 나는 믿고
있다.

리 강력한 것일지라도 학문상의 명백한 오류는 비판해야만 한다.

가장 문제적인 것은 한국 현대문학 연구의 중심적인 역할을 하고 있는 사람 중의 한 사람임에 분명한 김윤식의 비평적 사고가 그 자신 그토록 치열하게 비판해 마지않았던 '현해탄 콤플렉스'에 중독되어 있다는 사실일 것이다. 현해탄 콤플렉스조차 극복되지 않은 상황에서 통일 문학사를 기대한다는 것은 너무나 과도한 일일지도 모른다. 이와 함께 학자적 엄격성과 진실 추구에의 견결함을 지켜야될 위치에 있는 그가 일본 문학비평가의 저작을 표절하여 자신의 독창적인 저술인 양 글을 쓰고 책으로 묶어냈다는 사실은 어떤 이유로도 용인될 수 없는 문제이다. 기이한 것은 일본 문학의 필독서라고 할 수 있는, 가라타니 고진의 저작을 한 번이라도 읽어보았을 일문학자들이나 한국의 국문학자들은, 왜 단 한 번도 문제를 제기하지 않고 침묵하고 있는 것일까 하는 점이다.

김윤식의 임화에 대한 평가를 다시 그에게 돌리면, 그가 이러한 비평적 과실을 범했던 것은, '현해탄 콤플렉스' 소탕을 제 일 명제로 내세웠을 때, 자기 자신 속의 그 잔재처리를 묻지 않았던 데 문제가 있었던 것이었다.[41] 그러나 선행연구의 실패가 새로운 연구를 위한

---

41 김윤식은 「임화 연구」의 결론에서 다음과 같이 임화적 의식의 한계를 비판하고 있다. "그가 내세운 西歐偏向으로서의 近代認識이 어떤 日本的인 것에 감염, 중독되었던 것이었고 이 상태를 깨닫지 못한 데 있었던 것이다. 韓國近代史의 몸부림이 解放歷史에서 이광수 이래 玄海灘을 통해 敗北하고 勝利한 知識人一郡의 희생을 강요했다면, 林和는 李光洙와 더불어 그 祭物이 된 것이다. 解放文壇에서 그가 내세운 '民族文學論'의 파탄이 이를 증거하는 것이다. 日帝殘黨 소탕을 第一命題로 내세웠을 때, 자기 자신 속의 그 잔재처리를 묻지 않았던 데 문제가 있었다. 스스로 택한 역사, 그것에 의해 처형된 임화, 그는 다시 무엇을 恨하겠는가, 클리오는 뮤즈를 암살할 수 있는가? 있을 것 같다(강조-저자, 김윤식, 「임화 연구」, 『한국근대비평사연구』(일지사, 1973), p. 579)."

자극제가 된다는 점에서 과오를 남긴 것도 업적이라고 할 수 있다면,[42] 그런 의미에서 우리는 그의 업적의 일부를 인정할 수 있을 것이다.

---

42 조동일, 『우리 학문의 길』(지식산업사, 1993), p. 18.

김윤식 비평에 나타난 '현해탄 콤플렉스' 비판

백낙청 초기 비평의 성과와 한계

백낙청

제1장
문제 제기

　본고는 백낙청의 초기 비평인 「새로운 창작과 비평의 자세」 (1966)[1]라는 평문을 통해, 1960년대 중반 당시 백낙청 비평의 성과와 한계를 검토해보고자 하는 의도에서 쓰여진다.[2] 이러한 논의를 통해 우리는 다음 두 가지 생산적인 의미를 추출할 수 있을 것이다. 우선 언급할 수 있는 것은 1960년대 문학비평의 전반적인 전개 속에서의 백낙청 비평의 위상을 간접적으로 검토할 수 있다는 점이다.[3] 다음으로 언급할 수 있는 것은, 지금까지의 연구에서 소외되어 왔으나 기실 상당한 중요성을 내포하고 있는 백낙청 비평의 초기 양

1　본고의 텍스트는, 백낙청, 『민족문학과 세계문학 1』(창작과비평사, 1978)이다.

2　백낙청의 비평가로서의 데뷔 평론은, 「궁핍한 시대와 문학정신」, 『청맥』 1965년 6월호이다. 이 평론에서 백낙청은 '현대'라는 인류사적 단계에 내재된 삶의 궁핍화에 적극적으로 맞서는 것이 동시대 문학의 운명이라는 주장을 펼치면서, 이후 '민족문학론'으로 규정되는 자신의 문학론의 맹아적 인식을 드러낸다. 그러나 그가 비평가로서 본격적인 활동을 시작한 것은 『창작과 비평』의 창간호에 권두 논문으로 쓰여진 「새로운 창작과 비평의 자세」라고 판단된다. 이 평론을 통해 백낙청은 당대의 문학계에 대한 자신의 비판의식과 이후 자신이 펼쳐나갈 문학론의 세부를 비교적 소상하게 그려내고 있다.

3　1960년대 비평에 대한 연구는 이제 막 개화하고 있는 시점이라 볼 수 있다; 한강희, 「1960년대 한국 문학비평연구」(성균관대 박사논문, 1997); 임영봉, 「1960년대 한국 문학비평연구」(중앙대 박사논문, 1999); 고명철, 「1960년대 순수-참여문학 논쟁」(성균관대 석사논문,1998); 졸고, 「김현 문학비평 연구」(서울시립대 석사논문, 1999); 이동하, 「한국 비평계의 '참여' 논쟁에 관한 연구」, 『전농어문연구』, 제11집(서울시립대 국문과, 1999)가 그 시발적인 작업인 셈이다.

상을 점검할 수 있다는 점이다. 한 가지 기이하게 생각되는 것은, 60 년대 이후 우리 비평사의 전개과정 속에서 백낙청 비평이 상당한 문제의식과 파장을 보여주었음에도 불구하고, 이에 대한 활발한 논의가 이루어지고 있지 않다는 점이다.[4] 초기 비평에 가면 그 문제성은 더욱 심화되는데, 이는 기간의 백낙청에 대한 논의가 이른바 '민족문학론'이라는 테제를 중심으로 진행되어 온 데 그 일차적인 원인이 개입되어 있다고 생각된다.

사정이 이러하기 때문에, 백낙청에 대한 간헐적인 논의들도 이른바 민족문학론이 체계화되기 시작하는 평론인 「민족문학 개념의 정립을 위해」(1974) 이후로 집중되고 있는 것이 현실이다. 그러나 이러한 연구태도는 매우 중대한 문제점을 내포하고 있는 것도 사실이다. 그것은 한 비평가의 비평적 역정을 특정한 담론을 중심으로 구획시켰을 때, 이로부터 발생할 수 있을 비평적 자산의 풍요로움의 제한이라는 현상이 나타날 우려가 있기 때문이다. 그러므로, 우리의 관심은 '민족문학론'이라는 고립된 관점에서 백낙청을 이해하기보다

---

4 김명인, 「지식인 문학의 위기와 새로운 민족문학의 구상」, 『희망의 문학』(풀빛, 1990); 문홍술, 「90년대 민족문학론의 위기, 그 실체」, 『무애』, 1998년 창간호가 거의 유일한 경우에 속한다. 그러나 전자의 글이 이른바 '민중적 민족문학론'이라는 테제의 구성을 위한 대타항으로서의 백낙청 비평의 문제를 다루고 있고, 후자의 글이 90년대 이후 민족문학론의 위기에 대한 점검의 차원에서 전개되고 있다는 점에서, 일정한 관점의 한계를 지니고 있다는 점도 지적해야 할 것이다. 즉, 현재의 위기국면을 해명하기 위한 기제로서 백낙청 비평을 검토했다는, 그리하여 백낙청 비평의 원질의 해명에는 아무래도 불철저했다는 문제점을 노출했던 것이다.
이러한 연구자 및 비평가로부터의 백낙청 비평의 소외현상은, 해방 이후 현재까지의 대표적인 비평가를 조명하고 있는 『한국 현대 비평가 연구』(강, 1996)에서도 나타난다. 해방 이후로부터 현재까지 비평사적으로 중요성을 지녔다고 판단되는 17명의 비평가론에서조차 백낙청은 빠져 있는 것이다.

는, 그의 비평의 총체적인 양상을 고찰하는 데에 있다. 이러한 관점에 근거해 보자면, 백낙청의 비평세계를 한 독특한 평문을 분기점으로 인위적으로 절단하여 이해하는 것은 결코 온당한 검토의 태도라고 볼 수 없다.

본고에서 검토할 「새로운 창작과 비평의 자세」 역시 연구자들의 본격적인 논의로부터는 소외되어 있는 평문이다.[5] 그러나 필자의 판단으로는 이 평문에는 1960년대 당시 백낙청의 비평인식은 물론 이후 전개될 자신의 문학론이 맹아적으로 존재하고 있다고 생각된다. 비유컨대, 이 평문은 이후 전개될 백낙청 비평의 밑그림을 보여주는 이른바 리트머스 시험지로서의 역할을 하고 있는 것이다. 필자는 이러한 문제의식 아래, 우선 당대의 한국사 및 한국문학에 대한 백낙청의 비평적 인식을 검토하기로 한다. 이러한 검토를 끝낸 후, 그렇다면 백낙청 자신이 1960년대 당시 견지했던 새로운 창작과 비평의 자세는 무엇이었는지에 대한 분석도 시도해볼 것이다. 이와 함께 본고는 이후 진행될 백낙청 비평에 대한 본격적인 검토에 앞선 시론적 성격을 띠고 있다는 점을 미리 밝혀둔다.

---

5 권성우, 「60년대 비평문학의 세대론적 전략과 새로운 목소리」, 『1960년대 문학연구』(예하, 1993)의 한 장에서 '세대론적 인정투쟁'이란 관점에서, 백낙청 비평의 문제성을 검토하고 있다.

당대 한국사회 및 문학에 대한 비판적 인식

　　미국 유학을 마치고 한국에 돌아온 백낙청은 만 28세의 나이인 1966년 『창작과 비평』이라는, 이후 한국 지성사에 독특한 기여를 하게 될 문예지를 창간하게 된다. 이 잡지에 이른바 권두논문으로 실린 평문이 「새로운 창작과 비평의 자세」이다. 이러한 정황을 통해 간접적으로 드러나는 것이지만, 이 평문에는 서구의 발전된 근대성의 세계를 경험한 후진국 지식인이 가질 법한 특유의 복합관념이 선명하게 드러나 있다. 즉 서구적 근대를 하나의 완성된 모델로 상정하고 이에 적응하고자 했을 때, 그의 눈에 비친 한국적 현실은 불완전한 모델, 즉 개선되고 지양되어야 할 문제점으로 가득찬 곳으로 비쳤을 것이라는 사실을 우리는 추측할 수가 있다.

　　백낙청의 이 평론이 발표되던 60년대 중반은, 한편으로는 근대화를 주축으로 하는 군사정권의 '개발독재'가 강력히 추진되던 때이면서, 다른 한편에서는 민주화로 수렴될 민중의식이 발아하기도 했던 이중적인 시기였다.[6] '한일회담 반대투쟁'이 그 정점에 도달해가고

---

6 전승주, 「1960년대 순수-참여 논쟁의 전개과정과 문학사적 의미」, 김윤식 외 공저, 『한국 현

있던 것이 1965년이었거니와, 이 시기는 또한 한국군의 월남파병 국회 승인과 이에 따른 미국의 대외원조가 집중적으로 이루어졌던 때이기도 했던 것이다.[7] 학적으로는 국학 분야를 중심으로 '내재적 발전론'과 '자본주의 맹아론'에 기반한 주체적 문학사의 재구성 작업이 서서히 진행되던 시점이었고, 그것을 비평사에 한정해보자면 이른바 '순수–참여 논쟁'이 전문단의 이슈로 부각되던 시기이기도 했다. 바로 그렇기 때문에, 「새로운 창작과 비평의 자세」에는 당대의 한국사회 및 한국문학에 대한 백낙청의 비판적인 시각이 매우 날카롭게 전개되고 있다. 우리는 순수–참여 논쟁에 대한 백낙청의 다음과 같은 진술을 통해, 이 글이 발표되었던 당시의 백낙청의 한국사회 및 문학에 대한 인식을 발견할 수 있을 것이다.

오늘날 한국에서 순수주의를 고집하는 입장은 서구 예술가들의 경우와도 또 다르다. 건실한 중산계급의 발전을 본 일 없는 한국사회에 유럽 부르주아 시대의 예술신조가 뿌리박았을 리가 없다. 그런데도 불구하고 문학의 순수성을 금과옥조인 양 내세우는 것은, 제대로 정리 안된 전근대적 자세를 제대로 소화 못한 근대 서구예술의 이론을 빌려 옹호하려는 것으로 보인다. 이것은 정치·경제 면에서, 유럽 중산층의 정치·경제 이념을 평계로 한국의 후진적 사회구조를 견지하려는 것과 정확히 대응되는 현상이다.[8]

대 비평가 연구』(강, 1996), p. 259.
7 김성원, 김정원 외 공저, 『1960년대』(거름, 1984), p. 185.
8 백낙청, 『민족문학과 세계문학』(창작과비평사, 1978), p. 321.

위의 인용문을 통해 확인할 수 있는 것은 다음 두 가지다. 첫째, 순수–참여론에 대한 백낙청의 선명한 입장표명이다. 그것은 물론 순수문학에 대한 비판으로 귀결된다. 둘째, 순수문학론에 대한 비판 근거로서의 미완의 근대성론에 기반한 한국사회 인식이다.

언뜻 단순해 보이는 이 두 사실에 대한 지적은, 그러나 1960년대 당시 백낙청 비평의 인식론적 구조를 해명할 수 있는 매우 중요한 시사점을 우리에게 던져주고 있다. 먼저 순수문학론에 대한 백낙청의 비판적 논의를 검토해보기로 하자. 여기서 우리가 주목할 것은 백낙청의 순수문학론 비판이 이른바 참여론자의 견해 중 가장 탁월한 인식을 보여주고 있었다는 점에 있다. 순수–참여 논쟁은 소위 '전후 세대'에 속하는 일군의 비평가들 사이에서 집중적으로 전개되었거니와, 이들 세대의 가장 큰 한계로서 흔히 지적되는 것이 좌·우 이데올로기에 대한 밀도 높은 기피증이었다는 사실은 많은 연구자들에 의해 지적되어왔다.[9]

무엇보다도 순수–참여 논쟁이 비판적 대화를 통한 이론의 성숙을 기할 수 없었던 데에는 한국전쟁으로 인한 남북의 분단이라는 현실적 조건이 작용하고 있었음을 우리는 반드시 고려해야만 할 것이다. 백낙청의 순수문학론에 대한 비판은 이러한 '분단체제'의 현

---

9 가령 대표적인 참여론자로 부각되었던 이어령의 참여문학론이 현실 역사에 대한 날카로운 인식에 기반한 것이 아니라, 다분히 전후의 혹독한 상황으로부터 파생된 실존주의적 편향을 보였다거나, 참여론에 대한 순수문학론자의 비판 역시 '참여문학=경향문학'으로 등식화시키는 등, 레드콤플렉스를 빈번하게 활용했다는 사실은 당대적인 차원에서의 역사적 한계를 보여주고 있는 것이다(순수–참여 논쟁에 대한 이러한 문제점에 대해서는, 임영봉, 위의 책, pp. 94–171에서 매우 심도 있게 논의되고 있다).

실에 대한 냉철한 인식에서 출발하고 있다는 점은 여기서 거듭 강조될 필요가 있다. "순수문학'은 '자유기업'과 더불어 한국 민주주의의 철칙처럼 되어 여하한 이탈 행위도 용납되기 어려웠다. 따라서 휴전 10여 년 후에 이 문제가 미해결의 숙제로 돌아온 것은 당연한 일이며, 시대착오감이 드는 대로 다시 논의가 되고 있다는 사실은 우선 다행스럽다 보아야겠다."[10]라는 백낙청의 주장에 주목해 보자는 것이다.

말하자면, 당시의 백낙청은 순수—참여론의 이면에서 가장 강력한 금기로 작동되면서, 심화된 논의의 진전을 가로막고 있는 것이 다름 아닌 '분단 체제'의 현실이라는 사실이라는 점을 자각적으로 사유하고 있었던 것이다. 그러나 백낙청의 순수문학론 비판이 참여론자의 견해 중 가장 탁월한 견해라고 평가할 수 있는 것은 이러한 사실 때문만은 아니다. 백낙청의 순수문학 비판의 정밀함은, 순수문학론이야말로 순수하지 않은 특정한 형태의 이데올로기적 편향이라는 사실을 매우 날카롭게 지적하고 있다는 사실에서 온다. 다음의 인용문을 참고하기로 하자.

문학이 역사적 현실과 이데올로기를 초월한 그 자신만의 영역을 지켜야 한다는 주장은, 문학이 질적으로 우수해야 하고 그런 의미에서 순수해야겠다는 말과는 매우 다르다. 후자가 이데올로기와 상관없이 통용될 수 있는 상식인데 반해 앞의 것이야말로 어떤 특정한 이데올로기

10 백낙청, 위의 책, p. 17.

의 산물이며 삶에 대한 특정한 태도를 나타낸 것이다.[11]

위의 지문에서 우리가 확인할 수 있는 것은 미적 취미판단의 주
관성 역시 그것을 구성하는 객관적 조건으로서의 역사·사회적 토
대로부터 결코 자유로울 수 없다는 백낙청의 인식이다.[12] 백낙청은
순수정신 및 순수예술의 이념이란 프랑스 대혁명 이래 득세한 중산
층 이데올로기의 일환이라는 매우 날카로운 비판을 던지고 있다.[13]
이러한 백낙청의 비판은 당대적 지평에서 볼 때는 매우 높은 이론
적 수준을 보여주었던 것으로 판단된다.[14]

---

11 백낙청, 위의 책, p. 319.
12 테리 이글턴의 다음과 같은 논의를 참고해도 좋을 것이다: "이 책(『문학이론입문』-인용자)
의 주제들 중 하나는 순수히 '문학적인' 반응이란 없다는 것이다. 때때론 마치 소유권을
주장하듯이 '미적인 것'의 영역에 귀속시켜지는, 문학의 제 양상들을(문학의 '형식'도 포함하
여)에 대한 그러한 모든 반응들은 우리 같은 사회적·역사적 개인들과 깊게 관련되어 있
다."(테리 이글턴, 『문학이론입문』, 김명환 외 공역(창작과비평사, 1986), p. 115.)
이글턴의 위의 주장은 문학과 이데올로기의 관련성에 대한 매우 중요한 통찰을 던져주고
있다. 취미판단의 주관성이란 하나의 명백한 이데올로기적 태도를 보여준다는 것. 그것은
다시 한 개인이 처해 있는 역사적·사회적 조건 속에서 작동된다는 것이 그것이다. 백낙청
역시 넓은 의미에서 이와 동일한 생각을 견지하고 있었다.
13 "역사적으로 보아 순수정신 및 순수예술의 이념은 프랑스 대혁명 이후 득세한 유럽 중산
층 이데올로기의 일환이며 플로베르식의 염세적 순수주의는 그 퇴폐적 단계를 대표한다
는 사실을, 『문학과 혁명』의 저자(트로츠키-인용자)를 위시한 마르크스주의자들 뿐만 아
니라 많은 비평가·역사가들이 지적하고 있다. 예술가의 초연성 내지 현실부정의 태도가
얼마나 철저히 그 시대 지배 계급의 이념에 물들어 있으며 결국 지배 계급의 오락과 실리
에 이바지한 태도인가를 이제 와서 누구이 말할 필요도 없을 것이다."(백낙청, 위의 책, p.
319.)
14 가령 같은 4·19 세대에 속하는 김현이 1969년 서기원과의 논쟁에서 보여준 다음과 같은
진술을 고려해 볼 때, 백낙청의 참여문학론이 월등한 이론적 수준을 보여주고 있다는 사
실은 분명해 보인다: "이 비난은 현실, 역사, 참여 등의 몇몇 귀찮은 단어의 뜻을 다시 생각
해보지 않을 수 없게 만든다. (……) 한편으로는 작품을 통한 참여만을 참여로 보겠다고
주장하는가 하면, 한편으로는 정치에 대한 무관심을 현실에 대한 무관심이라는 말로 바
꿔 현실=정치라는 급진적인 생각을 표명하기도 한다. 이런 상반된 태도의 공존은 그(서기
원-인용자)가 세대론에서 내보인 사고의 미분화 상태를 다시 한번 확인하게 해준다."(『김현
문학전집』, 제15권, pp. 270-271.)

그러나 이처럼 날카로운 통찰을 보여주는 것의 이면에서, 백낙청은 동시에 매우 커다란 문제점을 노출시키고 있다는 사실 역시 우리는 지적해야 할 것이다. 우리가 다시 최초의 인용문으로 돌아가는 것은 이런 이유 때문이다. 즉 "건실한 중산계급의 발전을 본 일 없는 한국사회에 유럽 부르주아시대의 예술신조가 뿌리 박았을 리가 없다"는 주장이 그것이다. 순수문학론이 이른바 중산계급 이데올로기의 반영이라는 적절한 주장을 하고 있는 것과는 별도로, 백낙청은 한국에는 서구라파적인 관점에서의 중산계급이 존재하지 않았으며, 때문에 한국의 순수문학론은 일종의 기만적 논의라는 비판을 제기하고 있는 것이다.

이러한 백낙청의 주장에서 우리가 확인할 수 있는 것은, 후진국 지식인이 흔히 가지기 쉬운 자국 역사에 대한 밀도 높은 콤플렉스다. 물론 이러한 콤플렉스는 서구라파적 근대성을 '완성형'으로 설정한 후, 한국적 근대성을 '결여형'으로 파악하는 사고구조로부터 발생하는 문제일 것이다. 물론 이것은 백낙청 개인만의 견해라기보다는 당대를 살아가던 많은 지식인들의 사유구조에서 공통적으로 발견되는 문제점이기도 하다.[15] 그렇다고는 해도, 백낙청의 한국문학 비판은 매우 위험한 맹목을 내포하고 있다는 점은 거듭 지적될 필요가 있다. 이러한 백낙청의 맹목을 필자는 급진적인 전통단절론

---

15 가령 김현의 '새것 콤플렉스'나 김윤식의 '현해탄 콤플렉스'란 이러한 사고유형에 대한 비판적 시각에서 도출된 것이며, 이러한 문제의식으로부터 문학사의 주체적 재구성이라는 실천 테제가 수립되기도 하였다. 그 생생한 결과물이 『한국문학사』(1973)이겠거니와, 그러나 이 문제는 여전히 미해결의 문제로 남아 있다 할 것이다.

이라는 관점에서 파악할 수 있다고 생각한다. 다음의 인용문은 그 것의 내용물을 매우 전형적으로 보여준다.

우리 문학의 발달을 위해 우리는 세계 역사 전체에서 감명 깊은 사례를 찾고 셰익스피어와 몰리에르의 고전은 물론 우리 과거의 구석구석에서도 이월해올 수 있는 것은 다 해와야겠지만, 무엇보다 앞서야 할 인식은 우리가 부모의 피와 살을 받았듯이 이어받은 문학적 전통이란 태무하다는 것이다. 우리의 동양적·한국적 전통은 그 명맥이 끊어졌고 이를 뜻있게 되살릴 길은 아직 열리지 않았으며 고대 그리스나 근대 서구문학의 모체로 삼기에도 우리의 언어와 풍습과 제반사정이 너무나 동떨어진 것이다.[16]

위의 인용문 가운데 다음과 같은 구절, "우리가 부모의 피와 살을 받았듯이 이어받은 문학적 전통이 태무하다"는 주장은 당시 백낙청이 얼마나 심각한 지적 옥시덴탈리즘에 빠져 있었는지를 명백하게 보여준다. 이러한 백낙청의 한국사 및 한국문학에 대한 맹목에 가까운 오류는, 앞에서 이야기했던 것처럼 서구라파적 근대성을 특권화된 완성형으로 규정하는 사고구조에서 도출된 것이다. 그러나 문제는 백낙청이 이러한 문제를 제기하고 있었던 당대의 지성계가 '내재적 발전론'의 힘든 테제를 기획하고 있었다는 점에 있다. 4·19 혁명 이후 진작되기 시작한 민중적 각성과 한국 역사에 대한

---

16 백낙청, 위의 책, p. 332.

주체적 재구성에의 열망이라는 당대 지성계의 정황을 위의 인용문은 정면으로 부정하고 있는 것이다.

백낙청의 이러한 급진적 전통단절론은 우리의 문학사에 대한 정도 이상의 평가절하의 태도에서도 드러난다. 앞의 지문에서도 간접적으로 암시받은 것이지만, 백낙청은 이른바 고전문학의 영역에 속하는 문학작품의 가치를 완전히 무시하고 있는가 하면,[17] 그나마 근대문학사에서 존중받아야 할 작가로는 1910년대의 이광수만이 존재한다는, 그리하여 이광수 이후로부터 1960년대 당대까지의 작품들은 어떠한 의미도 없다는 파격적인 주장을 제출하고 있는 것이다.[18] 그렇다면 이러한 논리의 파탄을 감수하면서까지 백낙청이 견지하고 싶었던 문학적 테제로서의 '새로운 창작과 비평의 자세'란 무엇이었을까? 다음 장에서 그 사실을 검토해보기로 하자.

---

17 "문화의 유산이 빈곤하고 문학활동의 기반이 태무한 곳에서 '훌륭한 작품' 또는 '작품 쓰는 것'에 대한 모든 고전적 통념이 의미를 잃기 때문이다. 재래식 장르개념과 수법은 물론, 창작과 비평 활동의 경계, 문학과 문학 아닌 것의 구분, 훌륭한 것과 훌륭하지 않은 것의 차이까지도 깡그리 새로 찾아내는 수밖에 없다."(백낙청, 위의 책, p. 341.)

18 "이광수 이래로나마 계속 문학의 사회기능이 유지되어온 전통도 없이, 우리는 훨씬 더 혼란한 현실에서 훨씬 더 까다로운 이념과 감수성에 맞춰 새출발을 해야 하는 것이다."(위의 책, p. 361.)

백낙청은 「새로운 창작과 비평의 자세」에서 문학의 '이월가치carry-over value'라는 개념을 중심으로 자신의 문학론을 전개시키고 있다. 문학의 이월가치란 미국의 소설가 패럴James T. Farrell의 다음과 같은 물음에서 비롯된 개념이다. "즉 한 시대가 전혀 다른 경제구조와 이념을 가진 다음 시대에 의해 초극되었을 때 낡은 질서가 낳은 문학은 그대로 다음 시대까지 '이월'될 가치를 지니는가"[19]라는 물음이 그것이다. 백낙청은 그렇다고 주장한다. 가령 희랍시대의 호메로스나 아이스킬로스의 문학작품이 현대에 있어서도 여전한 감동을 준다거나, 제정 시대의 톨스토이나 체호프의 작품이 혁명 이후의 러시아에서도 여전한 가치를 갖고 있는 것에서 이러한 이월가치가 검증된다는 주장이다. 이와 함께, 백낙청은 문학의 이월가치가 반드시 한 시대에서 다음 시대로의 이행이라는 차원에서만 의미를 갖는 것은 아니라고 주장한다. 동시대의 서로 다른 체제에서 생산된 문학작품이 반대의 체제에서도 여전한 감동을 줄 수 있다는 것이다.

---

19 위의 책, p. 324.

가령 숄로호프의 『고요한 돈강』이 서구에서 호평을 받는 경우가 그렇다.

백낙청은 이러한 '이월가치'에 대한 강조를 통해서 한편으로는 작가의 창조적 자율성을 옹호하고 있는 듯하다. 그러나 주의할 것은 이러한 이월가치에 대한 강조가 철저하게 서구편향적인 관점에서 이해되고 있으며, 동양적 이월가치를 표면적으로는 인정한다고 할지라도, 그것이 당대의 한국문학에는 결코 적용될 수 없다는 완고한 인식태도가 백낙청의 비평에서 드러나고 있다는 사실이다.

그러나 본고장 중국의 문학이라고 하더라도 현재 우리 문학의 작업을 인도하기 어려운 치명적인 약점이 있다. 물론 동양고전의 이월가치는 막대하고 그것을 활용할 우리의 자세도 아쉽다. 그러나 동양고전의 배경을 이루는 세계관과 사회 이념이 현재 우리 상황에 너무나 부적합한 것이기 때문에 우리는 일단 비판적 자세를 앞세울 필요가 있다. 그런 의미에서 동양고전이 프랑스 고전문학과 비슷한 면도 많고 어찌 보면 더 개방적인 면이 있으나 오히려 데카르트와 코르네유보다 우리 요구에서 멀다 할 수 있으리라.[10]

서구적 근대성을 '중심'으로 설정한 후, 한국적 근대성을 '주변'으로 규정하여 평가절하하는 백낙청의 사고구조의 위험성에 대해서는, 앞에서 충분히 논의했으므로 여기서는 더 이상의 언급을 생략하기로 한다. 오히려 우리가 위의 인용문에서 주목해야 될 것은 당대적 현실, 그러므로 "현재의 우리 상황"을 백낙청이 어떻게 인식하고 있으며, 이로부터 그 자신의 문학적 테제로서 제시된 '새로운 창작과 비평의 자세'란 무엇인가라는 점에 있다.

우선적으로 언급할 수 있는 것은, 백낙청이 당대의 한국사회를 이전의 역사 전개와는 전혀 이질적인 층위에서 파악하고 있다는 점이다. 그것은 표면적으로는 당대의 한국사회가, 동양적 전통사회보다는 이른바 서구적 근대성의 세계에 보다 밀접히 접근해 있다는 인식처럼도 보여진다. 동양고전보다 프랑스의 고전이 당대의 한국사회에 오히려 가깝다는 주장에서 이 점을 간접적으로 알 수 있다. 전후 급속하게 유입된 미국식 민주주의로 표상되는 '해방의 근대성'에 대한 열망과, 군사정권의 개발근대화 정책을 필두로 진행된 '기술의 근대성'에의 약진이 본격적으로 길항하기 시작한 것이 이른바 60년대적 상황이었기 때문이다.[21] 바꿔 말해 한국사회에서의 60년대는 근대의 기획이 매우 본격적으로 수행되었던 출발점으로서의 역할을 하고 있었다는 견해도 가능할 듯하다.

그러나 백낙청의 의식 속에서 파악된 당대 한국사회의 근대적 의

---

20 위의 책, p. 331.

21 '기술의 근대성'과 '해방의 근대성'은 월러스틴이 제기한 것이다. 그에 따르면 기술의 근대성이란 끝없는 기술의 진보 및 지속적인 혁신이라는 가정으로 이루어진 근대성의 개념틀이다. 박정희 군사정권의 경제개발 계획에서 그것이 전형적으로 드러난다. 기술의 근대성이 물질적 차원의 진보와 혁신을 의미하는 것이라면, 해방의 근대성이란 중세적 가치에 대한 부정과 근대 민주주의에 대한 긍정으로 요약되는 정신적 차원의 진보와 혁신을 의미하는 개념틀이다. 1960년대의 당대적 정황은 이 두 경향이 상호충돌하면서 동시에 병진되는 양상을 보여준다. 기술의 근대성이 정책적 차원에서 강조된 것이라면, 해방적 근대성은 정책적 억압 속에서 내면화된다. 1970년대에 이르면 편집증적 유신체제가 전면화됨에 따라, 민중들의 해방의 근대성에 대한 열망은 내면화되는 양상을 띠게 되는 것이 이후 역사의 진행과정이었다(이매뉴얼 월러스틴, 『자유주의 이후』, 강문구 역(당대, 1996), pp. 177-202에서 근대성의 개념틀에 대한 자세한 논의가 진행되고 있다.).

백낙청 초기 비평의 성과와 한계

식과 제도는, 서구라파적 근대성이라는 관점에서 볼 때는 후진적인 상황을 면치 못하고 있는 그것이며, 그 결과 당대의 한국문학에서 제기되어야 할 가장 중요한 문제는 새로운 문학형태에 대한 가능성의 탐구라는 것이 백낙청 주장의 요체였던 것이다. 이러한 백낙청의 비평적 인식은 "후진국에서는 문학한다는 것과 문학을 위한 준비활동을 한다는 것을 겸하는 형태를 모색하는 데 집약된다"[22]라는 주장에서 단적으로 드러나는 바이다. 또한 이러한 문제의식이 백낙청으로 하여금 새로운 창작과 비평의 자세를 검토하게 만든 내적 동인이라 할 수 있다. "그렇다면 한국 문학인은 구체적으로 무엇을 할 것인가?"[23]라는 백낙청의 물음은 당시의 그에게 매우 절실한 문제의식이 내포된 그것이었다고 할 수 있을 것이다.

바로 이 물음으로부터 백낙청의 비평은 현실의 구체성에 집중하는 태도를 보여준다. 거시적인 차원에서의 근대성에 대한 인식이 다분히 서구라파적 근대성에 대한 편향된 관점을 보였던 것과는 달리, 이후로부터의 논의는 상당한 구체성을 동반하면서 생생한 현장감을 확보하게 되는 것이다. 백낙청은 우선 당대 한국사회의 근본모순이 분단체제의 현실로부터 기원하는 것이라는 날카로운 인식을 보여준다.

그러나 한국의 작가는 양단된 국토에서 준전시準戰時 상태라는 눈 위에 서리 맞은 악조건으로 출발하면서, 18세기식의 민권론 같은 편리한

---

22 백낙청, 위의 책, p. 344.
23 백낙청, 위의 책, p. 345.

원칙에 기대는 것조차 허용되지 않는다. (……) 따라서 오늘의 작가는 구체적 자유에 대한 구체적 투쟁을 벌이는 수밖에 없다. 단순히 작가 자신이나 어느 특정 계층의 특권으로서 자유를 요구하든가, 아니면 폭넓은 자유가 실현되는 사회에 대한 구체적 이상과 포부를 갖고 그 실현을 이룸으로써 자신의 자유를 주장하고 쟁취하든가.[24]

위의 인용문에서 알 수 있듯, 백낙청은 "양단된 국토에서 준전시 상태"라는 당대적 모순의 핵심에 대한 인식을 보여주고 있다. 이러한 백낙청의 인식은 지금의 관점에서 보자면, 매우 상식적인 견해에 속하는 것일지는 몰라도, 당대적 현실에서 볼 때는 매우 날카로운 현실인식임에 틀림없다. 왜냐하면 당대적인 의식의 지평 속에서 분단 체제는 모순이라기보다는, 강박적인 이념에 대한 콤플렉스로 작용했을 것이기 때문이다. 백낙청의 이러한 현실인식은 이후, '민족문학론'을 거쳐 '분단체제론'으로 이어지는 것이겠거니와, 백낙청은 이러한 인식을 기반으로 작가들에게 구체적 자유에 대한 구체적 투쟁을 벌이라고 주장한다. 그 한 방법이 언론의 자유에 대한 싸움을 전개하라는 것이다. 사회구조의 모순에 의해 그 사회의 대다수 시민들이 소외되어 있을 경우 글쓰는 사람이 대중에게 쉽사리 접근할 수 있는 통로로서의 언론은 기성사회의 모순을 그대로 유지하려는 세력에 장악되어 있다는 것이다. 때문에 새로운 작가적 실천이란 작가 개인의 창작적 실천에 한정되는 것이 아니라, 창작의 발생적 기반으

---

24 위의 책, p. 346.

로서의 구조적 모순에 대한 적발과 실천에 힘써야 한다는 것이다.

그러나 작가가 한 사회의 모순을 정교하게 인식하고 그것의 지양에 힘쓴다는 것은 매우 어려운 작업이다. 백낙청은 이처럼 어려운 작업이 사회과학에 대한 정밀한 학습과 검토에 의해 지양될 수 있다는 주장을 펼치고 있다. "한 시대의 문화가 그 시대의 경제적·사회적 기반에 의해 어떻게 규정되고 있는가에 관한 현대 사회과학의 가르침에 문학하는 사람도 좀 더 귀를 기울일 필요가 있겠다"[25]는 주장이 그것이다. 창작가가 이러한 태도를 견지해야 될 것과 마찬가지로, 비평가는 하나의 문학작품의 미학적 특질에 대한 조명으로 그의 작업을 한정시킬 것이 아니라, 그 작품에 내재되어 있는 소재나 이데올로기의 문제까지를 적출해내야 한다는 요구도 이어지고 있다.

그렇다면, 백낙청이 「새로운 창작과 비평의 자세」에서 궁극적으로 제기하고자 했던, '새로운 창작과 비평의 자세'란 과연 무엇이었을까? 작가와 지식인이 실천하는 역사의 주동적인 역할을 해야 된다는 것으로 요약된다.

한국문학인의 역할과 가능성은 역사적으로 규정된 것으로서, 이 문제를 둘러싸고 사르트르와 카뮈의 논쟁 같은 것이 그 본래의 의미를 잃지 않고 재연될 수 있는 문맥이 없기 때문이다. 한국에 관한 한, 민중의 저항을 가로막고 근대화를 위한 가장 보편적인 이상을 제시하며 또

---

[25] p. 348.

실천하는 역사의 주동적 역할을 작가와 지식인이 맡아야 한다는 데에
딴 말이 있기 어렵다.[26]

위의 인용문에서 확인되듯, 이때 작가를 포함한 지식인은 역사의
주동이자 전위로서의 의미를 띠게 된다. 이때 백낙청의 비평적 무의
식에서 확인되는 중요한 요소는 지적 엘리티즘에 기반한 계몽적 열
정이다.[27] 문학인의 역할과 가능성에 대한 백낙청의 이러한 주장은
당대적 지평에서 볼 때 매우 의미 있는 주장이라고 볼 수 있다. "근
대화를 위한 가장 보편적인 이상"이라는 표현에서 알 수 있듯, 이러
한 주장의 이면에서 우리가 발견하게 되는 것은 근대정신의 육화로
요약될 수 있는 계몽의 기획에 대한 열망의 태도이다. 그러나 이로
부터 파생되는 한 가지 문제점은, 그러한 당위적인 차원에서의 계몽
의 기획에 대한 열망이 강화되는 것과 반비례하여, 존재하는 현실
에 대한 과잉된 평가절하의 태도 역시 노골화되고 있다는 사실이
아닐까?

이러한 문제점은 그가 사르트르의 '현실의 독자층real public'과 '잠
재적 독자층virtual public'이라는 개념을 원용하여 당대 한국사회의 작

---

26 p. 356.
27 이러한 계몽적 열정은 백낙청뿐만 아니라, 이른바 4·19 세대에 속하는 대다수의 비평가에
게서 공히 드러나는 문제이다. 물론 우리는 이들의 계몽주의가 그 내부에 서구라파적 근
대성에 대한 정도 이상의 평가절하에 기반하고 있다는 점도 지적해야 할 것이다. 그러나,
같은 4·19 세대라고 하지만, 이들의 계몽적 열정은 미묘한 편차가 존재했던 것도 사실이
다. 김현의 계몽주의가 프랑스 혁명을 일종의 정신 혁명이라는 차원에서 이해하고 있었던
데 비해, 백낙청의 계몽주의는 보다 현실적인 실천력을 담보하고 있었던 것이라는 점은 매
우 주의 깊게 지적되어야 할 사항이다.

가적 실천의 제약조건을 논의하는 데서 가장 전형적으로 드러난다. 백낙청에 따르면, 가장 이상적인 상태의 작가란 다수의 '현실의 독자층'을 대상으로 글을 쓰면서도 동시에 '잠재적 독자층'을 기대하면서 글을 쓰는 자라고 규정한다. 문제는 자본주의의 주변부이자 후진국인 한국의 작가들은 결코 이러한 행복한 상황을 맞이할 수 없을 지도 모른다는 비관적인 진단이 과격한 형태로 제시되고 있다는 점이다.

> 잠재 독자층의 압도적인 수적 우세와 극심한 소외상태, 그리고 현실 독자들의 한심한 수준 – 이것이 현대 한국문학의 사회기능을 규정하는 결정적 여건이다. 이러한 상황에서 현실 독자층의 대다수에게 오락을 제공하는 일이 참된 문학의 기능일 수 없음은 물론이다. 그것은 독서 행위에서 소외된 대중들을 외면하는 동시에 독서인들 가운데서도 정말 필요한 양식과 문학적 소양을 지닌 독자는 잃어버리는 결과가 되기 때문이다.[28]

백낙청의 이러한 주장에 대하여 예상되는 가능한 비판은 다음 두 가지 차원에서 제기될 수 있을 것이다. 잠재 독자층의 압도적인 수적 우세와 현실 독자들의 한심한 수준이란 비판은 60년대 당대의 문학 독자들이 결국 한심한 수준에 불과하다는 주장인 셈인데, 그것은 현실의 정황을 고려하지 않은 과대일반화의 오류는 아닐까?

---

28 백낙청, 위의 책, p. 335.

다음으로 가능한 비판은 위에서 전개되는 백낙청의 주장이 지나치게 엘리티즘에 빠져 있어, 이른바 대중문학의 존재가치 자체를 정도 이상으로 평가절하하고 있는 것은 아닌가 하는 것이 그것이다. 이러한 비판은 그가 근대문학 작가 가운데 유일하게 고평하고 있는 이광수 소설의 문학적 가치가, 다른 이유가 아닌, 그의 소설이 당시의 최고급 지식인들이 애독하였다는 이유로 제시되고 있는 점에서도 가능해진다.[29] 민중적 현실에 집중하라는 주문을 작가에게 던지면서도, 작가 및 지식인의 이념의 선도성을 강조하는 백낙청의 이러한 태도는 이후 그의 비평에서 이른바 '지도비평'의 형태로 나타나기도 했던 것을 이후의 비평사는 증명해주고 있다.

---

29 "그에 비해 이광수 소설은 당시의 최고급 지식인들이 애독한 바 되었고, 그들이 계몽하고 또 의지하려던 잠재적 독자들을 향한 부름이 그 속에 담겼던 것이다."(백낙청, 위의 글, p. 359.)
그러나 신문소설의 형태로 발표된 이광수의 소설은 최고급 지식인들만이 아니라 대다수의 평범한 대중들에 의해서도 읽혔다고 보는 것이 합당할 듯하다. 그러므로 최고급 독자의 독서 여부로 한 작가의 가능성과 한계 여부를 지적하고 있는 백낙청의 주장은 필자로서는 상당한 문제점을 내포하고 있는 진술로 여겨진다.

백낙청 초기 비평의 성과와 한계

지금까지 살펴본 것처럼 「새로운 창작과 비평의 자세」는 1960년
대 당시 비평가 백낙청의 가능성과 한계를 여실히 보여주고 있는 평
문이다. 가능성의 차원에서 보자면, 그것은 이후 그의 민족문학론
의 밑그림이 이 평문에 나타나 있다는 것을 의미할 것이다. 가령 분
단체제에 대한 깊이 있는 인식과 이를 통한 창작과 비평의 의제 설
정의 태도가 그것이다. 이와 함께 근대성에 대한 고뇌 어린 인식과
질문이 제기되고 있다는 점도 주목할 필요가 있겠다. 그러나 문제
는 백낙청의 근대성에 대한 인식과 질문이 서구라파적 근대성을
'완성형'으로, 한국적 근대성을 '결여형'으로 규정한 결과, 많은 부분
에서 논리적 파행성을 노정했다는 점에 있을 것이다. 이러한 논리적
파행성이 가장 극대화된 부분은 필자가 '급진적 전통단절론'으로 규
정했던, 전대는 물론 당대의 문학사 전체를 부정하는 태도에서 가
장 전형적으로 드러난다.

이러한 검토를 통해 우리가 추측할 수 있는 한 가지 사실은 다음
과 같다. 즉 백낙청의 비평에 대한 대개의 논의가 그의 초기 비평을
다루지 않고 있는 것은, 그의 초기 비평이 '민족문학론'을 제창하면

서 전개시켜 나갔던 이후의 치밀한 주장에서 볼 수 없는 상당 정도의 논리적 파탄을 보이고 있었기 때문이라는 사실이다. 이러한 사실은 다른 관점에서 이른바 진보적 문학진영에서의 백낙청에 대한 평가가 정도 이상으로 과대평가 되어 있다는 추측을 가능케 한다. 한마디로 말하자면 백낙청 비평에서 발견되는 성과와 한계의 측면이 있다고 했을 때, 성과의 측면에 대해서는 정도 이상으로 과장하여 그 의미를 고평하는가 하면, 한계의 측면에 대해서는 철저히 침묵하는 연구자들의 이중사고의 태도가 노출되곤 하는 것이다.[30] 사정이 이러하기 때문에, 한 비평가의 담론이 보여주는 맹목과 통찰에 대한 검토를 통하여, 비평 담론에 대한 종합적 인식을 가능케 할 수 있다는 한 문학이론가의 관점은 비평사 연구에 조그마한 빛을 던져줄 수 있다고 생각된다.[31]

어쨌든, 이후의 백낙청은 이러한 초기 비평의 문제점을 상당 부분 극복해나가면서, 자신의 고유한 문학론을 수립해나간다. 그 첫 시도가 1969년에 발표된 「시민문학론」에서 이루어지고 있거니와, 이 평문을 통해 백낙청은 동학농민운동과 3·1 운동, 그리고 4·19로 이어지는 한국적 시민혁명의 윤곽을 검토하고 있기도 한 것이다. 이

---

30 이러한 태도는 비단 백낙청의 경우만이 아니라, 이른바 대가 비평가에 속하는 김현, 김윤식, 유종호, 김우창 등의 비평에 대한 연구에서도 동일하게 반복되는 사안이다. 가장 비근한 예로, 김현 사후 10주기를 즈음하여 최근에 발표되고 있는 김현에 대한 대개의 연구가 구모룡, 권성우 등 일부 연구자를 제외하고는, 김현의 업적을 정도 이상으로 과장하는 태도를 여전히 보여주고 있다는 사실은 매우 아쉬운 부분이다.

31 서구 철학사 및 비평사에 대한 폴 드만의 방법론이 하나의 가능성으로 떠오르는 것은 이 때문이다. Paul de Man, Blindness and Insight(Minnesota: The univ, Minnesota, 1983)는 이 논문을 쓰는 데 의미 있는 시사점이 되었다.

러한 백낙청의 자기갱신의 태도는 「민족문학 개념의 정립을 위해」 (1974)를 기점으로 보다 본격화되는 양상을 노출하고 있거니와, 이후 백낙청 비평의 전개 양상에 대한 검토는 차후을 기약하기로 한다.

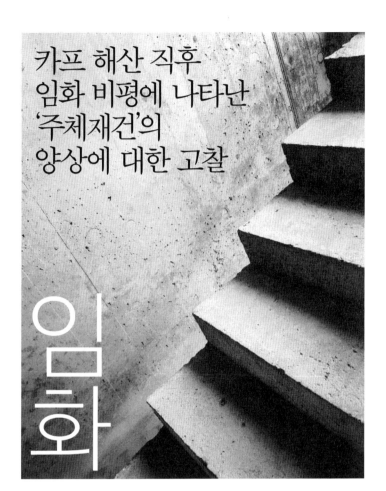

카프 해산 직후
임화 비평에 나타난
'주체재건'의
양상에 대한 고찰

임화

제1장
서론

제1절 **연구 목적 및 대상**

이 글은 조선 프롤레타리아 예술동맹(이하 '카프'로 기술함)의 해산 직후(1935. 5)에서 「본격소설론」(1938. 5)이 발표된 시기까지의 임화 비평의 전개 양상을 고찰하는 데 그 목적이 있다. 이 시기는 문학사 적 의미에서 주조탐색의 시기인 전형기로 규정되기도 하는바, 객관 정세의 악화와 함께 프로이념에 대한 회의가 그 어느 때보다도 높았 던 시기라고 할 수 있다.

자신이 몸담고 있던 이념에 대한 회의와 그로부터 발생하는 전향 의 문제는 문학 외적인 상황과도 관련되는 것이겠지만, 그것은 지식 계급 그 자신의 실존적 문제와도 관련되는 것이리라. 프로문학운동 이 유래 없이 이론과 실천 사이의 변증법적인 결합이라는 명제에 충 실하려 했을 때, 카프의 해산 이후 발생한 갑작스런 이념의 진공상 태는 각각의 문인들에게 자신의 행동방식을 재규정할 이념의 모색 으로 나아가게 했을 것이다. 그러한 이념적 모색의 과정 속에서 휴머 니즘론, 지성론, 포즈론, 고발론, 모럴론 등이 등장했음은 물론이다.

임화 역시 여기에서 예외일 수는 없었다. 그 자신 카프의 제2차 방향 전환(1931)과 함께 카프 서기장의 자리에 올랐고, 볼셰비키적인 급진론을 주장하기도 했었던 터이기에, 카프 해산 이후의 상황은 어떠한 형태로든지 극복되어야 할 상황이었을 것이다. 이러한 상황에 대한 극복을 임화 자신은 '주체재건'이라는 어사로 규정했거니와,[1] 카프 해산 직후로부터 「본격소설론」(1938) 및 「조선신문학사」(1940)를 쓰기까지의 과정은 임화 자신의 이념적 재정립의 시기라고 볼 수 있을 것이다.

따라서 본고는 임화의 자기정립, 곧 이념적 재정립의 시기에 발표된 평론을 분석 텍스트로 설정한다. 이때 유의할 것은 임화에게 있어 주체재건의 문제란 문학이라는 스펙트럼 속에서 이해되고 있었다는 사실이다. 때문에 그의 실천은 작품을 매개로 한 예술적 실천의 관점에서 파악되어야 한다. 그가 이념적 재정립의 방식으로 상정한 예술적 실천의 주요한 탐구방향으로 잡았던 것은, 당시에 다양한 차원에서 논의되고 있었던 사회주의 리얼리즘을 매개로 한 '세계관과 창작방법'에 관한 것이었다. 세계관과 창작방법이란 이념과 행동 사이의 관계에 대한 탐구이며, 이는 다시 임화를 포함한 카프 문인들의 행동방식을 규정하는 준거틀로 작용할 수 있었을 것이다.

---

1 '주체재건'이라는 어사가 처음 등장한 것은 「주체의 재건과 문학의 세계」(『동아일보』, 1937. 11. 11.-11. 16.)에서이다. 이 글에서 임화는 당시의 문학계를 "붕괴된 주체"로 규정하고 있으며, 이를 해결하기 위해서는 "작가가 과학을 학습"해야 되고, 그것이 "자기 재건의 길인 동시에 예술의 완성에의 유력한 보장"이라고 주장한다. 따라서 '주체의 재건'이란 일제의 파시즘적 탄압에 기인한 주체의 무력화 현상을 극복하려는 시도이며, 그것은 창작적 실천의 영역에서, 세계관과 창작방법과의 연관관계 속에서 리얼리즘 논의로 이어지게 된다(나병철, 「임화의 리얼리즘론과 소설론」, 한국문학연구회 편, 『1930년 문학연구』(평민사, 1993), p. 14).

이와 관련하여 본고에서는 다음의 5편의 평문을 연구대상으로 한정하기로 한다. 1)「위대한 낭만적 정신」(『동아일보』, 1936. 1. 1.- 1. 4. 이하「낭만」으로 표기하고 페이지 수는『문학의 논리』(서음출판사, 1989)에서 인용. '낭만': 11' 식으로 본문에서 밝힘); 2)「주체의 재건과 문학의 세계」(『동아일보』, 1937. 11. 11.-11. 14.), 이하「주체」로 표기함); 3)「사실주의의 재인식」(『동아일보』, 1937. 10. 8.-10. 11. 이하「사실주의」로 표기함); 4)「현대문학의 정신적 기축」(『조선일보』, 1938. 3. 23.-3. 27. 이하「현대」로 표기함); 5)「사실의 재인식」(『조선일보』, 1938. 8. 24.-8. 28. 이하「사실」로 표기함)이 그것이다.

이상의 평문을 통해서, 본고는 카프 해산 이후 임화의 자기정립으로서의 '주체재건'이 어떻게 이루어지며, 그것이 이후 그의 문학사적 실천과 어떤 관련을 맺게 되는 것인지에 대한 탐구를 하게 될 것이다.

제2절 기존 연구 성과 검토

카프 해산 직후 임화의 '주체재건'이라는 주제와 관련하여 선행한 연구업적은 극히 미비하다. '주체재건'의 문제는 임화의 전체적인 비평작업 속의 일부로 개괄적으로 이해되었거나,[2] 그러한 작업 역

---

2 김윤식은 『임화 연구』(문학사상사, 1989)에서 임화의 '주체재건'은 1936년 이후 나아갈 방향이 보이지 않았던 조선 사회의 역사적 배경에서 나온 것이며, 때문에 임화가 외친 리얼리즘론이나 주체성의 문제는 당시의 시대적 한계를 고려하지 않은 '시기상조의 이론'이었고 역사적 방향성을 떠나 있었으므로 창작과 유리된 이론이었다고 주장한다(pp. 547-552).
김윤식이 당시의 시대적 한계성 속에서 임화의 이론을 문제 삼는 것과는 반대로, 김용직은 임화 자신의 계급 지향성을 그의 이론과 연결시킨다. 즉 임화의 '주체재건'에의 지향성을 카프 해산 이전의 유물변증법적 세계관이라든가, 당파성, 전위성이 주체성, 낭만성, 참된 사실

시 임화의 주체재건의 문제를 리얼리즘이라는 미학적 차원으로 환원시켜 이해하는 양상을 보이고 있다. 전자의 논의가 지극히 피상적인 것인데 비해, 후자의 논의는 임화의 비평적 논리를 당대적인 상황과의 관련 속에서 파악했다는 점에서 한층 심도 있는 논의라고 할 수 있을 것이다.

이러한 계열의 논문들이 문제 삼고 있는 것은 (a)카프 해산 이전과 이후 임화 의식의 변모 유무 (b)임화의 리얼리즘의 수준, 곧 세계관과 창작방법의 문제, 이후 그의 (c)장편소설론과 맺게 되는 관련성 등이다.

(a)계열의 논문으로서는 최유찬의 논문[3]을 들 수 있다. 최유찬은 이 논문에서 카프 해산 이전의 임화의 의식과 이후의 의식 사이에 차별성이 존재하지 않는다고 주장한다. 임화가 '낭만적 정신'이라는 말을 사용할 때, 그것은 종래의 세계관이라는 말의 다른 표현에 불과하다. 그것은 임화가 지향하는 세계가 이미 존재하고 있는 세계가 아니라 '존재해야 할' 세계라는 점에서 '낭만적 정신'이 의미하는 바는 임화의 사회주의적 전망의 다른 표현으로 이해해야 된다고 주장한다. 그러면서 그는 임화의 리얼리즘이 객관과 주관을 기계적으

주의 등의 어사로 바뀐 것에 불과하며, 카프 해산 후의 이념적 와해의 위기 속에서 그 자신의 비프로적 요소를 배제하기 위해서도 경직된 목소리로 계급의식, 당파성을 촉구할 수밖에 없었다는 것이 그것이다. 이러한 논의를 토대로 김용직은 임화에게 있어서의 '주체재건'의 문제는 결국 사회주의 리얼리즘으로 귀결된다고 주장한다. 결론적으로 그는 임화를 '교조적인 계급문학 운동가, 천박한 수준의 비평이론가'로 규정한다(김용직, 『임화 문학연구』(세계사, 1991), pp. 66-74 참조).
3 최유찬, 「1930년대 한국리얼리즘론 연구」, 이선영 외 3인 공저, 『한국근대문예비평사연구』(세계, 1989).

로 분리하는 오류를 범했다고 주장한다.

(b)계열에 속하는 것으로는 유문선,[4] 나병철,[5] 하정일,[6] 이현식[7]의 논문을 들 수 있다.

유문선은 임화에게 있어 자기 재건의 길은 예술적 실천 일반이 아니라 리얼리즘적 실천에 있었다고 본다. 이때 리얼리즘적 실천은 자연스럽게 세계관과 창작방법과의 관계라는 차원으로 접근하게 되는데, 임화에게 있어 특징적인 것은 이 둘 사이의 관계를 역동적으로 파악했다는 점에 있다. 그러한 작업 속에서 임화는 당시 문단의 정치우위론, 세계관 우월주의에서 리얼리즘이라는 문예미학으로 그의 작업을 이동시킴으로써, 반영론적 사고, 전형, 당파성, 전망이라는 리얼리즘의 관점을 체계적으로 종합하였다고 평가한다.

유문선의 임화의 리얼리즘에 대한 고평에서 더 나아가 이현식은 임화의 리얼리즘 논의가 당대 최고의 수준에 이르고 있다고 평가한다. 그에 따르면 임화의 소설론은 표면적으로는 리얼리즘 일반론을 띠고 있지만, 그 일반론에 이르는 과정의 내부에는 당대의 역사적 상황이라는 역사적 문맥이 놓여 있다고 주장한다. 때문에 임화의 리얼리즘은 주체재건 방법의 실천내용을 포함하게 되는데, 그 문학적 노선은 신창작이론의 객관주의적, 주관주의적 곡해를 시정하고

---

4 유문선, 「1930년대 창작방법 논쟁연구」(서울대 석사논문, 1988).
5 나병철, 「임화의 리얼리즘론과 소설론」, 한국문학연구회, 『1930년대 문학연구』(평민사, 1993).
6 하정일, 「프리체의 리얼리즘관과 30년대 후반의 리얼리즘론」, 한국문학연구회, 『1930년대 문학연구』(평민사, 1993).
7 이현식, 「1930년대 후반 사실주의문학론 연구」(연세대 석사논문, 1990).

372
타는 혀

우리 현실을 바르게 적용하는 길이었다는 것이다. 임화에게 있어서는 이러한 작업들이 결국은 '주체화된 세계관'의 획득이라는 의미를 갖는 것이었다고 주장한다.

하정일은 임화의 리얼리즘이 프리체류의 자연주의적 리얼리즘과 혁명적 낭만주의라는 양편향성을 극복했다고 주장한다. 그러한 주장의 핵심으로 그는 임화비평이 '주관과 객관의 통일로서의 리얼리즘관'을 극복했다는 점을 들고 있다. 그것은 결국 리얼리즘을 의식의 수동성의 반영으로 일반화시킨 당시의 자연주의적 리얼리즘관을 넘어섰고, 식민지 시대 리얼리즘의 발전과정에서 대단히 중요한 의미를 갖는 것이라는 결론으로 그의 글을 이끈다.

(c)계열의 것으로는 민경희의 논문[8]을 들 수 있다. 민경희는 이 논문을 통해서 임화가 1937년을 기점으로 리얼리즘론을 확립했으며, 그것은 이후 전개된 '본격소설론'의 '성격과 환경'의 관계에 대한 정립으로 이어지는 것이라고 주장한다. 그러나 이 시기 임화의 낭만주의론은 주체가 가진 경향성이 역사적 필연성과 합법칙성에 의해 달성되는 것이 아니라 주체적 의지에 의해 파악되는 것으로 봄으로써 주관주의적 일탈의 가능성을 갖고 있었다고 주장한다.

제3절 **연구의 방법**

프로문학에 대한 연구는 필연적으로 역사적 성격을 갖게 된다.

---

8 민경희, 「임화소설론 비판」(서울대 석사논문, 1990).

마르크스주의 자체가 일종의 역사철학이며, 프로문학운동 자체가 역사 속에서 문학사라는 개별역사로서의 의미를 갖기 때문이다. 이와 함께 프로문학이 마르크스주의 미학이라는 문예학적 차원에서의 인식론적 행위였다는 사실을 염두에 둘 필요가 있다.

프로문학이 역사적 성격을 갖는다고 할 때, 우리는 그 운동의 보편성과 함께 한국적 특수성을 두루 고려해야 한다는 어려운 요구에 직면하게 된다. 마르크스주의가 프롤레타리아 계급의 전세계적인 보편성에 근거하여 성립된 이론이며, 러시아 혁명 이후의 소비에트의 역사 진행과정이 코민테른과 이후 프로핀테른에 의해 '테제'라는 형태로 정립되고, 그것이 다시 일본과 한국 등의 혁명적 이론으로 기능하게 되었다는 당대 역사를 참고해 볼 때, 프로문학의 일 구성분자였던 임화에 대한 연구 역시 이러한 보편성과의 관련성 속에서 검토되어야 할 것이다. 이와 함께 한국 프로문학의 특수성이라는 측면을 놓쳐서도 안 된다. 한국의 프로문학이 일제 식민지 치하라는 시간적, 공간적 특수성 속에서 출현했으며, 그 이론의 발전이 대개는 일본과의 영향관계 속에서 성립한 것이라는 사실은 프로문학인에게 이중의 과제를 주었다고 할 수 있다. 그것은 제국주의 일본을 프롤레타리아 혁명의 동지로 맞아들이는 행위와, 일제와의 투쟁을 고무하는 행위가 동시적으로 진행되었다는 사실을 의미했다. 일본은 동지이기도 했고 적이기도 했다는 기묘한 상황이 출현하는 것이다.

이러한 사실 때문에 한국의 프로문학을 일본과의 비교문학적 관점에서 연구하는 시각이 가능해진다. 그러나 이러한 연구에서 나타나는 최대의 약점은 한국의 프로문학이 소련 및 일본 문학이론의 수입사라는 관점에서 이해될 확률이 높다는 사실이다.[9] 그러나 마르크스주의가 보편이론인 만큼 그에 대한 해석 역시도 가능한 몇 개의 유형으로 분류될 수 있는 것이다. 문제는 각각의 테제들이 어떻게 동일한 양상으로 해석되었는가가 아니라 그러한 해석을 가능케 한 개별국가의 역사적 유사성 속의 차별성을 확인하는 일이다.

카프 해산 직후 임화의 평론에 대한 검토 역시 이와 같은 인식에서 출발해야 된다. 만일 그의 이론을 소련 및 일본의 이론과 영향관계에서만 탐구할 경우, 그 결과는 그가 얼마나 정확하게 소련이나 일본의 이론을 이해했는가, 아닌가의 차원으로 떨어지게 된다. 모든 문학이론은 일종의 이차적 개별화secondary personalization의 산물로 볼 수 있다.[10] 따라서 임화의 문학이론 역시 이러한 개별화의 측면에서 이해해야 할 것이다. 이 말은 달리 말하면 그의 이론 속에서 임화평론의 특수성을 적출해내야 한다는 것을 의미한다.

이와 함께 프로문학이론이 문예학적 의미를 갖고 있다는 점 역시 고려해야 한다. 그것은 문예학적인 이론의 검토를 필요로 한다. 따라서 본고에서는 임화의 이론을 당시의 문예학적 경향과 각각의 이론의 내적 논리와의 관계 속에서 탐구하게 될 것이다.

이러한 점을 고려한 후에도 문제는 남는데, 그것은 문학비평의 본질적 성격과 관련되는 것이다. 그것은 문학비평이 끊임없는 논쟁

---

9 김윤식의 『한국근대문예비평사연구』(일지사, 1973)가 그 대표적인 경우라 할 수 있다.

10 Erich Neumann, The origins and history of consciousness, trans., R. F. C. Hull(Prinston: Prinston University Press, 1973), pp. 63–64.

을 통해 유지되며, 그 목적이 논리적이고 수사적인 담론을 통해 그의 이론을 지지할 다수의 독자를 획득하는 데 있다는 것, 곧 인식론적 권력투쟁이라는 관점에서 파생되는 문제인 것이다.[11] 이러한 관점에 서면 임화의 비평 역시 당대의 독자들로부터 이론적 지지를 얻기 위한 그의 비평적 전략에서 나왔다는 것을 의미한다.

그가 '주체재건'을 논하게 되었을 때, 그것은 그 자신을 향해 외친 것이기도 하지만, 넓은 의미에서의 당대의 독자를 염두에 둔 것이었다. 그것은 객관상황에 대한 임화의 인식을 드러내기도 하며, 역으로 그가 갖고 있던 당대에 대한 주관적인 의식을 표출시키기도 한다. 따라서 우리는 당대의 객관상황과 임화의 주관적 위기의식을 두루두루 검토해야 될 필요성에 직면한다.

이상의 방법론은 결국 역사주의적 시각과 문예미학적 시각, 나아가 임화의 의식을 문제 삼는다는 점에서 심리주의적 관점을 종합할 것을 요구한다. 역사주의적 시각을 견지함으로써 우리는 그의 비평이 역사의 한 지점에 자리잡은 변동 불가능한 객관물이라는 선입관을 배제할 수 있고 문예미학적인 관점을 도입함으로써 이론의 내적 구성물을 정밀하게 분석할 수 있으며, 심리주의적 비평을 도입함으로써 한 시대를 살았던 젊은 비평가의 내면풍경을 엿볼 수 있을 것이다.

---

11 K. M. Newton, Twentieth-century Literary Theory(London: Macmillan Education, 1988), pp. 16-17.

제2장
'주체재건'의 양상(A): '낭만정신'의 인식론적 함의

제1절 카프 해산기의 역사적 성격

카프가 해산되는 시점인 1935년을 전후한 당시 정세에 대한 이해
는 임화라는 비평가의 '주체정립' 의식의 탐구에 있어서도 상당한
중요성을 갖는다. 주체란 타자와의 상호작용을 통해 자신의 의식을
정립해나가며 그러한 과정 속에는 '객관 상황으로서의 역사적 제약'
이라는 요인이 작용할 것이기 때문이다.

무엇보다도 이 시기에 이르러 일본의 제국주의적 야심이 상당 정
도로 확대되고 있었다는 사실을 고려할 필요가 있다. 세계자본주
의 체제에 있어 1929-30년의 대공황은 일본이라는 개별 국민국가
에도 상당한 타격을 가했는데, 식민지의 민족주의 운동의 고양이라
는 상황과 상승작용을 일으키면서 일본의 위기의식을 급속도로 상
승시켰다. 이와 함께, 사회주의 소련은 1928년부터 사회주의 건설의
제1차 5개년 계획이 비약적인 성공 국면에 있었고, 그 자신감을 토
대로 전세계의 노동자계급과 피압박 민족에 대한 영향력을 심화시
켰고, 조선과 만주의 항일민족운동을 한층 강화시켰으며, 이에 따

라 일본국내의 혁명 운동 역시 강화되는 추세에 있었는데, 그것은 당시 일본의 지배층에게 상당한 위기의식을 자아내게 했다.[12]

이후 일본은 만주사변(1931)을 일으켰고, 사상범보호관찰법(1936)을 제정하여 좌경적 성향의 지식인의 대대적인 사상통제에 들어갔으며, 이후 중일전쟁(1938)을 일으키고, 국가총동원법(1938)을 제정함으로써 이른바 '천황제 파시즘'[13] 체제를 구축하게 된다. 이러한 상황 속에서 일본은 이른바 '준전시체제'에 돌입하게 된다.

이러한 일본사의 이해와 더불어 언급해야 할 것은 이 시기에 일본의 대표적인 마르크스주의자들이 천황제 파시즘 체제 아래 흡수되었다는 사실이다. 이른바 전향의 문제가 노출된다. 1932년에 이르러 대대적인 공산주의자의 검거가 있었으며, 당 최고 간부로 있던 좌야학左野學, 과산정친鍋山貞親이 코민테른과 절연, 천황제를 옹호하기 시작했으며, 1935년 봄에 이르면 전국적인 공산주의 조직이 없어지고, 마르크스주의 언론도 자취를 감춘다. 그 모든 것들이 천황제 파시즘의 억압에 기인했음은 물론이다. 이러한 역사적 국면에서 일본 프롤레타리아 작가동맹은 1934년 '해체성명'을 발표하게 되고 일본 프로문학운동도 종지부를 맺게 된다.

---

12 井山清, 『일본의 역사』, 서동민 역(이론과 실천, 1989), pp. 418-419 참조.
13 독점자본과 국가를 융합시켜 절대주의 천황제기구의 중핵인 군부가 그 국가의 독재권을 쥐고 일본 제국주의의 위기를 타개하려고 했던 것을 일컬어 천황제 파시즘이라고 한다. 이 체제는 5·15 사건 후의 정당내각 부인을 제1단계, 2·26 사건 후 廣田弘毅 내각의 '廣義國防', '庶政─新' 체제와 일본-독일 방공협정법을 제정한 2단계로, 1937년 7월 개시된 중국과 일본과의 전면전쟁과 그 후의 국가총동원법제정 실시를 제3단계로 하고, 1940년 미국과 일본의 전쟁에 앞서 제2차 근위내각과 '大政翼贊'= 新體制와 일본, 독일, 이태리의 3국 동맹에 이르러 완성된다(井山清, 위의 책, p. 426).

이러한 일본의 상황이 피식민지였던 조선에도 영향을 미쳤을 것은 명약관화한 일이다. 그러나 여기에서 환기되어야 할 것은 카프의 해산 및 지식인의 전향문제가 심각했던 이 시기에도 민중들의 항일운동은 극심했었으며, 노동운동은 오히려 1939년에 이르러 최고의 수위에 이르러 있었다는 사실이다.[14] 이 사실은 객관정세의 악화가 지식인들에게 가져다준 역사적 환멸감과는 별도로 당시의 반제 투쟁이 고양되고 있었다는 사실을 의미한다.

바꿔 말하면, 임화와 같은 지식인이 주체가 해체되었다는 진단을 내리고, 박영희를 비롯한 다수의 지식인들이 마르크스주의로부터 전향을 감행한 것은 객관적 역사에 대한 반응이라는 차원에서 볼 수 있음은 물론이지만, 그 반면에 그들의 성급한 역사적 환멸감에서 기인한 것이라고도 볼 수 있다. 여기에서 이들 지식인들이 위기의식(일본의 지식인이 느꼈던 것과 같은 종류의) 그 자체를 내면화시키고, 내면화된 위기의식을 자기 행동의 정당성으로 원용하는 선례를 우리는 발견하게 되는 것이다. 때문에 이들의 위기의식은 정당한 것이라고 할 수도, 전적으로 객관상황의 악화에 돌릴 수도 없는 것이다. 그렇다면, 문제는 이들 내면화된 위기의식의 소유자들이 변화된 인식론적 상황에서 어떻게 자기 행위에 정당성을 부여했는가, 하는 점일 것이다. 때문에 우리는 임화가 이러한 위기의식에 어떠한 처방을 내렸으며, 그 자신 역사에 대한 환멸감으로부터 비롯되는 이 위기감을 어떤 형태로 해소했는가를 살펴볼 필요가 있다.

---

14 역사문제 연구소, 『민족해방운동사』(역사비평사, 1995), p. 312.

카프 해산 직후 임화 비평에 나타난 '주체재건'의 양상에 대한 고찰

제2절 역사에 대한 환멸의 극복 의지: '낭만정신'의 층위

카프 해산 이후 임화의 의식이 환멸감 혹은 무기력감이라고 할 수 있는 상황 속에 놓여져 있다는 것은 그의 평론의 많은 부분에서 발견된다. 그는 당대의 상황을 카오스로 규정한다.

일찌기 취할 듯한 정열을 가지고 문학을 사회적 투쟁의 한가운데로 끌고 들어갔던 그 장면을 회상해 보라! 그러나 오늘날 문학 가운데는 이런 골수에 徹한 대립은 자취를 감추고 한줄기 카오스와 같은 탁류가 범람하고 있지 않은가? 周知와 같이 이 사실은 현실로부터의 갈등은 소멸한 표적이 아니었다.

오히려 보다 거대하고 결정적인 사회적 스트러글이 推移하는 시대의 중압이 되어 문학세계를 우뢰와 같이 엄습한 결과이다. 피차를 얽어 맺던 조직적 축대는 끊어지고 의지할 최후의 지주로서 양심을 가슴에 안은 채 사슴처럼 작가들은 방황하였다.(「주체」: 38)

위의 인용문에서 알 수 있는 사실은 당시의 문단을 바라보는 임화의 시각이다. 임화는 작가들이 사슴처럼 방황하고 있다는 표현적인 문장을 사용하면서 자신의 내면적 풍경을 드러낸다. 그것은 작가에게도 해당되는 말이지만 임화 자신에게도 해당되는 말이다. 그 이유란 무엇인가. 그것은 갈등은 결코 소멸하지 않고 증대되고 있으나 거기에 저항할 만한 "조직적 축대"가 끊어졌다는 데서 기인한다. 이때, 조직적 축대가 끊어졌다는 말은 카프 해산을 비유하는 것일

터이다. 카프의 해산이 임화에게 가져다준 충격이란 무엇인가. 그것은 카프가 임화 자신을 "사회적 투쟁의 한가운데로 끌고 갔던" 조직이었다는 것. 이때 임화에게 있어 문학이란 문학 그 자체이기보다는 사회적 갈등 속에서 투쟁하는 운동의 개념이었음을 암시한다. 프로문학이란 일종의 운동 개념이며, 그것은 작품을 매개로 한 사회적 실천이었던 것이다. 카프 서기장이며 문학적 볼셰비키주의자였던 임화가 1937년에 서 있었던 자리는 이러한 무력감과 환멸감의 자리였다.

그는 어떻게 하든지 이러한 무력감을 극복할 필요가 있었을 것이다. 사슴처럼 방황하는 작가들에게 나아갈 방향을 보여주고 싶었을 것이다. 그러한 방향성이 매개되지 않는 한 이러한 무력감은 언제든 계속될 성질이었을 것이다. 그러한 자리에서 나타난 개념이 소위 '낭만정신'이라는 것이었다. 이때 중요한 것은 임화에게 있어 낭만주의란 역사적 방향성, 곧 전망과 동일한 의미를 가지는 것이었다는 사실이다. 그가 낭만정신에 대해서 처음으로 언급한 것은 「낭만적 정신의 현실적 구조」(『조선일보』, 1934. 4. 19.‐4. 25.)에서였다. 이 평론에서 그는 당대의 작가들이 현실의 표피적인 일면에 몰입함으로써 본질적 구조를 전혀 파악하고 있지 못하다고 비판한 후 그것은 '몰아적 사실주의'라고 명명한다. 그리고 나서 그는 주관과 객관을 통일하고 현실에 있어서 비본질적인 면을 제거한 후에 본질적 성격의 제현상을 파악하는 것이 새로운 창작이론과 문학의 이상이라 규정한다.[15]

---

15 임화, 『문학의 논리』(서음출판사, 1989), p. 24.

카프 해산 직후 임화 비평에 나타난 '주체재건'의 양상에 대한 고찰

임화의 이와 같은 주장은 객관주의적 일탈을 감행한다고 여겨지던 김남천에 대한 간접적인 비판[16]이었음은 물론, 카프 해산기 최대의 논쟁이었던 사회주의적 리얼리즘에 대한 소략한 의견개진이었다.

그의 낭만정신이 뚜렷하게 나타난 것은 「낭만」에서였다. "이로써 자기를 관철하라!"라는 사뭇 선동적인 부제를 달고 있는 이 평론은 '꿈', '몽상' 등의 감각적 어사를 사용하고 있는데 반해 그 내용은 "미래에의 지향(「낭만」: 26)" 곧 전망과 연결되어 있다. 그렇다면, 낭만정신이란 무엇인가. 임화는 낭만정신을 꿈과 같은 몽환적인 의미가 아닌 "창조하는 몽상"이라 규정한다. 이때 창조하는 몽상이란 발자크가 꿈꾼 미래와 동일한 것으로 임화는 규정한다. 발자크의 역사적 방향성에 대한 인식을 임화는 요구한다. 이때, 임화의 비평에 드러나는 낭만정신에 대한 의욕은 역으로 그가 지양하고자 하는 세계의 모습을 암시적으로 드러낸다. 그것은 무엇인가. 회상을 배제하고 미래에의 지향성을 강조하는 것이다: "진실한 꿈은 미래에의 지향, 창조만을 체현한다. 그러므로 회상에는 비애와 감상이 따르고 몽상에는 즐거움과 용기가 상반한다(「낭만」: 26)." 그는 회상을 배

---

16 임화는 「6월 중의 창작-김남천 作 「물」」(『조선일보』, 1933. 7. 18.)에서 김남천의 작품을 비판한다. 여기서 그는 김남천의 작품 「물」(『형상』, 1933. 6)이 있음 직한 사실을 그대로 그려내는데 멈췄으며, 계급적이고 당파적인 견지를 결여한 '유물론적인 레알리스트'의 작품이라고 주장한다. 이에 대해 김남천은 임화 비판의 정당성을 인정하면서도, 작품 행동 이전의 작가적 실천을 문제 삼는다. 김남천의 이러한 태도는 작품 이전의 작가적 실천을 문제삼는 점에서 문학 외적인 실천의 관점인데 반해, 임화는 작품을 매개로 한 실천을 강조한다는 점에서 문학주의자적 면모를 보인다. 이러한 논쟁은 이후 임화의 '본격소설론'과 김남천의 '고발문학론'이라는 형태로 변용되어 다시 나타난다(임화와 김남천의 '물 논쟁'에 관하여는, 채호석, 「김남천 창작방법론 연구」(서울대 석사논문, 1987), pp. 14-23; 김윤식, 『임화연구』(문학사상사, 1989), pp. 338-341을 참조할 것).

제하면서, 그 이유를 '비애와 감상'을 유발시키기 때문이라고 주장한다. 이때 그가 몽상에는 즐거움과 용기가 필요하다고 말하는 것은 당시에 임화가 서 있던 심리적 상태를 암시적으로 드러낸다. 그것은 프로이트에 의하면, 지나간 시절의 권력을 되찾으려는 야망과 관련된다. 그러한 야망은 카프 해산 이후, 비평의 지도성을 상실한 임화의 정신적 패배감을 간접적으로 환기시킨다. 그가 욕망하는 것은 현재를 넘어서는 것이다. 오직 만족을 모르는 자들만이 몽상를 좇을지도 모른다. 충족되지 못하는 욕망은 몽상을 움직이는 힘이고 모든 몽상은 욕망의 완성이며 동시에 만족을 주지 못하는 현실에 대한 보정補整이기 때문이다.[17]

이와는 별도로 임화의 꿈(몽상)에 대한 강조는 당시 문단에 있어 주도적인 논쟁의 주제였던 사회주의 리얼리즘과 관련을 맺고 있는 것이었다. 사회주의 리얼리즘이 '혁명적 낭만성'이라는 개념에 대한 논쟁을 거쳤다는 사실은 당시 소련의 문예학을 참고해보면 쉽게 알 수 있다.[18] 임화의 낭만주의에 대한 개념이 혁명적 미래에 대한 전망

---

17 지그문트 프로이트, 『창조적인 작가와 몽상』, 정장진 역(열린책들, 1996), pp. 86-87.
18 소련에서의 혁명적 낭만주의에 대한 논쟁은 1934-1936년 기간 동안 리프쉬츠와 베르코프스키 사이에서 첨예하게 벌어졌다. 5개년 계획의 비약적인 성공으로 사회주의 체제에 대한 자신감이 그 어느 때보다도 고양되었던 이 시기는 때문에 문예이론의 지도적 원리로서 영웅적 프롤레타리아 계급을 묘사해야 된다는 고리키의 원칙이 당문학의 이론으로 자리잡았던 시기이며, 이와 함께 과거의 문화예술 유산을 어떻게 받아들일까에 대한 견해가 제출되었던 시기이기도 했다.
베르코프스키는 「독일 낭만주의에서 미학적 입장」(1934)이라는 논문에서 프랑스 혁명 이후의 민족해방운동과 연관시켜 독일 낭만주의를 조망하였다. 그러한 조망의 결과로 그는 낭만주의 철학과 예술이 부르주아 혁명의 결과들에 대한 체념의 결과로 나타난 것으로 반리얼리즘적인 것으로 배격해야 된다고 주장한다.
이에 반해 리프쉬츠는 낭만주의의 그러한 특징이 '리얼리즘의 특정한 변질 형태'임을 주장하면서 그 속에 담겨 있는 민중성을 확인해야 되며, 그것은 넓은 의미에서의 리얼리즘의

카프 해산 직후 임화 비평에 나타난 '주체재건'의 양상에 대한 고찰

과 관련되어 있으며, 당파성과 연관되어 있다는 사실은 그의 글의
도처에서 발견된다.

a) 이상에의 적합을 향하여, 현실을 개조하는 행위, 즉 이미 존재한 것
을 가지고 존재하지 않은, 그러나 존재할 수 있고, 또 반드시 존재할 세
계를 창조하는 그것이 문학의 근본 성질이다.(「낭만」: 27)
b) 문학은 모방하는 것으로 만족하지 않는다. 문학은 형성하고, 제안
하고, 창조한다.(「낭만」: 33)
c) 이 낭만주의는 강하게 역사적인 無比하게 사회적이며 근본성격에
있어 리얼리즘으로서 자기를 형성한다. (……) 그러므로 이것은 분명
히 당파적이다. 왜냐하면 현재에 있어 당파적인 문학만이 미래에 있어
비당파적, 전인류적 공감 가운데 설 수 있으므로.(「낭만」: 35)

혁명적 낭만주의는 레닌의 『무엇을 할 것인가?』라는 저작의 다음
구절, 즉 "혁명가는 꿈을 가져야 한다"에서 비롯되었다고 할 수 있
다. 이때의 '꿈'이라는 말은 심원한 미래에 대한 비전을 가능케하는
현실적이면서 혁명적인 조치의 힘을 의미한다. 이때의 꿈은 달리 말
하면 모든 혁명적인 행동에 새로운 차원을 부여하는 것이다. 그러나
이러한 행동은 객관적 현실에 대한 정확한 이해, 즉 현실의 '교활함'
과 '복잡성'을 설명할 수 있을 때에라야 가능한 것이다.[19]

내면 속으로 흡수해야 된다고 주장한다(홀거 지이겔, 『소비에트 문학이론』, 정재경 역(역구
사, 1988), pp. 235-236 참조).
19 Georg Lukacs, "Critical Realism and Socialist Realism", ed., K . M. Newton, Twentieth-

그렇다면 임화는 낭만정신을 강조하면서, 선행하여 현실의 '복잡성'과 '교활함'을 설명할 수 있었는가. 그 대답은 부정적이라고 할 수 있다. 임화가 당시의 문단을 "사슴처럼 방황하는" 상황으로 규정한 것은 현실에 대한 객관적 판단이라기 보다는 감정적 판단으로 볼 수 있을 것이다. 그것은 문학사적인 의미에서의 객관상황의 악화를 주체의 의지라는 주관주의적 지향에 의해 극복하려는 것이기에 주관주의적 일탈의 가능성을 갖고 있는 것이었다.[20] 이러한 일탈의 가능성을 역으로 그의 사회주의적 전망, 곧 문학적 볼셰비키 의식이 전혀 흔들리지 않고 있다는 사실을 드러낸다. 김남천에 대한 그의 비판이 그러하고, "존재할 세계"에 대한 강조로 몽상을 끌어들인 것이 그러하다. 이때 그에게 "존재할 세계"를 사회주의 사회로 규정할 수 있는 것이라면, 그는 제2차 방향전환기(1931)의 급진적 의식을 이 시기에도 여전히 유지하고 있었다고 평가할 수 있는 것이다.[21] 그것은 바꿔 말하면 역사에 대한 환멸감을 극복하기 위한, 임화의 현실에 대한 방법적 부정이었을 것이다.

---

century Literary Criticism(London: Macmillan Education, 1988), p. 92.

20 민경희, 앞의 글, p. 11에서 그러한 주장이 제기되었다. 이것의 연장선상에서 이현식은 임화의 낭만정신에 대한 강조를 다음 두 가지로 나누어 비판한다. 그 첫째는 임화가 혁명적 낭만주의를 사회주의 리얼리즘과의 연관 속에서 이해하지 못했으며, 그것이 문학에 있어 주관주의적 일탈로 흐르게 만들었다는 것이다. 다음으로 임화는 혁명적 낭만주의를 문학에 있어 주관적 요소로 파악, 현실묘사로 축소시켰다는 것이다. 그러나 임화가 혁명적 낭만주의를 현실묘사로 축소시켰다는 주장은 부당한 지적이라 생각된다. 김남천과의 논쟁에서 드러난 것과 같이 임화는 현실묘사를 강하게 부정하는 입장에 서 있었고, 현실을 표면적인 것과 본질적인 것으로 나눈 뒤 본질적인 것을 파악해야 된다고 주장했었기 때문이다(이현식, 앞의 글, pp. 15-16 참조).

21 최유찬, 앞의 글, p. 390.

제3절 임화의 자기비판: 방법적 부정으로서의 '낭만정신' 비판

임화는 「사실주의」에서 그의 낭만주의에 대한 견해를 전향적으로 자기비판하고 있다. 이러한 자기비판은 한 연구자의 말처럼 '자기비판이 시도된 우리 문예비평사상 흔하지 않은 감격스런 대목'[22]이 될 수는 없는 것이었다. 왜냐하면 그것은 앞에서 언급했듯 임화의 낭만정신이란 당파성을 지향하는 것이었으며, 그러한 이념적 지향은 객관세계의 '교활함'을 염두에 두지 않은, 달리 말하면 그것을 부정하는 정신에 놓여 있었기 때문이다. 당시의 임화의 의식 속에는 카프의 해산과 카프 문인들의 전향이라는 객관 현실은 부정해야할 '교활함'에 속하는 것이었다. 그러한 현실을 그가 수용할 경우, 그 자신의 의식이 손상받을 위험이 있었던 것이다. 또한 그에게는 그러한 객관상황의 위기감을 타개할 정신적 자원이 존재하지 않았다. 그 자신은 모색의 과정에 놓여 있었고, 그럼에도 불구하고 그 자신의 주체성, 혹은 비평의 지도성을 그는 지키고 싶어했던 것이다. 그가 "로맨티시즘이 의도 여하를 물론하고 신리얼리즘으로부터의 주관주의적 일탈의 출발점이었다(「사실주의」: 60, 강조-인용자)"라고 주장할 때, 그의 자기비판의 의도는 '낭만정신'의 부정에 있는 것이 결코 아니다. 그가 부정하는 것은 주관과 객관에 대한 종합이라는 시각을 그가 철저히 탐구하지 못했다는 사실, 바로 그 점에 있다.

---

22 김윤식, 『한국근대문예비평사연구』(일지사, 1973), p. 104.

생각하면 이러한 과오는 類型的 만네리즘 가운데 빠졌던 詩의 상태가 대단히 딱했던 사정과, 현상을 통하여, 본질을 摘出하는 예술적 인식 과정 중에서 주관적 抽象, 예술적 상상력 등이 演하는 역할에 대하여 명백한 이해를 가지지 못한데 因하지 않았는가 한다.

당시에 우리는 엥겔스의 발자크論을 읽고 있음에도 불구하고 세계관과 예술적 사상과 리얼리즘의 관계에 대한 명백한 이해를 가졌었다고는 말할 수 없었다.

요컨대 공식주의를 진실로 높은 입장에서 지양할 준비가 우리들에겐 충분치 못했던 것이다.

그러나 우리는 자기의 과오를 시대의 죄로 돌리려는 것은 아니다. 그릇된 방법으로 문학의 경향성을 완강히 옹호하려는 것이 우리의 본원이었다는 점을 밝히고자 함에 불과하다.

아직도 작년에 쓰여진 나의 낭만주의론을 반리얼리즘처럼 오인하는 이가 있는 듯하므로 재언하거니와 나는 결코 리얼리즘 대신 로맨티시즘을 주장한 것이 아니다. 관조주의로부터 고차적 리얼리즘으로 발전하기 위한 한 계기로서 그것을 제안한 것이다. 그러나 과오는 의연히 과오로서 문학에 있어 주체성의 문제를 낭만주의적으로밖에 이해하지 못한 곳에 병인이 있었다.

즉, 경향성 자신이 철처한 리얼리즘 그것의 고유한 것이 아니라 작가에 의해 부과되는 어떤 것으로 생각했던 것이다. 그러므로 리얼리즘과 병행하여 로맨티시즘을 생각하였다.(「사실주의」: 60-61, 강조-인용자)

위의 인용문에서 확인할 수 있는 것은, (a)'낭만정신'의 강조는 경향성의 옹호 때문이었다는 것, (b)때문에 그 자신은 객관 현실의 악화에도 불구하고 작가의 주체성("작가에 의해 부과되는")을 강조할 수밖에 없었다는 것, (c)그러한 문제점을 타개하기 위해 '발자크論'을 탐구했으나 그것의 명백한 이해는 불가능했다는 것, (d)때문에 그의 낭만주의론을 "고차적 리얼리즘"으로 발전하기 위한 한 계기로 인정해야 한다는 주장이다. 그렇다면, 이것은 철저한 자기비판일 수는 없는 것이다. 그것은 비판의 형태를 가장한 자기 논리의 확인에 속하는 것이다. 때문에 임화의 자기비판은 방법적 부정에 속하는 것이다. 방법적 부정으로서의 낭만정식의 비판이 의미하는 것은 그렇다면 무엇일까. 그것은 임화 자신이 오랜 숙고 끝에 "고차적 리얼리즘"의 미학적 원리를 발견해냈다는 사실에 있다. 바꿔 말하면, 그는 "엥겔스의 발자크論을 읽고" 숙고한 끝에 "세계관과 예술적 사상과 리얼리즘의 관계에 대한 명백한 이해"를 획득하게 되었던 것이다. 그러한 비평가로서의 자신감(자의식)이 그로 하여금 가장 감격스런 형태로 자기비판을 감행하게 했던 것이다. 때문에 이때 임화의 자기비판은 이론적 성숙(주체재건)이라는 측면에서 자기 갱신의 다른 말이 된다.

제3장
'주체재건'의 양상(B): '세계관-창작 방법'의 관계 설정

제1절 매개항의 설정: 예술적 실천의 논리

임화는 창작방법과 세계관에 대한 일반공식을 '현실-생활적 실천-세계관'이라는 관계망으로 정리한다. 이러한 관계는 세계관과 생활적 실천이 일치할 때, 현실의 본질을 과학적으로 형상화할 수 있다는 기왕의 통념의 변용인 것이다. 그것은 생활을 하는 것처럼 문학을 하는 것을 의미하는데, 생활이 곧 실천이었고 실천이 곧 생활이었던 카프 시절에 있어서는 타당한 문학적 방법이었을 것이다. 그러나 카프 해체 이후의 사정은 "생활실천을 통해 자기 주체를 재건한다는 사업이 불가능에 가까우리만치 절망적(「주체」: 41)"인 상황이다. 때문에 그는 한가닥 남은 희망이 작가적 실천이라고 주장한다. 그는 이 지점에서 세계관을 매개하는 것이 작가에게는 생활적 실천이 아닌 예술적 실천이라고 주장한다. 때문에 '현실-생활적 실천-세계관'의 관계는 '현실-예술적 실천-세계관'의 관계로 수정된다. 그는 나아가 "생활 실천에 대한 예술 실천의 승리(「비판」: 42)"를 주장한다. 그것은 작가의 세계관을 형성하는 과정의 특수성으로 예술적 실천을 염두에 둔 것이다. 그가 예술적 실천을 표 나게 외칠

카프 해산 직후 임화 비평에 나타난 '주체재건'의 양상에 대한 고찰

때, 그 진정한 의미는 예술적 실천이 창작방법론으로서 리얼리즘에 닿아 있다는 점일 것이다.

이러한 관점에서 그는 관조주의(객관주의)와 주관주의를 비판한다. 관조주의란 현실의 본질을 보지 못하고 잡다한 표면을 그대로 수용하는 태도, 곧 디테일한 묘사에 치중하는 경향성을 의미하며, 주관주의란 당시 유행하고 있던 내성소설을 의미한다. 이러한 두 극단적인 경향들은 임화에 따르면 주관과 객관의 종합이라는 "고차적 리얼리즘(「사실주의」: 61)"의 원칙에서 이탈한 경향이라고 볼 수 있는 것이다. 그렇다면, 예술적 실천의 양 편향을 이루는 관조주의와 주관주의의 극복을 내세우는 임화에게 있어, 생활 실천의 매개로서의 예술적 실천은 곧 고차적 리얼리즘을 의미하는 것으로 볼 수 있다. 때문에 임화에게 있어 자기 재건의 깊은 예술적 실천 일반이 아닌 리얼리즘적 실천, 더 정확히는 고차적 리얼리즘의 실천인 것으로 볼 수 있다.[23]

이러한 관점에 서면, 임화의 창작방법과 세계관의 구도는 '현실-리얼리즘적 실천-세계관'으로 변경된다는 사실을 알 수 있다. 리얼리즘적 실천은 현실을 객관적이며 과학적으로 반영하고, 그릇된 사상을 옳은 사상으로 대치시킨다. 따라서 임화가 '예술적 실천'으로 작가적 실천을 매개하는 것으로 설정했을 때, 그것은 임화의 자기 재건의 미학적 원리, 곧 리얼리즘적 실천의 원리 1937년에 이르러 확립되었음을 의미하는 것이거니와, 당대의 편향적 리얼리즘관에

---

23 유문선, 앞의 글, p. 50.

일대 충격을 가하려는 것이었다.

제2절 '세계관-창작방법' 탐구의 함의: 지도적 비평, 문학사, 문예학의 건설

"창작방법이란 작가에게 창작하는 방법뿐만 아니라 생활하는 방법까지 암시"할 수 있을 때, 임화는 "문학이론의 지도적 임무(「주체」: 37)"가 발휘된다고 생각한다. 문학이론의 지도적 임무, 미래에 대한 전망을 열어주는 지도비평의 재건이 임화에게 있어 주체재건의 일부였음을 우리는 여기서 알 수 있다. 따라서 그가 세계관과 창작방법 간의 관계에 대하여 자신의 이론적 입지점을 밝힐 때, 그것은 비평의 지도성의 재확립, 곧 문학적 헤게모니의 재확립이라는 명제와 닿아있다. 여기에 이르기 위해서 그는 '낭만정신'을 주장했고, 예술적 실천을 이야기했으며, 고차적 리얼리즘에 대한 자신의 견해를 밝힌 것이다.

그렇다면, 그가 말하는 세계관 창작방법의 관계, 곧 지도적 비평으로서의 문학이론은 어떤 것이었을까? 그것은 「발자크론」에 대한 그의 이론적 재해석이라고 볼 수 있다. 발자크론이란 무엇인가. 엥겔스가 1884년 4월 영국의 여류작가 마가렛 하크니스에게 보낸 편지를 이르는 말이다. 「발자크론」이 30년대 소련의 문단에 공개된 이래, '사회주의 리얼리즘의 복음서'[24]가 되었다는 사실은 잘 알려져 있다. 엥겔스의 「발자크론」에서 열띤 해석상의 논쟁이 벌어진 것은

---

24 게르만 세이게이 에르몰라예프, 『소비에뜨 문학이론』, 김민인 옮김(열린책들. 1989), p. 253.

다음 부분이다.

발자크는 정치적으로는 왕당파였습니다. 즉 그의 위대한 작품은 좋았던 사회의 치유할 수 없는 쇠퇴에 대한 지속적인 향수라고 할 수 있죠. 그의 동정심은 사멸할 운명에 처해 있는 계급과 관련되어 있습니다. 그 모든 사실에도 불구하고(……) 그가 진정으로 찬양했던 유일한 사람은 그 시절(1830-1836) 사실상 대중의 지도자였던, 그와는 가장 적대적인 반대파라고 할 수 있는 끌로드 생 매리라는 공화파의 영웅이었습니다.

그러므로 발자크는 그 자신이 속한 계급과 정치적 편견에 반대하지 않을 수 없었는데, 그것은 그가 고귀한 귀족의 몰락의 필연성을 보았기 때문이며, 그러한 인식이 그들 귀족 계급을 더 이상 좋은 운명을 갖을 수 없는 사람들로 서술하게 했던 것입니다. 그가 본 것은 다가올 미래에 발견될 미래의 진정한 인간이었는데, 바로 이 사실 때문에 내가 그의 작품을 가장 위대한 리얼리즘의 승리로 보는 것이며, 노쇠한 발자크에게서 가장 위대한 모습을 본 것 중 하나였던 것입니다.[25]

위의 편지에서 문제가 되는 것은 발자크가 정치적으로는 왕당파였으나, 그의 실제 창작상에서는 가장 적대적인 반대파라 할 수 있는 공화파의 영웅에 애정 어린 서술을 했다는 사실이다. 발자크가

---

25 F. Engels, "Letter to Magaret Harkness", ed., Maynard Solomon, Marxism and Art(Sussex: Harvewester Press, 1979), pp. 68-69.

그렇게 그렸던 이유는 엥겔스에 따르면, 그가 "귀족의 몰락의 필연성"에 대한 "인식"을 갖고 있었고, 그러한 인식이 귀족 계급의 몰락을 냉정하게 서술하게 만들었다는 것이다. 그것은 발자크가 "다가올 미래"에 대한 전망을 인식하고 있었기에 가능한 일이었으며, 그 때문에 엥겔스는 발자크에게서 가장 위대한 모습을 발견하게 되었다고 진술하고 있다.

바로 이 부분에 대한 해석상의 차이가 이른바 세계관과 창작방법 논쟁의 핵심인 것이다. 당시 소련에서도 「발자크론」을 둘러싸고 로젠딸리와 누시노프 간에 논쟁이 치열하게 벌어지고 있었다.[26] 그 복잡한 논쟁을 단 몇 마디로 줄이는 것은 불가능한 일이겠지만, 로젠딸리가 현실을 얼마나 '진리에 충실하게(얼마나 묘사를 정확하게)' 그리느냐 하는 예술적 실천의 문제에 중심을 두고 논의를 하고 있다면, 누시노프는 작가의 세계관에 중심을 두고 발자크론을 해석한다. 그것은 임화의 용어를 빌려 말하자면, 로젠딸리는 객관주의에 누시노프는 주관주의에 각각 근접해 있는 견해라고 볼 수 있다.

이러한 해석상의 차이는 소련과는 별도로, 일본과 조선의 프로문학인들에게 상당한 혼란 속에 수용된 것이 사실이다. 사회주의 리얼리즘이 종래의 변증법적 사실주의로 상징되는 속류 마르크스주의 미학에서 일층 유연한 이론인 것은 사실이지만, 그 논의가 진행된 시기가 일본 및 조선의 프로문학인의 검거와 전향, 프로문학단

---

26 소련에서의 '창작방법-세계관' 논의에 대해서는 홀거 지이겔, 앞의 책, pp. 183-238을 참고할 것.

체의 해산기와 맞물리면서, 프로문학인의 의식을 집중시키기 보다는 분산시키는 경향을 초래했다.[27] 이러한 분열된 시대의 경향에 대한 돌파구가 임화에게 있어서는 「발자크론」의 해석, 즉 세계관과 창작방법에 대한 이론 정립으로 나왔던 것이다. 그는 사상(세계관)을 로젠딸리와 누시노프와 같이 단선적으로 파악하지 않는다. 임화는 사상(세계관)을 옳은 사상(세계관)과 그릇된 사상(세계관)으로 구분한다. 여기서 중요한 것은 그가 옳은 사상과 리얼리즘을 등가의 것으로 파악하고 있다는 것이다. "예술을 통한 현실 인식, 다시 말하면 리얼리즘을 통한 예술 창조상의 결과는 과연 하나의 사상이 아니고 무엇일까?(「주체」: 43)"라고 그가 자문하고 있는 것이 그것이다. 그렇다면 임화에게 있어 리얼리즘의 의식에서 벗어난 모든 사상은 그릇된 사상이 된다. 여기서 중요한 것은 그가 옳은 사상을 이야기 할 때, 그것은 '예술을 통한 현실인식'에 머물고 있다는 사실이다.

예술이 한 개 뼈라에 불과하다는 박영희의 주장에 전폭적인 지지를 하던 볼셰비키에게 있어 이러한 문학중심주의적인 사유의 변모는 무엇에 기인하는 것일까. 그것은 변화된 시대에 대한 임화의 현실인식에서 비롯되는 것이라고 볼 수 있다. 예술이 정치적 행동의 한 개 수단이던 시절을 지나, 이제는 정치적 행동의 매개였던 카프가 해산되었고, 그 속에서 개별 작가들은 사슴처럼 방황하고 있다. 정치적인 구심체가 해체되고 사상 탄압이 극심한 당시의 현실 속에서 임화에게 가능한 실천은 문학밖에는 보이지 않았을 것이다. 그

---

27 임규찬 편, 『일본 프로문학과 한국문학』(연구사, 1987), p. 189.

것은 임화 자신의 부정에도 불구하고 그가 정치인이 아닌 일개 문인에 불과했다는 것을 의미한다. 앞에서 말했지만, 객관정세의 악화라고 불렸던 그 시기에도 민중들의 반제 투쟁 및 사회주의 투쟁은 더욱 강렬한 모습을 띠고 있었던 것이다. 그러한 상황에 대한 비판적 인식 속에서도 임화는 이론적 중심점이 되기를 자처하고 있다. 그것은 정치적 상황에 대한 임화의 소극성과 문학적 상황에서의 급진성이 기묘한 방식으로 결합된 타협지점이라 할 수 있다. 이 균형점이 깨질 때 임화는 어디로든 움직일 수 있는 것이다. 그것은 임화를 포함한 당시 프로문학인들의 소시민성의 한 증좌이다.

> 작가가 진보적 생활 실천자임에도 불구하고 예술 경향상, 반리얼리스트였다면 예술 창작 그것뿐만 아니라 생활실천, 그곳까지 악영향을 미칠 수 있다 할 것이요, 작가가 비진보적임에도 불구하고 예술 경향상 리얼리스트였다면 예술을 비진보적 생활 실천이 파급하는 악영향에서 최대한으로 방어할 수 있고, 나아가서는 비진보적 세계관 그것을 개변시킬 만큼 반작용을 할 수도 있는 것이다.(「주체」: 42)

위의 인용문에서 알 수 있는 것은 임화의 창작방법 우월주의라고 할 수 있다. 창작방법으로서의 리얼리즘이 비진보적 작가의 세계관을 변화시킬 수 있다는 결론은, 달리 말하면 객관 현실의 정확한 반영이 주관(주체)을 변화시킬 수 있다는 것을 의미한다. 그러나 이때의 리얼리즘적 실천이 임화가 비판하고 있는 김남천의 고발문학론과 얼마만 한 차이를 가질 수 있는가에 대해서는 이견이 있을 수

있다. 「낭만」에서 주관을 강조하던 임화가 「주체」에서는 객관을 강조하고 있는 것이다.[28]

그러나 임화의 이러한 객관주의적 인식은 「사실주의」에 오면 명료하게 재정립된다. 이론을 정립하고 그것을 계속해서 갱신하고 있다는 점에서 임화의 비평적 치열성을 우리는 눈여겨 볼 필요가 있다. 그는 「사실주의」에서 "엥겔스가 규수작가 하크니스에게 보낸 짧은 서간이 우리에게 예상치 않았던 해독을 끼쳤다는 것은 가소로운 사실(「사실주의」: 55)"이라고 고백한다. 그리고 나서 그는 당시의 비평계에 "자기비판의 철저, 신이론의 충분한 섭취(54)"가 이루어지지 않았던 것이 혼란의 한 원인이라고 진술한다. 그것은 바꿔 말하면, 「발자크론」의 불충분한 이해가 세계관의 역할을 망각시키는 오류을 범하게 했다는 주장과 동격의 것이다. 그리고 나서 그는 객관주의와 주관주의 모두를 비판하기 시작한다.

만일 跛行的 리얼리즘이 사물의 현상과 본질을 혼돈하고, 디테일의 진

---

28 이현식은 앞의 글에서 임화의 이와 같은 변모에 대하여 강하게 비판한다. 그에 따르면, 임화는 「위대한 낭만적 정신」 이후 주관의 역할을 고립적으로 강조하는 낭만주의로부터 사실주의로 복귀하였으나, 복귀한 사실주의는 객관 현실의 반영에 머무르고 반영 과정에 있어 주관의 역할을 축소시킴으로써 객관주의적 편향을 보이게 된다. 그에 따라 힘겹게 지켜오던 현실 변혁에의 전망 역시도 일정 부분 포기하고 현실에 대해 절망하면서 실질적인 문학적 대응을 멈추게 된다는 것이다(앞의 글, p. 34).
　　그러나 이현식의 주장 가운데 과정에 있어서의 임화의 편향성을 지적한 것은 정당하다고 생각되나, 임화가 그 이후 문학적 대응을 멈추게 되었다고 결론짓는 것은 다소 위험한 논의로 생각된다. 왜냐하면 임화는 그 이후로도 「본격소설론」 및 「신문학사」의 기술을 계속하고, 해방 후에는 인민성에 기초한 민족문학론을 개진하게 되었기 때문이다. 그러한 임화의 태도는 그가 한시도 현실에 대한 문학적 대응을 포기한 적이 없었다는 사실을 웅변적으로 드러내는 것으로 볼 수 있다.

실성과 전형적 事情 중 전형적 성격이라는 본질을 대신하였다면 주관주의는 사물의 본질을 현상으로서 표현되는 객관적 사물 속의 현상을 통하여 찾는 대신에 작가의 주관 속에서 만들어내려는 것이다.(「사실주의」: 59)

여기서 임화는 리얼리즘의 대원칙—즉 전형적 상황하의 전형적 성격을 언급하고 있다. 그러고 나서 객관주의(파행적 리얼리즘)가 사물의 현상과 본질 가운데 현상에 치중한 나머지 올바른 작품을 생산해내지 못하고 있다고 비판한다. 이에 반해 주관주의자는 주관적 의식을 통해 현실을 왜곡한다는 것이다. 전형이란 무엇인가. 루카치에 의하면 그것은 평균적인 것도 별난 것도 아니다. 기술적 의미에서 전형이라는 것은 그 인물의 가장 내적인 존재가 사회에서 작동하는 객관적인 힘에 의해 결정되는 것을 의미한다.[29] 따라서 이 시기에 이르러 임화가 전형을 언급한 것은 사회의 객관적인 힘은 물론 미래에의 전망, 곧 주체의 의지를 함께 동반한 주관과 객관의 변증법적인 의식을 획득하기 시작한 것으로 볼 수 있다. 그러한 현실 판단은 임화로 하여금 발자크적 리얼리즘을 "죽은 현실과 타협하려는 주관에 항하여 산 현실의 진정한 내용을 잡연한 표피를 뚫고서 적출해놓은 천재적 방법(「사실주의」: 55)"으로 규정하게 한다. 현실의 본질을 적출하는 것은 주체의 의지에 속하는 것이다. 이때 주체의 의지는 객관상황에 의해 제약된다. 그러한 제약 속에서 본질을 적출해낸다는

---

29 Georg Lukacs, op. cit., p. 91.

것은 주관과 객관 사이의 상호 관련성 아래에서만 가능하다.

이러한 주관과 객관의 변증법적 인식은 「현대」에 가면 "현실과의 갈등에서 운명을 만들기 위해 문학하는 것(「현대」: 79)"이라고 주장된다. 이때 현실은 대상으로서의 현실도 묘사로서의 현실도 아니다. 임화에게 있어 현실의 존재와 예술적 실천을 매개로 한 생활 실천의 관계는 변증법적인 것으로 규정된다. 때문에 임화는 "한 사람의 주인공이 어떠한 인물일지라도 작가가 미리 그 인물의 운명을 부여하지 않고 그 인물이 부단히 체험하는 현실과의 상관 속에 제 운명이 만들어지는 그런 작품을 인간적, 예술적 리얼리티를 가진 작품(「현대」: 78)"이라고 규정한다. 인물과 현실과의 '상관관계' 속에서 운명이 만들어진다는 종합의 관점은 임화가 파악했던 리얼리즘의 내용이었던 것이다.

그렇다면, 임화의 리얼리즘에 대한 탐구의 목적이란 과연 무엇이었을까. 그는 왜 리얼리즘이 인물과 현실 간의 상관관계라는 것을 발견하기 위하여 그토록 힘써 비평적 작업을 이루어왔던 것일까. 그것은 다름 아닌 그것이 주체재건의 한 방법이라고 생각했기 때문이다. 여기서 그가 말하는 주체재건의 의미가 명료해진다. 그것은 다름 아닌 실천의 문제였다. 그가 단호한 어조로 "실천으로부터의 유리! 아니 실천으로부터의 의식적인 도피!(「주체」: 59」)"라고 말할 때, 그가 생각하는 실천의 의미가 무엇인지 우리는 알게 된다. 그것은 그가 표 나게 외친 예술적 실천, 바꿔 말하면 리얼리즘적 실천이었다. 그러나 리얼리즘적 실천은 비평가 임화 자신에 대한 것이 아니라 당시의 작가들에 대한 것이었다. 그렇다면, 그 자신 주체재건으로 여겼던 것은 무엇이었을까. 그것은 비평의 지도성 회복이었다. 작품에 대한 무제한적인 추종으로 일관하고 있다고 당시의 비평계를 진단한 임화의 의식 속에는 그것이 현실의 표피에 열중하는 파행적 리얼리즘의 다른 모습으로 보였을 것이다.

때문에 임화는 비평의 지도적 임무를 회복하는 것만이 붕괴된 주체를 재건할 수 있는 방법이라 믿었던 것이다. 현실의 표피를 지양하고 본질을 향해 육박해 들어가는 예술적 실천. 그것이 그 순간 비평가 임화의 의식 속에 떠올랐다. 그것은 작품을 따라가는 추종주의가 아닌 문학의 본질에 대한 탐구 곧 "지도적 비평, 문학사, 문예학의 건설(「주체」: 59)"이었다.

제3절 **주체재건의 이중적 성격**

주체재건의 길이 지도비평과 문학사, 문예학의 건설에 있다는 사실이 임화의 의식 속으로 들어왔을 때, 그는 그 길로 나아가기 시작했다. 그 구체적인 예가 신문학사에 대한 그의 연구라 할 수 있을 것이다. 그는 이미 「조선신문학사론 서설」(『조선중앙일보』, 1935. 10. 9.-11. 13.)을 쓴 바 있었으며, 이후 「개설조선신문학사」(1939), 「신문학사의 방법-조선문학연구의 1문제」(『동아일보』, 1940. 1. 3.-1. 20.)를 써나가기 시작했다. 그가 주체재건의 방법으로 나아간 것이 왜 하필 문학사 서술이었을까. 그것은 그에게 나아갈 전망이 전혀 보이지 않았기 때문이다. 이미 문단에서는 카프의 해산 후 9인회를 비롯한 모더니즘 계열의 작가들이 자신의 영향력을 강화시키고 있었고, 문단

외적으로는 일본의 제국주의적 야심이 극에 달해 있었던 터였다. 때문에 마르크스주의자들에 대한 사상 통제 역시 그 어느 때보다도 강고한 시절이었다. 일제에 의해 1938년에 제정된 국가 총동원법은 당시의 지식 사회를 얼어붙게 했을 것이었다. 앞이 꽉 막혔다고 생각했던 그에게 가능한 실천은 문학사적 실천밖에는 없었을 것이다.[30] 이때 문학사적 실천은 그가 리얼리즘을 주창하면서 주장했던 예술적 실천이었을 것이다. 임화는 이러한 예술적 실천을 통하여 객관 현실의 본질을 투시할 수 있을 것이라고 생각했을 것이다.

그러나 임화에게 가능하다고 생각되던 지도비평은 결코 가능한 것이 아니었다. 그것은 작가의 주관과 객관 현실이 분열되어 있었다는 그의 분석대로, 현실이 분열적인 양상을 보이고 있었기 때문이다. 이와 함께 임화 자신의 의식 역시 객관 현실의 본질을 냉철하게 파악하는 것이 불가능하리만큼 파탄상태에 놓여 있었다. 그것은 그가 「사실」에서 보인 지적 파행의 논리를 확인해보면 확연하게 드러난다. 그가 지난 수년간 주체재건에 대한 욕망을 드러냈던 문학적 실천이 이 평론에 와서는 단번에 무너지고 있음을 우리는 확인하게 된다. 현실의 표면이 아닌 본질을 투시해야 된다는 그의 논리와는 정반대로 그는 이 평론에 와서는 사실을 수리할 것을 요구한다. 그에게 있어 1938년 8월이란 일종의 "所與의 시대, 所與의 환경"이었으며, 그에게 가능한 일은 이 시대와 환경의 제약 속에서 "자기의 창조와 생존의 확고한 방향(「사실」: 82)"을 찾는 일이었다. 그렇다면 그

---

30 김윤식, 「임화연구」, 『한국근대문예비평사』(일지사, 1973), p. 567.

방향은 무엇인가. 그것은 다름 아닌 '기정사실의 인정'이라는 명제가 도출된다.

우리의 육체적 또는 정신적 強味가 얼마나 되느냐는 것을 시험하는 것도 이것이며, 또한 새로운 논리, 새로운 사실 가운데 있는 새로운 문화 정신의 발견으로 낡은 우리의 문화를 수정하고 신선하게 고쳐가는 길도 또한 이 길뿐이기 때문이다.

그것은 새로운 사실 앞에 우리의 온갖 것을 시련의 행위로서 성질을 밝혀두는 것이다. 시련의 정신! 이것이 비로소 우리의 지성에겐 결여된 정열을 부여하고, 육체의 內省에겐 부족한 理知의 힘을 또한 회복시켜 주는 것이 아닐까 한다.(「사실」: 86)

이러한 임화의 진술은 상당한 위험성을 내포하고 있다. 예술적 실천으로서 리얼리즘을 강조하던 그가 어느 사이에 현실의 표피적인 사실을 인정해야 된다는 주장을 하고 있는 것이다. 아니 어쩌면 당시의 임화에게 있어 이러한 사실은 본질적인 것으로 육박해 들어왔을지도 모른다. 그가 새롭게 다가온 현실의 다양한 국면을 이미 주어진 것(소여)으로 파악하고 있다거나, 가능한 방법은 다만 그것을 사실로서 인정해야 된다는 논리를 펼치고 있을 때, 그것은 이후 임화의 신체제에의 협력이라는 상황을 예시하게 되는 것이다. 임화로서는 현실의 본질에 대한 객관적인 파악으로 보였을 것이다.[31]

---

31 해방 직후 한 좌담에서, 임화가 자기비판한 대목은, 소여된 상황에 대한 당시 임화의

그렇다면, 도대체 무엇이 주체재건에의 열망을 간직했던 젊은 문학평론가를 파행적인 현실의 혼란 속으로 몰아넣게 한 것일까. 그것은 다만 현실의 복잡함과 교활함 때문이었을까. 그럴 수도 있었을 것이다. 그러나 식민지 시대를 살았던 모든 문인이 현실의 교활함과 복잡함 때문에 그 스스로를 혼란 속으로 집어넣은 것은 아니지 않았던가.

그것은 다름 아닌 임화 자신의 역사적 전망의 결여 때문이었을 것이다. 그가 내내 주장했던 광의의 리얼리즘으로서의 사회주의 리얼리즘이란 미래에 대한 낙관적 전망을 장전해야만 가능한 이론이었다. 그것은 이론이기 이전에 상승국면의 소련의 현실이었고, 또한 자신감의 표명이었다. 때문에 그것은 정치적인 것이자 미학적인 것이었고, 생활실천이자 예술적 실천이기도 한 것이었다. 그러나 임화

내면풍경이 드러나 있어 흥미롭다.

"자기비판이란 것은 우리가 생각던 것보다 더 길고 근본적인 문제일 것 같습니다. (……) 그런데 자기비판의 근거를 어디에 두어야 하겠느냐 할 때 나는 이렇게 생각합니다. 물론 그럴 리도 없고 사실 그렇지도 않았지만 이것은 단순히 예를 들어 말하는 것인데, 가령 이번 태평양 전쟁에 만일 일본이 지지 않고 승리를 한다. 이렇게 생각해보는 순간에 우리는 무엇을 생각했고 어떻게 살아가려 생각했느냐고. 나는 이것이 자기비판의 근원이 되어야 한다고 생각합니다. 이때 만일 '내' 마음속 어느 한 구퉁이에 강인히 숨어 있는 생명욕이 승리한 일본과 타협하고 싶지 않았던가? 이것은 '내' 스스로도 느끼기 두려웠던 것이기 때문에 물론 입 밖에 내어 말로나 글로나 행동으로 표현되었을 리 만무한 것이다. 그러나 '나'만은 이것을 덮어두고 넘어갈 수 없는 이것이 자기비판의 양심이 아닌가 하고 생각합니다(김윤식, 『임화 연구』(문학과사상사, 1989), p. 578에서 재인용)."

우리는 앞에서 임화가 자신의 논리에 대한 자기비판을 꾸준히 해왔다는 사실을 지적한 바 있다. 이때 문제가 되는 것은 그러한 자기비판이 감동적인 풍경이 아닌 임화 자신의 자기 갱신의 한 형태였다는 사실이다. 임화 자신은 태연히 오직 자신만이 그러한 고민을 했으며, 그것을 말할 수 있었다는 자의식을 '자기비판'의 상황에서도 여전히 유지하고 있다. 이러한 임화의 태도는 임화가 한동안 주장해왔던 '주체재건'의 의지가 그 심층에 있어서는 지극히 표피적인 것이었다는 사실을 간접적으로 드러낸다. 주체재건을 외칠 때마다 그는 자신도 모르게 주체를 해체시키고 왔던 것이다. 이 철저한 자의식의 감옥에 갇힌 문학평론가의 내면풍경은 따라서 비극적으로 아름답다.

타는 혀

에게는 이러한 현실을 바라다 볼 눈이 없었다. 그는 다만 이론을 그가 속해 있는 문학적 현실, 예술적 실천에서 찾고자 한 것이었다. 문제는 생활실천이냐 예술적 실천이냐는 선택이 아니었다. 생활실천이 예술실천일 수 있는 상황이 필요했던 것이다. 임화의 한계는 이 점에 있었다고 볼 수 있다.

제4장
결론

우리는 지금까지 카프 해산(1935. 5) 이후 「본격소설론」(1938. 5)이 발표되기까지의 임화 비평의 전개 양상을 '주체재건'이라는 측면에서 살펴보았다. 임화는 당시의 문학계를 '주체가 붕괴된 시대'로 파악했고, 따라서 시급한 비평적 과제로 '주체재건'이라는 문제틀을 설정했다. 임화에게 있어 주체재건의 문제는 비평의 지도성 확립, 문학사의 기술, 문예학의 건설이라는 문제로 압축된다. 카프 해산 및 객관 상황의 악화는 임화에게 상당한 위기의식을 느끼게 했던 것으로 생각된다. 이와 함께 프로문학인들의 전향문제와 당시 소련에서 수입된 신창작이론인 사회주의 리얼리즘에 대한 혼란은 임화로 하여금 리얼리즘에 대한 탐구로 나아가게 하였을 것이다.

그는 현실을 객관적으로 파악하는 방식을 설정하게 되는데, 그 도식은 '현실-예술적 실천-세계관'이라는 것이었다. 이때, 예술적 실천은 생활실천이 불가능한 시절에 가능한 유일한 방법으로 임화에게는 생각되었다. 그러나 이러한 도식은 임화가 '낭만정신'이라는 임화의 주체 중심적 이론을 통과한 후에야 나타난 것이었다. 임화에게 있어 낭만정신이란 객관상황의 위기감을 타개하기 위한 방법적 부정으로서의 의미를 갖는 것이었다. 그가 심정적인 차원에서 객관현실의 극복을 위해 리얼리즘에 대한 관심으로 이행해간 것은 그래서 자연스러운 일이다. 이러한 과정 속에서 임화는 그의 낭만정신에 대한 강조가 주관주의적 일탈이었다는 점을 자기비판하고 있다. 그러한 자기비판을 통해서 임화는 새로운 도식을 설정하게 되는데, 진정한 작가적 실천이란 곧 리얼리즘적 실천을 의미한다는 것이었다. 이때 임화의 도식은 '현실-리얼리즘적 실천-세계관'으로 변경된다.

그가 리얼리즘적 실천의 주요한 자료로 삼았던 것은 엥겔스의 「발자크론」이었다. 그러나 초기의 발자크론에 대한 분석에서 그는 낭만정신을 주장하던 때의 주관주의적 경향과 반대의 경향인 객관주의적 경향을 노정한다. 이때 주체의 의지는 객관상황에 의해 제한될 수밖에 없다는 그의 소론이 등장하게 된다. 그러한 과정을 지나면서 임화는 리얼리즘이 주관과 객관, 주체와 대상간의 상호작용에 입각한 변증법적인 반영론이라는 사실을 확인하게 된다.

이 부분에 이르면 임화가 주장하는 주체재건의 이론적 성과가 어느 정도 드러난 것으로 보인다. 그 중요한 성과 중의 하나가 임화의 신문학사에 대한 연구라고 할 수 있다. 그러나 임화의 주체재건의 논리는 이와 함께 상당한 위험성을 내포하고 있었다고 볼 수 있다. 그것은 임화 자신이 실천을 작가적 실천 곧 문학내적인 실천에 철저히 제한시켜 놓고 있었다는 사실에 기인한다. 따라서 문학적 실천으로서의 현실의 객관적인 반영은 생활적 실천으로서의 임화의 삶의 방식에 어떠한 영향도 줄 수 없었다. 그는 사회주의 리얼리즘이 생활적 실천에서 나온 이론이라는 사실을 간과하고 있었던 것이다. 그의 명민한 분석에도 불구하고 현실의 구속력으로부터 그는 결코 자유로울 수 없었던 것이다. 그에게는 역사적 전망이 결여되어 있었기 때문이다.

만일, 특별한 역사적 상황의 규정력이 집중된 형식으로 한 인물에게 나타날 때 그것을 전형이라 말할 수 있다면,[32] 우리는 임화를 일컬어 환각을 현실로 착각하며 평생을 살았던 창조적 몽상가의 전형이라 말하고 싶은 것을 참지 못할 것이다.

---

32 Georg Lukacs, op. cit., p. 91.

참고문헌

I. 기본자료

김현, 『전체에 대한 통찰』(나남, 1990).

_____, 『김현문학전집』, 제1권-제16권(문학과지성사, 1991).

김병익 외 3인 공저, 『현대한국문학의 이론』(민음사, 1972).

김윤식, 김현, 『한국문학사』(민음사, 1973).

기타 신문, 잡지류.

II. 국내논저

1) 단행본

강상중, 『오리엔탈리즘을 넘어서』, 이경덕, 임성은 역(이산, 1997).

곽광수, 『가스통 바슐라르』(민음사, 1995).

권성우, 『비평의 매혹』(문학과지성사, 1993).

권영민, 『한국현대문학사』(민음사, 1993).

권택영, 『소설을 어떻게 읽을 것인가』(동서문학사, 1991).

김붕구 외 공저, 『상징주의 문학론』(민음사, 1982).

김수영, 『김수영 전집』, 2권(민음사, 1981).

김용직, 『한국근대시사』, 제2판(학연사, 1991).

_____ 편, 『한국현대시사의 쟁점』(시와시학사, 1991).

김욱동, 『대화적 상상력』(문학과지성사, 1988).

김윤식, 『한국근대문예비평사연구』(일지사, 1973).

_____, 『한일문학의 관련 양상』(일지사, 1974).

_____, 『한국 현대문학 비평사』(서울대 출판부, 1982).

_____, 정호웅, 『한국소설사』(예하, 1993).

_____, 『김윤식선집』, 제3권(솔, 1996).

_____, 『김윤식선집』, 제5권(솔, 1996).

_____ 외 19인 공저, 『한국 현대 비평가 연구』(강, 1996).

김주연, 『김주연 평론문학선』(문학사상사, 1992).

김병익, 김주연 편, 『해방 40년: 민족지성의 회고와 전망』(문학과지성사, 1985).

반경환, 『행복의 깊이』(한국문연, 1994).

_____, 『한국 문학비평의 혁명』(국학자료원, 1997).

백낙청,『민족문학과 세계문학 1』(창작과비평사, 1978).

송두율,『계몽과 해방』(당대, 1969).

오병남,『미학강의』(서울대 미학과, 1992).

유종호,『유종호 전집』, 제1권(민음사, 1995).

이광호,『위반의 시학』(문학과지성사, 1993).

이동하,『한국문학과 비판적 지성』(새문사, 1996).

이병혁 편저,『언어사회학 서설』(까치, 1993).

이정우,『가로지르기: 문화적 모순과 반담론』(민음사, 1997).

이진경,『주체생산의 역사이론을 위하여』(문화과학사, 1996).

이청준,『황홀한 실종』(나남, 1984).

이효인,『영화여 침을 뱉어라』(영화언어, 1995).

임 화,『문학의 논리』(서음출판사, 1989).

_____ 외 공저,『평론선집』(삼성출판사, 1978).

정명환,『문학을 찾아서』(민음사, 1992).

차봉희,『비판미학』(문학과지성사, 1990).

최원식,『생산적인 대화를 위하여』(창작과비평사, 1997).

한계전,『한국현대시론연구』(일지사, 1983).

_____ 외,『한국 현대시론사 연구』(문학과지성사, 1998).

한 기,『합리주의의 문턱에서』(강, 1997).

홍정선,『역사적 삶과 비평』(문학과지성사, 1986).

중앙일보사 편,『80년대 한국사회 대논쟁집』(중앙일보, 1990).

편집부 편,『미학사전』(논장, 1988).

문학사와 비평연구회 편,『1950년대 문학연구』(예하, 1991).

_____,『1960년대 문학연구』(예하, 1993).

한국문학연구회 편,『1950년대 남북한 문학』(평민사, 1991).

한국역사연구회 편,『한국사 강의』(한울아카데미, 1991).

한국현대문학연구회 편,『한국의 전후문학』(태학사, 1991).

2) 논문 및 평론

고명철,「1960년대 순수, 참여문학 논쟁 연구」(성균관대 석사논문, 1998).

고종석,「우리는 모두 그리스인이다」,『인물과 사상』, 제8권(개마고원, 1998).

곽광수,「외국문학 연구외 텍스트 읽기」,『가스통 바슐라르』(민음사, 1995).

권보드래, 「1970년대 『문학과지성』 동인의 시론」, 한계전 외, 『한국 현대시론사 연구』(문학과지성사, 1998).

권성우, 「60년대 비평문학의 세대론적 전략과 새로운 목소리」, 문학사와 비평연구회 편, 『1960년대 문학연구』(예하, 1993).

_____, 「매혹과 비평사이: 김현의 대중문화 비평에 대하여」, 김윤식 외 19인 공저, 『한국 현대 비평가 연구』(강, 1996).

_____, 「비평이란 무엇인가」, 『비평의 매혹』(문학과지성사, 1993).

김경복, 「말에 대한 사랑과 창조적 비평」, 『오늘의 문예비평』, 1991년 여름호.

김동환, 「한국 전후소설에 나타난 현실의 추상화 방법 연구」, 한국현대문학연구회 편, 『한국의 전후문학』(태학사, 1991).

김명인, 「지식인문학의 위기와 새로운 민족문학의 구상」, 『희망의 문학』(풀빛, 1990).

김병익, 「상황과 작가의식」, 김병익 외 3인 공저, 『현대한국문학의 이론』(민음사, 1972).

_____, 「김현과 '문지'」, 『문학과 사회』, 1990년 겨울호.

김외곤, 「해방전후의 민족문학론과 근대성」, 김윤식 외 19인 공저, 『한국 현대 비평가 연구』(강, 1996).

김윤식, 「소설, 시, 비평의 관련양상」, 『김윤식 평론문학선』(문학사상사, 1991).

_____, 「어느 4.19 세대의 내면풍경」, 『김윤식 선집』, 제3권(솔, 1996).

김인환, 「글쓰기의 지형학」, 『문학과 사회』, 1988년 가을호.

김주연, 「60년대 소설가 별견」, 김병익 외 4인 공저, 『현대한국문학의 이론』(민음사, 1972).

_____, 「새시대 문학의 성립」, 『김주연 평론문학선』(문학사상사, 1992).

_____, 「문학사와 문학비평」, 『김주연 평론문학선』(문학사상사, 1992).

_____ 외 3인 좌담, 「세대론의 지평」, 『오늘의 시』, 제6호, 1991년 상반기.

김진석, 「더 느린, 더 빠른, 문학」, 『문학과 사회』, 1993년 봄호.

김치수, 「한국소설의 과제」, 『현대한국문학의 이론』(민음사, 1972).

김환태, 「문학비평가의 태도에 대하여」, 임화 외, 『평론선집』, 제1권(삼성출판사, 1978).

_____, 「예술의 순수성」, 임화 외, 『평론선집』, 제1권(삼성출판사, 1978).

남진우, 「공허한, 너무 공허한」, 『문학동네』, 1995년 봄호.

반경환, 「퇴폐주의를 어떻게 할 것인가」, 『한국 문학 비평의 혁명』(국학자료원, 1997).

_____ 이명원 대담, 「퇴폐주의 비판: 한국문학비평의 틀을 다시 짜자」, 『시대대학원신문』, 1998. 6. 21.

백낙청, 「새로운 창작과 비평의 자세」, 『창작과 비평』, 1966년 창간호.

_____, 「시민문학론」, 『창작과 비평』, 1969년 여름호.

_____, 「4.19의 역사적 의의와 현재성」, 『창작과 비평』, 1980년 여름호.

서기원, 「전후문학의 옹호」, 『아세아』, 1969년 5월호.

_____, 「대변인들이 준 약간의 실망」, 『서울신문』, 1969. 5. 17.

_____, 「맛이나 알고 술 권해라」, 『서울신문』, 1969. 6. 7.

성민엽, 「김현 혹은 열린 문학적 지성」, 『문학과 사회』, 1990년 겨울호.

_____, 「4·19의 문학적 의미」, 김주연, 김병익 편, 『해방40년: 민족지성의 회고와 전망』 (문학과지성사, 1985).

송은영, 「김승옥 소설연구」(연세대 석사논문, 1998).

송희복, 「욕망의 뿌리와 폭력의 악순환」, 『오늘의 문예비평』, 1996년 가을호.

염무웅, 「5·60년대 남한문학의 민족문학적 위치」, 『창작과비평』, 1992년 겨울호.

이광호, 「비평의 전략」, 『욕망의 시학』(문학과지성사, 1993).

이동하, 「김현의 『한국문학의 위상』에 대한 한 고찰」, 『전농어문연구』, 제7집(서울시립대, 1995).

_____, 「1970년대 한국비평계의 리얼리즘 논쟁 연구」, 『인문과학』, 제2집(서울시립대 인문과학연구소, 1995).

이성복, 「크고 넓으신 스승」, 『전체에 대한 통찰』(나남, 1990).

이숭원, 「김현의 시 비평에 대한 고찰」, 『선청어문』, 제23집(서울사대, 1995).

임우기, 「매개의 문법에서 교감의 문법으로」, 『문예중앙』, 1993년 가을호.

임화, 「신문학의 방법」, 『문학의 논리』(서음출판사, 1989).

장석만, 「한국 근대성을 위한 몇 가지 검토」, 『현대사상』, 1997년 여름호.

전기철, 「해방후 실존주의 문학의 수용양상과 한국문학비평의 모색」, 한국현대문학연구회, 『한국의 전후문학』(태학사, 1991).

정과리, 「못다 쓴 해설」, 『전체에 대한 통찰』(나남, 1990).

_____, 「김현 문학의 밑자리」, 『문학과 사회』, 1990년 가을호.

_____, 「특이한 생존, 한국 비평의 현상학」, 『문학과 사회』, 1994년 봄호.

_____, 「추억의 집」, 『오늘의 문예비평』, 1996년 가을호.

최유찬, 「1950년대 비평연구」, 한국문학연구회 편, 『1950년대 문학연구』(평민사, 1991).

최주연, 「월터 페이터의 '예술로서의 삶'」, 『천마논총』, 제9집(영남대, 1998).

한수영, 「1950년대 한국소설 연구」, 한국문학연구회 편, 『1950년대 남북한문학』(평민사, 1991).

한형구, 「1950년대의 한국시」, 문학사와 비평연구회, 『1950년대 문학연구』(예하, 1991).

_____, 「일제말기 세대의 미의식에 관한 연구」(서울대 박사논문, 1992).

_____, 「미적 이데올로기의 분석적 수사」, 『전농어문연구』, 제10집(서울시립대, 1998).

홍기돈, 「발생론적 구조주의의 '한국문학사' 적용 비판」, 『연구논총』, 제17집(중앙대 대학원, 1997).

홍정선, 「70년대 비평의 정신과 80년대 비평의 전개양상」, 『역사적 삶과 비평』(문학과지성사, 1986).

_____, 「연보: '뜨거운 상징'의 생애」, 『문학과 사회』, 1990년 겨울호.

황지우, 「바다로 나아가는 게: 김현과의, 김현에게로의 피크닉」, 『문예중앙』, 1987년 여름호.

_____, 「이 세상을 다 읽고 가신 이」, 『전체에 대한 통찰』(나남, 1990).

황현산, 「르네의 바다」, 『문학과 사회』, 1990년 겨울호.

III. 국외논저

가라타니 고진, 『일본근대문학의 기원』, 박유하 역(민음사, 1996).

가토 슈이치 외, 『일본 문화의 숨은 형』, 김진만 역(소화, 1995).

레오나르도 보프, 글로도비스 보프, 『해방신학의 이론과 실천』, 편집부 역(논장, 1998).

뤼시엥 골드만, 『계몽주의의 철학』, 이춘길 역(지양사, 1985).

L. 바이스게르버, 『모국어와 정신형성』, 허발 역(문예출판사, 1993).

마르셀 레몽, 『프랑스 현대시사』, 김화영 역(문학과지성사, 1983).

막스 베버, 『프로테스탄티즘의 윤리와 자본주의 정신』, 박종선 역(두리, 1987).

벤자민 로울랜드, 『동서미술론』, 제5판, 최민 역(열화당, 1996).

뱅상 데꽁브, 『동일자의 타자』, 박성창 역(인간사랑, 1990).

빌 애쉬크로포트 외 3인 공저, 『포스트 콜로니얼 문학이론』, 이석호 역(민음사, 1996).

시드니 A. 버렐, 『서양근대사에서의 종교의 역할』, 임희완 역(민음사, 1992).

우찌무라 간조, 『기독교 문답』, 최현 역(삼민사, 1985).

W. 타타르키비츠, 『예술 개념의 역사』, 김채현 역(열화당, 1986).

이매뉴얼 월러스틴, 『자유주의 이후』, 강문구 역(당대, 1996).

이토 세이, 『근대일본인의 발상형식』(소화, 1996).

제롬 스톨니쯔, 『미학과 비평철학』, 오병남 역(이론과 실천, 1991).

죠지 V. 픽슬레이, 『하느님 나라』, 정호진 역(한국신학연구소, 1990).

지그문트 프로이트, 『새로운 정신분석학 강의』, 임홍빈, 홍혜경 역(열린책들, 1996).

_____, 『문명 속의 불만』, 강석희 역(열린책들, 1997).

_____, 『창조적 작가와 몽상』, 정장진 역(열린책들, 1996).

쥘 들뢰즈, 펠릭스 가타리, 『앙띠 오이디푸스』, 최명관 역(민음사, 1994).

T. 이글턴, F. 제임슨, 『비평의 기능』, 유희석 역(제3문학사, 1991).

테오도르 아도르노, 『아도르노의 문학이론』, 김주연 편역(민음사, 1985).

폴 리쾨르, 『악의 상징』, 양명수 역(문학과지성사, 1994).

피에르 부르디 외, 『구별짓기: 문화와 취향의 사회사』, 최종철 역(새물결, 1995).

_____, 『상징 폭력과 문화재생산』, 정일준 역(새물결, 1995).

_____, 『자본주의와 아비투스』, 최종철 역(동문선, 1995).

_____, 『혼돈을 일으키는 과학』, 문경자 역(솔, 1994).

H. J. 슈퇴릭히, 『세계철학사』, 상권(분도출판사, 1976).

Dennis Rassmussen, Poetry and Truth(Hague: Mouton, 1974).

Dylan Evans, An Introductory Dictionary of Lacanian Psychoanalysis(London: Routedge, 1996).

Erich Neumnn, The origins and history of consciousness, trans., R. F. C. Hull(Prinston: Prinston University Press, 1973).

Jacques Lacan, The Fundamental Concepts of Psycho-analysis, trans., Alan Sheridan(New York: W. W. Norton & Company, 1977).

John W. Tate, "The Hermeneutic Circle vs. The Enlightment", Telos, No. 110(New York: Telos Press, 1998).

K. M. Newton, Twentieth-century Literary Theory(London: Macmillan Education, 1988).

Max Horkheimer and Theodor W. Adorno, Dialectic of Enlightment, trans., John Cumming(New York: Continumm, 1987).

Vernon Hall, Jr., A Short History of Literary Criticism(New York: New York University Press, 1963).